土木六年半

——记一段1997～2004年我在浙江大学上学的日子

张伟才◎著

当代中国出版社
Contemporary China Publishing House
2017年·北京

图书在版编目(CIP)数据

土木六年半：记一段1997—2004年我在浙江大学上学的日子 / 张伟才著. -- 北京：当代中国出版社，2017.6

ISBN 978-7-5154-0784-5

Ⅰ. ①土… Ⅱ. ①张… Ⅲ. ①回忆录—中国—当代 Ⅳ. ①I251

中国版本图书馆CIP数据核字(2017)第110460号

出 版 人　曹宏举
策划编辑　隋　聃
责任编辑　隋　聃
责任校对　康　莹
封面设计　胡椒设计
摄　　影　陈卓如
出版发行　当代中国出版社
地　　址　北京市地安门西大街旌勇里8号
网　　址　http://www.ddzg.net　邮箱：ddzgcbs@sina.com
邮政编码　100009
编 辑 部　(010)66572264　66572154　66572132　66572180
市 场 部　(010)66572281　66572161　66572157　83221785
印　　刷　北京润田金辉印刷有限公司
开　　本　720毫米×1020毫米　1/16
印　　张　22印张　1插页　378千字
版　　次　2017年6月第1版
印　　次　2017年6月第1次印刷
定　　价　65.00元

献　　给

浙江大学

我的父母及其他家人

我的妻子，遇到你之前，我就是这么过着，日子简单，却也孤单

我的儿子，有了你，便有了光

目录

前　言

让时间回到20世纪末。

1997年7月7日的上午，当17个省份的少年拿起笔开始答题的时候，他们并不知道在接下来的三天内、五场考试中，他们写下的每一个字都在把他们引向一个叫作“浙江大学”的地方。或多或少的偏差，他们在人生旅途中到达的很可能将不会是同一个站台。在全国几百万的考生中，随便抽取30个人的概率，再计算在全国几百个高校的几十个系的几个班中，随便抽取一个班的概率，两者相乘，在这个几乎为0的概率中，诞生了浙江大学建工974——必须承认，我们的相遇纯粹是一种幸运。每一个生命从诞生的那一刻起就是竞争的胜利者，所以每个人都有义务去珍惜自己的生命；每一个建工974的同学都是那场高考的胜出者，虽然今天看来，这种胜利不值得一提，但不可否认，是我们的胜出将我们联系在一起，我们找不到理由不去珍惜生命中的这个纽带。没有我们，依然有建工974，但是没有了我们的建工974，必然是一个完全不同的974。我们从来都应该是怀着一颗感恩的心来享受生活所赋予我们的全部，包括我们的长辈、父母、兄弟、姐妹、邻居、友人、爱人，不能遗漏的是还有浙江大学建工974。

我曾经想着，如果不是上大学，我现在在干啥呢？或许我已经是两个女儿、一个儿子的父亲，在某个工地上干着一天两百块钱的活儿，晚上带着满身的粉尘和疲倦回去，叫老婆赶紧做饭，对女儿大吼怎么没把弟弟带好，然后咬开一瓶啤酒，点上一支烟，愁眉不展地悲叹着日子的艰辛，满怀着对儿子考大学的期待。然而，这一切都没有发生。在那场考试的一个多月后，我就拿到了浙江大学的录取通知书；两个月后，我打点好行李，在母亲深情的目送下，离开了湖北省，第一次乘了火车，来到了浙江这个陌生的地方。那时的我并不知道，湖北这个我曾经生活了18年的家乡，在后来的日子里只是个驿站，每年我都以一个过客的身份出现，匆匆而来、匆匆而去，而我上大学的这个地方竟然成了我儿子的家乡。人生很多时候是多么的偶然啊，不可预测，但却是可以改变的。

我大概是我们班最后一个到的，因为我到了那天的晚上就开班会了。我带着一个高中生特有的兴奋和眼光期待着漂亮女生的出现，介绍第一个我期待第二个，介绍第二个我期待第三个，介绍第三个我期待第四个，——结果发现没有第四个，第三个就是最后一个，于是焦虑的我再次开始偷偷地按顺序再端详一番，就像你考试的时候，第一题不会你想着赶紧做第二题，第二题不会做你想着赶紧做第三题，第三题不会做想着赶紧做第四题，翻开试卷的背面，发现没了，一共就三道题，第三题就是最后一题，于是，你只能硬着头皮回头从第一题再看看会不会做。我在313室靠窗的床的下铺坐下，聆听着班主任韩皓的讲话。突然从上床吊下一条腿，一个特点：毛特多，那茂密的样子可以用凶猛来形容。我那时还觉得自己是个孩子，觉得只有长大了腿上才有这么多毛，想，天啊，这人怎么现在就那么多呢，这要长大了该到何种程度，完全不敢相信这是同龄人的腿。一直到现在，我腿上的毛都没有我当初看到的那条腿的毛多。这说明这纯粹是个人特点，跟年龄无关。前几天海啸贴出了他的结婚照，发现他头发少了不少，同学们有说是3型，有说是M型，有说是W型。大家知道这人是谁？戈鸣。人的头发和腿毛的总量大概是恒定的，头发多了，腿毛就少，比如我；头发少了，腿毛就多了，比如戈鸣：所谓“上帝对谁都是公平的”这个原则简直适用在各处。班会结束的时候，我们确定了班长、学习委员什么的，至此，建工974算是成立了。

第一次考试，我担心考得不好会被发配原籍，得从头再来一次高考。“从头再来”？说起来豪迈，可轮着谁也不乐意。不过，结果出来后，一颗心落地了，自己虽然考得不好，但比我差的人也很多，开始那会儿的忧虑纯粹杞人忧天。不过考试结果也让我知道高手如云，居然有老刘（书江）这样会拿100分的人，他也因此成为我后来感叹的对象。开学后有一次海啸说她是温州人，——我很深刻地记得她第一次班会自我介绍说自己是苍南人……，我很奇怪，怎么苍南变成温州了？我脑子里，温州可是很遥远的富庶之乡，无数人在那里打工，跟不知名的苍南有什么关系呢？后来我终于明白苍南是温州的一个县。钟栋说他同学去上海了。我在想，天啊，上海这样的地方随便就这样去了？我根本不敢相信上海距离杭州只有两个多小时的车程。后来，大二实习的时候第一次去上海，到站的时候，我那种大开眼界的激动心情难以言表。现在动车开了，杭州到上海就更容易了，我再也不会感到惊讶了。有人说去苏州旅游，我很早就听说“上有天堂下有苏杭”，据此推断苏州大概和杭州是非常近，结果发现苏州比上海还远，而且居然不是浙江省的，是江苏省的。江苏在我的印象中，就是经常大水漫天，老百姓成天背着袋子到我们家那边乞讨的，苏州怎么能是江苏的呢？再后来知道南京是江苏省的省会，我简直崩溃了，因为南京可是六朝古都，怎能和江苏混在一起？作为典型的应试教育的产品，我开始补充自己的常识。现在，我的常识远比我学到的专业知识更丰富，我说起长三角的情况比湖北省的要清楚得多。我时常觉得，我真正的认知是从大学才开始的。

说起实习，我想起那次去上海住的地方。同济大学在一个杂乱、闷热、晚上虫子多的宿舍招待了我们，我们怎么都睡不着。对此我一直耿耿于怀，觉得同济这么干太不够意思了，直到工作的时候我认识了一个同济大学的学生。他说他们来杭州实习，浙江大学提供了一座游泳池边上的宿舍，杂乱、闷热、晚上虫子多，他们怎么都睡不着，——我听着目瞪口呆，这感觉也太一致了，要不是我有同样的遭遇，都有点想替浙江大学对同济大学说不好意思了——后来受不了，十几个人到边上的旅馆里开了个房间挤着睡。我可以想象一群少年光着膀子挤在凉风习习的宾馆里痛骂浙江大学的情形。浙大用来招待同济的兄弟的宿舍就是 7 舍，几乎是最差的一幢了，大白天也黑乎乎的，显得阴森森的，正好招待来自远方的客人。我们浙大、同济感情就是好，专治对方各种不服。每想至此，我都忍不住要笑。

每次回家，家里的那些街坊邻居都会问我在学校里有没有谈恋爱，我每次都很诚恳地表示没有，她们——主要就是大姐大婶之类——每次都很惊讶地表示电视上大学生不都是要谈恋爱的吗！我不得不告诉他们电视上的那些内容还能信啊，电视还讲孙悟空七十二变化呢，全是捏造和扯淡啊。那些是源于生活、高于生活。老实说，我们的大学生活是有那么一点累，这个源于我对高中生活的反弹。我原以为高中生活结束了，也就意味着开始自由的学习了，我真的没料到接下来的四年很多时候也要在应试中度过，这给了我们很多约束，也给了我们很多自律的好习惯，在未来的日子中，我们常常会感到这种痛苦，并不是你想干什么就可以干什么，而是你该干什么就得干什么。

日子过起来很长，想起来很短，四年就是一个幼儿园从托班到大班的时段而已。毕业的时候，我们并没有传说中的那种要死要活的分别场面，大概通讯手段日趋先进的现在，距离感也弱了，更没有那种毕业即分手的那种想经历但没机会经历的与其说是痛苦不如说是炫耀的过往情事。我们差不多一半人都要上研究生，毕业不过就是一个中场休息而已。刚上研究生的时候，我们同班的同学在一起常常喜欢开玩笑，说要就一件事写一篇论文，似乎上了研究生就可以写论文，两三年过去了，我发现自己依然是这个专业的门外汉，于是在万般遗憾中带着一个硕士文凭离开了求是园。

研究生毕业了那真是毕业了，余涛那时候在香港读博士，他给我发消息说没想到一转眼发现你们都成了硕士。隔着网络，我想象着他满脸的不屑，冷静地跟他说："这有啥，我们头发还在，有些人成博士的时候头发可能没了，一定得小心。"他立马离线，估计就怕听到这句话，索性逃之夭夭。余涛还在浙大的时候和老邵整天一起着急，为什么读个博士那么容易掉头发呢？得抓紧时间啊，一定得赶在脑袋上还有头发之前通过答辩。所以，两个人在科研之余一起试用红花牌养血生发胶囊。不料，被我们发现了，然后异口同声地说是对方用的，自己蹭一蹭而已。现在两个人都已经毕业了，他俩的导师用穿过了他们的黑发的手撩过博士帽的流苏的时候，两个人都暗自庆幸了一番。班上该毕业的都已经毕业了，不管是本科、硕士还是博士，都已经离开浙大了，如同1997年之前一样，四散在各地，建工974就此从浙大真正的消失，轻轻地来了，又轻轻地走了。

后来的我们为人夫为人妻为人父为人母，三十而立三十儿立，等到我30岁的时候发现儿子真的会站立了，我终于明白古人说这话的远见卓识，这话意味着已经不再年少。我很清楚，我们并不是一个处在回忆的年龄，很多事儿还需要时间去过滤，而要想80岁的回忆更加丰满，现在还得继续把日子过好。但，在走过了一段岁月之后，回头去看看自己曾经律动的青春，也挺好。这样在我们的未来可以告诉我们的儿女，你们如何才能拥有一个比父辈们更加灿烂的明天。

张伟才 9708117 建工974

2011年6月22日

○ 1997年的湖北武穴之夏

1997年，有三件事让我不能忘怀。第一，邓小平去世；第二，香港回归；第三，我参加了高考并有幸通过了。

柏拉图说："作为一个男人一生要干这么几件事，栽一棵树，写一本书，盖一座房子，生一个儿子。"栽树，小时候在学校里干过；盖房子，是我的专业，我要靠这个吃饭；生一个儿子，有50%的概率，应该说是有很大希望的。所以剩下的就是写一本书，为了防止以后没时间写，我准备从现在就开始，题目已经拟好了：一个柏拉图式的男人（谢绝侵权）。

下面是这部"伟大"著作的一个节选。要写我的大学生活，先说说我的高中。

1997年，有三件事让我不能忘怀。第一，邓小平去世；第二，香港回归；第三，我参加了高考并有幸通过了。我这里记述后两件事。

对于第二件事，感觉很自豪，从小学六年级就知道香港将于1997年7月1日回归，那时觉得很遥远，常常会想着香港回归的日子自己会干些什么，是不是在风口浪尖之时，我已经学有所成，可以报效祖国了？作为从小高唱着"我们是共产主义接班人"的一代人，我甚至已经考虑到如果英国人胆敢逆历史潮流，不顺我中华之势，我一定挺身而出，投笔从戎，逃避这所谓的"黑色七月"。不瞒您说，因为我从小胸怀大志，严格遵守"为革命保护视力，眼保健操现在开始"的举措，到高考前夕，眼睛视力居然可以达到1.2（老标准），所以，我志存高远，打算报考空军，一旦祖国需要，我能够翱翔在蓝天之上。

民间除了期待，也没什么表示，除了香港演员柯受良，他打算在回归前的一个月也就是6月1日开车飞越黄河。我们也不知道他什么意思，我更多的是相信他在挑战自我。那天天气很热，我一面焦虑着为高考复习，一面为香港能否顺利回归忧心忡忡，但最着急的还是为找不到地方看直播，像热锅上的蚂蚁一样团团转。学校门口的小卖部放的居然不是直播，这种不关心国家大事的态度真的很让人愤怒，但也无奈。就飞越而言，我物理学的还可以，平抛运动的计算已经熟练掌握了，所以理论上我很清楚柯受良不会葬身黄河，他唯一需要的就是一点胆量而已，但不怕一万就怕万一啊，要是真的出点差错呢？我和几个同学找了半天，一个看直播的地方都没有找到，悻悻之下，打算放弃了，回教室学习去算了，关我啥事儿？没料到，途经学校小卖部，那里频道换到直播了，总算在正式飞越之前他们醒悟过来。柯受良做了一次佯装的尝试，逗了一下大家后，成功飞越。大伙儿兴奋极了！

除了这事儿，香港回归总的说来出奇的顺利，至少在我们看来，没有任何的阻挠，说不定飞越黄河还是起了一定的作用。英国人大概根据此事感受到香港人心系中国，彻底明白有心阻挠但无力回天，回归之势不可阻挡。在 7 月 1 日，也就是我高考的前一周，开门迎接中国人的接管。高考前一周，我们实行考前放松制度，也就是真正的自由复习。自由复习可不是说说的，因为不单单是说想复习什么就复习什么，而是想复习就复习，不想复习就不复习。那天晚上，我和同学坐在学校门口的长江大堤上，闲谈回归，憧憬着有一天能去香港，看看古惑仔、洪兴帮、小马哥。

一周后，我带着未酬投笔从戎之壮志老老实实地参加了高考。

拍了这张照片后，第二天就高考了

说说第三件事儿。

那时我是高三（二）班的。班主任是个重量级大胖子，打人，最严重的一次是一巴掌就把我们一个同学打得转了一圈，趔趔趄趄地倒在地上，半天爬不起来。曾经发起脾气把一个女同学九百多块钱的索尼随身听从五楼扔出去，那个女同学当时大气不敢喘，等他走后跑到楼下捡起那个已经由于重力作用而变得破烂不堪的随身听——如果还能称为随身听的话——痛苦不已。但这个老师却是后来最受我们尊敬的，因为我们想来想去，发现高中三年他也就发过这么一次脾气，这几乎是他作为老师唯一的缺点。虽然我们也希望他身材好一些、脾气好一些、长得也帅一些，但是不可能啊。他依靠上课严格、作业批改得细致、回答问题耐心、看到我们中午偷偷跑去踢球不会把我们的球没收只是示意我们赶紧回教室复习、看到我们下自习了不去睡觉跑到厕所边上的水泥乒乓球台点蜡烛打球只是提醒我们赶紧睡觉而不是踩烂我们的球砸烂我们的拍子、鼓励我们认真复习为自己报考的大学而努力这些琐碎的事儿仍然赢得我们的尊敬。很多事情就是这么简单。

差点忘了第四件事儿——公车上书。我们公然要求校长撤换我们那个语文老师。那时我们都很轻狂，觉得她水平太差，比如鲁迅的一句话“我们要像……热烈地……主张所是一样，……地批判所非”，她几乎念了一堂课的“我们要像……热烈地主……张所是……一样，……”，我们瞠目结舌，但她自己还没察觉，仍然忘我地反复诵读，可怎么也读不顺，直到发现我们在偷笑才醒悟。这样的例子不胜枚举，所以语文课的气氛非常变态的活跃，只有几个女生老实一点，唯她马首是瞻，给她保留最大的面子。绝大多数男生，都是公然抵制、吵吵嚷嚷，尤其是我，当时上课总是和她对抗。一般是这样的：她说这道题答案是 A，几个乖乖女生附和一下，我就说这道题答案是 B，还要严肃地举例论证，或者表明她以前讲过的是 B，她自然不记得自己讲没讲过，再加上几个同伙，她被说得一愣一愣的，承认我们是对的。这时候马上又有一伙人杀出个答案。反正最后的结果是她说：这个问题暂时放一下，我回去查一查。试卷里稍微有点疑问的她都得查一查，查着查着偶尔也会有结果，多数是没有下文了。我们中学有个规矩：单周考语文，双周考数学，所以她每半个月就会面临这么一番骚扰。这种情况持续了两年时间，到了第三年终于矛盾激化了。我的语文向来只有 90 分（满分 150 分），如果还是她教，那么高考可就麻烦了。我觉得应该有所变化，刚好班上绝大多数人跟我有共同语言，于是怂恿班长带头，“公车上书”，我带头签名，呈交校长。结果，校长居然把这封信交给了她，随她处理。这位老师先是拿了一大包的获奖证书来到教室，一边哭泣一边给我们念：××× 老师，荣获 ××× 奖项。一路这么念下来，让我们一帮没见过世面的人有些手足无措，不知道接下来该怎么出招。其实，都是一些影响因子非常小的奖项，根本不值得一提，但当时局面非常紧张，也没人敢直接跳出来说出实话，因为没人知道校方下一步的必杀技是什么，要捏死你们一帮学生，还不是跟捏死一只蚊子一样。

年轻人的热血一下子冰冷了。然后，她叫了很多不坚定分子去谈话，软化了他们，消除了敌我矛盾，阵营从内部被攻破了。我做好了如果她找我谈话我会怎么应对，大不了“引刀成一快，不负少年头”了。没想到，我这样的人，根本就不在她打算做思想工作的名单上，基本被认定为没有资格与她为伍，所以，她也没跟我做进一步交流。她选择性地忽视我的存在，就像我从来没参与过这件事一样，我甚至想着要不要主动自首。可以说，我们稚嫩的阴谋被轻而易举地化解了。

从那之后，语文课上就是冰火两重天。有些人很积极，老师也很热情；有些人很冷淡，老师也索性无视。我虽然认为这种形式的学习真的没用，但高考面前，只能将以往过节放在一边，默默地努力着。1997年高考语文我考了94分，跟三年前的中考成绩一样，但中考总分是120分，唯一让人欣慰的是那一年语文特别的难，最厉害的也跟我差不了多少。

一想起这些，真是痛不欲生，不仅觉得自己三年间语文没有多大进步，而且觉得挺对不起那位老师的。因为到了大学与同学一交流，发现这样的语文老师几乎遍布全中国的每一所中学。要找出一个从技术和人格上都能让学生服膺于心的，几乎不可能。也就是说，并不是我们的运气差。

时间能荡涤一切，希望那位老师不再记着我们曾经的恶意捉弄。

善良的人的命运总不会太差，大概上帝还是站在我这边的，几个月后，我顺利通过了高考，如愿以偿地来到了浙江大学。从此开始了我土木六年半的光辉岁月。

一　初入之江学院

上大学是我第一次乘火车出远门，在火车上，我激动地想象着未来将成为我的母校的学校的样子，长这么大，我还从来没见识过大学是什么样。在我想象中，开学这么几天浙江大学应该满足这么几个条件：校舍崭新；美女众多。

提起光辉岁月，很多人可能觉得这词用得太夸张了，似乎非得要横刀立马、有舍我其谁的霸气才算得上。我们普通人，文不能安邦定国，武不能上马平天下，不敢在枪林弹雨中玩命，也无法振臂一呼应者云集，哪有什么像样的光辉岁月？不过就是生命中最难忘的一段日子罢了。黄家驹写给曼德拉的那首歌，也不是说曼德拉叱咤风云的时候才算光辉，罗本岛上做苦力的那段日子也算啊。一个18岁的少年，上大学之前，连湖北省省城武汉都没有去过，突然有一天要带着众人的艳羡跑到杭州上大学，无论如何，未来的日子都可以算得上是光辉四射：第一，这是人生中最美好的年龄，我将开始在远离父母的环境中开始独立的生活，度过四年时光，当时我并不知道我会花上六年半；第二，这是我成年后表现自己独立能力的最好机会，我将用自己的标准来选择我喜欢的人作为朋友；第三，这是一所很多人都想去但没能去的大学，我所在的武穴中学也就我一个人逮住了这个机会。

那个时候浙大还不是现在这个暴发户的姿态，很谦虚的一个大学，谦虚到我很多亲戚听说我考上了大学，都会进一步问考上什么大学，我回答"浙江大学"后，他们"哦"一声后会继续问"浙江什么大学"，我必须解释"浙江大学"就是这个大学的名字时，他们才恍然大悟，并再次关切地询问：浙江大学是不是重点大学？浙江大学在哪里？我常常很是扫兴，我也算是费了三年工夫才考上的好不好。我有个发小考上了“北京理工大学”，我的亲戚也知道，带着同情和遗憾的口气告诉我，“她可是考到北京去了啊”。浙江给我们那里的印象就是“温州、义乌、宁波”，我们是劳动力输出省份，无数的亲戚都在浙江打工，但从来没有人知道“浙江大学”。我比他们幸运，我乘上开往杭州的火车的时候，手里不仅拿着火车票，还拿着浙大的录取通知书。

当然也不是每个人都那么无趣，我那么多亲戚中，还是有两个人听说过浙江大学，他们都上过高中，其中有一个甚至说“浙大是南方的清华”。我当时还没听过这说法，一阵得意，“北乔峰、南慕容”，获得跟慕容一样的地位让人有那么一丝不快，但也是和威名赫赫的乔帮主相提并论啊。1997 年湖北省高考是先报考志愿，后参加高考，可见，我对浙大完全是主动的，完全不像是有些人考得不好委屈自己跑到这里的。而我为什么报考了浙江大学呢？很偶然，就是当初从一本杂志上看到一个排名。我也不知道从哪儿拿到这本杂志，反正在很角落的地方就看到了，说浙大全国第三，前两名是清华和北大。当时我正在为填报志愿犹豫不决，北大清华有点不敢，别的地方又心有不甘，看到这则消息，真的是“众里寻他千百度，蓦然回首，那人却在灯火阑珊处”。

我估计排名的风气就是从那时候开始的。那时候还只是个参考，也没人关注，除了我这种没见过世面的“白痴”。慢慢地就愈演愈烈了，大家都开始看重这个，学校也就越来越看重。再到后来，广东有个武书连，也发布大学排名。我的天啊，把浙大越排越高，常常超越清华或者北大，估计连潘校长都有点不好意思了。

我是我爸送到学校的。在火车上，我激动地想象着未来将成为我的母校的学校的样子，要知道长这么大，我还从来没见识过大学是什么样。在我想象中，开学这么几天浙江大学应该满足这么几个条件：

1. 崭新的校舍。到处都是欢迎新同学的动人场面，绿树成荫的校园，一些充满朝气的青春少女蹦蹦跳跳地走过，背着大书包的同学匆匆赶往图书馆，既有一些卿卿我我少儿不宜的场面，也有几个同学和老教授在某个雕塑前认真地讨论问题，总之，一定得有高校的范儿。球场上全是打球的，老师早就告诉我们了，到了大学想怎么玩就怎么玩，按照武穴的说法就是“把头剁掉玩都没人管你”。

2. 美女要多。在家里别人问我你到哪儿上大学，我说杭州，别人就会以羡慕的眼光看着我：哇，苏杭出美女啊！我强忍着心中的暗喜，故作淡定，表示“大学还是以学习为主吧”，美女有没有，都无所谓。

对于第一个条件，我期待了很多年。我的小学是在一个小村子里上的，初中是在一个镇子里上的，高中到了县城：总的来说，两大特点：地方小，同学土。大学应该大有改观吧？再说那些宣传资料上都这么写的，浙江大学的录取通知书有图书馆，有竺校长的两个问题，还有西湖荷花胜景，一切都是那么美好。

对于第二个条件，至于美女，这不是我说的，但是从心里讲我的期望还是挺高。我记得大一的时候潘一和老师给我们上《大学生成才导论》，第一节课让大家介绍自己为什么来上浙江大学时，相当一部分人都提了“美女”的话题。然而，等校车带着我和我爸来到之江学院，傻眼了，除了绿树成荫真的特别浓烈外，别的和电视看到的都不一样。也确实很热闹，但基本都是那些和我一样兴奋异常的新生，在丛林中的平地上，矗立着几幢三四层的房子。这就是我泱泱大国的堂堂学府？女生有两个特征：少，并且惹人注意的不多。这话说出来可能会惹很多97级的女生不高兴，但是反正也快毕业了，忍了这么久，我不想再忍了。

先说之江学院。

潘校长的漂亮题字

据说以前这里是浙大三分部，不知道是“三分部”名字给人感觉不好，还是在这里待久了的无线电系的师生抗议，反正后来不知道是路校长还是潘校长灵光一现，决定把这里改为浙大的基础部，所有大一新生都先到这里过一年。潘校长大笔一挥，“浙江大学之江学院”八个隽永挺拔潇洒俊逸的大字至今仍在大门口。

我后来回去逢人就讲，我们潘校长不仅人长得帅，字也写得好。

我一开始没明白基础部是什么意思，现在才知道基础的意思就是给你一个高中的环境让你进行大学的学习，于是你得保持高三的那个劲头继续革命化的学习，为将来的学习打下扎实的基础。于是高中对大学的所有向往在这里被几根树枝抽得支离破碎。这里没有宽广笔直的马路，没有高大林立的教学楼，所有的地方都是蜿蜒曲折、高差层叠，也看不到一丝电视上常常传播的喜气洋洋的场面。我们只能安慰自己这里的草坪很小、但树木很多；校园冷清、但蚊虫却很闹腾；女同学少，但男同学多；这里离城里远，不热闹，但我们在景区，空气很好。我第一次写信给同学，告诉她我在什么地方，通讯地址是“杭州六和塔之江学院”，她带着高中生的口气安慰我“我以为你考上了浙江大学，没想到去了六和塔之江学院，不过这也没关系，我相信，人不管在什么环境中，只要努力耕耘，一定会有一分收获”。我哭笑不得，不知道该如何向她解释潘校长为我们选的这地方。没有人会料到，当这里的高四生在一年后离开这里转入“老和山职业教育学院”的时候，他们大多数人都会不顾一切地爱上曾经让他们感到失望的这里，而且在他们未来的日子里常常思念这里，会带着他们的同学过来看看，骄傲地向他们介绍那里的红墙绿树、春花秋月。更加让人没想到的是，多年后，无数的人会在网络上不停地传播这里的照片，告诉别人，这里才是中国最美的大学，这里荡漾着大学该有的丰韵。

之江学院最有名的建筑应该是求是堂。新修的，最气派的一幢建筑，但奇怪的是它的功能主要是食堂，估计当初造了这幢楼，每个系都想要，校领导要端平这碗水，彻夜难寐，终于拿出“民以食为天”的古训，决定做食堂，使得其他人都信服。食堂门口墙上是捐建者查济民先生题的三个字：求是堂。一开始我也不知道查济民先生什么来头，但后来很多人都说查济民先生和查良镛先生都是海宁查家的，一下子对“求是堂”的敬仰之情油然而生。高中生多多少少都看过金庸先生的武侠小说至少偷偷地练个一招半式的降龙十八掌，都期望自己内力深厚。刚上大学时发现身边有个“求是堂”，心里自然认为其地位等同少林寺的“罗汉堂”，顿时一阵自豪。回去跟高中同学吹嘘说，我们学校有个求是堂，是金庸他们家修的，上面的“求是堂”三个字不知道是不是“一阳指”刻的。可惜的是，从来没有江湖大侠跑去求是堂喊着“小二，给我来两斤上等牛肉和三斤上等好酒”，只有穷学生跑去说“师傅，给我来二两粥和两个包子”。

开学的时候，我们就是在这里排队报到的，办各种手续、交学费，我一边

20 年过去了，求是堂有些斑驳

给工作人员递厚厚的票子，一边看到这么窗明几净、带着那么多桌椅的食堂，暗自高兴，想着居然有这么好的吃饭地方，那胃口得多好啊。我们中学食堂里，很暗，害得我常常分不清大肥肉和萝卜，一不小心就中招，也没有凳子，全都是站着吃饭。高中生为了考大学，哪有时间坐着吃饭，全都三个一群五个一伙，要么在教室里，要么在宿舍里，要么在报刊亭前，塞满了肚子就行。两相对比，这都必须是我第一个记住的建筑。也不知什么时候开始，大家都把这里叫作求“食”堂，我觉得这意思是对的，特贴切，但是没有“是”这么酷，找不到江湖的感觉，查济民先生估计是不大肯改。

之江学院第二有名的建筑应该是 10 号楼。我表弟说他刚到科大时，学长告诉他科大另外一个校区有个熊猫馆，他当时以为科大有些搞生物学的人要研究大熊猫，养几只也不稀奇，——科学家嘛，这么干也正常。周末，他特地跑到那个校区去看熊猫，问人家熊猫馆在哪儿，人家笑翻了，告诉他熊猫馆是女生楼。之江学院的熊猫馆就在 10 号楼。理工科学校女生本来就非常少，而且校领导考虑不周，把外语系、建筑系这些女生大户全都放在本部，所以之江学院的女生数量就特别的寒碜。10 号楼依山而建，底层一排房子用作理发室、洗衣房、宿管办什么的，只有二层以上才是住人，估计就这样还可能没住满。我们认为，住在 10 号楼后面山上的男生最幸福，他们每天吃饭都要经过 10 号楼，可以和女生共一段很长的路，而且那是一个很大的坡路，她们走得又慢。熊猫馆拒绝对外开放，一般人都不知道里面什么样儿，特神秘。我们系180人，女生就17个，分到我们班一共才三个（这还算幸运，六班才分到两个呢），和五班、六班的人住一起。本来要是有什么事儿还可以去帮帮忙，进去看看，可是在这种僧多粥少的情况下，对于不那么积极脸皮不那么厚的男生来说，女生稍微有点事儿，哪里轮得上，早被人家抢走了。那时候还流行男女生结对“联谊寝室”，一般人都没机会实践，因为资源真的很稀缺，先别说土木系一整层的男生宿舍对那两个女生宿舍虎视眈眈，再考虑一下力学系一个女生都没有、竞争起来完全没有底线，就知道找一个“联系寝室”有多么难。要出去开拓其他系的资源那就更难了，因为全校土木系名声在外“又土又木”，没几个女生真的喜欢这样的男生。我们本来也有机会进去看看，因为为了解决这种尴尬局面，解密女大学生的宿舍长什么样，宿管会在1997年底的时候举办一次抽取幸运宿舍男生参观女生宿舍的活动。我们宿舍还真的有幸抽到了，但后来要自己联系宿舍，相当于熊猫馆的门票有了，但是进去还有一道关卡，我们没有钥匙，还是看不成。这下傻眼了，我们几乎不认识女生，以至于悲惨到没有联系上女生肯让我们参观的境地，而且，宿管办也不打算给我们派一个。这就好像说你考上了大学，兴高采烈了一阵子，却发现没钱上学，还找不到绿色通道，只能眼睁睁看着机会错失。我们这帮废物甚至在尝够了自由恋爱的痛苦之后，开始怀念包办婚姻了。去女生宿舍参观这个愿望一直到今天都没有实现。

10号楼虽好，但是终究跟自己没什么关系，之江学院最让我难以忘怀的是8号楼，因为我就住那儿的8-314。8号楼从外表看，红砖清水墙面，非常古朴，掩映在一片郁郁葱葱当中，特别安静，适合读书。但是因为前面是树，后面是山，里面黑咕隆咚的，哪怕是白天，也必须开灯。我当时从食堂过来，被人领到宿舍的时候，这个鲜明对比让我难以相信。吃饭和睡觉都那么重要，为什么差异那么大呢？宿舍里面是木地板，走起来砰砰响，活像日本鬼子进村了。没有阳台，衣服就晾在走廊上，有时候不舍得花一毛钱到楼下去脱水，就直接挂上去。大家都喜欢集中在周末洗衣服，于是一到周末，整个走廊全是衣服，好多在往下滴水，湿漉漉的一片。本来之江学院树就多，大太阳也感觉不到热，所以室内基本上没有干燥过，尤其是南方梅雨季节来的时候，整个宿舍都弥漫着一股潮气和霉味。

1997年入学那会儿不是每个宿舍一部电话，而是一幢楼一个，家里人要给我们打电话只能打到楼下，楼下大爷打宿舍的传呼器，传呼器坏了就扯着嗓门喊，得到消息我们匆匆忙忙下去接。有一次，我洗好衣服在宿舍休息，传呼器响了。我接了，楼下老头用含糊不清的普通话喊了个名字。我也没听清，以为是自己，很久没接到家里电话，内心非常希望就是找我的，赶紧飞奔下去。湿滑的地面，让我最后一节楼梯连摔四级。我顾不得疼，赶紧爬起来，抢着去接电话。长途电话可贵了，我一秒钟都不想浪费。可拿起来一听，找 CXH，我当时气坏了，愤怒地挂了电话，对老头大吼一通，然后才一瘸一拐地爬上三楼，躺在床上半天起不来。那时候就想着：以后一定要住个有阳台的房子。到那年年底，之江开始安装 201 电话，就没这么麻烦了。浙江大学可能算比较早在宿舍装电话的，我过年回家跟一个南航的同学说宿舍有电话，他死活不相信。现在我住在有阳台的宿舍里打电话，感觉特别的幸福，就差电话那头配个女孩子了。

8 号楼其实是之江学院的战略要地，扼守在食堂和教室两大重要场所之间，不仅如此，它的后面有一条路，是女生到教室的必经之地，黄金宝地。每天之江学院 15%的异性的美丽倩影从这里经过，其中说不定就有自己心仪的对象。因为这个，闲着时分，就有人趴在窗台上看看有没有美女经过。每当有人看到某个有几分姿色都会高喊一声：快来，有个女的过来了，长得真的很漂亮的。于是，众人就趴在那里静静等候那个女生的到来。如果只有一个人说：这也算美女？你这审美急待提高啊！那人就会不断争辩，如果大家都认为确实不咋的，他就会解释说：刚才太远了，而且我没戴眼镜，没看清，不过刚才有一个走过去了，真的很漂亮，不骗你们。那时候特别流行什么“浙大美女一回头，钱江桥断潮倒流，浙大美女二回头，哈雷彗星撞地球，浙大美女三回头，乔丹改打乒乓球”这一类的顺口溜。课桌上全是这些，大部分男生一边在唱这些，一边想，要是真的有女生愿意和我谈恋爱，钱江桥断潮倒流、哈雷彗星撞地球、乔丹改打乒乓球，又有何妨？

8 号楼的前面是个浴室和厕所，这边是男生楼，就没设女厕所，但根据习惯，一般厕所都是成对出现，所以不知道内情的外面女生看到男生从浴室出来，那基本就认定隔壁是女厕所，会犯一些原则性的错误。比如我的室友 CXG，一次去上厕所，还没到，突然从后面杀出一个女生，大概是憋坏了，三步并作两步，嗖的抢在他前面跑进厕所去了，吓得他目瞪口呆，赶紧逃回来。还有一次，我和一个同学一起去厕所，居然看到一个老太太在里面。我当时犹豫着，想着是蹲下去还是回去憋着。我那个同学毫不介意，坦然大方地走了进去，蹲下来。他看我犹豫着，安慰我说："唉，老太太，怕什么啊。"我惊恐不已，赶紧跑回来给大家讲这刺激的一幕。大家哈哈大笑，纷纷表示对他的勇气佩服万分。这个厕所不仅给别人造成不便，哪怕是我们自己，也吃足了苦头。楼下老头，很凶，冬天的时候，有人不巧晚上要上厕所，常常不给开门，可恶至极。听说有一回把人憋急了，警告他再不开门就拉他门口了，他才骂骂咧咧地起来开门。也不知道为什么那时候就是这么管理宿舍的，而且就造了那么个厕所。据说女生宿舍带卫生间，她们听说我们这边上个厕所还要到宿舍楼外面去，都惊讶得瞪着眼睛好像没厕所就过不下去日子一样。我们则满不在乎的样子，告诉她们哥们儿还不照样过来了。

二　钟楼 主楼 15 号楼 楼楼相望

在之江学院众多的教学楼中，这三幢楼是跟所有人都密切相关的：上课得去 15 号楼，跟人家显摆得说钟楼，要办事儿还得去主楼。最舒服的事儿莫过于在 15 号楼做好作业，去钟楼和主楼之间的草地上晒太阳，聊美丽的女生。

之江的 15 号楼，在那么多富有历史感的建筑中，就像猩猩堆里的猴子。虽然也刷成红色，但是风格明显不同，也不知道当初建筑师是怎么想的，就好像西装革履的人硬要在脑袋上戴一顶瓜皮帽，总觉得怪怪的。很多人都说是我们这行设计的，怪我们。我们不怪那些分不清建筑、结构的外行人，但作为土木工程专业人士，我们必须大声说出来：如果您觉得 15 号楼丑，那是建筑系的兄弟干的，不能怪我们。

15 号楼虽然丑，但那里是之江最新的教学楼，教室也最多，最好用，大部分课程都在那里上的。我记得大学第一次上课就在那里，是蔡燧林老师的《微积分》。那天早上，我们宿舍几个根据课表，吃好早饭，优哉游哉地带上书到那里，发现人已经坐满了，只好在最后一排找到位置。其实在路上我就思量着，课表上教室是排好了，可位置怎么坐呢？以前高中位置都是确定的，哪知道大学里不讲这个，随便坐，甚至你来不来都没关系，除非你运气不好，碰上个爱点名的而且他说点名不到还影响期末考试成绩的老师。两节课下来，我不仅没听明白《微积分》，甚至连蔡老师的普通话都没有听懂。后面的课是《画法几何》。我在那傻乎乎地等着老师来，没料到大学不仅没有固定座位，连教室也不固定，于是看到人家跑，也跟着往 3 号楼跑，于是，又占到最后一排位置。思想上总慢人一拍，所以，刚开学那会儿特别被动，总是不知道下一步该干什么。上课常常坐最后一排，知识点听不懂，浙江普通话听不懂。这种情况过了很长时间才慢慢缓解，可这并不是因为我学会抢先了，而是因为风气有点变了，很多人开始占后面的位置了，我慢慢被迫坐到前面去了，尤其是考试的时候，稍微晚一点，就只能坐在老师眼皮底下。

15号楼教室多，自习的地方也多，可容纳自习的人也多，女生出没的概率也就高了。在之江，女生多少几乎是衡量一个教室是否值得去的唯一标准。所以，虽然我们总说15号楼丑，但是这不妨碍我们最喜欢去那里。

第一次去15号楼是去领书。报到好，在宿舍安顿一下，就准备上课的书本了。我到学校已经是开学第二天，大部分人都已经领好了，所以一路上冷冷清清。我顺着指示牌从报到的求是堂往15号楼走，曲径通幽处，禅房花木深，要不是牌子这么指着，我都怀疑是不是走错了。我小心翼翼确认每一个箭头的指向，越走人越少，也越冷清，我都有点害怕了。最后走过一个水泵站，右转弯，在一个山坡下，终于找到了。估计学校在安排这里作为基础部的时候也发现了这里真的没有一座教室足够多的教学楼，但确实又找不到地方，只好定这里。宁谧的四周，就只有泵站里的机器发出嗡嗡的响声。15号楼前面有两个大水潭，上下还有挺大的高差，几股水流悠闲的淌着。水潭上面有一座小桥，尽端还有个小门，几幢小房子在小门外，不知道住着谁。这场景，我都有点怕。还好一转进教室，那里坐着两个老师悠闲的等人来领书。我总算见着了活人，长舒一口气。领了书出来，我想赶快跑回报到的那边，这里真的太安静了。本来应该左转弯上坡往回走，可情急之下，右转了，继续往钟楼那边走，越走越不对劲，似乎这里跟刚才过来的样子不同。当时想，要真迷路了，没关系，我回到大门好了，从大门到宿舍总是知道的。我还真的找到了大门，不过让人郁闷的是，感觉不像啊，最明显的不同就是附近没有“求是堂”。现在当然知道我当时找到的是正门，而我们报到则是从侧门。这下完全傻眼了，而且方向全失，于是我逢着路就走下去，事实证明这种策略没用，因为我从钟楼下去又从旁边的大坡上来了，转了一圈发现自己又回到了钟楼底下，需要再次重启。就当我很无助的时候，终于等到一个人，若无其事地跟着他，也不知道怎么走的，反正就是回到了求是堂那里。我抱着书，为获得新生激动万分、但表面还是若无其事，从求是堂一溜烟跑回了8舍。这么一折腾，我怀疑自己的方向感是不是太差，三年后，当我作为向导把我一个同学带着在那里转了几圈她也转得昏了头的时候，我才知道其实自己不是唯一迷路的人，甚至有了几分成就感——这么复杂的地方居然被自己混熟了。

熟了之后，发现 15 号楼也还行，上课想听就听，不想听就看着窗外的肥绿瘦红发呆。下了课，常常跑到那水潭边散步，很多人都在那座桥上靠着护栏看着水面聊天，仿佛一群等着被赶下水的鸬鹚，一竹篙抹过去，全都要扑腾扑腾跳到水里去。水里不知道有什么矿物质，呈现一片彩色，阳光下，格外美丽，就跟黄龙九寨差不多。春华秋实，鸟语花香，少年为赋新词强说愁，叹一声“感时花溅泪、恨别鸟惊心”。天晴日，“山光悦鸟性，潭影空人心”，下雨时，潭水溢出来，“上有六龙回日之高标，下有冲波逆折之回川”，都可算是之江胜景。秋冬天的晚上在那边自习，饿了，从那个小门过去，当初吓到我的小房子里的人家会卖炒年糕和茶叶蛋，山上冷飕飕的夜，来一个暖和的茶叶蛋或者是一盘热气腾腾的炒年糕，整个身子都舒爽了，不亚于“珍珠翡翠白玉汤”，不比去求是堂吃个蛋炒饭差。据说那座桥后来被称为“情人桥”，情侣喜欢在那边约会。之江具备一切谈恋爱的优质条件，幽静隐蔽景色优美，不能喂马，但能劈柴，不能面朝大海，但能面朝钱塘江，“人闲桂花落、夜静春山空”的时候，去“山寺月中寻桂子”，到“郡亭枕上看潮头”，你能想到的浪漫一应俱全。但是，万事俱备，只欠东风，差不多 1∶6 的比例，让竞争异常惨烈，穷尽全力，亦不得东风如期而至，最终能够成双成对的真的很少，“情人桥”不过是一些单身同学的美好幻想罢了。

之江没什么平地，建筑都只能见缝插针的布置。时间久了，15 号楼算是比较热闹的了，很多地方，到我离开的时候都没去过。有一次停电了，全校的人都闲着无聊，出来散步，三个一群五个一伙，四处乱窜。我们宿舍一道，在后山转了很久，角角落落，仗着人多，专门去一些平时一个人不敢走的路，直到身边一个人都没有，七个人都觉得有点害怕了，才回去。

再来说说钟楼。有钟的楼不奇怪，我们老家湖北武穴的农行上就有一个，只是之江的钟楼格外漂亮。在我看来，这是之江学院数一数二的，为什么不是数一的呢？因为后面还有一幢，它的魅力绝不亚于钟楼，暂且不说。钟楼是一座严格对称的老式建筑，正对着大门，很威严地遥望着钱塘江，又亲切地探视着六和塔。钟楼既有编号，也有学名，但是大家都亲切地称之为“钟楼”。从外地来杭州，经过钱江一桥时，之江学院掩映在一片绿色中，若隐若现，唯独钟楼挺拔伟岸的身躯，屹立于天地之间，气势非凡，但在一片秀色中，又不那么咄咄逼人。建筑本身我不细述，有兴趣的可以自己去观摩，砖砌建筑，“真诚、善意、精致、完美”，但钟楼本身的气质会让人忽略到这些细节。从大门那边上来，要经过很长一段台阶才能到达钟楼底下，拾级而上，很自然地让人感受到钟楼的雄伟，穿堂而过，迎面就是一片绿茵生辉的草坪，极具气势。如果你认为自己是王者，那你就把这当作凯旋门；如果你是凡人，你就把这当作朝觐之门。任何时候，走过这条景色不凡之路，都能感受人生征途。钟楼上面也有四个字——“经济学馆”，大概早些时候这就是经济系，不过现在已经没人这么叫了。钟楼的钟从来不走，我不知道是不是一直都这样，反正我看到的时候是不走的。不过当你在某一天的下午，在煦暖的阳光下，躺在草坪遥望蓝天的时候，发现这只大钟在某一个时刻定格，就会觉得这钟不走也有不走的好处，不仅每天能保证两个时刻是准确的，也能让你体会到一瞬间的永恒。因为之江的悠久历史，会有一些电视电影摄制组来这里取景，程前来拍《南方有嘉木》的时候就选了钟楼。当时剧组需要一些群众演员，剃光头、戴瓜皮帽、拖长辫子，什么都不用干，就只需要到“经济学馆”下面去看发榜名单，“五十大洋”一个人。据说应者如云，一会儿就招满了，基本上没有犹豫的。我开始并不知道这件事，因为突然发现学校里面多了很多光头觉得奇怪，后来同学解释才知道的。当时我们宿舍几个都非常痛恨知道情况的 CXH 为什么不通知我们，这是天大的好事儿啊，剃个光头就能挣钱，要知道那时候学校发给我们本科生一个月的补助也就是 53 块，而且接下来大半年理发的钱、洗发水的钱都省了，还能告诉别人自己参演了电视，说不定还能给个镜头。一举多得的事情，就这样被他给耽误了。CXH 坐在床上笑嘻嘻地说：“我又不知道你们也想去，我还拿到了程前的签名呢。”我们围过去看，龙飞凤舞，写得挺不错，这更让大家生气了。还好，他也不大珍惜，有一回他从外面回到宿舍发现桌子上有点脏，随便从本子上撕了一张纸啪啦啪啦擦一下，擦完了一声惨叫。我们吓一跳，问他怎么了。他说，他把程前的签名给擦桌子了。我们高兴坏了，谁叫你当初不通知我们去理光头。我们在钟楼主要是和工管系一起上英语课，每次课间的时候都跟这些哥们儿一起站在底下厅堂聊天。工管系在我们这些真正的工科系看来算是文科，基本上是瞎混的，所以跟他们聊天比较有意思。常常是在穿堂风吹过，吹得正舒服，刚好我们谈兴正浓时，盛跃东老师要喊好几次我们才意犹未尽地回到教室。夏天自习累了的时候，到钟楼前的台阶乘凉，坐在那儿，时而俯视密集的下行台阶，时而透过繁枝茂叶遥望钱塘江，也是人生一大快事。

经过钟楼的凯旋门，穿过一片草地，就到主楼了。我刚到学校的时候听说“主楼”这名字的时候都有点奇怪，一直听成了“5 楼”，大概是“5 号楼”的意思，到后面去报刊栏那边查看课表的时候才发现原来是“主楼”。怎么会有这么霸道的名字呢？你都叫“主楼”，难不成人家都是“次楼”了。但是，等到我了解了

钟楼

整个之江的建筑布置的时候，发现它被称为“主楼”似乎也不算过分。

每次看到之江的布局我都有一种莫名的感动，怎么会把建筑设计得这么好呢！之江的单体建筑很多看上去比较西式，主楼这一块儿左右对称、根据地形做出自下而上的布局以及霸气外露的样子却让我联想到故宫。从钟楼那边的台阶上来一直到主楼这里，严格遵循左右对称，包括主楼前面的草坪，中间一条路，连通至主楼入口，在中间处布置了宽大的圆形花坛，花坛两侧各有一条岔路分别延伸开。往主楼方向，地形越来越高，明显的让人感到主楼在这一片建筑中的地位，其他的必须是偏安一角、默默无闻。再加上大红色的身躯极度威严的居于正中央，一副舍我其谁的架势。除了这个地段的优势，更疯狂的是为了强调这是之江的地标所在，建筑师居然煞有介事地在大门前的台阶两侧各摆了一只狮子。钟楼若有灵，凭借自己伟岸的身躯，可能还想当之江的带头大哥，但是狮子一摆好，就只能斩断任何非分之想，断了这份念头，全心全意地做个日夜为大哥守护的门神了。虽然这狮子经过几十年的风吹日晒、霜冻雨淋，已经风化得很严重，面容只能看个大概，身子已经被大家摸得锃亮，大多数时候，都沦为人家拍照的背景，但是也正是几十年的沧桑让它们更加不怒自威，略带一份高傲，让人能体验出昔日的荣光和辉煌。看过去，主楼并没有钟楼高，但是再高的钟楼也是钟楼，不可能抢得了主楼的地位，主楼的庄严和端庄完全盖过了钟楼的挺拔和俊

主楼

秀，就好像韩信再勇猛也只能听令于刘邦，秦叔宝再凶狠也只能听令于李世民。每次到这里我就会为建筑师的布置叫好，既为我们贡献了两幢看上去特别优秀的设计，又利用各种手法赋予它们异样的特质，让它们拥有各自的神韵，非常妥帖地站在一起。

主楼里面相当一部分房间都是学校的办公室，机构比较多，一般要那种“犯什么事儿”或者跟老师套近乎的人才可能搞明白那些机构的功能和位置，大多数像我这样喜欢四处闲逛的人跟那里的关系其实不大。主楼地板也是木制的，走起路来，响声特别大。有时候在那边自习，碰上隔壁教室下课，一阵骚动，跟逃难一样，你还不知道骂谁。不过，我一般不去主楼自习，虽然南面宽敞，但是后面是山体，地势很高，比较暗，白天都好像是晚上，生物钟容易提示睡觉。还有就是大学生活进入正常轨道后，大量的社团都把这里当作他们的根据地，很喜欢在这里开会。有时候在这里看书做作业，想什么问题有点眉目时，心情正如好不容易从灵隐一线天真的看到一线光芒，突然进来一个人，有模有样地说“对不起啊，这个教室要开会”，有时候干脆什么都不说，直接在黑板上唰唰写上“晚上 8：00，此教室开会”，那意思是基本上就是道一声“送客——”，于是，一群人乖乖地收拾东西，赶紧另找地方去。主楼本身的确是作为学院行政楼用的，因此大家就默认这地方相当大的功能本来就是应该做开会用的，所以占教室开会的人是占的心安理得，那些让教室给人家开会也是配合默契。周瑜打黄盖，一个愿打一个愿挨。我从来没看到过有人因为这事儿发生争吵，甚至生气的话都不说，只要一看到人家要开会，就生怕耽误了人家的大事儿，赶紧收拾书包走人。之江同学的素质就是高啊！要在本部这儿，一看那么多人在自习，有两个问题自己问问：第一，你好意思吗？第二，你赶得走吗？不过，因为这么习惯了之后，很多人都慢慢地就不大去主楼那边自习，偶尔几次去那里，也是因为在别的地方教室实在找不着位置了或者听谁说那边有个特别漂亮的女生连续出现了几天然后跑去守株待兔。我一般都是去据说女生比较多的 15 号楼，如果不是一个人，也可能去传说会闹鬼的 4 号楼了。

三　高高在上的之江小图书馆

之江图书馆就建在山坡上，建筑古朴、厚重，符合一个年轻人对图书馆的期待。但，爬上很陡的台阶后，走进去一看，还是有点失望，因为里面的书不够新。可是，时间久了，发现即便这些书都这么旧，但对我来说也足够了，我从来就没见过这么大的图书馆。

对之江的印象深刻，以至于我一开始就有点收不住了，说完主楼，再说说其他。

从图书馆说起。

我必须得承认我曾经是一个多么热爱阅读的少年，现在是一个多么热爱阅读的青年，将来也必将是一个热爱阅读的老年。这并不是我多么的求知若渴，而是

小图书馆

因为在我的生活圈子里基本上没有什么别的娱乐活动，只能看看书了，而且这个能掩盖我很多的不足。我感觉从小学到高中，身边的人相当一部分就是喜欢打牌打麻将看录像打台球，高中的时候学校为了杜绝这些现象，对很多同学进行苦口婆心的教育，还搞过一场轰轰烈烈的“告别三室一厅”万人签名宣誓活动，就是叫大家别去棋牌室、麻将室、台球室、录像厅这些地方。那些地方我基本不去，所以对此事迷惑不解，就为了这么点事儿，怎么如此大动干戈，还把那么多人拉起来一起训。你只要提供了足够的有意思的书目，并且这些书目的趣味性远大于其他，不就行了吗？其实，我后来意识到我之所以不去那些地方的真正原因：穷。我的生活费完全无法支撑我去那些地方，只能找最廉价的事情干，就是去借些书来消磨时间，娱乐自己。若干年后，我读到一句话说“读书是最廉价的高贵行为”，感觉特别真实。

我的小学和初中没有图书馆，借书看是非常困难的一件事儿。高中的时候，发现学校有个图书馆，非常欣喜，但是时间长了发现，那只是徒有虚名。班主任一边和颜悦色地说“大家可以去图书馆借一些课外书，有空的时候多丰富一些知识”，一边又在教室门口“虎视眈眈”地看你借回什么书。你要真的借到什么“课外书”，他就会问这门课学得怎么样，那门课学得怎么样，然后就是还有哪些不足，总之告诉你，要借些与课本知识相关的课外书，等把课本真的弄懂了，再去借那些不相关的课外书。吾生也有涯，而知也无涯，以有涯求无涯，妄矣，怎么可能在三年内把那些课本知识都搞懂搞透呢。后来我不堪“压迫”，很少去学校图书馆了。有一天，无意中发现武穴市有个很小的图书馆，在当时的实验中学旁边，离我们大概也就两公里左右，几乎不为人知，我去那边借书，除了几个工作人员，从来没遇到过熟人，而且连借书的人也就是那么几个，我跟他们认识之后，就不用再在外面翻卡片目录了，直接进去找，觉得特别的开心。有一次，我借书回来，兴高采烈地跑回学校，在教室门口被方老师抓个正着，当时是007系列的一本《原子弹指向伦敦》，我一下子傻眼了，完全没料到这种情况会出现，连借口都忘了。方老师看在我一向表现不错的情况下，放了我一马。从那以后，我也悬崖勒马，不再去图书馆看课外书了。

上了大学，当我知道之江有个图书馆，而且也没人来管我看什么书，我兴奋坏了。虽然那个图书馆不怎么样，但是对我来说，实在是个知识的海洋，那么多的书——那时候顾不上什么旧书还是新书，都有点开心得不知道看什么书好。每个星期都要去换一堆，那时候查找系统还是卡片，借书还得登记，但是一点也没觉得麻烦，反而随着借书证列单的加长很有成就感。大概是因为高考的反弹，我完全不读任何科学类的书籍，从没看过任何和土木专业相关的书目，看不懂，也不喜欢看，这大概也是我后来成绩不太好的重要原因。基本上主要看两个方面的书：第一是数学类的，虽然我数学成绩一般，但是挺喜欢那些大牛去解答一些疑难问题，很享受其中的过程；第二类是名人传记，特别是那些“二战”各个名字听起来如雷贯耳的星级将领，外国的艾森豪威尔、蒙哥马利、巴顿、布莱德利、尼米兹，对中国的印象不深刻，大多数都忘了。看了这些书，我也常常会综合测算一下看看自己成为名人的可能性有多少，结果很清楚，基本没戏，我分析了我的原因：想得太多做得太少。

之江图书馆地理位置居高临下，站在那里颇有高屋建瓴之势。大家都觉得不方便，我深深领会了建筑的深刻意义，说这表达了人们对知识的崇拜，同宿舍的人赶紧制止我说“好了好了，别恶了”。说实话，之江有个图书馆已经不错了，那地方，没什么平地，也没什么好玩的地方，给大家找个这个处所，挺好的。但是，我必须说一声，之江图书馆破旧的书比例确实偏高，不知道是不是校领导觉得大一学生应该从旧书读起还是怎么的，其实这会严重影响懵懂少年对知识的追求。我记得刚上大学的时候还发了一本《如何利用大学图书馆》的书，浏览过一些，乏善可陈，实在是没毅力读完，对于我们这一代的高中生而言，束缚很多，大学非常陌生，并不知道怎么快速主动去适应新环境，尤其是对于我这类反应比较慢的人。所以，到现在我也搞不清楚自己对图书馆的利用是对是错，错的比较多吧，看看现在的状态就知道了，学校直接发本书下来就算是帮助我搞定图书馆，有点高估我的能力了。

不过图书馆给我印象最深刻的倒不是读书这事儿。在之江学院的时候，学校为了培养大家强烈的爱校情怀，制订了一些匪夷所思的规定，非常严格，严格到居然要不定期地抽查校徽佩戴的情况，就好像上小学每天都要检查红领巾一样。本来大家从高中过来，有了这么个玩意儿，还挺得意的，每天认认真真地挂在胸前，偶尔出去还能充充门面，在杭州，“浙江大学”的名声还是不错的。但是再好的感情，日子久了，也会慢慢地冷下来，不能每天跟打鸡血一样为考上了浙大感到骄傲自豪，校徽只有一个，衣服换洗几次后，不要说忘了摘下来，弄丢了也可能，而且重新购买可能还不那么方便，或者是贵，我也忘了，反正到后来常常就不戴了。学校再派人检查，就有点不那么受人喜欢了，而且往往是在从宿舍到教室的必经之路上，有时候是早上上课前，有时候是晚自习，专门抽你特别着急的时候。有一次同宿舍的 CXG 明明说去上晚自修，没一会儿回来了，躺在床上唉声叹气。我问不是去教室了吗，怎么又回来了。他没好气地说，别提了，倒霉，被检查校徽的抓住了，我回来又找不到，算了，不去教室了，在宿舍里待着好了。我还暗自庆幸，从来没被抓住过，但是百密难免一疏，有一次在图书馆下面那条路上我也被人堵住了。那哥们戴着红袖章，非要我回去把遗忘的校徽戴上才让我过去。如果现在，估计没人会理会，会特别不屑这种规定，径自扬长而去，但那时确实是个好孩子，不会也没想到更不敢不理会“督察们”的责备。但回去是不可能的：第一，如果回去，我就会迟到，这比不戴校徽更让我不能接受，上课的神圣性远高于校徽啊；第二，我根本不知道那个小铝片掉到哪里去了。我们几个人边调头边想怎么办，突然眼前一亮，图书馆前面不是一条路嘛，大家都欣喜地往图书馆奔去，跑上去，从上面绕一大圈，再跑下来，一样到教室。那天很多人都这样干，我只是其中的几个而已。最后，学校发现这样设置路卡在之江学院是没用的，所以就再也没有干检查校徽之类的无聊事情了。其实，戴不戴校徽真的不能说明你是不是热爱这个学校，就像现在我仍然热爱她，可我再也没戴过校徽，但某一天我发现，校徽仍然静静地躺在我的文具盒里，已经多年过去了，岁月拭去了它所有的光泽，但“浙江大学”四个字仍然那么醒目，我还会继续珍藏下去。

有一天，88 上有人问通宵教室的问题，一下子又让我想起之江图书馆底层的那两间。我也有两次通宵经历，一次是为了复习高数，1997 年的冬天，不知道那天脑袋哪根筋出了毛病，要跟室友去通宵。几个人穿着厚厚的大衣，带着大量的奶粉，拎了两个热水瓶，在别人陆续回宿舍睡觉的时候，顶着他们奇异的目光到那里去了。现在想想真不知道这么干有什么意义，八点到十点不去自习，在宿舍里扯淡，到了十点之后说要跑去学习。实际上那个晚上做了些什么呢？刚开始那个教室里还有人，有人回去的晚，看着我们带着这么多战略物资过来，都带着一样的目光端视一番，我们在他们的暗自佩服中放下东西，开始埋头苦读，生怕人家看不出我们是来认真学习的。等到慢慢地很晚了，只剩下我们三个的时候，就开始聊天，觉得特别刺激，深沉的冬夜，周围都是沉寂的树林和草丛，就我们这里亮着灯。聊了一会儿我们觉得真对不起这通宵，又埋头自习，做题目。想象一幅画面吧，莘莘学子挑灯夜战，我满脑子里都是“三更灯火五更鸡，正是男儿读书时”“黑发不知勤学早，白首方悔读书迟”之类的格言警句，真的都要被自己感动了。夜更深了，越来越冷了，开始泡牛奶喝，喝了自然要出去解决问题，反正就是随便找地方了，而且之江那里黑咕隆咚的，大冬天的，风呼呼地吹得你冷战一阵一阵的，灯光下，树影婆娑，有的跟个人形差不多，心里也害怕，总之一句，撒尿都不爽，还没完就嗖地跑回来。一会儿又冷了，然后又喝水，喝完水又要上厕所，反复这样，恶性循环开始，直到开水被喝光为止。这时人也困了，就在角落趴个桌子睡了，心里巴望白天的到来，迷迷糊糊地睡了个大概。天终于亮了，估计宿舍楼门开了，赶紧闪人，结果宿舍楼开门时间被我们估计早了，八号楼那老头又不肯轻易开门，又在那里挨冻。回到宿舍，只干一件事：睡觉。这次通宵之后，我视通宵如猛虎，并斩钉截铁地做出了一个决定：打死都不通宵。但是后来又有一次，不过这次是被迫的，我们土木系有一次大作业，要画一些立面图，我有点来不及，只好拿起图板去通宵。这次是真的没空干别的了，一直到早上终于搞定，自己感觉特别有成就感，虽然图面脏兮兮的。第二天是周末，我还要英语听力补课，我从宿舍稍微洗漱一下赶到那里，坐定，不停地打瞌睡，拼命地点头，耳朵里根本不是什么单词，一阵阵嗡嗡声，什么都没听懂。一直熬到最后跌跌撞撞地回到宿舍饭都没吃开始上床猛睡了。更让人吐血的是，我的那张图因为与别人的相比实在是太脏太丑，我申请晚交，重新画了一幅，这次向别人请教了一些该注意的地方，避免了很多问题，勉强自己能接受。吾尝终日而思也，不如须臾之所学也。两次通宵，一次是自作孽不可活，另外一次则是天作孽犹可活了，但是殊途同归，最终的效果都是奇差无比，无任何可取之处。一旦明白了这个道理，我就决定再也不通宵过了。不未雨绸缪，跑去临阵磨枪，表面看来显得特悲壮，实际上只能显示自己做事情没计划没安排考虑不周到不勤于思考，多么滑稽可笑的事情啊。

有一天，听说图书馆那边有人闹自杀，吓我一跳。我第一次发现身边居然还有人想不开，不大相信。这不刚上大学吗？出来时人家都以为你从此前程似锦，怎么会寻短见呢？我深表怀疑，一再跟人家确认，结果好多人都说是真的。后来知道，那哥们儿是吃了安眠药，昏睡过去了。庆幸的是，我们班WYH发现了，赶紧联系医院急救，让他与死神擦肩而过。我们很多人向WYH求证的时候，他笑着说没什么没什么，我就是搬了一下而已。救人一命，胜造七级浮屠，“救命恩人”这身份可不得了，顿时，大家都特别尊敬WYH。当时他也是我们班的学习委员，这事儿之后，我们觉得他不仅能胜任学习委员，还能胜任生活委员、医疗卫生委员。此事给图书馆蒙上了一层阴影，让我颇为脆弱的心灵久久不能平复，但毕竟事情最终以庆幸收场。三年后，厄运再次光临了浙江大学的图书馆，那一次，悲剧未能避免，死神战胜了天使。

四　绿树浓荫夏日长 楼台莫过小礼堂

小礼堂特别的恬静，在从宿舍到教室的路上，永远那么悠闲地坐着，看我们行色匆匆，熙熙攘攘，为名而来，为利而往。那石砌墙面布满青苔和藤蔓，恰似岁月掠过面庞留下的印痕，她宛若一个饱经风霜的慈祥老妇，淡定而又坦然，细细诉说着她曾经看到的一切。求是堂和小礼堂比，输掉的不在于珠圆玉润貌美如花，输掉的是百年风韵不老容颜。

我前面说过，钟楼的设计让我觉得那是之江数一数二的建筑，之所以不敢把名次确定，就是因为小礼堂。

小礼堂非常古朴，深色的外墙，周边布满了花草树木，绿荫辉映，显得年代久远。从气质上看，很像基督教堂，据说这里以前是教会大学，也不是没有这个可能。我没认真研究过学校历史，也不敢妄加推测，但如果我来选择，这个地方做教堂再合适不过了，平和不失严肃，亲切不失威严，适合思考、忏悔。

小礼堂深而不露。从外面一看，觉得就是一幢小楼，从小小的入口进去才发现别有一番洞天，不过我估计实际上也没那么大，只是外面看起来太不起眼了，显得里面更宽敞了。

小礼堂特别的恬静，在从宿舍到教室的路上，永远那么悠闲地坐着，看我们行色匆匆，熙熙攘攘，为名而来，为利而往。我们在之江，身处国家一级风景保护区，春夏秋冬，随季节变换，都有美轮美奂的景色相随，但是，年轻人，多数不会顾及这些，在忙碌中度过一天又一天。那石砌墙面布满青苔和藤蔓，恰似岁月掠过面庞留下的印痕，她宛若一个饱经风霜的慈祥老妇，淡定而又坦然，细细诉说着她曾经看到的一切，发生在之江的故事。

很多很多年的坚守才能成就一段历史，很多很多年的历史才能积攒一点传统，很多很多年的传统才能形成一段文化。在小礼堂那边，这种感触特别深刻，门口有两块石头，不远处也有石桌石凳，有时候，在那里坐一会儿，看看这矗立百年的小礼堂，也能感受白云苍狗，沧海桑田。求是堂和小礼堂比，输掉的不在于珠圆玉润貌美如花，输掉的是百年风韵不老容颜，这就好像韦小宝眼中的陈圆圆，虽已苍老，但也不是阿珂她们能比。

之江几乎每一个地方都很静，除了某些时候的小礼堂。

小礼堂

在之江，大多数人，也包括我，几乎所有的娱乐活动就是在这里完成。开学不久，学校大概是为了挑选一些有文艺特长的同学，趁着中秋国庆，搞了一次"秋之韵"的文艺晚会，每个班都出个节目。因为场地限制，不是每个人都能入场的，只有那些参演节目的同学是肯定可以进去的，其他人得凭票入场，这本身也没错，但是怎么分配剩下的票就不知道了，有些人社交能力很强，居然短短一个月就能认识各种人，可以弄到票，像我们这样的老实人，只能望票兴叹。这件事让人意识到，一切地方都要凭本事吃饭，大学里就更要凭本事了。幸亏，我们班有个杭州本地产的文艺委员CL同学，脑袋很灵光，想了一招，让我们整个班都进去了。他给我们大家找了个大合唱的节目《黄河大合唱》，我们大家为了能被组织看中，努力排练，还真的被选上了。我从小到大没上过舞台，一上大学居然有了第一次，很开心，训练时使劲地表现，但是到了台上正式表演时一激动忘词了，还好是大合唱，就跟着大家哼，滥竽充数一样的，反正也没人看得出来。几次陪同学回之江的时候我都要提起这件事，洋洋得意的样子让他们目瞪口呆，因为他们对我也能登台表演非常意外。

没多久，之江举行了 TOP TEN 歌手大赛。赛制是什么样的我现在忘了，应该是先每个系进行预赛，然后淘汰，再一步一步地进行各阶段的决赛，最终产生了十强，周末在小礼堂进行终极对决。从小到大，我脑子里一直被灌输一个概念：学习学习学习，学好数理化，走遍天下都不怕。音乐美术这些副课，要么被语文老师占了，要么被数学老师占了。一到大学，发现评价标准变了，学习固然重要，但已经不是唯一的标准了，原来唱唱歌也可以很风光。那些在台上挥洒自如的大多数来自于大城市，像我这样来自小地方的，卡拉 OK 都没怎么进去过，唱歌哪里还分什么前奏啊音乐啊节拍啊，在公众场合下讲话都会胆怯，更不要说唱歌了，音乐一响，嗓子就干得要命，怎么也唱不上去，所以我也特别佩服那些能在大场面中镇定自若的人。我们这样的，基本上只能是做个拼命鼓掌的观众。我也忖度着，如果我当初也这么全面发展，在湖北那种高考竞争如此残酷的地方，估计来到小礼堂给他们鼓掌的机会都没有了，所以，虽然羡慕，但并不嫉妒，觉得他们也需要我们这样的人，没有我们的暗淡无光，哪有他们的光彩夺目，英雄走过的时候都需要鲜花来映衬呢，我们就是那鲜花。

这事儿从一开始就非常热闹，连续好多个周末，轰轰烈烈的预赛决赛，不断有人出局，一副热火朝天的样子，学期进展到这个时间点才有点大学的意思了。我们中学也有过卡拉 OK 大赛，但精彩程度远不如这个。比如说在武穴哪里有多少人会唱粤语歌？小礼堂就有。在武穴哪里有多少人会唱英文歌？小礼堂也有。20 世纪的 90 年代，粤语歌如日中天，四大天王叱咤风云，在我们那儿，你要会几句粤语歌，也不管是不是武穴粤语，至少听起来像就行，那么人人都会佩服你，你自己也会以此为荣，仿佛真的有了什么大本事一样。但是之江的学生来自五湖四海，当然会有广东人，我记得第一次开班会的时候，大家听说 CGM 来自广东，都缠着要他来一首粤语歌，大家的新鲜劲儿让我当时就感觉到其实极少数人听过粤语歌的现场版，比较土的大概不止我一个，否则，能有这么激动拉着 CGM 唱？CGM 推辞不过同窗初识的热情，硬着头皮接受了，结果一开始就来了这么一句：其实，我虽然是广东人，但是我是潮州的，虽然听得懂广东话，也会讲一些，但不标准。大家一听，管你呢，反正只要听起来有那个味道就行了，潮州话广州话对我们其他人来讲都一样，于是CGM来了一首张学友的“在这美丽的夜里，等你等到我心碎”。

CGM的粤语歌当然远不如小礼堂的精彩了。我记得最终决赛的时候有个女生唱的是陈慧娴的《归来吧》，“心里的他，快回来吧，这里才是快乐老家”，当场就雷霆般的掌声，开始有人尖叫。年轻的心啊，是如此震撼。无论我们听过多少次的磁带，都不可能有现场那么美妙。余音绕梁，数日不绝，后面相当长一段时间，大家都对这首歌津津乐道，好多人在哼唱。你们现在也可以问一下97级的人，记不记得这回事。除了粤语歌，还有英文歌，《Nothing's gonna change my love for you》也有很多人选唱，虽然也不错，但是并不能给人震撼的感觉，最主要的大概是男生唱的，没几个人记得住。有一首歌，似乎不特别，但很多人选唱——张宇的《用心良苦》。主持人连续报了好几次：下面一首歌《用心良苦》。我很纳闷，问当时和我一起听的CGM，他很自豪的跟我说“张宇，我们广东最近比较流行他的歌”，现在知道张宇是台湾人，跟他们广东人沾不上边，但当时本着对改革一线省份的崇拜，我还是挺相信他。“你说你，想要逃，偏偏注定要落脚”，我到现在都不理解这种哭腔魅力何在。

有人可能怀疑我不大会唱歌，但却知道这么多歌名，可能在撒谎。其实没什么，我有个同学叫作QXA，别说唱歌，普通话都说得不利索，但是这不妨碍他一天到晚拿着个随身听，听听李宗盛啊苏永康啊。世上无难事，只怕有心人，如此刻苦之后，他也能对很多歌手如数家珍呢。

这么精彩的赛事，当时应该录音下来，灌好唱片的，给每人做个纪念，算是之江TOP TEN的LIVE版。要是作为传统办下去，那绝对是一场盛事。到了本部这里，一来新奇劲儿也过了，没有那时的热情了，二来这里的比赛很多，不容易把那么多出色的歌手集中起来，所以没看过什么让人回味的节目了。舞台更多了，选择多了，有更多的人可以去表现了，有利有弊吧。而且，随着慢慢长大，兴趣也慢慢转移，有一次，杭州室内交响乐团去表演，我去听了，那个主持人说什么让我们闭上眼睛随着节奏自由的幻想曲子所带来的空间，我幻想了一会儿，觉得也蛮有意思的。所以，生活都有不同的阶段，任何时候都需要努力去体会特定时段的精彩，珍惜现在，一旦错过，就会永远失去。

小礼堂不仅不定期地提供精彩节目，定期的也有，每周末会有盗版电影，都是大片。那时候不像现在一个宿舍就好几台电脑，那时候电脑还是个稀罕货，也很贵，整个一幢楼也没几台，网络就更不用说了。租碟？为了两张碟子去乘屁股猛地冒黑烟的308路公交去市区？基本不可能。于是，小礼堂的电影就成了大家最好的娱乐了，价格便宜量又足。周五下午下课回宿舍的时候留意一下那里的小广告牌，如果感兴趣，回来早早地吃饭洗澡。大一时候成对的很少，还是继承着高中的老传统，成堆成堆的出动，一般都是一个宿舍一起，要不就是叫上周围宿舍的，向那边迈进。晚上一散场，路上所有人都在眉飞色舞地谈论着每一个情节，只要你认真地从小礼堂那边听起，哪怕你不去看，也能知道个大概。回忆起来让我自己都感到吃惊的是，我在很长一段时间里，居然从没去那里看过一场电影，这绝不是价格的原因，因为当时的票价不过只有两块或者是四块，而是我总觉得去看录像不应该是学生干的事。每次我想进去看看，就想起高中时候的万人签名仪式——“告别三室一厅”，我印象颇深，或者说深受其害，以至于一看小礼堂那里面黑乎乎的样子，觉得这是录像厅，不能去，当初可是签过名的，总不能违背诺言。许久，我开始偷偷地安慰自己：这么多人都去，为什么我去不得？渐渐的，偶尔也去一下，或者下晚自修的时候，电影差不多散场了，都会去瞧一眼。印象最为深刻的电影是《泰坦尼克号》，看到JACK给ROSE画像那一幕，吓我一跳，这算什么啊，偷偷看四周，大家都目不转睛地盯着，发出得意且满意的微笑，都觉得这四块钱花得真值。到现在唯一记得的台词就是“Promise me”，因为我印象中promise一般都接to do something，没想到还能直接接人物名词做宾语。如果上天再给我一次在之江度过的机会，我一定要去小礼堂看看电影，如果要看电影的次数加个限制的话，我希望是：每周都去。我记得泰戈尔说“错过太阳的时候不能哭泣，否则你又要错过星星和月亮了”，在之江我看的电影太少了，现在我自己买了电脑，只要有机会，我都会补上，不想再给自己有任何丝毫后悔的机会。几经努力，校网上的电影都被我看了个遍。

小礼堂给我们带来的最大福利的是世界杯。1998年法国世界杯，我们当时正准备期末考试，但是，世界杯四年一次，期末考试可是每年两次，在我们心里这两者孰轻孰重，一目了然。而且，足球这东西，不看还好，一看就上瘾，否则跟人家吹牛的时候少了多少谈资啊？上高中的时候为这个不知挨了多少骂，而如今到了大学，没人会管你看不看，碰到世界杯这样的良机，你可以想象广大同学的开心程度了。亚洲十强赛的时候，很多人都为中国队错失良机心情沮丧，但是这根本不影响1998年兴高采烈的为其他球队呐喊，而且觉得这样也好，免得要真的中国队和自己喜欢的球队对决的时候，不知道支持谁。小礼堂平时受同学们照顾了一年生意，到这个点上，打算礼让酬宾、回馈顾客：免费为大家转播世界杯。大家一边为期末考试惴惴不安，一边为即将到来的世界杯开心不已。这种矛盾的心理也深深地折磨着我。

世界杯开赛那天，我们九点多自修回来，回宿舍收拾一下去小礼堂门口排队。晚上，天气凉爽起来，大家伙儿排着队，说说笑笑地等小礼堂开门。之江男生多，那天小礼堂男生尤其多，门庭若市，跟过节一样，这些当然是球迷，不过女生也不少，这些也可能是球迷。我有个同学和他女友（这里名字就不说了，他们已经不在一起了）一起，我们问她，这深更半夜的，我们来看球，你个女孩子来干什么。她娇羞地一笑，甜腻腻地说“我来看巴乔哟，我最喜欢巴乔了”。崇拜这个事情很神奇的，它会让一些认为30米开外的远射破门能拿3分、线框内破门只能拿1分，或者把贝克汉姆认成里瓦尔多的女生牢牢地记住巴乔那双深邃而湛蓝的双眸。我们嘲笑她，你除了巴乔还知道什么啊。她骄傲地说，我还知道越位呢。旁边哄堂大笑。子夜一点多，我们坐定，裁判的一声哨响，所有人都在为世界杯疯狂，期末考试带来的愧疚和惴惴不安终于被抛到九霄云外。女生大多数是冲着意大利的帅哥，虽然她们根本叫不出名字，除了巴乔，男生有相当一部分是站在意大利这边，所以只要意大利占优势，马上就有雷霆万钧之势的呐喊。但智利在双萨带领下骁勇异常，完全不理会场内场外的潜规则，意大利进了一个，他们毫不含糊地也打进一步，再接再厉，又进了一个，广大女球迷的不满之情一阵接着一阵。等到最后时刻，巴乔挺身而出，赢得一个点球，并亲自一蹴而就，全场几乎都要沸腾了，尖叫声似乎要掀翻小礼堂的屋顶。那个晚上至今会浮现在我眼前，因为我经常站起来欢呼，后面的哥们儿动不动就要拉我衣服，提醒我坐下来。可惜的是，世界杯转播很快就被军训给中断了，但是我们通过各种途径关注着世界杯，整个夏天就在这样的疯狂中度过，被小礼堂点燃的热情一直持续到亨利高高地举起大力神杯。

离开之江很多年了，常常会想起那里，尤其是小礼堂，没有一个地方比小礼堂更能勾起我对之江的回忆，未能抛得之江去，一半勾留小礼堂。我有几次回之江学院，都碰到老师带着学生在那边写生，在这些专业人士眼中，质朴的小礼堂散发着浓浓的诗情画意。初中的时候，我读过一首诗，是郑愁予写的，就用在这里吧，哪怕不合适，但也找不到更贴切的语言表达小礼堂和之江学院在整个大学生活中的地位了，这首诗后来罗大佑还谱了曲子，有兴趣的可以去听一听。摘录如下：

我打江南走过

那等在季节里的容颜如莲花的开落
东风不来，三月的柳絮不飞
你的心如小小的寂寞的城
恰若青石的街道向晚
跫音不响，三月的春帷不揭
你的心是小小的窗扉紧掩
我达达的马蹄是美丽的错误
我不是归人，是个过客……

五 碾压小西天的狂人兄

我不知道狂人兄现在去哪儿了，好像没读研究生，虽然我不得不承认他很厉害，也想向他学习，但是一想到北风吹、雪花飘，身穿一件单衣，疾走如同挨刀，就从心底升起一阵寒意，望而却步。我想问候一声：狂人兄，你还好吗?

关于小礼堂和钟楼，说了那么多，一下子都觉得之江学院被讲完了，其实不是这样的，就像我现在认为大学的日子是我最美好的时光，但这并不能说明我其他的日子就过得不好。我们离开之后还能常常念叨之江，很大原因是因为她给我们的整体印象，而不是某一幢楼。很少有人说我特想念之江哪幢楼，更多是说之江那地方挺好，至于之江哪里好，可能一下子还说不上来，除非要举个例子，然后大概就会飘忽不定地一会儿说这里好，一会儿说那里好。红花还需绿叶衬，没有其他楼体的映衬，主楼、钟楼和小礼堂这几幢楼也就不会那么让人难以忘怀。这三幢楼要真的搬离了之江，它们还能引起我们那么多人的赞美吗?之江群楼融合成一个整体，以至于我们根本不会意识到其中这三幢楼会多么的突兀，都挺含蓄和内敛，与周边环境和谐共处，虽然钟楼略高一些，但是钟楼地势低，而且建筑师把两侧的建筑拉矮，所以钟楼的高也只是让它略显挺拔而不是魁梧或者庞大，以免让局部胜过整体。我特别反感一些咄咄逼人的地标建筑，生怕人家不知道他们家财大气粗，显得富丽堂皇、威风凛凛，实则风骨缺失、粗鄙不堪，但可惜的是这样的建筑越来越多。要是每一个建筑师都跟当年设计之江的建筑师一样用心良苦，那我们的城市该多么幸运啊。

我后面也要花些篇幅说一下之江其他的建筑。

先说校医院，就在小礼堂的旁边。二十来岁的青年人血气方刚，身体大多是比较好，看看那些献血车就知道了，以农民工和学生为两支队伍作为主力。大家到医院一般是因为两个原因，或者是感冒，或者是脚气。

先说脚气，以前高中没这毛病，到了大学里，不知道怎么搞的，既有可能南方潮气重加上自己不讲究卫生也可能乱穿室友免费赠送的拖鞋。而且，不知怎么搞的，脚气很快就成为大家的共享资源了，虽然很不情愿，但也只能接受。之江学院校医院那里一般都会开出一方“足光粉”，我们也不知道这东西成分是什么，但可以肯定性能非常刚猛——医生大概是想以毒攻毒——反正用这东西长时间泡脚能让脚表面的皮肤惨不忍睹，用了多次后，脚气的确被赶走了，但泡过的皮肤开始皴裂，到后来一个个裂缝张着血盆大口，恐怖至极，又疼，走路都嘴巴也一咧一咧的。这种杀敌一千自损一千二的做法代价太大，我一开始以为是偶尔出现这么夸张的场面，所以中止一段时间，等脚气卷土重来，再泡，发现还是会裂口，连续几次后，确实有点怕，只得暂行中止。如果忍一时之疼能彻底解决问题也罢，忍一步开阔天空啊，脚气没了能省去多少烦恼啊，关键这东西真的治标不治本，而且之江潮气重，大学穿运动鞋的时间也多，几乎不可能断根，很容易复发，只有在迫不得已的时候才以大无畏的精神硬着头皮上足光粉。这个问题一直到后来学校医院出现了达克宁才得以解决，而且后来注意卫生，穿鞋子也注意，脚气问题也慢慢消失了。

另外就是感冒，浙大医院对付感冒咳嗽开的最多的药大概就是棕色小瓶子装着喝的那种。你要感冒了，去医院，跟医生一说，头有点晕，嗓子有点不好，咳嗽，或者有时候根本就不用说，医生上来就望闻问切，怎么了？感冒了？你只需要说“是”，图省事的话，点点头就行了，于是他们想都不想，准会给你来一瓶，整个过程眼皮都不抬一下，这样就算结束。这东西往往喝不了几口病就好了，所以，到最后，我们也搞不清楚这感冒咳嗽是自己好的呢还是吃了这个药好的。这味药适用于各类人群，一个学期下来，宿舍里那种棕色的小瓶就有好几个，充分显示了我们中医药的博大精深和普适性。不光我们宿舍，而且经常看到别人从医院出来，手里也会拿着一瓶。当然也有一些不怕死的，对这味药非常的不屑一顾，比如我的室友 CXG，1997 年的整个冬天他都在咳嗽，到最后不是他咳得受不了，而是我们听得受不了，其他人都轮着跟他说这样下去肯定不行，去医院看看吧。他咳嗽几声，说去了还不是开一样的药，没什么用，咳吧咳吧，咳死算了。他那一不怕死二不怕咳的乐观主义精神感染了大家，大家更加珍惜健康了。幸运的是，在 1998 年的春暖花开、万物复苏的时候，他终于好了，他得意地说：

"我跟你们说了吧，不用去的，去了也没用，你看我不是好了？哈哈哈……"爽朗而洒脱的笑声让所有当初劝他去医院的人都无话可说。

这么大胆的剑走偏锋的角色生活中毕竟少，大部分人还是按常理出牌。如果说是之江医院条件不好，没什么药只能开出这个，我可以理解，那么本部这边五年半的时间我无数次的看到有些哥们儿从校医院出来一手拿着个医疗本，一手拿着个棕瓶子，又是怎么回事呢？就是我写这篇的时候，桌子上还摆着一瓶没喝完的呢。我还真的不怕麻烦，翻开了医疗本，分别在 1997 年 11 月 15 日、1998 年 3 月 11 日、1998 年 6 月 12 日等日子各领取了一瓶。近六年来，这味药唯一的进步之处在于包装的瓶子材料从玻璃改成塑料的了。我猜想这种药一定有着神奇的效果，希望大家记住它的名字：复方甘草合剂。

2003 年的春天，非典时期，我感冒咳嗽，还是喝这个，可怎么都喝不好，复查时被怀疑为非典。幸亏在爆发之前基本上好了，不然的话，后果真的不堪设想。我与同学聊天说起这事儿，他惊诧地看着我，说："你都这样还敢去校医院啊？"我吓了一跳，不解地问他为什么这么说。他说："你不知道吗？校医院外号'小西天'，你居然还敢去。"我瞪大了眼睛，问他从哪得到这个说法的，可不能乱说啊。他估计也是从哪里听来的，一口咬定这事儿是真的，跟我说有毛病还是去浙江医院或者市区医院吧，反正医保卡也能用，我还真的没在校外医院试过浙大的医保卡是否有效。我想着之江和本部的医院以及这哥们儿的话，脑子里浮现的全是小雷音寺和大雷音寺的样子。

虽然去之江校医院治疗脚气和感冒收获不大，但在那里大涨了一回见识，因为见到了之江第一超人，或者第一狂人，印象非常深刻，而且在未来的三年里持续加深，直到本科结束。1997 年秋冬之际，我感冒去医院。在医务室里，那个医生正在语重心长地对一个同学说着要多穿些衣服的话，不听不知道，一听吓一跳，那哥们儿只穿了一件白色的衬衣，冻得脸发白，嘴唇都是乌的，肩膀以下完全在不由自主的抖动，大脑门上，顶着很彪悍的短发，一动不动，看着医生，默不作声，一副深思熟虑的样子，偶尔点几下头。我看着他的样子，心惊肉跳，一阵寒战。轮到我了，医生这次没有上来就给我开复方甘草合剂，而是再三叮嘱我多穿衣服，别学刚才那同学，还说那位同学完全是冻病的。从那之后我就注意这家伙了，要说疯狂，一点也不过分。

无论天气怎样，总是一件单衣。北风那个吹，雪花那个飘，他虽然也是冻的两手通红——别的部位也看不见——反正看得见的地方都让人感觉天气冷的痕迹，真可谓“不寒而栗”。可他自己毫不在意，感觉身体不是自己的，抖就抖好了，一头的怒发一看就是满满的勇于跟寒冬抗衡的昂扬斗志，是个玩命的主儿，太牛了。据说杜月笙年轻的时候去收保护费，因为比较瘦弱，所以人家欺负他，他上来就是往自己大腿上扎刀子，扎得鲜血淋淋，吓得人家胆怯了，直接交钱，免打。我觉得这哥们儿有这么一手，去上海滩收保护费也没什么大碍。

我常常想，这哥们儿睡觉怎么办呢？大冬天的，从温暖的被窝里爬出来就这么一件单衣，怎么受得了？但我们想这些纯粹就是杞人忧天，人家还不是照样儿过，就跟女生认为宿舍里没有卫生间觉得不可思议而我们觉得无所谓一样，兴许，可能还巴不得天更冷一些，更能考验他的意志和毅力。1997 年下了特别厚的一场雪，结结实实、爽爽快快地给了他一个最好的锻炼机会，而他照单全收，依然穿着单衣在校园中穿行，像划了最酷的一道闪电。每次看到他，我都相信“千锤万凿出深山、烈火焚烧若等闲”、“千磨万击还坚劲、任尔东南西北风”这些诗句都没有使用夸张的修辞手法。

我心里总在想，在那些寒冷的日子里，这哥们儿是不是比当时之江的其他任何一个人都要期盼着春天的到来。不知道当时在之江的 97 级同学有没有意识到他那特立独行的存在，反正后来，我们整个宿舍就都知道了，背地里为了方便指代未经他的同意还直接地取了个名字：狂人。也不知道他会不会看到这篇帖子，希望他不要生气，这名字没有任何侮辱的含义，仅仅只是个玩笑。我要毫不谦虚地说这是我的功劳，因为自校医院一别后，我脑袋里就觉得除了“狂人”称号是不二之选了，而且大家都默认这个名字比较准、狠，一下子抓住了人物的主要特点，让人有一种无法抗拒的接受感。我们常常在深冬的夜里，躺在被窝里卧谈，猜测那哥们儿怎么样，冷不冷，真担心他熬不过去，就像五月花号的那些英雄们。但是他熬过来了，仅仅靠一件单衣就成功地战胜了瑞雪纷飞、霜寒雪冷的冬天，和我们宿舍的 CXG 一样，迎来了 1998 年温暖的春天，我们大家都替他们高兴。

回到本部，整个 97 级的人都住在 1 舍，很有幸本人跟他都住五楼，相差大概不到 50 米。这下好了，再冷也不怕了，也不好意思说冷，苦不苦想起红军两万五，累不累想想英雄董存瑞，冷不冷，想想狂人兄弟吧，他就是个火炉，蕴藏着不同凡响的能量，点燃着自己，温暖着整个 1 舍 5 楼。事情都有两面性，既然跟他住得不远，能够保持冬天不冷，那么在夏天自然也就非常热了，而且接下来的时间里，杭州变得越来越热，荣膺新四大火炉之一。

进入本部后，狂人本色丝毫不见减弱，永远都是短发，炯炯有神的双眼，瘦削的脸庞，厚厚的嘴唇，桀骜不驯的气质，白色衬衣，背着个大书包，左手提着热水瓶、而且是红色的（我就奇怪怎么他的热水瓶从来不被偷，还是被拿错了又买了红色，为什么我的热水瓶没多久就变一次颜色，红绿蓝不断变动呢？），右手拿着收音机，天线拔得老高，虽然杂音很大，但还是能轻易地判断出来在听美国之音，因为每隔一段时间就会来一句：This is VOA news now，我睡觉前常听这个，听着听着就睡着了，时间久了，就听懂这么一句。

狂人兄一边疾走，虎虎生风，一边嘴里念念有词，具体是什么我听不清，应该是英语，含含糊糊的。据说比较标准的美式发音都是这样含糊不清的，狂人兄弟大概VOA听多了，说得比较标准了，我听力跟不上。好多次我看见他在教八前面读英语，站在那个油田送给浙大的磕头机前，迎着朝阳，旁若无人，全神贯注地死命地大声朗读，那个劲儿好像跟手头上的那本书有仇一样。那个音量说“读”可能不恰当，准确地说应该是“喊”，绝对疯狂，让人领略到原汁原味的Absolutely Crazy English。疯狂英语的李阳曾经到邵体馆做过一次讲座，我也跑去听了，的确很疯狂，一群人跟着了魔一样的高声喊叫着，但是，与我们的狂人兄弟比，我觉得根本就不在一个数量级上，很多人可能认为我是考虑到我们住同一层楼的原因所以会偏袒我的狂人兄弟，扯，我是那么不公道的人吗？再说，我又不是什么泰斗式人物，说话也不顶分量，干嘛要偏袒谁。不知道后来狂人兄去哪里了，他的疯狂英语是否助他一臂之力飞跃重洋，杀入美帝内部，如果是这样，那也是一分耕耘一分收获，可喜可贺。

狂人兄弟的另一个喜好是锻炼身体。其实想想也正常，像他这么玩命的人，可不能像寒号鸟一样，“啰啰啰——寒风冻死我——明天就做窝——”，不趁着平时好好锻炼身体，到了冬天要酷那可就没那么容易了。所以，我推测，狂人兄在春夏秋三个季节一定也是疯狂的锻炼身体，但是奇怪的是，我从来没看到过。倒是在天寒地冻的大冬天，常常看到他穿着短裤、背心，小腿上绑着沙袋，双手拎着哑铃，从图书馆那边沿着教5这边往宿舍跑。时间也很准，就是十点多，就在大家下自习回宿舍的时候，一群人瑟瑟缩缩地从冰冷的教室往回走，他像一个欢快的精灵出现了，从人群中穿梭，在我们的惊愕和敬佩中消失在玉泉校区冬日的夜色中。好多次我从教5土木楼回一舍的时候都看见他一副很欢很轻松的样子从我面前跑过，心惊肉跳，叹为观止：此人只应天上有，人间哪能几度见？没有见识过疯狂英语的实战结果，但是冬日夜跑的威力还是惊人的，据说后来校运动会上，狂人兄探囊取物般的轻松斩获 1500 米、3000 米冠军，着实从幕后一直风光到台前。这冻挨的，值！

狂人兄如此疯狂磨炼自己意志，意欲何为，不得而知，但是从自控力上讲，绝对是大牛，有着非同一般的毅力。

我不知道狂人兄现在去哪儿了，好像没读研究生，虽然我不得不承认他很厉害，也想向他学习，但是一想到北风吹、雪花飘，身穿一件单衣，疾走如同挨刀，就从心底升起一阵寒意，望而却步。最后发现，有些事是学不来的，不是你不想，而是你不敢，更加不愿意，每个人都选择自己最合适的方式生活，有些人提起狂人兄的时候说“林子大了，什么鸟都有”，我觉得话糙理不糙，每个人只要在不妨碍他人的情况下，应该有一切权利去选择自己的生活。

我就想问候一声：狂人兄，你还好吗？

六　白房 white house

美国人应该不知道，在遥远的中国我们也有自己的 white house，而且货真价实。不知道这算是他们霸权的标签还是他们文明的延伸，抑或是跟这些都不相关，因为这里的 white house 特别的矜持和淡然。在经历了多年的风吹日晒以后，她依然默默屹立在钱塘江畔，她迎来送往一代又一代的学子，仿佛尘世其他的纷繁芜杂都与之无关。

之江说大不大、说小不小，不大是因为数来数去确实没几幢楼，如果日子要过得简单的话，可以做到跟高中没什么区别，不小是因为树木丛生，绝对是一眼望不到边。最主要的地方都讲过了，我要说一下剩下的楼，很多地方我去得也不多，也没住着女生，所以也不去关注，导致印象不是太深。很多时候，我们会发现，其实我们想起什么地方，并不是因为那个地方的景或物，无论多么漂亮，都耐不过时光的侵蚀，唯有曾经的人，他们的一笑一颦、一言一行，会让我们思念到永远。雨果的《巴黎圣母院》我想大家都读过，不管把圣母院描述得多么的精美，都挡不住加西莫多、埃斯梅拉达给我们的脑海烙下的印痕。

从名字来看，比较有意思的是白房。

一开始我还没留意，后来有人说司徒雷登曾经在我们学校待过，大家饶有兴趣地讨论起来，我也跟着知道了司徒雷登在白房住过。

当我们听说司徒雷登住在那边的时候，大家都很兴奋，因为我们一直以为之江那地方属于穷乡僻壤，不出产名人，哪知道曾经还有这么一个响当当的人物，至少被人点名批评过，还有这么一座名人故居，都感觉有点扬眉吐气了。

一开始我听说是住在白房的时候，我还不大相信，因为白房在之江算是比较破旧的房子，当时可能都没有人住，我们几乎不会爬那么高的山跑去看那么一个小楼。它就是孤零零站在那里，明显缺乏维护和修葺，破烂不堪。我很怀疑这事儿是否发生过，但是 CXG 当时斩钉截铁地说肯定有这回事儿，而且跟我说白房的英文名字是 white house，并问我是否觉得其他国家的人会不会给自己的房子取名叫作 white house。我想想，确实有几分道理，你看那些北美殖民地什么纽约对着约克、新奥尔良对着奥尔良、新泽西对着泽西、新阿姆斯特丹对着阿姆斯特丹，所以我选择了相信。

自从我从心里接受了司徒雷登曾在白房住过这个事实以后，我也确实发现之江学院除了几幢房子时白色或者灰色以外，大多被设计师定为红色。白房也确实有点像美国电影中美国别墅的形象，对称的砖砌结构，高高在上，气宇轩昂。后来每次带同学参观之江，在白房那里总会自豪而又深沉的介绍：看见这个房子了吗？外墙有点白，那叫白房——white house，司徒雷登住过的地方。他们都是羡慕的眼光看着我，将信将疑的，我就说："真的，不信你回去查一下好了。"

到现在，我特别遗憾的是，我根本就不知道司徒雷登到底什么时候在这里待过，为什么现在这么一幢漂亮的建筑现在如此陈旧，摇摇欲坠，真希望能好好的整修一下。很多时候，我们对待建筑的态度就是我们对待历史的态度，因为建筑在很大程度上就是历史的载体，也是文明的载体。我们能否认真地对待我们的建筑，就决定着我们是否有勇气和能力去客观地面对历史。如果一个人无视历史却不断地告诫我们要拥抱未来创造未来，那一定是在撒谎，毕竟所有的未来终将成为历史的。晨光正在荡涤污秽，我们也正在拭去蒙在我们双眼上的黑布，既然司徒雷登在之江的时间轴上有自己的刻度，真心希望我们能给他一个公正的坐标，也希望学校能够将白房修葺一新，让白房重现昔日荣光，使得历史的风采再次夺目。

除了白房，还有红房，就听说白房对应着 white house，但好像没听说红房对应着 red house，按推测，应该要对着个很牛的俄国人比较合理。红房和白房都是那种英美风格的小别墅，似乎没有什么明显的俄罗斯特征，——实话跟你说，我根本就分不清英伦风范美式乡村俄式别墅的异同。红房还分上红房和下红房，都很高，基本上是之江最高的宿舍楼了，所有人得都仰视那里的同学，他们也很自然的俯视众生了。后山上，一条小路上去，悠长的，下雨天撑把伞，外人看起来还挺浪漫的，住在那儿的人可累得个半死。虽然那些人吃饭打水还得下山，但是一到山脚，就是十号楼，会遇到一群可爱的老虎，老虎不吃人，还会和他们一道往求是堂走去。住在半山腰，海拔那么高，原来爬上爬下的，不知道是不是吃的要多一点。我有一个老乡从复旦过来，在之江待了两天，说肚子一天到晚咕咕叫，从求是堂吃得饱饱的，上了几个坡回到住的地方就饿了，如果这样的话，住在红房的男生会不会一个月的生活费比我们住在海拔低一点的人要多呢，如果这样，我觉得这个学校应该给补贴。我开始不知道那边住的是谁，后来听 CXH 说那边住着中文系，特喜欢写信，每次如果有人收到信都必须读给全宿舍的人一起听，我们当时就觉得这中文系的人就是会玩啊。自从我们知道上红房住着中文系的男生，我们就关注了一下中文系，浙大在四校合并之前是个理工科学校，不招文科生，所以中文系的人在高中也是学理科的，他们到了大学居然会上中文系。我估计两个原因：要么被调剂，要么真心热爱。不管怎样，到后来都必须热爱，“嫁鸡随鸡、嫁狗随狗”，只能这么认命。上红房非常小，一共就那么几间房，完全能容下中文系全体仅有的几个幸福男生。那地方那么高冷，那么悠远，在之江的每一个雨天，都是给女生写诗的好季节，中文系的男女生比例可以达到

红房

1：1——这可是在之江——这还不算他们高中时候的初恋情人。所有中文系的理科生到后来都被学校成功的引导到无比热爱文学的道路上，这时候大家才明白学校的良苦用心。

听说后来乐意来浙大的女生多了，10 号楼挤不下了，上红房住进了女生，我听了这个消息，一来觉得那帮女生实在太幸福了，减肥至少不愁了，据说重庆的女孩子身材为什么好就是因为上下坡走路走得那么风姿绰约；二来担心那帮女生会不会更加被宠坏，本来就高高在上，这下更加高高在上了；三来觉得学校的安排再次显得手法老练，有什么房子比“红房”更适合做女生楼的名字呢？

之江主楼靠近报刊栏这边的侧门对着个厕所，厕所的旁边，有一间很小很小的屋子，有一个很雅很雅的名字：青棚艺苑。里面的有个美眉，按照很多文学作品的描述应该是扎着马尾、穿着 T 恤牛仔裤、总是微笑着、洋溢着青春活力，可我真的已经忘了她长得什么样，因为那个地方挺小的，也很暗，每次去人也比较多，来不及也没法细细端详。地方虽小，但那个地方相当于之江的文艺市场了，可以租书，主要是一些受人欢迎但是图书馆不提供的小说，还卖磁带，那个时候 CD 还不多，大家都用单放机，听磁带。我从没租过书，该看的武侠小说高中看

青棚艺苑

了个遍，上了大学我一分钱都不想花在这方面，但买了几次磁带，也分不清盗版正版，其实在之江也没别的地方去买，也没法比较，中文歌曲便宜些，英文的比较贵。我第一次买英文歌磁带，美眉告诉我英文磁带是打口的，我不知道打口是什么意思，但又不好意思问，付了钱才发现壳破了，问她怎么破了，她说刚才跟你说了，打口的啊。这下我才明白，打口的意思，可不好意思挑破。但破了的也要 9.8 元，我还是嫌贵了，问："破了怎么这么贵？"她说："这个是进口磁带，只能打口了，本来就是这样的。"很久很久以后，我真正明白了打口磁带的意思，才明白曾经的我们也扮演着文艺青年的角色。后来到了本部，很少出现打口磁带了，不知道是我当初被骗了，还是政策有变，不需要以这种形式听到国外的音乐了。

青棚艺苑那时候是大家在学习之余放松的好场所，有些不良少年暗地里称之为青棚妓院。每逢周末，大伙白天没事往往就会想到那里去租书看，几个人约着大喊一声：走，妓院去。这当然只是年轻人的玩笑话，既不算玩世不恭，也不算卑鄙下流，只是少年人成长历程中的一个花絮和片段。

类似于青棚艺苑的地方浙大本部原来也有，后面会介绍，随着浙江大学稳步迈入世界一流的同时，它们都消失了，它们是否都不符合新时代的要求吗？不得而知。但，我总在想，在浙大前行的路上，为什么不带上这些校园里可爱的精灵，或者，放慢一些，它们能够跟上，其实，我想学弟学妹们仍然是需要它们，至少我认为，它们可能比某一门课赋予我们的还要多。山不在高，有仙则名，水不在深，有龙则灵，斯是陋室，惟吾德馨，每次我想起青棚艺苑，我都会想起这几句话，我们当然喜欢高大恢宏的大楼，但是我们也需要这些趣味非凡的小亭，它们如同在盛开着的牡丹旁边的野百合，也在微风中摇曳，散发着淡淡的清香。

从 8 号楼到教室那边的路上有一幢很不起眼的楼，门头上四个字：金龙超市，这四个字太醒目了，以至于没人再去关注它的编号。我们有一次在宿舍里没事干就比谁对之江了解得多，最后大家都难在一道题上：金龙超市是几号楼？后来找到了编号，可因为很少有人说几号楼，都说"金龙超市"，现在又忘了，姑且认为是 5 号楼吧。

金龙超市生意超级好，而且什么都卖，我在那里买所有的生活用品。开学初我去买了内裤，一个塑料圆筒里面有三条，也不知道当时怎么想的，反正冷不丁地问女服务员："这是男式的还是女式的？"我发誓这不是性骚扰，但是当时她的确很生气，回了一句："神经病。"我也很生气，"你不回答我的问题骂人干吗。"开学第一天我在那买过收音机，德生牌，所有人都要备着，这是录取通知书上指明要准备的，为日后的英语听力用，但是一学期除了期中期末两次考试，大部分时间都在一边歇着，想听的时候发现上一次换的新电池都没电了。我还在金龙超市买过一本书，《钱钟书全集》，总觉得这种地方不太可能出现盗版的东西，但是那本书印刷模糊，错字连篇，让我不得不为我的30块原价感到可惜，关键是买了那本书后不久，钱钟书先生去世了，我悲伤了好一阵子，为买了一个文化巨擘的盗版书而愧疚。

不管星移斗转、寒暑交替，金龙超市卖得最好的永远是粽子。早上，大约8:00上课，于是7:50的时候，大量的人从宿舍匆匆跑出，奔向金龙超市门口，递上一块五，拿起粽子就跑，抢购场面非常火暴，大家都像个窝里的鸟儿，拼命地把手中的钱递给服务员，她们麻利地用塑料袋装上一个又一个，满桶的粽子呼啦啦的一抢而光。有人边走边吃，到教室正好吃完，有人来不及吃，下了课再吃，更有甚者，上课的时候偷偷地吃，整个教室都是这个味道，从金龙超市到教室一路的垃圾桶里以及课桌抽屉里都是粽叶，满得都要溢出来。谁都知道这习惯不好，但没人改，似乎很少有狂人兄那样的自制能力，大清早起床，做好上课的一切准备。我也常常后悔，如果当初早起努力学习，现在会怎样呢？

金龙超市生意好，绝不是因为服务好产品好，只是那的确是方圆一千米以内唯一的超市，他们利用近乎垄断的绝对优势赚了不少钱。有一次去之江的时候发现金龙超市被取缔了，大快人心，但也担心学弟学妹们买东西怎么办。后来发现在旧食堂那边有了一个新的超市，美其名曰：教育超市。看来，一个"金龙"倒下去了，千万个"教育"站起来了，估计还是换了个马甲而已。原来的"金龙超市"的牌子改做"沁园"了，我总想起"沁园春"，现在不知还是不是。

沿着8号楼前面那条路下到坑里，就会到达之江的体育馆。你们不要以为说它在坑里是贬低它的意思，它真的就是在坑里，巨大的山坳。看上去，我们8号楼门口路面比体育馆顶还要高。之江这地方，在山区，寸土必争，连个坑都不能放过。我一个同学看了之后嘲笑我们，回去跟别人说，浙江大学很好玩，把个体育馆造在坑里。我常常还要解释一下这种胡说八道背后的苦楚。有一次上体育课从那边网球场上来，我透过玻璃窗户，发现里面好多女生在那边上健美操课，激动得我三步并作两步回宿舍告诉同学们这个天大的好消息，果然，后来他们也都喜欢走那条小路。

楼上是个乒乓球馆，条件不错，收费非常便宜，2 元 / 小时。跟高中白天抢不到水泥台子晚上跑去点蜡烛打，真的好幸福。我们班除了 WJW 没什么人对乒乓球感兴趣。他看我热情很高，偶尔陪我去打打。后来为鼓励早锻炼，早上七点前免费开放，我拉着 WJW 去得更频繁了。他大概意识到我是真的觉得挺有意思的，有点怕我了，开始拒绝我的邀请了，估计是怕这么下去太费时间。于是，早上我去叫他的时候，他都睡眼惺忪的跟我抱歉，找出各式各样的理由，一会儿说昨晚看书做作业很晚，一会儿说今天上午要去干什么，一会儿又说有点累啊，反正不再愿意去了。慢慢地，这事儿就消停下来。每天早上如果醒得比较早，我就想起那空荡荡的体育馆，那一张张等待着我们的乒乓台，就感觉好可惜，但是又找不到人，只能狠狠的继续睡去。再到后来，我也不可惜了，也没兴趣了。

七　电脑和图板

> 对于大多数 80 左右的人来说，PC 时代是从大学开始的。也就是从那时候开始，凡是能用计算机代替的几乎都要被淘汰了，包括我们土木系视之若吃饭的家伙的大图板和丁字尺。为了迎接这个时代，我们在之江接受了最后的手工绘图练习和最早的计算机基础学习。

之江的 3 号楼是机房。

我们中学也有个机房，在行政楼那边，领导来视察的时候，抓一个幸运的班去那里装模作样的学习，校领导边指着同学边介绍说我们学校在积极开展电脑培训，领导表示很满意，领导走了，大家也就散伙了，各自归位。实际上，平时那里都是房门紧闭的，拉着窗帘，进去还得换鞋，里面还有空调，一副神秘兮兮的样子，摸到键盘都觉得很宝贵，生怕弄坏了。当时觉得电脑最厉害的地方就是显示器。那玩意儿很显眼，像有人在那端坐着，竖着个脑袋，确实像个“电”脑。随着显示屏越来越大，电子显示器也越来越笨，一个人搬都挺吃力的，现在慢慢地都转用液晶的了。虽然大家也明白了显示器不是最厉害的地方，但是很多人还是习惯把显示器称作电脑，要是有人把主机连着两台显示器，他们会惊讶地说“哇，你用两台电脑啊”。

我第一次上计算机课很是遗憾，想着为什么别人都学电脑，我们只学计算机呢。我一直把计算机和计算器搞混了，准确地说四个名词没弄清楚：电脑、计算机、微机、计算器。第一次上机课之后，我才弄清楚这些，哭笑不得。我常常想，地方的经济差距其实不是最可怕的，最可怕的是教育的差距，每次看到抨击高考的文章，我的内心都很挣扎，不知道是该支持还是该反对，如果不是高考，或许我现在都不搞清楚这些名词到底有什么区别。

3 号楼

上好理论课后的第一次上机，一上楼，一排一排的，全是，上机时候是每人一台。当时我像是刘姥姥进了大观园，觉得不可思议，天啊，浙大条件真好啊，这么多电脑随便上！为了照顾我们这样的电脑白痴，机房老师在边上贴着纸质的提示，一步一步地正常操作就能进入黑乎乎的 DOS 操作界面。其实，进去我也不知道干什么，而且键盘也不熟悉，一个字母就能找半天。于是，在相当长的一段时间里面，开机进去就只能输入 tt，在我脑子中所谓上机就是打字。我坐在那里就是跟个打字员一样一字一顿地敲击着，特别羡慕人家噼里啪啦的很爽快的样子，想着自己什么时候才能这样啊。当我有一天发现自己一分钟能突破 40 个字符的时候，我甚至忍不住欣喜地告诉旁边的 WY，指着屏幕对他说：“看看看，我一分钟打了 40 个呢。”他对我竖了竖大拇指，说：“哇，真不错！”——实际上，这时候他一分钟打上 80 个字都不成问题。虽然我反感说教育不要输在起跑线上，但是这种基础教育真的是要从小开始，你看我，就是活生生的例子。

对于那些从高中甚至初中就有条件开始接触计算机的同学，这时候机房成了他们的乐土。很多人是每天跑到 9 号楼去买上机票，然后屁颠屁颠的去玩些什么东西，——我也不知道。有一天我想去看看，也买了一张上机票，发现他们也没干什么，就是在 DOS 下用自己的名字建个目录，删除别人名字的目录，拷贝一个文件，也有一些开始用 WPS，也有一部分在偷偷地玩游戏，这些事情我一件都不感兴趣，就练练打字后回去了。因为计算机激不起我丝毫兴趣，后来我几乎没有主动光顾那里，除了上课，去了也不过是练练打字，做一些基本操作，也没深入地想过怎么利用它解决问题。在 DOS 操作系统下，那时候所有的操作都在键盘上进行，所以到了大一快离开的时候，我竟然连鼠标都不会用。也不知道为什么，每次有同学启动了 win95，就会有老师过来说，现在不要用 windows，要打好基础，赶紧切换到 DOS 下去。

坦率地说，由于我对计算机的无知，我从来没有喜欢上过计算机，而且因为我对游戏的冷漠，我宁愿随便看本书，都不愿意去想那玩意儿，可以说，我从来没有在计算机这门课上多花出一分钟的时间。这也导致后来我摔了所谓人生中的第一个大跟斗。

基于 3 号楼无法扩容，偏偏有兴趣的人又很多。之江学院正大门沿着那个大坡上去，正对着篮球场有幢楼，住着六个班的计算机系。8 舍这边，还有六个班的信电系。计算机对他们来说就好像是图板和尺子对我们土木系一样。僧多粥少的情况下，慢慢地，开始有人自己购置计算机了。这需要解决三个问题：第一，学校得同意。现在想来不可思议，买个电脑怎么需要学校同意呢？但是考虑到供电问题就能理解，因为晚上是不供电的，一旦花了那么多钱买了电脑，不能放在那里供着啊，所以很多人抓紧白天时间玩电脑，就不去上课了。这在之江是大忌，学校怕大家从高中过来，一下子没人管，放松了自己，认为有必要约束一下，不得随便购置。第二，得把钱找到，那时候的电脑可娇贵了。我说了高中的时候微机房里要空调，上课要脱鞋，很神秘，仿佛是什么高科技，虽然后来降价了，但是身价还是不菲的，一台电脑好的要上万元，差一点的也要六七千元——要知道当时一年的学费才 2300 元，住宿费 400 元，生活费一个月 300~500 元就足够——一般人是根本独自承担的。记得隔壁班的 XZZ，一个人买了台电脑，大家都惊呆了，后来知道他上学从来就是乘飞机，也就只能恨自己命不好了。第三，室友得同意，因为这涉及一个电费的问题，学校的标准是一间宿舍每个人每个月就四度电，一旦超过，得交钱，电脑一上，电费蹭蹭蹭地上去了，怎么办?

第一个问题大家很好解决，都表态说是为了学习计算机知识，要做中国的比尔·盖茨，学校也信了，慢慢就不约束了。实际上这是胡说八道，有相当一部分人就是在打游戏，最后打得成绩单不停亮红灯，几乎都要无法毕业，我们班就有两个。大部分人从小被约束惯了，一旦放松后常常有点手足无措、甚至失控，而这样的状态又常常成为我们无法管好自己的理由从而陷入家长或者学校严格的管控中。这样的恶性循环，有点类似于鸡生蛋、蛋生鸡的问题，但是最终谁更强势谁就取得控制权。学校为了避免后续麻烦，做出控制，而不是禁止，似乎也没错，至少给你一个缓冲，让你知道有这么一个紧箍咒，不得恣意妄为。学校也真为难，为我们的成长煞费苦心。类似管控措施现在看来都匪夷所思，比如在之江无充分理由的夜不归宿也可能受到通报批评。

第二个问题大家也解决了，一个人不行，大家一起凑呗，当时好多宿舍都是合买电脑。一个宿舍酝酿了很久，终于下定决心，某个周末，全体出动，从市区买回来一台，自己组装好，花上一天的时间装上盗版的操作系统，那时候已经开始有win98和win NT了。电脑回来了，那就是干了一件大事，别人来串门，都报以羡慕的眼光："哇，你们买电脑了？"整个宿舍都显得十分的得意。那时候，宿舍里有台电脑，就好像过去结婚有台黑白电视机，那可是很隆重的，可以拿出来显摆的。那时候硬盘一般就是3~5G，我老乡他们买了7个G的硬盘，吓我一跳，我问他们宿舍："这么大的硬盘，怎么用得完呢？"他们宿舍兄弟很得意地说："要的就是这种感觉。"电脑买了，因为是合买，又得安排使用时间，搞得就跟学校机房一样，非常麻烦，分配不均的话，还容易有纠纷，有些宿舍还郑重其事的做一个表格来分配。反正，很多那时候干得特起劲的事情现在看起来就是个笑话。

第三个问题也解决了，经常用电脑的人多付费，偶尔玩一把的人就看着给呗，我们宿舍就这样的，反正他们一天到晚玩着，我们偶尔参与一把游戏、跟着看一下电影，就稍微付一些，就当是去买了上机票和去了小礼堂。

不管感兴趣与否，随着发展，计算机来势汹汹的席卷着我们整个学习和生活，让我们无法抗拒。我对这方面所有的了解就开始于3号楼。那个时候，在之江，主机、显示器、硬盘、内存都是很酷的名词，更不必说网络、BBS了。如果你能说出几个电脑，尤其是网络方面的术语，大家都会刮目相看，觉得你就是大牛。你要是说这东西很简单的，谁都不相信，还老说你谦虚。

我常常把我学不好计算机这事情赖在我的基础差，直到后来CYM现身说法。他是三班的，从江西农村过来，进学校的时候对电脑的理解大概和我不相上下，但是据说在3号楼度过了许多时光，而且持续努力，大三的时候已经开始参与杭州火车站售票系统的设计了，毕业后据说签了一家软件公司，号称月薪八千。2001年的八千，大概可以买到一平方米门口的绿园，你们可以想象同是土木出身去设计院画图每个月只能拿一千五到两千的同学是多么的惊恐了。那时候，我思考了一阵子，再也不能把没学好归咎于基础不好，得找个新说法，否则心里总感觉过意不去，所以，后来就按照CXG常常找的理由，说自已没天分。

之江的4号楼是绘图楼。

那地方的桌子很大很高，凳子也合适，无论站着还是坐着，跟我的身高都很相配，不像别的教室，桌子太低，凳子稍高，人总得趴着，时间长了不舒服，关键是那里的课桌文化最发达，前面的学长给我们留下了深厚的底蕴。“浙大美女”在那边的桌面上可以从“一回头”一直到“九回头”。每天卧谈的时候都会有人分享一些新发现，就像现在的BBS跟帖一样，大家一个比一个跟得欢，一个比一个有文学功底。

但还有比这更吸引人的地方：闹鬼的传闻。也不知道是谁传的，听说曾经有个女生在那里四楼自杀过，而且是吊死的，因为是传说，也没人知道具体哪间教室，就只说在日光灯下面。原来我都不信，觉得大好年华，怎么会走上绝路呢，后来卧谈时有人一本正经讲是真的，又有了图书馆事件，我也将信将疑。忘了是不是CY讲的，他躺在床上给我们娓娓道来：

> 本来学校都隐瞒了这事儿，所以没人知道，而且那鬼还好，一般不出来骚扰人。可是有一天，有个家伙在那里自习，突然间，顶上的日光灯在晃动，而且脸上总有什么东西在轻轻地拂着。他以为是起风了，没在意，但是外面树叶却纹丝不动，他就奇怪，向四周一看，没人跟他开玩笑。回去以后，跟同学说了这个，人家开玩笑说闹鬼了吧，还说拿相机过来可以拍到鬼的。于是他又一次坐到那里仔细，同学偷偷地在外面架起了相机，等日光灯又晃动起来的时候拍了下来。这下不得了，什么也没了。等照片洗出来一看，日光灯上坐着一位女生，穿着的裙子飘过来飘过去。那天那家伙脸上就是这裙子在轻拂着。

讲到这里的时候，一群人都吓疯了，一个劲儿往被窝里缩，把被子压得牢牢的，尿都不敢去撒，一直憋到第二天。自那之后，宿舍里没有一个人敢独自前往 4 号楼自习。

但是土木系有一门课叫作《画法几何》，每周都是两次，所以不管怕不怕，都必须得去。还好每次上课都是白天，而且是一大群人，教室在二楼，万一有个风吹草动，跑起来也方便。不过再也不敢坐在日光灯下面了，万一哪天脸上真有感觉了，那就大事不妙。

浙江大学的课程设计很神奇，比如制图这门课，土木建筑要学，而且学得比较深入，那是理所当然，机械系要学，也能理解，可是电气系为什么也要学呢？我老乡 LC，从黄冈高中跑到浙大，第一个学期就被他们电气系的《工程制图》给逮住了。放寒假我们一起过年回家，天还没亮匆匆忙忙去赶火车的时候，他问我考试怎么样，我说还好，他很沮丧地告诉我《工程制图》被抓了，还在感慨搞不明白工程制图对他们电气系有什么用。回家的欣喜之情一下子被冲淡不少，我也把高兴的话给噎了回去，只好安慰他说可能以后画电路图用得着吧。到现在，他在中科院读研究生，说起这事，他说基本上重修之后就再也没用画过图了。

之江给我印象深的建筑也就这么些了。再说说那些小的，不起眼的地方。

之江运动的地方大概有三个：

第一，在 12 号楼和 13 号楼之间有一块小场地，每天傍晚有些同学在那里踢球。我也去过一次，不过就是那么一次，我居然一脚就把 12 号楼的一块玻璃给踢破了，还没来得及逃脱，那老头箭一般的冲出来，看起来很有经验，一把揪住我，不让我走。我没办法，好不容易等到一个同学来食堂吃饭，让他去取 10 块钱把我赎回去。

第二，大操场，那地方四周全是茂密的树林，从求是堂边上的小路下去，一下子感觉就陷了进去，气氛太恐怖，阴森森的，要真有个什么坏人，后果不堪设想，所以女生都不大敢去。女生都不去了，男生一般也就不怎么去了。也不知道是不是因为这个，所以没多少人去跑步，或者大家本身就不喜欢跑步，总之，在一年多的时间里，操场就好像被遗忘掉了，一直静悄悄的，只有运动会或者军训的时候才有那么一点红红火火的场面。刚到学校的时候，我还在想为什么大学没有操场呢，再后来看到有人往那边走，可是路口全是树，大下坡，加上转弯，什么也看不到，也没去多想。一直到第一次上体育课，我才发现那里有个大操场。我建议在那边设置一个条件好一些的灯光球场，晚上能够有男生过去运动，增加

之江学院大操场

一点阳刚之气，盖过那阴森森的气氛，这样的话，学弟学妹们可是有个谈心的好去处了。

第三，就是在体育馆前面，也就是那个大坑的出口处。几块篮球场，还有排球场，网球场，如果在那边玩累了，上山回宿舍就特别的艰难，常常会在那上山台阶坐一会儿。有一次我们几个人坐在那，山谷中传来清脆的玻璃碎掉的响声，吓大家一跳，赶紧跑上来看看怎么回事，原来是8舍老头往下坑里树丛中扔坏掉的日光灯。不让我们去尿尿也就罢了，连老子坐一会儿都不让，一群人骂骂咧咧的回宿舍。

在10号楼下面有个修鞋的地方，鞋子修起来好像是5毛钱一个洞，当时没觉得多么便宜，直到来到这边，与商贾园旁边的修鞋比一下就知道，那个老爷爷是多么多么的可爱。修鞋地方的旁边是个理发店，技术不怎么样，以我妈妈的话说，我回家的发型就像拿砍柴刀砍的似的。后来在宿舍里互相理，用张报纸，挖一个洞，脑袋穿过去，披在肩上，然后拿个剪刀开始。不过，那一次回家妈妈说我的头发像被狗咬了似的。来到本部，大家对形象要求高了，互相看不上对方的理发技术，一般都去理发店去，发型大有改观。

八　计算机系宿舍楼的周边福利

计算机系宿舍楼内外分布有工行浙大之江学院分理处、兰州拉面、舞厅、教学楼，应该算得上是综合便利条件排名第一了，只是学生时代没多少钱、拉面也不能当饭吃、舞厅一年也开放不了几次、教学楼本身就不是什么吸引人的地方，所以最终因为去求是堂和金龙超市都要翻山越岭落得个鸡肋的地位了。

之江的建筑群就像一个班，主楼做班长没什么争议，其他的比如小礼堂做个文艺委员、钟楼做个课代表，但一个班上总有那么一些默默无闻的，或者虽然也有闻，但关系不密切，也就不大关注。

比如说从钟楼上去往 15 号楼走的左手边那幢楼，我们既不会去那里上课，也没有老师在那边办公，但它的确是红砖的老房子，上面还有几个老虎窗，门常年封闭着，这种风格让你既想进去看看，又不太敢，即便你壮着胆子想去看看，可也找不到什么理由，要里面真的传来一个深沉的声音，估计会吓得魂飞魄散。那幢楼，我至今也没进去过，甚至也不清楚是几号楼。往事一旦模糊，有时候就会显得特别美好，所以我并不打算去搞清楚这些，就让它在脑子里保留那份神秘的形象好了。

还有前面说的计算机系的宿舍楼。住在那里的人虽然不熟悉我们 8 号楼，但我们可是很熟悉那边，因为那幢楼底下有个工行的分理处，当时之江就这么一家银行，别无选择。大家把家里给的几个月的生活费就存在那里，虽然只有区区一两千块，但这是自出生以来自己独立掌握的巨款，所以，非常珍惜这样的财政大权，在局部范围内算是财务独立。每周五下午下课后，好多人都会去那里取钱，排很长的队伍，看起来生意非常好，但是从现在来看估计是没什么效益，因为大部分人取钱都是五十、一百的取着，就跟现在银行每到退休金打卡的时候银行就站了很多老年人，银行最终赚的就是个人场。工作人员态度也蛮好的，从来不会因为你取了五十块觉得你很烦，倒是自己有时候觉得少了一点，也想多取，可数额大了也不禁取啊，存折上好不容易看上去有个两千块，要是每次取了五百,四次就取没了，那存款下降速度之快完全不能接受。工行这个分理处赢得了学校的学费存款，赔了为我们服务的开支，但是这个分理处肯定为他们锁定了很多客户，从那之后，我大部分费用都从工行走，估计将来也会这样。我这样的虽然不是什么有钱人，但是总是诚信客户吧，倒是学校自己一会儿中信、一会儿交行，大概是谁给的好处多就翻谁的牌。

计算机系宿舍楼

计算机系男生住这里好处是离教室很近，上什么课一会儿就能跑到，坏处是离求是堂太远了，吃个饭要先下个大坡，经过那片篮球场，再上个大坡，如果再拎个开水瓶，可以想象，计算系的哥们儿吃口饭是多么不容易的事情。虽然他们离教室近，但是想着他们不是计算机系吗？应该宿舍里都买了一台计算机吧，平时上课是不是就不用去了？教室近也没什么用。玩计算机一玩起来也忘了吃饭，既然吃饭那么麻烦，那就算了呗，所以距离求是堂远一点就远一点吧，楼下门卫买包方便面边吃边编程算了。这是我臆想的啊，有待求证。

学校觉得计算机代表着未来，说不定以后会出几个大人物为母校争光，认为他们必须照顾好自己的身体，人是铁、饭是钢，必须得好好吃饭、天天向上，于是在他们宿舍楼后面开了一个小食堂，专门卖拉面。这个地方很隐蔽，我也是别人带去的，有一次在 4 号楼画图，还没画完，一想着这么远跑去吃个饭挺不划算的，怎么办？我们同学说这里开了个拉面馆，你不知道？我说没听说啊，他说我们一起去吧。那个时候兰州拉面霸业尚未建成，市场上也没形成现在“北有兰州拉面、南有沙县小吃”这样分庭抗礼、联合起来一统江湖的大气候。我们家那边有普通面条、做热干面的潮面，还没这种拉面，一下子觉得那玩意儿好神奇，都不用机器碾压，也不需要晒，就把揉好的面团扯扯拉拉就好了。我第一次吃到了兰州拉面，除了香菜吃不惯，其他的都觉得不错。后来期末考试或者是画图作业比较大耗时比较久，懒得走那么远去食堂吃饭时，都去吃拉面了，也不知道脏不脏，外面全是树遮着，里面灯光也暗，整个里面都是黑咕隆咚的状态，吃好了一抹嘴巴就赶紧走了。我们当时都觉得这拉面馆简直就是专门为计算机系的人开设的，但因为确实方便，所以跟着他们蹭了很多次的小灶。

同样还是计算机系宿舍楼的后面，有一个一层的房子，也就是前面说的代替“金龙超市”的“教育超市”的地方。一开始那边的门都是锁着的，每次经过都要凑到窗户边看看，那里到底是什么，但每次都是空荡荡的，什么都没有。1997 年底的一两个月里，很多系开始组织新年舞会，可找遍之江，也找不到比这里更合适的地方了，于是这里迅速从最冷清的场所变成最热闹的百乐门了。土木系也组织了一次新年舞会，因为担心没什么女生，组织者号召系里所有人去 10 号楼挖掘资源。经过多数积极分子不懈的努力，还真的成功地请来了一些外系的女生。但是，更大的问题是，绝多大数人并不会跳舞，甚至连最基本的礼仪也不懂，都是抱着凑热闹的心态来看看的，既没有笔挺的西装，也没有锃亮的皮鞋。土木系的小子们，兴奋地跑过来，一个个胆小怕事的样子，怯生生地聚在角落里，边看热闹边窃窃私语，顺便观察着到底有多少陌生的女生。女生们当然也矜持地站在一边，是不是期待男生来约我不清楚，反正对垒的样子，知道真相的就说这是开舞会，不知道真相的还以为是少数民族男女拉歌呢。一看场面有点冷，学生会组织的人急坏了，催促大家赶紧到舞池里去、约女生跳舞去。其实，诸位在校生，有两个问题要自己问问：第一，要大方的约女生出来跳舞而不被拒绝最好采取什么样的方法？第二，要真的成功的约到了女生，打算陪她跳个什么样的舞？这两个问题至今都困扰着我们，更别提几年前了。其实，绝大多数人是没有接受过社交教育的，也没接受过什么舞蹈教育，都在埋头做题中跑到之江、再跑到这里跳舞，还以为跳舞跟做题一样，傻乎乎的在那坐着就行了。好在最后，终于来了几个比较会玩的城里人，总算有点气氛了，慢慢地开始热闹起来，一群人开始随着节奏摇摆，沉浸在欢歌笑语中。但是，大多数人还是没有任何表示就回去了，我就是这样，否则，今天的我也对那个场面印象会如此深刻。那时候我也开始理解人家说土木系的人“又土又木”了。

从小礼堂的歌手大赛到这里的舞会，我们终于开始意识到，大学和高中确实有很大的不同。高中时候，尤其是要高考的时候，分数几乎就是评价的唯一标准，到了大学，评价的标准更多了，你会唱歌你会跳舞你会玩乐器你会踢球，都可以让你获得大量的赞许，成为引人瞩目的人，虽然只是个小范围，但确实让人更加自信和快乐。以前，音乐课可能被语文老师占用，美术课可能被数学老师占用，体育课可能又被语文老师占用，在这样反复的占用中，我们也慢慢地认为这些课就是副课，不重要，说好了要把我们培养成“德智体美劳”全面发展的五好共产主义接班人，可最后就只叫我们攻下“智”这一关即可，就在我们信以为真的跨过高考，发现又不是那么回事儿，但巨大的惯性是不那么容易克服的。所以，我根本不敢说如果类似舞会再来一次我就能怎么样，我心里很清楚，哪怕再来一次，我仍然还是会做个看客傻不愣登地坐在那里，什么事儿也干不了。

我住在 8 号楼，房间号码记忆深刻：314——π。有一回，在宿舍一群人看盗版《碟中谍》，汤姆克鲁斯悬在半空、从电脑中拷贝名单时需要输入的密码就是 three-one-four。大家听到这个，会心地笑起来，好像我们跟他真的有什么特殊的联系一样。现在想想其实这有什么呢，但那时就是很高兴，觉得和汤姆克鲁斯共用一个数字是多么酷的一件事。幼稚的孩子总是如此容易得到满足。

前面说过了，8 号楼楼道不见阳光，成天都是黑乎乎的，对面来了个人，不认真还辨认不清楚的。楼道里一旦有湿衣服，大家伙儿就遭罪了，之江这地方，地无三尺平，天无三日晴，经常下雨，更别说梅雨季节。

听起来这么恐怖，好像 8 号楼简直就不是人待的地方。阴暗、潮湿，听起来好像真的回到了课本中描述的残酷的革命年代，与历史比起来毫不逊色的是住在那里的信电系的哥们儿和土木系的哥们儿都表现出卓越的革命乐观主义精神，每天在那里玩得不亦乐乎。主要原因有很多：第一，那时候刚从高中解放出来，能够自由的玩已经不错了，所以，每个人都很兴奋，忘了什么条件不条件的，今天的幸福生活来之不易，应该珍惜；第二，与很多高中同学比，上了大学已经可以了，还攀比什么宿舍的？我们已经是天之骄子，是跨世纪的一代，是象牙塔的宠儿，是时代的幸运儿，所以，应该戒骄戒躁，继续保持艰苦奋斗的优良作风，学习上向高标准看齐，生活上向低标准看齐。今天的幸福生活来之不易，应该珍惜；第三，作为大学生我们应该觉悟高一些，应该理解学校，把精力都放在学习上，不应该贪图享受，目前状态下条件是不好，但是学校有更重要的事情要做，有很高的科研任务，这不，1997年浙江大学新增了三个院士，分别是潘云鹤院士、阙端麟院士、董石麟院士。今天的幸福生活来之不易，应该珍惜。

大家都默默地把抱怨放在一边，可能也有人抱怨，但是没有网络，所以这怨言也难以扩散开来，不为人所知晓。关键是什么，我们系的女生还说，据说比较好的系都是住比较差的楼，土木系和信电系都比较好，所以被安排在8号楼。我将信将疑，可联系到除潘校长以外，阙端麟老师是信电系、董石麟老师是土木系，似乎还真的有这个可能，所以我还不敢断然否定，只能暗暗钦佩安排宿舍的人，居然在下一盘很大的棋呢。后来我又问，你怎么判断一个系好还是不好呢？她说，看找工作的职位与毕业生比，土木系和信电系基本上都是8：1。我暗自得意又庆幸，原来这样啊，还好自己没报考什么化工机械能源，否则工作都要找不到了。过了一阵子，我看到计算机系的介绍，说他们的用人需求与毕业生人数比例居然达到19：1，一下子把我的美梦给惊醒了，一想起当初的得意劲儿就觉得冷，要是他们知道我们为了安慰自己编造出这么个自欺欺人的理由，估计要冷笑好一阵子。转而又想起那位女生的天真，怎么这么容易受骗呢？

随着年龄的增大，见识的增长，大家的住宿条件比以前稍微好些，但是脾气和怨言却越来越大，这个问题需要潘校长来研究了，可能又是一盘很大的棋。

关于之江的建筑就介绍到这里了，如果想起来有什么再继续补充，我再一次声明我的观点，任何地方之所以难忘，是曾生活在那里人，是发生在那里的事，而不是那里的建筑。建筑永远都是载体，不带有故事的建筑永远都像是没有灵魂的人，空洞无物，在寒风中瑟缩，在历史中遭人淡忘。

之江是个大家庭，整个97级那么些系在那里整整待了一年，几乎所有的人都多少有点印象，尤其是女生。975班有个LZC，就我们隔壁宿舍，号称所有女生的资料都在他的脑子里，只要输入一个名字或者简单描述一下她的特征，他就能把相关信息给出，来自哪里、什么系的、长相如何能拿几分、有没有男朋友，这些信息对那些对爱情有点蠢蠢欲动的人特别有参考价值。一开始我们有人不信，ZXX很较真，说你们不信是不是，我把他叫过来你们就知道了。LZC一会儿穿着个拖鞋、背心、顶着大脑袋过来了，一句话不说。有人提了一个能源系的女生，他轻描淡写的报出了相关资料，一副若无其事、特别鄙视我们的样子，完全不理会我们的惊讶，无声的提醒我们这没什么大不了的。安静了一下，大家报以热烈的掌声，他懒得理我们，问："还有啥没？" ZXX 拉着他，笑着说："没了，没了，这位爷您可以走了。"他又啪嗒啪嗒的趿着鞋走了。大家背地里说："看来脑袋大确实有优势，内存明显比我们的都要大。"这位兄弟大概心思都在研究这些资料的存储了，别的方面鲜见风头。

这样的人或者事很多，没法一一道来，我也不能像 LZC 一样，把整个女生如数家珍地介绍给大家。有一天，我要遇到他，好好聊聊，写一个访谈录，题目暂定叫作《之江男生眼中的女生》，估计也会是畅销书。在这本著作问世之前，我要先介绍我的宿舍哥们儿了。安排宿舍是根据学号来，学号又根据名字的汉语拼音的顺序，所以我们宿舍是建工 974 班的学号靠后的四名同学、姓的第一个字母是 Z 和 975 班的学号前三名同学、姓的第一个字母是 C。

一号床，是我，来自湖北武穴，也是宿舍最后一个到的。宿舍其他人都在，我赶紧介绍自己，说来自湖北武穴。看着他们很茫然的样子，我接着说这是黄冈地区下面的一个小县。当时就有人从床上坐起来问：黄冈？我知道，我们高考都做你们那里的试卷，你是不是黄冈高中的？我赶紧羞愧地说不是不是。我被这个问题问过无数次，也解释过无数次，现在再次声明：我不是黄冈中学的，我当初没考上黄冈高中。当初因为体育成绩太差了，没考上黄冈高中，我以为我如果上了黄冈高中，怎么着也会去清华北大，后来在浙大遇到我 LC，他就是当年从武穴考到黄冈高中的，最后和我殊途同归，来到浙大，我才知道，原来黄冈高中也不都是上清华北大啊。

我那天一来，他们都很开心，跟我说楼下宿管办叫我们宿舍选个人当寝室长，因为少一个人，一直都选不出来，现在终于到齐了，可以选了。我还没开口说"你们谁当都行，我都没意见"，他们就说"既然你最后一个到，那就你当好了"。我一愣，觉得大家实在是太热情了，好意难却啊，在家靠父母，出门靠朋友，初来宝地，就遇上这种"黄袍加身"的事情。我甚至有点受宠若惊，都不好意思拒绝，稀里糊涂地就答应了，仿佛感到自己身上的担子很重、责任很重。后来才知道，下面老头儿找了他们很多次了，要他们找个寝室长，没人愿意，然后商议这宿舍里谁最后来就是谁了。第二天下午是报名谁做寝室长的最后时刻，最后一个人再不出现，就要抓阄决定了，就在这关键时刻，我现身了，所有问题都迎刃而解。这是我的第一份公职，干了整整一年，直到我们搬到本部后，宿舍增加了一个人，我赶紧把选寝室长的原则亮出来，一身清白的卸甲归田，后任室长此事后面再说。之江不仅学习管得严，宿舍管理制度也很严格，比如前面说的夜不归宿要被抓住还能被通报批评，而宿舍管理制度中最主要的一件事就是搞卫生。为了提高大家的积极性，浙大设了一个“免检寝室”的制度，只要三次宿舍卫生检查超过85分，就可以获得“免检寝室”的称号，一旦获得这个称号，年底可能会有些奖励。

我新官上任，决意要干出一番事业，按照床位排好值日表，监督大家执行，心里想着反正这个室长的位置也是你们选出来的，如果你们不配合，没关系，再选一个来好了，谅你们也选不出来。大家团结一致，在刚开始的一个月，每天把宿舍打扫得干干净净，看得到的地方都收拾干净整洁，比如被子要叠好（你们不要笑，很多人都是不叠被子的），看不到的地方也会仔细擦拭，我们料到宿管办那些检查卫生的家伙心里都会比较阴暗，比如日光灯管上部的灯罩、床架的内侧，我们一个死角也不放过，不但如此，桌面也理得干干净净的，七个杯子摆的整整齐齐，ZW还把一根横笛穿过杯把子，显得非常漂亮。果然，因为我们连续抽查三次后，都拿到了85分以上，很自然地被贴上了“免检寝室”。这下大家觉得功德圆满了，而且每天这么折腾也不是个事儿，不舒坦，再说，都免检了，估计也不会再来了。于是，慢慢地，宿舍开始乱起来。但是“免检寝室”并非真的免检，还是会抽检的，我一开始提醒大家，但大家说都已经免检了，还搞得这么夸张干嘛呢。有一天上课回来发现被警告了一次，大家心里一惊，但是由俭入奢易、由奢入俭难啊，一旦邋遢久了，你要整洁起来，其实不容易的。所以，没多久，回来发现又被警告了，一下子有点慌了，可积习难改，终于有一天上课回来发现牌子被摘掉了。靴子一旦落地，大家也就坦然了，而且已经有点不在意了，壁立千仞、无欲则刚，当人家根本不在意你这份荣誉的时候这时候，就完全失去了刺激作用，大家似乎也不为这事儿烦恼，觉得被取消了也好，省得每天提心吊胆的，我这室长也轻松了很多。

整个一年中开会无数，浪费时间若干，不是在扫地，就是在苦口婆心地劝诫那些把我推上室长宝座的兄弟按照制订的值日表扫地的路上。

九　宿舍里来自五湖四海的兄弟们

之江学院的 8 号楼 314 宿舍里一共八张床，住着七个人，其中一张用来放行李。七个人中四个人来自浙江省，另外三个分别来自湖北、辽宁、福建，都带着各自的地方特色。上大学最大的好处就是能够知道中国这么大，原来别人曾经跟我们生活的方式居然是如此的不同，这比读地理书印象深刻多了、也有趣多了。当我们有了那么多的了解之后，才慢慢了解世界也可以这么小。

二号床，ZD，来自浙江萧山。睡在我上铺的兄弟，思想上像个长不大的孩

宿舍里的兄弟们

子，每个周末最喜欢干的事情就是回家，跟宿舍另外的人热情洋溢地讨论乘几路车回家更方便，长得像个老太太，常常不戴眼镜眯着眼睛凑着看东西，一副特别专注的样子，好像那些东西多么新奇，哪怕是人家刚塞进宿舍的传单。一说话鼻音都很重，嗡嗡的，不大容易听清楚。

ZD最明显的特征就是没有主见。有一次，我问他："今天星期几？"他说："礼拜二吧！"（我们那边习惯说星期几，浙江人习惯说礼拜几。）我说："不对吧，今天好像是星期三吧？"他又说："哦，是礼拜三，对，就是礼拜三，没错。"这时另外一个同学说："搞笑吧，我的手表上明明是礼拜二的！"他一听，立刻改口说："对对对，是礼拜二。"这是宿舍里已经是笑成一团了，他都有点恼羞成怒了，大吼一声："笑什么笑，礼拜二就是星期三。"结果，大家都笑疯了。

还有一次，我看到CXG躺在床上，把脑袋埋进叠好的被子里。我看着憋得慌，跟他说："你能不能不要这么睡，难道憋得不难受吗？"CXG不以为然，懒得理我，直接用脚摇了摇。结果ZD搭话了，跟我说："你不知道啊，这样睡很舒服的。"我就纳闷，你们那里人还有这癖好啊，把脑袋用被子压着睡还舒服啊，当即问他："那你怎么不这么睡呢？他还没回答，CXG就把脑袋拿出来，嚷着："嗯，不睡了，难受死了。"

ZD非常喜欢说他高中萧山中学的辉煌历史，让我非常羡慕那里的计算机教育，一说就会戳到我的痛点，觉得自己命真的不好。在我们还在沉醉于打字的时候，他已经开始用windows了；在我们开始wps的时候，他已经开始用word了；在我们还在学习C的时候，他已经开始用汇编了；在我们刚能做个计算器的时候，他已经捣鼓着和ZW编个俄罗斯方块了，当时他每天起早贪黑的带着软盘跑机房，仿佛在做个大工程，我特别钦佩；等到我们能弄个小型的什么程序编译的时候，他和ZW已经忙着研究做个什么动画了，每天都说他做的恐龙很快就会走路了：反正，他每一步都走在我们的前面。一开始的时候，我很自卑，觉得他们都好厉害，而且听说萧山中学是浙江省重点中学，比我们武穴中学的地位高好多，可是越到后来越发现，情况似乎没有恶化到我想象的程度，虽然每次他都很自信满满的告诉我们怎么解决问题，但是每次都被证明是错误的，然后他就眯着眼睛说："哦，没看清楚这里还有一个条件呢。"所以，学习成绩总也不见好，每次都只是幸运的跨过及格线，偶尔还会掉下去。

接触计算机多的人接触网络也会比较早。ZD本来就不热心班级的集体活动，周末基本上就是回家回家回家。到了本部，他突然不热衷于回家了，我们一开始觉得他这下长大了，结果发现他是跑去机房逛BBS，从此就成为缥缈水云间和笑书亭的常客，认识的网友一群一群的，越发跟自己班上的同学到陌生起来，有什么事儿经常看不到他，于是给他取了个名字——神龙，寓意为神龙见首不见尾，他脾气还蛮好的，也不拿我们给他取外号当回事儿，从此“神龙”就一直伴随着他毕业了。

有一天在路上大家一起走，有人冲我们这边喊“菜菜猫—菜菜猫—”，大家以为对方看错了，就没搭理，还在偷偷地看后面：到底谁啊，起这么难听的名字？没想到，神龙在边上热情的挤眉弄眼，跟人家打起招呼来，也喊了对方一个更怪的名字，我们才知道原来是他在和网友搞线下互动。作为涉网不深的我们当即对他佩服得五体投地，也直到这时候才明白这家伙原来每天去网上混呢。后来的事儿我们也不纳闷了，比如足球赛，他们专门有一只网虫队，跟我们系里的球队比赛时，他很坚定地站在网虫队一边，非常忠于自己的俱乐部。还有一次他生日，接到很多礼物，问他，说是网友送的，而且有很多女网友，从那之后，我们就明白这网络的奇妙之处，要知道神龙在生活中很少和女孩子打交道，居然能从网络中获得女孩子的生日礼物。后来问他，你这大概都是换来了吧，他不作声，半晌笑着说：“你以为只要收礼物就行不去送礼物啊？哪有这么好的事儿啊。”果然，被我们猜中了。

三号床，ZXX，来自东北辽宁。大学里，不知怎么搞的，年纪都才十八九岁，但都特喜欢互相叫什么老X，比如有人叫我老张。我姐姐有一次来学校，宿舍里刚好有人这么喊我，她看了好几遍，确认是在叫我，特别惊讶，怎么她弟弟才二十岁就被人称为老张。我们这位兄弟姓朱，大家都叫他老朱，我们这个年龄《西游记》没看过十遍也有八遍，对老猪都有一份特殊的感情，所以，我们都亲切地叫他老朱。

老朱有三个特点：

第一，个子高。第一天到宿舍的时候，我的床边坐着一个巨大的胖子，目测不下一米九、两百斤，吓我一跳，很亲热地用奇怪的普通话跟我问好。我当时在想这不会是我的同学吧，怎么这么大。果然不是，那是老朱的哥哥，送老朱来南方上学的，后来老朱回来了，高还是很高，但瘦多了，让我心理上的压迫感放松了很多。他们兄弟俩分别是我见过的第一个、第二个东北人，在这之前我很少见到身高超过一米八、体重超过一百五十斤的大活人，只是听说过北方人高，但高到这个程度我还是没想到，一直都纳闷这兄弟俩都吃了些什么啊，要知道我一米七五的个子去农村外婆家常常被人夸说真高。更让人难以置信的是，后来的闲聊中我们得知他还有一个孪生弟弟，也是一米八二，大伙儿吓坏了，觉得你们这一家人怎么搞的。他解释说他三兄弟都像他爸，因为他爸爸一米八五，宿舍里这下都炸开锅了，也顾不上惊叹他们这些五大三粗的父子了，只觉得他们家妈妈实在是太伟大了，一口气生三个儿子，还有两个这么大的一次性生出来。老朱听了替他妈妈辩护说，那也不是一开始就这么大的啊，并且忆苦思甜，说小时候家里穷，三兄弟很能吃，养不活，所以只好送到农村姥姥姥爷家养，营养很不好。我们打断他，说得了吧，你这营养不好还长成这样，这要营养好了得长成什么样啊。第一个月快结束了，饭卡里突然多了五十块钱，大家不明白是怎么回事儿，议论纷纷，咨询后才知道学校给学生的补贴，意外之财，自然分外开心。老朱说我怎么是五十六啊，大家又迷惑了，按道理，这补贴应该是平等的啊，怎么老朱最有钱（他说他小时候穷，我们不知道，反正上大学那时候已经很有钱了），补贴反而更多呢，再去询问才知道少数民族多六块。老朱这时跟我们说，“哦，我是满族的，所以要多六块。”这下才知道他不是我们汉人，是旗人。他也得意地宣称要是大清不灭，也算是个贝勒爷。CXG煞有介事地端详了他一阵子说，你们还别说，老朱看过去还真有点像康熙（这话说得他好像见过康熙似的）。老朱很高兴，赶紧说自己是努尔哈赤的后人，跟康熙像也很正常。CY说，不是不是，是说你脸比较长，不过，你既然是努尔哈赤的后代，后来为什么姓“朱”呢，“人在曹营心在汉”啊，听起来很像“反清复明”，这要在大清朝，肯定是要开刀问斩的。这下老朱也愣了，不知道该怎么解释，说回去问问他爸，到底是怎么回事儿。玩笑归玩笑，老朱作为朱姓满族人，充分利用了努尔哈赤的基因，身高方面是遥遥领先于我们。

第二，皮肤黑。我们也议论过他为什么这么黑，跟我们不同，他找出各种理由，我们都觉得牵强，后来知道了他是满人，我们觉得就不用解释了，跟他说你看好些少数民族皮肤不都是挺黑的吗。他这下又不高兴了，说他爸是满族，但他妈是汉族的，所以也有一半汉族血统。自从知道他黑的根源之后，我们常常讨论并以此为乐，他终于也被惹怒了，说：老子连屁股都很黑。有一回洗澡的时候，我特地走过去，他问我干吗，我说没啥，就看看你屁股，看看是不是很黑。回来后，我兴冲冲地告诉大家结果，老朱说，得了得了，别变态了，好吧。

第三，学习极其用功。上大学了，我觉得最自由的一件事就是睡觉没人管着，可是老朱让我知道这种自由并不是每个人都需要的。他住我隔壁床，我到校后的第一个早上，一睁开眼，发现他已经不在了，一开始我以为他是跑步什么的，没想到他一直到晚上才回来，后来才知道是上自习去了。我当时还想，这不是已经上大学了吗，怎么还需要这么玩命地学习啊。一个人这么干一次不稀奇，我也可以某一天心血来潮，把自己往死里折腾，但是像他每天这么玩，确实需要毅力。后来的无数个日日夜夜，我们还没有醒过来，他已经出去自习了，晚上我们躺在床上高谈阔论累了快要睡觉时候才回来，从他身上可以知道浪费时间是多么的可耻。有这样的一个室友压力真大，这也是我们丝毫不敢松懈的原因之一。我们问他为什么这么用功，他说他高中基础不好，现在得用功一些，好吧，敢情哥们儿你到这里是补课来了。他做过的数学题目至少是我做过的 100 倍以上，经常买习题集，幸运的是他考试的分数没有我 100 倍以上，因为我两次期末数学成绩都是八十多分，他比我高一些，分别是上学期的 99 分和下学期的 100 分。

第四，脾气有时候火爆。大部分时候可以跟你称兄道弟，但是为了一张牌该怎么出可能跟人打架。所以，我们说他有着东北人的豪气干云，也有着东北人的暴躁。上大学期间宿舍里大概也就他一个人打过一次架，对手是个甘肃人，因为他们两人在对决之前居然自报了家门，一个说，我是甘肃人，老朱说，我是东北人（奇怪，东北人从来不说我来自黑龙江或者辽宁或者吉林而习惯说我是东北人）。第一个回合，东北人就冲上前去，一拳把甘肃人打倒了。后来我们问及此事，他根本就不愿意提，好像没发生过一样。有天晚上，我们已经在床上聊天了，他才回来，CY 刚好谈到有个家伙很鸟的时候，他边洗脸边说：这小子啊，老子早就想打他了，只是一直没空，有空了，好好收拾他一顿。我们大家一惊，也吃不准他举重若轻的话是真的还是假的。庆幸的是，他真的一直没空，大家说过的狠话就当作玩笑话了。前几天看到一段话，觉得很适合老朱：起得比鸡要早，睡得比小姐都晚，吃得比猪要多，成绩比谁都好。写这些的时候，我心里惴惴然，害怕老朱看到这话扁我，真希望他没空。

四号床，ZW，来自浙江武义。白皙的面庞，架着一副眼镜，看起来比我们更懂事儿，更有主见和个性。

关于他，主要说两件事儿。

第一，他其实 1996 年已经上了同济医科大学，读了半年，说不喜欢医学，退学了，回到高中复习了半年又考上了浙大。同济医科大学在武汉，在我们高中也算是吸引力还不错，怎么到 ZW 这里，居然沦落到被他看不上的地步呢。一般人能上这么个学校就已经不错了，哪里还有什么信心说退回去再去高考一次呢，要是考得更差呢，想都不敢想下去。所以，这么羞辱我们湖北武汉的同济医科大学，我都有点看不下去，问他为啥，学医不是挺好的吗。他说，没什么意思的，看人都看到肉和骨头，什么乳房啊，在学医的人看来，就是两块肉而已。他平时看起来文质彬彬，一开口说出这么一番话，大伙儿都乐开了，纷纷表示他说话直击本质，问他对那两块肉怎么看，他鄙夷不屑的闭口不谈，不搭理我们。

第二，ZW毕竟是上过大学的，比较知道大学的套路，所以凡事都很从容不迫的，我有什么疑问从他那里都能得到满意的答复。他一开始学习成绩也不错，毕竟能两次搞定高考的人学习能力上不值得怀疑。但是，不知道是什么原因，按ZW自己的话来说就是突然有一天他对土木系也不感兴趣了。这是一个非常糟糕的开端。一开始，是从图书馆借各类计算机书籍，很厚很厚，看起来知识很丰富的样子，并研究起各式各样的程序。有一天，他能把一只恐龙做到会走路，但是这不能阻止大一结束的时候他的英语居然不及格。浙江大学规定，任何一门课不及格不得申请奖学金，所以ZW虽然其他成绩不错，但最终与奖学金失之交臂。奖学金钱可能不多，但是，挺打击人的。ZW的学习热情从大二开始每下愈况，而且越发认为自己不适合土木系。大二上学期吧，他和CY合买了一台电脑，几乎全天候地坐在计算机前面，饿了就叫人给他带两个包子，有时候游戏有时候编程，还不停地感慨人家做得好，“哇，太牛了”“哇，效果真好啊”，搞不懂他到底是在说真心话，还只是一种发泄。那台电脑原本是他和CY合买的，到后来ZW占用时间太久了，CY也觉得这电脑就是ZW的了，常常在ZW还没起床的时候玩一把游戏。这么一来，ZW再也不遵守大家默认的“必修课选逃、选修课必逃”的原则了，几乎逃掉了所有课程，好像跟土木系没什么关系了。于是，大量的课程随之亮红灯，几乎牢牢锁定每一门课的不及格指标。我曾经试着以老室长劝说他们扫地的态度跟ZW交流过，但是大概我的权威和魅力不够，ZW没有听进去一句，依然故我。我们大三，他大三，我们大四，他大三，我们读研了，他退学了。ZW绝对是一个很聪明的孩子，但是也许个性太强，或者说太自信，最终与传统之路越偏越远，导致自己走上比尔·盖茨的开端之路，真诚希望他有一天也能像比尔·盖茨一样成功。关于这件事，到现在为止，还谈不上正确还是错误，毕竟人生是那么漫长，但是我对此事的看法一向是不管你多么不喜欢土木系，毕业总应该完成，毕竟成功并没有已经逼近得让人来不及毕业。

浙江的方言很难懂，杭州话仗着古都的优势带有几分官话，算是容易懂的，像ZW的武义话，感觉和普通话完全是两门语言。有一次ZW打电话给同学，他同学不在，接电话的人说去找一下，ZW在那里等着。一会儿可能对方拿起电话了，ZW以为是他同学，上来就是一通胡侃，像日语叽里咕噜，突然他停住了，改用普通话说：他不在？对不起啊。原来是他同学不在，接电话的人想跟他说明一下，结果还没来得及说，他就说上了，人家不好意思打断他。后来我们想起ZW对着一个木然的陌生人说武义话的情形就笑个不停，也不停地感慨两千年前的车同轨、书同文这样的标准化是多么的富有远见，否则，今天我们之间的沟通该有多大的困难啊。因为方言的原因，ZW讲普通话也很明显，比如前面的话：学医的人（len），对于乳（lu）房，就是两块肉（lou）而已。不仅仅是话的内容，话的发音都很逗。我也是从他那里才知道浙江人很多都分不清“r”和“l”。

ZW一向比较严肃，再加上后来又退学了，所以留给我们更多的是沉重。唯独说的这些话，让人难忘，偶尔想起来，还会笑一笑。

五号床CXG，也是浙江萧山人。

老朱称他为“毒王”，头皮屑、鼻炎、口臭、脚气、脚臭、三天两头地感冒、连续几个月地咳嗽，在他身上得到淋漓尽致地体现。但他自己丝毫不以为然，觉得都无所谓，比如前面说的“咳吧咳吧、咳死算了”，就是他。他的脚臭是我们对付蚊子的法宝，每次有蚊子来了，老朱都会叫嚷着“欧勒，快把袜子脱了，放毒，熏死它们”，虽然每次都这么干，但是效果慢慢地没有了，大概蚊子也有了耐药性。

为什么老朱会称CXG为“欧勒”呢，这是有来历的。因为宿舍里的人来自五湖四海，所以方言是个永恒的话题：自己很熟，别人很陌生，表达的意思又相同，学起来自己觉得不错别人听起来搞笑。有一天我们讨论“墨鱼”怎么说，别的地方发音跟普通话没什么区别，也不好笑，唯独CY说他们叫作“欧勒”，大家一听，觉得这个有特色，就牢牢地记在心里。第二天开始我就叫CY“欧勒”，他一把揪住我的耳朵，警告我说“你小子”，后来老朱也叫他，他不敢揪老朱，一个劲儿地说“别叫了别叫了”。但这个名字实在是太好听了，整个宿舍都叫开了，CY也不知道去警告谁，他自己也开始叫，只不过他是对CXG这么叫的。别的宿舍的人不知道“欧勒”具体是谁，就知道我们这有人叫“欧勒”，每次问谁叫“欧勒”，CY都会抢着恶狠狠地指着CXG说“当然是他了”，CXG无所谓，懒得争辩，就笑了笑。天长日久的，这一招很有效，慢慢地，大家都知道CXG是“欧勒”了，他自己也无所谓，只是偶尔跟我们纠正一下：“你们不要搞错了，欧勒是CY，不是我！”但我们从不理会他的这种辩解，硬是让他接受了这一封号。

CXG最搞笑的一件事就是在本部中心机房看黄色图片被老师抓住罚写检讨这件事。1998年那阵子，学校中心机房突然冒出大量的黄色图片，很多人上机主要干的一件事儿就是浏览那些图片，一开始学校也没发现，后来知道了，就开始抓了。一天下自习回宿舍聊天，我们听说有人在机房看黄色图片被抓住了，觉得又搞笑又倒霉。CXG没笑，反而很急切地问：有没写检讨？有没写检讨？我们很奇怪，为什么这么关注写检讨呢，经过再三逼问，原来他前几天也撞上了这事。我们哈哈大笑起来，他愤愤不平地说，不就是个黄色图片嘛，居然要我写检讨，我十五岁就看过黄色录像，还怕这些。其接触黄毒时间之早、年龄之小让我们叹为观止，但是据他自己说，因为很早就接种了疫苗，所以后来的那些尺度大的照片，他基本上没什么感觉，曾经沧海难为水，除却巫山不是云啊。他语文能力比较差，经常话说不清楚，词语用起来乱七八糟，一旦我们笑话他，他就一本正经说："你们不要笑我，我可是语文竞赛一等奖保送萧山中学的。"我们不信，说你这样都保送。他就说，不信？不信你们问好了。隔壁班有他一个老乡，他老乡作证他没撒谎，而据他说他老乡是因为数学竞赛保送萧山中学，奇怪的是从没见他这位老乡数学成绩好过。这些居然还是真的，世事变化之大，不可思议。他们俩的表现让我们一度很怀疑萧山中学作为省重点中学是不是有水分，问他萧山到底有几所中学，欧勒说每个镇一所嘛，就有十多所吧。天啊，我们武穴1997年那会儿就两所，其中一所还根本没人愿意去。

六号床CXH，来自浙江桐乡，茅盾的老乡。

第一次听说他来自桐乡的时候我还有点小激动，因为作为一个文学爱好者，茅盾是个大人物，哪怕在大人物众多的浙江省。所以我小心翼翼地确认他跟茅盾是不是老乡。他歪着脑袋想了一下说："我想想看啊，——不是，茅盾家离我们家远着呢。"我当即又羡慕又佩服，羡慕他有这么一个有名的老乡，佩服他根本就不在乎这份虚荣。我小时候有本课外读物《可爱的黄冈》，这本书介绍了一些人，最有名的就是林彪，还有什么董必武、李先念、陈潭秋、熊十力、闻一多以及上百个叫不出名字的红色将军。上大学介绍自己从哪儿来的时候，都习惯从语文书里找个牛人，说是老乡，凭着对高考的膜拜，大多数高中毕业生都会因为对方的家乡人杰地灵报以羡慕的眼神。可在我的记忆里，武穴哪有什么牛人啊，于是我把黄冈那些有名的人物都算是我老乡，但那些人离我们家实在太远了，跟武穴都搭不上一点边，又不怎么知名，知名的还被人说是坏人，连说了几次，我自己也懒得说了。于是我死命地找武穴的牛人，终于找到了郭超人和居正，可他们俩更加没人听过，我也更加失望。有时候，你特想要的东西在他人看来是一文不值。

CXH 有三个优点让我们佩服。

第一，学习吉他的精神可嘉，弹吉他的水平也不错。为了学习吉他，他联系外面的老师在之江学院办了吉他培训班，给很多同学创造了良好的学习机会。每天借着走廊里的路灯，看着谱，慢慢地弹着。就这样，课目是挂了不少，但是进步很快，到大四的时候能很随意的弹出很多曲子，让我们羡慕得不得了。我们一直奇怪为什么他学习吉他的动力这么大，有一天隔壁的 ZYY 解开了这个谜底，他光着膀子，吊着把吉他，说："老 C 为什么这么死命地学吉他，还不是为了追女生，这——就是一把爱情的冲锋枪。"CXH 嬉笑着，连连说："不是的不是的，我是真的喜欢。"可惜的是，CXH 四年里没有扫倒一个女孩子，连我们都很生气，女孩子到底喜不喜欢弹吉他的男生呢，不能说话不算话啊。本科毕业前几天，CXH 再一次心血来潮，向某个女生表白，再一次遭到拒绝。他实在不明白为什么自己长得这么帅、吉他弹得那么好，可为什么总是遭到拒绝呢？可我们都没有经验，也没法开导他。终于他忍不住了，有一天早上他端着脸盆去洗脸的时候，疯狂地把自己的脸盆摔了个稀巴烂，又把走廊上的消防箱的玻璃打了个粉碎，手上鲜血直流。我们吓坏了，以为发生了什么事儿，问他，他还说没事儿。我连续几天没敢睡踏实，生怕成为他发泄的目标，因为我就睡在进门的第一张床的下铺，最方便下手了。那时，我既舍不得毕业，又盼望着毕业，每天都在矛盾和惊吓中度过，一直到大家分开。前几天，他打电话过来一定要邀请我们几个去唱歌，去了之后才发现他交了个女朋友，他迫不及待地想跟我们分享这个好消息。看来，这把枪已经有效果了，千里马遇上伯乐了，算是苦尽甘来。我也彻底放下心来，这下大家的人身安全都能得到保证了。

第二，他会画画，会篆刻。会画画这个特点是我们上《画法几何》这门课时发现的。可以说，老 C 整个大学就没把土木系的课程放在心上，但是我们惊奇地发现他《画法几何》的作业做得又快又好，而且当时我们宿舍有个制度，即每次宿舍里考试成绩最好的那个人得请客买两包瓜子吃，老 Z 这样的人请客是家常便饭，但是老 C 就《画法几何》这一门课有机会。我们问他诀窍，他也说不出原因，想了很久，跟我们说是遗传的，因为他爸是名木匠。这个理由让我们感慨龙生龙、凤生凤、老鼠的儿子会打洞，他就哈哈大笑。

大二时候，学校要求早锻炼打卡，必须早上拿着卡片到某个地方敲一个印，表示你参加了早锻炼。我们也明白早锻炼很重要，从小就学习"伸伸手、弯弯腰、天天做操身体好”，所以一开始也坚持了一两周，但是时间久了，发现跟早上七八点钟的懒觉比，早锻炼还是没什么吸引力，别说早锻炼，早饭有时候要没人肯带一份回来的话，也给省掉了。这样的后果就是当学期末学校要回收那个卡片，我们才发现一片空白，其实估计也没什么，但是心里还是忐忑不安，万一要有什么呢。老 C 笑嘻嘻地安慰我们说：“这有什么啊，没事，我帮你们搞定。”他很从容的用几块橡皮给我们刻下了印章，把我们的卡片印得满满的。这事本来就这样摆平了，但当我们交上去的时候，发现按时打卡的人没有我们那么多，这才意识到我们把下雨天本应该留下的空白也给敲了印，还好这事就不了了之。慢慢地，打卡的形式主义也被废黜了，老 C 这方面也是英雄无用武之地了。

第三，他有个漂亮的妹妹。有人说这不算什么优点，关键是你有吗？其实我们都没见过他妹妹，就他自己常常说高中的时候，他妹妹在低年级，他的同学常常跑到校广播电台去假借他的名义给他妹妹点歌。我们哪怕有一点怀疑，他都会给我们看照片，让我们仔细看看到底漂不漂亮，看上去，江南女子，眉清目秀，颇有几分姿色。大三开学老 C 晚来了几天，我们问他干吗去了，他说送妹妹去西安外国语大学上学去了，还跟我们说，坐长途火车好，本来在家里感冒了，送妹妹到西安，坐了一夜的火车，到了西安居然好了，真羡慕你们这些经常乘长途火车的人。我们刚刚经过一夜的折腾，脑子里还全部都是人挤人的画面，他居然来这么一出。老朱直摇头，说没见过这么变态的人了，第一次听说坐火车还能治感冒。到现在我还没见过他妹妹，每次跟他说把妹妹给大家介绍一下嘛，他总说好的，每次又说她在西安啊，要在杭州的话我就给你们介绍好了。他的妹妹叫 CXM，希望有一天能真的认识，要好好看看到底老 C 有没有在吹牛。

有优点当然就有缺点了，CXH 的缺点就是唱歌难听，虽然我犹豫了半天，但我还是决意说出这样的话。嗓子似乎总是憋着，唱不出来，他经常学骡子叫，大概是被学骡子的声音给学坏了。其实难听也没关系，关键是他自己没意识到，特别喜欢摆出很忘情的样子，用很低沉的声音吟唱着我们听不出的曲调。他根据自己的特点，选择了刘德华作为自己的偶像，比如“不在乎，我的心里有多苦，不在意，我的心里还有谁”，压得很低很低。我们听着很难受，跟他说别唱了，我们都快受不了了，他就戛然而止，笑起来。我说你这唱得就像单放机快没电了，又低又慢。CXG 一下子找到感觉了，激动得连连说：“对对对，就是这样，就是这样。”

七号床 CY，来自福建仙游。

CY 最大的特点是普通话不准。第一天来，有人问他六号床哪里去了，他说：

CY 特别喜欢我做这个动作，非得跟我来张合影

钱潭尖边。人家问什么，他说钱潭尖边，人家再问什么，他再答钱潭尖边。最后，也不知道人家听没听懂，就“哦”了一句走了。六号床就是 Chen Xing Gang，CY 如果不叫他欧勒，就叫他 cen xin gan，很像“真性感”，所以我们的毒王也是我们宿舍最性感的人。其他的例子还有，西湖说成西服，洗衣服说成洗衣湖，你要他说去西湖洗衣服简直比登天还难。庆幸的是，他个子高，力气很大，一急了，就会拿巴掌拍我们的脑袋，边拍边嚷“我叫你笑、我叫你笑”，拍得我们抱头鼠窜，也就不敢嘲笑他了。CY 虽然普通话不准，但仙游话讲得很好，感觉总是含着满口的口水，大舌头伸不直。他每次打完电话，我们都说仙游真是个好地方，说话都这么好听，他就又要来拍我们。不管怎样，我们的确学习了好几个仙游单词，比如树，CY 教我们“qiu”，CXG 说听起来像“tree”，你们仙游人不会是从国外学来的吧。CY 很起劲，说你还别说，我们家还真的是从南洋回来的呢。于是，我们整个宿舍都以跟华侨同住为荣。

CY 特别能吹他们仙游，其实仙游跟武穴一样，在中国大地上默默无闻，但 CY 总跟我们说仙游多么漂亮多么漂亮。我们说你凭什么说仙游漂亮，我们都没听说过。他说你听名字嘛，仙游，仙人都去旅游的地方，能不漂亮吗。大家摇摇头，表示不信，这都是你自己瞎掰的，你得找出一个具体的地方，很漂亮，大家才相信。他想半天，告诉我们有个“木兰溪”，说那里非常干净漂亮。别的呢？一下子想不起来。下次我们再问他，他还会想半天，然后再告诉我们木兰溪。一直到今天，我对仙游的了解就停留在“木兰溪”上。总有一天，我要去看看他到底有没有撒谎。

他的床靠窗户，有时候看着女生走过，就会伸出窗去喊一句："美—女—！"人家还没回头，他就已经吓得缩回来，躲在那里自己把自己逗得偷笑着。常常晚上下自习的时候，对着门口的过往女生，深情的怪叫：那个少男不钟情，那个少女不怀春。这股感情酝酿了三年，总算有点眉目了，他还真的钟情了，也有人对他怀春了，很着急地叫我每天给他出出主意，说什么动听的话逗女孩子。我很烦，跟他说我又没谈过恋爱，你问我，我哪知道啊。他拉着我说，你知道的，你读书多，你肯定知道的。我实在没办法，从床头找出一本书扔给他，跟他说自己去看，然后随便节选一些吧。他一看："哇，徐志摩全集。"从此，他就常常一个人靠在床上研读徐志摩，也不再过来问我该说什么话。毕业的时候收拾东西，他说把书还给我。我说送给你了，祝你泡好多好多漂亮妞，娶一个实实在在的老婆。他顺嘴就说："那不是小case嘛。"《徐志摩全集》是我在金龙超市买的又一本书，伴随了我多年，送给CY做毕业礼物显得礼轻情意重，但是我相信，他现在肯定不知道扔哪去了。

关于CY，有一件事我们整个宿舍都难以忍受，那就是他冬天喜欢不洗脚就上床睡觉。一开始我们还没发现，后来每次睡觉前都觉得宿舍里太臭了，就注意到他了。我们都是洗脸洗脚再睡觉，哪怕在冬天用冷水，一边冻的嘶嘶的吸气，一边飞快地搓动，就他一个人，洗好脸，脱了鞋子就上床。我们问他："喂，你怎么不洗脚睡觉啊，臭死了，你脚这么脏这么臭了，能睡好吗？"他不以为然，把脚掰起来闻了闻，说不臭啊。我们快被熏死了，跟他说别闻了别闻了，赶紧洗脚吧。他对我们的意见嗤之以鼻，反而觉得我们少见多怪，很是纳闷地说："脚穿着袜子，又在鞋子里，怎么会脏呢？再说了，你今天洗了明天不又脏了嘛，我在家里一直都这样。"他的理由如此充分，我们竟无言以对。

CY学习常常让我们很意外。比如说，平时学习不大认真，但撺掇我们一起傻不愣登地跑去图书馆通宵的就是他。再比如说，他高中曾获得数学全国竞赛三等奖，但他数学成绩总也不好，我们都怀疑他考试的时候作弊，尤其是CXG，因为语文竞赛一等奖遭到怀疑，现在伺机报复，一口咬定CY当初竞赛作弊了，可把他给气坏了，又开始动手削他。

有些人常常会问"上大学为了什么"，我从来不感到迷惑。我常常想着，如果我没上大学，那大概还是武穴井里的那只青蛙，以为天就那么方圆几尺，永远也不会遇上这么有趣的兄弟，人生中永远也不会有那么一段和他们共度的难忘日子。

十　始业教育考试和开学典礼

为什么我们在结束高考后、痛痛快快地玩了一个暑假、来到学校需要应付一场劈头盖脸的考试呢？这是我迄今都不能理解的问题。幸运的是，这场考试不具有高考的权威性，也没有人因为这场考试考得烂被打回原籍。考完试了还凭这个发新生奖学金，我觉得这简直是整个大学里最不人道的事情，就见不得我们这样的人过一天好日子，是吧？潘校长开学典礼都能读错别字，凭什么对我们要求这么高呢。

按道理，我介绍了宿舍里的兄弟，接下来应该介绍一下我们班的兄弟姐妹了。但是，毕竟有一门之隔，宿舍里的人那是“内人”，我们对彼此都很了解，也敢说他们的坏话，他们也不敢也不会拿我怎么样。可班上的同学就不同了，也不是怕他们，毕竟“长相厮守”的日子没那么多，了解也不及那么深，要真的什么地方说得不到位，可能还会惹得他们不高兴，况且，背地里说人家坏话总是不好的，要说就当面说。我们当初填写志愿的时候不知道是哪里吹来的一阵风，原本前面几届和后面几届都是地地道道的“土木系”，到我们那几届，摇身一变，成了“建工系”，所以我们入学的时候行政班都叫作建工 974。建工 974 班上一共 30 个人，来自各个省市，讲不同的方言，习惯吃不同的饭菜，大多数都不是很能来事儿，标准的中国教育制造，但是每个人最深处的个性仍然是大不相同，罔不因势象形，各具情态，中国制造的标准产品总不是一点误差都没有，总的来说，是一个活泼可爱的团体。三言两语讲不完其中的故事，我后面会根据后来生活中遇到的事，趁机会让他们隆重出场，关于他们的这些事情都是客观存在着的，所以我也是光明正大的讲出来，他们是想赖也赖不掉的。

浙大有个传统，每年新生入学要考一次试，叫作始业教育考试。我自小承受标准的应试教育，对此应该不会感到紧张，但是从前都是跟认识的人一起比赛，知彼知己，发挥尚可，要是和不认识的人一起，一般都会感到不自在，屡次都是这样的效果，一直要到连续被他们蹂躏多次之后，才能找得着门道，偶尔扳回几局。而且，这场考试又是在高考结束以后，谁都知道高考结束后多么的渴望自己能够光荣上榜，所以，一旦接到了通知书那更加有点忘乎所以，每天都是看各种各样的书，找同学尽情地玩，——可现在一点都记不起来当初玩了些什么。你想，都玩得这么累了，哪里还有时间去复习，也没有那份心思。叫一个兜里揣着大学录取通知书的少年正襟危坐、冒着酷暑每天坚持复习，无异于缘木求鱼、与虎谋皮，自己高考好不容易考了个大学，那简直比古代中了进士还高兴，根本冷静不下来。就这样，和书本分手了两个月后，走进了 15 号楼的考场，真是要命。还好只考三门课，数学、英语、物理，本来都是我的强项（这是当初的想法，后来跟别人一比，我都不知道自己的强项是什么），突然间都成了我的命门。尤其是英语，我认为自己单词也好、语法也好、写作也好（羞愧难当），高考怎么也是 130 多分的，结果上来第一部分是个听力，拿着收音机，调好频道："这里是浙江大学……，现在请试听……"我完全不在状态，很快就给听懵了。连续硬着头皮三场考下来，一塌糊涂，当时我爸爸还没回去，问我考得怎么样，我都不敢回答，两个月前趾高气扬的我一下子就像泄了气的皮球。

我不知道学校的葫芦里到底卖的什么药，到底为什么要组织这么一场考试，我甚至生怕学校会根据这个进行二次录取，如果考得不好，我是不是要随我爸直接回家。但我爸不知道我的想法，他在学校待了几天，游览了一下本部和西湖，在成绩出来之前，高高兴兴地回家去了。我从校门口车站回宿舍的路上，大哭了一场，不知道该如何面对即将揭晓的分数，如果要把我赶回家了，我该怎么去买火车票回家，回家了怎么向他们交代。

没多久有一天中午从 15 号楼赶到 4 号楼上课，经过主楼的时候，发现很多人在那围观，跟后来程前来拍戏，大家看放榜名单一样，个个都像鸭子一样，脖子伸得老长。成绩出来了，不出所料，真的很差，分数多少已经不记得了，大概都是六七十分的样子吧。我以己度人，认为别人也会考得跟我一样差，结果没料到好多人数学、物理都考了 90 多分，还有几个三门一共就扣了两分，但让人欣慰的是自己并不是最差的，这已经比当初设想的后果要轻得多，至少不会被扫地出门。接下来，我们很想知道这个成绩到底有什么用，既然不作为惩罚依据，那考了干吗呢？没几天我们知道，这会用作入学奖学金的评比依据，于是刚侥幸过关的轻松消失得无影无踪，伤心和失望涌上心头。就好像一堆穷人中，总会有那么一两个富人，我们班也有好几个，具体是谁，好像 SJW、LSJ、JWH 吧，成绩多少我也不清楚，当时都还不怎么认识他们，只听说他们拿了一大笔钱，好羡慕。那时候，突然明白了什么叫作“知识就是力量”“知识就是财富”。

整个大学不间断的以物喜、以己悲的日子就这样以始业教育考试拉开了帷幕。从那时起，我就重新审视自己曾经所谓的聪明了，再也不敢自以为是了，一考试就忐忑不安起来，而且从此我还发现，大学里任何一门考试，不管你认为多么难，总会有个别人站在不胜寒的高处顶着刺眼的 99 分或者 100 分狠狠地鄙视你的 70 分或者 75 分，这种“灵异事件”屡次发生，叫人毛骨悚然，我后面就会给你们介绍这么一位。这事也让我一直疑惑不解，不是说大学里都不重视考试的吗？怎么还是跟高中差不多啊，我都有点烦了。有一次开班会，班主任关心大家，让大家谈谈刚入学的感受，大多数同学居然和我有相同的想法，都曾经觉得自己成绩尚可，但到了这里发现泯然众人，所以失望之情，难以言表。既然大家都这样，我也就放心了，心情缓解了许多。

考试这事说多了影响心情，还要说说开学典礼的事情。开学典礼应该就在考试后的几天进行的。开学的时候，大家都领到了一件白色汗衫，前面左胸上有个小小的“之”，——后来我表弟看了我的照片，仔细问我那是什么字，我说哪里的字，他说你左边奶巴上的那个字，我哭笑不得——，后面有个“浙江大学之江学院”几个字，大伙儿都穿着这件印有标明身份的汗衫，雄赳赳气昂昂地来到本部邵体馆，个个都觉得迎来了生命中无比荣耀的一天。潘校长在致辞的时候犯了一个错误：言简意赅（gai）念成了言简意赅（he），当时全场一阵哗然，要知道刚经过高考磨炼的我们对此类字词的发音非常敏感了，纯粹的条件反射而已，偏偏校长大人就撞上枪口了。本来潘校长气宇轩昂、风度翩翩、字也写得超级漂亮，而且刚刚当选院士不久，大家都很崇拜他，他自己也是春风得意马蹄疾、一朝看尽长安花的劲儿。哪料到他居然连个“赅”都不认识，估计他自己也没搞明白，这个小失误给吹毛求疵的我们留下了多么糟糕的印象。不过人非圣贤、孰能无过，潘校长犯个错误也不奇怪，四年后的开学典礼我没参加，我同学兴去参加了，回来后兴高采烈的告诉我们“潘校长今天又念了言简意 he”。大家再一次瞠目结舌。

开学典礼，有两句话一直让我汗颜至今。首先当然是竺校长的两个问题，再次摘录下来：诸位在校，有两个问题自己问问，第一，到浙大来做什么？第二，将来毕业了后做个什么样的人？淳朴的我们思考了很久，真的不知道该如何回答，据说现在的学弟学妹思维更加活泼了，张口就是答案：“来浙大——混，毕业后做个——混混。”看着这回答，我常常非常惭愧，自己怎么想不出这么精彩的回答呢。第二个让人汗颜的是“今日我以浙大为荣，明日浙大以我为荣”，这要干出多大的事业才行啊。竺校长掷地有声、铿锵有力的话语还没消化好，又来了这么一顿大餐，真让人有点吃不消。也不知道这个口号是谁提出来的，我觉得他自己提出这个也觉得有点疯狂过头，不然为什么不署名呢，你看我们竺校长，一点都不含糊，闹得人人都知道这是他说的。

开学典礼后的合影，也是建工 974 的第一张合影

开学典礼后就要开始真正的大学教育了，但是所有的教育之前首先开始的就是安全教育。这一点之江远远走在其他院系前面，因为我们有优势啊。

第一，我们要防火。野外要防火，学校地处国家一级风景保护区，责任重大，大家都感到肩上的担子很重。但是其实，之江一年到头都挺潮湿的，且不说江南阴雨天，就是秋冬天的时候，也是雾气蒙蒙，每天早上路边的野草野花、常青乔木的叶子上也都挂着晶莹剔透的露水，除非你故意去烧，一般应该不可能着得起来。学校考虑得很全面，不仅野外要防，室内也要防火，这一点能够理解，毕竟之江建筑木制品比较多。但这还不是最主要的，最主要是抓热得快，我觉得所有的防护措施都是为反这个做铺垫，醉翁之意不在酒。前面说过，之江打水是很不方便的，但是很多人又喜欢泡方便面吃，哪来的开水呢？不言自明。于是，去上课之前藏好热得快那是第一要紧的事情，要是谁最后用完没有藏好被宿管科检查卫生的发现，那不但要承受学校的处罚还得承受宿舍兄弟的非难，在双重压力之下，常常有人上课不安心，一下课赶紧跑回宿舍查一下看看热得快到底有没有被收好、宿管科有没有来查过卫生、有没有发现热得快。我们运气非常好，因为我们每次都借隔壁宿舍的用，用完了赶紧还给他们。不过，我重申一句，热得快这东西的确不能用，以之江的年龄，如果电路没有经过彻底改造，确实有可能出现意外，所以一定要用，得找个安全的地方。放心好了，我们楼下老头自己就用这个烧水。

第二，我们要防盗。其实也不算盗，因为他们不仅不拿走东西，实际上还会给我们带来东西，除非他们拿东西就是从别的宿舍顺过来的。刚开学那阵子，推销的特别多，一般都是这三大件：耳机、充电电池、计算器，另外还有什么通讯录本子、小钱包、甚至拖鞋。少不更事的我们一开始看到有人上门卖东西，很是感动，终于有人知道我们多么的难以容忍金龙超市了，所以常常自己买了，还跟着小商贩一道到对面寝室去，边看他怎么做生意，边跟同学说自己刚才买了个什么，挺不错的，特别的傻。我也买过很多东西，有些质量很差，比如我买的那些充电电池，都是号称东芝的，几块钱一个，用了几次，充一个晚上，刘德华还唱不了一首歌就跟 CXH 一样了，比如我买的一双凉鞋，后来脚简直臭的自己都想砍掉算了，还好后来拖鞋断了，否则又舍不得扔又那么臭，该如何是好。当然也有不错的，比如我买的计算器，一直用到现在，电池都没有换过。我一开始都不想买计算器，但发现大家都买，我脑子里还停留在“考试时禁止携带计算器”但高中时代，问人家，人家告诉我说大学都要的，于是也买了一个，实际上整个大一，只有一门课考试需要用到计算器：普通化学。

第三，之江没有师兄，女生不用防了，但是要防潮。与防火防盗比，防潮显得生死攸关。学校面南背北，依山傍水，这“南”与“水”就是与学校仅一路之隔的钱塘江。学校三令五申，严禁下到钱塘江游泳，钱江潮水来无影去无踪，神出鬼没，变幻莫测，屡有不听劝诫者被潮水吞噬，所以务必提防。刚来这里，茅以升的钱塘江大桥让我们兴奋不已，但大桥毕竟不动，终究是比不上语文书上吹破天的汹涌澎湃的钱塘江大潮了，而且我们刚到那会儿，正好赶上八月十八。学校的宣传着实把我们吓得不轻，我们也表示怀疑，但是这名声在外的天下第一大潮万一真的那么厉害，那……？这可不是闹着玩的。大家又问了班上的杭州人 CL、LYC，两个杭州人都很温柔，细声细语地跟我们讲了半天，委婉得实在让人不明白到底可不可以去江堤上看，还是应该像学校叮嘱的那样，可远观而不可亵玩焉。尤其是 CL，他甚至跟我们说每个月的农历十八都是大潮的日子，大家其实也不用着急一定要赶在八月十八看，这说法更让人不懂了，问他那为什么八月十八人比较多呢，他说很多人不懂，喜欢凑热闹。最终，我们还是打算凑热闹，但不冒险，珍惜生命、远离潮水。在听说有大潮的一天下午晚饭的时候，我们几个同学从食堂买了饭一起到小篮球场那边的围墙边去看，这里距离钱塘江还有两条大马路，地势非常高，距离校外公路大约七八米，我们感到足够的安全，潮水要真的冲到这里了，我们跑起来也方便，大不了抱着树，到这么高的地方潮水不可能有这么大的力了。这时候，江边上已经聚集了好多人，密密麻麻的，我们在这里虽然安全，但是遮挡的树木太多了，根本就看不到什么。很多和我们一样胆小的，一会儿就把这坡给挤满了。突然听到下面的人喧嚣起来，说“潮来了潮来了”，等到我们看到潮的时候，潮已经很慢了，等潮慢慢过去了，人群就开始散了，完全没有传说的那么凶险和刺激啊。第二天，我也跑到江边上去，这一次我终于看到了，远处一条线急吼吼地推过来，眼前的江水开始冒泡，晃动，很快，水面倏地就上涨了四五米的样子，确实很吓人，后续偶尔浪头打过来，这下水都溅到路上来了，大家赶紧跑开。慌慌张张跑开的时候，不知是谁，把新领的饭盘给丢到江里了，还没沉下去，就一直在水面上起起伏伏，惹得一阵笑声。

十一　之江学院撩开面纱

我本以为上了大学就是实现了短暂的学习自由，但没料到这只是刚刚上路。在经历过短暂的兴奋期之后，我们把高三学习的劲头儿延续了下来，开始了高四的征程。而实际上，因为课程比高中难多了，老师讲课也飞快，周边同学都还算聪明，所以要想获得一个好名次，实际上是更难了，大多数人都无法找到高中时击败大多数人的快感，更多的是挫折感，也没有人帮助得了自己，只能慢慢地适应了。

刚开学的那段日子，我还真的把高中老师的那些话奉为圭臬，天真地以为大学最重要的事情就是玩了。以前是每天坐在一个教室里，现在是连个固定教室也没了，去哪儿看书也是个问题；以前是每天上六节课，满满当当的，班主任坐镇，晚上三节自习雷打不动，现在是一天上三四节课，碰上特殊情况，还可能一整天没课，每次上课结束，回到宿舍就赶紧积极地把作业做完，或者直接留在教室就给做完了，于是到了晚上一下子就不知道干吗了。

怎么办呢？有一天几个人闲着聊天，突然有人说，太没意思了，要不要来打牌。结果大家都好像对这句话盼了很久一样，赶紧表态说好啊好啊，一副憋坏了的样子，估计都在等别人开口，生怕自己开口了就不是什么好学生一样。我刚想说自己带牌了，没想到几乎每个人都能拿出两副，可见相当一部分人都视之居家旅行、上学交友之必备良药。就这样日子连续过了几天。老 Z 不怎么参与，他几乎每天早出晚归的，不知道忙些什么，就晚上回来的时候看到我们，说上一句“呀，哥几个又搞上了，来，我看看”，在最后几局凑上一把，那时候也会有人累了让他替一下。

大学高中这样一对比，总觉得亏欠了些什么，好似自己好像干了什么见不得人的事儿。再说，持续了那么多年的晚自习习惯，也不是说改就能改的，家里人也还是叮嘱我“好好学习”的，可不能就这么荒废了啊。大家都这么想着，所以，每天在宿舍里打牌的人越来越少了，终于有一天发现只有自己一个人了。这样下去也不是个办法，还是去看看书吧。可我来上大学，并没有做好去自习的准备，所以我连书包都没有，于是，就跟平时上什么课带什么书一样，随手拿着两本书到教室那边走去。在安静的校园中，沿着金龙超市门口的那条路，走过小礼堂、报刊栏、主楼，边走我还边得意，觉得自己自制力还比较强，能够正确意识到学习的重要性。我选择了3号楼，这是我第一天自习的地方，我记得很清楚。一进门，吓了我一跳，全是自修的人，密密麻麻的男生中间偶尔点缀着几个女生。这样的场景彻底打破了我所有的美梦，让我清醒了很多，看来大学也不是那么好混的。在所有男生的失望眼神中，我加入了自习者的行列。从此，我把这个习惯延续了下来，一直到现在，我觉得在未来我也会保持的，一件事情，只要不是太坏，做久了，要改变，也挺舍不得的。前段时间CIVIL版的内德维德说他们老师要他们养成个好习惯，他想来想去觉得自己没什么好习惯，根据自己喜欢吃香蕉这个行为硬是培养了一个每天晚上从教研室回宿舍时买两个香蕉做夜宵的好习惯，听起来是不是挺不错的？

自习绝对是上大学期间让人难以忘怀，因为这其中的酸甜苦辣三天三夜也说不完，简单地说上自习主要原因有三个：

第一，赶作业。前面说了，我们一开始都觉得没什么事情，在宿舍打牌，没几天把自己打得不好意思了，跑去自习。后来才发现，虽然课表看起来不满，但是一上课就发现每堂课内容很多，类似于身材好的人穿衣显瘦、脱衣见肉，而且又都是那种全新的，随着课程的深入，不要说及时把作业做好，要准确地理解清楚都需要一定时间。土木系的课程比较多，每个学期都有六七门，加上选修课，八九门很正常，幸亏有些课程是分单双周的，所以忙碌周期就是半个月一次，否则就没个休止了。一旦赶上那一周课程很多，那就像农忙季节的双抢了。到交作业之前，谁都没心思玩，宿舍里几乎一个都不剩，全都跑教室去了，剩下的那些是心理素质过硬的，打好算盘，就等着你们这帮自习的家伙回来，直接照抄了。教室里到十点钟，打扫卫生的大爷大娘觉得你要再耽搁了他们休息，可就要对你进行批评教育了，你再不走，关你几盏灯，看你还好意思赖下去。如果不是非得第二天交，那还好，第二天继续猛的干一天就是了，但是能够做到这么从容的还是少数，大多数人都是临阵磨枪。而且，因为那时候还都是好孩子，都希望自己独立完成，如果不会的话，回到宿舍还得讨论一番，纯粹抄作业的现象还是不多。所以，碰上第二天要交作业，宿舍里熄灯了，就跑到走道上挑灯夜战，把凳子搬出来，蹲在那里算啊算的，一幅郑重其事的样子。有的宿舍因为要赶作业的人很多，干脆把桌子都搬出来，阵势极其夸张。而且哪怕是明天要交，大晚上的做的过程中也是要找些事情调节一下的：踢踢球，积积分，边积分，边练习二过一；做好的人还要弹弹吉他；聊天的、背书的、讨论的、看小说的，忙得是不亦乐乎。这种热火朝天的场面一直要持续到十二点多才会慢慢消停下来，然后个别人再继续把最后的一点作业做完，显得很是凄凉的样子去睡觉，——其实都是自找的。之江 8 号楼的三楼走道上昏黄的灯光幸运的见证了一幕幕有为少年的成长过程。

这么壮观的场面到了大二大三的时候几乎就绝迹了，也不知道从什么时候开始，有人抄作业了，而且几乎不需要承担任何后果，久而久之，这股风气愈演愈烈，一个班只要有一两个版本就能把一切问题都解决了，而且往往其中一个版本还是女生提供的。慢慢地，抄袭的风气开始从作业蔓延到考试，学校也在呼吁，但是从来没有采取过什么有效措施，这宛如一颗毒瘤，开始扩散，如果这个风气不被彻底制止，不要说“明日浙大以我为荣”，我“今日”都不想“以浙大为荣”了。我承认自己也干这些事情，但还是有底线的，绝对经得住考验的，从我的成绩单就能看出来。说真的，我挺喜欢那种大家一起解决问题的感觉，真心不喜欢抄袭，偶尔不会做的作业，问人家，人家不耐烦，觉得你只需要抄就行了，干嘛那么多问题呢，但我说了，我仍然是有底线的，虽然被始业教育考试证明不算聪明。

大三的时候，钢筋混凝土设计的大作业，因为老师逼得很紧，大家都没做完，这种大作业也没法抄，所以在本部 1 舍 5 楼的走道里重现了之江 8 号楼的辉煌。但那只是个回光返照，从那之后，就真的绝迹了。不知道现在的学弟学妹还会不会这样。

第二，看美女。浙大女生很多成绩都很好。有一次在家里，我爸作为《新闻联播》的铁杆粉丝，在家里看电视，发现浙大有个女老师被评为全国十大女杰，他觉得这个跟我有关系，赶紧叫我去看，我跑去一看，正在报道化学系的沈之荃院士。回学校以后我就稍微留意了一下沈老师，几次发现她推着个破旧的自行车从校门口往教 8 那边走，朴素得就像个邻家老太太。我并不了解沈老师，也从来没跟她接触过，但是从外形上，我相信她是值得敬重的学者。对于一个 60 岁的老人，相由心生，我宁愿相信她是个淡泊明志、宁静致远的君子。本科毕业的时候参加了优秀毕业生典礼，还是化学系的一个女生，二十多篇SCI，吓得我们这种人都觉得明天浙大非但不能以我为荣，只能以我为耻了，都不好意思讲自己浙大毕业的，说出去丢母校的脸。有了这些榜样，浙大女生个个都学得争先恐后，我们班三个女生，本科毕业的时候两个保送本系读研，成绩甩出我们很远。这些人成绩怎么来的？自然不是像我们一样在宿舍里打牌打来的，都是在教室里自习挣来的。所以，任何时候，教室里都是女生最集中的地方，每天晚上，从教室回宿舍的人群中女生的比例远远超过女生在总人数中的比例。正因为如此，如果有人某天回来说自己连续两天在某个地方看见一绝色美女自修，大家一般都不怀疑，而且他还将成为热点。大家纷纷打听在哪儿，然后就要很早去占位子，静静等候美女的到来，哪怕是绘图楼有一些闹鬼的情节也阻挡不住大家那颗追逐美女的火热的心。然而，往往是失望大于希望，于是事先声称看到美女的人就会说："都是你们这些人把她给吓跑了，现在连我都看不到了。"就这样，我们也许受骗了还不敢辩解，感觉非常郁闷。我有个同学甚至给自己立下了一个自修原则：一个教室里面女生个数必须大于或者等于6，否则就不在他的考虑范围之内，这无疑增加了自习寻找教室的难度，也给了他常常不去自习的理由。长期的共同自习，发展了我校男女生之间良好的同学关系，估计有很多就是这么走到一起的，比如我们班的LYC、ZN。对于这样学习、恋爱两不误的人，我们这些人只有羡慕的份。

第三，快考试了。有些人擅长突击学习，有些人喜欢细水长流，我就是后种类型，自从我亲眼看到这类突击型选手，往往觉得自己的生活真是一点激情都没有。他们都很放得开，平时上课基本不去，碰到点名了叫人替一下，期中考试根本不在乎，期末考试要到了，抓紧时间复印那些认真上课的女同学的笔记，开始玩命的学。一大早就带上水、书和笔记跑到教室里占位置，然后就赖在那里了，饭也随便吃一点。考试那几天，就更加紧张，自修位置更紧缺。平时自习去找位置要求宽敞一些，周围至少留出一两个空位置，干些什么自在一些，这会儿顾不上了，有个位置就不错了；平时大家也很自觉，不会紧贴着你坐着，但是这时候只要有空位置，哪怕直接紧贴着，也坐下去，管你高兴不高兴；平时宣称要6个女生的，这会儿都无所谓了，根据抽屉原理，总的女生就只有那么多，她们又扎堆，到最后肯定有些教室是清一色的男生，而这些教室往往才会给你留下一个空位置：总之，要么找不到位置，一旦占了一个位置，基本上不敢随便走开，一离开就会被人占了。像我这样的，反正也不在乎这两天的，占了就占了，占了正好休息一下，那些就赶着这几天的人穷凶极恶的状态是完全无法忍受的，巴不得头悬梁、锥刺股，完全没空去食堂吃饭，那太浪费时间了。教室到很晚熄灯了才回来，回来也不闲着，继续干，宿舍熄灯了跑到走廊上，走廊熄灯了跑厕所里，我们睡了他们还不睡，我们还没起来，他们已经起来了，整个人跟吃了兴奋剂一样，连续几天每天就睡那么几个小时，两眼通红，几乎要在考试之前的那么几天内榨干自己的最后一滴能量。我好几次睡觉前上厕所和早上起来上厕所都看到同一个人在那看书，看起来跟他压根就不需要睡觉一样。这样疯狂的结果往往会涉险过关，算是功夫不负苦心人。每次看到这样的人跑到系里那边的成绩公告栏看到及格后兴高采烈的样子，都很佩服他们刀口上舔血的本事，每次都把自己的潜能发挥到了极致啊。

第四，纯粹就是一种习惯。我到后来挺喜欢自习的，因为大学里的自习比高中更自在，没人管我，我想干嘛就干嘛，我做完作业就看书，看好课本就看其他书，我还可以给人家写信。我也不需要效率很高，边看书边听音乐，青棚艺苑的打口带、借同学的磁带，都行，之江阴雨天多，后来我就养成了下雨天一边看书一边听音乐的习惯，觉得这人世间最大的享受莫过于此。将来有钱了，一次看两本书，同时听两首歌，周华健和beyond的歌同时播放，一只耳朵听一首。听歌也是一阵一阵的，有一阵特别喜欢那些校园民谣，虽然唱得不好，但是喜欢哼，还喜欢吹口哨，配着之江，特别有感觉。所有民谣歌曲中，有一首特不喜欢，《白衣飘飘的年代》，这首歌天生跟之江作对，无法想象下夜自习回来，从密林那边来了一个白衣飘飘的影子，将给我们带来多少噩梦，所以这首歌是被列入黑名单的，要么快进，要么根本不听带有这首歌的磁带，其他的什么《青春》《恋恋风尘》《冬季校园》都是百听不厌，觉得自己的大学生活也就是这样。我还喜欢上了周华健，觉得他的嗓音醇厚、清亮，沉醉于他的柔情似水和情真意切还有激情怒吼，反正省吃俭用买了他的每一张专辑，熟悉他每一首歌，从来不唱什么《朋友》之类的歌，那显示不出我是资深歌迷，怎么得也要唱《寡妇村传奇》《摆渡人的歌》《小城之歌》，等等，在很多个一个人自习的日子里，就靠着这个不去羡慕那些谈恋爱的幸福的人们。

第五，凑热闹。时间一般是在刚开学的那段时间，其实没什么作业要做，要看书宿舍也行，但是觉得宿舍没啥氛围，还是去教室吧。一般都是一个宿舍一起出动，到了教室，先睡一觉，然后是随便看看书，再出去呼吸一下新鲜空气，走廊里说说话，出去晃悠一圈，再回到位置上看一会儿书，差不多到九点多了，就问同伴说，九点多了，要不要回去啊？这与其说是一个问题，还不如说是个建议，另一个自然心领神会，本来就不想继续呆了，既然都被要求回去了，那还不赶紧回去。回到宿舍，互相埋怨一番说："都怪你，晚上什么都没干，效率太低了，明天绝不能这样。"

我们班在整个大学期间，学习气氛还是比较好的，尤其是在几个自习达人的刺激下。老Z就不必说了，简直引领一代自修狂潮，独领风骚。除他之外，我们班还有一个，WYH。他住我们对面宿舍，开学第一次班会就问班主任HH，本部那边混合班的课本怎么弄到。他问得虽然是小心翼翼，但却是非常果敢和坚决，眯着双眼，紧锁着眉头，表现出强烈的学习欲望。我那时候还不知道有混合班的存在，根本就不明白他问的是什么，直到老师解释了之后，才知道浙大还有这样的精英班，学的都是一些比我们复杂的课程，当即就被WYH求知若渴的精神所感动，也马上从高考的欣喜中陷入了不思进取的惭愧。很多年后和YT聊起来，他也说，当时感到很迷惑，也感到很惊讶，怎么回事儿，不是已经考上大学了吗?

WYH苏州人，性格很温和，也很倔强，高考分数是我们班最高，所以直接被选为班上的学习委员，但在后来的学习中，成绩总也不见特别好，但越是这样，越发努力，努力得都让人有点感动和害怕，常常一个人早出晚归，无论周末或是平时，寒冬还是酷暑，都一如既往地背着个破旧的牛仔包，装一包各类书本，欢欢喜喜地前往教室或者图书馆。我这位同学如此勤奋，似乎注定着要担负起制止悲剧发生的伟大使命，否则，当年在图书馆想不开的兄弟，怎会获得第二次生命的机会。这一切仿佛都是安排好的，所以我宁愿相信，这个世界存在着上帝，当他为你关上绝望之门，一定也会为你开启希望之门。

现在我们快要毕业了，而他则打算继续读博士，再一次证明了六年前的那些问题是发自肺腑的。真的是恭喜他，居然再一次将英语征服。WYH所有的学习都是中等偏上，唯独英语中等偏下吧，每次考试前都是战战兢兢如履薄冰，考试后就提心吊胆唉声叹气，他绝对不是因为不认真复习，完全就是不擅长。有一次，又是这种情况，我问他，你觉得自己能不能过，他说这次不能过，我说那不就行了，都这么肯定不能过了，就做好重修的准备了。他觉得我不安慰他反而这么泼冷水，很是不爽，我看出他的心思，又问他，你是不是觉得可能还能过，他诡异地笑而不语，我再一次说，既然都可能过，那还担心个屁。实际上，考试之神永远都保佑着他成功的安全着陆。

在我的印象中，他从来都不抄别人的作业，我也只不过敢宣称自己抄作业是有底线的，但毕竟还是会抄的，而他则干脆就不抄，每次都是在紧缩眉头中专注着独自解决。不但不抄别人的，也没什么人抄他的，倒不是他的作业不好，而是他写的字一般人根本看不清楚，作业本上的字像一个个跳舞的小蝌蚪。我常常想着，苏州人，性格温和，写字也很温和。

十二　高数 高数 还是高数

作为理科生而言，高数的重要性不言而喻，几乎所有重要一点的课程都跟数学有关系，偏偏整个大学阶段我对数学都处于一种似懂非懂的状态中。当然了，我学得不好，但不代表老师教得不好，土木系的两位数学老师可都是一等一的高水准。只是，如果高数老师和《画法几何》的陈老师一样，不仅课上得好，也长得漂亮，那该多好啊。

土木系有两位鼎鼎有名的高数老师：蔡燧林、邵剑，一写出这名字，我都有点哆嗦。

上大学第一堂课就是在15号楼上数学课，蔡老师干的第一件事是跟我们讲他是浙江省高考数学阅卷组的组长，然后就是给我们讲1997年全国高考卷的倒数第二题，因为那道题大部分都没做出来，具体是什么或者怎么做我现在也忘了，反正大家当时一听到“高考阅卷组组长”这样的名号，就“哇”了一声，在高中生的眼中，一个掌握着高考成绩生杀大权的人当然是神一般的存在，今天得以亲见，顿生崇拜之心，而他也很得意地享受这样的崇拜和仰视，嘿嘿嘿地笑起来。

大概是为了和老师的年龄匹配，我们4、5、6三个班用的是一套非常古老的教材，高教出的，看起来就像从哪个仓库里翻出来似的，估计在我们出生之前已经出版了，另外1、2、3班，他们用的是浙大自己出版的新版教材，得知这样的消息，我们都很羡慕。与我们对教材的失望不同，蔡老师很是开心，他跟这课本仿佛是交了好多年的朋友，这些内容了然于胸，整个课程讲得轻车熟路，每次都笑眯眯地跟我们讲课，也不管我们听不听得懂。但，其实，对我们来说，从初等数学到高等数学是个质的飞跃，要建立起强大的微积分概念不那么容易，尤其是一边学一边还要练习标准的蔡氏普通话的听力。蔡老师他把 h 一直都发成 w，“会不会”一直都听成是“为不为”，还喜欢不停地冒出一个“不 da ga”这个词，很久以后，我才听懂是“不搭界”，也就是不相关的意思。当然了，他越熟练，我们就理解得越慢，等到我们基本上慢慢明白过来、前几节课的内容终于已经学“wei”了，他又开始铺天盖地的弄出各式各样的定理过来。柯西不等式、罗贝塔法则、傅立叶变换、拉格朗日定理，大量的法国人把我们折腾得昏昏欲睡，再加上部分函数都会被考虑可导不连续或者连续不可导这两大问题，两节课下来，脑袋很快就会搞得晕乎乎的。下学期没多久，正是之江春暖花开时分，蔡老师一说下课休息，下面哗啦啦的倒了一片，全趴在桌子上，老头子笑眯眯地看着下面，特慈祥地说，你们啊——，嘿嘿嘿，仿佛看穿了我们早就盼着下课的心思。然后就端起一只特大号的杯子，呷上一口茶，看着我们，微笑着的脸庞爬满了皱纹，像之江的花儿一样幸福地盛开着。那时候他已经六十多了，但仍然按时从玉泉乘校车到之江去给我们上课，一手公文包，一手大茶杯，悠然地走着，风雨无阻，每一次都比我们先到，每一次都回答了那些刻苦的同学的问题再走，到考试前还过来给我们答疑。回想起来，老头子值得我们最真诚的敬意。

可惜的是，因为我一直认为大学最主要的任务不是课本学习，所以既没有充分利用上蔡老师的课的机会，也没有做大量的吉米多维奇，以至于到现在有一种“少壮不努力、老大徒伤悲”的感觉。四次考试感觉不错，但结果都勉勉强强，每次看到老头子讲题目一副举重若轻的样子，我就很恼火，觉得他怎么老是像高中一样，搞一些奇怪的题目、设一些陷阱来坑我们。答疑的时候，我刚开口问一个问题，他接着我的问题就满脸堆笑地反问我几个问题，我当然不会把知识点融会贯通，只能支支吾吾，他看着我哑口无言的样子，甚是得意，然后叫我回去再研究一下。逐客令一下，我也只能沮丧地离开，哪里还好意思多问。最终，数学课也就学得很不扎实，我觉得大概要抱憾终生了。

2000 年，我要准备考研了，再次捡起久违的数学课本，静下心来，这下才真正地搞明白一些基本道理。那种恍然大悟的感觉既让自己得意非凡又为自己当年怎么老是搞不懂老头子讲些什么而疑惑不解。巧合的是，我报名了一个在杭大这边的辅导班，第一个晚上，一进门，发现讲台上坐着的居然又是蔡老师。这一次，他干的第一件事儿就是不紧不慢地拿出一个证书说是以前受聘为考研出题组组长这事儿，很多外校的同学又是“哇”声一片，他再一次陷入洋洋得意中，嘿嘿嘿地笑起来。我已经对这个有了免疫力了，只是冷冷地看着现场，盼着他正式进入正题。这一次，我可是花了钱来听课的，即便是晚上，也不舍得睡觉，没有浪费每一次向他请教的机会。

邵老师教1、2、3班，我没上过他的课，他的事情都是听那些兄弟们诉说的。和蔡燧林老师总是露出迷人的微笑不同，邵剑老师就显得刻板多了，比较讲究师道尊严。YL跟我讲，他有一次有事儿打电话到邵老师家：请问邵剑邵老师在吗？没想到正好是他老人家接的电话，一听这话马上不太高兴，以很是严肃的语气说："杭州只有一个浙大，浙大只有一个邵剑，你打了电话只会碰到一个邵老师，你还需要叫出名字吗？"这突如其来的教育吓得YL大气不敢喘，事儿都还没说就连连道歉给挂了。读研究生的时候，数学系开了一门选修课《非线性方程数值解》，讲课人名字一听就让人忍俊不禁——李大侃，旁边有人警告我说，你可别笑，那是邵剑他老婆。原来邵老师是数学家庭啊，不知他们当年谈恋爱的时候会聊些什么内容，他这么严肃的一个人，结果老婆的名字这么有趣，也着实滑稽。要是邵老师今天看到我这么写，估计要气得把我脑袋给拧掉，但我估计邵老师是不大可能看到的，所以也就不在乎了。要真的被他发现了，我必须说一句，我说的任何话都没有不敬的意思，纯粹只是想起那些美好的日子，那些美好的人儿，那些美好的事儿。

有了这样的性格，做起事情、上起课来肯定就不含糊了。这一点，从布置作业就可以看出来。据1、2、3班的兄弟们说，邵老师布置作业也和蔡老师不同，我们蔡老师挑几道典型的题目让我们巩固一下，他们邵老师性格极其豪爽，区间式布置，一次就布置[1，15]，而且是闭区间，眼皮都不眨一下，把1、2、3班的同学搞得叫苦不迭，作业本一个学期换了又换，晚上看到那三个班的人赶作业是家常便饭。我们一边安慰他们"邵老师也是为了你们好，给你们打好基础"，一边看着自己那本陈旧的数学书暗自庆幸。

尽管邵老师爱布置作业很不受欢迎，但是1、2、3班同学对邵老师却是极尊敬的，因为这样的老师往往是治学严谨、认真踏实、严于律己。1、2、3班也有一些像我一样笨的家伙，为了解答这类人的几个笨问题，邵老师常常宁愿误过校车、不回家吃午饭也要给他们"解惑"。

不知道你们是否已经明白我为什么说自己提起这两位老师的名字就打哆嗦了。

我们班C打头的同学和3班Z打头的几个人住在310宿舍，我有时候去那边逛逛，跟他们聊天。前面所说宿舍熄灯后，在楼道里做作业的，他们宿舍是参与程度最高的，尤其是 10:00 宿舍熄灯后到 11:00 这段时间，特别热烈，再往后，人家都熬不住了，他们也开始真正全神贯注地赶作业了，绝大部分时候都是赶数学。

赶数学作业虽然很辛苦，但是这不代表 310 的人很无趣，他们宿舍好几个人都挺有意思的，常常追一些时髦。有一天晚上，我有点饿，去 310 看看他们有没有什么东西吃。我刚开口，苏州人 ZM 一本正经地跟我说："怎么现在还谈吃的，我们都在讨论大事情呢，现在上大学了，得有个英文名字，我们宿舍都已经取好了，我自己叫作 David，你也最好给自己取一个。"我觉得这事儿挺有意思的，问为什么叫 David，他说他喜欢贝克汉姆，他和贝克汉姆太不像了，但我不好意思说出来，转头问 CGM 叫什么，他说他叫 Dylon，我问这是什么来历，他说香港有个演员，常常演大哥，比较酷，就是这个名字，所以拿来用了。我心里一惊，CGM 看起来也不像是那种狠角色啊。我本来还有点怀疑，一下子两个人都有了，我还真的有点相信了，但我还是再次问 CL，想确认一下，他说，是啊，我的名字叫 Charlie。这下我相信了，问 ZJ 叫什么，他也告诉我了（我想来想去想破头了，也没记起 ZJ 的英文名，可见取英文名最好找个有故事的，否则人家容易忘掉）。我东西没吃到，反而陷入了取名字的沉思中。

回宿舍的时候从 ZJ 那里拿了个馒头，蘸了些他们贵州的辣椒酱。我一边吃着馒头，一边想，馒头都吃完了也没想好。睡在床上，继续想，到后来，还真的想好了，也就是现在的 id，这是我高中的时候自创的，跟中文名发音类似。可不知怎么搞的，胃突然疼起来，我以为是想英文名给闹的，提醒自己不要再想了，再想要影响休息了。可过了许久，人家都开始打鼾了，我的胃才平静下来，慢慢有了睡意。

第二天，我才意识到昨天是那些辣酱把胃给辣疼的。我来自湖北，但在我那些同学眼里，只要跟湖南沾点边就应该很能吃辣的，我自然也不赖。其实在家里，我是最不善于吃辣的了，可和他们一比，我的确还行，尤其看着那两个萧山人稍微吃一点辣就狼狈不堪的样子，满头大汗、不停地吸气，我觉得自己应该捍卫一下湖北的荣誉，所以，虽然辣一点，似乎还能承受。于是，时间久了，我也以为自己很能吃辣的，而且的确比在家里能吃辣一些，可见一来心理暗示是有效的，二来谎言重复了一千遍，的确就成了真理。ZJ 前一天晚上请我吃辣酱，我觉得没什么问题，哪知道他们贵州人吃辣的比我们厉害多了，我们那辣酱只能辣到舌头，他们那辣酱都能辣到胃里。这之后很久都没敢吃贵州辣酱了。第一次去计算机宿舍楼那边的拉面馆吃拉面，又遇到这种全是辣椒籽的辣酱了，吓得我尝都不敢尝，同行的人说，你们湖北人不是很能吃辣的吗，我本来都是说“还行”，但一想起那天晚上的胃疼，连连摆手说“不行不行，我不要吃”。我现在每次登陆88，输入自己的ID的时候，胃部就有一种被辣疼的感觉。

有一天CGM问我，别的系的人都说我们系有个美女，特漂亮，知不知道。我连系里女生都认不全，怎么会知道呢。他说，就6班的，跟我们一起上数学课的。我大吃一惊：“是吗，我怎么没看到呢，下次指给我看看。”后来有一次数学课，我特地和CGM坐一块儿，让他指给我看。我俩坐在那里，他指着那个女生给我看，问我漂不漂亮。我偷偷地仔细端详了一阵子，还不错，小家碧玉、玲珑可爱。若干年后，看《friends》时看到Chandler指着“eight、nine、ten clock”方向的Aurora给Ross介绍时，突然意识到这场景似曾相识，当时的情形跟这个何其相似。一个男人思考哲学，两个男人谈论女人，三个男人谈论政治，这个定理几乎放之四海而皆准。不过，因为我以前也见过这女生，大概是个子太矮了，我都没怎么留意长得怎么样，所以CGM一说，我即便觉得不错，也肯定不承认，否则，就是间接的证明自己当初根本没眼光发现。我犹豫了一阵，回复说：“不行，我觉得没你说的那么漂亮，一般般吧。”他大吃一惊，觉得我的眼光怎么会这么高，连连鄙视我说：“你这人怎么搞的，这个还不行啊，他们化工系的人都说我们系的这个女生很漂亮，你这鉴赏力不行啊。”我不想争辩什么，跟他说：“我没说她不漂亮啊，我只说她没你说的那么夸张。”他觉得为美女挣得了应得的荣誉和名分，感到十分的欣慰，笑了笑，跟我说：“听课，听课！”

偶尔一次看到那美女经过13号楼的时候，听到有人在高喊美女的名字，我终于明白美女的头衔果然不是白白得来的。一天卧谈的时候我提起了她，跟宿舍里的人说：“CGM给我介绍了一个美女，6班的，跟我们一起上数学的，你们认不认识？”老Z蹦出一句：“是不是×××？”我连忙问：“你也知道？”他说：“这谁不知道啊？”连老Z都知道了，看来真的是名声在外了。我又说：“我觉得长得一般般”，他说：“长得超级好看，你们觉得呢？”没想到一个宿舍的人都表态对我进行批评，说：“你这要求也太高了吧，那还不算美女？那之江学院就没有美女了。”原来他们都知道了，我一句不同意的话都不敢说，生怕被鄙视，赶紧睡觉。闷了半天，大家都快睡了，老Z悠悠地叹了一口气，冒出一句：“那的确是个美女，如果放大个1.5倍，那就是太好了。”大家一下子被老Z的感慨给激活了，又七嘴八舌的议论起来，最终大致的结论是虽然天使的脸庞比较重要，但是魔鬼的身材也是不能缺少的。按照CXG的话来说：“要是×××身高有个一米七，绝对可以做模特的，你不信？不信就算了。”

我清楚地记得浙大的理工科的公共基础课只有数学、物理、计算机和英语，但不知道怎么搞的，好像每个系都有制图课。别的系都是《工程制图》，我们土木系学得稍微特别一些，叫作《画法几何》。那门课我上得不怎么样（我都不好意思讲我有哪门课上得怎么样），记得有一次发下作业后，CL高声喊道：“这次居然只是一个三角星，没有五角！”我心里一紧，怎么？这作业还分等级？我赶紧过去看看，一翻，他的作业居然真的有个三角星或者五角星。我都不好意思说我从来就不知道有这么一回事，这等于告诉人家说从没拿过三星或者五星，也不是什么光荣的事儿，就不用往外宣传了，所以一个劲儿地说：“CL你太厉害了。”心里暗自担心，坏事了，这下期末成绩肯定不怎么样。从批改作业的这个特点很明显看得出来，这个老师是个女的，哪有男老师给那些十八九岁的小伙子奖励一个三角星或者五角星。

学了些什么绘图方法，现在印象都不深了，倒是那位老师长得挺漂亮这一点我却是记得很深刻，其实这也是这门课的出勤率一直居高不下的重要原因之一。有一次下课后，几个人围着她问学习问题，就问起她是哪儿毕业的，哪一年毕业的，等我们知道答案，我们一阵阵的惊讶。有一哥们儿直接就说：“老师，那你怎么显得那么年轻呢？”她当时很不好意思地说：“老了，女儿都五岁了。”于是他更表示惊奇，觉得女儿五岁了怎么都还这么漂亮，旁边的人也纷纷表示老师你好漂亮，一点都看不出女儿都五岁了。很直接地告诉你们吧，当初说这话的就是我，《画法几何》的老师就是陈丹玲老师。

陈老师女儿都五岁了的消息散开去，出勤率直线下降，似乎陈老师就不应该不经过他们的同意就结婚了一样。陈老师可不在乎这些，每次照样背着一个小巧的双肩包，神采奕奕、光彩夺目地出现在课堂上，很温柔地给我们讲课，很俏皮地笑着，可爱的样子就像《东京爱情故事》中的赤名莉香。

我回到宿舍的时候，老Z笑着对我说：“呀，看不出你还挺会说好听的话啊。”其实，我根本就没想过说些漂亮的话来让人家高兴，哪怕是陈老师现在在这里，我也会说她很漂亮，而且，也不止我一个人，当时我们3、4班的人都觉得我们上课比1、2班的施老师和5、6班的黄老师要更有意思。而且，很多人喜欢上完课，有事没事儿跟陈老师聊天，咨询系里的问题。关于毕业生的供需比就是从陈老师那边听来的，她笑眯眯地安慰我们：“只要国家搞建设嘛，饭总是有得吃的哦。”然后，大家就各自散去，回去吃饭了。

读研究生的时候我选了一门课《应用数学方法》。有一天 YT 回来跟我说，上课的那男的是陈老师的老公。这个消息让我们上了这门课的人都大吃一惊，都感到不可思议，表示不信。YT 也笑着，但是很坚定地说：真的。看他那样子也不像撒谎，我们有一种说不出的感觉。我后来在图书馆前看到过陈老师一次，风韵犹存，但脸上已经有了明显的皱纹了，跟他老公一起，还是比较相配的。

十三　土木系王牌老师出场

> 同学一般是因为某个特长或者爱好被人家记住，有些人胖、有些人瘦，有些人擅长绘画唱歌、有些人擅长数学物理，而老师被人记住的大多数原因只有一个：课程讲得好。而课程讲得好的标准有很多，有些是因为内容精彩，有些则是形式巧妙，他们都有拿得出手的王牌，有些老师甚至姓王。

《画法几何》这门课我们班最突出的是 CL 和 LYC，他俩都不以学习成绩见长，但是画图还真不错。归根结底，土木系还是以理性思维为主，而不是形象思维，能把两者结合得非常好的还真没有，估计这也是当初建筑和结构要分开的原因。CL 喜欢高谈阔论，大老远都能听到他的大嗓门，LYC 则是柔情似水，从没见他发过脾气，说话很小声，不认真地结合上下语境，都不一定能听明白他说些什么。

CL 重庆人，是不是非常的应景？符不符合你们心中重庆人的特点：豪爽。一开学，穿一件"重庆铜梁中学 建校 100 周年校庆"的 T 恤。我估计是他以此为荣，一问，不出所料，他简直要把铜梁中学吹到天上去了。一开始我还有点不习惯他说话的方式，后来明白了，他就是喜欢把好的往自己身上套。那时候重庆、四川分开没多久，大家也习惯把它们合在一起。你要说他是四川人，他说：哪里哟，我们是重庆撒，中国最大的直辖市。可一谈到四川的"天府之国"的称号时，他马上跟你说他就来自天府之国。你要问他刚才不是说升为直辖市了吗，他连忙说以前都是一家人，这不是刚分出来的嘛。我后来跟他较真说，你们重庆古时候是"巴"，四川是"蜀"，你就不要再扯来扯去了。他就不说话，笑着摇摇头，叹着气走开。

我从来没见过一个人像 CL 这么热爱足球。刚开学那会儿，每天下午他都抱着足球到网球场那边去对着墙练习，太阳很厉害，晒得黑乎乎的，像个小泥鳅。跟一般喜欢踢球的人不同，CL非常瘦而且矮小，这严重影响他在球场上的发挥，每次虽然奔跑带球转身过人很灵活，但禁不起人家干扰和挤撞，稍微强壮一些的人就能让他东倒西歪，几次我看到他被换下场时都十分的垂头丧气。我们管他这叫作练拳不练功，到老一场空。

让我不能理解的是CL对烟酒是如此的热衷。大一的时候还好一些，偶尔看他抽一根烟，觉得是闹着玩，到了后来，常常看他吞云吐雾，踢完球，坐在球场边也要来一根；喝酒也是，常常一个人买一点卤牛肉，带上一瓶啤酒，在宿舍里一个人津津有味的品着。这些可都是要花钱的，CGM常常替他妈担心，这儿子这么花钱，怎么养得起，每次都要提醒他，少抽点少喝点，CL也就是笑一笑，安慰CGM说，好了，下次不找你借钱了。

巴蜀那一带的人特别喜欢拉老乡。CL的老乡特别多，常常见他跟老乡吆喝着踢球、抽烟、喝酒，讲四川普通话。要不是认识他，也是在校园里，走在外面，一般人还真不敢惹。

毕业后，CL直接去工作了，在成都找了份工作，结果屁股没坐热，又被派到苏州。据说球已经不踢了，因为人已经胖得不成样子了，挤撞是不怕人家了，但是已经跑不动了，可烟照抽、酒照喝，画图的特点发挥得淋漓尽致，常常熬夜通宵画图，烟不离手，出图了，就要犒赏一下自己，好好喝一顿，酒量大涨。庆幸的是，CL虽然辛苦，但也挣了些钱，CGM也不再担心他来借钱了。

我们说LYC《画法几何》学得好，主要是有绘画基础，你要问他为什么这么画，他也说不出所以然，只说本来就这样。很多人跟我一样，基本上只能根据一道线推出另一道线，要是其中有一道线推不出来，那就卡壳了，要纯粹靠脑子想，完全不着边。LYC画图劲儿很足，有一阵子，他索性在宿舍里架一个画架，画起油画来。有一次去他们宿舍，发现一副巨大的女生画像，吓我们一跳，我们说这看起来不像是ZN啊，他微笑着说随便画画的。

LYC是杭州人。我们班三个杭州人，两个男生、一个女生ZN，但是三个人中，ZN嗓门最亮，而且这个女生最后成了LYC的女朋友。LYC说话如此温柔，实在是辜负了魁梧壮实的身材，我们有时候拿这个开玩笑，可他们宿舍的人不这么认为。夜自习结束后，他们宿舍的人洗漱得特别匆忙，找他们有点事，都说明天再说吧，先睡觉，问他们这么急干嘛，他们说一定得赶在LYC上床之前，不然，他一沾上床，就开始打呼，呼得人整晚上没法睡。敢情这哥们儿所有的脾气都在睡觉的时候给发过了。

在浙大，杭州人当然是“地主”，关于杭州的话题大家都咨询他，我们认为他什么都懂，从没想过自己对自己曾经生活的地方也没那么懂。班上有些活动都会由他们杭州人组织，LYC 从来都是不急不躁、不紧不慢。他和 ZN 带我们去过梅家坞那边的周恩来纪念馆，也带我们去过云栖竹径，还带我们去过小和山国家森林公园。在小和山那一次，大家玩了一天的游戏，夜里围着篝火，一直聊到深夜，火苗渐渐熄灭，才慢慢散去，钻进仅有的几个蒙古包里，东倒西歪地挤着睡去。我们要去城里什么地方，乘什么公交车怎么转车也要问他。不仅如此，大家反映晚上看女生不方便，LYC 还从家里搞来一个夜视仪，几个宿舍的人都围在他们宿舍里，排着队往窗外看。我大一计算机上机编程没过，借 LYC 从家里带来的笔记本电脑练了好长时间。要知道那时候台式机都很少，他就能弄来一个笔记本，可不那么容易。总之，他们的身份给我们的生活和学习带来了极大的便利。

我常常想着，CL 和 LYC 他俩就是《鹿鼎记》里面的胖头陀和瘦头陀。

教土木系《计算机文化基础》的老师叫作王建江。

王老师身材我就不说了，反正每次穿着衬衣都嫌大，脸庞瘦削而白皙，架一副深度近视眼镜，典型的文弱书生。但所谓人不可貌相，海水不可斗量。王老师的三大特点：首先走路风风火火，匆匆忙忙，拎一只很大的公文包，大踏步地大胆地往前走，很少见他悠闲地踱着方步，似乎总在赶时间，大概是在机房里被我们问问题给训练出来的，只要有人举手“老师，我这台机器有问题”，机房老师还没来，他已经跨过来了；其次，说话速度非常快，声音比较清脆，他这个体型，中气没法很足，但够亮，典型的浙江口音，嘟嘟嘟，嘟嘟嘟，机关枪一样，你还没反应过来，他已经开始笑起来了，得意而又腼腆。综上所述，王老师表现出来的战斗精神和煽动力会让你对他的外表大跌眼镜。

王老师三大特点，前面只说了两点，第三大特点必须重点介绍。土木系的人对于王老师不提则已，一提就要惊人。并不是因为他课讲得怎么样，而是因为他上课的整个过程中，“吹牛”高潮迭起、一波接着一波，相当的刺激。你要不信吧，可那些内容听起来真的很爽。他会这么说：同学们，你们毕业了，一个月就那么三万、五万的，或者说，现在国家要扩招了，再过两年，你们可能都是研究生。一个本科生，一个月生活费不过三五百，突然有人告诉你你未来一个月工资是三五万，你爽不爽？同样的，一个本科生，眼中觉得研究生都好厉害，非常羡慕，也渴望成为其中一员。有人告诉你，这没什么，你将来也是这样。如此描述未来，仿佛唾手可得，顿觉一片美好，下面的同学纷纷笑起来。他这时候还一本正经的跟你说他不骗你，他的话一句谎言都没有。你是不是很爽？现在88上常常有人嘲讽一些看起来像YY的帖子，我真希望这些嘲讽的人应该去上一上王老师的课，只有上过了，你的心理承受能力就会大大提高。88上那也叫YY ？王老师那水平让今天88上所有的YY都要相形见绌，88上的YY还有人不屑，可当时，王老师一开口，幼稚的我们就在下面听得津津有味，沉浸在对美好未来的憧憬之中。

不信的话，可以问问土木系的学生土木系“最能吹”的人是谁，我估计答案会达到惊人的统一。王老师的“吹牛”材料信手拈来，随便什么话题都能侃得天花乱坠，不单是研究生、三五万的话题，什么他都敢说。比如说教的班考试全校第一，计算机系的学生也不如我们土木系的学生计算机学得好；他的科研成果NB之极，一般人要么赶不上，赶上了也看不懂；甚至他连老婆都是全校最漂亮的，所有人都羡慕他，这话一说，下面掌声如雷。吹完了，我们在下面一阵阵惊叹，他就在那里对把我们唬得发愣感到十分满意，等我们醒悟过来，有点怀疑，他再加把劲儿，把我们送到另一个境界。每次一下课，我们一走出教室就意识到这还在人世间，发现太阳还是老样子，没因为他的那些话而变得更灿烂。天行有常，不为尧存，不为桀亡，更何况是我们可爱的王建江呢。

大二时候，我认为要学一学计算机，刚好他在系里开设了一门C++，我就去选了。期末时，我有两点不会，这也不会，那也不会，急得像热锅上的蚂蚁，匆匆忙忙的复习了几天，就上考场了，大不了不及格。宿舍里CY、CXG也选了，CY比较懂，经常坐在那里编程，考试的时候我们坐在一起，打算做到一方有难八方支援。座位顺序是CY|CXG|我，有些题目我不会做，就抄一下他们的，抄的顺序是CXG抄CY的，我抄CXG的。结果是我考了71分，CY考了69分，CXG没及格。这让人瞠目结舌，CY一直指着我说，明明会，装着不会，太无耻了，我哭笑不得。

有了这样的经历，大三的时候我又大胆地选修了他的两门课。我照样不去上课，到期末时我虽然比C++还要不懂，但不慌不忙，因为几乎没人懂，很多人不打算去考试，我也是。当时的想法是法不责众，大不了大家一起亮红灯，而这样是不可能的。可结果一出来，我居然两门课都过了，分别是60分、61分，我很是坦然地接受了这个事实。

多年不见了，不知道王老师是否还保持着良好的状态。

土木系开设得最好的一门课是《土木工程概论》。这门课是系里组织的那些大牛老师，为我们这些刚入学的人专门设置的，做土木系入门之用，让这些在各领域造诣比较深的老师为大家做一些深入浅出的导引，说不定某一天，我们这群人中也会出几个像他们一样的牛人呢。我印象深刻的是吴世明老师和董石麟老师。

吴老师身材高大，相貌堂堂，气宇轩昂，一上来就把大家给征服了。那堂课上了些什么我都忘了，反正就是东扯西拉的，但结束后，大家都喜欢上他了。男同学喜欢他的酷，女同学喜欢他的帅，各取所需。再后来，我们才发现吴老师不仅是建工学院院长，居然还是人文学院院长——邵科馆那边还挂着他的墨宝，那绝对不比潘校长的差，而且还是全国大学生网球协会主席（那时候浙大网球队刚刚拿了个什么冠军），中国第一个土动力学博士，大家都佩服得五体投地，他似乎就成了我们心中完美男人的标志。我有一次读了一本中央台记者写的介绍一百名海外归来的学者的书，开篇就是吴老师。当时那个记者写吴老师的口气就跟我今天一样，完全是高山仰止。只可惜，那是吴老师给我们上的唯一一堂课，再之后，就从没见过他。

董老师与吴老师在气质上完全不同。吴老师很威严，非常不好亲近，董老师则非常亲切，胖乎乎的脸庞，笑眯眯地看着你，非常客气，跟他讲话，很容易就放松下来。胖乎乎的董老师那次课讲了什么，我也忘了，我就记得当时他也带了个胖乎乎的博士生过来给他放幻灯片。董老师就坐在那里，讲到什么内容，那个博士生就急急忙忙地配合着找出那张幻灯片，放在幻灯机上，投到黑板上。幻灯机大概很热，幻灯片又很多，几次下来，那哥们儿就满头大汗。联想到现在的ppt，感觉那哥们儿就是个活鼠标，不停地点击切换，好在他脾气还比较好，一直都乐呵呵的，那形象一直到现在都是。这次课上的胖乎乎的博导和博士生，后面我都有所接触，这里先就不多说。

《土木工程概论》虽然讲了些什么，我已经忘得一干二净，但是那些老师讲课的方式还是给我这样的大一学生留下了特别美好的印象，尤其是像吴老师和董老师这样的人，让我们领略了大师的风采。常常看到有人说大学里什么是你学到的，就是那些课本知识忘掉以后怎么都忘不掉的东西，按这个标准，《土木工程概论》应该是最成功的一门课了。

整个大一阶段，除了《画法几何》比较专业以外，我们并没有上什么专业课，大多数还是一些很基础的课程，作为高中课程的延续。大概是想着，普及科学文化知识，提高文化素养，比学好一门技术更加重要，就像我们，以后要去工地搬砖，总得要知道注意安全，一次不能搬太多，否则容易闪着腰，不利于可持续搬砖。

先介绍《普通化学》——朱远黛老师。名字挺好听，不为别的，就为这个“黛”，毕竟，大家印象中名字中带“黛”的就是“林黛玉”。猛一听，可能是个漂亮姑娘，其实那是三十年前的事儿，朱老师那时候已经五十多了，背稍微有点弯，但走路还是很稳健有力，估计年轻时还是个辣妹子，头发非同一般的黑，跟名字中的“黛”很匹配。每次上课前，都准时到达教室，放下单肩包，拿出水杯，这就算开始了。真奇怪，那时候教室里为什么不备一些烧开水的设施呢，很多老师从本部过来给我们上课，都带着一大杯水，蔡老师也是，朱老师也是。

朱老师上课特别认真，下面稍微有点没反应，就把老花镜往下压一压，直接瞪着眼睛看着我们。我有点跟不上她的节奏，所以内容差不多都还给她了，唯独一个：如何逃票进入六和塔公园。她在解释一种化合物变成另外一种化合物说有多种途径，就像进入六和塔既可以从大门买票进入，也可以从后山进去，然后像药匣子一样神秘兮兮地说：一般人我不告诉他。我精神一振，记得可牢了，专门抽了一个周末和同宿舍的同学亲身找到了那条路，证明了朱老师不是瞎掰。化学课到后面还每两周要去本部做实验，就在教8。一大群人乘校车欢欢喜喜的从之江学院门口出发，一路经过虎跑路、西山路（现在改名字叫杨公堤）来到本部，特别兴奋，按照老Z的话说就是“那可不咋的，好不容易进一趟城”呢，校车凭证免费，既能观光，还能赶集，多好机会啊。很多同学会在本部买些什么带回我们村里去，去外经贸学院灌一些磁带下一次做实验带回去，或者去找城里的老乡蹭顿饭，像CL（Charlie）这样的，每次都跟班长说不跟你们一起回去了，要去找老乡。有一次，CY盼着去取磁带，结果化学实验停做一周，让他失去了整整两周学习英语的时间，后来就一直就把英语没学好说是因为化学实验没做。

朱老师平时虽然也会说笑，但总体还是比较严肃。期末的时候，她说我们都是好孩子，所以考试分数每个人加3分，大家开心坏了，都说她是我们见过的最好的老师，特别是那些本来只考了57分的人，比一般人更开心。大一结束后，在校园里还见过几次，头发全白了，很慈祥的一个老太太，我猜1997年那会儿她是不是染发了。我跟她打招呼，她点头微笑，她已经完全忘了我们了，毕竟她可能给那么多班级上过基础化学课。同样，也没有多少人记得她，毕竟就上了一学期，而且还让你们都及格了，不必要去找她重修，不像系里的专业课老师常常打照面，可能还让你提心吊胆、难以忘怀。

但是，也不是每个人都不记得，比如我，我也是那么的默默无闻，所以我也要为这些默默无闻的老师唱一声赞歌。浙大需要辉煌，也需要平淡，正如既需要皓月当空，也需要满天繁星，夜空才会如此美丽。

十四　物理与上帝

有神论者相信上帝无处不在，无神论者可不这么认为，所以让这两者去讨论是否有上帝实在是鸡同鸭讲。连最基本的共识都不存在，没法辩论，也不需要辩论，反正谁也没办法证明自己、说服对方，信仰这东西完全取决于个人内心。大学里很多人都竭力保持着一份自己思想上的独立和神秘，这是一件很正常、也很酷的事儿。虽然在现实生活中，我们受了共同的基础教育和思想教育，但是大多数人只要有机会就会胡思乱想，很热烈的讨论过去和未来。

神五上天兜了一圈，我们知道个“杨利伟”，“杨”是上得去，“利”是站得住，“伟”是下得来；如果不是杨利伟，我大概也想不起教我们《普通物理》的厉位阳老师，因为杨利伟（Yang Liwei）的英文读法就是“Li Weiyang”。第一次上课他做自我介绍的时候，上来就是“我姓厉，厉害的厉”，好多人都是第一次见到这个姓，立马肃然起敬。而我物理学得一向不是很好，刚刚经过始业教育考试的打击，所以更加对物理老师都有一种特殊的景仰，加上厉老师头发也卷得“厉害”，微胖，颇有课本上欧美那些物理学家的造型，就更加佩服了。

课程内容刚开始还是跟高中能联系起来，到了后来的相对论部分，就开始艰难晦涩起来，我很快晕头晕脑起来。到现在，除了能给我的外甥解释一些比较简单的现象，复杂一点的都还给厉老师了。每次都鼓励我外甥：“努力学习，这个问题，舅舅也不懂，等你长大了，自己学了物理就会明白。”

物理课真正让我觉得有特殊意义是认识了两个人：

第一个是LSJ。他完全就是一个“天才”，小个子，大眼睛，透着几分猴子般的精灵。

始业教育那阵子，因为考得好，学校不停地给他发奖学金，我们都很不解，社会主义不是提倡共同富裕吗？为什么却搞得跟资本主义的“富者越富、穷者越穷”一样呢？

我说他是个“天才”是有理由的：大学的四次物理考试居然有两次100分，一次99分，一次98分。当我们为一道题目冥思苦想的时候，他刷刷的就解决问题了，我们只得承认人与人是多么的不平等。偏偏他的字写得不怎么好看，所以我时常怀疑是不是不对，但每次铁的事实都会粉碎我的满腹狐疑。物理的确是基础课程，他物理好，后来也能够让物理带动相关课目比如数学力学等等齐头并进、全面开花，把我们很多人远远地抛在后面。大二土木系分专业前综合排名第一，而更叫人恼火的是，他居然不是最用功的一个。可就是这样的一个人保研时候却挂了，让我惋惜不已。不过联想到他每周三《建筑施工》没上完就急吼吼地吆喝着约人去中心机房打星际，星际水平也节节攀升，这事儿也只能是他自认倒霉。我经常躺在床上为研究生不需要上物理课感到满意，否则，跟他一个宿舍还有什么脸跟他一起看片。在宿舍闲聊，问他物理怎么这么好，他说，这个嘛，是需要天分的。然后开始追根溯源，找出自己物理学得好的原因，因为物理好，所以成绩好，因为成绩好，所以考清华，因为——没因为什么，反正结果没考上，第二年不敢考了，就到浙大了。我听着，果然是瘦死的骆驼比马大啊。他还告诉我，他进大学那次物理考试就是100分。原来这样，我知道你考得好，哪知道居然是考100分，太欺负人了。每想至此，都觉得被学校给羞辱了，而老L的辉煌就是建立我们的痛苦之上。从那以后，我拒绝和他谈论物理了，随你的便，反正你说了算。

第二个DCT，东北女生，班上三朵金花之一。一次讲了相对论，厉老师问我们相不相信上帝，只有一位同学D举手，厉老师笑了笑说他也相信上帝，还夸奖了D几句，说她有自己的想法。

小D来自于东北鞍钢。每次提到鞍钢，都说“我们厂”，有一种崇高的荣誉感和归属感。我们家也在一个建材厂里，每天大烟囱冒出很脏的气体，非常不喜欢那种感觉。一听到小D提起她们厂，我心里就为自己讨厌自己生活的地方感到愧疚，好像自己干了什么忘恩负义的事情，转而努力劝说自己，要学会热爱自己的家园。

我们班很多人都上了研究生，小D是为数不多的转系成功的，很顺利的从土木到了工管，入学的时候我们都觉得工管的哥们儿学不到什么，到考研的时候，大家已经觉得小D是鲤鱼跳龙门了，都为她感到高兴。其实，她挺适合去管理系的，能说会道，一直是我们的团支书，善于做思想工作，和我们一道去搬砖，太浪费了。

物理学家谈论上帝，与其说是迷失，还不如说是探索未知世界的方式。这历史上没几个人会比牛顿更能洞察世界，但他仍然认为上帝推动了这个世界。我相信牛顿的万有引力，相信他的三大运动定律，相信他的微积分，我干嘛不能相信上帝。我们土木系空间结构这边有个师姐，很多人都认识她，参与了好多颗卫星的设计，按道理说是典型的科研人员，但是居然信奉基督教，认为上帝爱着我们每一个人。每一个跟她接触的人都能深深地感受到她的热情和善良，她总说自己已经快四十岁了，但是她的心还像一个二十岁的年轻人。我曾经和她在复活节的时候去过一次杭州官巷口的教堂，我第一次亲耳听到了赞歌和牧师布道。当我听到牧师那激情洋溢的布道时，我惊呆了，那是我听过的最精彩的演说，娓娓道来，引人入胜，没有任何的停顿和犹豫。我坐在那里，沉浸在那抑扬顿挫的语调中。他已经结束了，一声“阿门”把我从回味中唤醒，韩娥鬻歌，余音绕梁，三日不绝。师姐感动得热泪直流，吓我一跳，我虽然能体会到耶稣的伟大，但流泪的确看起来好像有点做作和盲目，但是，在周围一遍感慨中，哪敢说破，着实没想到在这些虔诚的教徒心中，居然会伟大到这个程度。师姐毕业前，送给我一本便携的袖珍版《圣经》，我一直珍藏着，和我的《大学物理》摆在一起，让我时刻知道这个世界不仅是一个由《大学物理》描述着的物质世界，就像厉老师课堂讲的那样，同样也是一个由《圣经》描述着的精神世界，就像我妈从小教育我神灵无处不在一样。

看过校网点播上人大许玉林老师的职业讲座，他说一名优秀教师，其讲课之所以精彩，是因为他的讲课语气语调、姿势、各种身体语言等等运用得当，这些占讲课精彩程度的95%，真正讲课的内容占5%，谁懂得这一点，谁就具备了一名优秀教师的一切条件。你别不信，以此做标准，潘一禾老师就具备一名优秀教师的一切条件，当然她的内容占比会远远高于5%。潘老师讲课很能吸引人，亲切，平和，流利，更重要的是在这些条件上能旁征博引，更更重要的是，她长得还挺漂亮的，所以，听她讲课完全就是一种享受。记得第一次课上，她问我们为什么要到浙江大学来，有同学说是因为苏杭出美女，她一听就问：“那在浙大你感觉是不是受骗了？”这把下面正襟危坐的我们逗得捧腹大笑。我那时才明白原来是老师和学生还可以这样说话。就在学期末即将讲到“大学生应该如何对待谈恋爱这件事儿”这一节的时候，大伙儿盼着课堂将会多么的精彩，她居然生病了。这件事让大家特别遗憾，耿耿于怀，潘老师啊潘老师，你早不病、晚不病，怎么就偏偏这个时候病。这还不算，学校派了一个中年男老师来讲，让我们特别失望，也特别生气，好歹也换个女老师来讲好不好。一帮小伙子谁要听一个中年男老师谈爱情啊。到本部这边来之后，几次选潘老师的课，每次都没选上。自从大一考完试后再也没见到过她，可能就是这样吧，茫茫人海，很多时候，遇到就是一种缘分，分别之后可能就不再相见，或许就是一辈子，所以，无论如何都要珍惜当下，把相聚的每一刻当作最后一刻。

据说潘老师后来去了杭大，大概是受不了浙大理工科的木然吧。但是，谁知道，四校合并，杭大又被浙大给“娶”回来了，如果真是这样，不知道潘老师做何感想。但不管怎样，如果潘老师这样的老师真的还在浙大的话，学弟学妹们，选她的课一定要快。

我认识一个小孩儿，才四岁身高就已经一米二了。我问他爸爸，以后是否让他儿子去打篮球。他说不会，还是念书比较好，理由是缺少大学生活的人生不完整。这话我特别赞同，一个没有经历过大学集体生活的人，常常不太会和别人一起通宵赶作业、也不大会跟人家一起跑步打球骑车、也不大会跟人家一起去图书馆看书摘录论文、更不会一起翻译什么资料，总之，他很可能是一个无趣的人。如果一个人很无趣，那另一个人只能无语。大学生活虽然地点主要就是宿舍、食堂、教室和运动场这么简单——这在之江学院尤其明显，但这并不代表其中就很枯燥，只要有有趣的人就永远不会缺少有趣的事儿。

先从宿舍里的最大主题说起，那就是——卧谈。

我不知道别人如何对待卧谈，我从初中开始就住校，就把躺在被窝里聊天当成了一天中最后的乐趣，大家都会胡吹乱侃之后才安然入睡。与高中卧谈比，大学卧谈有了质的提高，表现在下面两方面：

首先是环境变得宽松多了，没有人再来管了。高中往往是卧谈兴趣正浓，班主任一声怒喝，别说话，大家立马鸦雀无声，大气都不敢喘，赶紧闭上眼睛装着睡着了。到了大学，这种情况一去不复返了，迎接我们的将是无比美好的无拘无束，通宵都没人管，何况晚点睡。有几次都要从十点聊到两三点，脑子都有点不清楚，说着说着发现自己都不知道在说什么时候才意犹未尽的昏昏睡去。往往这个时候不说话真的被人当成哑巴——被人当作睡着了。有一次我们谈什么话题，ZW 一开始参与了，后来就悄无声息，到最后大家都累了，准备做完总结陈词就睡觉，才意识到他已经很长时间没说话了。CXG 说：“他？他早就睡着了。”大家觉得也很晚了，也该睡了。可就在这时，ZW 幽幽冒出一句：“没睡着，你们一帮混蛋这么吵，我哪里睡得着啊，唉……！”叹气声惹得哄堂大笑。

其次是内容极其广泛，从 8 号楼前面厕所 12 月份还能感觉到蚊子到美国的新式导弹，从海底世界到无限太空，从之江学院哪个系的女生最多到是否存在火星人，等等，无所不谈，家事、国事、天下事，事事关心，全然一副忧国忧民的样子。不过卧谈中，东北人老 Z 占据着绝对的扯淡优势，充分发挥东北人能说会道的优势。CY 这样的福建人就不行了，普通话都说不清楚，大多数时候都只有乖乖地躺着洗耳恭听的份。老 Z 虽然回来得晚，但是卧谈起来，那个劲头绝对不亚于自习，可以说到我们一直都睡着。

第一天晚上说自己老家，我们都挺普通的，什么省什么县，老 Z 说他是辽宁锦西。我们都很茫然，就听过辽宁锦州。他赶紧改口说，对对对，锦西就是锦州下面的一个县，也可以说是锦州的。CXG 说那就是锦州啊。老 Z 说，是锦西，我一说锦西没什么人知道，就说锦州，大家就清楚了。我们刚明白，他又说锦西那地方现在改叫葫芦岛了。这些地方跟我们也没什么关系，又远，无论他怎么解释，最终，除了他自己，其他人都没搞清楚。从他那里我们听说辽宁沈阳人非常骄横，不把其他地方人放在眼里，都自称“沈阳省辽宁市”；我们一说这么牛啊，他就说“那可不咋的”；我们还知道东北大白菜奇大无比，像他这样一米八的个子一次只能搬四个，我们惊叹了半天，纷纷表示他看起来这么大个子，没想到力气居然这么小；提到浙江大学时，他常常不屑一顾，说他们有同学去哈佛，我们倒吸一口气，吓得不敢吱声，他瞪着眼睛，很认真地说：“那啥？哈佛啊，哈尔滨佛学院呗。”这事儿让我们笑了好一阵子，东北果然是一块神奇的土地。

我有一天说起 CGM 宿舍的人英文名字，老 Z 冷嘲热讽了几句，说酸吧啦叽的。我说，老 Z，你也取一个呗，你有先天优势。他说，我有啥先天优势，我英语这么差，能有啥优势。我说，没事儿，我给你取一个吧，就叫作“Pig Little Star”。整个宿舍的人都笑疯了，纷纷表示这名字确实很贴切，“信、达、雅”。老 Z 气坏了，又开始对我讽刺起来，说你们文人就是想法多，能扯。

CY 平时说话不利索，卧谈的时候一开心也会多说几句，甚至还三更半夜里唱歌。我们有一次说他的嗓音特别的醇厚，富有磁性。他也自我表扬说，是啊，以前我们同学都说我嗓子适合唱歌。CXG 说你还唱歌，你连话都说不清楚还唱歌呢。CY 跳下来揍 CXG，CXG 赶紧说好了好了，你会唱你会唱。大家说别揍了别揍了，唱一曲呗。CY 冻得瑟瑟地跳上床：people in the park ！大家都开心坏了。在很长的一段时间里，我就听他唱过这一句。任何时候，只要高兴了，就唱这么一句，既没前奏，也没后续，谁也不知道他到底从哪儿学来的。有一段时间，被我们骂得实在有点抬不起头来，他决定好好学学唱歌，以不辜负天生的这幅好嗓子，所以，每天的夜自习都带一张磁带去听。你还别说，效果还挺明显的。有一天晚上，戴着耳机回到宿舍，哼着小调，一副旁若无人、十分陶醉的样子。我们猜测他学了首新歌，心情非常不错，一问，冲我们笑笑。我们跟他说会新歌了，唱给大家听听呗。他懒得理我们。但，一会儿，他大概太得意了，居然无意识地开口了，张口就是一句“在我心中”。我们猜测他学会了《真心英雄》，都等着听听最近这么勤学苦练的结果怎么样。结果，第二句来了“有个梦想”，调子也有点偏，虽然怪怪的，但是对于他来说，能唱两句也还凑合吧。第三句来了，“梦里有你，也有我”，把我们惊呆了，丫这是唱什么歌啊。其实，他睡觉前唱歌的境界非常高，唱什么根本就无所谓，你们爱不爱听也无所谓，反正我开心就行了。有一回三更半夜一个人躺在那里静静地听张信哲，来了一句“凌晨两点半，你还在我身旁”，我们聊得正欢，被他这么一打断，索性侧耳倾听他后面怎么唱。结果，我们一直等到睡着了，到第二天天亮，他都没唱第二句。

有一天我们卧谈的时候，欧勒不声不响的，偶尔还会笑出声。我们叫他，他还听不见，后来我们让老 C 踢他的床，他终于有反应了，跟八戒一样嗷嗷地叫了几声。我们问他干什么，他说在听收音机，问什么节目，他把耳机拔了，放出来，听得我们一起哈哈大笑。从这以后，只要是无聊，大家都会听这节目的哥们儿到底怎么开骂。后来这档节目听的人多起来，而且隔壁力学系的哥们还打电话过去骗主持人，趁着主持人痛骂他之前赶紧把电话给挂了。欧勒常常还会学着节目里的人说话，“哎呀，万峰老师，我最近……”，把大家逗得捧腹大笑。这个节目后来不知怎么搞的，突然就红了，大家也不把《伊甸园》当作知识节目，都当作一个娱乐节目了，大一，大家伙儿刚刚从高中过来，很多词语都是禁忌，看着都脸红，更别说痛痛快快地说出来，居然有人这么毫无顾忌、理直气壮地说着，所以，大家都感到一种莫名其妙的快感。这节目就这样伴随着我们度过了很多个夜晚。我可以想象，之江很多人都是插着耳机听着《伊甸园》，在偷笑中睡去。

十五 不一起吃饭和打牌的宿舍不是好宿舍

相对于高中的宿舍生活来说，大学宿舍明显活跃，一来人员更杂，各地方都有，不像高中那么单一，二来杂七杂八的活动更多，高中的升学压力盖过一切，所以，要日子过得精彩，内容一定要丰富，内容单一的日子肯定枯燥。同一宿舍的人凑在一起干得最多的肯定是吃饭和打牌。可以这么说，判断一个大学宿舍是否过得融洽的标准就是打牌和吃饭，如果这两件事儿干好了，这宿舍就算是一个和谐宿舍了。

吃饭。上高中，大多数时候是直接从教室直奔食堂，然后自己找地方解决，上大学了，一般都是下了课回宿舍放好书本，拿上饭盘，再去食堂，所以，多数时候是跟宿舍里的兄弟一道。这事儿如此重要，一定要说说。

一到学校的时候，往往是饮食习惯或者对食物的叫法不同造成一些误解。比如说我们宿舍的欧勒，他们萧山人，第一天吃早饭就对服务员说来三个馒头，吓我一跳，看不出这食量还挺惊人的嘛。等人家给他拿了三个馒头，他也一惊，指着包子说要那个。后来才明白，他们萧山人叫包子叫肉馒头。我们一群人都很纳闷，问他那馒头叫什么，他嘿嘿一笑说叫大面包或者刀切。如果说这个还只是一点误解，那 GL 这个西北人的行为就有点恶劣了。据说他第一天去食堂，上来就冲女服务员说“来一袋奶子”，女服务员花容失色，心想这新来的大学生果然是来者不善啊。GL 跟什么事儿也没发生一样，还加重语气说“来袋奶子”，后来见人家不理解才说“来袋牛奶”。YT 跟我们讲这事儿的时候，还没讲完，自己已经笑得上气不接下气。可事后 GL 知道了，瞪着眼睛振振有词地说，那又咋的，那我们兰州就叫奶子啊。他这横刀立马的大奶子心态，都快把四个宿舍给震翻了。读研究生时，老 L 和我经常看《雍正王朝》，一听雍正说什么马奶子，就想起 GL

向人家女服务员要奶子的事儿。

早上大家都想睡懒觉，你要是早起了，把乱糟糟的桌椅挪开没人关注，找衣服穿衣服没人关注，去盥洗室洗脸牙刷没人关注，但是当你准备去吃饭，那些还在被子里面的家伙就会突然醒来，说：别忘了，给我带两个包子。你要是和气地说“好的”，正准备出门，另外一个马上会探出脑袋，说“我也两个”，等你刚走到门口时候，又会有一个喊一句“我也两个”。你这下很麻烦了，说行也不是，不行也不是，犹豫了一下只能喊一声“知道了”就逃之夭夭，否则，还有更多人发出这个要求。CY是那种脾气好的，有一次一下子就带了十二个包子回宿舍。也不是没有解决这个问题的方法，像老Z，很简单，他一般都带着书包出门，说他不回来了，一下子斩断了所有人的念头。

中午或者晚上，只要都在宿舍，一般都是一起去的。食堂里面基本上是一个宿舍占好一个大桌子，一边看着桌子不被人占去，一边伸着脑袋招呼还没买好的人，直到来了几个人把阵地稳稳地占据后，才安下心来，边吃边聊，谈笑风生，不亦乐乎。本来本部这边几个食堂也是这种大桌子，后来改了，这种好传统就此夭折了，真是可惜。宿舍里大家盘子是发下来的，只是编号不一样，所以难免拿错盘子。有一次CY比较晚，我们几个人先去食堂了，正吃得欢着呢，CY匆匆忙忙地跑过来，气急败坏地说：我盘子不见了。大家一阵紧张，赶紧低头看盘子的边上，纷纷表示：不是我，我吃的是自己的。只有CXG，愣在那里，诡异地笑起来，再开始小心翼翼地说：哎呀，我拿错了，不好意思。CY把他大骂一通，然后无奈用不是自己的盘子买饭去。当然，这种事情不多见，而且自此以后大家都不敢不看清楚，毕竟，和乱穿鞋子染上脚气这种事情比，这种乌龙事件不好笑，甚至有点恶心。其实，现在去食堂吃饭，很少人带盘子，都用食堂的碗筷，我觉得这比当时这件事儿好不了多少。

还有一次，大家急着去吃饭，CXG皮带找不到了，说你们先走他马上就来。我们走到楼梯口，他还没出来，我们喊他快点，他高声回应说来了来了。他匆匆忙忙地跑过来后，我们问他找到了吗，他说没找到，算了，随便找了一根，先用着吧。楼道门口碰到CY打球回来，他说等他一会儿，我们说那你快点，我们走慢点。等我们走到8号楼前面那边的坡下，CY狼狈不堪的跟上来，一手插着口袋，一手拿着饭盘，很倒霉的告诉我们皮带找不到了。大伙儿一下子明白过来了，笑了一阵子，CY问：欧勒，是不是你？CXG自然也不敢抵赖。于是CY吆喝着说“赶紧把我盘子拿好”，然后双手插在口袋里，时刻提防着裤子掉下来，大爷般地踱着方步，时不时来几句“太过hun了”。CXG则垂头丧气的提供一切服务，包括买饭、吃好饭洗碗，CY一去食堂就找位置坐下来等着，我们则是一路笑到求是堂又笑回来。

这种现象到了本部由于课程和专业不同频率下降很快，加上食堂也没这个条件了，即使一起吃饭也是去外面小饭馆里，还加上个恶名：腐败，其实一次几十块钱，与腐败扯不上任何关系。我们道德品质高尚到人均消费十几二十块都愧疚不安，也算是服了自己。

打牌。我首先承认这是一个浪费时间的节目，但是你不能否认，打牌是大学生活中最不可或缺的，占据着娱乐方式的第一把交椅，其他任何事情都不可能比这件事儿的地位更高，也没人可以估计出在打牌这件事中我们获得了多少乐趣。我98级的四个老乡，乘了一趟终点站是上海的车次到杭州来，从南昌一路打过来，在杭州的时候正好兴致正浓，都忘了下车，一直跑到嘉兴才发现不对劲。我一向不善于虚张声势，所以牌技用一个字形容就是：臭，加上来到大学打牌规则各地不同，千变万化，所以就臭上加臭。就刚开学那会儿，我打了一阵子，当时，大家刚认识，还不好意思明说，到后来就直接叫我不要打了。我虽然无奈，但也不反感，有时候就围着看，看看这个看看那个，既能对整个局势了如指掌，又能不感受到任何压力，也乐得个轻松。这么一来，我的技术得不到提升和锻炼，打牌如逆水行舟、不进则退啊，不怕神一般的对手，就怕猪一般的队友，所以，一般情况下我只能成为看客。如果人数不够，那他们只能在无奈之中邀请我参与，和我做对家的人一般都要叮嘱半天，再三提醒我出牌的原则，我一一应允，但是仍然昏招不断。实际上即使我打得不好，他们也不敢责备，否则我一发怒就不打了，让你们自己玩去，我可不像别人，抢位置抢来抢去的，我和谁都不抢，就得你们请我。

大一元旦，大家商议着打牌，但觉得四个人太少了不爽，说不如来八个吧，反正牌多的是。这下我得上了，于是我们宿舍七个，又去隔壁宿舍叫了就了个老T。老Z生怕老T跟我差不多，我已经参与了，如果再来一个我这样的，那就不好玩了，所以他再三问老T“你会不会？”，老T说：“会的，我当然会的。”事实证明，这小子打牌比我更木，八张牌一圈下来，他心不在焉，都忘了前面的人出了些什么，“啊——哦——啊——”了半天，问：出了什么牌？谁出的？怎么不告诉我啊。旁边围观的人也越来越多，七嘴八舌的，老T更加被搞糊涂了，然后就不知是自己想出来的还是在别人的提醒之下，反正就是还打出一张匪夷所思的牌，大家笑坏了，整个桌子炸开了锅，纷纷表示“这牌是没法打下去了”。老T很是无辜的表示：你们也不说出了什么，我又不知道啊。从那之后，老T的木然在我们这几个寝室是出了名，平时见他挺憨厚的，但憨到这个程度也着实没料到。

大一下学期刚开学那时候，大家刚刚从热烈的过年气氛中回来，免不了再次一决高下。每天晚上都是摆好从家里带来的零食，准备好开水，进行一轮又一轮的战斗，非常热烈，常常一不小心就从六点多干到十点多，到睡觉前开始自责：不行不行，明天不能打了，要去自习了。但是，第二天只要有人提议，又开始摊开桌子，比画起来。日复一日，一直到作业实在不允许我们这么堕落下去，才慢慢地恢复自习。这样的节奏一致持续到大四毕业，每学期尤其是寒假之后的那个学期刚开学那会儿，大家都要经过一番心理挣扎，才能打开局面。

大二大三偶尔也打打牌，不过兴致少了很多，读研究生的时候，宿舍换成四人间了，稍微有人有事儿就会凑不齐，而且中间也没桌子了，都是上面床下面书桌。硬件条件不够，时间久了，大家打牌兴趣慢慢就消失了。我本以为要彻底告别学生时代的牌局了，没想到居然遇到了一个酷爱打牌的导师，没有正当理由还不好意思推辞。让人难受的是跟她做对家，如果出错牌了，那就得一直承受老太太的责怪，还不能抱怨，只能低头认错。几场战斗下来，我不擅长打牌的名声就传开了，老太太上来就说“我不和 witheye 一边”。

打牌的事儿就说到此。我既不为当初的虚度年华而悔恨，也不为那时的碌碌无为而羞耻，那就是我们曾经干过的事儿，谁不曾疯狂过，谁就不曾年轻过。如果我再来一次大学生活，我也不打算把牌打得更好些，我照样还是要气得宿舍里的兄弟哇哇叫。

1997年的秋天如期而至，之江的秋天景色迷人，但是寒意也来得更加深切。深秋的一天，我坚强的早起，给大家买包子。当我拎着两个水瓶，从11舍那边下坡的时候，看到有人在路边的树上绑了一张纸板，上面写着“沉痛悼念张雨生”。我大吃一惊，买了包子赶紧回宿舍，告诉他们这则消息，因为前不久大伙儿还“如果大海能够带走我的哀愁”唱得很起劲，转眼间，这样一位优秀的歌手居然逝去，大家一下子连包子都吃不下了，慨叹生命无常。这是我第一次在校园里看到有人这么直接的表达自己的感情，大庭广众之下，公然挂上一个大牌子，虽然以后也看到过无数次，但都不如这一次让我记忆如此深刻，因为我没有这一类让我感到如此崇拜的偶像，虽然也感到很可惜，但毕竟距离很远，感触不会太深，即便有这样的人，也可能自己一个人难过，不大好意思会在路边挂上一个牌子告诉人家。但大学里就有感情这么充沛的角色，也不知道是之江哪位兄弟姐妹当时挂的那块牌子？他或她今天还能想起这件事吗？还能高声唱“如果大海能够唤回曾经的爱，就让我用一生等待，如果深情往事你已不再留恋，就让它随风飘远，如果大海能够带走我的哀愁，就像带走每条河流，所有受过的伤，所有流过的泪，我的爱，请全部带走”吗？

大家议论了一阵，随着时间流逝，慢慢地，又淡忘了。有一天，我们去吃饭的时候，看到有女生在征联谊寝室，七位女生，自称七仙女，好多人在那里逗留，做出一副跃跃欲试的样子。我回来赶紧把这个好消息告诉兄弟们，结果老Z说“什么七仙女，江南七怪吧”。他这么一大盆冷水泼下来，大家除了笑笑，就不再说什么了，联谊寝室这事儿远不如他去教室自习重要。正当我们断了联谊寝室的念头的时候，有一天晚上，熄灯了，电话响了，欧勒接了，讲了几句，对我说对方要找室长。我接了电话，居然是找我们联谊的，我一转述对方的意思，寝室沸腾了，纷纷表示好啊好啊，还叫我跟人家好好聊聊。结果聊着聊着，我发现人家是拿我们开涮的，逗我们说叫我们明天去上红房那边给她们拎开水，我也有点恼火，对骂了几句，把电话给挂了。一群人在黑夜中陷入沉寂。我对自己居然还记得这事儿感到非常惊讶，这说明男女生比例失调不仅会影响男生的判断，对女生的判断也是。

在之江的时候，主要的通讯方式不是电话，而是写信，尤其是刚上大学的时候，按照某个大学某个系97级就开始寄出投石问路的第一封信，收到信也就知道了具体地址，然后就开始来来往往。信中讨论的主题无非就是高中发生什么事情、大学发生什么事情、家里发生什么事情，很小的事情说个半天，用的信纸都是带有自己大学抬头的，金龙超市早就料到有这么一天，带有“浙江大学”抬头的信纸要多少有多少。每个班都有一个信箱，班上的人每天都去取邮件，中午放学时发下来。如果能收到一封信，吃好饭，躺在床上读或者是躺在主楼前面的草坪上读，都能感到对方的关切，“见信如见面”，这就是“有朋自远方来，不亦乐乎”的感觉。可能就是讲了这么几句话，比如老师讲课的时候有什么好玩的事儿，去踢球的时候把腿给撞伤了，但是觉得非常特别温馨。

圣诞节和元旦终于来了。这是我们在大学里的第一个新年，大家伙儿非常高兴，省吃俭用了半年，但是仍然大手笔的开始购买贺卡，给自己在全国各地高中同学发出新年的祝福，然后就等着看能收到谁的，而且有人开始计算寄出与回收的比例。这可便宜了那些上门给我推销贺卡的小商贩。虽然都在宣传不要寄贺卡，这会造成多么大的环境破坏，可是我们一边在算计小商贩赚了多少钱，一边还是觉得应该买一些寄给同学，感觉这样就显得感情特别铁，三年同窗要连张贺卡都不寄，多么的不近乎人情，仿佛写信写了半年，酝酿了这么久的感情就等着这个机会爆发出来。上门推销的商贩也很厉害，贺卡花样越来越新奇，有些还带音乐的，价格越来越贵。我寻思着，全国是不是都是这样，因为对方寄过来的也是越来越好。最后，大家都觉得这是一个负担了，到 12 月 30 日收到一些不熟悉的人的贺卡的时候，自己也搞不清楚该不该回寄给他们。回头看过去，当初真不知道怎么回事儿，怎么会如此发疯的寄贺卡，现在都不知道丢哪儿去了。好在到大二、大三的时候，寄贺卡的习惯戛然而止，最多给老师发个一两张，同学之间能省则省，不能省的开始用新奇的 E-mail 了，省时省力，更关键的是省钱，还显得很时髦。

元旦的时候宿管办开始筹办一些活动。比如在 11 舍那边的场地上举办跨年舞会，很多奔放的人在那狂蹦乱跳，开始迎接新的一年的到来。我们这样的人自然是跟这活动无关，跑去参加宿管办的一些游戏，我记得我当时参加了一个憋气的游戏，奖品是一组浙大风景幻灯片。我憋足了气，一脸扎进装满水的脸盆里，水掺了一点温水，但大冬天的，总还是有点冷，我是势在必得了，终于最后一个把头从脸盆里抬起来。那奖品现在还在我家里，是我爸妈教育我外甥的好道具。

拿了奖品回到宿舍，开始和大家一块儿迎接新年。其实主要就是打牌，打了很久，一直到 11 点多。这时，外面楼道里传来歌声，跑去一看，原来是 3 班的兄弟在跟我们 4 班 5 班赛歌，大家觉得这个太带劲儿了，纷纷加入。人越来越多，气势也越来越浩大，楼道里都要爆炸了，赛到 12 点多的时候，大家既找不到合适的歌把对方给比下去，嗓子也实在受不了了，再也喊不出什么了，一阵哄笑，作鸟兽散。

1997 年过去了，我很怀念它。在我的怀念中，1998 年伴着我们嘹亮的歌声到来了。

寝室里开始装 201 电话了，我们常常从自己寝室给对门寝室打电话，一发现对方准备来接就挂掉。屡次之后，搞得人家狼狈不堪，等我们的爽朗笑声传过去，他们的痛骂声传过来才作罢。没过几天，我们忘掉了这事儿，他们也开始戏弄我们了。

这个冬天，杭州下了很大的一场雪，我们已经开始放假过年了，特别遗憾不能看到西湖冬天的断桥残雪。为了弥补我们的遗憾，第二年的春天，杭州又来了一场大雪，那天，我们整个宿舍战胜了自己内疚不安的心理，集体逃掉《工程制图》去西湖边看断桥残雪，觉得这一次非得去不可，机会太难得了。现在看来我们的决定英明无比，因为从那之后杭州再也没下过什么像样的雪了。

西湖留影

这场大雪之后，杭州过了十年才再次下大雪

十六　占座、点名、逃课、考试

不知道别人在回顾自己大学生活的时候会，是否会记起教室里占座、点名、逃课、考试这些事儿，以及被这些搞得狼狈不堪的窘态，反正我是会的。占座时书丢了、点名时人没有到、逃课时被抓住、考试没有及格，这绝对是教室里的四大悲剧。

记忆中，大学教室里的故事主要由这几部分组成：占座、点名、逃课、考试。

占座。前面说过，我一开始并不知道大学上课的教室并不是固定的，需要自己去占位置，所以往往落后一拍，而且刚开学，大伙儿铆足了劲儿学习，每天都很积极，常常一大早就去占位置。上好这门课，然后跟日本鬼子赶着一样，赶紧冲向下一门课的教室。如果连续上课的话，很可能后一门老师比我们先到这门课的教室。比如我们上午一二节课要上数学，大家刚一下课，就猛地往 4 号楼《画法几何》那边狂奔，去得早的人就可以和漂亮的陈老师聊聊天，也有些人干脆一二节课就不上了，直接赶三四节课的趟，第一拨人赶到教室时，他们跟老师聊得正欢。

如果是人过去坐着，那都不叫占座，所谓占座就是人没到，提前拿个东西搁在那里，相当于画个标记占地盘，宣示该位置本节课的使用权。也不知道是谁先开始占座的，反正，这事儿不知不觉地就蔓延开了。比如我们系，很多人在数学课的课间休息的时候，就把课本送到制图课的教室里，任你飞毛腿，也不可能可以抢到更好的位置。

我以为这只是刚开学的偶然现象，没想到这种风气陪伴了我整整六年，没多久，我就明白了绍兴人为什么要在桌子上刻个“早”字。

占座的方式很多。开始是用书，因为大家觉得这个方式比较正式，你看，我书都在这儿了，可见我对这个地方的重视程度，表明这就是我的地盘了。慢慢地，大概用书占位置还是有点不安全，万一被谁拿去了，那就麻烦了，改用作业本了。作业本用了一段时间，慢慢又改了，因为作业本放在那里，人家一看什么系什么名字，也没啥尊重隐私的习惯，常常饶有兴趣地翻开看看，作业做得好也就罢了，做得不好，似乎就不太好意思了，于是，只能放个草稿本了。因为这是大家默认的规则，也没人去破坏，其实如果是草稿本，完全可能被扔掉，但此类事情似乎很少发生。这些是我们当时的方式，据说后来夸张的方式是用一卷卫生纸占了一排，这已经完全不按套路出牌了，这不是占座，这是行为艺术，利用小时候分析鲁迅先生文章的方式可以知道这种简单的行为中蕴涵了深刻的人生哲理。

占座的个数变化。最开始的时候是一个，就给自己留着，老师开讲了，空着的位置十分显眼，主人姗姗来迟，偶尔面露尴尬，但大多数时候理直气壮，甚至得意扬扬。但是，这毕竟也是给自己占的，大家虽然不满，但也认了；没多久，大家觉得这方法不错，原来晚到了也能有个好位置，就叫人替自己占一个，慢慢地，就有人占两个，大家继续忍；再到后来，一个宿舍就派一个代表，抱一大摞书，到了教室就刷的一排，这么玩下去，很多人开始有意见了。

占座的时间提前程度也在变化。上课提前一点过去占着，大家也没意见，反正你也是付出代价的，也应该。可后来有人开始提前一节课了，这就打破了谁跑得快谁就坐前排的规则。一次两次人家措手不及，搞多了自然就掌握规律了，于是你早我更早，越来越早，形成恶性循环。有一次全宿舍我第一个起床，去刷牙，一出门就看到隔壁宿舍的兄弟抱着一大堆书。我问你这是干吗呢，这么早去上课啊，早饭吃过了？他说，占了位子再回来吃。我觉得这样太绝了，没法玩了，怪不得每天都只能坐后面，看也看不见，简直不给人活路。到本部这边后，我好几次晚上在教 9 自习，冷不丁有学弟学妹跑过来拿本子占位置，天啊，居然头一天晚上就占第二天早上的课的位子，我十分惊讶，这已经到了极致的状态了吧，不知道还有没有更先进的占座方式。长江后浪推前浪，一届新人换旧人，一点都没错。

上帝欲其灭亡，必先使其疯狂。当花样百出的占座让人愤怒到无以复加的程度的时候，也就是该崩溃了。有一天，我们上数学课，发现角落里全是被占座的书，才知道有人火了，一股脑儿把占座的书全扔到那边了。似乎，后来的人发现书被扔了因为确实不占理所以也没好意思提出个抗议，只能灰溜溜地坐在后面，等到下课了跑到前面角落里去找书。否极泰来，这事儿算是稍微缓解了一些，后来学校也开始发通知提醒大家，不要占座了，要讲文明和秩序。

实际上，我一直不知道如何才能抢到最佳位置，因为每次都会比别人慢一拍。我也一直不能理解怎么学习学得这么“穷凶极恶”的呢，总盼着大家都能从容一些，像我这样的人也有些机会坐前面。果然，慢慢地，风气好一些了，尤其是到了大二大三的时候，我终于有机会坐前排了，因为这时风向变了——人家不抢前面开始抢后面的位置了，“三十年河东、四十年河西”，不是我不明白，实在是形势变化太快。于是，除非是教室太小，否则第一排常常都坐不满，只有那些慢悠悠的来得比较晚的人才必须直面老师的目光，不停地应付老师满待期望的追问。

占座这风气虽有所缓解，但是考前复习的时候，仍会间歇式的“猖獗”起来，激烈程度，如前所述，不再赘言。占座的后果是矛盾四起，还有人为此争吵过，搞不好还容易弄丢东西。我表弟过年回家说，文曲星丢了，我问怎么丢了，他说占位置，我说活该。

点名。这也是大学特有的，中学上课哪有老师点名看谁到没到，都毕恭毕敬地候着，要有人逃课，班主任抓住了，那可不是闹着玩的。到了大学，刚开始的时候，大家热情都很高，前排位置都供不应求，怎么也轮不到老师用点名这种必杀技来提高出勤率。但是时间久了，新鲜感一过，大家觉得大学学习也就这样了，也不会每天都惦记着“到浙大来做什么”这样的问题，其他活动也开始慢慢地繁荣起来，于是，逃课的迹象开始出现了。当老师开始意识到自己这么辛辛苦苦上课，大伙儿居然不捧场的时候，点名这种手段自然就横空出世、应运而生。

其实开始很多人是否点到也无所谓，但是当老师发现上课的人越来越少的时候，面子上有点过不去，而且那些勤于上课的人也发现那些不来上课的人也没见到老师能拿他们怎么样嘛，心里觉得确实有点亏，太不公平了，凭什么你可以睡觉，我要大早上来去上课，或者凭什么你可以去打球，我就要在这听课。所以，只要老师稍微表达了那么一点点“今天上课人怎么那么少”的意思时，下面人就开始撺掇老师“点名、点名”。老师想一想，也对，既然你们不给我面子，那怎么着也得给你们点颜色看看。这堂课下来，上课的同学那种得意和满足比收获了一节课的知识要来得更充沛，回到宿舍第一件事往往是告诉那些逃课的同学这个“噩耗”，就等着看戏了，而那些逃课的人往往虚张声势的故作镇定，做出满不在乎的样子，说“随他去吧”，其实心里鼓点打得砰砰响。

如果点名不到，也无所谓，那就没有任何震慑力了，为了树立权威，也不想落得个“阴险”的名声，很多老师本着创建“和谐师生关系”的想法，并且激发大家上课的热情，学期伊始，就开门见山的约法三章，讲好点名几次不到，期末考试就得扣分或者是干脆不让你考试得了，直接参加来年的重修，同时，为了激发大家的学习热情，也出台一些加分的措施。是否加分扣分，这个我从来没见识过，反正你也不知道期末考试到底卷面得了多少分，最终还是老师说了算，也不好意思专门去查询。尤其是那些不幸没及格的人，如果老师那边真的记录着的确是屡次点名没到，更不好意思去跟老师套什么近乎。不过，真的拉下脸来，很绝情的不让人考试，还真的很少见，这些年土木系也就见过一次，后面会讲。

这样一下来，对有些不那么受欢迎的课程，猫鼠游戏就不可避免了。但是，不管怎样总有人要逃课的，那时通讯还不发达，老师点名也不能及时通知，不可能在课堂上给宿舍里的哥们儿打电话通知他们老师点名了，得赶紧过来上课，于是代替报到也就成了一道奇特的风景。老师点一个就报一声到，有些人喊了一声，又拿腔作调的喊一声，突然乘老师低头看名字的时机挪个位子再变个声调喊一声，胆子小的一般代替一个，毕竟可以回去邀功请赏的，胆子大的一般喊两三句是没问题的，更有甚者，能把个“到”字按照“多月米发所拉西（1234567）”音阶连续放烟幕弹。这哪里是点名，分明就是一场口技大赛，胆子之大让我等佩服之至。所以最后的结果往往是人没到一半，点名全到了，老师其实也知道是怎么回事儿，完全是一场表演，只不过演员很多，而观众只有一个。有些老师为了杜绝这个，改为签到，其实效果也是一样，一个人可以不断地转换笔迹，我就擅长这个，曾多次为集体贡献过力量，受到大家的一致认可。

逃课。其实这个是和占座和点名连在一起的，都开始逃课了，要靠点名来撑住场面了，哪还有人去占什么座啊。整个事情是这样的：大一开端，几乎没人逃；大二发展，有少许人逃；大三高潮，有少许人不逃；大四结局，大家良心发现，觉得在校日子不多了，还是珍惜一下为好。总体说来，确实比较符合事物的发展规律。大一的时候，逃课？疯了吧，到浙大来做什么？但随着慢慢地长大了，开始有自己的想法了，觉得上课也不一定是大学里最重要的事情，比上课有意思的事儿多了。而且心理上也是逐渐变化着，一开始，逃了一节课，心理上惴惴不安，好像干了什么伤天害理的事情，愧对竺校长的谆谆告诫，愧对浙大对我们的培养，愧对父母的殷切期望，等那些上课的人回来，赶紧问今天讲了什么内容，然后抽时间好好看看，遇到不懂的下节课还得要答疑一番。后来，逃过几次后，人家回来了，也懒得问什么了，偶尔还会叫嚣着“跟你们说了，去不去都无所谓吧，你们不信，还不如跟我去干 ×× 呢”，只是会特别确认一下到底有没有点名，没有点名就更轻松了，如果点名了就开始骂老师“课上得那么烂，还喜欢点到”。反正最后不管怎样都要安慰自己一番：无所谓了，随他去吧。

其实，如果不喜欢上某一门课，和老师互相看着烦，干脆不去也就罢了。更有甚者，当然已经是大二大三的时候，有人完全不把老师放在眼里，课程上到一半的时候，堂而皇之地走出教室，也有一些尊重一点的，从后门偷偷地溜出去，一边逃还一边给自己打气：逃课要像改革开放一样，胆子再大一点，步子再快一点。久而久之，老师被逼的没办法，继续使出绝招来整治我们：上课前点名一次，结束后还要再点一次。有几次，我们回来告诉逃课的同学，下课的时候点名了，他们还不信，觉得我们骗他们，连续问了好多个人，才信以为真，痛骂之余，慨叹道高一尺、魔高一丈。

到大三大四那会儿，逃课之风愈演愈烈，都喊出“选修课必逃，必修课选逃”这样大逆不道的口号，叫人瞠目结舌。后来，有些老师为了整治这种现象，开始严打，比如点名频率加大，上课前门后门关紧，采取一切措施，使得情况不再继续恶化。但是，收效甚微，野火烧不尽，春风吹又生，一阵风过去，很快就死灰复燃。其实，老师心里也很清楚，这强扭的瓜不甜。

对于老师来说，不被人捧场是一件很没面子的事情，就像一个歌手在台上表演，台下观众稀稀落落，甚至喝倒彩，是很伤自尊的，点名其实也是迫不得已的招数，也不是长久之计，因为这实际上是间接承认了自己讲课没什么吸引力，只能以暴力来解决问题。逃课，也的确是大多数发生在那些无趣的课上，知识本身是客观的、无趣的，只是老师传授的方式决定了它是否容易被人接受，我们肯不肯自己去思考。那些讲课好的老师就不大担心这个问题，比如给土木系上课的冯筱才老师、潘一禾老师，后面还会讲到几位老师，他们的课程大家都听得津津有味、兴致勃勃。所以，我们当然需要改进自己的学习态度，但是老师们也应该自己反思一下，为什么自己的课不能吸引这些小子呢，他们为什么不表现得更热烈一些呢，竺校长说“诸位在校”的“诸位”不一定仅仅指学生，说不定也还包括老师呢。

考试。大学里考试有个很大的特点：无论多么难的题目，总有人考满分；无论多么简单的题目，总有人不及格。这个道理从始业教育考试开始我就开始猜测，到后来一路验证到研究生的最后一门考试。这么一来，贫富差距很容易拉大，但是为了达到共同富裕，总有先富的帮后富的现象，至少保证大家达到小康水平。聪明如你，一定明白我在说什么。这里我也不想就这个问题多说，但我始终认为这是一股很恶劣的风气，造成了极大的不公平，尤其是对那些胆小的老实人。认认真真上课，勤勤恳恳复习，但是总敌不过临场超水平发挥，被人家轻松实现弯道超车。我虽然每次考试紧张，每次都犯一些低级错误，最终成绩一般，也很沮丧拿不到高分，但幸运的是，我还是能够坦然地面对。

高中考试时间都是按照高考标准，一天两门，到了大学发现，考试要两三天才考一门。我一开始觉得这也太长了吧，后来才明白老师的安排还是正确的，因为平时的荒疏，考前总有太多的东西需要复习，而且还有人乞求老师：晚一点吧，晚一点吧。老师总是微微笑，安慰我们说“教室都安排好了，也不大好改，好好复习吧”，就差没说“没及格，别来找我”。

考试前，老师往往会进行两项非常重要的安排：划重点、答疑。最后一节课大部分是划重点，这节课老师不用点名也几乎没人敢逃课，大家就盼着能得到一些什么绝密消息能够助自己一臂之力。考试前，老师会安排到某个教室或者是办公室答疑，一时间，大伙儿把老师围得个水泄不通，不停地发问，老师也在不停地回答，大家也特认真，因为说不定老师一不小心就泄漏了一些考题。记得《画法几何》的时候，我一连问了五六个同坡屋面的问题，陈老师最后非常无奈地告诉我，“你这么复杂的问题明天不会考的”，大伙儿一下子笑开了。不过严格地讲，也可以把两个工作归并，因为，很多时候，如果平时上课不那么认真，思考得不那么深入，是提不出什么有价值的问题的，答疑时唯一能提的问题就是“老师，这个是不是重点，要不要考？”。有些老师比较明确，直接给你个明确回复，让你吃个定心丸。有些老师很狡猾，说什么“凡是课本上的、我讲过的，都是重点，凡是重点，都可能要考”，叫人非常难受，因为这么一来，不但要对书本全面复习，而且还要担心课本上没有的、但课堂讲过的内容，平时可能漏听了些什么，那就得赶紧去找女同学的课堂笔记来复印，这也是为什么一到期末考试，整个校园里文印店里的复印机总是特别累得发烧的原因。

之江时，有一门公共课的考试的复习场景我至今记忆犹新——《中国革命史》。那可能是唯一一门全校学生都在同一学期修的课。在主楼和钟楼之间的草地上，坐着那么多的男生女生，人手一本厚厚的《中国革命史》，那阵势浩浩荡荡，惊心动魄，琅琅书声，荡气回肠，那个热情劲儿几乎就要把冬日的寒冷给融化，我也是其中刻苦的莘莘学子之一。我记得好像有点什么事要回一下宿舍，回到宿舍发现对门的 XFL 居然在弹吉他。大敌当前、兵临城下，居然还能镇定自若、抚琴以对，这场景似曾相识，怕是孔明再世吧你。我问他："复习好了？"他说："没有啊，复不复习还不一样？"我挺纳闷的，这怎么会一样呢，只要认真复习吧，不管怎样，到时候也可以给自己一个交代吧，要真的没过，至少还努力复习过。我没有那份淡定，估摸着这小子肯定复习好了，今天复不复习明天都能考得好，我就不跟他比了，而且在主楼那边复习也很有感觉，至少有大家的热情鼓舞着我，于是就不久留，赶紧加入到复习的滚滚洪流中。后来的结果是：XFL 果然不及格。我后来去跟他说："原来你那天说复不复习都一样，原来是说复不复习都会不及格啊"，他故作轻松而又无奈地说"是啊，反正知道自己不及格，还不如弹弹吉他呢，免得浪费时间"。

XFL 是我老乡，卷发。我刚到宿舍，在整理床铺的时候，他就从对面宿舍过来告诉我他是黄梅的，问我："你在牵床啊？"我说："嗯"，也确认了他的确是我老乡，"牵床"这个说法作为"铺床、整理被子"应该是湖北黄冈一带的方言。我激动得赶紧说我是武穴的，土木系在湖北省一共招了九个人，我为这么快就认识了其中的黄冈老乡感到很高兴。后来人家常常说"天上九头鸟，地下湖北佬"来说湖北人聪明，我都说我算不上，XFL 才是代表，他连试还没考，就已经知道自己不及格。

考试结束等待成绩结束的日子一般都有点忐忑不安，成绩好的担心有没有一等奖学金拿，成绩中等的担心能不能搭上奖学金的末班车，成绩差的担心能不能及格。于是，大伙儿还可能打听老师家里的电话，套套近乎，尤其是对于在及格线上下徘徊的人来说，这会儿的公关工作如此重要，容不得有任何闪失，一时的近乎可以换得几乎永久性的远离，想想还是值得的。老师也不是没有人情味，只要不是差上个十分八分的，查一下平时的作业记录什么的，也会大笔一挥，放过一马，其实，如果考得真的很差，平时也很顽劣，不按时捧场，估计也不好意思电话沟通了，沟通也是白沟通，何必"自取其辱"呢。现在期末时候经常看到一些帖子题目惊天地泣鬼神，说什么裸体后空翻 360 度跪地泣求某某某老师电话，一看就知道怎么回事儿，老把戏了。

最终的成绩会出现在公告栏上。之江学院那时候就在小礼堂那边的公告栏里，这么赤裸裸的公布成绩对于不及格的人确实有失面子，但是学校可不管你有没有面子；到了本部以后，稍微好一些，不及格的话只有自己系里的人知道。这一点还真的希望学校以后会考虑一下，都成年人了，大庭广众之下，公布成绩确实不妥，虽然可能根本没人去关注，但你想想，把你脱光了，让你在图书馆那边走过，旁边的人即使不看你，你是不是仍然会不好意思？

十七　浙赣线上的春运

春运最大的参与者就是两个群体：民工和学生。每次看到新闻上报道的春运的那份艰辛，我都不寒而栗，那感觉太糟糕了。我也知道，当事人其实心里根本没有我们看到的那么痛苦，因为眼前回家的渴望战胜了眼前的一切困难。我就是这么经过的，甚至，第一次经历那么疯狂的春运的时候有一种凯旋的感觉。

我必须要写一写回家的事儿。很多记录春运的文字都是以旁观者的身份进行的，大概作家们大都不需要经历春运，或者是这个主题太渺小，抑或是简单，无足轻重。记者们的春运太简略，他们的作品大多数时候呈现的都是已经到家吃着热气腾腾的团饭饭的场面，至于在途中怎样，没法讲，要真的去拍，摄像机被挤得东倒西歪的，影像资料都不清楚，不可能播得出来。春运最大的参与者就是两个群体：民工和学生。借这个机会，我来讲一讲，聊作纪念。

虽然每年的春运来势汹汹，都差不多，但是第一年经历那场面，宏大如斯，委实出乎我的意料，必须承认，春运猛于虎也。

第一次是大一放寒假的时候。当钱塘江的水位慢慢退去，六和塔日显孤独，树叶开始飘落，北风开始呼啸的时候，宿舍里的福建人还喜欢穿着凉拖鞋，萧山人还在睡着竹席盖着棉被，东北人已经开始穿着厚厚的大衣了，那就是杭州潮湿而又阴冷的冬天到了。当老 Z 第一天穿起他那件厚厚的军绿色大衣时，我们都吓了一跳，因为我们所有人都认为东北人不怕冷，哪里知道他上来就搞出那么大的动静。宿舍里分两派，北方人穿得严严实实，装备多得惊人，带了各种宝贝来对付冬天的各种妖孽，南方人非常简陋，即便寒风凛冽，也是拖鞋席子。我既不属于南方也不属于北方，因为我以前都以秦岭淮河为界，认为自己是南方人，后来上了大学很多人说应该以长江为界，我们武穴刚好在长江北岸，所以也被认为是北方人，这么一来，我也搞不清楚武穴到底属于南方还是北方，要说就直接说自己湖北人，懒得去解释，随你们去说吧，你说南方就南方，你说北方就北方。我的装备介于南北方之间，穿秋衣、秋裤、毛衣、外套，既不像南方人那么单薄，也不像北方人那么臃肿。他们萧山人叫这个叫作“棉毛衫、棉毛裤”，我们都听成“面包衫、面包裤”，还说大概是穿身上鼓鼓囊囊的样子，挺像面包的。不管怎样吧，在互相不习惯互相嘲笑对方的过程中，我们挨过了山上的冬天，盼到了寒假。

火车站到学校来设点，凭学生证可以买到到家的半票。萧山人傻眼了，为不甘于排除在此福利之外，都把家庭住址写成沈阳了，鲁冠球、徐传化的老乡果然不是盖的。我和LC一起排队买的票，都是第一次从这么远的地方回家，非常激动，担心买通票从南昌转车不好走，直接买到了武穴对岸的瑞昌。两个人傻乎乎地想着瑞昌离家里近一点，总比南昌容易到家吧，买到票了，非常开心，有一种出门在外、相依为命的感觉。

考完试就准备回家了，当我们还在愁着怎么在火车上过夜的时候，浙江人倒羡慕我们，觉得我们这样才更有回家的感觉。那几天早上，常常被外面的人吵醒，都是呼朋引伴去赶车的，尤其是东北人，“金华西—沈阳北”简直传遍了整个楼道，他们好像全部都走那条线，他们一走，宿舍里就特别安静。

好在我们也该回去了，如果我再晚几天走，就能提前三年感受到校园里人去楼空的那份冷落。那天早上，我和LC带上包，和一帮湖北人一起五六点就出发去赶十点多上海过来到武昌的火车。天才蒙蒙亮，从之江学院出发，冻得瑟瑟发抖，LC还跟我说《机械制图》不及格，就更加让人感受到寒冬的凉意，乘308路到清波门，转车到杭州东站，到东站也不过在七点多，活生生的在车站等了三个多小时。

这是我第一次经历春运。初生牛犊不怕虎，非但不感觉到恐怖，反而有些兴奋。我们一群学生，从学校出来背着个包还显得很笨重，到这里才发现，放眼望去，我们这行李算是最简易的了。大群的人，大包小包，身上背的要么是蛇皮袋包着大棉絮，要么大牛仔包结结实实的塞满衣服，一手拎着油漆桶，一手推着拉杆箱，沾满污渍的衣服，严重变形的皮鞋，憔悴的面容，凄苦的神色，但是所有这一切抑制不住回家的喜悦，大多数都是谈笑风生，那些小孩子，脸冻得通红，但是仍然一边用袖子扫过鼻涕，一边不忘往嘴巴里塞方便面。东站的候车厅非常破旧，就等着拆了，所以也没人收拾，荒蛮的状态就让我们这一群人觉得自己是非洲草原上迁徙的角马。

距离检票还有一段时间，大家都找地方坐下来，找不到椅子的就坐在包上，开始打牌或者聊天。看告示牌，快到检票的时候，大家互相提醒说起来了起来了，于是赶紧起身收拾妥当，抖擞抖擞精神排队。闸门一开，检票员开始还剪几剪子，后来潮水一般的涌过来，根本就来不及剪，于是，就稀里哗啦地往里跑。一过检票口，大家都开始撒腿狂奔，纷纷叫嚷着“快点快点”。我们也不知道前面后面到底发生了什么事儿非得跑起来，反正就跟着大家跑，一路跑过天桥，气喘吁吁地跑到站台上。我问 LC 怎么了，他喘着气，笑着说不知道。等到车门被

我们这些人总一起挤浙赣线的绿皮火车

那么多人那么多行李堵住的时候，我们终于明白为什么要跑了，就我们这文弱的样子，根本就进不去。我们本来想着要不要等等，等一部分人上去了，少一些了，再上去，但是人非但不减少，反而越来越多，这下我们慌了，也赶紧去挤。结果，挤到门口了，就快要上去了，来了好多武警，吆喝着“没上去的人不准再挤，赶紧排队”。LC 叫我快点快点，幸运的赶在武警过来拉扯之前上了车。看着下面又粗又长的队伍，两个人会心一笑，终于明白刚才为什么大家都狂奔的理由了，需要理由吗？不需要，现实就是理由。

一上车，才发现从门口走到座位处是如此的艰难，到处都是人，到处都是包，到处都弥漫着一股怪味，冲破这一切，需要付出巨大的努力。但是，我们知道，我们迈出的每一小步都是回家的一大步，所以奋力不停地挤不停地让，终于挤到座位前了。座位早就被人占了，好在人虽然多，但是都还讲道理，把位置让给我们。一坐下来，在那跟罐头一样的车厢里，还得长舒一口气，又热又累。站台的人还是非常多，在武警的维护下，有秩序地往上挤，乘务员不停地叫大家往中间走，但没人动，都觉得走不动，可还是进来了一批又一批。站台上的人终于都上来了，至于时刻表，仅供参考。人都上来了，车子才咣当一声，开始喘着粗气，往前爬了。

我们觉得这下可好了，人也差不多了，不会有什么意外了，好了，可以打牌了。牌局才刚刚开始，瓜子也没嗑几颗，钱江一桥刚过，一到萧山，车子又停了，我们都纳闷，怎么这么点距离也要停车？往下一看，吓死人了，一批人大包小包的，蓄势待发。车厢真的很满了，我认为装不下了，但是神奇的是，又硬是挤进来一批分外兴奋的旅客。

人越多，我们的座位就越显得宝贵，与那么多人坐在过道上比，我们能够坐着打牌就是在享受高规格待遇了。萧山过了，到了浦江又上这么一批人。大家已经有经验了，除了牢牢地守住自己的位置，什么都顾不上了。虽然已是寒冬，但是挡不住车厢里人多，我和 LC 两个人努力把窗户打开透透气，实在受不了了，热得要命，味道太重了。

到了下午，火车经过义乌。看着下面人头攒动、接踵摩肩的场面，大伙儿惊呆了，表示从没见过这架势，真是大开眼界了，同时我们都表示不可能装得下那么多人，都希望他们能乘下一趟车。但是铁道部很能体会大家回家的热情，仍然坚强的把车停稳了。我们靠着窗户倒想看看这些乘务员到底怎么把人装进来，现在这样，怎么装啊。

旁边有人提醒我们“快把窗户关上”，我们还没反应过来怎么回事儿，突然从车下伸起一双手，抓住窗户边缘，下面有人把他往上顶，他开始用力把我们两个人才能开启的窗户往上推，我们吓傻了，坐在那里不知道该帮忙开窗还是关窗。等我们反应过来，窗户已经被打开了，那人已经进来了，然后就不停地拉人从窗户爬进来，踩着我们的小桌子，落到车厢里，大量的行李从我们脸上扫过，没人顾得上什么好不好意思了。那一刻，如果我们敢关窗户，估计他们先把玻璃砸了，然后上来揍我们。门口那边也有人不停地涌进来，东西比从窗户里搬进来的还要多。这下车厢里真的是站的地方都没有了，刚才我们能看得到的地方都有人，比如过道上、厕所那边，现在是能想得到的地方，比如椅子的靠背上，货架上。我们的扑克牌已经散落到地上，找不到了，但是与他们那些站也不是坐也不是的人比，我们已经很幸福了，牌丢了就丢了。我们只是想着，如果要上厕所，该怎么过去？

到了金华的时候，我们已经没法关窗户了，因为窗户要关起来，估计所有人都得闷死，而且即便我们关上，人家也会打开，还不如索性打开透透气。我们觉得真的是不可能上得了乘客了。金华的人比义乌稍微少一些，但是火车车厢真的受不了了，还好是铁的，要是别的材料，早就要挤爆了。很多武警在下面维持秩序，所以翻窗户的人是没了，但是每个车厢前都是长长的纵队，一步步地向车厢迈进。车厢里的人叫喊着“坐不下了”，但是武警兄弟坚决支持外面的人，大声号叫着“往里走、往里走”，于是大家又开始积极地配合着主动往里压缩。就这样，在大家共同的努力下，在武警兄弟的监督下，我们又一次创造了奇迹。

真是怕什么来什么，火车刚开动，我就要上厕所。一路艰辛地走到厕所那边，发现车厢端头连接处、车门边全是人。我顾不了感慨，赶紧上厕所，发现厕所也站着人，只好让他出去。从厕所出来，我已经不觉得春运好玩了，这是一场没有尊严的旅行。现在不仅我能想到的地方有人，连想不到的地方也有人了。

金华一过，车子也刚好装满。车子前进的时候，那场景如同在电影《辛德勒的名单》中那样，凄惨之极。好在，后面的龙游、江山也没什么人上来了。我还在假设，要是龙游江山也有人上来，还塞得下吗？后来的每站我都想这个问题，但车厢设计定的尺寸似乎做得刚刚好满足装完金华旅客的需要，增之一寸则长，减之一寸则短。一出浙江，进入江西境内，人就开始往下走了，所以我们永远无法知道车厢里到底还能不能多装几个。

火车沿着浙赣线爬行，我们看着窗外。铁路两侧是无数的垃圾，特别多的塑料袋，一阵寒风，“好风凭借力，送我上青云”，在半空中尽情地摆弄着自己婀娜多姿的身躯，潇洒自如的翩翩起舞，极度嘲弄着蜷缩在拥挤的车厢中的我们。除此之外，就是无数的一次性饭盒，甚至带着一点点残羹冷炙，躺在那里，悠闲的对抗着岁月的侵蚀，不停地有小伙伴从车厢的窗户窜出来，和它们一起战斗。

到晚上的时候，人也不多增了，天也有点凉了，靠着窗边，还有点冷，顾不上车厢里的浑浊空气和味道，把窗户关上了，留一点点缝隙透透风。大家开始在各种地方以各种姿势睡觉，其实也不一定是睡觉，反正都开始闭着眼睛休息，少量的人在聊天，各自都在想着回家过年的事儿。车厢端头的每一个角落——包括厕所，车厢中部的每一个位置上——包括靠背和座位底下、行李架上，全是人，我半夜里醒来伸直腿的时候，发现腿被什么东西挡住了，我想挪开，伸手一摸，结果被另一只手推开，把我吓个半死。那一瞬间，我终于明白什么叫作命如蝼蚁、韧如草芥。

就现在这样子，列车员还要不依不饶的推着小推车过来，念叨着“花生瓜子矿泉水八宝粥、可乐雪碧扑克牌方便面”，敲着小推车的侧板，让大家让路。我们都在嘀咕，这还能让出路来啊，怎么让啊。可一看列车员那坚毅的眼神，说顺口溜时带着的没有任何商量余地的口气，就知道现在所有的抱怨都会失灵，已经到了人挡杀人、佛挡杀佛般的时候了，你要不让路，大有被车轮碾压的危险。于是，所有过道的人都在想办法怎么暂时退避三舍，一番挣扎后，小推车终于过去了。唰的一下，整个过道又被填得严严实实。这样子就跟摩西过红海一样，瞬间在人潮中划出一条路，瞬间这条路又被淹没。

这种不舒服的情况下，自己也不知道到底有没有睡着，就感觉到迷迷糊糊的。大约凌晨时分，似乎有点冷了，往外一看，模模糊糊的窗户外面飘起雪花来，这冬天一发威，也不在乎你人多，这会儿，我们醒着的人聊天说幸亏人多，否则现在非得被冻死不可了。

一路走一路停，自进入江西境内，每经过一站，就一阵骚动，一大群人大呼小叫的互相提醒下车，车厢里空起来，也更冷了。突然，车子慢下来，广播说上饶到了。和其他站一样，门一开，有人开始下车。但不同的是，上饶算是个大站，外面的站台非常热闹，就是这个点儿，外面还是有很多裹着厚实的大爷大妈大哥大姐在卖茶叶蛋、方便面。方便面十块一桶，茶叶蛋五块一个，也不用下车，从车窗一手交钱一手交货，生意还不错。冬夜里，一阵阵香味乘着风往车厢乱窜。突然，有人上来大声提醒大家注意出门在外防范小偷，注意看护好自己的行李，我一下子被江西老表几十年不改的淳朴感动了。就在我的感动还在持续的时候，那人话锋一转，说经过上饶就得尝一尝上饶的烧鸡，然后开始发表“关于食用上饶烧鸡的必要性”做了一番主题演讲，打动了相当多的一批人。很多人很爽快的来一只。我们几个被那哥们儿逗得笑坏了，但烧鸡是坚决不买的，一来怕烧鸡不好，二来怕那哥们儿强卖，问都不敢问。在此后的多年乘车往来中，我每次都能听到这人的演讲，而且，后来还带了很多徒弟，模仿着他的嗓音，沿着各车厢叫卖，这应该算是浙赣线上的一大特色。

过了南昌，我们一批湖北人就开始想着下车的事儿了。LC 也不知怎么搞的，跟一个在外地打工的武穴人攀谈起来，那人见多识广，跟我们说绝对不能在瑞昌下车，那里根本找不到车回武穴。LC 吓坏了，问他那怎么办，他确实热心肠，跟我们说，得跟着他从九江下车，然后从九江乘船回去。LC 跟我商量，我又从来没出门过，也不知道怎么走，他说瑞昌没车那肯定就没车，所以说“好，那就到九江”。

一到九江，我们果断地跟着老乡下车。雪已经积的很厚了，车站里除了几个执勤的工作人员，确实没几个人，这种天气，按照白居易的说法，九江的生活应该是“绿蚁新醅酒，红泥小火炉，晚来天欲雪，能饮一杯无”，可我们现在呢？背着行囊，一副流落街头、举目无亲的样子，快要被冻死了。我和 LC 跟着武穴老乡，四处寻找可以避寒的处所，在车站边上找到一家通宵录像厅，这要在白天，我都不敢进去，我高中就告别了“三室一厅”，这会儿进去，仿佛玷污了我保持多年的“贞洁”，但是人穷志短、马瘦毛长，天实在太冷了，我也顾不了“贞洁”了。在录像厅里，我和 LC 相依为命，在空调的吹拂下，觉得拿“贞洁”换来的温暖特别珍贵。

天一亮，我们就奔赴码头。结果，因为大雪，长江封航了。我吓坏了，难不成今晚又要牺牲贞洁了？工作人员说，现在雪太大了，视线不好，等会儿停了，就可以通航了。幸运的是，雪真的停了，我们也上船往武穴走了。一路上，船上的人不停地往长江里倒垃圾，在水面上四处游弋，就跟昨天铁路两旁无穷无尽的白色塑料一样，在水面上来回飘荡。

到武穴了，人们蜂拥至出口，争先恐后的往码头上挤。我和 LC 上岸的时候，不约而同地相视一笑，就像是哥伦布踏上了新大陆，愉悦之情，难以言表。就此别过，各自回家。

这事过去好多年了，但是印象如此深刻，以至于大部分事儿还记得住——也可能跟后面经历的春运混在一起了——反正大体就是这样儿。我记得还曾经给一个孕妇让座，自己一直从萧山站到弋阳，站得我头晕目眩，到了弋阳，那男的还问我要不要去他们家玩，我吓一跳，赶紧摆手，就盼着他们赶紧下车，我能坐会儿；还有一次，半夜里一个女孩子被挤得没法下车，哇哇大哭，凄惨的哭声把我们在半夜里吓醒；还有一次，在金华挤上来一个吉林大学的人，说要回福建，我们交流了好多"× 大美女 × 回头"的打油诗，热闹的讨论得不知不觉地过了一站又一站，直到他到鹰潭下车。每年到放寒假的时候，我都在愁，怎么在火车上度过那难忘的一夜，直到 2001 年考研的寒假，那一次居然被躲过了，后面再说。

有时候买不到返校的火车票，就乘汽车，结果武穴的车子非得走国道，在安徽铜陵这地方还得定点停车休息，乘客都被强行地拉住必须吃饭，不吃饭就要跟你打架。那饭吃得真的是恶心至极。我不想搞地域歧视，但确实，每次想到安徽，就想起铜陵，也就不想再想了。

十八　法兰西之夏：军训、世界杯、别之江

> 常常看到一些美丽校园比较的话题，我很纳闷，这有什么好比较的，你们那些校园能和我的之江学院比吗？任何时候，不管带不带偏见，我都觉得之江学院在“美丽校园”中一定是独孤求败的，连玉泉、紫金港都不能跟她比。春花秋月、夏雨冬雪，温馨浪漫、热情厚重，哪一样不是出类拔萃啊？

很多同学问我为什么还不写玉泉，原因其实很简单：第一，大学里哪一年的生活给人印象最深？第二，现在的浙江大学这么多校区里哪一个最漂亮？当然是第一年和之江。承认也好，否认也罢，这就是个事实。无论何时何地，要进行看最美校园评比，在我看来，之江都会排在榜首。这结论不敢说放之四海而皆准，因为帝国主义不了解，但是在社会主义范围里应该是不会有什么问题。

记忆不是蛋糕，可以一刀下去，分个清清楚楚，整个记忆就像一种剪不断的情感，各种事情纠缠在一起，往往想到这个就想到那个了。前面很多内容虽然大多数是关于之江的，但是也有相当一部分发生在本部，很难也不可能分得很清楚。为了象征性的把之江这部分生活做个小结，这最后一篇将是专门记述之江的了。后面的内容将会以本部为主，同样，也可能将会有之江的身影若隐若现。

跟别人一入校就开始军训不同，我们 97 级军训是在 1998 年的夏天进行的。当时，法国世界杯如火如荼，刚刚挣扎完期末考试的我们还没享受几场酣畅淋漓的比赛就一头栽进军训中。但是，要让保家卫国的爱国热情完全压住年轻奔放的足球热情，那几乎是不可能的，而且，学校的广播也会不停地播放瑞奇马丁的“go go go，ole ole ole”，让大家过一过瘾。但为了大局，不让世界杯影响到军训，小礼堂的转播还是被关闭了，因为那些比赛都是在半夜里，要是真的放开了，那第二天的军训就没法玩了。这样，我们就只能通过两个途径来了解世界杯了：一

个是收音机，一个是自己订的报纸，不要猜网络了，1997年还没网络什么事儿。报纸毕竟是第二天的消息，直播就只能听收音机了，一般在万峰的《伊甸园》之后，劲头十足的时候，世界杯直播就开始了，我记得阿根廷对英格兰那场，听了很久，一直到天都快亮了，他们还在踢点球，让我又气又急，这第二天军训怎么办啊？可神奇的是，我就睡了两三个小时，又开始精神抖擞的去齐步走、站军姿、正步走了，还拿着枪偷偷地拍照。那时候，我们最大的心愿就是什么时候能在白天看世界杯啊，什么时候呢？2002年还真的梦想成真。

军训里其实有很多事情，我只提其中的一件事，这件事让我们对隔壁宿舍的小子刮目相看。军训中的一天，突然传来消息说隔壁的LY被学校给叫去训话了。我们都一惊，不知道发生什么事儿了。后来一问才知道，事情是这样的：他被派去到后校门、也就是15号楼情人桥那边的校门站岗，不知怎么搞的，学校的保卫处处长居然偏偏要从那个偏门进来，一般来说，学生军训都是装装样子的，说一声就没人太当真，也就进来了。但LY这哥们儿不知道是入戏太深，还是列宁和卫兵的故事看多了，居然较起真来，死活不让处长进来。而处长先生又偏偏不解释，大概也拿不出什么证件，只有派头还在，开始闯了。这下把LY惹恼了，觉得自己必须履行一个军人的职责才能对得起那身神圣的军装，开始阻挠起来。LY是个小个子，无论如何都算不上什么凶神恶煞的门神一类，所以处长没把他放在眼里，觉得即便起了冲突也会轻易摆平。事实上，他想错了，因为LY上来就是一拳把他眼睛打出血了，也就算是KO了。这下可是捅了马蜂窝了，等到事情到了这一步，学校就开始出面了。首先当然是想息事宁人，毕竟这还只是人民的内部矛盾，达不到敌我矛盾的程度，应该要内部解决。LY被叫过去做了一晚上的反省，还被拉去医院跟人道歉，可丝毫得不到原谅。我们都很愤怒，觉得那人太过分了，本来你不遵守规定出示证件有错在先，LY也不过是履行职责而已，既然承认错误了，干嘛不给人家一个机会，因为我们担心一旦真的处分，LY会不会被开除。但幸运的是，最终，不知道是LY以自己的真诚打动了对方，还是对方也确实意识到LY是一心为公，反正事情是圆满解决了，LY也开始了中断好多天的军训。大家见到他的第一天，发现左手包了厚厚的一层纱布，纷纷问他怎么了，是不是被叫过去训话的时候被严刑拷打的，他微微一笑，不说话，扭头便走。后来才知道，他拿手拳击人家，人家拿眼睛反击，把他手给打伤了。我们想象着这左撇子一记左勾拳打过去，把人家打得眼冒金星、鲜血直流，自己手同时也受伤，这力气该有多大啊，想想都疼，觉得LY你再怎么站岗，也不能这么玩啊，顿时觉得被打的人满腔怒火也情有可原，还好站岗的人都不配枪，这要配枪的话，还不得一枪把人家给崩了？这事儿彻底让我们改变了对LY的看法，纷纷觉得他“有种”，真的是人不可貌相，平时笑起来虽然张狂，可没见得多么凶狠，个子这么小，没想到动手能力这么强。

这事儿大家后来也不提了，那就是年轻气盛闯祸的典型例子。实际上我们六年下来也没见LY跟谁打过架什么的，也可能是当年一战成名，害得大家不敢惹他，他的拳法再也无用武之地了的缘故，更大的可能是他也长大了。

军训阅兵那天，学校挑了个浓眉大眼、英姿飒爽的光科系女生发言，第一句就引起了全场骚动。她说：“月轮山下，钱塘江畔。”倒不是别的，主要是两个原因：第一，女生的情感比较丰富，容易感慨，喜欢煽情，男生往往不屑，之江男女比例6∶1，自然，她听到更多的是嘘声；第二，大家在这地方待了一年，几乎都不知道那地方居然有个雅名——月轮山，一听这个，马上兴奋起来。要不是听到这发言，大多数人只能以猪八戒的方式来回答问题，“师父要问我这山叫作什么山，我就说是石头山，师父问我这洞叫什么洞，我就说叫石头洞”。我们一直叫不出具体名字，就知道“六和塔旁边、有个钟楼、反正很多树、旁边一条直路往上走就到了”。古人云“朝闻道，夕可死矣”，就快离开的时候，掌握了可以将自己从以后的尴尬中解救出来的重要知识点，我们当然觉得十分欣慰，感慨一下也是在所难免。

后来来到本部，很多人以一幅感慨的样子说“老和山下、西子湖畔”，与这个女生的感慨虽然可以说是遥相呼应，但是老和对月轮，好像是蚕妇村氓，西子浣纱对钱江弄潮，好像是少女吟唱对大汉怒吼，无论是情调还是气势，都明显有着有天壤之别。

军训结束后，我和LC再一次从浙赣线回家，暑假里铁路忙碌程度不比春运，但是我们俩如惊弓之鸟，吓得未雨绸缪，想了个万全之策，委托我一个家在南昌高中在武穴借读的同学给我们买了两张第二天回家的火车票，——谁也不知道，这两张火车票成就了LC一辈子的幸福。我们在我同学家住一个晚上，那正好是法国对巴西的决赛之夜，三个人半夜里在客厅很痛快的边喝啤酒边看球。我一直都憋着不敢上厕所，生怕错过进球的好机会，后来实在憋不住了，就去了一次，结果就那一会儿，齐达内就进了一球。怎么那么巧呢？后来又想上厕所了，我觉得无论如何都不能再去了，必须忍住，实在忍不住的时候，我还熬了一会儿，想着会不会这会儿就进了，结果没有。我放心地去厕所，结果，他俩就在那低声欢呼，因为齐达内利用我尿尿的机会又进了一个。军训期间错过了那么多比赛，好不容易盼到了决赛，可即便这样的条件下，也就看到了一个进球，而且是鸡肋，不得不承认生活总是充满着遗憾。

法兰西之夏就这样结束了。随着齐达内、亨利的成功登顶，我带着大一结束后的轻松和满脸青春痘的沉重踏上了归程。我似乎什么事情都比别人慢一点，连长痘痘也是。高中的时候，我都不知道青春痘是什么东西，武穴话叫这东西“酒痣”，我以为是喝酒才会长的，所以压根儿都没想到有一天自己也会撞上。哪料到上了大学，我虽然不喝酒，可脸上也开始往外冒了。一开始我还不在意，冒出一个，没多久自己就消下去了，如果不自动消下去，就可能挤掉。可后来，就如同雨后春笋一样，不停地往外冒，整张脸遍地开花，到了寒假回家的时候，已经惨不忍睹了，所有看到的人都在问怎么搞的。怎么搞的？我哪知道怎么搞的？我要知道怎么搞的，早就不这么搞了。从那之后，我开始不停地关注所有的祛痘产品，每天早上用姗拉娜和温水洗脸，每天认真的观察效果如何，每天都在欣喜地看着一颗颗消下去了，觉得是姗拉娜有效果了，于是洗脸洗得更勤了，但是第二天也痛苦的看到好多颗又长起来了。野火烧不尽、春风吹又生，我算是见识到了。我爸妈安慰我说：“没关系的，以后就没了。”我很恼火的回复说：“你们当然没关系了，又不是在你们脸上。”对于十八九岁的少年来说，一张清秀的面容似乎比什么都重要。那时候，我看到谁脸上不是坑坑洼洼的，我都觉得特帅、特漂亮，想着什么时候才能旧貌换新颜，光洁如昨？

在从南昌到武穴的火车上，我和LC坐定，突然发现对面坐下来两位和我们年龄相仿的姑娘，一个比较清秀，一个比较丰满。这时候，费翔的那首《溜溜的她》奏效了，“你未曾见过我，我未曾见过你，年轻的朋友在一起啊，比什么都快乐”。我们就这样攀谈起来，知道对方是杭商院的学生，也是暑假回蕲春的家。从南昌到武穴，短短的三个小时，LC已经有和那位清秀姑娘私订终身的打算了，因为我们下车的时候，他们互相留下了宿舍电话。后面的事情就不多说了，他们就这么交往起来。每次回家的时候，我们都在一起，直到有一天，姑娘觉得没意思了，我也觉得没意思，就开始一个人上下了。你不要问我为什么我没有和那位胖姑娘在一起，一个满脸痘痘的小子和一个胖姑娘在一起像什么话？

看身边的朋友开始谈恋爱是我常有的事儿，虽然我也想，可也不慌，毕竟年纪还小。我常常安慰自己，自己的朋友谈恋爱了，也就是自己多认识一个朋友，反正有一天我也会有的，而且我认识你们的女友了比你认识我的要早，那么我和你的女朋友成为朋友的可能性就要高于你和我的女朋友成为朋友的可能性，因为等到我也要谈恋爱结婚了，估计你们也没什么兴趣、兴趣可能也有但没机会再去认识女孩子了。不仅LC，CGM也是，我和他们的女友都是挺熟悉，一直以来，我都可以和他们一起开玩笑，不用担心什么。这种感觉就像大家一起考试，看着他们一个个提前交卷走了，虽然营造了一种紧张气氛，可实际上时间还没到呢，等到时间一到，我也会交卷的。

大一暑假时，学校还把成绩单给寄回来了，除了C语言上机编程需要重考以外，别的都也不算太差，所以没被我爸骂。除了那张满布青春痘的脸，过得也算轻松，去外婆家住了好些时间，回到家里挺无聊的，认认真真地写了一篇《军训纪实》，把整个军训的过程记录了下来，这里就不再说了，有机会的话，那将是我另一本书的重要组成部分。

之江的生活大抵到这里就结束了。最后讲一讲在那里的几个生活片段，算是做个告别，在后来的日子里，我常常会想起它。曾经沧海难为水，除却巫山不是云，我觉得以后我不可能还能到达一个比之江更漂亮并且承载这么多美好回忆的地方。

浙大合并后，把“之江学院”更名为“之江校区”，我觉得这真是一件让人特别遗憾的事，怎么能说改就改呢？当时很多人向外写信的时候，“之江学院”的“之”写得很不好认，于是亲朋好友们根据自己的理解，把回信地址也写得千奇百怪：三江学院、汇江学院、文江学院。可更让人惊讶的是，这些信都收到了。可能那地方没别的学校，加上邮递员的超强纠错能力，才有这等好事儿。当然，也可能有没收到的，那估计就是怪得离谱得让邮递员难以忍受，退回去了。也有那种地址写对了，但是望文生义，误以为“之江学院”是个独立学校而把内容写错的，前面说过，就不多说。

之江不仅盛产男生，还盛产各类可爱的小动物，比如小松鼠、小兔子，也有不那么可爱的小动物，比如之江虫、之江蛇、之江的蚊子。不管怎样，它们都是之江的组成部分，我没法去讨厌它们，为示公平，我按照出现频率从小到大简单说说。先说之江蛇。一开学每个人发个手册，主题：被蛇咬了怎么办？然后警告大家不要穿凉鞋上山，不要干这个干那个，直到走的时候我都没发现之江的蛇是红的还是绿的，是像象鼻子还是像猪尾巴。再说之江的兔子。这东西，有，但确实很难得看到，我这样高人品的人在宿舍里就看到过一次。有一次我回来，走廊端头一阵喧哗，我赶紧跑过去，原来是一只兔子闯进来了，大伙儿兴奋极了，又想逗它玩，又怕伤害它。最终，大家表现得比小兔子乖，把门开开了。然后是小松鼠。非常多，我们上课的路上，校医院、小礼堂门口，抬头就能经常看到这些可爱的小精灵沿着树枝窜过来窜过去。它们也不怕你，就睁着透亮的小眼睛看着你，一不留神，它们就蹭地一下跑进树林中躲起来。我从前还没见过松鼠呢，到这里算是大长见识。还有一种小虫子，大伙儿就叫它们之江虫。小拇指那样粗，大概十多厘米长，黄黑相间纹路一圈一圈的，蠕动的样子十分恶心。这东西在之江到处都是，常常看到有人不小心踩着，一旦发生这么严重的交通事故，现场往往非常惨烈，让人退避三舍。不管怎么说，之江最多的肯定是蚊子。三大特点叫人不敢轻视：活动范围广、活动时间长、数量不要太多。哪怕数九寒冬，厕所那里都是它们的驻地，如果你要入侵，那么必然会受到攻击。如果你看到有人从 8 号楼前面的厕所急匆匆地出来，八成是被蚊子赶出来的。这些小动物们和大量的男生陪着少量的女生，在宁谧的校园里面，就构成了最美丽的风景。

军训结束后离开之江的时候是个中午，太阳很厉害，绿树浓荫。我和 LC 穿过校园，从 8 号楼一道沿着每天走过的路，经过金龙超市、校医院、小礼堂、公告栏、主楼、草坪、钟楼，终于从校门口离去。那些沉淀着历史陈迹的红色小楼就这样默默地站着，端望着我们，目送我们离去。

我一个同学逛过之江后说，只有两个地方红色感觉用得特别好，第一是故

之江虫也有对象了

宫，第二就是之江。故宫的红，雍容华贵、气势非凡，之江的红，温柔贤淑、楚楚动人。我一直把这个当作对之江的最高评价。

之江学院从 96 级开始作为基础部，那时还没怎么造好，1998 年已经开始合并招生了，97 级算是特殊的一级了。来到本部，经常听到一片骂声，骂紫金港、骂华家池、骂西溪、骂湖滨、骂玉泉，可是从没听到过对之江的痛骂，一提起之江就是无穷无尽的美好回忆，觉得那简直就是一个完美的地方，完全忘记了当初也曾在那里抱怨过。

后来去过之江几次，故地重游，变化很大，感慨良多，毕竟作为主人和客人，置身其中的感觉大不相同。但是，不管怎样，我仍然常常想着 1997~1998 年的某个午后，在主楼和钟楼之间的那块草坪上，明亮的阳光下，草在结它的籽，风在摇它的叶子，一群年轻人各自端着书，静静地读着，不说话，那样子，就十分美好。

十九　搬家后忙着补考和迎接新室友

之江再好，那也不能一直待着那儿，毕竟人还得长大、还得向前。就这样，我们很是失望的来到之江，又在一年后，开始喜欢那里时，又得遗憾地离开。人生不如意，十之八九啊，特别是离开时还得想着要补考，就更加舍不得了。和我们一样长大的还有我们宿舍，从原来的七个人增长到十个人，其中一人代替我挑起了室长的重担。

来到本部，我第一件事居然是去重考 C 语言上机。大一下学期有 C 语言，上机编程另考，三道题，做对一题及格，两题良好，三题优秀。在这个绝大多数人基本上三十分钟就能拿优秀的考试上，我居然花了六十分钟死活就是写不出一个完全正确的小程序。大约十多分钟过去了，就有人提交了，我还一道题都没做出来，心里有点紧张，但毕竟时间还有，静下心来，告诉自己认真调试吧。但提交的人越来越多了，他们一个个拿着优秀离开的时候，我有点慌了，发现自己的程序怎么提交都无法 100% 正确。本来想让周围做完的同学帮忙看看，到底出了什么错，但我作弊一点经验都没有，不仅眼睛在偷看，脖子还伸得老长，嘴里还在嘀咕。监考老师一下子就发现了，赶紧往我这边走过来。我吓得赶紧坐好，紧紧盯着自己的屏幕。老师一看我隔壁两个人三道题都做好了，叫他们离开机房，我那仅存的一点希望火星马上就要点燃的时候被人狠狠地浇下一盆冷水。

到最后，机房里没剩下几个人了。时间快到的那会儿就是我的绝望阶段，我修改一点，提交一次，修改一点，提交一次，希望奇迹能够发生，然而，冷冰冰的蓝色屏幕不停地显示着编译错误。我越来越紧张，反复修改，反复提交，直到结束，终于结结实实地栽了个跟斗。看着那该死的计算机，真想砸掉它。天啊，我还从小到大考试还没有不及格过，就这么着了？我简直不敢接受这个事实。终于，我坐在位置上平静下来，接受了事实，我刚做好重修的心理准备，老师安慰大家说："时间到了啊，大家结束吧，这次没过的同学，不算不及格，下学期到本部可以重考一次。"我心里涌起无法言明的激动，仿佛从黑暗中看到一点荧光，刚才那盆水没泼下来，半空中被人接走了，我还有那么一点可能避免重修，终于明白什么叫作天无绝人之路，悻悻地在机房里挣扎了几分钟，走人。

我垂头丧气地走出机房，仿佛天都要塌下来了。我告诉同学我没通过，他们不相信，等到发现我不像骗人的时候，安慰我说我运气不好，抽到的题目太难了。我心里清楚，我这是咎由自取，题目不过是把一个四个数的数组中最大的一个与最后一个换位，这也叫难题啊？我平时一向不喜欢编程，也很少练习，再加上谭浩强的那本书课后习题有答案，每次也就是验证一下，基本没独立编过程序，不及格实在是活该，这样的人不逮，还能逮谁？我十分难堪，又是后悔又是着急，上个大学搞得跟"虎落平阳被犬欺"一样，高中以前，成绩还蛮好的，到了大学，不说多么好，也没差到哪里去，可如今，居然轮到被不及格羞辱啊。想着想着，我都快要哭了，觉得所有人的眼光都在嘲讽我。

所有考试完成后，大家都开始放松准备军训看世界杯过暑假的时候，我也是，只不过我还得为难得的 C 语言重考做准备。学校里，我借了 LYC 的笔记本电脑，把所有能找到的题目都做了一遍。同时还分析自己没及格的原因——紧张，所以，我还模拟出考试的时间和状态。暑假时，没有电脑，在家里整整又把所有的课后习题写了一遍小程序，在脑子里一步一步地运行，更重要的是妈妈一边嘲笑我一边鼓励我："一个班就你一个人不及格？有意思，不过没事，回去以后再努力考过就好了。"妈妈极普通，然而每一个普通的妈妈对她的孩子都有一份伟大的爱，因为这份伟大的爱，我觉得自己是个无比幸福的孩子。

有了这一切，九月份开学来到本部，很自然的轻松搞定。从那以后，我也学乖了，虽然不认真，但是意识到考试还是得好好对付的，上帝给了我一次机会，我得记住，可不想难为他老人家再来一次。后来的所有课程，无论怎样也没不及格过。中心机房这样一个藏了无数色情图片的地方让多少人流连忘返，我一共去过三次，另一次是省二级考试，由于恶补了编程，也通过了，祸兮福所倚，福兮祸所伏。塞翁失马，焉知祸福，要不是重考，就我那水平，如果当初侥幸过关，过一个暑假，这个二级还真不一定能过？最后一次干嘛，我都忘掉了，那就算两次好了。

在本部，我们住在 1-533，宿舍里加进来三个人。本来我应该从下铺调到上铺，结果宿管科安排错了，我又睡在下铺。从初中开始住校我就睡下铺，总想尝一尝睡上铺的滋味，没想到被宿管科阴差阳错给咔嚓了，这一夙愿直到读研究生才实现，这要是没读研的话，还不知道睡上铺也不过如此呢。想想，睡下铺也挺好的，一回来就可以直接往床上一倒。

好了，我介绍其中两个室友。

第一个叫作YT，大家顺着他的名字叫他鱼头。他在97级如雷贯耳，我对他的佩服犹如滔滔江水连绵不绝，又如黄河泛滥，一发不可收拾。年纪小我两岁，头大发疏，偏偏脸上毛多，不时还刮刮胡子，大概聪明的人都这样，年轻时毛发比一般人多，年纪大了毛发比一般人少，显得与众不同。

鱼头有时候说是浙江人，有时候说是江西人，我们搞混过几次问他，才知道他们家是当年因为修新安江水库从淳安搬到江西的。因为这个，他常常得意的跟我说他懂四门“语言”：普通话、淳安话、资溪话、英语。为了证明自己不是吹牛，还分别用不同语言来表达“你吃过早饭了吗”这类日常用语来证明，反正我也听不懂淳安话和资溪话，也就随他瞎掰，按照老Z的东北话，尽“扯王八犊子”。也因为这段移民的经历，鱼头炫耀起来非常灵活。资溪这地方没人听说过，他这时候一般不说自己资溪人，只说是抚州的；你要连抚州也不知道的话，他就说抚州古代就是临川；你要连临川也不知道，他就跟你提王安石，“王安石知道吧？别号王临川，就是我们抚州人。”经过高考到浙大的人几乎没人不知道王安石吧？你要是还觉得这还不够，他会告诉你曾巩也是他们临川人，虽然曾巩只是后来在那住过，但是这不妨碍他们临川人拉着曾巩叫老乡，——有了名气都这样，就像杭州人提苏东坡提得比眉山人还要起劲儿一样。如果这还不够把你镇住，他还会把临近的欧阳修、文天祥都搬过来：“庐陵欧阳修，知道吧？”或者是：“庐陵文天祥，知道吧？”你要说庐陵是吉安，他赶紧说吉安和抚州相连，基本上算一块儿。你要说官员腐败，他跟你说他们淳安县官很清廉，问他“谁”，他说“海瑞，海瑞就是我们淳安县令”，说得好像海瑞还活着一样，这会儿他就变成淳安人了。

其实YT别的也没什么，就是成绩特别好。大一时跟我一样，谈起WYH和ZXX的学习劲头，还跟我说：“这不都上大学了吗？怎么还学习呢。”这一招颇具迷惑性，因为我当真了，而他已经完成了战略转移（这话说的，好像我战略转移了，也能成绩好得像他一样）。所以，大一成绩一般般，大家也没觉得怎么样，到了大二大三，发了疯一般的刷分数，到后来风头盖过了所有人，一骑绝尘，笑看风云，土木 97 分的 MVP 非他莫属。打开他的成绩单，低于 95 分的不多，连考个 85 分都要发出让人吐血的感叹：××，我觉得考得挺好的啊，居然只有 85 分。

每次考试，很多人都占据有利座位，他从不占位，一般是别人替他占好了，慢吞吞地走到教室。别人一见到他的身影就做兴奋状：YT，YT，过来……过来……，坐这里，坐这里！他无所谓，坐哪儿都行，要没人请他坐旁边，就坐在前面，彪悍的人生，根本不需要理由。

除了光彩夺目的成绩单，YT 别的方面跟我们一样，爱睡懒觉、爱打球、爱唱歌，完全不会因为成绩好就表现得跟个怪物一样。

比如说 YT 也喜欢打网球和乒乓球，打起来脚底好像装了个弹簧，那阵势一看就知道是活见鬼。我每次看了都叮嘱他："站稳点站稳点，别脚底下跟垫了个弹簧一样，晃得我难受。"一般我们很多人捡网球都是用球拍和脚外侧把球夹起来，但 YT 常常用脚内侧和球拍把球夹起来，看得我又很难受，每次都表扬他动作优雅，不愧是大一学了一年的毽球，学以致用，把网球捡得跟踢毽球一样漂亮。YT 每次都很苦恼地笑着，叫我滚。不过他对于我的嘲笑和恭维都不服，还总说自己姿势很标准，等到他真的打不过我的时候，说可以跟我比试篮球，口出狂言："我从小打篮球，对付你还不是小菜一碟。"我没怎么打过篮球，确实水平不咋的，但也没见过他打，可也不敢完全不信，毕竟他这人还挺能掩饰的，所以将信将疑。接着，他一本正经地跟我说："我打篮球有 64 种方法过你。"我一愣，马上明白他在扯淡，鄙夷不屑地看着他。他连忙说："我过顶运球 16 种，转身 16 种，胯下 20 种，还有另外 12 种，你算算是多少种？"我笑坏了，他也大笑起来，我突然不笑了，跟他说："去死吧你。"

一个人各方面能力之和大概也是恒定的，YT 的成绩占了那么多，别的方面占比就少了，唱歌就尤其少了，但着挡不住他对歌唱事业的热爱。动不动就会冒出一两句，很陶醉的样子，除了他自己，其他人都听不懂，因为对于那些他喜欢的歌词，他完全不屑于已有的曲子，亲自作曲，——有时候甚至还直接自己填词，词风曲风多变，同样一句，五分钟前和五分钟后的演唱味道就不一样，基本上没人能跟上他的节奏。每当他唱了一句我们之前都没听过的歌词，我们都会互相提醒静静听，"不要说话，不要说话，鱼头唱歌了"。老 Z 毫不吝啬他的赞美之词："哟，鱼头，又出新专辑了？"有一回，我和他一块儿从教 9 自修回来，走到生医楼门口，说起最喜欢的歌，他说他最喜欢也最拿手的是温兆伦的，我说唱来听听。他"嗯——"的一声清了清嗓子，唱起来："哦——就算是人间风情万种，我独自爱你一个。”我以为是哼一哼，结果他唱得这么大声，吓我一跳，唱得是峰回路转，一波三折，昏黄的灯光下引来一片目光。我赶紧叫他别唱了，装作不认识他，快步走到体育场看台底下才觉得安全。

YT一来，我们宿舍里歌坛的四大天王至此已经完全登台亮相，分别是CXH的低吟起来就像快没电的单放机一般的刘德华式颤音、CY充满磁性和浑厚嗓音演绎的张信哲的“凌晨两点半，你还在我身旁，闭上眼睛”或者是“people in the park”、欧勒的“也许我们的故事（或者是故乡，我搞不清了，反正从没听到他唱完整过）”、鱼头的“哦——就算是人间风情万种，我独自爱你一个”。他们四个人联合起来统治宿舍歌坛达三年之久，一直都是如日中天，直到毕业把我们宿舍永久性的拆分。我常常想起，熄灯后，夜夜笙歌的日子里，他们用各自独特嗓音和飘忽唱腔给我们演唱一首又一首的曲目，其他人就在旁边拍桌子、敲凳子、跺脚、躺在床上用脚后跟敲床板，再加上谁把吉他拿起来扫一通，笑声一片，那就是我们宿舍最热闹的时候。

每次开学，YT都是他爸的车送他来。我们就此判断他爸是个“腐败分子”，他每次都不敢大声辩解，只是轻轻地解释说“不是不是，他是出差过来，顺便送我”。我们根本不信，就说肯定是送你上学，顺便出差。因为他家里送他过来，所以每次带来很多东西，够我们尝尝新鲜，即使如此，还是遭到我们谴责，厉声呵斥他：“为什么这次东西带得那么少？”

我们桌子上摆着YT的一个电子万年历，一开始我们都很佩服时间观念强，合理安排计划。有一天早上他从床上被窝里探出脑袋瞄了一下万年历，继续倒头睡，仰天长叹：“哈哈，离放假回家又少了一天，爽！”我们终于明白，万年历是回家倒计时用的。

很自然，他保研了（他要不保研，那真是天理难容），成为董老师的得意弟子，现在香港继续读博士。离开浙大前往香港之前，我们一起吃饭，他想了半天，很为难地说：“唉，也不知道香港那边怎么样，要是真有导演看上我，到时候是当明星好，还是读书好呢，真是麻烦。”到目前为止，据说还是在读书，不知道保不准某一天香港某个烂片的演员表中出现：宋兵甲—YT。

第二个——DL，苏北泰州姜堰人，特别的桀骜不驯，“不要”“别”“不用”这类词一律用“甭”来代替，加上声音又比较尖，听起来极具挑衅意味。我前面说的老Z为了一张牌能跟人打架就是和他。刚搬到我们宿舍的时候，大家为了欢迎新室友的加入，高高兴兴地先打一圈牌再说。结果为了一张A该不该打出来，老Z很恼火，慨叹了半天。我们知道他这习惯，就懒得理他。DL听着觉得没道理，很不爽，不停地较真，加上那完全不把其他人放在眼里的口气，老Z抓起我的杯子就要砸他，我一把压住他的手，不让他抬起来，其他人则把DL拉到一边，这圈牌就算结束了。好在他俩的怒气来也匆匆、去也匆匆，隔天，两个人又谈笑风生。可以说，DL上来就给大家留下极具个性的形象。

到了本部，我觉得室长我是干不下去了，一帮人都很难监督。卧谈的时候我说室长这份工作轮着来比较好，大家一致推举DL，他也不含糊，满口答应。这样的义举救我于水深火热之中，我至今铭记在胸。其实，到了大二之后，室长就更难当了，平时打扫卫生、打水根本找不到人，大家都自觉的忘掉值日这件事儿，而且没人会今天漏打扫明天补扫一次，那样的话值日表就可以撕掉了，基本上漏打扫了就算了，跳过去了，后面的人继续这么干，于是宿舍就越来越脏。到一定程度，宿管科就开始组织卫生大检查，督促大家集中清理打扫。DL主要负责头一天晚上通知我们中午回宿舍，然后开始分配任务，我们好好清理了，他把个垃圾桶拖到宿舍门口，大家不停地往里塞垃圾，直到整个宿舍焕然一新，我们也如释重负。我经常害怕他要还职于民，怪我把他往火坑里推，好在他是个好孩子，坚持了三年，虽然以一种不屑一顾的语气和鄙视的眼神对待我们，但我们觉得，只要有人做室长，鄙视就鄙视吧。

最后记录一下DL的三件小事情：

一是有一个周六的早上，六点多，经过头一晚的畅谈，大家都在香甜的睡梦中。突然，一阵紧急的电话响。我醒了，但是我实在不想去接，就看着其他人受不受得了，没想到其他人睡得都很熟，我暗自吃惊，怎么睡眠质量这么好。至少响了十分钟，对方锲而不舍，我在床上几乎就要起来了，但每次想起身都成功地说服自己继续躺着：既然你那么无情，不让我过周末，那就休怪我无义。电话终于不响了，我觉得可以继续好好睡，结果门外突然响起来叫声，“DL、DL、DL”。苏北人说话很干脆，每个字好像都是从嘴巴里蹦出来的，听着跟炒熟的豆子一样，会跳。这下刚才打电话骚扰我们的元凶算是自投罗网了，我其实很想出去骂他一顿，但觉得这样等于接了他的话茬，反而是便宜了他，所以索性就不理他，忍他、让他、避他、由他、耐他、敬他，看他奈我何。这哥们儿也是耐力十足，至少又折腾了十分钟，我们整个宿舍纹丝不动，声音终于没了。等他走后，我真的不敢相信他们都睡着了，试探着问：“你们就睡得那么死吗？”结果，所有人都躺在床上笑起来，都说早就被吵醒了，故意懒得理外面的家伙。我们问DL，你老乡找你，你怎么还装着没听见。他懒懒的打了个呵欠，说："让他，别理他！能有什么大事儿。"苏北人的这种坦然让我们所有人都很佩服。

二是 DL 体育成绩非常厉害，厉害到居然报名参加十项全能。可是毕竟这十项全能不是随便什么人都能参加的，第一天五个项目下来，他像患了场大病，第二天打死也不去运动场了。后来我在想，是不是十项全能只要能坚持下来，基本上就能拿到前三名？

三是一个有个性的人基本上也是个自负的人，所以 DL 很少会抄人家作业，连参考都不用，每次做起来都很快，这一点和鱼头很像，但错误的概率比鱼头高。我说的这件事很小，小得差点让所有人都没发现，也小得让我才刚刚想起。那是钢筋混凝土课程设计课关于厂房的设计，是一个"牛腿"的设计。我想看看他的计算答案，他从头到尾都是写成"牛脚"，我看了他的作业，总觉得哪个地方不对，但他的字写得很潦草，我也不大看得出来，而且通篇都是"脚"，以至于我也不敢断定这个字到底是"tui"还是"jiao"，到后来甚至不敢确定那玩意儿到底是"牛腿"还是"牛脚"。最后，我斗胆问他，也叫其他人过来确认一下，才确定他的确做了一个"牛脚"设计。

二十　真正大学时代的到来

很多人把之江学院都说是高四，在那个地方，跟外界沟通的机会和方式都不多，这让我们充满了对大学生活的误解。只有到了玉泉校区这边，才算是真正开启了大学时代。而这个开启是以电脑的到来作为标志的，我们宿舍有了第一台电脑，同学中开始有了第一个文曲星。大量的娱乐时间开始消耗在电子产品上了。

早在我上大学前，我的亲戚朋友说："哇，上了大学？上了大学就好了。"那架势完全已经替我策划好了如何弥补在中小学时失去的欢乐，还好我没有被高考的差强人意冲昏头脑，基本上保持了一颗"革命尚未成功、同志仍需努力"的心。从之江学院回家的时候，邻居大妈大婶已经开始向我打听大学里的生活是不是像电视上描述的一样丰富多彩，最后又绕来绕去总要绕到一个关键问题上，而且做一出一副神秘的样子："没有谈恋爱？"我每次都说大学生活跟高中差不了多少，也没有谈恋爱，因为我没法找到合适女生和我完成这一重大课题。按照老 Z 的话来说就是："大学"四年"大"学四年，尤其是之江学院那年，大家那争先恐后的架势生怕没有"发愤认尽天下字，立誓读遍人间书"，让人哪有谈情说爱的心情。当然，也有一些率先脱贫的人，大家要看到了，都觉得挺新鲜，回来议论半天。爱情，好像是离大学生很遥远的事儿。

不过，这些观点很快就被玉泉给我的印象从我脑子里扫地出门，别人替我描述的大学生活从此开始，除了 ppmm（漂漂美眉）光临到我头上这样美妙的事情。

从宿舍里的变化开始说起：

电脑。CY 和 ZW 合资买了第一台电脑，是我们班当时唯一的一台。

那时候，我们土木系的专业课程刚刚开始，我看了一下，基本上没什么和计算机相关，所以不大明白他们是打算干嘛。根据他们自己的计划，应该是准备往未来的高级程序员方向发展，所以，他们开始没日没夜的编程，偶尔玩游戏，正当我们期待着他们成为土木系的编程浪子时，他们开始没日没夜的玩游戏，偶尔编程。

我们现在当然知道电脑可以干很多事情，写程序、算工程、写论文、查资料、画图，等等，但是1998年浙大学生的电脑肯定达不到这个水平，甚至大家都很少习惯直接在电脑上打字，一般都在纸上写好，然后输入到电脑里面去，更别说是查阅资料，要上internet还得等两三年，资料都在图书馆里，复印回来往本子上抄。电脑要么用来编程，要么用来娱乐。可土木系没什么课程需要编程，像我这么较真的为了几个简单的程序搞得很认真的样子，那也是因为需要重考的，否则，谁能耐得住一直看着那些动也不会动的屏幕，而把那些声色犬马之类的玩意儿丢一旁。实际上，娱乐占了相当大的一个因素。

我们开始看片。什么都看，就像你们每一个人都曾看过的那些片子那样，而那时候还没有校网，所以经常有同学不知从哪里拿来一张光盘，半带着乞求的口气对ZW说：看片吧？ZW对此类内容不感兴趣，不说“好”，也不说“不好”，然后人家就愣愣在那儿拿着VCD傻笑，走也不是，不走也不是，跟我们扯着不相关的事儿，心里急切地盼着ZW从电脑边走开。好在ZW虽然是学医出身，不感兴趣，但懂得我们的兴趣，也没那么古板，等把自己的事情搞好了，起身走开，说：“好吧，你们用吧！”大家一哄而上，紧紧地凑在那台电脑前，吩咐外围的人把门关好。他们的电脑桌就在我的床边上，我很容易就能占到最佳位置，躺在床上就可以欣赏。如果我刚从外面回来，他们已经开始，我就很理直气壮地要去床上找东西，叫他们让一让。这种看电影的方式，很像小时候的露天电影，特别热闹。有人被挤得发出一阵阵“唉哟，挤死了”的叹声，但是也就仅仅嘴上说说，脚下是绝对不肯动的。有一次放《珍珠港》，人实在太多，我的床上坐满了，上面ZW的床也坐满了，稍微有人动一下就吱吱呀呀的响。我生怕床会被压断，晚上没地方睡，赶紧让大家稍微散开一些，跟他们说完蛋了完蛋了，你们要把床给压垮了，吓得一群人纷纷起身。我有时候挺讨厌床前面有台电脑的，寝室本来就狭窄，我们一共住了十个人，更显得逼仄，干什么事情都很不方便，但每次一想到看电影不需要占位置，就忍了。

我们也玩游戏。星际和三国比较普遍，但这类游戏我一向不会，感觉不知道该从何处下手，所以非常讨厌，不明白CY和ZW成天在那里这么起劲儿地坐着有什么意思。星际里面有种虫子，每次都发出一种很恶心的声音，我一听就难受，每次 CY 都会特别叫我来听，说："阿 C，快来听，多么可爱的声音，哈哈哈"。CY 玩三国的时候，常常大清早起来，什么都不干，一直坐在那拿个鼠标点来点去，看着屏幕上两个人跟个木偶一样很机械地挥动着武器，你砍我一下我砍你一下。我从床上看到这场景，都会跟 CY 说："你这是什么玩意儿，有啥意思，就砍来砍去的。"他根本不理会我，只是摇摇头，对我不会欣赏表示极度的遗憾，只是告诉我他又攻占了什么地方，就快要统一全国了。

这类战略游戏太费时间，又只能一个人玩，曲高和寡，群众基础并不扎实，最受欢迎的还是街机、极品飞车和泡泡龙三大游戏。因为这三种游戏耗时很短、参与性极强，一般都是两个人对垒，后面一帮人排着队喝彩，输了的一方下来，后面排队的人补上，一直玩到 ZW 说"不玩了不玩了，要编程序了"的时候，大家才怏怏而散。

游戏之所以热的最大原因就是大家的争强好胜，而这既是我们的优点，也是我们的缺点。这三个游戏，一旦开始对抗起来，常常热闹非凡，而且术业有专攻，街机败了就嚷着来一把极品飞车，极品飞车败了就来一把泡泡龙，泡泡龙败了就说明天再来。比如街机，我们隔壁 5 班那个宿舍集体专攻这个，号称每天吃了中饭都要坚持训练，每个人都能拿出一个玩得出神入化的角色，手在键盘上跳踢踏舞一样，看得我眼花缭乱，就看着他们绝招必杀技一个接着一个，直杀得对手只有招架之功而无还手之力，耗尽最后一滴血。再比如极品飞车，大家热衷于在各个不同的赛道上创个人记录，这个玩起来近似疯狂，因为只要比人家快 0.01 秒，排名就能够将前进一位，就有了足够的资本兴高采烈的到处炫耀一番。我们宿舍的电脑上不知被谁创了一个纪录，隔壁的 HGY——据说是他们那边公认的极品飞车第一人——闻讯而来，非常纳闷居然有人挑战他的江湖地位，把别人从屏幕前拉开，叫着："让我看看，让我看看。"然后他就在那里待了整整一个下午，怎么都破不了纪录，才郁闷而去。过了几天，他兴冲冲地跑过来，说："破了破了。"并亲自做表演，什么弯道用什么速度，采取什么措施，将会获得什么效果，最终能够刷出最好的成绩。这大概也算是有志者事竟成的例子。欧勒这个很厉害，曾经把 DL 的电脑搬回家闭关修炼了一个暑假，开学偷偷对我说："现在极品飞车我可真是独孤求败了。"我说："你这是吹牛。"他暗暗地笑了，叫我跟他比试一下。一试见高下，果然是士别三日、刮目相看，还真的是有点独孤求败的意思了，在此以前我还可以赢他，现在几乎不可能了。赛事完毕，我直感叹，真看不出现在竟然这么厉害了，他哼了一句："跟你说，我独孤求败，你还不信，我们宿舍现在都不是我的对手了，你以为我一个暑假白练练的？"

宿舍里游戏分三类人：高手，比如CY和老Z这样的人，他们综合实力很强，虽不能人挡杀人、佛挡杀佛，但是对付我这样的游戏天分贼低的人，基本上来一个灭一个、来两个灭一双，无论对方提出什么样的条件，如果是绝顶高手来了，胜少负多，但基本上能三七开；绝对弱势群体，我这样的，游戏玩得太烂了，一般人都不愿意跟我比，除了欧勒和鱼头这样的好人，我说来一把呗，他们就说："好吧好吧，我就陪你玩一把"；有特点的人士，欧勒和鱼头这样的，欧勒每次基本上要以极品飞车作为保留曲目，YT只要是街机一律就是"大铁锤"，充满挑衅的口气："来不来？大铁锤？敢不敢？不敢就算了！"只要是极品飞车就是"雪地大峡谷"，很是猖狂："来不来？大峡谷？敢不敢？不敢就算了！"

电视机。我们隔壁宿舍535不知道怎么搞的，脑子一热买了一台电视机，每天下了自习，大家挤着熄灯前的一点时间，跑过去看看娱乐新闻，极具人气。我们卧谈的时候觉得这个热闹劲儿比较有意思，也可以搞一个，于是不甘落后的我们一商量，也打算去买一台。说干就干，第二天就凑好了钱，准备去二手市场抱一个回来。可是，主意定下来，钱也凑好了，该谁去呢？CY嚷着说："抓龟抓龟"，大家都愣了，不明白他说什么，以为又是福建方言来了，听不大懂，不知道这个"抓龟"到底是个什么鬼，不敢回应。见我们愣着，CY觉得我们真实见识少，边说："就是抓龟嘛"，边弄了几个小纸片，写上字，再揉成一团，我们恍然大悟，进而捧腹大笑。欧勒说："哎，知道你数学差，没想到语文也这么差，真惨！"CY边扭他的胳膊，不准他笑，一边说："一样一样，大家明白意思就行了"。CY虽然出了一次洋相，但的确解决了我们怎么决定谁去的问题，DL拿出一副牌，抽出十张，从A到10，每人摸一张，最小的两个去，大家都没意见。结果，神龙和YT两个中招，但愿赌服输，自认倒霉，当然忘不了边走边骂，骂就骂吧，反正不要我们去就行了。当天下午，他俩逃课去二手市场搬了一台电视机回来，可是通上电发现放不了。我们还没问责，神龙就："咦——咦——，就是在那儿还好好的，怎么回来就坏了"。没办法，只得等到第二天去换，于是，又得抽牌了。可解铃还须系铃人，买的人必须有一个去，否则人家不认识可不行，所以神龙和YT两个人必去一个，另外八个人牌最小的去。结果，神龙又被抽到了，他这次骂得更厉害，我们则哈哈大笑，当然最得意的是YT，50%的概率居然被他躲过了，所以他笑得比谁都要开心。我两次都没抽到，而且第二次还是因为有事儿让他们帮我留最后一张牌的情况下，也是运气好。其实这个破二手电视机除了西湖明珠台，什么台都放不清楚，每天晚上就看看《明珠娱乐新闻》、听听歌什么的。时间一长，大家很是枯燥，但是这东西既然花钱买来了，不能浪费啊。于是，我们成功的游说欧勒把家里的 VCD 带过来了，这样看片也不需要占用电脑了，很是自在，想什么时候看就什么时候看，不需要等 ZW 排档期。我们用 VCD 看了几部片子，觉得音效不好，继续劝说欧勒最好把家里的功放也拿来，我们再配上电脑的音响，正好一个家庭影院，组建一个娱乐中心，每天在宿舍门上写上一个“今日电影”，挣点钱，给兄弟们改善一下生活。这一次，我们没有成功，欧勒没受我们的蛊惑，说再往学校搬东西，家里人要有意见了，上次搬 VCD 已经被骂过一次了，再搬功放的话肯定更要被骂了。“娱乐中心”创业失败，大家兴趣一过，看过《巴顿将军》后，VCD 就得不到宠幸了，就被欧勒拿回家了。这台电视机继续每天给我们报道着娱乐界的八卦新闻，本着娱乐至死的精神，到大四的时候真的快要死了，经常性的白屏，需要间歇性的重启才能恢复正常。在我们 533 宿舍门口听到“又死机了，重启”的时候，实际上你是无法判断到底是电视得罪了那小子还是电脑。大约这电视不堪受虐，多次蹂躏后，终于只出声音，不见图像，要猛的拍打几下才能出来图像，而且还得运气好，运气不好你把外壳拍破了也拍不出来，反正，到最后跟个收音机差不多，每天可以听听新闻。再后来，我们就也不理它了，毕业时，一不留神就没了，不知道被谁收走了。

文曲星。刚上学时英语课我总是和 CGM 在一起，他有一个电子词典，第一次见他用这玩意儿查单词的时候，我觉得太神奇了，世界上居然有这么好的东西，英文词典都是那种大部头的，这电子的只要这么小就行了，那想背单词不是再方便不过了？我问他哪儿来的，他说是他一个香港亲戚送他的，我内心里立马自卑起来，很羡慕广东表叔就是不一般。但是，很快，大二的时候不知道怎么搞的文曲星就杀出来了，与 CGM 的电子词典比，小巧多了，而且功能更多，除了单词，还有一些小游戏。不过价格还比较高，就那么个灰不溜秋的小东西，七八百块。很多掏得起这个钱的人都买了，都觉得为了提高学习，方便背单词，这钱花得值，可是，绝大部分人最终都舍本逐末，他们发现俄罗斯方块比单词更可爱，本来是想背单词枯燥的时候玩一会儿俄罗斯方块，没想到后来变成玩俄罗斯方块眼睛太累的时候背一背单词了。我一开始还挺想买的，后来觉得我肯定控制不住自己，还是算了，不花这个冤枉钱了，咱本来财政就总是处于紧张状态。玩俄罗斯方块在 974 班风靡一时，几乎个个男生都是玩得天昏地暗，经常看到有人坐在床边，凑着床头灯，默不作声，全神贯注地盯着那个小小的屏幕，玩得是津津有味。其中的佼佼者当属 YT，他确实非常厉害，脑子里对于那几个简单图形的变化掌握得非常透彻，总能找到最佳组合。他都不屑于一次性消除一行得 100 分，很喜欢叠得很高很高，然后等着长条来，连续四条四条地消，像他这样刷出的纪录都很惊人，一大波人在后面紧紧地追赶。这样一来，班级整体水平也是水涨船高，花样越来越多，不断挑战高难度的，不断刷新纪录。YT 经常能刷出一个纪录，留着别人去破，一旦被破掉了，他就专注于再次创下一个新纪录，就这样的一个人居然不是近视，也着实神奇。一度我们上课的时候也在奋战，这种集体式的疯狂让别班和我们一起上课的人惊叹不已。我几乎可以肯定如果搞一个俄罗斯方块团体赛，974 拿冠军是没问题的。这样的蹂躏使得很多人的文曲星到最后上下左右总有一个方向键首先失灵。即使这样，偶尔还要饶有兴趣的玩一把，手里拼命地按，可就是操作不了，嘴里狂叫着，挣扎几下，终于 game over。幸亏在 pc260（好像是这个型号）之后的新一代文曲星中不再保存俄罗斯方块了，否则，也不知道什么时候大家才能金盆洗手。文曲星里面还有一个游戏是猜数字，这个大家玩得少，有一阵子我比较热衷，曾经运气非常好，两次就猜出正确数字，欣喜若狂，炫耀了好几天，逢人便说。

到了本部这里，变化蛮大的，我就挑了几个印象深刻的事儿说说，一些琐碎小事儿也记不起来了，我印象中，大二才是大学真正的开始。玉泉本部里，与之江最大的不同就是各种选择多了，几乎没有什么东西能让大家一致地喜欢，而且经过一年大学的初步历练，大家的各种见识也涨了不少，欣赏水平也提高了，也不会为一些小儿科的玩意儿激动了，没那么容易被唬住了，哪怕万峰老师骂得再激动，我们也不再理会了。生活上，之江美好、单纯，本部丰富、繁杂，或许，这才是真正的常态，不得不说我们以一种自己无法意识到的形式在慢慢地长大。从这时候开始，宿舍就不大集体行动了，白天，大家各忙各的，晚上自习回来的那会儿，趁着还没熄灯，大家赶紧看看电视、玩玩极品飞车、打打俄罗斯方块，放松放松。一关灯，大家就开始排着队去水房洗漱，准备上床扯一扯白天的开心事儿，为美好的一天收尾。

二十一　曾被称作浙大本部的玉泉校区

当初浙大两个校区都非常有气势，都是依山傍水、舍我其谁。之江那边背靠月轮山、俯视钱塘江；玉泉则是背靠老和山、面朝护校河。从这一点来看，之江更应该成为头儿，可玉泉校区大啊，一大遮百丑啊，不然的话，几年后的紫金港怎么会后来居上呢。

我很多同学来到我们学校都会以一副十分羡慕的眼神看着我，对我说你们学校修建得这么漂亮。我也不含糊，浙大为了迎接97级的到来，可是下了一番功夫的，连门口的那条浙大路都是1996年才修的。有一阵子特流行百年校庆，浙大把自己的前身定为1897年创建的求是书院，1997年刚好百年华诞，被我们撞上了。一时间我们感觉特别荣耀，又是百年学堂，又是跨世纪。

YT在宿舍里有一天说他乘火车回家，遇到一个老乡，聊起来。YT说自己在浙江大学上学，他老乡一听，特别佩服，说："我知道你们浙江大学，非常厉害，号称是'东方牛津'。"然后开始讲浙大和牛津同样伟大的地方。YT说自己当场傻了，不知道是该提醒人家不是"牛津"而是"剑桥"呢，还是听任他继续满嘴跑火车，提醒吧，人家在夸你的学校，不提醒吧，心理上过不去，最后，一咬牙，心理上挺过去了，那哥们儿估计到现在还认为浙大是"东方牛津"呢。他讲述这件事儿的时候，我们都要笑疯掉了，本来"东方剑桥"已经让我们汗颜不已了，没料到，"牛津"都来了。我们湖北佬最多也就说说"南方清华"，你们江西老俵居然还搞出个"东方牛津"。

不管浙大是号称什么，在别人看来就是一所普通高校，但对我们而言，母校的地位不言而喻。别人记不记着她，无所谓，我们心里会记着；我们骂不骂她，无所谓，但是别人不能随便乱骂。毕业前，我稍微记录一下此时此地的情况，供以后返校时留作话头，免得十年二十年回来的时候跟得了老年痴呆症一样，很是茫然地看着四周就会不停地附和着“哦——哦——”。

1998 年那会儿，浙大周边，放眼望去，留博楼一枝独秀，在一片普通的小楼房中间站着，威风凛凛、傲视群雄，可谓“人中吕布、马中赤兔”。黄龙体育中心是一片工地，广厦总部还是跟贫民窟一样，一溜矮房子。但是，什么破旧和陈腐都经不住钱砸，砸着砸着，高楼大厦就给砸起来了。我当时一直觉得现在绿园这块地方应该作为一个公园为大家服务，地方小，距离体育场也近。但我这种纯洁的想法在商业价值面前一文不值，这里终于还是成了豪富的住宅。当时这地方的房价大概七八千,一般的地方也就两千，我们都觉得这房价太高了，这么涨下

行政楼

去怎么得了。可是，作为这一行的从业者，我们心里又巴望着这房价涨一涨，不然，我们还得喝西北风。也许我以后看在钱的分上也会被迫疯狂的到处造楼（希望不会，但很多事情是身不由己），但是至少现在我却对这种行为是十分不屑的，也可能是我还没见过世面在胡说八道。以前上政治课，常常会提供一则材料让我们分析资本主义的腐朽和堕落，材料大致这样：有个小孩在寒冷的冬夜问矿工爸爸，“家里怎么这么冷”？爸爸说：“因为家里没有煤。”小孩子问：“为什么不买些煤回家取暖？”爸爸说：“因为爸爸失业了。”小孩子又问：“爸爸为什么会失业呢？”爸爸说：“因为煤太多了。”按这个趋势下去，不知道我们土木系的人会不会因为房子太多了而买不起房子。

刚来的时候，我非常得意地告诉别人我们学校有条护校河，这是一件很酷的事情，人家听着仿佛就是要放下吊桥才能进来。直到我一个同学过来看了后说不就是个臭水沟吗？我一下子脑子还转不过来，觉得他怎么能这么说呢。可后来，我沿着护校河往上走，自己也这么觉得，可不就是个臭水沟吗？青芝坞那边的生活用水排下来，一路的脏东西漂下来，不停地沉淀不停地发酵，水底污泥不停地积累，也开始猛长水草，一到夏天，就不停地往上冒气泡。看着就胆战心惊的，扔根烟头下去不知道会不会爆炸。我的记忆中好像是 1999 年清理了一次，清理之后，水清了一段时间，但是青芝坞那边太厉害，没多久又慢慢地脏了起来。实际上，上游排放的速度远高于下游清理的速度，这么下去，迟早还是会浑浊不堪的。水草多到这个程度，气味臭到这个程度，居然还有人在那钓鱼，这鱼的味道不知道怎么样，钓鱼的人对自己也够狠的。有一次，我看着水草，感慨地说：“谁要掉下去了，这肯定会被水草缠住，非得淹死不可。”老 Z 斩钉截铁地说：“肯定不会，怎么可能淹死呢？在淹死之前早就被臭死了。”后来有天晚上，他回来说跟他们一起打篮球的有个小子喝醉了，真的掉下去了，幸亏既没臭死也没淹死，硬是克服重重阻力，扑腾到边上让旁边人给拉起来了。这真的是个奇迹。从那之后，我们对这个充满奇迹的护校河非但不敢鄙视，还充满敬意。

我总觉得一个学校除了学识渊博的老师和思维活跃的学生以外，还得要一些参天大树和古朴的教学楼，只有这样方可使人和环境相得益彰，显得知识的尊贵和高尚。绿树浓荫夏日长，楼台倒影入池塘，水晶帘动微风起，满树蔷薇一院香，这才像是读书的好处所。我的小学和初中基本上都被大树遮掩着，高中比较糟糕，所以我以为大学会跟高中一样，没想到之江学院完全不是这样，让我对大学有个重新认识，而且因为之江学院确实各方面都非常出色，特别符合我的期待。本部这边，虽然没法和之江学院比，但也都是几十年的老式建筑，满园翠绿，差强人意。和在之江学院不同，我们到了这边，更多的是和学院、系里联系，很多地方其实都不熟悉，我也就只能挑一下平时生活接触的地方写一写，那些我现在都不去的地方，将来基本上也不大回去，那里面的精彩故事就留待各系的人自己去讲吧。

这些年，浙大里面的改动太多了。每次这地方修好了，我们觉着该歇歇了，可没多久，基建处又能找出另一个地方破土动工，他们就好像我们修改毕业论文，有事没事就要找找错，看有没有需要调整的地方，这错误啊，就像海绵里的水，只要挤，总是会有的。浙大就是一篇大论文，领导就不停在检查，不断的检查出错误，不断的修改，修改得让人厌烦。

现在的永谦学生活动中心本来是浙大招待所，现在变成了“用钱学生活动中心”。大四的时候，CGM拉我去过一次，带我在那儿摇头晃脑的蹦迪，可我一来不会二来没啥需要宣泄的，吵得我一会儿就跑出来了。

3舍旁边、商贾园的对面有一家小书店，有一个非常富有诗意的名字——墨舟轩，规模介于智达书店和3食堂门口的书报亭之间。我常常去逛逛，看看是否有中意的小书，这地方常让我记起之江学院的青棚艺苑，它们就像路边的小花，让美丽的校园有一份更加别致的精彩。

浴室也不是现在这样改造好的。原来那个就在现在这个的旁边，里面黑咕隆咚的，每次进去，雾气蒙蒙中，一眼望去，白花花的一大片屁股。光看屁股不看脸，是认不出谁的，所以一起去洗澡的人分开了一会儿就找不着了。经常看到有人光着身体在里面找人，又不太敢凑近了去看人家是不是自己要找的人，所以边走边喊。最夸张的是有一次一个同学洗好澡衣服找不着了，不知道是被偷了，还是雾气太大导致看不清找不到了，光着身体急得团团转，瑟瑟发抖地恳求我回宿舍后一定要打电话给他们宿舍的人给他送衣服过去。我能够体会他的尴尬，赶紧回来打电话，可也在琢磨，这贼太嚣张了，不会是里面太黑，别人穿错了吧？

浙大北门这一块显得乱七八糟的，新留学生食堂、留学生公寓等等都在酝酿之中。教5后面的土木科技馆刚刚建起，教9那边的曹光标楼也没有、高等数学楼、机能楼也没有，现在都竖起来了。教10旁边有个化工厂，吵得要命，整天冒黑烟，现在没了真叫人拍手称快。教5旁边有个机械厂，常常看到穿着“金工实习”的学生在那里出没。LC在那里做了个小铁锤，我说你这一点用都没有，他不说什么，拿出一颗山核桃，一下子就敲开了，瞪着眼睛跟我说：“怎么没用？

这不是用处？”

根据目前浙大的趋势，应该是没有什么地方可以造楼了，但是人的想象能力是极其丰富的。领导们或许在下一盘很大的棋，定能高瞻远瞩、见缝插针，会推出一些叫人匪夷所思的妙招，让我们的校园更加阔气。新建也就罢了，最让人不能理解的是很多地方就在不停地翻修，浪费得叫人心疼。

比如说那行政楼和路面。我印象中每年暑假行政楼都在翻修。四校合并，浙大变富了，钞票这东西，不知是吃了盖中钙还是吃了脑白金，特精神，不花掉绝无宁日。估计当局也是权衡过，就选定行政楼做实验。行政楼其貌不扬，却冬暖夏凉，条件不错，徐娘半老，但是保养得体、梳妆打扮后，也是风韵犹存。经过多次后，领导们也觉得没必要继续装修了，毕竟 40 岁总不可能变成 20 岁。但钞

教 5

票总是安静不下来的，于是那座普通楼的前面的小车也就越来越多。至于路面，浙大宣称很多是全国第一，我不敢确定，但是说起路面绝对是质量第一的。我曾经留心过，研一第二个学期两个星期之内，七个地方同时开挖，那场面之热火朝天真是令我等土木学子激动不已，恨不得马上投入其中。话说女人变坏就有钱，男人有钱就变坏，浙大到底是那个因为变坏而有钱的女人还是那个因为有了钱而变坏的男人呢？

刚开始从之江郊区到玉泉本部城里的时候，有点像刘姥姥进了大观园，觉得这地方好大，处处都新鲜。我和同学闲逛的时候，还不停地遇到其他闲逛熟悉地形的同学，我猜大家感觉都类似。从大门的那棵有浙大特色的标志树——根据褚良才的话这个树是浙大风水树，是绝对不能动的——穿过巍峨的大门到图书馆，两条路旁郁郁葱葱，建筑也是红砖黛瓦，颇有高等学府的底蕴。以此为界，一侧是教学区，一侧是生活区，则大相径庭，开始那阵子，常常搞不清方向，每次都有新鲜感，后来对这里熟悉了，这种感觉才逐渐消失。《手机》里面有“二十多年了，确实有点审美疲劳”这一说法，估计就是跟这个差不多。

图书馆前的竺可桢像

说了玉泉很多，都只是个大概，有三个地方，我可以说得多一些，这是我最常去的：1舍、教9、教5。

早有耳闻我们要住在1舍，那里原来是94级的人住着，他们毕业了，腾出来就轮到我们 97 级了。军训后，我们把东西打包好，学校叫了搬家队伍，把我们的行李直接搬到我们对应的宿舍，我们就从 8-314 到了这里的 1-533，从此，8134 和 1533 就烙在脑子了。据说 1 舍是亚洲第一大集体宿舍楼，想想也差不多，97 级的同学几乎都在这个宿舍里面，非常少的人一在 2 舍，但 2 舍被 1 舍完全包围着，几乎可以看作是 1 舍的一部分，要是连接的地方增加个通道就更妙了。1 舍整个成“U”字形，研三找工作时在建研院碰到一位学长问我在浙大是不是住在大“U”，我一时没反应过来，总觉得这大“U”可能是个什么特殊的楼，连忙很小心的陪着个笑脸说:“我住在 1 舍，大‘U’在哪儿我不是很清楚，回去问问”，并做出十分惭愧的神色，心里却想：不会吧，我在浙大也来了六七年了，怎么从来没听说过大“U”呢。结果他说:“1 舍就是大‘U’嘛，它是个‘U’字形的了。”我一听，原来是刘邦唤作了汉高祖，马上表示对这个地方很熟悉，并且告诉他我们一般是把 1 舍和 2 舍连起来称作“E”字形。还好是一会儿摆成 U、一会儿摆成 E，要是一会儿摆成 S、一会儿摆成 B，那多不好意思。

1 舍是普通宿舍里面最好的一幢楼了，配得上最好，那当然是因为地段、地段、还是地段。以 1 舍为中心，辐射到其他各处，到 3 食堂、商贸园、篮球场、网球场、足球场、女生楼都比较近，几乎被吃喝玩乐包围着。内部宽敞，走廊大得估计开辆小别克应该没问题，经常看到有人在走廊上带球过人的，那时候 1 班有个哥们儿刚买了一辆电动车，天天在走廊里试车，骑过来骑过去的。层高也高，跳起来挥动网球拍子不用担心碰到天花板。

但 1 舍也有不爽的地方，一些不该宽敞的地方有时候也特别宽敞，比如水房。那里视野十分开阔，我们住在五楼，打扫的是个四十上下的阿姨，工作认真负责，经常在你一边洗澡洗得正爽、一边唱歌唱得正 high 的时候毫不介意地进去，你澡也不洗了、歌也不唱了，十分害羞和尴尬或者流露出不好意思的意思，她倒是若无其事、不屑一顾。明明是我们春光外泄，可总觉得需要向她道歉的是我们一样。我碰到过几次，尤其是中午，吓得我还没洗个痛快就马上穿上衣服走人，回宿舍抱怨说：那女的又来了。同宿舍的人对此类抱怨一律嗤之以鼻：唉，人家见多了，躲什么呢。到后来，大家习惯了，常常有人在那边镇定自若地洗澡唱歌，阿姨在这边认真细致地打扫，和谐相处。我们五楼水房的供水也是一个问题，特别是夏天你急需用水冲凉的时候总停水，要真的有水了，心里特感激学校，满满的幸福感：哇，今天居然有水了。那时候我总说：正常供水就是不正常供水，不正常供水就是正常供水。有一天我在 BBS 上看到一个人的签名档——

“变态是我的常态，常态是我的变态”，感到十分亲切，相见恨晚，觉得想出这个句子的哥们儿跟我有相同的思维方式。这还不算惨，比这更惨的是当你涂满了香皂想痛快冲一下的时候，——停水了，这时候就只能拿一条干毛巾把身上擦干净穿上衣服走人或者跑到楼下去继续下半场。走道上常有人喊，来水了，赶紧洗澡。一群人咚咚咚跑去，没多久，就听到惨叫。不用猜，肯定就是突然停水了。这会儿你要伸出头一看，只见一半裸男生从水房探出头来，东瞧瞧西望望，像老鼠一样，发现没有女生过路，赶紧端着脸盆从楼梯飞奔往下面楼层去了。

我们533宿舍朝东，夏天太阳很早就出现在面前，人家说太阳晒到屁股上才起床，我是每天太阳晒到脸上就起床了。很多时候，我实在不耐烦了，换一头继续睡，顶着老Z的臭脚都要比太阳照着脸睡觉要舒服。当然这也不算惨，比这更惨的是我们对面的宿舍，夏天的西晒使得他们宿舍像个蒸笼，没法待，整个寝室夏天在宿舍里都不敢穿上衣，特别是几个丰乳肥臀的，显得十分洒脱和豪放，跟历史书上的安禄山一样。

无论什么样的生活都架不住年轻的奔放和热情。一个男孩子当然希望遇到一个女孩子，但是如果不行，遇上一群男孩子也不错，肯定能找到快乐。尽管1舍有诸多不便，但都不能否定我们在那里曾经是过得多么快乐。

教9。那天我走在路上，有个漂亮女生问我“9大怎么走”，我一下子没明白，问她要去哪里，她说“9大”，等我清楚她大概是要去自习，就问她是不是“教9”，她也意识到她问得不够地道，说是的。我俩终于调到一个频道上了，她知道了教9，我也知道9大。教9之所以印象深：第一，在那里上课最多，教室最多，相当一部分课程都在那边上的，看看上课的时候那边停放的自行车就知道了，早上去晚了，自行车位置都找不到。第二，去那里自修最多，因为女生最多，跟之江学院的15号楼一样。自习累了，在宽敞的走道里走动一下，到外面的求是碑那里或者草坪上跟人聊聊天，都行，话题可以是政治军事也可以是八卦娱乐。很多个考试前夕，在和煦的阳光下或者是晴朗的夜晚时分，我们在自习的间隙，和几个同学坐在那里海阔天空地聊着、笑着。教9最端头有两个画图教室，我很喜欢在那里看书，桌子大又高，站着坐着都行。现在好像都改掉了，真是遗憾，再也无法重温旧梦了。第三，教9的小个子老太太很和蔼，很晚的时候才会开始打扫教室，说一声：“学生，回去的了！”那老头倒挺严肃，而且很有政治修养。有一次我在那里自修太晚了，还有一些题目没做完，他硬要关灯，我嘴里直嚷嚷：别关别关，再等一分钟！没想到他一听我这口气和话语，顿时怒从心头起，恶向胆边生，开始站在我旁边教训我，说我不遵守规定，不从小事做起，还说我要当了什么官，肯定不能忠于职守。就跟《大话西游》里的唐僧一样，从理论上把我骂得个狗血淋头，从实践上表示一定得把我赶走。我一直忍着，不理睬他，抓紧时间做作业，他骂完了，我也做完了，赶紧走人。和我一起的同学YT也觉得我被骂得莫名其妙，从教9一直笑到1舍，在后来的日子里，他动辄就提起这事儿，后半辈子就靠这个活着了。其实那老头别的都挺好的，丢了东西都能找到、下雨天借雨伞也没问题的，但为啥那天硬要把我臭骂一顿呢，不知道是不是跟他老太太吵架了。第四，在那里考过最多的试，一到期末那就是冒险家的乐园。现在教9已经做了大改动，条件好了很多，科学的殿堂有了神圣感，我都觉得不好意思去了。我打算在毕业离校前去自修一次，毕竟就快没有去那里自修的机会了。

教5。这是我的大本营，土木楼。很普通的一幢楼，除了课桌比别的楼要更破一些。那种破可不是一般的破，满教室就找不到一个不发出声音的椅子，一坐上去，那椅子就要痛苦的哀号，那桌子就要无助的摇头，都不忍心再去摧残了，继续坐在那里都是一种罪过。问过扫楼的人怎么不换一换，从来都说这是学校的事。一直到废除教室改为办公室的时候，那些破烂才被收拾掉。所谓儿不嫌母丑，狗不嫌家穷，教5破烂如斯，除了教9，我一直首选教5作为自修的地方，大概也是这个道理。

玉泉校区大操场

二十二　两大公共课：体育和英语

浙江大学设置了物理、计算机、英语、体育这四门课作为全校的公共基础课，很明显这是要培养大师的节奏。物理和计算机对于多数人来说只能算是良好的基础储备，以免在未来某一天，别人谈起来某项科学进展的时候在一旁的自己听得云里雾里，跟个傻瓜似的，多丢母校的脸啊。但是英语和体育，当初看起来不是特别专业的课程，却真正让我们受益一辈子。

大学里有些课程一个学期就结束了，有些课程则会延续好多个学期，比如体育和英语，这两门课不是土木系的专业课，老师也不是土木系毕业的，大家都觉得这些非本系的老师上课可能更有意思。具体是不是我也不清楚，就把两门非本系的课，而且老师也换过的课程说出来，你们自己判断吧。

先说体育课。

前面所说的浙大的始业教育，其实还包括体育测试。具体哪几项我有点忘了，肯定有跑步的。测试完了的时候，我跟文化考试结束时的心情一样，生怕考得不好，是不是会被打回原籍，也指望着最好大家成绩都不怎么样，这样也算是皆大欢喜。但是，最后的成绩公布后，仍然有那么一两个人鹤立鸡群，我们班就有一个，三门都是满分。

如果不算入学的测试，浙大体育课的设置真的是非常完美。高中体育课动不动就被占用为语文和数学，即便是上课，主要干的事儿还是跑步。到了这里，体育课不仅仅不是跑步，而且你可以根据自己的喜好选择自己喜欢的运动形式，例如足球、篮球、羽毛球、乒乓球等。学什么这个问题上，我们似乎很少有选择的机会，所以，一下子，我都不知道选什么，感觉什么都喜欢，什么都想学，什么都不想错过，但是每个人只能选一项，怎么办呢？LSJ 选了健身，我觉得凭我的身段肯定举不起什么东西，为了不到时出丑，还不如现在就不去揽那个瓷器活儿；YT 选了个毽球，我觉得那玩意儿也算是体育运动吗，根本不屑于选；羽毛球、乒乓球什么的，自己也会几下三脚猫的功夫，就不再学了：我思考了一下，选了足球，一来自己也是喜欢，二来那时候中国队正在准备世界杯预选赛，跟人家聊起来也不至于显得自己不懂。

可是一上课我就发现自己的那点落后的业余动作完全适应不了日益专业的大学需要，给我们上课的柳志鹏老师是浙大校队的教练。柳老师年纪不大，但是头发已经掉光了，圆溜溜的脑袋在午后的阳光下熠熠发光，有时候戴着个棒球帽，很有几分教练的范儿。每节课他都会教我们几个基本动作，边做示范边用沙哑的声音讲解，然后就让我们自己练习。我本来以为上课就是跟我们以前乱踢一样：老师给我们一个球，一群人分两组，开始对抗，球到了自己脚下，就猛的往前带，或者就是稀里糊涂的飞起来一脚，至于那个方向无所谓，踢着了再说。可现在柳老师要求的是以比较标准的姿势来传球、停球、带球、射门，我一下子发现除了跑步之外，自己什么也不会，期末考试的时候要求会颠球 20 下，我每天傍晚到大操场那边跟几个困难户一起，互相鼓励，最后总算达标。

到了本部这边，我觉得不能再这么玩下去了，再加上世界杯也过去了，中国足球那副狗屎样我也不想再看了，得换个有意思的，于是挑了游泳。到本部第一天我就发现 7 舍那边有个泳池。我认为这代表了一个大学最先进的地方，所以一看到体育课可以选游泳，就毫不犹豫地下了订单，心里还生怕选不上呢。我也不知道从哪儿来的勇气，什么不会就选什么。其实游泳的水平和足球的水平不相上下，到水里就只能扑腾扑腾地狗爬，标准的姿势完全不会，偏偏那个胖子老师总是教自由泳，换气、打腿，而且很多人一起上课，老师也不可能一一指导，一个学期下来，不知道喝了多少水，一个标准动作也没学会。如果你看了校泳池的水底有多少沉渣、水面有多少小虫子，你就知道我这付出了多少代价。考试的时候，我们打腿测试，我一口气憋着把 25 米游过，算是勉强过关。

按照常规，大二的下学期，应该和上学期是一样的课程，但不知怎么搞的，下学期居然又有了一次选择的机会。这一次我觉得要好好选一下，可不能再选错了，我认真思考了一下，押下了网球。网球其实是一项投入比较大的运动，光一个拍子就要几百块，在上体育课之前，我借了同学的拍子每天早上勤奋练习，打了整整一个学期，动作要领基本掌握了才敢去学，生怕买了拍子，最终又没学会，那损失可就大了。凡事预则立、不预则废，我这么一准备，网球果然学得还不错，至少对得起那把三百块的拍子，跟 YT、GL、NYZ 这样的人交手时至少不会狼狈不堪。

两年的体育课我终于学会了一项看家本领。

我们班网球最好的就是我前面所说的体育天才——QXA，来自浙江温岭，有四大特点：

1. 体育成绩好。当时在之江学院测试体育的全校唯一的一个满分，所以各个体育老师都喜欢找他去比赛，一时间什么足球、篮球、羽毛球、乒乓球、排球都有他的身影，这世界上好像就没有他不会的运动。我们都奇怪，怎么会这样呢？后来，整天跟他一起混的人放出风声说 QXA 的爸爸是中学体育老师，这个理由一出来，大家都觉得这个一定有很大关系，否则我们这帮体育白痴怎么找台阶下呢。不过体育好，也耐不出浙大运动会十项全能的折磨，他代表系里去参赛的时候，上午太累了，说吃不下，吃了点方便面，结果下午当着我们的面又把方便面全吐出来了，看得我们这些后援一边搀扶着他，一边胃里面上下翻滚。因为有了良好的体育基础，QXA 完全不屑于学校的那些常规项目，从大一开始就选网球，一学期下来就能和老师做正常的对抗了，第二个学期老师就打不过他了，可惜的是老师说没法招他到校队，因为学得太晚了，要打正式比赛还得需要两三年训练，刚刚具备了那样的实力，却毕业了。我们为这个都替他挺遗憾的，但他似乎打球也不是为了比赛，纯粹是为了自己的喜好，依然乐此不疲的练着，而且不停地给喜欢打网球的人推荐新拍子、新球，也喜欢从温岭给我们班的那些网球选手带一些温岭"特有"的断网球鞋，那些鞋子便宜又耐磨，算是价格便宜量又足，很受人欢迎。YT 在宿舍里常常穿着这些断鞋在我们面前炫耀，一会儿说是费德勒同款，一会儿说是休伊特同款，很是风光。本科毕业后，QXA 就工作了，在设计院里，他充分发挥了他的体育特长，手脚很灵活，鼠标用得好，画图速度很快，很快就是一员虎将。前不久一向说话都不利索的他找了个漂亮的女朋友，我们问他是不是准备培养个小费德勒或者小莎拉波娃，他笑嘻嘻的，不说话。

QXA 体育成绩好，跟他热爱各项体育运动有很大关系。比如说，学校组织我们去献血，为了那一盒牛奶和一百块的补贴，大家争先恐后地跑去卷袖子放血。QXA 跑去献血，回来跟我们说献血扎针"插进去有点疼、拔出来有点晕"，其他没啥，然后就跑去球场，回来后倒在床上，问他，闭着眼睛摇着手，说"不行了、不行了，献了血还是不能踢球"。一般人可干不出这事儿。还有一次，忘了是冠军杯决赛还是欧洲杯决赛，第二天他要考英语六级，可他觉得六级可没有比赛重要，硬是和我们熬到很晚看比赛，第二天六级就不去了，这也不是一般人敢于做出的决定。

有一天 DL 回来说 QXA 能够一只手扶着床，可以直接从地上一下子跳起来坐到床上去。我不相信，直接跑到对面宿舍，让 QXA 给我演示一下。一开始他还不肯，扭扭捏捏的，我不停地晓之以理、动之以情，向他表达我是如此的渴望看到简直不敢相信的场面。他终于应允，嗖的一下腾空而起，坐到床上，吓我一跳。我什么也不说，回来跟 DL 说我信了。这也是我见过唯一一个能做到这个动作的人。不服的人，你们自己可以试试看，从地上能不能直接跳起来坐上去。

2. 普通话极差。大概温岭那边人受方言影响，普通话本来就不甚标准，QXA 更是“佼佼者”，加上这哥们儿有颗门牙长得有点歪，口音就更重。QICQ 流行的时候，YT 常常怂恿大家在网上骂 QXA，“骂 QXA 最好玩了，他普通话不准，拼音也不会打，骂完了赶紧下线。”要知道 YT 在计算机考试的时候坐我旁边，为了个“然”打不出来在那里急得抓耳挠腮，小声地问我：“lan 字怎么打，怎么 l–a–n 不对呢？”我问：“什么 lan”，他很着急地说：“就是‘自 lan 而 lan’的‘lan’。”就这样的一个人可以猛烈的用普通话欺负 QXA，足见 QXA 在普通话上承受了多么的压力。我们都很奇怪，他的语文高考是怎么过来的，我就知道平舌音和卷舌音比较难分，哪里知道 r 和 l 也这么难分。大概因为这个，QXA 平时也懒得多说话，开班会的时候总是和几个人躲在那里笑。一开始的时候我很纳闷，为什么这哥们儿总在笑，有事儿就说嘛。有一次开班会，班主任 HH 问大家有什么问题需要老师帮着解决的，西宁来的 NYZ 说他来自青藏高原，到了之江学院，氧气过于充足，有点醉氧，总想睡觉，怎么办。HH 还没听明白，QXA 已经在角落偷偷地笑起来了，笑得满脸通红，等大家都明白这个问题是怎么回事儿，HH 也傻眼了，回答说：“这怎么解决，我也不知道啊”，然后全班人才把 QXA 的笑声接下去。这事儿说明这哥们儿虽然中文口语不好，但是中文听力却是一点问题也没有。

3. 脑袋很聪明。虽然 QXA 嘴头上比较拙，但他绝对属于那种大巧若拙、大智若愚的那种。很少见他刻苦学习，每次上课都是腋下两本、口袋一支笔，每次自习都是很小的一个书包，戴着耳机，早去早回，每次作业都完成得非常好，考试成绩也非常好。不知道这个跟他爸爸做体育老师是否有关系，他爸爸可能给他体育开小灶，但是没法给他数学、物理开小灶啊，也不知道是不是体育练多了，脑袋会更灵光。

4. 喜欢唱歌。一个普通话都不大会说的人怎么可能喜欢唱歌呢，所以，我也是看了他收集各类明星磁带才相信。唱歌的水平和YT“不分伯仲”，有时候两个人还会讨论一下，老Z看到他们交流音乐或者是互相借磁带听的时候，就十分不解地问：“就你们俩还讨论苏永康、林忆莲？”有一天早上，我刚起床出门去水房洗脸，就遇到QXA穿着短裤从水房那边出来，一边瑟瑟发抖一边哼着，“想要把你忘记真的好难，思念的痛在我心里纠缠，朝朝暮暮的期盼，永远没有答案，为何当初你选择一刀两断”，此情此景，我忍俊不禁，我问他“你跟谁一刀两断呢？”他白了我一眼，“神经……”。

体育课的事情就讲到这里，再说英语。

英语课始业教育考试一结束，学校根据分数把大家分为三个级别：70分以下为一级，70~80分为二级，80分以上为三级，这种三六九等式让人充分意识到自己的不足。我这种高考130以上的人也觉得很沮丧，但也只能认了。学校为了促进交流，把不同的系的人混在一起上课，我们和工管的人一起上课，教我们的是盛跃东老师。他们算是文科，英语肯定比我们好。事实上也是这样，他们系里几个上海人和广东人，英语说得和普通话一样流利，每次上课和老师对话的时候，我和CGM坐在一起，常常听不懂他们说了些什么，两个人，你看着我，我看着你，面面相觑。听力课的时候，差距就更大了，每次都是下午的一二节课，困得要命，经常一不留神就过去了，很认真很认真地听也就能听出个大概，我每次都怀疑自己是不是基础不够好。期中考试一来，发现工管系的哥们儿虽然口语了得，但应试一般，班上居然是我考得最好。大家都觉得这是个偶然现象，我也这么认为。到期末的时候，再来一次，居然又是我考得好一点。这下我自己也被搞得有点疑惑不解了，怎么搞的，这些上海佬广东佬难不成是故意的？到下学期的时候，还是这个状态：他们上课继续和盛老师讲得我们听不懂，我则继续考试的时候给他们点颜色看看。有一次，我还得了个听力竞赛奖，让盛老师非常意外，不知道是该夸奖我功底扎实还是运气超好。

大二的时候盛老师去加拿大学习了，班上换了个老师，而且这时候考试成绩也发到系里去了，也没再关注其他人的情况，估计这么持续下去，工管系的人很快就能超过我们，实话说，他们的确实力强过我们。班上英语最好的上海女生去英国留学了，不跟我们这种土鳖玩考试了，还挺怀念她的。记得她有一次帮老师发作业本，喊道：“wu jue ye ！”她们自己班上肯定没这人，朝我们建工的人看，可我们也不知道这是谁啊。后来，我们觉得这家伙肯定没来，真倒霉。那女生继续环顾四周，叫着“wú júe yè”。这么漂亮的姑娘没人回应总不好。于是有人帮她看了一下本子，原来是“wu钰骅”，可怜的姑娘她读成了“wu珏晔”，估计当时心里还想着自己功底深厚，这么生僻的字都没难住自己，还有几分得意呢。要不是瞧着她漂亮的份上，真的很想说她自作聪明。我们默默地把本子接过来，递给了不知该如何是好的“wu钰骅”。事后，回到宿舍，我们哈哈大笑，都怪WYH他爸取了个这么神奇的名字，问他是不是故意的，害得人家姑娘找不到人。

大二新的英语老师是SSC老师。刚刚从人大毕业。高中有个特别厉害的女生就去了人大，我打心眼里觉得人大的人都很厉害，对人大一向有好感，所以我一下子就非常喜欢她。S老师年轻漂亮、面容姣好、皮肤白皙、待人亲切，但是总有一点我们觉得不对劲儿，后来看过《friends》之后，大家终于明白了原因来自于她的三个明显特点：big head，big head，big head。刚好，英语课上学了一个单词叫作startle，读起来很像“S大头”，我们暗暗地把这个绰号送给了她。

有一天我到对面寝室闲逛，发现SJW在那里研究一本中医的小册子，感慨地问：“你真行啊，现在都开始研究起中医来了。”他不好意思地说，随便看看，哪有什么研究啊。我哦了一声，准备转身离开。可他叫住我，问我有没有意识到S老师黑眼圈有点明显。不说还不觉得，他这么一提醒，我回想了一下，发现还真是。他神秘兮兮地问我“你知道这个从中医上意味着什么吗”，我也来劲儿了，虽然我不知道是什么原因，肯定是我们感兴趣的。于是问他：“意味着什么？”他推了推眼镜，慢条斯理地带着诡秘的笑容告诉我四个字——“经血不畅”。

这下好了，以前只是觉得S老师可能平时睡觉不好，哪知道背后还深藏着这么严重的问题，关键是还被我们的老中医只用了“望闻问切”的第一招就发现了，所以一下子觉得这个问题还蛮严重的。有时候上完课回来，中医根据自己的观测会提醒我们：今天startle老毛病又犯了。大家又是骂他，又是大笑，觉得他真的挺变态的，可又觉得这么深的秘密被发现是很刺激的事儿。老中医现在正在读博士，知识面比以前更广了，可能医术更加高超了。

说这些，千万不要以为我们不尊敬这位老师，事实上是我们十分喜爱这位老师。圣诞节的时候，工管系的兄弟姐妹上课的时候带了很大一束花，S老师非常开心，上课的时候把原本准备带回家的零食全分给我们吃了。好了，这些轮到我们土木系的人尴尬了，老中医当时是我们的班长，我们跟他说工管系的哥们儿不跟我们商量就这么送花，实在是让我们很难堪，这样肯定不行，怎么得也要表示一下。老中医觉得大家说得对，于是叫大家凑了点钱，在元旦时候买了一束更大的花，准备送给 S 老师。那天，大家正在上课，中医和 YT 轻轻地推开门，两个人抱着一束花蹭进来。大家一下子明白怎么回事儿，S 老师当然也知道这束花是给她准备的，可不能打断上课啊，所以中医和 YT 只能是拿着花挡着自己尴尬的脸，一边笑一边顺着墙边往里挨，一直到最后一排位置坐下。待到下课的时候，他们把花给 S 老师送过去，S 老师还得做出十分惊喜的样子，可是这一次也没什么零食来招待我们，只能不停地跟我们说谢谢。这是我们整个大学期间，唯一一次送花给我们的任课老师了。

大三大四的时候，有一天工管系的人打电话过来说 S 老师邀请我们去她们家做客，大家一听都很开心，也都懒得去自习，兴冲冲去 S 老师家玩。狭窄的小房子一下子被我们挤得满满当当。想一想，之所以和这个老师的关系这么好的原因就是这老师年轻，和我们有着共同的话题。那次在家她家里，女生们问她有没有男朋友。她害羞地说没有，我们说不信，跟她说你这么漂亮的女生怎么可能没有男朋友呢。她不好意思的说是真的。大四的时候 YT 跑回来气呼呼地说："我今天看见 startle 在约会，那男的长得像个民工。"大家一边安慰 YT，一边义愤填膺地说：那"民工"真艳福不浅呢。现在她应该已经结婚了吧。

二十三　理论力学 材料力学 结构力学

> 就跟《围城》里说的那样，理工科的看不起文科，而文科中外文系的看不起中文系的，中文系的没谁看不起，只好看不起本系的老师。我们在之江时跟力学系的哥们儿住在一起，常常自我感觉良好，觉得工科比理科好。后来才发现，土木系和工程力学系很多内容都互相交叉着，所以土木系和力学系的老师和学生有时候都能互换，尤其是到了研究生阶段，很多力学系的人会考到土木系读研，土木系的人也会考到力学系，大家差不多算是难兄难弟。两个系除了纯专业的内容外，基础课程和高级课程都相近，五百年前牛顿就已经把框架给搭好了。

说了那么多的琐碎事，可能会给人留下吊儿郎当的印象。如果这样，那可真是搬石头砸了自己脚。现实中，我虽然不是那种刻苦钻研、不眠不休的风格，但还是能做到不浪费我爹娘给我交的每一分学费。从学期伊始到考试铃声结束，基本上保持一个比较平和的状态，我也喜欢这样，不擅长跟很多人一样，一到考试，凿壁借光、囊萤映雪得感天动地。我前面说过我就弄过两次通宵，基本上都把第二天给废掉了，自那以后，我就恢复自己习惯的状态。只是我的确不习惯在专业学习上投入太多，也花了太多的时间去看一些乱七八糟的书，功夫不深，难以铁杵成针。如果再来一次的话，我大概还是想这么过，不怎么努力，但也从未放弃。

从现在开始，我将说说我们土木系的老师，宣传一下咱土木人的光辉形象。很多人都在说土木系的人“又土又木”，这个词传播得如此之快，以至于土木系的老师自己也这么自嘲。在整个大学的过程中，见识过很多老师，和蔼可亲、学识渊博，形象非常的高大和积极，完全不是“又土又木”的呆头呆脑的形象，那叫沉着稳重、敦厚踏实。土木系课程很多，核心内容主要是一大堆形形色色的力学，其他辅助课程紧紧地团结在以六大力学为核心的课中央周围，为开创祖国的新事业培养了一批又一批专业人才。我不讲专业课的内容，也不会，即便会，外系的人也不懂，本系的人还得嘲笑我，所以还是多记述过程，多侧重于自己的感受，或许可以供学弟学妹参考和借鉴，那就善莫大焉。

理论力学——吴祺泰老师。我得感谢我妈，是她给了我一个还算不错的记忆力，别说这事儿发生过我记得，很多时候，即使某件事情没有发生我都能清清楚楚地记得，所以多年过去了，我能说出这个老师的名字也不奇怪。他胖乎乎的，第一天上课，他自我介绍说："我叫吴祺泰，毕业于北京大学。"现在的我们看哪所学校都是些垃圾，但大二那会儿一听北大清华，脑子里满是崇拜和敬佩，那就是江湖中的倚天剑屠龙刀，在一群没考上北大清华人的眼里，都还是服气的。大伙儿一下子对吴老师仰视了。《理论力学》和《大学物理》有点类似，开始一些内容与高中连接，还听得懂。但渐渐的，课程晦涩起来，我们也跟的有点吃力。我奇怪，这北大毕业的讲课不怎么样嘛，怎么做不到深入浅出啊。再到后来，我也不管他是那里毕业的，随你讲课怎么样，反正听得懂也听，听不懂也得听，最终都必须得搞懂，常常一次课下来，要花一个晚上自习才能弄明白，把作业做好。

吴老师讲课废话很少，上来就是写公式，整堂课都可以做到一样的语气，既不会跟你开个玩笑，也不会跟你发脾气，反正你们来就来，不来也无所谓，听就听，不听也不影响我在台上自如的发挥，整堂课跟喝白开水一样乏味。好在课程内容还算是有点意思，而且教材编制得也非常好，非常顺畅的把经典力学知识点串成一长串，一旦学好了，对付高中生非常有效，对于做家教可有用了。

理论力学是力学中最基础的一门课，大量结论的前提条件都是在极为理想的条件下成立的，几乎不能再简化，再简化下去了吴老师就没内容好讲了，就得下岗了。因为内容如此经典，我已经分不清哪些内容是本来就懂的，哪些内容是这门课新学的，但有一个知识点，肯定是大学里学的，那就是科里奥力。当时吴老师用科里奥力（一种离心力）来解释江水对河堤的冲刷。我们家正好在长江边，他这么一说我倒有些担心武穴的江堤会不会被江水冲刷垮掉，课后问他可不可能。他很认真地说："可能，但是时间要很长很长。"

另外还有那些什么欧拉——他和高斯都是神一般地存在，物理、数学处处都有他们的身影，到处都能出现以他的名字命名的定理，听到他的名字就头痛不已。还有达朗贝尔、拉格朗日等好汉，勇猛的战斗在微积分和变分原理的阵地上，给我们制造了多少坑啊。马上要离开学校了，突然又觉得亲切起来，出去后至少可以拿来唬人。

理论力学是基础，土木系的学弟学妹一定要好好学，这门课会教给我们很多概念，这些概念虽然不一定受益终身，但是至少让你在土木系呆的日子里受益，比如虚功原理就在后来的课本中频频现身。

材料力学。

上学期——王惠明老师，小个子，大眼镜，头发油光可鉴，因为没有辫子盘，所以也就不能像富士山了，又浓又密，往一边顺过去，像个大馒头了。上课的时候，我常暗自问自己，哥们儿为啥要戴那么大一副眼镜呢？是因为造型需要吗？那么大的眼镜看上去把整个脸庞都衬托得很小，以泰山压顶之势完全骑在他的小鼻子上，那鼻子特别的吃力和可怜，但又无处可逃，只能勉强支撑着，所以他上课的时候不停地帮着鼻子把大眼镜往上推一把。王老师那会儿刚毕业，特别的漂亮，也许是在约会，每次上课都把头发精心打理一番。我和 YT 那时候也常常用喷发油，把头发弄得很亮很滑，但我们是因为每天早上起来头发太乱，要用喷发油软化一下，绝对不敢抢王老师的风头。

脑子一开小差，这成绩就没法好了。果然，我担心的问题来了，期末考试是考得极不痛快。我总觉得材料力学我学得是比较扎实的，很多公式我都认真推导过，考个 90 分应该是十拿九稳了，可是一考完我就知道大事不妙。一想到自己付出了这么多，居然搞出这么一个结果，沮丧和郁闷涌上心头，不知道该说什么好。从考场回到宿舍，我躺在床上，蒙着头，开始认真的反思，直到被宿舍那台老爷电视所放的吕颂贤版《笑傲江湖》令狐冲和田伯光比武救仪琳那一段对话打断，尤其是那招“屁股向后平沙落雁式”一出，瞬间，材料力学我都忘了是什么东西了，所有的烦恼都消散了，赶紧挤入人群津津有味地看了起来。也就是这以后，爱屋及乌，我对吕颂贤、《笑傲江湖》、仪琳的扮演者何美钿有着非常好的印象，即便是一些不怎么出彩的片子，只要有他们参演，我都乐此不疲。

下学期——居然也忘了这个老师的名字，由此可见我并没有全部继承我妈妈的记忆力。或许姓杨，那就叫他杨老师吧（要是不姓杨的话，那就委屈一下好了，否则叫作某老师更难听，好像他干了坏事我要批评他一样）。杨老师最大的优点是认真负责，不过最大的缺点可能也是过于认真负责。还没上课，他就来了，在黑板上抄一大堆东西，边抄还边对大家说：“你们不用抄的，这是我讲课用的。”可是，几个点缀在男生群中的女生全部都在埋头狂抄，谁不抄，谁就显得无所事事，怪怪的。期末考试时候，本来说好两个半小时，但是教务处突然发了个变态规定说不得超过两个小时，结果时间一到，很多人都要绝望了，我也是其中一个，倒不是因为我好了伤疤忘了疼，上学期有了教训这学期还不改，而是因为那次题目真的很难，我抓耳挠腮，冥思苦想，都算不出那些题目。杨老师一看，惨了，就在讲台上骂起我们来，说这次题目很简单，你们怎么会这样。总之千错万错就是我们的错，然后为了证明给我们看我们是多么的差劲，居然在黑板上讲起来。他讲着讲着，一副恨铁不成钢的样子愤愤地说："算了，延长半个小时。"这不啻是大赦令，大家觉得，只要你多给半小时，随你骂好了，你要嫌不过瘾再骂半小时好了。于是，我们接受了一番教育后又一声不吭的埋头苦干起来。很快，半个小时过去了，还是有很多人没做出来，他再次发飙说再延长一段时间，笑得我们不行了。后来结果出来后，除了YT一如既往的95分，其他人都不怎么样，杨老师放了我一马，给了个80分。

现在经常看到杨老师在操场跑步，锻炼身体。每当我看到他，就会想起那个可爱的80分，赶紧上前去跟他打招呼，喊一声老师好，他也乐呵呵地说："你好！"经过考研的磨炼，对材料力学我也比以前懂得更多了，我再也不怕他来考我了，我终于有信心了。

结构力学——杨骊先老师。大概他深知第一印象的重要性，所以第一天在教9的二楼，杨老师就给我们来个下马威："上课不得迟到，迟到了就不要进教室；作业必须在上课前交，课后交的算缺交；上课必须关上教室门，别想迟到或早退。"这种约法三章导致了若干次这种现象的发生：上课铃一响，杨老师踱着方步教室门刚关上，清清嗓子开始讲课，刚讲了一句话，门外急驰脚步沿着走廊杀将过来。外面开始推门，门就这么里外里外的晃动几下，杨老师脸色略变，坐在第一排的人这时候很尴尬，不知道是该去把门打开还是置之不理。幸运的是，每次都有些愿意为民请命的好心同学斗胆在他箭一般的目光注视下把门打开，那人进来后的第一件事儿不是找座位而是找作业本，赶紧往讲台上放好，然后在杨老师的目送下小心翼翼地跑到教室最后一排想找地方藏起来一样找座位，低着头不敢看杨老师，边坐边歪着脑袋跟同学说："真吓人。"杨老师眼睛特别圆，偏偏他还喜欢瞪，配上他的络腮胡子，"吹胡子瞪眼睛"的样子看起来特别滑稽，实际上，他又做不到绝对的严肃，有时候和我们互相瞪着瞪着就笑起来。

杨老师个子不高，皮带上别着个传呼（那时候还流行传呼，手机算是奢侈品），巨大，搞不清到底是杨老师别着个传呼机，还是传呼机别着个杨老师。那传呼机就跟驳壳枪一样，每次上课的时候他有事儿没事儿就会摸一摸，那样子跟卡斯特罗一样威风，看得人心头一紧，仿佛谁要是上课敢捣乱，一枪崩了你。杨老师算是不修边幅吧，第一天上课的时候满脸络腮胡子，像个老头儿，以至于欧勒认为他起码有50岁。有一天欧勒兴冲冲地跟我说：真搞笑，今天我看见杨骊先居然穿着件花衬衣。我冷笑两声，问他什么意思，只准你穿，不准他穿？别说是花衬衣，他不穿衬衣你都管不着。欧勒嘿嘿一笑说，这么大年纪的人了还穿这样的衬衣，像话吗？我们一下子告诉他，杨老师才三十多岁好不好。他大吃一惊，居然不相信，直到后来杨老师把胡子刮了，看得出实际年龄才承认。

结构力学一般都是上午上，很多人都喜欢把早餐拿到教室里吃，杨老师特别反感这个。有一次YT一边吃早餐一边说话，杨老师讲得兴趣正浓厚，看着这么被人踢场子，忍不下去了，瞪着眼睛，用手指着YT说："你！不要再吃了。"全班人都被他的狂怒给震惊了，YT更是吓得屁滚尿流，情急之下，赶紧把还没吃完的半个粽子忙不迭地连同棕叶一起往抽屉里塞。回到宿舍的时候，他心有余悸，一直念叨："今天太倒霉了，跟这家伙犯冲了，我正吃到肉了，他给我来这么一招，吓得我肉都没吃成。"

杨老师上课很快，给我们分析一个结构，左画个圈，右画个圈，打几个箭头，再在我们眼前列出几道方程，哗啦啦的就完了。这样一来我们一下子都难以听懂，就索性不听，教室门又关着，逃不掉，只好在下面聊天，比赛打俄罗斯方块，混到时间了，出去伸个懒腰回来继续。有一回，3班有个哥们儿在那里跟人家说他喜欢一个女生，寻思着给那个女生写首诗，旁边人推荐我给他出出招，写些什么话可以打动她。我赶紧说我没这个经验，不要找我，后来人家都说我行的，我推辞不过，正好上课又听不懂，没事儿，就接受了。不过我说我先写，你看看，如果不喜欢就别送过去了，免得惹人家生气。我埋头写了如下的话：如果你是一坨屎，我就愿做一只狗，永远喜欢吃你；如果你是一堆牛粪，我就愿意做一只苍蝇，不停地围着你飞来飞去；如果你是一堆烂土，我就愿意做一只蚯蚓，不停地在你身边拱来拱去。写好后，我叫人递给他，递纸条的人看得笑起来，那哥们儿以为写得很好，急着要看，轻轻地嚷着"快给我快给我"，一看，哭笑不得，"靠，还不如我自己写呢"。大家沉浸在一片欢乐中，杨老师目光如电，扫射过来，吓得我们一个个正襟危坐，赶紧认真听讲。

我不知道各位土木系的朋友是否能从上面的文字感受出一丝丝刀光剑影，没错，杨老师就是土木系赫赫有名的捕快。我们早就听说他是名捕，不敢抱有任何侥幸的心态，所以上课一般是不敢怠慢，哪怕怠慢了，课后也会花很多时间来复习，但这门课确实很难懂（这本书的编者——龙驭球院士的名字我直到学完了结构力学才念对），所以总是战战兢兢，如履薄冰。期中考试，很多人不及格，包括我所说的天才物理LSJ，大家都慨叹上榜名捕果然名不虚传，并开始过早的担心期末的命运。我说过，大学里不管题目多难，都能有人拿满分，他们的存在仿佛就是要衬托我们的渺小，这一次，YT就考了100分，一点折扣都没有。这个实在太突出了，所以杨老师特地要表扬一番，问"YT是谁"，YT跑上去拿卷子，杨捕头看着这个人居然就是当初被他骂得粽子没敢吃完的那个，估计心里也一阵咯噔，想着果然是来者不善、善者不来啊，但口里说了一句"原来就是你啊"。我表弟跟我说他一个高中同学，由于天天看报纸被数学老师骂成骄傲自大，这同学对老师意见置若罔闻，依然故我，每天照看不误，并且在接下来的数学考试中连续三次150分，老师从此再也不敢批评了。YT就是这样，自己倍儿有面子，搞的杨捕头心里无名业火一片。期末考试的时候，有了期中考试的警戒，谁都不敢掉以轻心，硬着头皮把那些力法、位移法、正弯矩、负弯矩反复的讨论，才敢踏上考场。我们宿舍除了YT没有进步以外，我们都进步很明显，但瘦死的骆驼比马大，YT大概是嚣张过头，被杨捕头找了点碴，扣了一分，得了99分，算是恶有恶报，但依然全班遥遥领先。我的结构力学期末考试则是有惊无险，当时做完了试卷，还有一点时间，因为太担心了，忍不住和旁边的同学偷偷地对了一下答案，明知对了也没用，但还是坚持对一对。结果越对越慌，最后那几个计算大题一个都对不上。我惊出一身冷汗，已经没时间修改了。走出考场，我跟他说："完蛋了，这次不是你不及格就是我不及格，肯定逃不掉。"他很茫然地笑了笑说："不会吧！"结果出来，不幸被我言中，那位兄弟舍生取义了，我侥幸过关。

大三下学期，我们考试的时候，有几个大四的学长过来补考。一般临近毕业的人补考都是个形式，老师也是睁只眼闭只眼，所以，那几位兄弟明目张胆地抄起来。杨老师巡视过程中，发现了。这下可麻烦了，杨老师一把揪住其中两个，跟他们说"你考试还敢作弊"，一定要赶他们出去。这是毕业前的最后一次补考机会，如果考不过，毕业证和学位证就拿不到了，而现在居然连考的机会都没了，所以两个人当时就吓傻了，不停地低声跟杨老师道歉，说"对不起对不起"。杨老师不依不饶，就是要他们收拾东西走人。我们在旁边考试，吓得看都不敢看，既替自己不会做题着急，又替那俩哥们儿着急，以至于后续如何我都没心思看下去，埋头干自己的事儿。我也算是驰骋考场近十八年，这是我在考场上见过最残酷的一幕。

读研究生后，每到期末的时候就看到网上开始讨论杨老师了。虽然我隔岸观火的心情是十分的轻松，但我太理解学弟学妹们的心情了。经过多年的砍杀，杨老师基本确立了在土木系的“名捕”地位，使得很多学弟学妹都是闻风丧胆。名捕就名捕吧，只要运气好，说不定逮着的就是别人呢。郑重提醒土木的学弟学妹，结构力学是结构专业最重要的一门课，在以后的无数的分析或者计算中都能用上，最好每个人都要学得跟 YT 一样好。派出杨捕头把守这一关，确实是土木系的一大英明决策。系领导也是高瞻远瞩，在下一盘很大的棋啊。

二十四　专业力学和特有课程钢筋混凝土

土木系和工程力学终究还是有所不同的，比如土力学，肯定是我们系特有的，他们系大概不会专门去研究土的特性吧。另外，我们系的钢筋混凝土课程更是全校独一无二的，这东西，每天都看着，但也就我们会拿出来分析了。我们这一行甚至为混凝土造出了一个特有的“砼”，料是其他系的人都不认识，告诉你们，这个字念 tong，第二声，“人工石”三个字合成，表示混凝土。

弹性力学——楼文娟老师。楼老师梳着长长的辫子，白皙的面庞总挂着腼腆的笑容，这三个特点让她看上去如此的端庄贤淑，丝毫体会不到她在学术上的严谨和精湛。浙江大学的女生秉承着“少而精”的特点，楼老师也算是其中的代表，要不是上她的课，我很难把她与弹性力学这样枯燥的课程联系起来，因为弹性力学和结构力学比，情况更加复杂，也更微观。结构力学更偏重于宏观物体的状态，你还能直观地想着各种杆件的大致受力状态，但弹性力学更多的是要分析物体内部的受力状态，很难直观的想象，大多数时候是用方程来表达，而且这些方程看起来还很复杂，最后推来导去居然也能得出个跟结构力学类似的刚度矩阵。就这样的一些问题，楼老师常常自己讲得津津有味，可难为我们了，实话说，光是平面应力问题与平面应变问题我都搞了很长时间才算明白，而这不过是徐芝纶先生给我们排的第一个小问题，类似于一个体质一般的人必须硬着头皮参加马拉松，可参加之前还得先跑个五公里热身。

楼老师态度非常认真，上课板书极为清楚，笔记几乎不需要整理，直接拿来复习就可以了。我们同学 LBY 的本科毕业论文是她指导的，一篇小论文几页纸，到处都是改动的圈圈点点，其治学态度之严谨让我们汗颜。这样的老师好处就是让我们在研究问题的时候丝毫不敢掉以轻心，坏处就是和杨捕头一样，日子必须过得精打细算、小心谨慎，一不小心就可能被逮着。研究生的时候楼老师教另外一个班的弹塑性力学（弹性力学的升级版），抓了不少人。我们当时都很纳闷，怎么到了研究生还会被抓呢，但是在楼老师眼中，她的地盘她做主，上课、考试，本科生与研究生一视同仁，不及格就可以抓，因此，江湖人称“杀手楼”。我只听说过“花满楼”，也知道有个“留博楼”，还有“电机楼”“化工楼”等，哪里还知道“土木楼”中还藏着个“杀手楼”，第一次听到这称号，觉得特别酷，尤其是配着楼老师的满面春风，那画面不要太美。不知道楼老师自己知不知道这个诨号，一旦她知道，大概也不过是粉面含春威不露的淡然以对，轻轻地笑笑，“我嘛，哪里会这么凶啊”。

我再次告诉学弟学妹一句，在大学里面，很少有老师故意为难你，除非你极其不给面子，那么也不能怪老师不给你面子，毕竟考试的第一目的不是为了抓人，只是为了考察。杨老师和楼老师这个级别的人物，秉着良好的职业道德，认真履行着传道、授业、解惑的高贵职责，理应获得我们崇高的敬意。

无论楼老师学术多么精湛，办事多么沉稳，让我多么佩服，但是伊终究是一个女人，依然有着一般女人的婆婆妈妈。有两次印象很深刻：

第一次是在上课的时候，她告诫我们要认真学习，否则将来有一天公式推导不出来那可就难为情了，到时候下不了台跟李登辉一样尴尬。她自己颇为这个幽默的类比很精妙非常得意，还边讲边笑。我和欧勒坐在一起，听得一头雾水，我在脑子里反复播放了她的比喻，想问问欧勒怎么想，可他也看着我，笑了笑。我俩都不明白这和李登辉有什么联系，也搞不清有什么好笑，不知道是她笑点太低还是我们过于木讷，当时下面一片沉寂。楼老师当机立断，收住笑声，继续往下讲那些我们听不懂的东西。至今说起来，欧勒都会说：哦，对对对，真是莫名其妙。

第二次是在董（石麟）院士的生日宴会上。她作为董老师在浙大的第一个学生上台发言，可能第一次作为大姐头讲话，她有点紧张，在那里讲了半天董老师如何帮她改论文里面的一个逗号，自顾自地边讲边笑。我恰好又和欧勒一起（我怎么老跟他在一起?），在下面实在想不通这楼老师怎么回事儿，人家还没开始笑，她自己已经笑靥如花了，这大姐大的风采上哪儿去了？

楼老师的个人介绍中屡次提到她获得“家庭事业兼顾型优秀女教师”，我觉得这称号简直就是为她量身定做的，不禁慨叹汉语的奇妙魅力。楼老师现在已经是教授博导了，时常在土木楼看见她，还是像以前一样，嘴角微微掠出一点笑，很慈祥的样子。

剩下的两门力学专业性就更强了，我读了结构专业以后，接触得稍微少一些了，所以只能简略地介绍一下老师。

土力学——谢康和老师，后来由应宏伟老师代课。

土木系老师大概有三种类型：学术型——踏踏实实地做研究，看上去敦厚可靠，常常（请注意是常常，并不代表不戴眼镜就不是）戴着厚厚的眼镜，头发也很随意，风一大就会被吹散，跟闻一多一样，很有知识分子的风骨，穿着上也会比较朴实，方便跑工地，常常是一副风尘仆仆的样子；挣钱型——党的政策好，这几年外面工地越来越多，浙大土木系的老师有着良好的声誉、绝对的专业优势、可靠的人品，在外面接工程做不是一件非常难的事情。这批老师乘着这股势头，腰包鼓得相当高，时间久了，就威震四海了，我在外面实习的时候，很多工地的人都知道；当官型——用很多同学的话来说就是一脸的官相，我也不知道官相是什么样的，同学教育我说所谓官相，人一定要高大威猛，如果不够高大，那必须够壮实，声音要洪亮，气势上要做得到居高临下，能镇住别人，然后还得有首先得有良好的学术基础，让各方都服，还得能摆平各方关系。我跟官员老师接触不多，也没法深刻领悟个中内涵，就暂且扔一边。

谢老师听说就是属于第一种类型的，极受人尊敬。常常骑一辆破旧的自行车过来给我们上课，手里拎一只旧的公文包，一到教室，从包里拿出书，用平和的眼神透过厚实的眼镜扫视一番，开始上课。大概工科的老师常常不拘小节，跟潘校长不会念“言简意赅”一样，谢老师每次讲土颗粒的“筛分试验”都说是“shi分试验”。大家常常拿这个做笑话，CY在宿舍里对我们曾经嘲笑他“抓阄”不会念嗤之以鼻，跟我们说“你看，谢康和都不会念‘筛’呢，哼，有什么关系”。我们跟他说“行了行了，你还愿意在康河的柔波里甘心做一根水草呢”。在土力学的课本中，简要介绍了一个理论，特地指出了一些学者为这些理论做出了贡献，其中就有谢老师。大概他发现大家看到了他的名字有点惊讶，连忙解释了一下说自己的博士论文做的就是这方面的内容，我们顿时觉得他就跟太沙基一般伟大。

现在还偶尔看到他，骑着一辆破旧的自行车。看着他远去的背影，我感慨万千，谢老师啊谢老师，这么些年，你这自行车居然还没被偷，您可真不容易。

可能谢老师后来比较忙，上了一段时间，我们的土力学由应老师代替。应老师有两大特点：第一，口齿不太灵清，不靠近一点，很难听清楚他讲什么；第二，说话唾沫总在嘴边，不但看着难受，还得提防着会洒溅过来，沾衣欲湿杏花雨啊。他的第一个特点使得如果你想认真听课的话必须坐在前面第一排，他的第二个特点使得你几乎不敢坐在前面第一排，这常常让我们在上课前面临着艰难的抉择，总犯愁该占哪个位呢。有一次，我被迫坐在第一排，回来感觉非常难受，提醒宿舍的人说："以后上土力学，非得带把伞去不可，今天全身都被淋湿了。"后来玩星际争霸的时候，CY 总说要造几个口水兵，我一直以为他在骂应老师。

我这人总是眼高手低，每次新的课程都觉得很简单，但是实际学了之后，又发现完全不是想象的那么简单。土力学也是这个特点，当初我觉得蛮简单的，但是却发现越来越复杂，尽管如此，每次作业我还是能够应付得过来。考试完的时候，我和欧勒对答案，发现好几个题目都莫名其妙的错了，我死活不承认我错了，并且告诉他我曾经结构力学的时候有个击败和我对答案的人的记录，最好不要惹我。他不服，拉出 YT 作为权威人士来碾压我，说他和 YT 对过了，他俩的答案是一样的。我简直怒不可遏，不屑一顾地说 YT 也不一定全对，结果 YT 果然又来了个 99 分，不过这一次我也没输彻底，还是以可怜巴巴的 70 多分侥幸过关。

流体力学——包志仁老师。我都怀疑这门课有没有必要作为我们土木系的一门基础课，因为在后来的学习中很少用到，是不是只要给水工专业的兄弟讲一讲就行了？课程叫作流体力学，我一开始以为还会讲一些空气动力学的内容，觉得很是高科技，但后来发现基本上只有水力学的内容，我们土木系大概也就能研究一些水力问题，比如大坝、市政管道排布，等等。不过幸亏也只有水力学的内容，要真的加上空气力学的内容，我那可怜巴巴的试卷肯定要闯大祸。包老师除了名字几乎没有给我留下什么印象，换个发型我肯定认不出他，只记得他曾经摆出一副桀骜不驯的样子警告有些调皮捣蛋的人老实一些吓大家一跳，因为他一直看上去都挺温和的，不知道为什么那天发那么大的脾气。流体力学理论课程没什么吸引力，但是实验的制度不错，就在水工实验室那边，一直开放着，任何时候都可以去做，只要一学期把规定的实验做完并做好记录就行了。你们可能会问，这么随时开放的实验室那得多少钱投入啊，实际上花不了什么钱，只有那些很简单的实验才需要用水和一些彩色试剂，稍微复杂一些的就用计算机程序来代替，总体来说，费用非常低，否则，你想想，学校什么时候这么大方了？我们材料力学实验、化学实验这些真刀真枪干的实验从来不舍得让我们自由出入。

有一次去做实验的时候，我闲着没事儿看实验室墙上贴的那些有名的科学家，惊奇地发现有一个叫作欧勒，很是兴奋，赶紧跟欧勒说，快看快看，有人跟你的名字一样。他看了一眼，果然是的，笑了笑，就不搭理我了。我自讨没趣，赶紧给周边的人说，好几个人都赶紧恭喜欧勒，觉得他还没毕业就已经做到了“明日浙大以我为荣”，真不简单。CXG被我们恭喜得很是恼火，大叫一声：“你们不要搞错了好不好？欧勒是CY，不是我！”但不知道个中原因的人谁管你呢，依旧认为他已经照片上墙了，得请客才行。对门的XFL问我怎么回事儿，为什么CXG这样。我笑着说明原因。他眼睛睁得圆圆的，说：“啊？！我以为他名字就叫作欧勒呢，姓欧叫勒，我上次就发现了，还准备跟你说流体力学实验室这里有人跟别人说你们宿舍欧勒名字一样呢。”这个绰号的影响力可见一斑，几乎要喧宾夺主，风头盖过了真名。

可能有人一看到我们学了这么多力学，觉得很厉害。我们这还不算厉害，浙大还有一个名副其实的工程力学系，那才是真正的力学课程集大成者。我们土木系和工程力学系很多力学课程会重叠，所以老师和同学关系也不错，就连宿舍也会被学校排在一起。我们在之江学院的时候，他们就住在8号楼三层的端部，每天晚上都很热闹。我开始以为是5班的人，后来才知道是力学系。我们土木系人多，有些人羡慕他们系人少，就一个班，干什么事儿都凑一起。有一天晚上特别热闹，我们问怎么了，今儿个怎么那么兴奋。有个男生告诉我们说他们系97级就一个女生，今天是她生日，全系男生都兴奋得跟过年一样，非要邀请女生过来给她庆祝生日。此情此景让我等好生羡慕。不过好景不长，据说那女生压力太大，转系了，这下好了，力学系的男生就整天开始偷偷地打电话骂万峰老师。不仅我们学生走得近，关系不错，老师有时候也会相互合作，比如我们系的丁皓江老师、陈伟球老师，原来都是力学系的，出于对力学在实际工程中应用的热爱，出现在土木系老师的名单中。丁老师瘦瘦高高的，猛一看，跟马三立有点像，特别温和，有一次给我们代课讲弹塑性力学，列了好多我们看不懂的方程，不停地问大家是不是这样，我们一个个在下面默不作声，无言以对，最后丁老师自己对整个推导过程很满意，告诉我们说这个他已经发表了论文，被EI收录了，我们这才放下心来，原来不是因为自己太笨导致听不懂啊。陈老师我没上过他的课，只是看过系里的通告说他一年发了19篇SCI论文，创下了全国一项纪录，让我们瞠目结舌，力学论文难道跟我们88发帖子那么容易吗？我们要一年发19篇被MARK的帖子也不容易啊。后来我们知道陈老师是丁老师的门生，觉得19篇也不足为奇。我研究生有个师兄本科毕业论文是跟丁老师做的，那水平也是相当的高。力学这样的基础学科，有点冷门，相当一部分人都是高考调配过去的，挣不到什么钱，的确是“板凳要坐十年冷、文章不写半句空”，知之者不如好知者，好之者不如乐之者，大概只有那些真正乐在其中的人才能坚守吧。如果没有力学理论，土木系所有的理论都是空中楼阁，皮之不存、毛将焉附，得感激力学系的兄弟们给了我们吃饭的家伙。向他们致敬！

介绍完力学，后面要陆陆续续的说说土木系的几门典型课，以便证明我们是地地道道的土木系，和力学系还是有那么一点点区别的，所谓“青，取之于蓝，而青于蓝”。

首推当然就是钢筋混凝土。

钢筋混凝土在现代工程中如此重要，以至于为了显示我们这行业太牛了，这个行当的人士甚至专门为“混凝土”造了一个汉字——“砼”，语文功底和工程功底不深的可以记一下这个字的发音：第二声 Tóng。来，一起念一下：T—ong—Tong，表示人工合成的石头，所以写作“人工石”，以后可以拿这个字去考考身边的人。

上学期——金伟良老师。我们刚上学的时候，金老师刚从德国回来，所以他能给我们上课，大家都很开心。金老师和蔼可亲，两大特点：第一，头发总有那么一绺在额前；第二，牙齿长得不怎么整齐。每次上课前，都认认真真的检查一下手机；上课的时候很喜欢问大家“是不是”，要得不到回应的话就不大乐意讲下去，直到我们点头称赞；课间休息时候总喜欢走下来了解一下群众生活，比如问你六级过没过、生活怎么样、学习紧不紧张之类的问题，这些问题除了回答“还行”也没别的答案，所以他就非常高兴，把那绺头发顺过去，咧开嘴笑得很欢的样子。现在金老师春风得意，已经是建工学院的副院长了。

下学期——陈鸣老师。瘦瘦的，极精神，声音很尖，上课即便听不懂也绝不用担心睡觉，一来他讲课节奏很快，一旦听了就得紧跟不舍，二来他声音很锐利，你要睡着了，很容易被吵醒，吵醒了就得接着听。钢混下学期的课程主要是两大内容——厂房设计和楼盖设计。因为刚刚设计，很多问题都不懂，几乎每节课都是关键。那年三八节姐姐结婚，我回家一趟后，仅仅一周时间就发现跟别人的差距非常之大，好在陈老师讲课非常清楚，用 HHD 的话来说就是“陈鸣讲课思路真是清晰得一塌糊涂（我第一次发现原来这个词还可以这么用，而且是如此的贴切）”，CHX 的笔记也就很顺畅，我抄了几次基本上能弄清个大概。那些课程设计现在看起来可能觉得很简单了，但是对初涉设计的学生来说，真的很麻烦，好多次因为第二天要检查不得不挑灯夜战。前面说过，最后一次大作业的头天晚上宿舍里到了十点还是一个人都没有，全部在外面赶工。听已经工作的同学说，干设计无论工程大小时间长短，最后总是要熬通宵的，所以说土木的辛苦从钢混那个楼盖设计就开始了。那个学期钢混因为仅仅练习了一下设计，大家害怕考试，不知考什么，答疑的时候陈老师说："不要担心，我平时讲了什么就考什么。"有些人还是怕，继续问这个问题考吗，那个问题考吗。陈老师很烦了，说："我说过我讲过的就考，没讲过的就不考，是不是？"那人说："是。"陈老师继续问："那么这个问题我讲过没有？"那人答："没讲。"陈老师再问："那你说考不考？"那人答："不考。"陈老师就说："那就是了，问这么多干吗呢。"围观的同学哄堂大笑。现在一听，这口气跟痞子蔡一个样儿，绕来绕去的。陈老师是个很不错的老师，课讲的是行云流水。不过要小心的是，正因为如此，千万不能走神，一走神，那么陈老师脑子"清晰得一塌糊涂"到我们脑子里就要变得"一塌糊涂"了。

二十五　施老师的绘图和赵老师的测量

我刚上大学那会儿特别担心因为自己不会绘图而没法在土木系待下去，但是上了《画法几何》以后，发现虽然有点吃力，但还不至于完全搞不定。于是，我认为我能很好地进行工程制图，可是，施林祥老师一来才发现，自己的画图方式实在是太差了，每一步都要动脑子。施老师画图都不动脑子的，上来就画，快得我根本没法看清楚。这还不是最糟糕的，最糟糕的是在我还没看明白之前就已经擦掉了。

大一的暑假回家后，经过两个星期的军训暴晒，我的脸上已经是惨不忍睹了。这一年长江洪水开始肆虐两岸，武穴就在江边，自然是逃脱不过，一边是猛的下雨，一边是洪峰不停来袭，整个武穴很多地方都是汪洋一片。我们睡在家里，每天晚上都胆战心惊的，半夜里暴雨声中常常夹杂着敲锣的声音，那是提醒那些在长江大堤上守夜的人别偷懒睡觉，必须四处巡查。大人因为要工作，还只能继续找机会忙碌，现在出门就得掏钱乘船，蹚水就会脚痒，而且四处都在谣传有各种传染病在爆发，为了安全和省钱，我只能一直窝在家里，看看书，为脸上的青春痘着急。以前慨叹百无一用是书生，那时候这个体会非常深刻，感觉自己这样的大学生就跟个废物一样。我老乡 LC 他说也一直待在家里，突然有一天中午，他们村子有人传消息说，“盘塘破了坝”，盘塘在他们的上游，那还得了，他爸爸不在家，他妈妈带着他和他弟弟赶紧拿起家里的澡盆，疯狂地往高一点的江堤上逃，逃到一半的时候，他妈妈实在是跑不动了，累得瘫在地上，嘱托他照顾好弟弟。他们兄弟俩哪里肯丢下妈妈，于是两个人架起妈妈跟着人群步履蹒跚的继续往前走。幸运的是，最后“盘塘破了坝”被证明是谣言，一家人“劫后余生”，开心坏了。后来他们跟我说起这事儿的时候，边说边笑，眼泪都快笑出来了。当然了，也有少量猛将兄有着非同一般的彪悍人生。当时浙大混合班有个哥们儿是九江的，跟着他爸，直接上堤扛沙包抗洪抢险，《新闻联播》一报道，学校毫不含糊地给他发了“竺可桢奖”。当然也听过有人说那哥们儿是出风头，随他们去说吧，但像我这样经历过狂风暴雨、见识过豆腐渣工程的人肯定能体会到那份艰辛和恐惧，也会为这份投笔从戎的气概奉上自己的敬意。

大二的暑假终于不用那么狼狈了，除了青春痘，所有的事情都平息下来。为了搞定青春痘，我常常会留意一下杂志边上的祛痘广告，哪怕是到宿舍来推销祛痘产品的，我也会买来试着用一用，早一次晚一次，锲而不舍，但是青春痘就跟捉迷藏一样，消灭了这一颗，蹦出了那一颗，消灭了那一颗，蹦出了这一颗。多么苦恼啊。我分析各种原因，有一天我觉得可能是我浓密的头发让自己太热了引起的，于是一到暑假，就跑到三食堂那边的理发室把长头发剪成了短发，当时理发师问我要剪多短，我问他能剪多短，他说随我，我说你能剪多短就剪多短，只要不是光头就行了。剪完了，我看了看镜子，很满意，但心里还是有点担心别人的看法，又去买了顶帽子戴着。回到宿舍，室友问我怎么戴了顶帽子，我不回答，摘下来，得意的给他们看。顿时炸开了锅，纷纷过来摸我的脑袋。YT 马上就开始编故事，说他认识一个人因为理了个光头，后来头发就长不出来了。我说好的好的，等我头发长长了，你再闭嘴，行吧。头发长起来当然慢，YT 的嘴巴却是一天都不停歇。这之后的每一天他都会严肃的跟我讲这个故事，表达他对我头发的同情和担心。

这一年的暑假，我在家里没有待多久，因为土木系有两个实习，一个是房屋建筑学的课程设计，另外一个是工程测量。

房屋建筑学——施林祥老师教的。他的姓使得叫起他来感觉很别扭，因为“老师”和“老施”一个音，前者就是尊敬了，后者好像太轻浮了，为了表示我们叫的是“老师”，所以索性把“施”带上，叫他“施老师”。施老师个子不高，胖乎乎的样子，性格非常好，每次我们问就业形势不好以后能不能找到饭吃他都会笑呵呵的表示没问题。

施老师上课声音不大，但是因为业务太熟练了，讲话速度非常快，这一点跟陈鸣老师很像，他们都不以科研见长，没听说过他们发表过多少有影响力的论文，但是他们的教学仍然会让我们一直记得他们、尊敬他们。施老师画图水平估计整个土木系的人都知道，在黑板上速度极快，平面图中的哪个点对应着立面图的哪个点，立面图的哪个点对应着轴测图的哪个点。大一的时候陈老师出差，他过来代过一节《画法几何》，当时我们已经习惯了时髦漂亮的陈老师满脸笑容的问我们是不是、等到我们点头再往下画，结果施老师这么一来，不仅穿着朴素，语调也朴素，画图就更加朴素，东点一个点，西拉一根线，再一连就完了，很随意的样子，三下五去二，你还没回过神了，他就结束了，还问你是不是那样画，就那速度，看起来这么容易，哪好意思说不懂，所以都点头，于是，下一个图他就更快了。后来，我们都说他画图不用脑子，因为什么都想好了，线条都是信手拈来。与可画竹时，胸中有成竹。

因为这个原因，所以我庆幸大一没遇上施老师。到大二的时候，《房屋建筑学》主要是讲工程做法的，告诉你地面怎么铺设、这个墙面怎么粉刷、这个龙骨怎么安装，等等，快就快一点，大不了我多看几遍就行。暑假的时候，我们要做一个大课程设计，施老师布置好作业题目，大家去系里领好大图板和丁字尺，到教 9 绘图教室占好位置，就这样开始了。杭州的夏天又闷又热，在教 9 端部的绘图教室里，跟蒸笼一样，大家常常画得汗流浃背，总担心汗水把图纸给弄湿了。但是，大多数人还是有说有笑地干着，感觉特别豪迈，仿佛在搞什么大工程。课程结束的时候，图板搬回宿舍，还没来得及交上去，就堆在角落，挺占地方的。不知道谁的主意，提议拿这个做牌桌，还真的特别合适，而且又是暑期，没什么课业负担，都是一些干体力活儿的课程实习，正是打牌的大好机会，就是天儿有点热，可是，跟痛快的打牌比，这点热算什么呢。也有凑不齐人的时候，毕竟暑假不回家在学校可以干的事儿多着呢。在晚上六七点钟，大伙儿各忙各的时候，那些特想马上就打牌的人在冷冷清清的走道里夹着图板挨个宿舍找人，懒洋洋地喊着：一缺三……一缺三……运气好的话，还会有人响应，赶紧凑一桌；运气不好的话，就只能喊着喊着就没声了。打牌这事儿跟炒股票一样，要是没人捧场，根本玩不起来，最好是很多人围观，那样就显得特别热烈。整个大学期间，这应该就是打牌最后的美好时光了，从那之后，大家也长大了，成熟了，见识也多了，好玩的事儿也懂得更多，打牌在生活中越来越不重要了。

杭州顶着“上有天堂、下有苏杭”的美名，但是这些年的气候越来越反常。不知道这老天怎么搞的，夏天有些年份是特别的热，全国都快要闯出名声了，大有追赶重庆、武汉之势；有些年份的夏天又特别的凉快，常常一连串的雨季接着台风，没怎么热就说要立秋了。冬天则是有些年份完全冷不下来，气象台每天根据时下的状态说符合暖冬的每个特点；有些年份非常冷，常常是多少年一遇的寒冷。我了解了很多报道之后，综合了各路专家的意见，基本上可以推断出这都是厄尔尼诺现象作祟的后果：夏天太热了，是厄尔尼诺搞的鬼；夏天太凉快了，也是厄尔尼诺搞的鬼；冬天太暖了，还是厄尔尼诺；冬天要是太冷，仍然是厄尔尼诺：总之，在专家看来，只要老子不爽了，就 ××× 是厄尔尼诺搞的鬼。这一年的暑假，我们就受够了厄尔尼诺的苦头。那段时间天气太热了，我们又住在5楼顶楼，白天炙烤了一天，真的是闷得慌。我们东面还好，对面宿舍在西侧，到下午四五点钟的时候，真的要把生人烤成熟人了，晚上还停电，真的要把我们给逼疯了。无奈之下，很多人都到走廊上睡，就顺着两边的墙根，一直排下去，跟小路两侧的停车位一般，放眼望去，都赤条条的穿着内裤躺倒一大片，要不知道，还以为这是难民营呢。但是一层席子容易受凉，垫上棉絮又太热，跟在床上没区别，于是动作快的就抢着把图板拿过去铺着就行了，两块A0的图板，铺上席子，就够一个人睡了，顶着过道里的凉风就睡，舒服之极。所以，我们后来对这些图板特别有感情，真正的多功能图板，能画图、能打牌、还能当床板，就跟商贾园卖的多功能脸盆一样，能洗脸、能洗脚、能洗水果、还能洗衣服。像我这么后知后觉的人，等到图板被人抢光了才意识到，但这时候已经太迟了，所以我只能每天在宿舍里承受煎熬。不关蚊帐吧，蚊子咬得受不了，关起来吧，热得受不了（我没买电扇，因为很少通宵供电，我懒得买），往往就是先不关蚊帐，睡着了，咬醒了，再关蚊帐，睡着，热醒了。周而复始的，不停地循环，直到天亮跳出。有一天晚上蚊子太多天太热，我实在受不了，三更半夜里，跑起来去洗澡，然后在走廊上到处找位置，可这种高峰期，哪里还能找到位置，抱着席子和被单昏头昏脑的找了半天终于在6班宿舍门口那边的一个角落里找了一个空位，把被单裹起来就睡了。吃一堑长一智，我觉得不能这么狼狈了，后来我每天都早早地占两个图板再说，中午午睡也占，一直到回家才算罢休。总体算起来，那些图板陪我睡觉的时间远多于陪我画图的时间。从那之后，我一般都睡得很好。CGM有一天跟我说“你怎么睡觉这么死”。我说你咋知道的。他说他下午看到我一直睡着，跑来挠我的痒，挠一下赶紧跑，生怕被我抓住，他料定我会扭动几下身子，最后气急败坏地醒过来，但没想到我纹丝不动，根本都不搭理，他来回这么几次我都是这样，最后他自己搞得也很无趣。我哭笑不得。

整个课程结束后，我很遗憾，因为我真心觉得施老师上课确实很有水平，非常怀念那种上课听不懂、晚上认真琢磨最后茅塞顿开的感觉。因此，大三的时候，施老师开了一门选修课《建筑阴影与透视》，我也没掂量到底难不难，赶紧选了再说。在教5的三楼一个很暗的教室里上课，人非常多，破烂的桌椅不停地响。第一次上课，我坐在很后面，什么都没听懂，就听到施老师在讲什么三点透视，大家笑着说“三点视”。一堂课下来，我云里雾里，觉得自己真是作孽，干嘛选这个课呢，实际上后来很多人都退选了，因为那些绘图技巧真的用处不大。我也曾想过，但后来觉得半途而废对老师和自己都没面子，就硬着头皮继续学。施老师说只要听懂了，也可以不用买书，但是看这架势不买书肯定不行，听起来比《画法几何》还要难，课后不复习根本不可能，无奈之下去出版社买了课本。YT 也选了这门课，他也觉得挺难的，但是他又舍不得买书，跟我说咱们共着看。我想反正是选修课，用得也不多，就答应了，跟他说用好了放回我的书架就行了。结果，才看了三天，真的就只有三天，那本书就找不着了。问 YT，他一口咬定已经放到我的书架上了。我问他知道哪一个是我的书架吗，他跑过去指着 CY 的格子，说就是这一个，CY 哈哈大笑起来，我也皱着眉头笑起来，他自己也笑起来。事已至此，我欲哭无泪，只能自认倒霉，怪自己遇人不淑。耐下心来仔细地找，可我找遍了那个小书架的每个人的格子，都还是找不着，怎么办？我差一点点就退选了，后来觉得选修课，说不定没那么严，一不小心可能就过了呢，同时我跟 YT 说要是我过不了，后果由他负责。他争辩说：“你过不了怎么能怪我呢，我明明已经还给你了。”后来，在平时基本上听不懂的情况，我抄了 DCT 整整一个学期的作业，每次就在抄作业的过程中借本书对照一下，看看到底是遵循着什么规则。考试前一个星期，YT 在那边书架翻东西，搬动了书架，在靠里侧的底部，那本书如小强一般的冒出来。他欣喜地向我邀功，“张某，你的书找到了。”我一看，果然，还是全新的，问他怎么找到的。他说就在书架那里，还洋洋得意地说：“跟你说过我还给你了，你还不信。”我悲喜交加，既高兴找到书了，又害怕时间来不及了，本来考不及格还有个借口，可现在这条路也被堵死了。不管怎样，我已经来不及跟他较真这个，一把抢过来，硬着头皮看了几天，一点点地回忆着抄作业过程中的知识点，总算掌握了一点诀窍，发现其实不是想象中的那么难。考试前 XLQ 问我复习好了吗，我拍了拍胸脯说全复习好了，就等着考试了。结果，我居然比《画法几何》还干得漂亮，得了个“优”。我简直要为自己在绘图方面的天赋感到骄傲。

如果学弟学妹也上施老师的课，我祝愿你们考试的时候有像我一样的运气。

工程测量——赵良荣老师。赵老师瘦瘦高高，声音尖细且高，听起来跟小时候听过的宋世雄在解说一样，要让赵老师和宋世雄同时念下面一段话：“这位同学调好水准仪，然后让远处的同学摇动标尺，开始报数，旁边记录的同学记下数据，好了，这个点就这样结束，下面开始另外一个点的测量，所有的人做好准备”，估计一般人都分不出来。

其实我写任何一门课，都没法写怎么去学习的，没这个资格，那都是 YT 这种人要干的，我大多数情况下能写的，就是上课中发生的一些事情，“汝果欲学诗，功夫在诗外”。工程测量课本身不是特别好玩，没什么好说的，但是那两周一次在校园里的实地测量还是不错的，有点放风般的乐趣。如果在校园里面，看到稚气未脱的几个人一组（一般是几个男生，一个女生），拿着个仪器，像模像样地瞄瞄这个瞄瞄那个，常常故意还会对准一下来往的不认识的漂亮女生，那肯定是土木系的二年级同学。

在房屋建筑学大作业之后就是我们的测量实习，这个可以好好谈谈，还有一些事情比较难忘。这次实习有两个任务：第一，从碧月池（就是教 5 斜对面的那个臭水潭的学名）前面草地中的一个深藏在一个积满脏水的坑里的标准点出发，沿着玉古路，到植物园，走北山路，从曙光路回浙大路，返回学校，整整一圈。第二，自己在学校里选出一幢建筑，画出它的周围地形图。

这些任务当然不可能一个人完成，自由组合，我们组员是 CHX、DCT、CGM、LSJ 和我。

CHX：成绩极好的一个女生，做事情特别认真，我们抄笔记或者复印期末复习资料一般都以她的笔记为蓝本，和 YT 一起压得我们喘不过气来，我们尊称独孤求败。

DCT：我们班最早的党员之一，党性极高，纪律十分严明，同时，做事情也是一丝不苟，在她面前，很不好意思不认真，不认真随时有可能被批评。

CGM：很要好的朋友，曾经建工学生会的主席，擅长各类交际，腰腿粗壮、毛发浓密，认识很多我们不认识的人，特别是一些漂亮女生，大多是通过与其他系学生会工作交流时认识的。常常得意而且耐心地给我介绍认识女生的方法，但我一直都没学会，他看到任何陌生人包括女生都很镇静、沉稳，而我则看到任何陌生人尤其女生就心里发怵，说话也不利索，我怀疑他一直都保留着比较厉害的招数不肯透露。

LSJ：就是我所说的天才，物理总考一百分，后来投入大量时间到星际争霸中，天资聪颖，悟性极高，在 CHX 的指导下，他一点就懂，一学就会。

和这些人比，我当然也有自己的特点，不然就没法跟他们混了，主要是手脚勤快、吃苦耐劳，所以特别胜任做组长的工作，重要的事情比如几点开工、几点吃饭、仪器要收拾好不得丢失都由我来负责监督执行。好了，我们日出而作、日落而息的测量实习就这样开始了。

第一个任务必须在一天内搞定。

我们头一天约好第二天早一点从标准点出发，免得大家都挤在一起，影响效率，工具都由我们男生扛着，女生就准备纸和笔。可是第二天我们扛着三脚架、水准仪、标尺到现场，发现有些人已经测到校门口了。我们赶紧开工，明确 CHX 观察水准仪、DCT 记录数据，这些要求细致的活儿她们干再好不过了；男生就轮流扶标尺，这活儿简单，不需要动脑子，只需要扛着尺子往前走，等 CHX 说“停”就停下来，然后站在那里跟个傻瓜一样前后晃动尺子，什么也不需要干。

一开始我扛着尺子沿着电气楼往大门口走，他们在标准点调仪器，我走了很长一段距离，觉得这样可以少测几个点，会快一点结束。结果，我晃动标尺的时候，CHX 根本看不清读数，她说什么我也听不到，就见她在向我招手，一会儿 CGM 跑过来说“太远了太远了，往回一些”。我气坏了，“早说啊”，这大热天的，让我扛着标尺白走这么长的距离，我顺手就从地上捡起树枝砸过去。他一看，笑着转身又赶紧往回跑。无奈之下，我也只能这样抱着标尺一点一点地往回走，每走一段问 CHX 看不看得清，直到她能读出数据，DCT 记录好。

记好数据，CGM 搬起三脚架和水准仪往前走，我待在那儿不动，LSJ 扛着标尺到更远的地方，让水准仪位于两个标尺之间，测量两点之间的距离和高程。后面我们也有经验了，不贪图每两个点之间距离过大，老老实实一段一段往前测。每次水准仪往前挪的时候，前面标尺是不动的，我们大家都往前走，就看着“他可怜巴巴的在那傻乎乎地站着”，这个“他”其包括我、LSJ 和 CGM。

中午的时候，我们终于到北山路和曙光路交界处。毒辣的太阳晒得人头昏眼花，又渴又累，大家收工休息，在那里买了盒饭吃。吃了盒饭，休息了一会儿，CGM 提议做个游戏，让大家伸出双手，放在一起，一声令下，赶紧抓起一只握好，然后不断地转身转身，直到全部扯开围成一个圈。尽管这个游戏常常无解，怎么转都围不了一个圈，但我非常喜欢 CGM 的这个游戏，因为这是我第一次握女孩子的手。当时一声令下，我赶紧抓住一只手，特别的柔软，我惊呼“这谁的手怎么这么软”，CHX 一下子脸红了，我也就不多说了，一心继续玩游戏。大概 CGM 经常玩这个游戏，每次女孩子的手都逮得很准。

轻松了一阵子，还得继续干活儿了。到了十字路口，西湖边，永远都是车水马龙，就那红灯的间隙，我们根本来不及读数。幸亏，那些交警一看突然来了这么多测量的，而且装备和姿势看起来都很专业，以为是公路队来了，赶紧帮我们拦住来往汽车，使我们能够顺利进行，感谢之极。

这之后就从曙光路过来，到浙大路，回到学校的标准点，终于最后在大家的共同努力之下顺利完工，真实的数据误差好像只有 2 毫米。我觉得大家各自分工，尽职尽责，特别是自己，领导有方，标尺也扛得好，摇得也特别好，功劳太大了，充分地进行表扬和自我表扬一番。

二十六　测量实习 环境工程 数值计算 电工学

测量课虽说也是画图，但是赵老师说话也跟打机关枪一样，又脆又快，像我这样的人一般都跟不上。幸亏，测量实习是个集体活儿，和一帮聪明的同学一道，我们也把教 6 测得个清清楚楚、明明白白，算是众人拾柴火焰高。我觉得高校课程设置都应该配一份课程说明，无论是基础性的还是工程性的，免得学得很盲目。比如，环境工程、数值计算、电工学，在我工作很多年后，确实能在工作上需要这些课程的知识，但当初可不这么认为。甚至是，哪怕是纯粹的知识，也告诉我们一声。我越来越觉得，我们在大学里并没有深入的讨论过教育的本质问题。

第二个任务要求在一周之内完成，我们在几个备选方案中被分配到去测教 6。经过一天的磨合，大家配合得不错，女生们观测数据、记录数据非常仔细，男生们摇标尺也摇得很熟练，基本上知道怎么回事儿，就准备大干一场了。整个过程，遇到的那些问题都被我们群策群力一一化解。

第一个，选择基准坐标点。我们系一百八十个人，三四十个小组，可没那么多建筑供我们选择，僧多粥少的情况下，所以可能有多个小组共同测一个地方。测量前要标出基准点（现在稍微留意一下玉泉校区地面，还能看见红色的一个 O 里面一个 X，这就是测量标点，是我们土木系同学的杰作），我们选在教 6 的西南侧，五个人瞄来瞄去，找好了观测角度最方便的区域，准备做好标记，可是发现地上已经被人家抢先一步标好了。一开始，我们想都不想，准备换地方，而且跟这个还得有段距离，否则测绘的时候图板会互相妨碍。可在那个点附近转悠了好一会儿，居然找不到一个更合适的，两个方向总有一个不太好。这下麻烦了，我们一边感叹标定这个点的人眼光不错，一边为自己小组找不到合适的点而发愁。CGM眉头一皱，计上心来，很快就出了一个主意，他说人家的点还没注明呢，我们可以直接在这个点上注明那是我们的，然后在旁边帮他们找个点注上不就行了。这个损人利己的招让我们其他几个人非常纠结，CGM劝大家说没关系的，他们肯定看不出来的，再说了，他们现在走开了，正是机会，等会儿来了就改不成了。经过一番内心的挣扎，也没别的招儿了，大家就默认了这个方案，算是集体决策，减轻一点心理压力。后来，那个组的兄弟过来抱怨他们选点的人基准测点没有选好，观察范围有限，我们一边安慰他们附和着说这地方点的确很难选，一边又深深的自责，同时又带着偷窃后的庆幸和得意。

第二个，我们测了几天发现闭合不了，而且指北针严重偏转。LSJ说必须得要全部重测，数据都错了，最后结果肯定有问题。我坚决反对，我说当初水准仪都是标定过，而且我们整个过程都是一一核对的，所以方法上应该不会有错，只要测量方法没错，实际出现了意外肯定有原因，不会是单纯的测量的问题，如果是外部原因，那就不算我们的责任了，而且时间上也来不及。最终，我们打算更加小心的测量，力求准确，但问题始终还在。后来被我们黑的那一组的高人指点说旁边的校办工厂（现在是高等数学楼）的磁场影响了指北针，叫我们不要受那个点的影响。他这么无意的一句话让我们如释重负，可也加重了我们内心的一份愧疚和歉意，而且还不敢说出来。

第三个，教6周围靠南侧那边全是草丛，这大夏天的蚊虫特别多。我们三个男生轮流过去扶标尺，头一天穿的是短裤，一会儿腿上就被蚊子咬，一天下来咬得到处是包，腿上看过去仿佛是连绵起伏的群山，比较恶毒的鼓得跟个喜马拉雅山似的，一摸就痛得不停地吸气。这时候我们开始觉得看来要是多几个男生轮流该多好啊。CHX见我们这么遭罪，出了个主意，买了一卷保鲜膜过来，让我们把腿裹起来。我们试了试这办法，有一点效果，碰到比较威猛的蚊子，照样能戳穿，后来只能每天穿厚厚的牛仔裤，热就热一点吧，省的每天跟个自虐狂一样不停地抽自己巴掌。

第四个，每天吃饭怎么办。早上吃好饭开工，中午要是回去吃饭，那么多的仪器难道也搬来搬去？那太麻烦了。我建议去食堂买盒饭过来吃，当时居然没想到AA，觉得一个人付方便，CGM活儿干得比较少，觉得沾了我们的光，心里比较愧疚，自告奋勇地表示用他的餐卡。但大伙儿也不想这样，显得我们多么爱占他的便宜似的，商量之后付钱方式是石头剪刀布，输了的人掏餐卡，然后再来一次石头剪刀布，选出一个人负责跑路。付款和跑腿的形式我赞同，但是石头剪刀布我觉得不好，像我这种不熟练的人肯定会吃亏，于是我提议换了个方式——抓阄。这样，每天到了吃饭的时候我们就准备五个小纸团，写上三个“白吃”，一个“跑腿”，一个“付钱”，抽到谁就是谁，不许抵赖。抽到“白吃”的人往往仰天长啸：哈哈哈，我是白吃；“付钱”的人则老老实实地掏餐卡；“跑腿”的人拿了餐卡就灰溜溜地拿了餐卡往 1 食堂跑。

第五个，饭后时间怎么打发。那会儿正是夏天最热的时候，摄氏 40 度的高温，地面温度是摄氏 70 度，杭州这火炉铆足了劲儿要把我们的火眼金睛炼出来。三个男生一个上午都是在太阳底下扶着个标尺摇啊摇的，这会儿肯定要休息了。不远处其他建筑也有人在测量，于是叫过来一起打牌，就在教 6 前面那些树荫底下听着蝉鸣度过了不少红五、双扣时光，偶尔点点光芒透过叶子的间隙照下来也毫不介意。基本上一两圈下来，太阳也稍微温和一点了，大家起身，伸伸手，弯弯腰，拍拍屁股上的灰尘，带着休憩好的满足感，仿佛是老农在地端头树下抽了几袋烟，神清气爽了，嚷着“开工喽开工喽”，就各自奔赴自己的岗位。

第六个，我们虽然是奉行“日出而作、日落而息”的原则，每天都说要“明天真的要早一点”，但实际上每天开工都比太阳晚那么一点点。这么下来，我们觉得早上已经晚了，下午收工不能太晚吧，所以回宿舍的时间往往也得比太阳早那么一点。结束了一天的工作，抄上家伙回宿舍，感觉就是“日落西山红霞飞，战士打靶把营归”。晚上仪器闲置时怎么办？西面宿舍对着住着女生的 5 舍，那边的人懂得充分利用资源，把水准仪在窗口对着女生宿舍架好，瞄准。我一开始不知道，走到对面，宿舍没人，发现怎么水准仪在宿舍里架得好好的，这是干吗呢？我凑过去看了一下，大致能发现 5 舍女生的窗户，一惊，还没站起来，XFL 笑着进来，“老张，你还干这种事啊，啊哈，哈哈哈！”我马上明白怎么回事儿，问他“什么事儿啊？”，两个人就这样笑起来。那水准仪每天回来在那边都自动对焦好了，直接看就行，比 LYC 带过来的什么俄罗斯军用望远镜强多了，唯一遗憾的是水准仪是倒像，需要脑子里自动纠错，调整过来。

但功夫不负有心人，众人划桨开大船，把所有的问题解决的结果是我们拿到了“优”，一方面我们组的女生画图特别细心，一方面我们摇标尺摇得特别好，所以，我们还是继续进行表扬与自我表扬。唯一让我感到痛心的是，经过这段日子的暴晒，脸上的青春痘长势更加茂密，要不是还没有好好拉过女孩子的手，我几乎都要破罐子破摔了。

我现在都常常感到自卑的一个主要原因就是身边总是那么多优秀的人，但我前面说过，英雄走过的人也需要掌声，我就做那个鼓掌的人吧，或许，我也可以从他们身上学个一招两招的。

工程测量因为确实非常重要，所以我们学的都很认真，但是土木系在大二大三时候还上了一些课程，我自以为不那么重要但实际非常重要尤其是评奖学金太重要的课程。简单说一下这三门课。

环境工程概论——王紫雯老师。

王老师五官非常大，挺像东北人的，但是口音又不像老Z他那旮旯的，她有着标志性的富有感染力和穿透力的笑声，特别的爽朗。她在教室外面老远跟人打招呼，我们坐教室里都能听到。一听就知道这人干什么事情都很果断，毫不含糊。不过，我不太习惯这种感染力和穿透力，尤其是“丹唇未启笑先闻”这一招，感觉有点慌兮兮的。上课的时候，王老师常常会提及日本的环保做得特别好，污水处理非常完美，时常做出一种十分夸张的神情，结合她的笑声，我时常把她和李莫愁联系起来。

有一次点名她要人站起来喊“到”，我站起来的时候她正好经过我身边，一看我低着头，摸了摸我脑袋，说小伙子又不是相亲还害羞啊，哈哈……。她老人家一连串的笑声就是其他人笑声的催化剂，顿时全班哄堂大笑，搞得我大丢面子，不知道该怎么办才好，是继续站着呢还是坐下去。

第一天上课的时候，王老师就给我们立下规矩，平时作业三次不交就不准参加期末考试。但是，平时她也不说作业的事儿，考试前夕答疑时都不提，一般老师这么干基本上代表她把这事儿给忘了，无所谓了，但是她是王老师，teacher of king，可不会按照常理出牌。考试那天，大家都坐着，等着她发试卷。她拿起一张纸，点了几个名字，别人我忘了，就记得我们班的WJW，就是大一时经常跟我一起打乒乓球的那位兄弟。她一把纠出他，大个子南方人纠着小个子北方人，跟老鹰抓小鸡一样，指着手里的名单说，WJW是吧，你平时作业没交，所以没资格考试。这一招让我们所有人目瞪口呆，再次体会到她的果断：大姐，你玩真的！我们班主任正好帮忙监考，求了半天情她才允许WJW回到座位上考试，但这个时候其实大家心里都清楚考试将会有个什么样的结果。

正当我们替WJW庆幸的时候，王老师又很平静地说为了更好地测出我们的学习效果，我们要换个教室考试。教室里一下子炸开了，那些占好座位在桌子上刻好救命内容的同学叫苦连天，但前面WJW的遭遇使得现在没人敢抗议，乖乖地收拾东西到指定的地方去。事后，我们都纳闷在期末考试期间教室如此紧张的情况下她是怎么成功地从教务处那边借到两个教室的。

毕业设计时候“神龙”跟她做，我们经常替他担心是否能顺利毕业，但他说其实王老师还不错，挺负责的一个人，我对她的印象才略有改变。现在王老师已经是博导了，还是一个爆炸般的发型，不怒自威，即使露出笑意，也叫人胆寒三分。

我这里插说一下 WJW 同学。山西人，和 LSJ 一样，喜欢吃馒头。他爸送他来上学的时候，总叫他小名“二毛”，大家后来熟悉了之后也跟着喊他“二毛”，他也乐呵呵地应着。之江学院时，有一次我跟他去打乒乓球，从 8 舍一直下到体育馆。我说这每天爬山上上下下的真累。他听了，问了一个好像憋了很久的问题，说你们怎么把这叫作山呢。我当时也挺纳闷的，这不叫山叫什么呢，但我也不明白他什么意思，就问他那应该叫什么。他说我们那边的山都是光秃秃的，没有树，你们这种有树的应该叫作森林。我对他的描述表示怀疑，“人说山西好风光”，如果山上连树都没有，那哪儿来的好风光呢。WJW 是我见过脾气最温和的人了，乐于助人，大一的时候不厌其烦地给我解释过无数次计算机术语。没见他跟谁红过脸，从来都是笑呵呵的。但是，大一一过，他就笑不起来了。因为他在游戏上投入了太多的时间，mud、starcraft 水平非常高，可代价也是非常沉重——不及格的科目非常多，而这个又影响了他的学习热情和信心，于是又遭遇了更多的不及格。就这样，一个非常聪明的小伙子，尽管双手在键盘上打游戏时弹得跟飞一样，但是在试卷书本前手足无措了。于是，成绩不断的下滑，下滑得触目惊心，他几乎都要放弃了，以至于别的班上的人都知道了。每次考完试，只要有不及格的人的时候，他似乎就会锁定一个名额，《环境工程概论》仅仅是其中之一。到后来，他也只能留级了，再后来，我就彻底地失去了他的消息。时至今日，我也不明白，这一切都是怎么发生的。我一点都没希望生活重来一遍，唯独想起他的时候，我希望可以。他实在不应该成为那个倒霉蛋。不知道今天的他状态如何，真希望他已经振作起来了。

数值计算方法——俞亚南老师。

我非常高兴有这门课，因为自从 C 语言上机重考和二级考试后，我再也没有编过程序，这一次又有机会看自己懂多少了。每次俞老师说要我们自己编好程序看是否和课本答案对得上，我都认认真真地去完成，高斯消去法我用的不知多熟练呢。CGM 这样高中就已经会编程序并且在广东省拿过什么克莱登奖的也来拷贝我的小程序，他甚至担心交作业的当天拷贝的会不会被发现。我胸有成竹地说：“不会的，我把计算机时间改掉了”。他欣喜地感叹“哇，你好厉害啊”，跟

《老友记》里Joe一样说话的口气。

然而考试的时候却差点让我失声痛哭。那些题目整个计算过程太烦琐了，非常容易出错，“两人同出游，去访欧阳修，修已知道你，你还不知羞”。整张卷子，几乎没有哪一道题很完整的做好了。出来的时候，我觉得这次铁定不及格了。很多同学和我同是天涯沦落人，互相安慰，共同期盼俞老师会大发慈悲。我也开始后悔，早知道结果是这样，那些烂程序就不编了，纯粹浪费了那么多时间。可是上帝为你关上一扇门，也会为你打开另一扇门，哪里知道，可亲可敬的俞老师简直是大慈大悲的慈航道人转世，很多认为自己不及格的人都有80多分，我就是其中之一。看到成绩的时候大家几乎是奔走相告，仿佛天上真的掉下个林妹妹一样。不过，有些人仿佛就是故意让我们难堪的，他们一考试就控制不住拿高分，比如和我们一起测量的CHX，干脆利索的98分，晃得人简直睁不开眼。我后来问她怎么考得那么高。她说：“很简单的啊。”我无言以对，无颜以对。

这门课一直到研究生学习有限元算法的时候才慢慢知道了它的一些应用领域，要是不读研究生的话，估计就一直这么稀里糊涂的感慨下去了。

电工学——这门课是电气的老师上的，看不出他多大了，反正脸上坑坑洼洼，一脸凶相，课堂要求比赫赫有名的杨捕头都要严格，我连他的名字都不敢去查询，根据他平时的师道尊严的准则，我觉得叫出他的名字他打人也不是不可能。与《环境工程概论》和《数值计算方法》比，《电工学》跟土木系的主导课程相关性几乎就为0，什么二极管三极管之类的东西让人头痛不已。迫于对他的敬畏，我料定这期末考试绝对是靠不了别人，于是非常认真地钻研起来，作业从来不敢抄，做的答案与别人不一样，还要思考半天。

这门课还有实验，在教4上的，非常考验人。你想，理论都学得不太懂，实验的一些元器件都不熟悉，哪里还能接得准线，每一次上课都是生死大劫。

有一次上课，很多人都迟到了，我是其中之一。等我们赶到门口，他已经站在讲台上了。大家都灰溜溜地在门口等着他的批准进去。这哥们儿明显生气了，门口那么多人，他看都不看一眼。过了很久，他终于讲完了那段内容，瞟了我们一眼，很不屑的大发慈悲，放我们进去。谁知道怎么搞的，我刚想进去，却意识到没上厕所，所以还想进实验室之前上个厕所（厕所和实验室隔壁），于是又退出来先去了趟厕所。没想到等我从厕所回来，时间不过隔了那么几分钟，他就认定我是第二批迟到的人，脸色阴转暴风雨了，劈头盖脸地把我骂了一顿，在他的虎视眈眈下我轻轻地走到座位边，就听他咆哮着：“如果有人还敢迟到的话，就给我滚出去。”我偷偷地看了他一眼，满脸涨得通红，脸上那密密麻麻的丘陵就像发了地震一样，就差没大珠小珠落玉盘，那阵势我真害怕他马上就要过来把我给吃了。

还有一次做实验，我和 YT 一组，老师让我们先预习一下内容，但两个人都不知道到底做哪个实验，我自作聪明的选了一个上一次的下一个，智者千虑，必有一失，YT 偏偏那时也脑袋失灵，居然跟着我预习同一个。结果，那老师一圈巡视下来，发现我俩的实验课本居然不是翻开在要做的实验那一页，马上发飙了，对我俩怒吼：“你们连做哪个实验都不知道，搞什么？”然后以点及面地批了一顿所有人，可他无论怎么骂，我们也猜不准到底要做哪个实验，所以两个人就呆愣在那里，大气都不敢喘。后来我俩做好了实验连实验报告都不敢去交，你叫我走前面，我叫你走前面。我说石头剪刀布，YT 答应了，可是我刚喊“石头——剪刀——”，他摇摇头说算了，别这样为难自己了，要是只有我俩一起上去，准得被骂，等会儿人多了，我们趁机交上去。这样再好不过了。可即便这样，我们躲在后面递上实验报告的时候，老师还是狠狠地瞪着我们。

即便这么“凶残”的老师，可还是有一次大伙儿正在做实验的时候，突然有人号叫起来。我们当时都十分惊奇，谁吃了豹子胆，这么猖狂！转头一看，原来是同学 NYZ 被电着了，我们都惊呆了，不知道该怎么办才好，还好他甩了几下把那个电线甩下来了。我们都静静地看着他，不知道该如何安慰死里逃生的他。老师走过来，看了看 NYZ，也没说什么。就剩 NYZ 站在那里，像只刚从虎口脱险的小绵羊，他的同组伙伴 SZJ 半揽着他的肩膀，不停地安慰他。我们事后都对 NYZ 的胆量表示佩服，觉得青藏高原下来的西北硬汉终于击败了电工学老师，替全班同学扳回一局。

期末考试的时候，我自己本来考了 97 分，结果临交卷的时候对答案改掉了一个选择，考了个 94 分，算是过关。这个老师我后来没看到过，但是看到了估计也不敢上前打招呼，他那金刚怒目形象至今让我心有余悸。

二十七　为南联盟大使馆被轰炸上街游行

长这么大，也就这么一次。既害怕又兴奋，好像一个乖孩子不听话，干了什么坏事。从那之后，我再也没参与过类似的游行了，而且我也在想，那次游行到底起了什么作用呢，是否有助于解决当时的问题。人们似乎已经渐渐的忘却了在 1999 年 5 月份发生的这么一件事儿。我有点不解的是，当初那么大的动静，怎么说忘了就忘了呢。

再平静的校园也有掀起涟漪甚至是波澜的时候。

1999 年 5 月份那会儿，科索沃那边打得如火如荼，我们能干什么呢？什么都干不了，也不会去想到底是什么原因造成了这么大的灾难，为什么到了这样不可收拾的程度，当地人到底如何面对这一切，美国的空袭对于局势的发展有什么样的影响。绝大部分人都只是“两耳不闻窗外事，一心只读圣贤书”，大概都在庆幸自己没生在巴尔干半岛。

然而，该来的还是得来，是福不是祸，是祸躲不过。5 月 8 日，白天的时候听收音机，我们隐约听到中国驻南联盟大使馆被炸的消息，当时大家并没有理会太多，甚至不太敢相信那是真的，毕竟还没有官方发布的正式消息呢，《环球时报》一周一份呢，至少校园里没人能证明确确实实炸了。晚上，我像平常一样，带起书本，约上 LC 一块儿去教 9 自习。在教 9 的画图教室里，我带着收音机，一边听一边做作业，电台里开始反复地播放中国驻南联盟大使馆被轰炸的消息，并且炸死了三名中国记者，然后每一个电台都在铺天盖地地转播。看来是真的了，这美国人胆子真够大的，炸南斯拉夫也就罢了，居然连中国大使馆也开始炸了，那下一步呢？另外，又觉得南斯拉夫人真是可怜，被炸了那么多天新闻媒体似乎习以为常，每天跟看热闹似的，还每天计数，今天是美国轰炸南联盟第几天。这中国人被炸了，才显得不得了。

一路听下来，炸死中国三名记者是铁打的事实了。电台开始介绍他们——许杏虎、朱颖和邵云环，其中许杏虎和朱颖还是夫妇。电台里开始不停地播放许杏虎和朱颖的父母，邵云环的儿子，一时间，我开始真的有点伤心了，斯人已去，死得其所，但是苍颜白发、膝下之孤该怎么办，有些生气起来。怕打扰别人，我和LC小声地讨论了一会儿，但两个人讨论不带劲儿，打算回宿舍去进行大规模讨论，今晚的主题有了，内容也特别丰富，非得辩个通宵不可。教室里已经坐不住了，平时都要十点回宿舍，这一天九点刚过，两个人就夹起书回宿舍了。

我们边走边聊，从教9一直聊到主席像前，停住了脚步。这里已经集聚了好多人，有人站在台阶上发表演讲，开始大骂美帝国主义辱我华夏，然后表明态度——犯我强汉者，虽远必诛。LC和我都是第一次见到这么新奇的场面。我的心情就跟大一的时候看到有人公开表示对张雨生的哀悼一样，特别佩服他们。在这么多人面前公开表达自己的感情，而且讲的是慷慨激昂、义正词严。我俩都不是那种激情澎湃的人，就这样随着大伙儿听着充满斗志的爱国主义演讲。

后来慢慢地又有人加入了，而且还带来了一面旗子，晚上也看不清，大概是五星红旗。于是，大伙儿在核心人员的带领下一边用力地挥舞着旗子，一边喊着响彻校园的口号，具体该干些什么，也不知道。

突然，有人喊了一句“去杭大”，一石激起千层浪，好多人跟着喊“去杭大——去杭大——”，那时候四校合并在传，但是还没有真正的合并，大家还是称西溪校区为杭大。领头的人挥舞着旗了，带着大家往校门口走，大声地喊着“去杭大——去杭大”。他们走了，我和LC赶紧回宿舍，看看宿舍的兄弟们怎么样。

回到宿舍，发现宿舍里都在讨论这事儿，个个都义愤填膺——美帝太猖狂了，连我们的大使馆都敢炸，是可忍、孰不可忍，还睡什么觉，睡得着吗你？人人都觉得“匈奴未灭、何以家为”，仿佛马上就要投笔从戎，和美帝决一死战，谁也不知道这晚上怎么过。就在大家讨论怎么收拾美帝讨论得热火朝天的时候，楼下网球场那边好多人在喊叫，我们伸头出去一看，下面在吆喝着叫人出去游行。大伙儿的热情一下子被点燃了，找到了释放的出口，带上外套，呼朋引伴的，整个宿舍一下子跑光了。

这是我参加过的第一次游行，根本就不知道要往哪里去，就是随着人群四处乱窜。校门口聚了好多人，估计就是刚才从主席像那边过来的，还在等人更多一些出发呢。人确实也越来越多，开始出发了。我们不知道去哪里，反正前面的人往哪走，我们就跟着往哪走，也不知道该以什么方式来抗议美帝国主义的恶劣行径。一群人沿着浙大路往曙光路走，估计是想到武林广场去，感觉那里应该是个聚会的好去处，杭州也找不到更合适的地方进行集会。到了曙光路，往武林广场走，这一路十分热闹。队伍的呐喊，将这晃荡着的激动尽情地撒播开。

到了体育场路杭大路口，刚好杭大那边一支队伍出来，我们赶紧转入杭大路，会师后，两支队伍合二为一，开始沿着天目山路行进。再之后的路线我也记不得了，本来我也很少出去闲逛，对杭州也不熟悉，只记得兜了一大圈之后，到了十二点多，大家嗓子也喊哑了，脚也走不动了，就只能打道回府了。从体育场回来的时候，两边的居民大概被我们吵醒了，本来想骂我们，可是又被我们的爱国热情感染了，不好意思骂，就探着脑袋出来给我们加油鼓掌。小伙子们哪里受得了这番待遇，平时都被老师骂，居然有人表扬我们了，一激动，又开始喊起“打倒美帝国主义”“打倒克林顿”了，爱国行为到这里也就彻底结束了。在夜幕下，昏黄的路灯把我们的影子拉得老长老长，一路拖着脚步回到宿舍。

宿舍里还有几个人没赶上这趟集，一进门就抱怨我们怎么跑得那么快，说走就走，不等他们一会儿，等他们追下去的时候已经找不到我们了，后来就没去。错过了这样的机会，他们非常遗憾，围着我们，就像仰望着凯旋的勇士，不停地打听前线战果。怎么样了？怎么样了？怎么样？还能怎么样？就这样呗。累死我了，我倒在床上，一动都不想动，但是内心感觉已经为国出力了，非常自豪。很快就在倦意中睡去。

第二天起来，还没准备好去上课，就有人通知说今天学校组织大游行，抗议美国人的暴行。我们昨晚就参加游行的人顿时为自己先行一步感到非常自豪，开始不断地吹嘘自己的英勇行为。

天下着雨，我们打伞来到校门口，按照班级、系、学院排好队，准备上街游行。具体干的事情跟昨天差不多，只是因为雨天，乍暖还寒，更显得冷冷清清，凄凄惨惨戚戚。今天是学校组织的，牺牲者的姓名开始被不断地被提及，所以整个情绪没法激昂，悲戚的情绪弥漫着整个队伍。我们大概还是沿着昨天的路线吧，反正绕了好大一圈，到了庆春路天桥那边，突然对面也冒出一支队伍，大概是出校门时就分了两支吧，我们在前头没留意后面的状况。大伙儿就像是在丛林中孤身战斗了大半年突然遇到失散已久的弟兄，非常激动，都纷纷打招呼，口号也喊得更热烈了……

游行都渐渐平息，国家也开始处理善后了。然而，浙江大学却发生了另外一件事儿。

那段时间，三食堂对面的报刊栏常常有各种大字报，每天都在痛骂帝国主义。突然有一天，据说西溪校区的一个女生贴大字报被人打了，而且是被日本人打了。女生、大字报、日本人、打人，任何一个词作为关键词，这会儿都是敏感词，所以一下子就炸开了。当天夜里，楼下又开始了喧嚣和骚动，好多人跑去杭大那边抗议去了。

这事儿我没参与，据一个亲临现场的哥们儿后来跟我说这事儿，下面是他的原话，真伪自辩：我们晚上得到消息准备出去的时候，校门已经锁了，但我们翻过去了。好多人赶到杭大，围住留学生楼，一定要把那几个日本人带出来。他们已经吓坏了，躲在里面。学校叫了大量的保安把我们大家挡在外面。情势非常危急，在场的人不依不饶。后来张书记过来了，安抚大家的情绪，说会把事情调查清楚，给大家一个交代。有些人趁机乱来，往中间扔水瓶，把张书记的脑袋砸了。大家伙儿又开始躁动不安起来，渐渐的形势有点失控，那时候警察也过来了。再后来，很晚的时候，慢慢地大家也就散了。

事实到底是怎样，我也不清楚，反正后来学校就出了公告，说明了这件事，同时说会处理好。大概是有几个日本学生，踢球回来，一时兴起，朝墙上踢，而那面墙上刚好被一个女生贴了大字报，她人还没走开就发现大字报被人踢了，很是恼火，就质问对方，一听是日本人，就更加生气了，仿佛受到了莫大的侮辱，简直是“七七事变”再次发生，于是发生了激烈的争执。至于女生是否被打，通告没有说明，当时网络也不发达，当事人也没做说明，最终传出来的消息就是“日本人殴打女生”，就这样，事情就有点不可收拾了，直到警察到场。我个人还是相信学校官方消息，不太相信打人事件。但，就这样的事情怎么会搞成那样呢？大家议论纷纷，最终慢慢地也选择了淡忘。

张书记和潘校长一言既出、驷马难追，果然，他们给了大家一个交代。没多久，学校又贴出来一张通告，对那几个日本学生进行了处分，严重的被勒令退学，其中一个名字叫作柴山贵晴。

整个南联盟大使馆被轰炸事件就这样平息了。我只是记录下来，作为一个普通人，我们可以为一个历史事件在社会的一点影响提供一份当时的记录，也让后来人对这件事多一点了解。

事实上，从这之后，我再也没参加过游行。

二十八　龙哥和表哥

做人最好是长得帅但平易近人、有钱但不装得高不可攀、高学历但并不因此得意扬扬。这样的人不多，但我们土木系一次性就能出两个。大多数老师还保持着威严和神秘，但他俩似乎不习惯来这一套，他们从来都面带微笑，上课也将一些特朴素的话、甚至告诉我们一些混社会的道理，平和并且真实得都有些让人不习惯，大家很亲切地称他们为龙哥、表哥。

好吧，当校园重新恢复平静后，我们继续回到开始讲述我们土木系的故事。

土木系有两个“哥”字辈老师，一个被我们尊称为龙哥，一个被尊称为表哥。

龙哥——陈龙珠老师。陈老师教我们抗震设计，胖乎乎的，滚圆的肚子挺着衬衣，微微凸起，一讲课就得先把外套脱掉，总显得很热的样子。我每次都很奇怪，怎么这么怕热呢。后来有一次上课晚了一点，他说他因为杭州、上海两地跑，赶来赶去，所以才迟到了。我才明白过来，大概是赶路赶的吧。陈老师上课生动活泼，上着上着就上起劲儿了，把袖子卷起来。他会讲一些他自己做过的工程实例，但他是一个很喜欢讲故事的人，所以，讲着讲着就会跑题，从工程问题跑到工程故事去了。一次他提到某个工程要他签字验收，但是很明显工程是有问题，他觉得不能签字，人家开始跟他说情，让他睁只眼闭只眼算了，他没同意；工程可等不起，继续托人来说情，他还是没同意；这下人家不干了，觉得他很不配合，拿出“白道黑道都吃得开”来吓唬他，他还是毫不妥协。他那英勇无畏的样子一下子让我想起了闻一多拍案而起，怒叱反动派，而且我们也认为龙哥肯定是不能惹的，怎么着他肯定也是“白道黑道都吃得开”的，否则，怎么摆平前来找碴儿的“白道黑道”呢。

有一回课程讲地震波，提起地震波是如何传播的时候他点名让一个同学起来回答问题，结果那人支支吾吾回答不出来。陈老师等了半天没等到答案，很着急，指着他说："你看你，你看你，肯定没谈恋爱。"我们都有点莫名其妙，不知道地震波的传播和谈恋爱有什么关系。他见我们都很茫然，赶紧做了一个类比来解释，说什么男女在水边谈恋爱，丢个小石头到水里去，会激起水波的传播，很明显的嘛，这是一种横向波，地震波的传播至少有一种是这种形式。全班逗笑了。其实那个同学是有女朋友的，只是谈恋爱的境界没有龙哥那么高而已。花前月下、卿卿我我之际，还有谁记得这些波啊。后来我们听说陈老师上学期间也是大牛人，都觉得这样的牛人果然都是与众不同，他是谈恋爱的时候都会想着学习，我们一般都是学习的时候还想着怎么谈恋爱。

抗震这门课是大四上学期上的，很多同学都要考研，逃课现象严重。有一次陈老师按照花名册点到 2 班的 CY 回答问题，他正好没来。没想到，第二次课上陈老师还记着这事儿（跟一个聪明的老师上课最大的苦恼只要他较真，你任何事儿都休想逃过他的火眼金睛），问 CY 上次怎么没来上课。CY 站起来，理直气壮地说："我要考研。"陈老师一听，火了，怎么考个研就能不来上课了呢？开始痛陈我们学习不认真，然后回顾他自己的求学历程，告诉我们他当初在浙大读博士期间，特别喜欢打麻将，每次打麻将害怕被学校抓住，都用棉被把窗户牢牢的封好，免得搓麻将声传出去。由于窗户堵住了，也就不知道外面到底是天亮还是天黑，常常一打就是两天，肚子饿了就煮点面吃，接着打，从来都没被抓住过。我们又惊又喜，陈老师的优秀博士论文原来就是这么搞出来的啊，看来提高学术水平这么容易啊，只要通宵打麻将、吃吃面就行了，看来考个研究生不难啊，没必要逃掉这门课去复习啊。最后陈老师总结："该玩的时候痛快地玩，该学的时候认真地学。"这件事儿至少占去了 15 分钟的时间，加上其他内容，基本上算得上是一堂政治思想教育课，抗震设计只是顺带讲讲的。

有一件事我很不好意思地记起来了，关于抄作业的。因为考研，真的没时间去做那些作业，我们都是抄 YT 的，囫囵吞枣地抄，不多思考。YT 已经保研了，为我们提供正确的作业版本，是他此刻的重要任务。结果有一次陈老师在课堂上批评某个人抄"六盘山"为"天盘山"，说抄作业都没一些专业精神。YT 脸色不好，怪我们害得他一起受批评，威胁说作业不再给我们抄了。我肯定地说是欧勒干的，只有他抄作业才那么没水平。那堂课上作业本没发下来，欧勒没物证，也不敢抵赖，只是一个劲儿地说"搞笑啊，不可能是我的"。我不依不饶说肯定就是你。后来作业本发下来居然是我，吓得我不敢把作业本给他们看，装着这事儿没发生过一样。只有欧勒一副被冤枉的神情，不停地拉我们看他的作业本，说："看，我说不是我吧，真是搞笑。"搞笑就搞笑好了，反正此事就不了了之，从此，我抄作业也更仔细了。

因为上课的时候很喜欢跟我们讲一些学术、工程、生活方面有趣的事儿，所以陈老师常常发现一节课都快结束了，实际内容才讲了不到一半，于是他提提裤子、捋捋袖子，清清嗓子，说："哎呀，这次课时间不多了，我们抓紧时间讲啊。"那架势看上去准备大干一场。正在他全神贯注讲课之际，铃声响了，我们一阵骚动，他也理解我们，不愿意拖延，马上说："我们的课又没完成，等下次要补上，大家回去好好把书看看。"其实，到了下一次还是这样。

但是，很多时候是没有下一次的。终于，学期还没结束的时候，有一天下课，陈老师跟我们说这是他最后一次给我们上课了，以后就不回浙大了，他要彻底调到上海交大去了，不再在浙大、交大两头跑了。我们都惊愕万分和惋惜不已，但也不知道说什么，张开双臂热切地拥抱我们所喜爱的人从来都不是我们土木系的风格，虽然遗憾和不舍，但也只是默默地看他离去。

从那之后我就再没见过陈老师了。后来在网上，他常常穿梭到88，跟大家聊聊天，那口气，还是当年的模样。自这时候起，大家都亲切地叫他龙哥。龙哥曾经是岩土那边最出色的博士之一，我们多次为浙大少了这样一名老师而叹息。

这门课后来由朱国元老师接着教，听人说，填补感情空白的最好的方式就是开始一段新的感情。陈老师离开的遗憾很快就由朱老师填上了，防灾所的老师都挺受人欢迎的，朱老师脾气一点也不比陈老师差，总是眯眯笑着。最后快考试的时候我们去答疑，朱老师一边发烟给我们抽一边给我们讲题目，师生之情如此融洽，难以忘怀。SLG问了朱老师某个知识点考不考，朱老师说公式太复杂，只要理解就行了，考试是不考的。SLG大呼一声，哎呀，亏了，我把这个地方也看了。朱老师一副恨铁不成钢的样子，说："你这个同学，你这个同学，这样就不对了，怎么能这样呢？多学点东西不是挺好的吗？怎么会亏了呢！"我们都笑开了，各自信心百倍地分头复习去了。

表哥——张忠苗老师，教我们《工程地质学》。我们称陈老师"龙哥"是因为名字里面有个"龙"，算是拜父母所赐，表哥可不是，"表哥"完全是自己挣出来的名声。张老师平时做的工程极多，但是他似乎不善言辞，没法和龙哥一样口若悬河的讲上一大通，从来不会对于谈恋爱的问题发表出引人入胜的理论，甚至也不会对自己所做过的工程高谈阔论，几乎是绝口不提，每次上课都是乐呵呵的给我们讲各种地形地貌、地质灾害，而口头表达很明显不是他所擅长的，因此他上课一般都要带着备课本，讲了没几句，他就要在黑板上画个表格列举各类情况。这么一来，讲课内容当然是清楚了，废话也不用太多，但是抄笔记的工作量太大了，而且那时候还不流行电子版课件，只能是手工抄写，所以，张老师的课上常常是他讲了没几句然后一黑板一黑板的抄，我们听了没几句在下面一页一页的抄，大量的表格，抄得我们手酸的不得了。慢慢地，有些女生就亲切的称呼他为“表哥”。几年后我又看到一个和女生相关的名词“大姨妈”，觉得这些女生真强，这亲戚们都被玩坏了。

一般来说一个人某方面强了，另一方面大概也弱了；就好像有人做工程时动手能力超级强了，讲课口吐莲花的能力就弱了；笔头上写的内容清晰了，口头上表述能力就会减弱；这人要是身材挺拔、面容帅气了，气质上就会有点憨厚、言语上就会有点木讷了；挣钱的能力强了，炫耀的能力就弱了。总之，你可别想要各方面都很完美，张老师就是这么样的一个人。

有一次上课讲到宇宙中各星球的物质组成，提及星球之间的关系时，张老师不知怎么搞的，绕来绕去，居然讲到“太阳围绕地球转”，把自己给绕进去了。最后，大家都有点乱，师生面面相觑。张老师自己有点尴尬，嘿嘿嘿的没法自圆其说，解释不清楚到底是怎么绕进来了，我们更是丈二的和尚摸不着头脑，于是大家你看着我、我看着你，在课上很开心地笑起来，尤其是那些女生。

张老师身材挺拔，女生评价他是帅呆了，一开始我还不大认同她们，帅嘛，看不出，呆嘛，倒是有那么一点。后来，跟欧勒闲聊，他倒是与那些女同学看法一致，说：张忠苗活脱脱的一个武松。欧勒的意思是说像《水浒》里面武松的扮演者丁海峰，英俊勇武，充满侠义之气。我一惊，有如此风范，我居然未能察觉，将信将疑地问道“是吗？”。欧勒觉得我看人不行，反问我：“你不觉得吗？多帅啊，又有钱，唉，我要是有他一半就好了，唉。”我很认真地问欧勒：“哇，那你还不是见了他就得逃？”他说：“搞笑，我怕他干吗？他有钱我又不一定怕他，搞笑！”我说：“你长得像西门庆啊，下次张忠苗看到你了非得宰了你不可。”

但凡能够担得上“哥”这个称号的一定要脾气好，龙哥就是这样，表哥当然也不会差，否则，没人敢叫。你看，土木系就没人称杨骊先老师为骊哥，胆子大的下次自己叫一声试试看。当然了，脾气好还不是个充分条件，而是必要条件，比如说，施林祥老师那样，脾气当然也好了，但是我们都不好意思跟他开玩笑，也没人称他为“祥哥”。相比之下，张老师可是很有表哥范儿的。有一次上课下面有两个同学争吵起来，差点要打架了，这种严重扰乱课堂纪律的事儿他就看了一眼，还是笑呵呵的，就提醒了一句“不要这样，不要这样，我们还是要遵守一下课堂纪律比较好”，然后就继续开始讲课写笔记，跟什么事儿都没发生一样。考试的时候有人作弊，他还是笑呵呵地说“不要这样，不要这样，这习惯不好”，那样子，让人觉得是人家作弊不是因为平时没学好，而是张老师试卷出得不好。

所谓和气生财啊，综合各方面因素，张老师的名字终于在杭州的地基处理界是如雷贯耳。我好几次去外面工地，人家都跟我说“你们学校有个张忠苗”，我感觉沾了张老师的光，但是一看自己这穷得叮当响的寒碜样，仿佛给他丢脸了，每次都特别的不好意思。也不知道真假，我们同学说杭州软土地基处理测桩工程的70%是他干的，他的测桩设备满满一大卡车，常常停在土木系实验室门口，我们就凭这个判断他最近工程情况怎么样。腰缠万贯，那都已经不是什么秘密了，这也为他赢得了一个响彻土木系的大名——张千万，这大概只是最保守的数字了，毕竟不好用“万万”来形容一个人，因为“万万不可”啊。我们土木系的同学如果被说有钱，经常会来这么一句：“你以为我张千万啊。”

一个男人身材高大，长得又帅了，脾气超好，还特别有钱，你觉得女孩子是不是特喜欢看他尴尬的样子？所以，你是不是也特别能理解，上课的时候，张老师一出丑，女生就笑得花枝乱颤的？

张老师可能是我们择业最早的指导老师。他常常跟我们说，我们搞工程的，不要讲什么政治，我们实际一点，找工作实际一点，首选设计院，然后是房地产，再就是监理单位，施工单位就不要去了，我几个学生在施工单位都混得不好。这话就是我的就业黑暗道路上的一盏明灯，本科毕业或者是研究生毕业我只选择两种单位投简历：设计院、房地产。我的理想就是像张老师，做一个普普通通的睡觉睡到自然醒、数钱数到手抽筋的人。

现在还经常看到张老师，穿一身黑色皱皱的西服，乱糟糟的头发，骑着个越野摩托车，呼啸而过，帅呆了，酷毙了。

二十九　施工实习中的惊恐和收获

两次施工实习：一次在上海，一次在杭州。上海滩十里洋场，繁华、但也势利。我们从上海返回杭州的途中居然在地铁站遭遇歧视和胁迫。庆幸的是，同伴临危不乱，果断报警，得以脱身，让他们也意识到我们乡下人可没那么好欺负的。杭州这边的实习被我置换成家教，每天早出晚归的，人家以为我是实习，其实是挣钱去。一个月的收获包括工资、聚餐、演唱会，唯独没有真实的实习日记。

说一下大三暑假的实习。

前一年是测量实习，就在学校里头转来转去，虽然也挺好玩的，但是毕竟没走出去，也没看到什么，这一年可就不同了。来真的了，我们需要去外面工地上实习，这门理论课就是《建筑施工》，我们是卓新老师教的。

先说卓老师吧，这是继张忠苗老师之后被我们女生发掘出来的又一大帅老师，但他俩风格迥然不同，比如说张老师看起来成熟，卓老师则显得稚嫩，张老师看起来沉稳，卓老师看起来活泼，张老师身材魁梧、略显沧桑，卓老师身材苗条、唇红齿白。不管他俩有多少不同，有一点很明确，两个人脾气都非常好，从来没有见他们扯着嗓门大声怒吼过，即便有什么事情惹得他们不高兴，也是一笑而过。从他们身上，我们基本可以断定要做到受人喜欢基本上只要两条“脾气要好、本事要大”。但是，这两条太难做到了，如果无法同时做到，那至少要做到其中一条吧，要么“脾气好”，要么“本事大”，具体就看各人选择了，那个对自己更容易就选那个了，如果两条都无法做到，那也不要紧，但是千万别两条都做不到“脾气不好、本事不大”，我先提醒提醒自己。

卓老师的施工课我听了个大概，基本上有点印象的就是“流水作业”，类似于统筹安排，最后要算出个工期，一不小心就得出不同的结果，好像工期多了一天少了一天犯了什么天条似的。总之，你可能猜出我想说什么，没错，我学的确实不好。但是，这不影响我对施工实习的积极热情，毕竟，戴着安全帽去工地，显得自己多么专业啊。

我们实习分两部分，一部分是去上海参观工地，一部分是在杭州自己找工地实习。

先说上海那边的。

一听说去上海实习，大家都感觉要去国际大都市见世面了，分外兴奋，早早地安排起实习之外的生活了。我就想看看外滩到底长什么样，许文强到底如何从十里洋场杀将出来的。

出发前，我们担心露宿街头，老师跟我们说安排好了，就住在同济大学。大伙儿为兄弟院校的情谊感动，同济这么尽地主之谊，实在是够哥们儿。到了那边一看，发现兄弟情谊薄如纸。我们住在一群刚毕业的大四学生宿舍里，从一堆没人要的席子枕头堆里挑出两件套，但没东西盖。晚上都要被热疯了，可又不能脱衣服，因为毕业生离校后，很久没人住了，宿舍又脏又乱，——还好没人住，有人住说不定更脏——，蚊子突然遇上这么一群血气比较旺的小伙子，特别兴奋，最后，我们脸都要用衣服盖起来。就这样，我们白天还得精神抖擞、小心翼翼地穿梭于各个工地之间，看看大上海如火如荼的建设，看看这个城市是怎么长起来的。在工地上，我们见贤思齐、求知若渴，发现实际和理论差别特别大。有一次，我们问卓老师，这些柱配筋怎么这么多，明显超过最大配筋率。卓老师沉思许久，微笑着把这个问题抛给施工负责人。那哥们儿很冷静地说："是啊，我也不知道，反正这是外国人做的工程，我们只管按图施工，我也挺担心这会不会发生超筋脆性破坏，所以我宿舍里的行李每天都打包好，随时准备跑路。"我们就站在这巨大的钢筋网片上，仍然哈哈大笑起来，笑声飘荡在陆家嘴的半空中，那种大无畏的乐观主义精神大概也感染了脚下奔腾正欢的黄浦江。

不管怎么说吧，反正我们还是熬过了蚊子，熬过了脆性破坏的可能，收获满满，愉快地踏上了归程。我们几个人，至少有CGM、SJW、GL，——其他人我有点记不住了，乘地铁去火车站回杭州。在上海火车站的地铁站，我们看着小摊位上琳琅满目的小物品，内心不停地感慨着上海的繁华和杭州的萧条。就在这时，我们的主角SJW同志的故事开始了。我们走着走着，看到有个卖金手链的小店，链子是整根的，一大卷缠绕着，价格也不错，很大的纸板上写着2元。我们都走过去了，SJW 还恋恋不舍地回头看，想给他女朋友买一根，内心纠结了一阵，终于决定了，跟我们说要去买一串。我们停下脚步等他，一行人就他一个人有女朋友，其他人没这个需求。他走过去再次仔细看看，金光闪闪的链子惹人喜爱，老 S 都有点爱不释手了，出手了。他刚说买一串，小店老板，一个戴着明晃晃的金项链的小伙子就干净利索地截下了一段，递给他，张口说三十六块。老 S 吓一跳，不是说两块吗？我们也吓一跳，赶紧过去，店老板见状，指了指纸板，让我们看清楚。大家定睛一看，硕大的“2 元”后面跟着小得看不见的“每厘米”，这下都傻了，怎么办？老 S 刚说不要了，老板叫起来：“不要？你让我剪下来了，又不要？那我卖给谁去？赶紧付钱！”

就这样，我们也不付钱，老板也不让我们走，就这样僵持着，互相说一些对方不爱听的话。他说我们买东西不付钱，我们说他价格不标清楚。到这会儿应该算是双方还没决出胜负，打了个平手 1∶1。

后来，他十分不屑地说我们是一群来上海打工的，末了还说了一句“小瘪三，不懂得规矩”。我们这才意识到每个人都戴着一顶安全帽，确实有点民工的样子。2∶1，老板领先了！GL 觉得“民工”这个称呼他受不了，觉得受到了侮辱，高声厉斥：“我们不是民工，我们是来上海实习的大学生。”2∶2，我们觉得扳回一分！老板一怔，立马更加不屑的呵斥我们：“大学生怎么了？大学生买东西不给钱吗？”我们又蔫了，3∶2，老板再度领先，而且乘胜追击，拿出一把刀，拍了拍桌子，对我们其他几个人说，你们给我滚，指着老 S 说：“就你，给我留下来，付完钱再走。”我们一看这阵势，都傻了，话都不敢说，不知道该怎么办才好，一下子被人家得了好几分，起码 5∶2 以上。

怎么办？我们默默地互相看了看，这会儿，大三当了一整年学生会主席刚刚卸任算是“微服私访上海滩”的 CGM 同学出马了。他安慰我们说：“等一下，我去找地铁站的工作人员协调一下。”然后跑开了，果然，一会儿，他找来了一个穿制服的工作人员。工作人员一上来就安慰店老板：“小李啊，你不要这样嘛！”然后对我们说：“人家做生意，也不容易，你们要不就付点钱算了？”这局面完全失控了，6∶2。CGM 说：“你们要再这样，我们只能报警了。”店老板满不在乎地拿刀拍了拍桌子，傲慢地瞟了一眼，“去吧去吧去吧，快点去报，警察来了买东西就不用付钱了？”

CGM 大步流星地往外面电话亭走，我们几个像些斗败的公鸡一般，傻乎乎地愣在那儿。一会儿，那店老板不知道怎么搞的，努着嘴，嚷着：“滚滚滚滚滚滚滚！”我们一开始还不敢相信他会说这样的话，都不敢动。他见状，再次拿刀拍桌子，气急败坏地冲我们大叫：“滚，叫你们滚，听到没？别站在这里影响我做生意！”我们这才意识到，我们反败为胜了，赶紧走人。没走多远，CGM 轻跑着过来，问怎么了，他已经报警了。我们说那人让我们走了，他也露出会心的笑容，然后又在路边打了 110，说问题已经解决了，叫警察不要来了。

这么一搞，大伙儿紧张的心情落地了，人也轻松不少，看到个厕所，都要去上厕所。五毛钱一次小便，我们还在找零钱，老 S 赶紧掏出钱包说：“不用了，不用了，我一起来吧。”CGM 说：“老 S 请我们上厕所啊。”大家都笑了，站成一排，尿得特别欢，仿佛要把身体里的每一滴尿都挤出来，把黄浦江灌满才能出一口恶气。

再说杭州这边的。

我们大概是五个人一组吧，还是测量实习的五个人，衣不如新、人不如故，熟悉的人，男女搭配、干活儿不累。学校让我们自己出去找工地，我和 LSJ 骑着自行车大夏天的在学校附近的工地挨个地问“可不可以来实习”，很多都拒绝了我们。天热的不得了，太阳烤得我俩汗流浃背，但我俩一想起学校里 CGM、CHX、DCT 那期盼的眼神，就感觉到肩上的重担，就毅然决然地继续找，真的猛士，敢于直面惨淡的人生，敢于正视拒绝的目光。功夫不负苦心人，我们居然在文三路上找到了一个工地，答应让我们去那边实习。我和老 L 几乎不敢相信自己的耳朵，居然一天就找到了收留我们的地方了，太开心了。我们强抑制住内心的激动，谢过工程部的负责人，约好时间，一退出工地，就赶紧上车，飞一般地往学校骑，都想第一个告诉他们我们的好消息，以便让他们确定这是自己的功劳。我现在还得表示一下自己对这个工地的敬意——昌地火炬大厦。

实习内容主要就是在工程部帮助整理一下资料，学习一下施工的内容。但施工这玩意儿，没什么理论，主要还是实践，我们央求技术工程师带我们到现场看看，他犹豫了一下，还是答应了。我们一到工地，什么都不懂，什么都觉得新鲜，为了表示自己的谦虚，什么鸡毛蒜皮的东西都要问，——现在想想确实挺烦的，从钢筋直径、钢筋间距、箍筋肢距、保护层厚度等等，最后那位工程师也受不了了，跟我们说自己先看看，他还有点事儿走开了。他刚走开，我跑到在焊接柱纵筋的工人边看他作业，焊接方式是电渣压力焊。工人刚焊好，我脑子一热，想知道这玩意儿到底多么烫，用大拇指和食指碰了碰，刚碰上，就一阵钻心的疼。我一开始猜想大概就像钢板在太阳地里被晒得发烫的感觉那样，但事实上这是钢材被融化正在冷却的过程，所以，手指当即被严重烫伤，我赶紧死死地用左手压着右手的两根手指。他们几个凑上来问怎么了，我疼得说不出话来，但他们看了看还在冒着烟的钢筋，很快明白了。带我们的工程师从稍远处一看我们凑在一起，走过来问怎么了，他们几个说我摸了刚焊好的钢筋，这哥们儿嘿嘿一句，“这也能摸啊？”就走了。剩下他们几个围着我，等稍微缓过劲来，我把手指从另外一只手里拿出来一看，指肚被烫得焦黄焦黄的，完全麻木了。一看都这样，学习的兴致也没了，他们陪着垂头丧气的我赶紧从工地上撤下来，在办公室好好休息一番。从那之后，我就很少去现场了，大多数时候都在工程部里面。

这么下去也不是个事儿，这热情一下去了，空调房待着也觉得冷，我寻思着干点别的。有一天跑步回来，路过大操场旁边的学生勤工俭学中心，看到有个家教，联系了一下，我决定去试试。小孩子初三刚毕业，下半年要上高中，准备补补课，把基础打牢靠。我去试了一下，他们觉得我教得不错。我粗算一下，连续整个暑假教下来可以拿三千块，比那种一星期一次的要好多了，算是一笔小财了。于是，一拍即合。就这样，我施工实习干脆就不去了，他们几个人跟我说，到时候得好好感谢他们，否则的话，就不帮我填写实习记录了，我不敢有任何犹豫就成交了。

先说家教这边的事儿。我教了一星期，发现这孩子就两个地方不会：这也不会，那也不会。这样就没法讲下去了，心里有点慌，担心这么下去，到时候没什么起色，会不会要不到工钱啊。但事已至此，只能死马当作活马医了。我给他制定了一个计划，把初中三年的各门功课全部过一遍，并有重点的针对性复习，要把各个知识点复习到位，然后再连贯起来。我默默地期待那孩子能开点窍，这样我要工钱的时候能理直气壮一点。那一家人就住在武林门那边，父母在鞋城做生意，小孩子自小习武，在家里开门都用脑袋撞开，看得我每次脑袋都很疼，问他为什么不用手推开。他说小时候练散打，师父说了，一个优秀的散打选手应该能用身体的各个部位攻击对手，脑袋练得比较少，也就开门的时候练一下。我默默地表示赞同，心里想着，你这么个撞脑袋，学习能好吗？但是，我不敢说出来，因为小孩子虽然上初中，但基本上跟我一样高了，而且比我强壮多了，要打架的话，我肯定打不过他。这是玩笑话。他一家人脾气都非常好，说话都很客气，“老师吃饭”，“老师请坐”。我都不好意思了。而且，那孩子学习不大好，他一看我把他的课程讲得那么通顺，尊重得不得了，那还能用脑袋攻击我？

每天上午，我去他们家给他讲课，他爸妈去做生意；中午了，他爸妈回来给我们做饭；下午，休息一下，再一起学习两个小时，到三四点钟，我就乘公交车回学校。日子倒也简单，本来为施工实习的公交卡也物尽其用。看着我每天出来挣钱，而自己只能每天去工地，CGM每天晚上都过来跟我商量暑假结束了我们小组去吃点什么，我点头赞同，否则，我的实习记录怎么交差呢。

过了两个多星期，我基本上把整个初中的内容都讲好了，小伙子也开始有点开窍了，我也轻松了不少，有重点的复习不需要不停地讲，只需要让他做些题目，然后教他把知识点串起来就可以了，更重要的是，我意识到我可能需要考研复习，再这么搞下去，为了这三千块，我可能要损失三万块了。于是我跟那孩子商量，要不要跟我去浙江大学去自习，那边有教室，我还可以带你逛逛校园，怎么样？他一听，脸上马上乐开了花，估计一个暑假在家里憋坏了，而且是去一个他可能都考不上的大学自习，一个初中生，要多开心就有多开心。他父母经过这段时间对我的认真考察，觉得儿子的确需要去浙江大学这样的学校见识一下，也表示了赞同。于是，我们的阵地从他们家转移到教9。每天早上，我带上水杯，从商贾原给他带上一大瓶纯净水，到校门口去等他一起去教9学习。后来他熟悉了之后，我也不去校门口等他，就直接教9门口见了。第一次看到教9的教室的时候，他太喜欢了，什么都很好奇什么都很新鲜，到处看，不停地问我一些简单的问题。我也乐意回答，就当是宣传吧，要让浙大在他幼小的心灵上播上种子。然后，我就坐在教室里复习，反正到处免费，你随便看好了。正值暑假，有时候整个教室就我们俩，他问可不可以去黑板上画漫画。不是我的粉笔，不是我的黑板，我哪有资格说不行，于是双手一摊，很大方地告诉他“随便画”。他有时候一个上午就在那画动漫，我都搞定一套微积分的练习了，他还在那仔细研究人物造型。

我终于找到了最佳的家教模式，到后来我俩的学习都取得了很大的进步，结束了暑期的愉快合作。我顺利地拿到了我的工钱，虽然打了点折扣，他父母送了我一双皮鞋，权作抵款了，我也不是什么小气的人，就不去呼天抢地地讨薪了。

我的施工实习也顺利地结束了，交作业之前，花了几天的时间抄了一个月的实习记录。CGM问我，要是老师发现我们的实习记录是一样的怎么办，我说：“我们本来就在一个工地上，干的就是同样的事情啊。”他觉得我的解释非常有道理，恍然大悟：“哎，是啊！”然后笑开了。

关于我和小组成员之间怎么解决的呢？那阵子听收音机，常常听到北京的“东来顺”在杭州新开了一家店，我们就选定到那里去解决问题，一行人好好地吃了一顿，为我们的暑期施工实习画上了一个圆满的句号。

大四上学期开学的时候，罗大佑来杭州开演唱会。CGM 问我要不要去听听，最便宜的门票是 180 元一张，我思量了一下，这够我买 36 张盗版 CD，每个月一张，可以买三年呢，决定不去。CGM 说，你暑假做家教赚了那么多钱，还不好好犒劳一下自己？不然，你以后怎么对得起这段日子啊，谁的青春不疯狂？咱们也去疯狂一把？我看着他那积极撺掇我的样子，确信他的疯狂不是建立在我帮他支付门票的基础上，而且发现周华健、李宗盛、齐豫也会来，终于决定也跟他们广东人疯狂一把。在浙江省体育场，我们在几乎看不到罗大佑的外场，跟着全场一起唱《鹿港小镇》《之乎者也》《童年》和《光阴的故事》。但我最喜欢的当然是周华健的《朋友》和《月亮代表我的心》，我觉得现场棒极了，远不是盗版 CD 能比。到现在我能够想到最浪漫的事就是在海边拥着我的爱人，在她耳边轻声唱周华健《有故事的人》："我决定不躲了，你决定不怕了，我们决定了让爱像绿草原滋长着。"

三十　考研前后的各类烦心事儿

很多事情，渲染起来，显得特别夸张，其实当事人有时候并不会比旁观者更为紧张。以前看高考，那感觉是这样；后来看考研，也是这样。虽然这事儿都很重要，但并没有像一些媒体报道的那样，看他们的那些文字，常常庆幸自己居然是个过来人、也有点不敢相信自己真的是个过来人。本科阶段，最忙最乱的时候大概就是考研那阵子了。

听说以前土木系是五年制的，和小学一样长，可是突然有一天小学从五年改为六年了，这么一来总的学习时间就长了，毕业就晚了。这么一搞，工地就缺人了，土木系赶紧把学习时间压缩为四年了。这样一来课程就更紧了，哪怕是在大四上学期我一边考研还得一边应付六门考试，其中就有一门“骇人听闻”的《钢结构》。

钢结构——童根树老师。第一次见到童老师是在大一的时候，就是前面所说的《土木工程概论》的课。这门课任课老师全是土木系的大牛，阵容非常豪华，跟《无间道 3》一样，而且上课老师每次一换，包括前面说过的吴世明老师、董石麟老师，童老师也是其中之一。童老师小个子，跟小个子形成鲜明对比的是大脑袋，存贮量至少是一般人的两倍，恃才傲物，脸上只有两种表情：第一，天真可爱的笑容；第二，不屑一顾的鄙视。当时觉得我们是大一的新生，比较客气，第一种表情用得比较多，到了大四，觉得没这个必要了，所以第二种表情所占比例高达 75%，基本上每鄙视你三次才朝你笑一下。

童老师上课他从来不看课本，就是按照提纲，一点一点地讲，公式一步一步地推（凭这一点就可以赢得任何人的尊重，钢结构的公式极为复杂，很多是从力学最基本的公式推导过来的，而且每个截面都可能不同）。先不说正确与否，对我来说，根本就没法去判断那公式是否正确，因为那公式很长，上课那么短的时间能看清楚就不错了，哪有空去思考，根本来不及判断。童老师一问是不是这样，大家就点头也不是，不点头也不是。因为如果不点头，显得自己没听懂，多没面子啊；点头吧，童老师思维跳跃、板书潦草，有些时候那么多字母还没看清楚是什么，代表什么，——钢结构的公式也不知道是谁先搞出来的，英文字母和希腊字母混用，比如 B 和 β 、a 和 α 、ζ 和 ξ 、τ 和 T、φ 和 ψ 等等，黑板上的手写体哪里看得出来——，可是你自己已经承认看明白了，于是他等号后面的东西又已经不停地往外冒了，更多更复杂的公式更猛烈的迎面扑来了，整节课常常是云里雾里。因为童老师力求把美妙的推导过程完美的展示给我们看，所以，公式每一步都非常详细，可是那么长的公式黑板装不下，——我知道你会说大学里黑板不是很大吗？可你要知道他个子小，黑板上半截三分之一他够不着，基本上没啥用——，所以写到角落写不下，啪一个大箭头，指到另个地方，有时候为了简便起见，又啪的一下指回来，整个黑板就是个军用作战地图一样，到最后，终于挤满了，他还得踮着脚往最上面写，他写得累，我们看得累，他写完了松口气，我们看完了也松口气。所以，跟着童老师上课就像跟着向导走迷宫，你踩准了点，觉得特刺激，没踩准，那就对不起，肯定得迷路，也特刺激。

好吧，即便你真的运气不错，完全跟上了节奏，好不容易有一次看懂了，心里挺得意的，觉得自己还挺牛的，总算跟上他的节奏了。可他很可能拍拍那颗极聪明的脑袋说“哦，错了”，顺手抄起黑板擦稀里哗啦擦掉你刚才看懂的内容，重来一遍，我们就跟着继续雾里看花。甚至，他推导了半天，最后干脆双手一摊，直接坦诚这问题他没搞懂，算了，不弄了，下一个。我们赶紧调整好哭笑不得的心态，奔赴下一个不知道搞不搞得懂的知识点。我估计童老师是这么想的：书本上的内容有什么好讲的，那些自己回去看看就行了，要讲就讲一些你们看不到的内容，这才够酷。可怜的我，一个学期都没酷过。

前面说过谢康和老师说起自己博士论文做的什么内容在课本上提到了，他轻描淡写地说，我们心悦诚服地叹，谢老师不动声色。童老师可不是这个性格。有一次，讲到一个问题，他好像想起了什么，说：“这个问题杭萧（钢构）曾经组织我们几个专家去讨论过。”我们下面一阵羡慕，觉得这小个子好牛啊。童老师一眼就瞧出我们的心思，赶紧接着说：“我可不是什么专家。”我们在下面就笑得前俯后仰。后来，有一天童老师提到一个问题时谈及了某个专家的看法，以十分鄙夷的口气说“什么 ×× 专家”，我们终于理解他为什么不肯承认自己是“专家”了。

因为大四上学期我忙于复习考研，实在没心思去听课，浪费了接受童老师熏陶的大好机会，至今痛心疾首，作业全部是抄 YT 的。其实很多人是跟我这样的，还挺担心上课不去、作业不做会不会不让考试，自从有了《环境工程概论》的先例，谁都不敢掉以轻心。所以，大家斗胆直接问童老师，他想都不想，十分干脆地给出一个很酷的答复：“你可以不来，也可以不做作业，没事的，我不要你一定要听我的课。”有些人别的话记不住，这句话可就记到死心肝上了，如获至宝，课不去上，作业也懒得抄，CXG 就是这个类型。我常常提醒他，不怕一万，就怕万一啊，反正 YT 的作业不抄白不抄。他不信，常常安慰自己说：“不可能，童根树自己亲口说的，不要紧。”没想到到了期末的时候童老师还是以淡淡的口气说：“把作业交上来啊，缺交三次没资格考试。”这如同晴天一霹雳将许多兄弟从甜蜜的梦中惊醒，拼命地补作业，一个劲儿地抱怨：“这老童，把我给害惨了。”我可得意了，不需要补作业，抄作业还顺带了复习，多有先见之明。

大四上学期期末考试和考研前后重叠，《钢结构》本来就很难，考试就更是一大难关。很多人当时都打算不及格的，我也是其中之一，因为每次当我翻开书，看了几页，就看不下去了，一来那些公式太恐怖，二来因为期末考试把考研复习打断觉得不划算，期末不行了，大不了重修，考研不行了，那可得再等一年啊。这样，到了学期末，会的还是前面那几页。怎么办？考，还是不考，这是个问题。最后我选择了考，疯狂的在教 9 复习了三天，对着书本看抄过的作业，同时还得抽空复习考研。真的是人有多大胆，地有多大产，我只有 60 分的胆，居然有了 80 分的产，“不怕做不到，就怕想不到”。

读研究生的时候听过童老师的课，算是讲得非常好的课程之一，也为自己没有读童老师的研究生可惜。未来，谁要是有钱能拍一部浙大版《射雕英雄传》，“老顽童”这角色非童老师莫属了，不用试镜，直接上，一次就过。

还有一门课让人难忘是因为我自己。

建筑经济与管理——刘道锋老师。因为考研复习，大家很少聚在一块儿，偶尔一起上课很难得，在课堂上聊天才是正事，聊累了，就听听课。我被抓过几次，有一次我正聊得起劲，被他抓上去做题目，当然做不出，在众目睽睽之下翻了半天书才算出来；第二次我还是没认真听，结果又点名叫人做题，我暗自忖度，上一次点名做题有我的份，这次不会这么倒霉了吧？再说是市政和结构一起上课，我们结构班已经叫了一个人，学号很靠近我，按照概率，轮也轮不到，可是这个老师的思路很怪，就不按套路出牌，也可能是盯上我了，居然又点到我了。而我又不会做。这次他不和上次一样，委婉地说什么题目难、给大家时间不够，直接狠狠地画了个叉，让我大丢颜面。连续两次这么着，我都有点怕他了，但是，往往怕什么来什么。期末考试的时候，由于平时没怎么投入时间，我又不想被刘老师抓住，于是把一些知识要点抄在一个小纸片上，有机会打算看看。结果，考试刚开始，真的就刚开始，卷子都没看，我想趁刘老师不注意时核对一下考点有没有被我押中，还没来得及拿出来，他就朝我走过来，吓得我赶紧塞回草稿纸中，装作没事一样。原来坐我后面的欧勒要稿纸，刘老师走过我的位置，站在我的身后跟他说话。我暗自庆幸，虚惊一场。可是，刚好刘老师也没带稿纸，回头一看，发现我的桌子上一沓稿纸，就问我要几张。我说好的，准备拿给他几张。可他毫不客气，自己动手来拿。我一看大事不好，拦住刘老师，说“我来给你拿好了”，随手小心抽了几张，心里佩服自己随机应变能力太强了。就在我暗自得意没被抓住的时候，欧勒嫌稿纸不够，还想要几张。刘老师觉得要了我的稿纸，还要我递给他，过意不去，打算亲自来。我暗暗叫苦，心里真想把欧勒现在就拉出来狠狠地扁一顿，因为我感觉这下真的蒙混不过去了。但，我还是要做垂死挣扎，把稿纸弄齐，用夹子夹紧，想这下应该把小纸片夹住了，刘老师抽几张稿纸应该没问题。可我的如意算盘空了，因为那个纸片没夹住，蝴蝶一般的飞了出来，我都快要晕过去了，不敢去面对这个事实。还好，考试才刚刚开始，刘老师拿起纸片看了一下收回去，没说什么，就走了。我偷偷回头看后面的欧勒，告诉我“完了，出师未捷身先死”，当时真想怎么会碰上这么猪一般的室友呢，你跟我说一声不就行了吗？其实不作弊我完全可以过的，作弊图的就是一个安全感，实际上作弊带来的恐惧感远胜于安全感。那次考试我考了 75 分，永远都忘不了。谢谢刘老师给了我面子，希望后面的学弟学妹永远都不需要这样的面子。

这个学期最重要的一件事是考研。我刚上大学的时候几乎没有考研究生的想法，大三时编辑过一本《心宇》，当时有个研究生学长投了篇稿子，很受大家欢迎，因为研究生那会儿特别神秘，但后来随着找工作越来越难，大伙儿考研的热情也越烧越旺。大部分想考的人都是从暑假开始复习的，包括那些成绩特别好的人，比如 YT、CHX。但是，他们实力明显高出我们一大截，保研几乎是肯定的，但是为了保险起见，居然也跟风，装模作样地复习，特别是 YT，还跟着我们去上辅导班，所有人看到他的时候都很诧异，他就微微笑，点点头，说“复习复习”。那架势，一条活路都不打算给我们留。

暑假里大家还比较轻松，大四上学期一开学，气氛就紧张起来。我接到暑假家教的小孩子的爸爸的电话，说他儿子高中开学摸底考试考得非常好，非常感谢我，然后问我愿不愿意继续教。我一想着考研需要投入，就很想挣那份钱，本来那孩子人也不错，反正底子薄、基础差，稍微讲一下就有巨大的提升空间，于是满口答应了，这下我变得特别忙碌。

大约在一个多月后，系里保研的名额出来了，YT、CHX、CGM都上了。我们既感到轻松，又感到沉重，因为考研的竞争对手少了这么些人自然考上的概率很大，沉重的是他们终于摆脱了复习，可以自由自在的干自己想干的事情，而我们就只能每天眼睁睁地看着，羡慕嫉妒。但这怪不得谁，人家保研还不都是靠实力的？保研名额出来的时候，虽然是意料之中，但是YT仍然特别高兴，请我们整个宿舍三更半夜里到大校门那边吃烤羊肉串。晚上，秋风拂面，凉意微微，我们尽情地吃着热乎乎、香辣可口的羊肉串，完全顾不得旁边恶臭乱飘的护校河。YT太高兴了，叫那师傅不停地烤，跟我们说随便吃，我们十分支持他，一直吃到自己吃不下为止。这一顿实际上就是先行者YT为我们这帮后进者考研之路践行，从这以后，我们其他人就投入到复习之中，YT也提前开始了他的准研究生生涯。

再之后，我已经吃不消家教、平时上课、考研复习三条线同时作战，在征得小孩子家长的同意后，把家教的工作委托给CHX，CHX没干多久委托给CGM，CGM这种做大事的人哪里干得了这种细活儿，最后也不干了。我好像是自己撂挑子了一样，很是过意不去，也不敢打电话去问那小孩子后来学习怎么样了。

很多人喜欢把考研这件事说得非常痛苦，整个过程显得特别悲壮，我总觉得有点言过其实。不过，我也不好意思说得很简单，那为啥我没资格保送呢，我就把整个过程大致讲述一下，供人参考。

首先我当然得列一个复习计划。我信奉“凡事预则立、不预则废”，同时准备考研、期末考试、找工作，不列个具体的计划，估计一样都干不好。我本质上认为考研纯粹是个应试教育的高级版，并不能体现出学术上多么优秀，只要我准备得当，过关应该是不成问题的。虽然我没那么聪明，但绝不笨。

准备前我得了解一下自己到底处于一个什么水平。比如说数学，如果不是考研，我可能认为自己没学好是蔡老师没有把话讲清楚，稍微深入了解一下才发现自己得承担100%的责任。我上来就买了一本综合参考书，准备把所有考点整理一遍，同时测试一下自己，结果是惨不忍睹。我拿出做家教的劲儿把所有知识点梳理一遍，终于从不知道自己不知道变成知道自己不知道了。每次看到考研成绩通过线那么低，心里都暗暗地笑，现在是不敢笑了。再比如说英语，220 篇一做，每一篇的正确率都是低得惊人，我几乎没有信心复习下去了。数学和英语是我最擅长的两门，荒疏至此，人世间最悲痛的事情莫过如此。对于政治我的目标很简单，就是及格，大一革命史考了 76 分，大二邓论也考了 70 多分，大三我说马原一定要突破 70 分，结果真的突破 70 分，得了 64 分。这种情况下，政治我不求过硬，但求不软。

这么一折腾，虽然没什么大收获，但至少不迷糊了。我安慰自己，数学第一遍扫除那么多盲点，可喜可贺，进步空间大，已经从特别差变得比较差了；220 篇看了前言，发现阅读水平至少是研究生或者研究生以上水平，文章全部来自大不列颠百科全书，而且题目都在乱出，后来我扔了这个垃圾，而且这个出版社的书籍也再也不看了；政治我一直没有什么明确的复习指导，但也拿着基本的参考资料每天阅读，能挣一分是一分，及格就行了。

于是我开始有选择地使用参考书，保证不被人误导。数学杂七杂八的参考书特别多，我就专注于一本，再加上往年真题，更多的书我也买不起。我们宿舍 ZXX，从大一开始就有好多参考书，考研就更不用说了，光数学就有五六本综合习题集，他不可能每天都用五六本啊，我和欧勒就等着他去复习了，从剩下的里面中各挑一本，带去教室看看，长长见识。英语和政治，基本上不再乱复习了，一般书都不敢用，只敢用考试中心提供的那些参考书。中国的考试已经成了一个产业了，坑了一批又一批的莘莘学子，是个人就敢出本考试的书坑蒙拐骗。把时间花在一本烂书上，就相当于错失了花在一本好书上的时间。

我也开始上那些吹得天花乱坠的辅导班，“恩波”的广告太凶猛了，我也被骗了。大三之前我一直以为读成“思波考研”，有一次回宿舍感叹说“现在考研风气太盛了，思波考研到处是广告”，沦为室友的笑柄。政治花了我几百个大洋，数学花了个几百个大洋，最后我得出的结论是“政治是屁用都没有、数学有个屁用”。那些钱买点习题做做倒是真的，多余的还可以改善一下生活，真的没必要浪费。

考研班不同于平时授课，不可能以教授知识为目的，反正时间到了，就开始数钱。这事儿就跟做家教一样，谁做家教不是以挣钱为目的？除了我。

现在看到那么多的辅导班，一副百家争鸣、欣欣向荣的局面，真是疯狂。考研辅导班基本上只能安慰一下自己，免得到时候自己没考好，好像就是因为某一次没参加辅导班导致的恶果，不过自欺欺人罢了，任何一个考点、任何一个老师讲的内容在比较常见的官方参考书或者普通的参考书中都会出现，而那些可比辅导班便宜多了。常常看到一些辅导班说自己的政治资料押中了什么题目而自鸣得意，并煞有其事的对比一下多少分题目是他的资料中出现的。那些书叠起来都有几尺厚了，押中了几道题就吹成这样。

我做了数学、英语、政治全面复习后，终于发现最有用的东西只有一种：真题。尤其是政治，政治拿着本教育部出的高教出版的考试分析每天背，对着真题分析他们的出题思路和解题方式，最终发现答题简直就是套公式。首先是解释题目中的名词，然后就是这两个名词的关系，然后就是正面说，有了A就有了B，有了B就有了A，再反面说没有A就没有B，没有B就没有A，能扯多少就扯多少，用这个方法曾经顺利地回答了一道我根本就不懂的两个名词解释，让发问的同学佩服不已，而我自己则莫名其妙怎么回答出来的。为什么大家谈论起政治是如此津津有味，但考起试来怎么如此痛苦呢？再例如数学，有一次我老乡出了一道数学题目给我做，是陈文灯的复习资料上的。他说这题难度指数可以到十，你试试看。我居然不可思议地做出来了，而且跟答案做法一样。他惊奇半天。那一瞬间，虚荣感油然而生，或者说自信，而实际上陈文灯的书我根本就看不下去，太难了。

也许复习考研的心态是最重要的，生活是一场游戏，考研也是，不过是一些人挖了一些陷阱而已，我们就是努力看穿他们。我曾想，要是我没考上，那不是白复习了吗？为这个问题苦恼了很长时间，后来自己安慰自己说："谋事在人，成事在天，对得起自己就好，不要现在不复习到时候后悔就好，如果认真复习了，还是没考上，那就不怪我，也不用后悔。"

但是事情并不会一直都那么顺利。有一天，我吃了中饭在宿舍里休息，跟大家闲扯一下好玩的事儿。CGM过来，叫我出去，说跟我说个事儿。从没见他如此严峻过，我有些纳闷，问他怎么了。他已经保研了，每天日子过得很轻松堕落，完全无法体会我们的痛苦，莫非是要有什么高兴的事儿找我？他问我还记不记得×××，我说记得，问怎么了。"他自杀了！"CGM沉重地说，然后两个人就陷入死一般的沉默。我大吃一惊，瞪大了眼睛，问怎么回事。CGM说大概是身体不太好，精神比较抑郁，去图书馆自修，不小心坠落下来。我愣了，心里一直在发抖，紧紧地扶着五楼顶层的楼梯扶手，看了看楼梯，想象着×××从图书馆飘下的身影，那一刻，整个世界一下子黯淡下来。×××是CGM的老乡，我也认识，暑假的时候还在食堂遇到过，边吃边聊，如今竟然阴阳相隔。我都不敢相信身边一个活生生的同龄人就这样失去了生命。怎么会变得这样呢，这让他父母怎么面对这样的事实啊，我都不敢想下去，就看着 CGM，他也默不作声地看着我。我俩长叹一口气，各自回宿舍。如果有悲伤，一定要跟好朋友分享，那样的话，你的悲伤就只有一半了。CGM 做到了这一点，我也乐于跟他分享他的悲伤，但是我还能跟谁分享呢？我只能默默地躺在床上想着这一切到底是为什么，还是否有必要在这里继续待下去，还要不要考本校的研究生。

很快，这个消息开始在学校里流传。宿舍里也在讨论，我一句话都不想说。室友觉得很反常，问我知不知道，我冷冷地说早就知道了，不想讨论而已。我觉得，目前最重要的不是考研，而是如何让自己振作起来，我的那些室友因为不认识 ×××，所以谈论起来都一副无所谓的样子，我则不同，心里常常特别的压抑。

有一天我又在 ZXX 的书架上找数学参考书，无意中发现了一本《登天的感觉》，作者叫岳晓东，哈佛大学的教育心理学博士。我大致觉得这本书很符合我当时的需求，于是抛开已经不显得多么重要的考研资料，开始认真地读起来。同时，对面宿舍 SJW 也保研了，每天用电脑放《憨豆先生》。围观群众要么不考研，要么保研了，我是为数不多打算认真复习考研的人。好多次，我都是看好憨豆，再背着一书包的考研资料，穿过安静的校园，从 1 舍走到教 9，翻翻《登天的感觉》，叹着气，回到宿舍，努力让自己睡着。好多次，我八九点钟往教室里走的时候，碰到同学，问我怎么这么晚去自习，我都笑着说休息了一会儿。

《登天的感觉》内容我也记不住了，《憨豆先生》故事情节我也印象模糊了，但是，在它们的帮助下，我的心情的确开始不那么忧郁了。虽然也感叹世事无常，但更多的是想着斯人已去，愿他安息，后来人唯有珍惜生命，方显坚毅和可贵。人一旦思想上开始接受事实，就会变得轻松起来。

我终于走出来了，又开始了正常的复习。所有的复习都进行得非常顺利，而且这时候我对浙大也没那么反感了，当然也理性地认识到，我距离考外校还是有点距离，终于报考了本校。

大四上学期在整个大学本科阶段是最艰难的一个阶段，尤其是对于我们这些中不溜秋的人，一方面因为没法保研可又不甘心带着本科文凭被学校扫地出门，另一方面又担心真的没考上只能带着本科文凭黯然离开到什么地方去，可千万别搞的“今日我以浙大为荣，明日浙大以我为耻”了。所以，当寒风渐渐刮得越来越猛的时候，保研的同学每天睡着懒觉过着猪一般的生活，不打算考研全心找工作的同学过着四处游荡投简历准备面试的狗一般的生活的时候，我们这批人每天都只能过着一会儿弄简历一会儿复习的猪狗不如的生活。

也不知道为什么，2000年、2001年那会儿特别流行把简历做得很厚，前面加个自荐信、中间夹着简历、后面附着成绩单、孤零零的三两张获奖证书（获奖证书多的人都保研了），再用个塑料夹子夹着。虽然都挺贵的，但是别人都这样，你要不这样，感觉可能要吃亏，也就忍了。为了找工作，还去配了个传呼机。到这时候我们才开始怀疑大一时候看到土木系宣传的供需比数字是不是逗我们玩的，学校组织的招聘会上用人单位一大摞一大摞的简历让我们觉得自己被选中的概率真的是太小了，失望一个一个接踵而来，每次接到传呼，兴高采烈的回电话，常常发现根本不是用人单位，这白白流失的电话费一点一点地吞噬着自己的信心。与此形成鲜明对比的是，信电、计算机的哥们儿火爆得让我们都有点恼羞成怒了。那一年华为开始疯狂的扩招，几乎只要是跟电沾边的都要，一个班一个班的收，而且在很多学校都这样。我们都觉得华为疯了，前些年看着布告栏那里贴的华为一轮又一轮的面试名单，大家都觉得这单位太牛了，哪知道就隔了一年，好像拿着身份证就能进去了。我老乡LC是电气工程的，就去华为投了份简历，人家就跟他确认了两个问题，第一，你是浙大电气的吗？回答“是的”，第二，你高中是“黄冈高中”的吗？回答“是的”，好了，可以签约了。回来他跟我说，本来以为考大学是为了方便找工作，哪知道读个高中就行了。这会儿，我才意识到黄冈高中的威力，十分痛恨自己初中为什么不好好学习。

当然，整个找工作的过程也不是没有开心的事儿，比如说，我一直十分在意的青春痘神奇地消失了。真的，我自己都莫名其妙，没了，就跟周星驰说的那样，很多东西往往会在你不在意的时候出现。于是，我带着一张不再凹凸不平的脸参加了考研。

考数学的前一天，我给同学讲一道题目，用到斯托克斯公式，感觉记得不是非常清楚，懒得翻书核对，想着明天应该不会考，不可能这么准。结果，第二天还真的考了。我凑来凑去，却怎么都记不起公式的表达顺序，而且正负号拿不准，最终放弃了这个方法，用了最基本的普通方法，花了大量时间，结果还算错了。考完了，同考场的一个兄弟过来拼命找我对答案。我实在没有心情，因为他说的每一个题目我都错了。我都不知道他为什么盯上我，是不是觉得我比较好欺负？我所有的错误都成了他自信的增长点，气得我一回来就去对着墙打网球，把个可怜的网球抽得跳个不停。

考研的最后一天是钢混。本来专业课就挺简单的，钢混是陈鸣老师给我们讲的复习纲要，特别清晰。我去图书馆把历年的考试卷都拿来认认真真地做了一遍，可以说到考前都是信心百倍。不过，因为已经考了两天，虽然也有很多错误，但总体上我感觉自己还不错，希望最后一门不要拖后腿导致功亏一篑，所以还是有点紧张。一早起来，感觉胃口不好，我从商贾园买了一块蛋糕当早点，带到教 9 考场。我拿到试卷，扫了一眼，似乎不难，把蛋糕放到一边，准备考完了再吃，就跟关云长温酒斩华雄一样。等到真的做完了，开始检查的时候，我开始舒坦地吃起蛋糕。一口下去味道好怪，我以为是饿过头了，舌头有点涩，再吃一口，还是这样，低头一看，发现绿蒙蒙的一层霉菌，再看日期，已经两周了。我顿时胸腔里开始翻滚，举手跟老师说我要去厕所。监考老师防止我作弊，跟着我到厕所，结果我一进去就吐了，吓得他赶紧跑出来。等我漱好口出来，时间也不多，我稍微检查了一下，发现了个错误的地方，赶紧改，最后也不知道改对了没，反正铃声已经响了。我气急败坏地赶到商贾园，把蛋糕扔到柜台上，售货员就看了一眼，把钱退给我了。我实在也是发不出什么大招来制服这些黑心人，只是正色告诉她们："你们干出这么伤天害理的事儿是要遭报应的。"

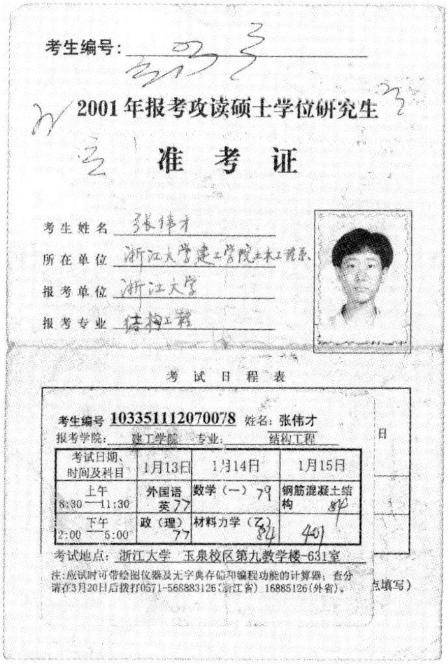
考生编号：

2001年报考攻读硕士学位研究生

准考证

考生姓名 张伟才

所在单位 浙江大学建工学院土木工程系

报考单位 浙江大学

报考专业 结构工程

考试日程表

考生编号 103351112070078 姓名：张伟才

报考学院：建工学院 专业：结构工程

考试日期、时间及科目	1月13日	1月14日	1月15日
上午 8:30—11:30	外国语 英77	数学（一）79	钢筋混凝土结构 84
下午 2:00—5:00	政（理）77	材料力学（乙）84	401

考试地点：浙江大学 玉泉校区第九教学楼-631室

注：应试时可带绘图仪器及无字典存储和编程功能的计算器；查分请在3月20日后拨打0571-568883126（浙江省）16885126（外省）。

2001 年的考研准考证

考研终于是结束了，算是了却一桩事儿了，考研前显得不那么重要的事儿这会儿变得特重要了。我们终于意识到万一要考不上得给自己先找个坑，不过，想都不敢想一个月五六千的工作，就把目标定在一个月一两千的单位，基本上给口饭吃就给你玩命干了。听说浙江省在浙工大那边开招聘会，我们一堆人跑过去，结果发现进门的队伍排得比浙大的还要长，浙大还只是一个学校的人，浙工大那边可是全省的人都挤过来。等我们挤到摊位前面，发现人家收的简历桌子上都堆不下了，直接都扔椅子旁边堆着。我们感觉这些简历在他们走的时候会被一脚踢飞，所以也不舍得把好几块一份的简历给他们。有个设计院招人，一听我们是浙大的还有点感兴趣。我们顿时有一种自豪感，三五个人赶紧把简历递过去——我们从来没想过同一个系里其实就是竞争对手，每次有单位过来都赶紧告诉人家，赶紧过去投简历——人家一看，说我们不是本地人，不收。湖北人、辽宁人、福建人都很郁闷，赶紧把人家准备扔一边的简历拿回来。萧山人一听这话，觉得自己有戏，兴冲冲地提醒人家自己是萧山人，甚至用萧山话开始介绍自己。结果人家瞟了一眼，告诉他不招萧山人，只招本地人。这下我们明白了，原来本地人指的是杭州城区人，所有人都桀骜不驯地表示，你不招，老子还不去呢。

不停地遭到羞辱后，我觉得浙江是待不下去了，要回武汉碰碰运气了。考研前总觉得找工作不那么重要，现在考研结束了，大冬天的又被泼了几盆冷水后，心里开始紧张起来。我打听到武汉有家中南建筑设计院不错，再加上我妈妈也挺希望我回家的，我决定碰碰运气。土木科技馆的橱窗上有他们的联系方式，我打了个电话过去。这会儿我已经成了惊弓之鸟，生怕武汉人跟武穴那些人一样没听过浙江大学，直接把我给拒掉，甚至想着当初干吗跑到这地方来上学呢。所以，我特地根据“今日我以浙大为荣”的原则想介绍一下，幸亏武汉人比武穴人见多识广，对方的人事小姐也特别和蔼，一听我是浙大的，就叫我把简历寄过去，并需要本人过去办理招聘考试手续。我说我还没买到票，年内大概没办法赶到武汉了，能不能把照片寄过去直接帮我把准考证办好寄到我家里。她说“行”。

我就把希望寄托在中南设计院了。寄出了简历，一面是空闲、空虚和焦灼，一面发现更麻烦的事儿来了。就在人家陆续回家的时候，我才意识到我没买到回家的火车票。因为考研复习，我没时间去忙这个事。本来是打算让低年级的老乡帮我买，或者LC的女友帮我买，不知道怎么搞的，自己给忙忘了，而他们两边都以为对方会帮我买，结果都没帮我买，我感觉自己被抛弃了。到临近年底时，身边几乎所有的人都回家过年了，而我还孤苦伶仃地东奔西走，到处寻找回家的方式，从火车站跑到汽车站，从汽车站跑到火车站，辗转数次，终于失望而归，最早只能买到大年初一的票了，我也只能认了。

突然我醒悟过来，觉得在学校过年不也挺好的嘛，反正也没在这里过年过，试试呗，还能省去挤火车的费心事儿呢。于是，我索性安下心来在学校过年，也有了机会不去承受春运的痛苦。大年三十我还骑车出去复印简历，到处都找不到店，街上一个人都没有，从没有见过这种场面，也挺有意思的。晚上，学院里到宿舍来统计没回去过年的人，每个人发了一百块压岁钱，学校又组织我们到 2 食堂吃自助餐，再发一百块压岁钱，外加一张大年初一的餐券。事实上，除了只有一个人，冷冷清清的，其他真的也没什么。

吃好年夜饭回到 1 舍的时候，偌大的宿舍楼就亮了屈指可数的几盏灯，平素热闹的走廊，一个人都没有，一路延伸过去，好似一个深不见底的黑洞。好不习惯，我害怕，我彷徨，彷徨在这恐怖的走廊，生怕从角落处走来个丁香一般的姑娘。我壮着胆子，大声唱着歌，回到宿舍，打开灯，赶紧去上好厕所，回来拿桌子把门顶住。一个人在宿舍里，既希望有脚步声，又害怕有脚步声，不怕一万，就怕万一。零乱的寝室仿佛遭到日本鬼子的扫荡，书本散落一地，到处都是垃圾。终于只剩下我一个人了。

家里没来电话，因为我奶奶去世，家里人全部回老家了。整个宿舍楼空旷，冷清，我心里有点害怕。百无聊赖之下，我打开那台破电视机看春节联欢晚会，画面极不清晰，但我还是坚持着看完了。睡觉前，我拨开东倒西歪的凳子，爬到堆满东西的床上，把冰冷的被窝拨开一个洞钻进去，躺着看《读者》，准备灌几碗鸡汤就睡觉。突然电话响了，吓得我一阵心惊肉跳，以为是午夜凶铃，犹豫半天，拿起来一听，原来是 CXH 打电话过来祝我新年快乐。他问我在干嘛，我说：“没啥，就想着谁给打电话呢，你没事儿给我学几句骡子被强奸的叫声呗。”他哈哈大笑起来，随便来了几句，我也笑起来，连忙祝他全家新年快乐，然后跳上床，一觉睡到天亮。

第二天，也就是大年初一，我起床用掉了那张餐券，踏上了回家的火车。虽然走的还是春运的浙赣线，但是就差这么一天，火车上的场景已是天壤之别：空空荡荡的火车，一点都不挤，还显得有点凉飕飕的。我觉得这样挺好。从那之后，我就想着，以后真的不用凑过年那份热闹了，没必要，受那罪，还不如平时跟家人多待几天，过年都各自待着。

三十一　跨世纪的本科阶段结束了

生活走向何方其实受偶然的因素影响也很大。考研通过让我继续留在了杭州，不然，我现在应该在武汉生活着，每天对着图纸跟人家讨论各种结构方案、梁柱配筋。四年相处，曲终人散，一部分人继续留下来，一部分人则是离去。在世纪之交的时候，我们享受了最轻松快活的大四下学期，也经受了第一次略带遗憾的分别。本科毕业了，研究生的生涯开始了。

回到家里，家里人问我考研怎么样，我说不知道，工作怎么样，我说还没找好，过年后去武汉考试，考完了再说。我妈问我能不能找到一份一千块一个月的工作，我想了想，安慰她说，应该没问题的。

准时收到了中南设计院的准考证。去武汉考试那天是正月十几我忘了，反正我大姐去武汉进货，我跟她一块儿去，顺便帮她扛了两条轮胎去换。到武汉下车，我拎着两条轮胎走了很远，终于找到中南院那里，累得两个手臂提都提不起来。然而，考试却是必须进行的。那么多的题目，让我很为难，更为难的是我已经很久没拿笔，而手臂刚才又拎过东西，一点力气都没有，字都写不利索了。我在草稿纸上反复练习了一会儿“浙江大学”，找了点状态，然后开始做题。出题的人明显非常着重整个结构概念，所以题目多，涉及面广，几乎所有土木系本科学的课程都考到了，每门课一道题，包括我没认真学的钢结构、下学期才开始学也没认真学的高层结构。一道结构力学的题目需要画弯矩图，我没带尺子，口袋里居然翻出一张浙大的饭卡，我对母校感激不尽，觉得关键时刻还是母校给力。同时，我觉得这是一个绝对利好的吉兆，表明浙大的饭卡不仅在学校里有用，到中南设计院也有用呢。一高兴，不管那些题目我会还是不会，全都干净利索地给搞定了。不知道结果会怎样，估计不算好，但肯定不算差，饭卡我都刷过了呢。

答完试卷，时间还有，我检查一遍，抬起头轻松一下，猛然看到隔壁班的SLG从我身边走过，吃了一惊，但转而相视一笑。他是武汉人，过来考试也很正常，但他提前交卷，匆匆离去。我问怎么了，他说要去赶飞机参加娃哈哈的面试。我赶紧低头检查，但心理希望他面试不顺利，回头同学可以继续做同事。

考完试，我回到家里，又与中南院失去了联络，也不好意思打电话过去问结果，万一要真的被拒绝了，挺丢浙大的脸的。回校之前，我终于不甘心，打电话过去问，结果那位人事小姐一拿起电话听说我是浙大的，一副如释重负的口气说："你终于来电话了！"然后她就告诉我考试成绩挺好的，她们也打算录取了，但一直没联系到，叫我回校后直接把协议签好寄过来就行了。一搁下电话，我开心极了，总算把自己给安顿好了。一回到学校，欧勒问我找工作怎么样，我得意地说搞定中南院了。他羡慕坏了，告诉我他也打算去绍兴市院。我们都为对方感到特别高兴，这之前我俩一起跑到无锡市院去应聘，被人家鄙视得夺路狂奔，这下总算可以不再惦记着无锡市院了。签协议的时候，我打电话给中南院，说如果考研上了，我就不去了，她们也表示理解。

大四下学期就这样来到我身边。等待考研的结果是痛苦的，我比别人的要求更高，有些人只想考上，我则不但要考上，而且要公费，否则我肯定就不念了。我不想再让我的父母为我读一个所谓的研究生而继续含辛茹苦，他们已经为我奉献很多了，花他们辛苦挣来的钱读书我总觉得挺自私的。考之前，我很努力，所有的复习工作我都做得很彻底，如果不顺利，我也没办法。DL知道了我的要求后，跟我说，他估计我肯定能考上，但是公费应该考不上，因为比例有限。

有一天，大伙儿都说可以查分数了。我忐忑不安地按下一连串数字，分数出来了，足够。一下子，整个人轻松下来，觉得自己无所不能了，得意了很长一段时间。

我们宿舍老Z、欧勒和DL也都考上了。我们班有很多人都考上了，加上五个保送的，YT、SJW、CGM、CHX、ZN，估计有二十个。我们班学习气氛浓厚，总体成绩不错，读研的比例很高。我真幸运是这个班的一员，没有混在那么多人中间一起考，结果还真难说。我一直会记着建工974班，这辈子都忘不了。

当然也有一些兄弟虽然很努力，但是被捉弄了一下，比如GL、WY，他们每天也是早出晚归的，结果却单科没过线。

GL，兰州人，很为兰州自豪，动辄说"我们兰州那儿"怎么着怎么着。比如，"我们兰州白兰瓜特别的甜"，我们大部分人都没吃过，也不知道他说的是真的还是假的。“我们兰炼经常发可乐，一箱一箱地发，我喝可乐喝到后来都能分出百事可乐和可口可乐的区别了”。我们都表示怀疑，说百事可乐公司都做过测试，没人能准确地分出来，就你还能分出来？他眼睛瞪得圆圆的，说，“那你去买五杯可口可乐和五杯百事可乐，我肯定能分开。”我掏钱让你白白喝十杯可乐？我有那么傻吗？所以，这个牛他吹定了。白兰瓜我们没吃过，可乐我们也不愿让他白喝，就任由他胡扯，但是兰州拉面我们都吃过，但他也能扯。我们每次要是说兰州拉面不好吃，都会跟他说，他心情不好的时候就说：“这关我什么事儿啊，谁让你们去吃的？”心情好的时候则说：“浙江这水不行，我们兰州那拉面，汤跟你们这儿不一样，好喝多了。我们那有个马子禄拉面，每天就卖两锅汤，卖完了就不卖了，每天排很长的队呢。”前面说过公然在求是堂叫人家大姑娘服务员给他来袋奶子的就是这兰州哥们儿，YT着力传播“奶子”事件后，大家索性叫他“奶子”，西北人大概牛羊肉吃多了，膘肥体壮的，光着身子跟安禄山一样，更显得名副其实（浙大有个副校长叫作张乃大的，这名字好酷，不知道他的兄弟当年是怎么开他玩笑的）。他越是反对这个称呼，我们就叫得越快活，总之要搞得他暴跳如雷才好玩。

GL的普通话特别准，我觉得这才是他们兰州人的优点，什么朱军、水均益、李修平，但他从来不提，偏偏老是跟我们提什么白兰瓜、拉面。GL头发黄黄的，每次他要说杭州拉面不好吃是因为水质不好，FM都会摸着他脑袋说，瞧这孩子黄河水喝多了，连头发都黄成这样了，我们都笑成一片。他们宿舍的山东人LSJ也跟着笑，FM就指着他说：“你有什么好笑的，你还不一样黄河水喝多了，头发没一根黑的。”

GL很有唱歌天分，他不唱西北信天游，没事儿的时候抱着吉他哼上几句校园情歌。有一回和FM合作去参加了个什么比赛，在宿舍里练了好一段时间，“别为我呐喊别为我哭，别让我明亮的双眼模糊，别给我幸福别给我苦，别让我知道回家的路……”。GL弹奏，FM演唱，珠联璧合，情真意切，受到一致好评。说到这个，我想起了我们班的另一位NYZ，他也挺有才艺的，可能去参加了什么话剧团，演一些奶油小生的角色。西北人的才艺都以豪放著称，但是我们的西北双雄走的居然都是婉约派路线，叫人百思不得其解。

大四上学期法律成绩出来的时候GL没过，他安慰自己说没事没事考研过了就行，当时大家都这么安慰自己。人一倒霉，喝凉水都塞牙。其实，当时法律考试的确挺简单的，我吝啬到一天时间都没花，都胸有成竹地去考。欧勒被我胸有成竹的样子镇住了，以为我都懂，很高兴地坐在我后面，做完了和我对答案，并改掉了和我不一样的地方。结果，回来一问其他人，才发现我错得一塌糊涂，原本自己很多做对的地方和我对过答案后也改错了，在寝室里对我一肚子不满，我反骂他活该。可即便这样，我俩都没被抓住，GL 却被抓住了，难以置信，他是建经管的，按道理对法律这一块应该更在行才是。

本来 GL 是如此的可爱，经常被我们笑话，他也无所谓。法律没过、考研又没过，雪上加霜之际，我们都不敢开他的玩笑了。

WY 是河北保定人，白白净净的，普通话也特别准。我孤陋寡闻，对河北，虽然也知道“邯郸学步”“围魏救赵”“心在天山、身老沧州”“承德避暑山庄”，但比较熟悉的就是石家庄和赵县，前者是从家里人常年看的《新闻联播》和《天气预报》里知道的，后者是从语文书的《赵州桥》里知道的。第一次听说他来自保定，我一愣，WY 赶紧像我给他人介绍武穴一样跟我说河北以前省会在保定，这才让我对河北有了新的认识。他住在我们对面，和 XFL 一个宿舍，YT 有一次造谣说 XFL 有个曾用名叫做“X 朱畴”，人家都叫他“X 猪头”，有了“猪头”自然应该要有“狗脑”，YT 打量了四周，觉得 WY 脾气好、容易欺负，于是就把这个绰号给了 WY。

这考研成绩出来，气氛一下子有点凝重，这些绰号我们都不敢叫了。所幸，他们一起在外租房子同居了一年，第二年没犯错误，也没被捉弄，以超高分考上了，我们兴奋不已，又开始叫他们“奶子”和“狗脑”了。前些天看《雍正王朝》，发现雍正还真的管那东西叫作奶子，看来，兰州小子当初的确没有耍流氓，我们差点冤枉他。

作为一个准研究生，每个人的心情都很激动，我也是。于是我开始上 oicq，专门找网上的女孩子聊天，觉得这事儿特别新鲜和刺激。我也告诉每一个我熟悉的人我的远大理想。人就是这样，受到某种刺激总会意气风发，呈现出一种难得的幼稚。后来 98 级学弟学妹让我们这一级很多考研成绩不错的人去介绍经验，我忝列其中。在土木科技馆多功能厅，我被主持人像罚站一样拎出来，坐在前面，想了半天也憋不出比较酷的话，突然灵感迸发，说了一个成语“天道酬勤”。主持人见我实在说不出什么，就赶紧带头鼓掌，方解我燃眉之急。

考研分数出来后，我给中南院打电话说不去了，人事小姐跟我说那就解约吧，希望我毕业后还会回中南院工作，我激动得在电话这头眼泪都快流出来了，与那个只招本地人的设计院比，我们家乡人可亲可敬得多。从此之后，在我看来，全中国最好的设计院就是中南设计院。

接下来的日子，已经没有任何心思学习了，没事干的时候就看书、看碟片、打游戏。有一天，我到隔壁 532 宿舍去串门，发现他们那里挂了个飞镖盘，两个人闲着无聊，在那你一镖、我一镖地乱飞。我说，算了不要这样，我们每次每人三镖，取最好成绩，一共十次，累计环数最少的去买点水果上来吃，这样才刺激。这个提议得到赞同，大伙儿都担心自己最差，都怂恿旁观的人参加，降低自己被逮着买水果的概率。第一盘比赛，大家都很紧张，水平也烂，三环、五环的比比皆是，很快就抓住最后一个了。第二盘准备开战的时候，我们的体育全明星 QXA 同学趿拉着拖鞋，哼着“想要把你忘记真的好难”，晃着身体进来。刚才成绩最差的家伙立刻邀请他参加，等到 QXA 犹豫着答应下来，他声明退出，就等着看我们出丑了。我们当然知道 QXA 是天才，但是不太相信飞镖他也擅长，所以心里也不是很发怵。QXA 要求先练习一下，上来就是五环、再来一个七环，然后来了个九环。这么一搞，我们大家都吓坏了。正式比赛一开始，都不敢大意。活脱脱的鲶鱼效应，这一次大伙儿成绩大幅度提升，本来五环就会得意的欢呼，现在七环都在担心自己要去买水果了。十次下来，原来最低成绩三十多环，现在上升到五十多环。成绩最差的家伙对上一次成绩最差的人说：“看到没？算你有自知之明，还好你没来，就你那熊样，要参加的话，肯定还是你。”说罢，在大家的笑声中跑去买水果去了。一开始，人人都希望吃到免费的水果，参赛热情很高，但时间久了，成绩排名稳定了，一看比赛人员就发现自己这一次非但不可能吃到免费水果反而大有可能为他人贡献水果，就很可能拒绝参加。这么一来，参赛的人越来越少，就渐渐平息了。

当然了，大四下学期还有几门课，到现在只记得高层结构和钢结构设计了。

高层结构——金贤玉老师。金老师非常漂亮，妆化得很精致，很受大家欢迎，间或说自己做了什么实验发了什么文章，我们都会在下面惊叹几声，算是喝彩，她也很得意地享受我们的恭维。这门课的内容偏实用，应该对工作比较有帮助，但是毕竟已经到了大四下学期，大伙儿学得也不是很专心，考试的时候，随便看看金老师的讲义就凑合过去了。我们毕业的时候系里开茶话会，金老师也来了，大家聊了一会儿，聊着聊着金老师说她是朝鲜族的，这时大家才意识到她姓“金”，长得也有高丽女子的柔美。然后，大家开玩笑说，金老师，听说你们朝鲜族人能歌善舞，要不你也来一段？金老师一听，一点拒绝的意思都没有，很开心的“好”。音乐一起，金老师就在我们的掌声中翩翩起舞。就凭这一点，我就认为金老师是个好老师。

钢结构设计——李忠学老师。大家都忙着在宿舍里面练习打牌、打游戏，哪有空上课啊，所以，出勤律不到 50%，我每次都去，还是听不懂。最后要交一份设计，包括计算书和图纸，我和很多人一样，借来保研的同学的作业抄好计算书，复印了图纸写上名字交上去。这个时期实在是堕落得很。

大四下学期我没什么事可干的时候又想起了大三家教的那个孩子。考研分数出来之后，我感觉自己还能在杭州待几年，赶紧联系前面暑假家教的孩子家长，问孩子学习怎么样，并告诉他们我现在考研结束了，还会继续在浙大读下去，如果需要的话，我可以继续教。孩子家长也没责怪我，很客气说他们后来又给孩子找了一个老师做家教，做得也挺好的。虽然失去了一个挣钱的机会，但是这事儿有了一个圆满的结局，也算是了却一桩心愿，所以心里也非常舒坦。从那之后，就再也没有联系过，那孩子名字叫作方云飞，现在应该也上大学了，真希望他多用脑袋学习，少用脑袋开门。

但我觉得还是可以继续找，在勤工俭学中心又找到了一份高三的家教，价格贵，我感觉划算。教了一段时间，那女孩子觉得我教得不错，介绍了她的同学，我想都不想一口应允，后来又介绍了一个，我继续接下来。这样，我同时做着三份高三家教，每周共四次，累得我每天回来的第一件事就是睡觉。一直干到这些学生高考，我才撒手，哪怕是在毕业设计最忙的时候，也不敢对那些学生说不。我可不想别人或者自己觉得自己在撂挑子。一些问题当场想不出，回来继续想，一想通了，马上打电话过去说清楚，既然拿钱了，就得有职业道德。

除了家教，我和 DL 还帮一个保健品公司寻找任何关于大蒜素的报道。我俩本来以为这事儿挺容易的，找找资料，抄抄笔记就能挣钱，太爽了。领到任务后，我们跑到浙江省图书馆翻了一个下午的报纸，一条新闻都没找到，这时才意识到，这钱没那么好挣的。突然，我想到既然毕业论文有些内容可以从网上找，那这些能不能试试看。于是，两个人跑到校门口的小网吧，用搜狐的搜索引擎搜了一下午，居然找到了好多内容。我们把信息内容拷到磁盘里，顿时觉得，这钱又挺好挣的。就这样，上上网，拷拷新闻，居然也能挣个一千多。保健品公司的老板一开始还不大相信，我们这么短时间里能找到这些，觉得有点亏，于是我们后来又装得很困难，一个多礼拜又拷贝了一点资料给她。

反正，这段时间里，最重要的事儿是什么我不知道，但绝对不是学习。

毕业设计一共两个月时间，但只有最后两个星期是在认真干活儿。我们小组嫌去机房建模很麻烦，还要拷来拷去，找了个盗版的PKPM，花了一个多月建好模型，发现盗版软件没法计算，只好带着模型到系里的机器上跑。可是，盗版建的模型在正版上居然跑不起来，我们一帮人惊出一身冷汗，赶紧老老实实待在系里机房从头再来。这一次，花了一个星期就完成了。计算完成后，我们把所有的计算书整理好，准备打印出来答辩，结果还没来得及保存，突然停电了，几个人恨不得把自己扇死。但，不敢扇死自己，因为第二天就要答辩了，于是赶紧从头再来。我打破自己绝不通宵的誓言，通宵赶工，终于补充好计算书。整个毕业设计因为没好好计划，乱得一塌糊涂。和我同组的6班的LXB他们根本不着急，我每次都担心完成不了，催他们，他们一副无所谓的样子，急死我了。JQF这小子每次都很坦然地坏笑着："我已经不怕了，因为我已经彻底疯了。"他们6班都这风格。大夏天的，LXB光着身子拍着胸脯安慰我，叫我别急别急，如果有什么事儿先去忙，他们会帮我搞定的。最后通宵的时候，我提起这事儿，他们就朝我笑。

跟很多毕业的学长学姐一样，我们也开始卖书。宿舍里到1舍楼下的网球场占个摊位，一起去吆喝，都是花几十块买来的考研书或者其他书籍。大伙儿的东西都堆在一起，阵势很浩大。YT几次看着他的书很恋恋不舍的样子对吆喝得起劲儿的ZXX说："你太黑了吧，把我这本书也卖了？"ZXX极其不屑地说："你这破书，不卖了能干吗？平时就没见你看过，卖了！"说着就扔进书堆里了，然后继续吆喝。那么多书，十块钱一本，堆在那里，随便挑，买的人比卖的人还多，生意非常不好。即使这样还有女生讨价还价，问七块五卖不卖，我们说不卖，她马上说另外那边一样的书只要八块，我们一听，那算了，卖了吧，反正自己也用不着。我们感觉这市场都被同行给搞乱了，这么下去肯定不行，晚上的聚餐就指望着这堆书呢，于是派高大的老Z去通知隔壁也卖同样书的同学要维护好市场秩序别进行恶性竞争。结果老Z跑过去一问，他们说卖十块。这下可把我们气坏了，觉得现在的小女生算计得太精明了，惹不起还躲不起吗？人不可无傲气，但不可无骨气啊，我们立下规矩，对恶意砍价的女生懒得理会了，宁可不卖，大不了我们晚上少吃一个菜了，也绝不能受她们的愚弄。正当我们生意有所起色的时候，突如其来的一场雨让我们手忙脚乱、狼狈不堪地收摊回1舍。本打算用这些钱到留食吃一顿，结果发现四五个人一天卖了那么多的书才八十多块，还不够一顿饭钱。大伙儿感叹这生意是越来越难做，划不来。后来我实在舍不得把周华健的磁带卖掉，贱卖还不如送人。

毕业的日子终于来临了。

宿舍里的纪念活动基本上是吃饭、吃饭、吃饭，似乎除了吃饭也没什么能够获得大家一致赞同的主意，这样，又开始了大一的群居生活。最奢侈的一次是去楼外楼吃了一顿，“山外青山楼外楼，西湖歌舞几时休，暖风熏得游人醉，直把杭州作汴州。”我们带着这样的心态，端详着每一份上来的菜，不停地评价到底值不值，一份龙井虾仁七十多块，顶我们在留食吃一顿呢。这么一搞，边吃边有点思量着划不划算，老Z眼看再这么下去这顿饭就成了大家打肿脸充胖子的罪证了，挺身而出，安慰我们说：“哥几个别这样了，我们四年就这么一次，那些官员天天吃呢。而且我们是吃自己的，他们还吃咱们老百姓的呢，他们都不自责，我们干嘛这样啊。再说CY和DL都要离开杭州了，尝尝楼外楼的东坡肉也是应该的，还是不要再说了，赶紧吃吧。”一句话点拨梦中人，我们顿时醒悟过来，专心品尝美味，不再检讨了。大概大吃大喝的人都不是自己掏钱，才能放得这么开，要自己掏钱哪舍得啊！花了那么多钱后，我们感觉味道不过如此，老爷们大概吃得不是西湖醋鱼、龙井虾仁，是三潭印月、苏堤春晓。

学院里最后也在食天一隅组织了一次聚餐。四校合并，建工学院包括三个系，建筑、土木、城规，三个系一起，人非常多，而且是自助餐。我们赶到的时候，人已经挤得水泄不通，在后面，都看不到是谁在代表学院讲话，反正话音刚落，大伙儿就忙开了，开始自给自足。没人讲究秩序，都在抢来抢去。我向来不善于挤和抢，挤了半天终于拿到了盘子，刚准备拿着盘子去取菜，却发现没有筷子。人好多，我担心拿着盘子去挤着抢筷子会把盘子给搞砸，于是把盘子放桌子上去找筷子；等我找来一双筷子回来，发现盘子不见了；我气坏了，又带着筷子去找盘子；等我把两种东西找全了，再去拿东西吃，发现大多数盘子已经吃得差不多了，好一点的菜都一扫而光，很多盘子已经空空如也。席卷残云的样子充分显示了大家平时的生活水平。我悻悻地巡视了一圈，发现还有几个盘子散落着几个椒盐仔排，赶紧捡过来，再随便塞了点东西，没吃饱就回宿舍了。后来我每次上食天一隅吃饭都要点上“椒盐仔排”，因为我已经把它列在食天一隅菜谱排行榜第一名。

然后就是去女生楼唱歌。

唱歌是浙大的传统，从习惯到传统可不容易啊。唱歌虽然算不上什么高雅的事儿，但也是青年人最好的表达方式了，有几个人在洗澡的时候不唱歌啊？读研时，每年毕业季，都听到一些声音叫嚣着反对唱歌，说是影响他们学习，我听了觉得真是满嘴喷粪。浙大自从四校合并后很多传统每下愈况，如果连这个都要根除的话，那我们打算给后面的学弟学妹传承点什么呢，一个百年的老学校如果没有传统，那就制造一点，多坚持些年不就行了吗？这不才一百年吗，难道我们浙大不打算坚持过几百年吗？如果打算继续玩下去，那么一百年才刚刚开始啊。如果两百年后我们的后辈还在歌唱的话，即便我们所有人都归于尘土，他们肯定会感激我们曾经传给他们这么酷的事儿。难道就等着他们说一百年前那帮怂货毕业的时候一点很酷的事儿都没干过才好吗？给大家留点希望吧，大学生活不应该如此的苍白，毕竟学习不只是全部，再说你学习就差那么一天？即使第二天考试又怎样呢？我们读大二大三的时候，我们班女生也说大四的学长毕业时唱歌吵的她们睡不着，但是她们接受了，而且考试还是那么厉害，现在轮到一些人就变得那么娇贵了。

那时候土木系女生住在 5 舍（听说 5 舍在 2001 年已经住男生了我居然不知道）、6 舍，我们系女生在 6 舍。离校前一天晚上，我洗好澡光着上身在走廊晃荡，人都不知道死哪儿去了，我还想着干点什么呢。这时，走廊那一头，2 班 YL 和他们班一群人准备出去，他看到我，对我喊："喂，你在哪干嘛呢？"我说没事儿干啊，你们干嘛去呢。他说："没事儿干赶紧跟我们去女生楼唱歌去，太过分了，唱歌都找不到人，看看你们那边还有没人，一起去！"我一听，赶紧从宿舍里抄了件 T 恤，到各个宿舍看了看，没人，自己边跑边穿，尾随他们向女生楼奔去。

到女生楼下，喊了几声"建工的女生，我们爱你"，然后就开唱了。2 班的人准备得很充分，还打印好了歌词，ZYG 端着歌词，卖力的唱着，我就跟着他们一起哼。很多歌平时能唱出个调调，但是歌词都记不住，他们的准备工作派上大用场了。我们太兴奋了，一开始就全力以赴，结果还没唱几首歌，女生们都没怎么吸引过来，自己就有点声嘶力竭、筋疲力尽了。更糟糕的是有女生开始骂我们乌合之众，还跟学校举报，大概是嫌我们打扰她们了，因为很快保安过来了，叫我们别唱。我们一边对那些骂我们的女生进行抗议，晃动着我们的歌本高喊我们不是乌合之众，我们是有组织的，我们也不是唱给你们听的，我们是唱给建工的女生听的，你们自己关上窗户不要听好了，一边跟保安理论我们就在这里唱唱歌，有什么关系。大概我们语气很坚定，那些女生和保安不想和我们这些马上就要毕业的男生起冲突，就妥协了，同意唱到 12 点。就这样，我们继续开火。土木系的女生唱了什么我几乎没听到，只记得一首叫作《甜蜜蜜》，"甜蜜蜜，你笑得甜蜜蜜，好像花儿开在春风里"。离开 6 舍门口的时候，我们一起高喊"土木女生，我们爱你”，然后是一片沉寂，大家都想着再说点什么，冷不丁 ZYC 高喊“6 舍女生，我们爱你”，于是大家瞬间将开始的不快都抛到脑后，笑了起来。走在返回一舍的路上，我们边走边唱：“其实不想走，其实我想留，留下来陪你每个春夏秋冬，你要相信我，再不用多久，我要你和我今生一起度过。”4 舍的学弟学妹在向我们吆喝鼓掌挥手，我们也向他们致意。有些人是真要走了，但是我知道我还将在这里继续我的大学生活，即使这样，我仍然控制不住自己，流下了眼泪。回到 1 舍楼下，我们一想着很快就要天各一方，又一起在一舍前面的网球场上继续逗留着，坐在温热的地面上，聊着各自的糗事，久久没有散去。

离校那天，整个 1 舍满地狼藉，五楼地面上席子扔得到处都是，光着上身的男生随处可见，闲坐发呆或者细声聊天。CH 从宿舍里拖出一个电脑桌，一脚劈过去，电脑桌立刻变成两半，吓我一跳，我上前对他说：“你这么残忍。”他嘿嘿一笑：“你才知道。”隔壁宿舍的 HL 从宿舍里拿着一个东西出来，是把二胡，老北京喜欢这个吧。他就坐在宿舍门口的地上开始拉“你是那昨天的云还是今天淋漓的雨，在告别初恋的爱人还唱着曾经热恋的歌……”。凄惨而又悲凉的曲调让我再也无法控制住自己，跑到那宽广而又冷清的水房一个劲儿地洗脸。

就这样，我本科毕业了。

三十二　从 1 舍到 30 舍

本科与研究生的距离有多远？也就是 1 舍到 30 舍这么远吧。当我们把行李一点一点地从 1 舍搬到 30 舍，我们就终于变成了研究生。很多从前期待的生活变成了事实，研究生这个身份也褪下了神秘的面纱。可能是我们正处在一个剧变的时代，变化来得如此迅猛。我们不明白这是因为研究生阶段改变的，还是因为到了 21 世纪，生活本来就会随着时代变得这么快。

就这样我告别了我的本科生活，成为第一批扩招后的研究生。

开学第一天，我们几个人借了个三轮车把寄存的行李从 1 舍蚂蚁搬家一般

1 舍

一车一车的搬到30舍707室，后来又帮女生搬了好一阵子。刚到宿舍休息一下，我老乡给我打电话，说美国的世贸大厦被飞机撞倒了，问我知不知道。一大早忙忙碌碌的，累得气喘吁吁的，我哪能知道。后来看消息，才知道恐怖分子袭击了纽约，然后就是铺天盖地的新闻，我的研究生生涯就随着美国的反恐一起拉开了大幕。

读研究生的时候我住在30舍，还有一部分人是住在6舍。各有各的好处吧，30舍是新盖的，窗明几净，阳光通透，价格比较贵，1400元一年，6舍也不赖，虽然暗了点，也旧了点，阳光也不好，但是以前住的是女生，很多人估计都想进去过，可一直没逮着机会，这下终于光明正大的可以进去了，不仅进去了，而且还可以赖着不走了，可以感受一下曾经暗恋女生留下的香气。可是我一想着自己曾经对着6号楼唱歌可现在住在一堆男生就觉得怪怪的。

我们在大四下学期拿研究生录取通知书的时候就知道我们这一届研究生宿舍分配是有新举措的，不再像往届一样，按照系进行分配宿舍，而是彻底打乱随机分配，据说是为了促进各个系之间的学术交流。还好，宿管科留了一个后门，如果我们自己约好了一起选宿舍，那么登记后，会尊重个人意愿的。我当时觉得，自己学术能力也不那么强，要是分到和一些学术比较高深的系一个宿舍，那么到时候跟个白痴一样，挺丢土木系的脸的，所以选择了和自己班上的人一个宿舍，就是现在的室友HB、WYH、LSJ。关于宿舍分配的新形式，褒贬不一。YL就跟我说这主意挺好的。9·11事件的时候，他跟他们宿舍的人从各个专业的角度分析这件事情，他就负责受力分析。我当时非常佩服，换作我，在没搞清楚世贸大楼的结构设计时，是不敢瞎扯的，但YL敢，而且肯定把人家给唬住了，不然他讲起这事笑得不会那么得意，口水都要喷到我脸上了。可YL的话不能全信。考研完的时候，我们在球场上遇到，聊起来，问考得怎么样。他自信满满的跟我说肯定考不上了，准备去成都西南院工作了。我见他这么肯定，挺替他可惜，又问他女朋友怎么样。他更加自信了，“她？！她就更考不上了，跟我去成都呗，干几年再说，等人家来挖我了——哈哈——”，又是一阵自信而又爽朗的笑声，但结果呢？结果是他考上了，她女朋友也考上了，而且考得比他还要好。我对这么分配宿舍持保留态度，院系宿舍打乱，虽然促进了跨系之间的交流，但是本系之间的交流成了大问题，就是要找个作业抄都很困难，有问题找人讨论也不容易。还有SuB，他跟材料系一哥们儿一宿舍，那哥们儿每天晚上据说都去实验室做实验，第二天一早去看结果，看看晶体长出来没。他整整听了两年多，都没明白那晶体是怎么长出来的。我们住在707室，还算幸运，附近同系的有对门的SY、SXH、MK他们，可以串串门，再就是CGM住在同一楼层的另一端，很多人面对问题时都只能独自一人冥思苦想。

研究生宿舍大杂居、小聚居的弊处大概太明显了，很少得到当事人的赞同。好在学校制造一个问题动作很迅速，发现问题也很迅速，解决问题更是迅速。发现势头不妙，马上悬崖勒马。就这样，我们这一届就成了实行大杂居、小聚居的前无古人、后无来者的唯一一届了。带着这样的一份光环和荣耀毕业，是不是多了几分吹牛的资本?

30舍与1舍比起来，住宿价格是1舍的三倍，宿管办看在钱的份儿上，我们的条件好很多了。然而，这并不代表我更喜欢，我甚至还觉得1舍更好。因为我喜欢1舍里面的多姿多彩，喜欢那些号称要“建设有特色的537”的傻帽劲儿，喜欢看着有哥们儿骑着电动车晃悠来晃悠去，喜欢有人在走道里抢球，也喜欢有人在走廊里喊着“一缺三”，喜欢微弱的灯光下FM从水房里传来的清亮的歌声，喜欢看CGM靠着门口捧着电话讲着悄悄话，还喜欢趴在窗户外面看人打网球，更喜欢在夏天大暴雨的时候看排球场上不怕天打雷劈的你来我往的疯狂。但是，现在这里每天都是房门紧锁，明明是鸡犬相闻，但就是老死不相往来，即使有空，很简单，因为不认识，也不会去敲人家的门。有些自己宿舍的人因为不是同一个系都觉得很陌生，难以找到话题。还有楼下的大妈或者大伯也不同，1舍的大妈大伯真是无比可爱，人特别好，和气。那时候1舍楼长叫作赵平平，检查卫生时一边批评我们宿舍太脏，一边帮我们扫地，毕业的时候和我们每个宿舍挨个道别，带着傻瓜相机帮我们拍集体照。后来赵老师跟我们道歉说底片曝光了，但是一想起我们光着膀子，挤坐在桌子上，对着赵老师的相机喊“耶”，就能感觉到赵老师的那份心意，让人不能忘怀。

当然了，30舍也有趣事。

有一天，我下课回宿舍，刚好遇到检查卫生，我看到宿舍门开着，里面有几个人，我猜是检查卫生的，赶紧进去看看边上的卫生记录表，发现分数不错，本想理论一番，转而得意的欢呼。把东西一扔，我爬上床梯，坐在搁板上，得意地看着他们，跟他们说：“还好，今天没被你们抓住！”检查卫生的人笑了，转身走了。但是，还有几个没随着他们出去，反而都愣着，目瞪口呆地看着我。我也很纳闷，不明白怎么回事儿。突然，我觉得这宿舍怎么长得有点不一样，意识到不对劲儿，赶紧跑下来，抓起桌子上的包跑出去。没错，我跑到709去要大牌了，我都来不及道歉，赶紧跑回宿舍，自己被自己逗得哈哈大笑，眼泪都快出来了。这能怪我吗？你们可以来 30 舍看看，每个宿舍的布置一模一样，我们也布置不出什么新花样，匆匆忙忙的，哪能分得这么清？这大概都是建筑师故意这么干的吧？

住在 30 舍最大的趣事还是停电时发生的。大二到大四从没停过电，但是读研期间，停了好几次。第一次大面积停电的时候，电脑突然关机，大伙儿大概都愣了，以为自己宿舍跳闸了，结果跑到阳台一看，到处都是漆黑一片，才明白停电了。这下好了，闲着无聊，开始有人尖叫，对面 26 舍的兄弟开始应和，然后比赛一般的此起彼伏。有人居然开始放烟花，这哥们儿从哪弄来的呢？难不成是一直留着的，能留得住逮着这种机会也太难得了。大伙儿不遗余力地鼓掌和尖叫，放烟花的哥们儿也越发得意，一根接一根，直到最后一滴焰火洒落。烟花放完了，电还没来，大家又闲着无聊，都思量着干点什么呢。有人开始扔东西，你扔一个我扔一个，比谁扔得远，比谁扔得多；有人开始扔烧着的纸团；有人扔装满水的塑料袋，砸在地上很脆，很能得到一些快意；有人更绝，居然连水桶都往下扔，那种爆炸般的声音让大家都大吃一惊，觉得这下过头了，不能这么干下去了。电力局似乎也知道了，赶紧送电过来，于是我们就纷纷从阳台逃回宿舍，打开电脑，装得跟没事一样，仿佛刚才的一切都未曾发生。我姐姐来杭州旅游的时候，刚好停电，她被当代大学生火一般的热情所迷住，非常羡慕我的生活。我告诉她说："你运气太好了，很难得的，本来一年都不停电的。"她在昏暗的烛光下对我笑着，表示下辈子一定努力学习，也要上浙江大学。现在很长时间又没停电了，估计毕业前是赶不上这事儿了。

女生住在 8 舍，这也是全新的。原来 8 舍破破烂烂的，是男生宿舍，我们班主任就是住在那里，谁料被改建成女生宿舍了，而且看起来比我们 30 舍还要好。以前在之江学院，我们都很羡慕女生宿舍，期待有一天能住得跟她们一样好，到 30 舍的时候，我们觉得已经实现目标了，可转眼人家发现人家 8 舍还是把我们甩在后面。我们刚脱贫，她们已经奔小康了。8 舍位置比较好，坐落在老和山脚下，地势很高，门口是两片宽阔的篮球场，篮球场两侧是 5 舍和 6 舍，算是左右护法。篮球场中间一条路上来，走上去跟朝觐一样，估计接受朝觐的人也很有面子，篮球场下来是自北门一直到南门的林荫大道，跟长安街一样，不用多说了，8 舍的位置就是浙大女生的地位的象征。快毕业了，我问班上的女同学，现在有没有人去唱歌。她说，"研究生谁唱歌啊，都不认识，谁来唱也不知道，唱给谁听也不知道，以前本科的时候2班的男生去给我们唱歌，我们班男生一个都不来。”我赶紧声明，虽然别人没去，但是我是真的去了，为表示我没撒谎，我还赶紧说了几个在场的男生的名字，跟她说你要不相信，你去问他们好了，后来我们被赶走了。她就笑而不语。

学校生活永远都是宿舍——学习场所——食堂——操场，这么简单，发生的事儿也就在这些地方。整体来看，研究生的生活与本科生比起来，正所谓鱼和熊掌不可得兼，二十二三的小伙子，四年的大学生活已经让我们彻底褪去十七八的稚嫩。换句话说吧，上本科的时候，家里人说你长大了，只是安慰一下、鼓励一下，心里还有点小激动；现在读研究生了，他们再这么说我都觉得没必要听了，我要还没长大，什么时候能长大呢。收获更多的自由，但也感受了更多的压力。成熟一面是摆脱青春，一面是直面人生。

大一大二时，我每个月都要给家里写封信，告诉他们我在学校很好，一般都是爸爸或者姐姐回信的，妈妈偶尔会给我回一封，开始总是“儿子，见信好”，结束总是“妈妈想你”。大三大四时，偶尔写一封，自从大四上学期写过最后一封信后，就再也不写了。读研之后，电话代替了信件，三言两语就解决问题了，就更加不必动笔了，需要邮件的时候，开始发电子邮件，可我爸妈又不会，慢慢地，我也抛弃了写信的习惯。有时候回家看着那一大摞的信，真觉得自己实在太厉害了，居然花了那么多的时间证明一个亘古不变的道理：儿行千里母担忧。我经常觉得自己应该把这个习惯捡起来，否则有一天我该写一封怎样的情书呢，如果思绪翻滚却下笔无言，那该多没意思。“堆来枕上愁何状，江海翻波浪。夜长天色总难明，寂寞披衣起坐数寒星。”这种状态是不是很倒人胃口？能比得上“茅檐低小，溪上青青草。醉里吴音相媚好，白发谁家翁媪？”不过我现在明白了，灌水也是一个比较好的练习方式，经过两年的刻苦训练，我有足够的信心以后说一些动人的话儿给我未来的妻子听。

元旦的时候我们也不再写什么贺卡，不会比什么回收率的高低，谁还傻不愣登地搞一套老旧的东西？浪费纸张浪费钱。现在这样多好，发个电子贺卡，还群发，省时省力省钱省资源。再后来就想着，电子邮件这种快餐式的祝福，显得很随意，感觉不太好，于是电子邮件也省了，甚至邮箱也懒得看了，慢慢地，慢慢地，很多人就不再联系了。

我们同学之间谈话的口气也开始变化，时刻没有忘记自己的身份是个研究生，偶尔说一声“他们本科生”，表示有区别的，而那些直博生说什么“我们博士”这类豪言壮语，把自视为研究生的我们给鄙视下去。实际上就在两个月前我们都不过是本科生而已，所以说有时候博士生和本科生的区别并不大，不过两个月而已。这两个月与其说是身份的变化，不如说是思想在变，动不动开玩笑说把某个事件作为一项课题来研究一番，并发表一篇什么什么之类的研究文章，看起来眼前的学术道路一片辉煌。

也开始和师兄们一起混了，称兄道弟的，搞得跟在江湖中闯荡一样，侠气冲天。四校合并后，潘校长请来了金庸先生担任人文学院院长，我们就更把自己当一回事儿了。跟外面的同学都报金庸先生的名字，好像跟他老人家很熟一样，实际上就见过一次，还是从拥挤的人群中看到的。让我纳闷的是称呼老师为“老板”，刚开始极不习惯，到现在还是觉得很别扭，不过日子过下来，慢慢地也接受了。

开学没多久，有个姓侯的师兄结婚，我们成年后第一次受邀出席这么正式的场合，大伙儿都很积极的要去帮忙。婚礼是在百合花酒店举行的，我们一群人到酒店一看横幅——“侯先生和熊小姐”，差点没笑得喷出来。侯先生和熊小姐的婚礼让我们对研究生的生活充满了期待，或许我们也会跟他一样，遇上熊小姐呢。

三十三　食堂和自行车

作为“食”和“行”的直接承载对象，食堂和自行车对大学生活的影响太大了，随便哪一项都是一本难念的经。一个没有骂过食堂、被偷过自行车的大学时代不是一个完整的大学时代。以这个为标准，我这大学时代真的是太完美了。我至少骂过浙大的六个食堂，与之对应的，我也至少被偷过六辆自行车。

读研究生我换了两个东西：第一，吃饭的食堂；第二，自行车。

选择食堂主要根据两个原则：距离和价格。比如，本科时住 1 舍，距离 3 食堂最近，就整天往那边跑，偶尔去靓园吃点又咸又油腻的重口味东西；研究生的时候，距离 2 食堂、4 食堂近，就去这俩地方多；要是一群人想吃点好吃的，就去食天一隅、小乐惠或留食。说一下吃了这么多年的地方吧，免得以后怀念学校的日子时还以为什么都特别的美好。

1 食堂距离我们 1 号楼较远，上一次去还是工程测量实习的时候被迫跑腿去买盒饭。后来重金装修了一次，很豪华，我怕吃不起，不敢再去了。总体来说，除了女生多，没什么优势吸引人。

3 食堂，本科时候总是去，一大帮人围着很长的桌子，边吃边聊，海阔天空、无所不谈。常常有谈恋爱的人互相喂饭，这事儿现在经常上 88 十大，可那时候没地方说，只能是看在眼里、恨在心里，总觉得如果自己有女朋友，肯定不会干出这么恶心的事儿。但一直没法证明，因为前提是你得有个女朋友啊。

3 食堂大，菜样多，人也多，我们就整整在那里挤着吃了三年，直到研究生的时候才转移阵地。这么大的食堂，甚至在进门的地方放置了很多小碗柜供我们租着用，这下再也不急着回宿舍拿盘子了，每天中午放学直接奔食堂。

高峰期人多，背书包不利于抢占有利队形，常常是进门就把书包扔地上，拿了饭盘就往窗口跑，东瞧瞧西望望，看能不能找点什么好吃的。没人想过书包还可能被偷，要知道校园里最低学历可是本科生啊，谁想着偷东西啊。学生的天真就天真在这里。有一天，我们吃完饭看到 QXL 在门口大哭，问怎么了，说是找不到书包。一开始还以为是谁不小心拿错了，同行女生安慰她，最终也没人送回来。据说后来那个贼被抓住了，果然不是浙大学生，真笨，偷了一次还敢到原地来偷第二次，怪不得连浙大也没考上。不过他的恶劣行径让谁都不敢乱扔书包了。

靓园

3 食堂门口设了个摊点卖面片。我第一次去吃的时候真的被师傅们的技艺给镇住了。傍晚，食堂的晚饭快结束了，他们就开始了。两个师傅，一个揉面，一个扯面片往锅里扔，又快又准。我们很自觉地把饭盘在摊位上按顺序摆开，分大碗和小碗，一直到估计这一锅的量已经不够装了师傅才提醒后面的人不要放盘子了。煮面片的平底锅很深，师傅一直把面片装得很满很满很满很满才住手，那些沸腾得上下翻滚的汤随时都要溢出来了，连勺子都没法往下放了。我总揣度，看你等会儿怎么搅动。但师傅根本不慌，他扯完最后一段面片，凑着微弱的灯光看看沸腾的面片，觉得火候到了，抓起锅柄，靠着灶边，不停地上下摇动，锅里的面片和汤就不停地跃出来、落下去、跃出来、落下去，几个回合下来，就不再沸腾了，继续煮一煮。这么一来，我是打心眼里佩服他们，常常叫人过来吃面片，看表演。如果中看不中用的花拳绣腿也就罢了，实际上这面片还非常好吃，汤也不错，吃得嘴都麻了，很过瘾，一开始我都吃小碗，后来每次都吃大碗。

一年冬天，3 食堂门口卖羊肉泡馍。我从没吃过，兴冲冲地买了一碗，才发现西北的馍和我想的馍不同。我们的馍就是馒头，西北的馍特别硬，泡着羊肉汤，没有传说中的好吃。

羊肉泡馍和面片后来都没了，羊肉泡馍没什么，可为什么面片也关掉了呢？这个应该按非物质文化遗产来对待，为了表达支持，我愿意吃上一大碗。

3 食堂边上有个水房。大二以后，我们很少打水，因为打来的水自己没喝几口，常常被别人用掉了，慢慢地就懒得打了。喝水是偷偷地烧，洗脸洗脚则是哆哆嗦嗦的用冷水。一天，我心血来潮，居然拎着水瓶去打水，放在食堂门口就去吃饭，吃完饭来发现水瓶没了。我觉得肯定是谁拿错了，想着是不是也随便拎一个走算了，反正全校水瓶都是数量守恒的。犹豫了半天，我没敢下手，悻悻地往回走了，边走边骂自己：叫你逞能了，每天不打水不是好好的，非得打水，现在水没打上，水瓶也没了。快到宿舍时，我发现前面 ZYB 悠闲地走着，手上拎着的水瓶像我们宿舍的。走近一看，果然有“1-533”的字样。我赶紧上去问这是不是他的水壶。他愣了一下，老实回答说不是的，说他自己的水壶被人拿走了，他也只能随手拿一个了。我跟他说你随手拿一个那也拿一个不认识的人的，干嘛拿我们宿舍的呢。他说那我也不知道这是你们宿舍的啊。旁边的人笑开了，我是转悲为喜，他转喜为悲。我对他深表同情，安慰了他几句，从他手中接过水瓶，直接回宿舍了，留他一个人接着我感受鸡飞蛋打的郁闷。

上研究生后，3 食堂布局变了，桌子改了，不那么方便一起吃饭了，认识的人也散了，离宿舍远了，以前天天去的地方终于不怎么去了，也不再去打水了，物是人非事事休。

这两年，大多数时候是在 2 食堂和 4 食堂吃饭的。这俩食堂在一起，2 食堂在楼上，4 食堂在楼下，外面来的人很容易搞不清楚，以为这是同一个食堂。第一次去 4 食堂是 1997 年开学典礼结束后，学校发的饭票。我特别不习惯，太暗了，黑乎乎、脏兮兮，而且用的是公共饭盘，一想着正在用别人吃过的盘子和筷子吃饭，就咽不下去。如此印象，大二来本部后，自然极少过去，除非 3 食堂实在没什么好吃的时候。读研时，4 食堂距离 30 舍比较近，而且随着见多识广，也不觉得公共饭盘恶心，反而觉得方便，就去得多起来。

2 食堂在楼上，楼上光线好，是景观雅座，自然也高端一点。2 食堂的饭菜都是一碟一碟装好的，显得精致一些，盘子颜色也用橙色，显得干净一些，我们想当然地认为没有楼下恶心，但价格也高一些，我请你吃 3 食堂，你请我吃 2 食堂，那你肯定亏大了。2 食堂生意好，很多人吃完饭常常忘了把端盘送回回收处，这事儿本来提醒一下就行，但有一天挂了个标语，大致意思是为了体现素质，叫大家把盘子带到门口回收处。我非常反感他们认为不端盘子就是没有素质的标志这个判断，饭菜价格越来越高，性价比越来越低，这德行居然厚着脸皮来跟我说素质。除非我身边有同学等着，否则我可不觉得我需要在他们面前表现我的素质。

2 食堂似乎没多久就要装修一次。有一次装修好了，要推出一个面摊，全校征集名字，入围奖是面券一张。一等奖咱不指望，入围奖应该有希望吧。一时间，大伙儿为了那五块钱的面券冥思苦想，热火朝天献计献策。最后面摊开业了，名字横空出世，“麦香楼”从众多候选名单中脱颖而出。大伙儿对这个比赛很是失望，纷纷表示自己取的名字比这个好多了，我也参与了，但肯定没获奖，内心也很气愤，决定不吃他们的面。麦香楼刚开张，推出“阳春面”。我很新奇，高中课文里有一篇日本小说《一碗阳春面》，里面写一家三口共吃一大碗阳春面，看着文字都觉得很香，但一直不明白阳春面到底是什么面。现在麦香楼居然有得卖，而且价格特别便宜，一块五一碗。我决定吃完一碗阳春面再抵制也不迟。吃过之后才发现阳春面就是素面，撒一点葱花，这下就更加失望了。大概很多人都持有和我一样的想法，所以麦香楼生意一直不怎么样。

5 食堂、6 食堂在校外，距离我们非常远，很少去，就不说了。只是 6 食堂曾经开了全国高校食堂全天候营业的先河，后来该创举无疾而终，没人会傻到三更半夜里穿过玉古路去吃饭，危险指数那么高，还不如泡碗方便面呢。

除了这些食堂之外，还有几个吃饭的地方，一听名字就感觉有一种不一样的风韵，我给您介绍一下。

靓园。别看靓园现在窗明几净，以前可真的是惨不忍睹。曾经，那个小房子又暗又脏，但饭菜口味更重，又咸又油，很多人喜欢，狭窄的通道总是人流如织、接踵摩肩的。我不喜欢黑咕隆咚、吵吵嚷嚷的环境，大多时候唯恐避之不及。但有一年暑假重新装修了，焕然一新，生意一如既往的好，就餐的人中包括我。再加上靓园旁边有个报刊栏，很多消息从那里发布，大家喜欢端着盘子一边

3食堂

看消息一边吃。我就是从这里知道华为这样的公司面试需要一轮又一轮，导致我对他们2001年大扫荡一般的见人就要的招聘方式感到迷惑不解。靓园在经营上打了一个翻身仗以后，越战越勇，开始推出饺子、汤面、拌面，一时间风头十足。尤其是拌面，非常受欢迎，每天早上队伍排得特别长，其实做起来非常简单，就是潮面在沸腾的汤里煮一煮，捞到一个装有酱油的碗里，加点热油、葱花就可以了。端到位置上，趁热拌一拌，那面还是一根一根的，也不搅在一起，很香，很有嚼劲，实在太好吃了，三口两口就吃完了。你要说这做法简单吧，4食堂也有这东西，但是面条更宽，吃起来更油腻，而且面的黏性更大，一搅拌就成一团了，味道与靓园的就差得太远了。我觉得这里面大有学问，我们不是号称全国学科最齐全的综合性世界一流大学吗？能不能把配方研究一下，看看到底是什么原因成就了靓园拌面的无二风头。世事真是无常，2食堂大张旗鼓地搞个麦香楼，最后门可罗雀，靓园悄无声息，最后却门庭若市，有心栽花花不发、无心插柳柳成荫。

小乐惠，曾用名“川菜馆”。靓园是通过改造环境、改进产品，慢慢地就红了，但小乐惠似乎改了个名字就红了，因为听上去就更有文艺范了。那里饭菜有点辣，很下饭，还便宜，买可乐也是自己倒，大伙儿倒得尽可能的满，泡沫破了再添一添，不像其他地方，泡沫一破，一大截都是空的，特吃亏。大概这些都是四川人提供，赚钱概念比浙江人要温和一些。小乐惠凉拌猪头肉最受欢迎，每次去那都有很多人排队等着师傅现切现拌现称。我也吃过一次，但是始终认为味道不如 3 食堂的白切肉或者白切鸡。小乐惠里与凉拌猪头肉齐名的是杨水姣，她是小乐惠的西施，但水姣明显比猪头肉更有吸引力。杨 mm 坐在柜台后听大家点菜，冷若冰霜的脸庞非常精致，看着我们，一言不发，最后还可能按照菜单扔我们几个可乐纸杯，意思是可乐自己倒。人漂亮了，说不说话无所谓，所以杨 mm 红透浙大半边天，在众多浙大学子心里占据着一席之地，虽然她高傲、冷酷，但白皙的脸庞和诱人的红唇，给大伙儿提供了无尽的意淫空间。按道理，杨 mm 不说话，我们是不会知道她的名字，也不接受搭讪，幸亏，菜单下方最后有署名“杨水姣”。现在 88 这么发达了，大伙儿也乐意讨论关于她的主题，亲切地叫她“水饺 mm”。

留食。竺可桢学院对我们没啥意义，除了留食。竺校长泉下有知，不知道会不会哭笑不得。留食价格便宜量又足，是聚餐的好场所，每次都人满为患。这里虽然叫作留学生食堂，但吃饭的绝大部分都是中国人。不知道留学生会不会很生气，我们抢占了他们的地盘。

食天一隅。前面说过，因为本科聚餐，我就记着那里的椒盐仔排了。很多外校的人都不大认识最后一个字，乱喊成“食天一隅（où）”，碰到这种人都不知道该不该指出来。在这里，再次提醒，yú，“食天一隅”的“隅”。

这么些年吃下来，日久生情了，后勤集团再坏，我们也记着他们的好。之江学院时，学校给我们加了两次餐，一次是十一，一次在元旦。我们特别开心，把饭票凑在一起吃香的喝辣的，觉得这大学太温馨了，庆幸把自己嫁了个好人家。我们觉得大二肯定不会加餐了，因为大一加餐是安慰我们刚离家的孤独的心灵，而且大一人少，大二人那么多，这么多白吃，那得多么壮观啊。可是，学校偏要给我们惊喜，又来了一次，非但给我们加餐，甚至在中秋节的时候每个人还发了一个小月饼，虽然我不喜欢吃月饼，但仍然还是感受到学校的这份情意。有一年，我们班女生说“三八节”的时候还给她们分橘子吃，这消息让很多男生都愤愤不平，觉得学校在制造不平等。大三大四后变化有点大，饭卡从“浙大智能卡”变为“金龙卡”，从“金龙卡”变为“中信校园卡”，我就不知道一个饭卡老是变来变去的干嘛。加餐这事儿四校合并后也彻底没了，后勤实在是不忍心制造更多的白吃；食堂的大排改名叫作小排了，肉不够了用面粉来凑，看上去是一大块肉，一口咬下去全是软沓沓的面粉；米饭的个性越来越倔强了，硬、干、糙；

我跟家里人说跟我五岁外甥拳头那么大的一块肉两块钱，他们惊为天价，我告诉他们这还是运气好，运气不好完全就是一块硬骨头，经常有一大块骨头伪装成肉被装到碗里，等你发现的时候已经被咬了一口，这时候也没法换，只能忍着怒火把这骨头吮吸干净；糖排几乎50%都是裹着面粉，好像个瘦子穿了件大羽绒服，看上去很结实的样子，实际上都是虚的；学校的竹笋成熟得比一般的都要快，跟筷子都能称兄道弟了，后勤集团大概都把我们当熊猫养了；前几天吃菠萝，发现也是越来越小了，等等等等，罄竹难书。食堂的饭菜水平我不做评价，那些师傅也不上88，我要在这里说他们太差算是背地里说他们坏话。这么讲吧，任何一个食堂吃多了，都会腻，一进去闻到那个气味就吃不下。但饭还得吃啊，所以只能轮着去。

这么些年下来，食堂是越来越漂亮了，饭菜是越来越贵了，性价比是一年不如一年了，但是日子是越过越得意了。浙大食堂的变迁也是浙大发展变化的一个重要标志。这么多食堂，每年暑假都要轮番装修，这个时候那些不装修的食堂那就恐怖极了，加上外面来这里上考研班的人也在这吃饭，里面人潮汹涌、闷热异常，吃个饭跟蒸个桑拿一样，大家就边吃边骂了。研一的时候，学校发了个消息说是浙大后勤集团的头儿要参选人大代表，结果zjuonline的人发了一场声势浩大的运动，呼吁大家不选他。大家推测只要我们态度一致，此人不可能当选，如果最终仍然当选，说明选举制度真的有问题。最终结果是学校尊重了大家的选择，这证明我们的选举是公开公正的，粉碎了很多人的妄加揣测。发布这则选举消息的人本来想宣传一把拉几张票，哪里知道搬石头砸了自己脚，不知道是故意的，还是无意的。

再来说说自行车的事儿。

之江坡多，没法骑车。到了本部，因为我的预算中没有自行车这一项的，所以即便校园大了，我也没买，走走路还能锻炼身体呢。一个月下来，每天早上从1舍上气不接下气地跑到教9太痛苦，我决定还是得去买辆。于是，我和CGM一块儿到安琪儿市场各自买了一辆，大概一百五十多块，新车怕被偷，又配了两把很粗的钢锁。有车和没车就是不同：以前是哪条路近就走哪条路，现在是哪条路远走哪条路，否则，哪里体现得出有车一族的优越性；以前从图书馆回来走路要好一会儿，现在从图书馆回来一路下坡，还可以兜风；以前去上课边跑边说话，现在边狂踩脚踏边尖叫；以前放学边走边聊，现在边骑自行车边聊，一时兴起还拼命地别对方，把其中一方逼到树丛里去摔倒才算罢休，得意的扬长而去，从教 9 出来的那条路还比较安全，人少的时候特别适合玩这个游戏。当然，骑车也有骑车的烦恼，一来怕被偷，学校的偷车贼特别多，而且偷了还卖给我们；二来停车还挺麻烦的，无论是 1 舍门口还是教 9 门口，都紧凑的排成一排一排的，非常壮观，很难挤进去，有时候硬要挤进去，会挤倒一大片，没被人发现还好，被人发现了，扶也不是，不扶也不是；三来上完课来找车也很麻烦，上课停车都是三三两两地去停好的，下课找车可是一窝蜂地，要挤出来可不容易，更糟糕的是忘记了停哪儿，最后只能是等到人家都走了才在剩余不多的车辆中找着，还有一种可能是最后怎么也找不着，因为一拍脑袋发现自己根本没骑过来。

我们学校有些不可思议的现象。那些校卫挺热衷于抓住你骑车带人了，但是对于有些横冲直撞的汽车视而不见，好像骑车带人比汽车飞奔要危险一样。出校门的时候不让骑自行车，我觉得你叫我们减速我能理解，但是一定要下车这个规定不明白是为什么。好吧，你们要求我们遵守这些规定也行，那我们也要求你们能不能不让我们的自行车被偷呢？在浙大玉泉校区里面，短短的五年半里面，我一共买了六辆自行车。

第一辆是我新买的，得意扬扬地骑了一段时间，后来风吹日晒的，慢慢地生锈了，然后就懒得上两把锁了，然后就蒸发了，没有然后了。

这辆车被偷了之后，我非常生气，这笔钱本来就是额外开支，可现在是财物两空。我的室友 ZXX 买了一辆很酷的 Giant 公路车，每天很得意地在校园里窜来窜去，为了防止被偷，他老是放在楼下建工学院学生会办公室那里，为了减少对办公室的影响，每天必须早早拿出来、很晚放进去。一辆车真够把自己累得，但这也间接地促进了他的学习成绩。有一天，他回来说今天把他给吓死了，我们问怎么了。他说他在教 7 那边上课，边上坐着一个女生，聊了几句。他说到这里，我们就很奇怪，这为什么吓死你了呢。他说："你们不知道，我上完那堂课，后面还有一堂课在教 9 上，为了占座位，我一下课就赶紧骑车往教 9 跑，我那车够快吧？而且还是从教 7 过来，一路下坡到教 9。"我们点点头，齐声说够快，那又怎么了？老 Z 说，可是，我赶到教 9 的时候，那个女生居然已经坐在教室里了。这下我们也吓一跳，不明白这到底是怎么回事儿。到底是这女生有问题还是老 Z 有问题，瞧老 Z 那严肃的样子又不像撒谎，一下子吓得我们觉得骑自行车似乎也不是什么好事儿。于是，我决定不再买车了，每天走路，没事儿就不到处走动了，这事儿过去没几天，老 Z 又回来说："搞明白了，机械系和建筑系有一对双胞胎姐妹，长得一模一样，ZYY 告诉我的，我跟他说了这事儿，他乐坏了，说上次也把他吓一跳。虚惊一场。”我们也跟着缓过劲来。既然知道不是自行车惹的祸后，我又开始思量着是不是还得买辆自行车。没车子也行，本来就有人不骑车，结伴而行，聊聊天，也挺好的。但过了一阵子，发现还是不方便，只要有事儿就得借人家的，还不一定借得到。关键是，一旦尝过从图书馆骑自行车回宿舍后，就知道走回来是多么的无趣。寻思了一阵，我觉得还是买辆吧。

第二辆是买我们班的LYC的。他是杭州人，总有些新鲜货。有一天放学我走路，他骑车，他问我为什么不骑车，我说被偷了，正准备再买一辆呢，你这辆卖给我吧。我本来是开玩笑的，结果他说好，我一愣，居然不知道该怎么继续了。我笑了笑，缓和一下，问他多少钱。他微笑着说随你说吧，我又说50块吧，他毫不犹疑地说好。我顿时觉得应该说20块，但是我又不好意思，只好50块买下来了。有一天我出去办事儿，碰到杭州交通管制，警察抓住我说我逆向行驶，车子被扣住，得把自行车软照拿上，几天后去停车场取。回来后问LYC有没有软照，他笑着说这哪儿找得着啊。就这样，我这车就被警察当作黑车给没收了。

第三辆，100块从96级毕业的学长买的二手车。一天我从教室骑到4食堂吃饭，碰到同学，聊得很起劲，回来的时候忘了骑回来。第二天，我记起来这事儿，再跑去看，发现已经彻底的没了。

这会儿我已经大四了，发誓再也不买自行车了。那些家教的日子，我每天宁愿厚着脸皮到处借，也不愿意买了。总算撑到毕业了，我用三辆车换来了一张毕业证书。

第四辆，研一的时候从一位同学那里150块买的。这哥们儿不厚道，我买回来才发现前后胎都漏气，一连两个星期每天打气，终于惹怒了，直接跑过去找他算账，让他替我换胎。他还算老实，真的给我换了。我一直都停在30号楼的一层车库里，暑假回家前还特地去看了一眼，心里想应该丢不了。可总不踏实，回学校第一件事就是看车子在否。事情就是这么神奇，你越担心，就越容易发生。我找了一圈，没找着，又跑到对面26舍的一层车库找，我怕自己糊涂了，是不是停到对面了？或者是被人搬动过。可还是没找着，这下我确信是真的被偷了。这才骑了一年啊！当时气得我找那个看车老头问怎么回事，他很委屈，让我问问楼长怎么办，楼长也不知道怎么办。我就说我要从地下车库撬一辆没人要的车子，问她同不同意。楼长一听，说不同意。我刚要发作，她又说也不反对，还表示我可以去弄，但是她完全当作不知道这件事。我一听迷惑不解，问她什么意思，她解释说我要是去撬车肯定是不能同意的，因为那样她要和我一起犯错误，但是鉴于目前情况她也不反对我去撬车，因为很多事情的解决不需要通过正常途径。我默认她允许我去干这事，并表示我先这么干了，如果有人发现这是他的车，我就还给他。我还真的写了一张借条，以证清白。当我费尽九牛二虎之力撬开一辆车并慨叹小偷怎么那么容易搞定而佩服不已时，那看车老头居然脑子一根筋发作，说什么也不要我骑走，说怕犯错误。我火了，跟他说我车子被偷了，那怎么办，他表示可以给我一辆他自己的破车，但绝对不能拿走车库的车。我没办法搞定那老头，无奈只好将就了。那辆破车骑出去丢人现眼，一晃三摇，两次后我就扔回给他。

第六辆，我从 98 学弟扔掉的垃圾堆里拣了一辆不知是什么但是可以骑的东西，拖到新桥门那边修理店大修一番，把那东西变成了一辆自行车。我特别高兴，一个劲儿说咱们工人有力量。这辆车一直骑到现在，我还当个宝贝，从来不敢长时间放在地下车库以外的地方，毕业时我准备卖它个 50 块，不知道现在生意好不好做。

第七辆，我开始喜欢参加 bicycle 版的活动，买了一辆 Merida618。按照 88bicycle 老鸟们的意思是，干脆不要锁，不骑就放在宿舍阳台，出去就不离开视线。这给宿舍兄弟增添了很大的麻烦，所以我总是小心翼翼地不惹他们生气，极力宣传我前面六辆车的遭遇，仿佛这遭遇跟他们也有关一样，让他们对我屡次丢车产生同情感，至少让他们感觉我这么干也是没办法。直到后来，室友 HB 也买了一辆，原来是四个人就我一个人这么干，现在四个人有两个人这么干了，1∶3 变成了 2∶2，阳台拥挤了很多，也更加不便了，但是我却踏实很多，也不担心三个人联合起来批评我了。我严格遵守“人在车在”的准则，果然，这车至今还是我的好坐骑。平时在校园里我都舍不得骑，也不敢骑，总不能把车子带进实验室图书馆吧，而且这么短的路程都没法充分发挥性能，都骑那辆吱吱呀呀的破车，bicycle 的人都管这样的车叫买菜车。

我说车子总找不回来好像杭州的警察很不负责，其实也不一定。大三的时候有一天我在宿舍里睡觉，突然接到一个电话，问我名字，还说自己是派出所的。我一阵紧张，以为犯了什么事儿。他告诉我我的自行车被找到了，准确地说是我的第一辆车被找到了，在某个停车场，叫我带上证件去取。这个时候我的第二辆车已经没了，但我仍然很激动地对人民警察的举动表示感谢。挂了电话，我又找不到证件，想着那锈迹斑斑的模样，就放弃了。后来，我把这事儿当笑话讲，没想到 YT 也说警察打电话给他，他的那辆大二被偷的一辆车时隔一年后也被找回来了。YT 带着证件过去一看，在一大堆垃圾里面压着他的那辆车，变形得不成样子，他看了一眼就头也不回地回来了。

不明白为什么我们的车子那么容易被偷？我看到很多老师的旧车子却是骑了一年又一年，就如前面所说的谢康和老师的那辆破车，小偷是不是看不上啊？

以前湖北省每年春运期间都有人在车上被抢，后来公安厅出了个口号“对持械抢劫的车匪路霸群众打死有奖”，情况就好转很多。我也曾想设个阴谋让那些偷车贼自动上钩，然后打他个半身不遂（这样好像太残忍了些，要不吊起来打，打折他的腿也行，算他“窃车不算偷车”），杀鸡儆猴，看其他的还敢来浙大偷否，但是苦于缺乏志同道合者，阴谋一直没有得逞，算是小偷们的大幸。对于那些跑到东站那边去买黑车的兄弟们，别干这事儿了吧，我们这多人的车子的安全都指望你们了，没有买卖，就没有伤害。

三十四　开启 30 舍的生活新篇章

从 1 舍搬到 30 舍，从九个人一个宿舍变成四个人一个宿舍，而且，因为全校研究生宿舍分配方案的调整，全系都住得很分散，所以，同学联系不多。这么一来，生活明显冷清下来。这样，室友以及以前的同学就显得特别的亲切了。

按常理，研究生应该在研究室或者是实验室待得比较多，但是受扩招影响，学校都来不及给我们准备位置和电脑，所以很多时候只能是窝在宿舍查阅资料、

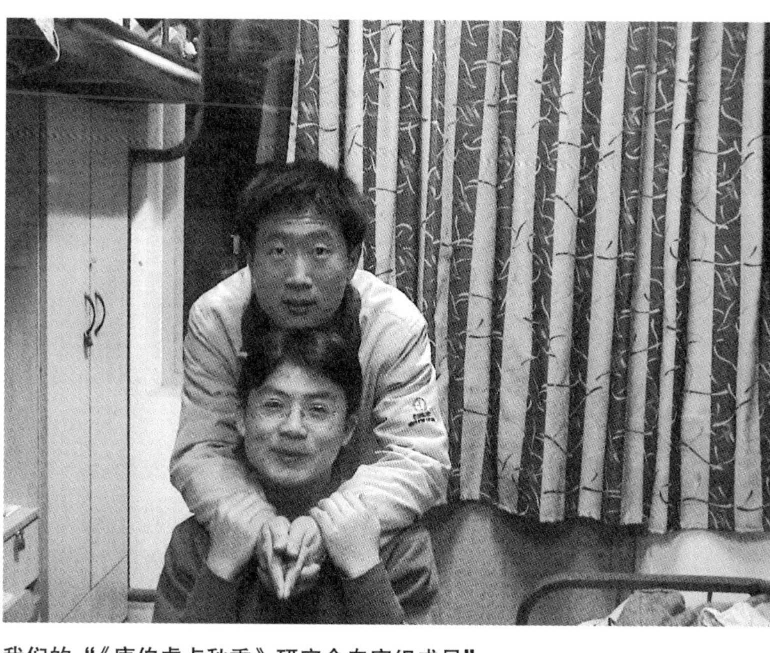

我们的“《唐伯虎点秋香》研究会专家组成员”

天作之合

写论文。我来说说我30舍707室的室友，我们四个人本科同班，但那时不同宿舍。现在好歹也有两年半的感情基础，不给他们留点篇幅不像话。

一号床HB，来自安徽怀宁。安徽是一个神奇的地方，携着安庆府和徽州府的物华天宝、人杰地灵，为中国贡献了大量的牛人，什么李鸿章、陈独秀、胡雪岩。作为新青年陈独秀的老乡，HB自然也不会差到哪里去，讲起历史政治来，头头是道、唾沫横飞。我每次都惊叹于他的渊博学识，他一不小心就会说漏嘴，说自己是当年怀宁的中考状元。一想起中考，我就觉得自己当初应该好好学习，否则，今天也不至于混成这样，所以内心对中考状元有一种特殊的崇敬。但是，HB好像到了大学，那股灵气劲儿只留了点尾声，成绩总是在不上不下、思想也是不左不右，跟陈独秀距离越来越大，到现在也就只能与我为伍了。

研究生开学没多久，HB就给我们找了点事儿干。他有一个师兄，整天在外面和施工单位打交道，有些施工单位说要打造国际形象，需要把过往的一些资料翻译成英文资料，打电话找他。HB对着电话，很响亮地对他师兄拍拍胸脯，表示他宿舍有几个人英语很好，都过六级的，肯定能翻译得很好的。他说这话的时候我环顾四周，既高兴又担心，高兴的是被他归为英语很好的一类，担心的是觉得你不吹牛会死啊。电话一挂断，英语资料就从网上传过来了，HB看了看，问我们几个。小W赶紧推辞，说不行不行，英语翻译千万别找他，肯定做不好。我和另外的老L说没问题没问题，他们敢叫我们干，我们就敢干。后来，我们看了一下资料，再看看前面翻译的例子，确实很有信心。如果现有的那些东西也能拿得出手，我们肯定比他们做得更好。三个人商量后，决定先每个人分几页译着，最后我来汇总。工欲善其事，必先利其器。我们先到电子市场去找一下翻译软件，花几块钱买了一个雅信CAT，装起来，连续几天只要有空就翻译，基本上每天都能挣七十块，想起来连懒觉都不想睡了，精神抖擞的抓紧时间搞定。最后，我们翻译的质量肯定还是不错的，因为对方很满意，后来连续好多次都找我们，再后来，居然还有别的同学介绍业务，我们也抽空挣了一点零花钱，再后来，我们各自的事情多了起来，觉得翻译有点不务正业，业务就慢慢地停止了。

有一阵子HB迷上了四国大战，每天晚上都酣战到很晚。我这时候熬夜熬得太多了，感觉特别累，打算早睡早起，每天12点前一定要上床。躺在床上，就听到HB的电脑不停地发出炸开的声音，搅得我心烦意乱，每次都要叮嘱叮嘱再叮嘱，但是HB玩着玩着，觉得游戏没声音实在不过瘾，所以不自觉的声音又慢慢地大了起来。这还算好的，有时候老L睡觉前也要打几把“雷神之锤”，那轰隆隆的炮声吵得我更加睡不着。他们和人对垒的快意都是以我睡不着作为代价的，所以我即便在12点上床，也要等到他们歇息了，到一两点钟才能睡着。如果说同一宿舍能有什么矛盾，那这是唯一的了，临近毕业了，大概以后再也不会有人三更半夜里打游戏吵到我，所以这点矛盾似乎也算不上什么了。

前段时间，HB和老L跑去打篮球，我在宿舍里有事儿。没一会儿老L搀扶着HB单脚跳了回来。我开玩笑说：“你这干嘛了？是不是中了一日丧命散和含笑半步颠啊？”HB皱着眉头，痛苦不堪地说“腿受伤了，不要再说了”。我知趣的打住，赶紧扶着他到床上去休息。第二天，我们陪他去医院，一检查，居然小腿骨折了。这下可好，找工作的关键时刻，他把小腿给弄断了，这还怎么弄？因为没法四处走动，必须有个人长期照顾他。HB他爸大老远从安徽过来，见他这模样，非常沮丧，常常很不耐烦地责备他，“你怎么搞的，人家都在找工作，你怎么把个腿给摔断了。”这关键时刻发生这事儿，他爸的心情我们能理解，但这也不是HB故意这么干的啊，所以我们也常常安慰他爸，找工作这事儿先别急，反正还早呢。HB研究生期间，交了个女朋友，偶尔到我们宿舍来一下，不大跟我们说话。在HB腿骨折的时候，每天都过来看他，这下我们见识了她的温柔，而且，HB他爸对这边不熟悉，很多事靠她下了班和周末跑来跑去的。HB他爸要住在我们宿舍，我们都还没想好怎么安顿，她就跑去二手市场买了一张床过来。这下我们才开始真正地跟她聊起来。当我知道她是温岭人的时候，我就想，要我也能找个温岭的女朋友那该多好。

HB这次骨折对于他找工作的确有很大的影响，幸运的是，他自已似乎对这些并不那么放在心上。每次他爸骂他的时候，他都乐呵呵地回复说："你骂我有什么用啊，我也不想这样，你以为我想啊，哎呀，真是的。"他爸见儿子这样，也就不大说什么。他爸甚至也适应了大学生活，学着我们说"这位同学你真搞笑""这位同学真牛"这样的话，惹得我们捧腹大笑。

二号床WYH，前面已经介绍过。本科的时候虽然也有所接触，但是没住过一个宿舍，现在才是真正地见识到他的威力。基本上不到睡觉的时候是看不到他的，也不知道他忙些什么，要么做实验，要么做工程，非常的充实，宿舍也有台电脑，但那电脑就是专门用来积灰用的，很少见他开。桌子上也总是那么稀稀落落的散着几本书，永远都是一副刚开学或者要放假的样子。他的被子从来不叠，虽然我们也不叠，但我们怎么着也得简单拉拉平，小W连拉拉平都懒得弄，就很自然的乱成一个窝，晚上钻进去，白天钻出来，有时候他一连几天可能出去有事儿，或者早出晚归的，时间久了，看那被窝隆起的样子，很难判断里面到底有没有人。

小W虽然是苏州人，性格温和，但是魄力可不小。我们全班大二的时候就他一个人拖着个大箱子从义乌批发了很多小商品拖到之江学院去卖，因为这个我们都称他为"老板"，笑问他是不是赚了不少。他笑眯眯的回复说"没赚多少没赚多少"。瞧那满脸盛开的样子，没赚多少？谁信！

读研时，他决定要找个女朋友，认为这件事儿特别重要。其实我们也觉得很重要，但是因为没什么经验，也不知道从什么地方着手。小W大四毕业的时候认识了个女孩子，惹得大伙儿好羡慕，大家纷纷觉得如果他这么老实的人都能找到女朋友，那自已也能。事实上，并没有那么简单，小W一直到跟人家女孩子分手，我们好多人都没找到呢。读研就我们四个一起，我们另外三个问他到底怎么样才行。小W憨憨地笑着说"真心换永久、真心换永久"。果然是"恋爱中的女人会做梦，恋爱中的男人会写诗"啊，这样一个木讷的人居然在爱情的滋润下说出如此经典的句子。我们都有点蠢蠢欲动了，但是，理论和实践永远都会有距离，要落实可没那么容易，最终也只有HB成功。

开学那会儿，我去找CGM，他说要制定一个"PN计划"，问我有没兴趣参加。我以为是他们水工的什么课题，很干脆的推辞说不参加。他一把拉住我，说“PN”代表的是“泡妞”。我立马改口说参加，虽然有难度，但应该向他学习并积极参与。CGM跟我说了计划的内容是我们到文一路那边学校去找女生搭讪，然后再问问电话号码，最后看谁拿到的电话号码多。我问干嘛非得这样啊。CGM愤愤不平地说，一看到文一路那些学校的男生水平不咋的，居然都还有个不错的女朋友，就替我们浙大男生感到可惜，像我们这样的男生居然都还单着，太不公平了。我承认确实不公平，但是我也知道，这样的计划对我来说根本不可能实现，我不可能去搭讪的，我都不知道说些什么，弄不好会被当作流氓抓起来啊。CGM发现了我的犹豫，安慰我说，不要担心，以我们的实力，到那边找个女朋友，肯定没问题。我将信将疑，心里既害怕，但是又期盼着他带着我去执行这个计划。遗憾的是都快毕业了，这个计划还只是个计划。

大概是有过跟女孩子交往的经验，小W很快又有目标了。那女孩子还到我们宿舍来过，我们觉得都还不错。元旦节的时候，我们在宿舍里吃火锅，小W完全沉浸在爱情的甜蜜之中，我们其他几个特羡慕。真是人算不如天算，谁知过了一个年，人家女孩子变卦了，说是家里人不同意，不但小W，我们都很惊愕，不知道该说些什么好。小W很是痛苦地钻进被窝休息了几天，我们也安慰他“没事儿，又不是什么大不了的事儿”。他经过苦苦的思考，从被窝里钻出来，慢慢地又恢复了好心情，照样每天笑嘻嘻的。

这之后，他心无旁骛了，把全部的精力投入到学习和课题上，每次回来都是跟我们说实验室的事儿。我们找工作的时候，他岿然不动，问他怎么了，他说他考上博士了，不用找工作，要继续上学。我们以为他是继续读岩土的博士，没想到他说是转到结构金老师那边去读了，岩土工作不好找，算了，不读下去了。我们除了佩服还能说什么呢。就知道他们苏州有个老乡唐伯虎，擅长诗赋词曲、琴棋书画，苏州人主要是“喝喝茶、写写诗、饮饮酒、泡泡妞”，现在他这么一副特别认真执着的样子，我突然记起来苏州那一带还出东林党，还敢和魏忠贤对抗，高中还专门学过《五人墓碑记》就讲这事儿。想想看，苏州人连魏忠贤都没什么，换个专业读个博士又能怎样？但是，我和老L都是结构的，有些真相不忍心告诉他：其实，我们结构也挺不好找的啊。

三号床是我，不细说。四号床LSJ，就是前面说的物理天才，山东人。

大一时，有一回上课他坐我旁边，跟他聊起来，他说是山东青岛人。我一惊，怎么山东人这么小的个子。但我不便直说，只是试探性地问一下，山东人和东北人不都是大个子吗？他带着胶州半岛独有的腔调，瞪圆了眼睛，皱着眉头，似乎很不喜欢我的判断，问我谁说山东人都是大个子。我以为他生气了，赶紧表示也是道听途说，电视上看来的，也不是很确定，你看东北人 ZXX，不就是大个子吗。他很是不屑，告诉我 LHT 就是东北人。看着也是一米六几的 LHT，我觉得自己对山东人和东北人的认识又全面了许多。现在我基本上了解了，东北人中，老 Z 这样的满族高一些，闯关东的山东人跟我们差不多。

与小 W 的桌子相比，老 L 的桌子既有共同点，也有不同点。共同点是东西非常的少，老 L 见不得乱，秘诀就是“凡是没用的东西全都扔掉”。我每次都要求自己向他学习，每次都半途而废。不同点就是，小 W 那边东西少但都东倒西歪地放着，而且基本上不打扫，老 L 这边可是光洁如镜、一尘不染。我们四个人，就老 L 起得早，勤于叠被子。我俩的床紧连着，每天早上我醒过来，一抬头就看到他人去床空，被子叠得整整齐齐，就感到非常的自责，觉得自己也应该赶紧起来，做一个严于自律的人。当我挣扎了一半，准备起来的时候，看看对面的 HB 还在蒙头大睡，我心里又好受了很多，拿起本书，看看再说，等着早饭中饭一块吃。

老 L 的勤劳是出了名的，以前本科的时候好像还获得了宿管办全 1 舍最清洁奖。现在一个宿舍住了两年多，确实名不虚传。比如说，洗衣服这件事，我们一般是洗好澡后，抓住刚洗好的那个舒服劲儿好好地休息一下，脏衣服都泡在那里，等有空的时候再洗。这么一泡，往往就忘了，直到下一次洗澡的时候才发现衣服还没洗，于是只能先把泡得有点发臭的衣服赶紧洗好，再想着怎么对付没衣服换这件事。老 L 从来都不会遇到这种问题，每次洗好澡，都很积极地把衣服洗得干干净净。

老 L 不但勤劳，而且专一，他把所有的业余娱乐时间都花在自己身上，我猜测这种专一很可能也是被迫的。在两年多的时间里，老 L 基本上只看两部片子——《雍正王朝》和《唐伯虎点秋香》。只要有空，他就会随便挑一集《雍正王朝》看，翻来覆去地看，也看不厌，宿舍里总是充满着浑厚雄壮的“数英雄，论成败，古今谁能说明白，千秋功罪任评说”。我每天也跟着一起看，看到最后我都分不清演的到底是戏说还是历史，反正对雍正印象特别好。《雍正王朝》还分很多集，可以挑着看，《唐伯虎点秋香》是部电影，就只能翻来覆去地重复看了，但我们从未厌倦过。很多人一提起周星驰，基本上就是想到《大话西游》，这显得多俗套啊，每次上来就是“曾经有一段”，我们必须创新，一定要显得与众不同，比如，“还是个带钩的呢”“一百遍”“作为江南四大才子之首你有没有压力”“好了，你可以去死了”“面目全非脚、还我漂漂拳”“玉树临风胜潘安、一朵梨花压海棠”“谁敢比我惨啊”“山下一群鹅、嘘一声赶落河”“9527”“难道要逼我发飙不成？”“我为秋香”“桃花坞里桃花庵、桃花庵里住桃仙、桃花仙人种桃树、又摘桃花换酒钱”。几乎每天中午，我都会端着饭盘、老 L 拿着馒头，津津有味地复习一遍。两年多下来，一百遍？肯定不止，起码两百遍起，我们熟悉这部电影里的每一个情节，每一句台词，几乎都可以给电影配音了。我和老 L 在一起，最大的乐趣就是研究《唐伯虎点秋香》的每一个精妙之处，两个人口若悬河，互相把对方逗得哈哈大笑。我是如此的乐此不疲，有时候从实验室出来，要是碰到老 L，两个人可以你一句我一句，跟比赛一样，半斤八两、不相上下，边走边说，边说边笑，边笑边走，一直从教 5 对到 30 舍，笑个不停，到了宿舍都还是意犹未尽，可能就再看一遍。每次在宿舍里看的时候，老 L 都喜欢吃馒头，我以为他是为了看片懒得排队打饭，馒头买起来方便，而且每次吃好了基本上不用洗碗，很省事儿。我每次吃好饭看好片子起身时，盘子往往已经很干很难洗了，但我又没他那份毅力，坚持吃馒头。终于有一天我忍不住了，跟他说没必要为了《唐伯虎点秋香》天天吃馒头啊，他也一愣，告诉我他们家每天三餐都是吃馒头，米饭

“三人行，必有我师焉”

他才不习惯呢。我这才意识到“九月九日忆”的“山东兄弟”并非因为苏州城边的唐伯虎改变了生活习惯。

其实我跟老L还干了一件很刺激的事儿，后面再说。

一想起毕业后再也没人会和我一起全新研究《唐伯虎点秋香》了，我就感到一阵阵伤感。本科时候，笑声就靠着《憨豆先生Mr Bean》撑着，现在就指望着这个了。这些片子，一个人看还没啥意思，必须得几个人一起看，以后上哪儿去找这样的人呢。

虽然四个人一个宿舍比十个人一个宿舍要冷清很多，但是年龄大了，也没那么爱凑热闹了，所以我还是觉得四个人一个宿舍挺不错的。再也不需要急着去楼下抢位置晒被子了，以前住1舍，感觉每次整幢楼其他人都比我先想到去晒被子，总占不到位置，现在随时都可以扔阳台去了。再也不需要急着去浴室占位置了，随时都可以洗澡了。我感觉生活真的进入了小康。

我们班住在30舍这边的还有CGM。离我们宿舍不远，开学初我跑去他宿舍玩，发现我老乡LC的同宿舍的LQ也在他们宿舍。我提醒CGM说LQ也是潮州人，他笑嘻嘻地说知道了，他们已经互相介绍过了，“wa xi die jiu nan”。瞧他那副得意的样子，估计再来一个潮州人，他们就要成立一个潮州帮支部了。潮州帮

挥斥方遒

要在浙大成了分舵和支部？那还得了，潘校长当然不会让他们的“阴谋”得逞，所以另外派了两个宁波人跟他们一个宿舍。李嘉诚再厉害，包玉刚和邵逸夫也不怵啊。宿舍安排从这里看，确实还充满着政治和艺术呢。

YT、SJW、NYZ 住在楼上 10 楼。YT、SJW 是直博的，另外一个是计算机系的，NYZ 显得特别可怜的，尤其现在找工作这会儿，计算机系的哥们儿早就期待着月薪过万的幸福生活了，另外俩博士根本就不用找工作，就他一个人整天跑来跑去，显得一副千里马找不到伯乐的郁闷样儿。我们偶尔上去看看他们，有一次我发现老 S 的床头有一盒“红花牌养血生发胶囊”，拿起来一看，问他怎么回事儿。他还没回答，YT 直接笑了笑，“呵呵，老 S，告诉他，你为什么吃这个？你看头发都掉成这样了，还不赶紧吃点，再不吃，马上就要成光头了。”老 S 苦笑着说：“不知怎么搞的，最近老是掉头发！鱼头你别说我，你还不是一样吃，我还不是看了你吃我才吃的。”YT 不敢抬头，就在那笑着，既不肯定，也不否定，只是一副百思不得其解的语气，“怎么搞的，最近头发确实掉得挺多的。”我们看看他俩，既羡慕他们将戴着博士帽走出浙大，也同情他们的博士帽下面可能是个大光头。不过 YT 已经去香港了，头发掉没掉不是很清楚，老 S 也还好，功夫不负苦心人，长期服用“红花牌养血生发胶囊”果然奏效了，祝福他俩白头偕老。白头偕老总比光头偕老强。

虽然我们已经开始读研了，但是惯于打交道的人还是本科时就认识的那些人。我们四个人一个宿舍，这里就成了我们班小聚会的最佳场所。常常有老同学光顾，我们也乐得一起聊聊天、开开玩笑，说说过去的事儿，也感叹一下时下的艰辛。

三十五　研究生公共课和空间结构专业课

我原以为研究生阶段基本上就是埋头苦干，后来才知道，其实研究生阶段也是一个看成绩的阶段。本来我对这一点也不理解，后来我明白了，其实，除了考试，我们似乎也拿不出更多的标准来衡量自己了。论文？靠着自己这三脚猫的功夫，还能发出什么高水平的论文吗？

我总以为研究生不怎么上课，直到研一读完了，才知道其实研究生评判标准也是成绩，因此仍然有必要介绍一下老师。

工程弹塑性力学——孙炳楠老师，研究方向是风工程的。孙老师高高瘦瘦的，不苟言笑，他有个学生是我们本科同学，也是这个风格，每次看着他们在一起走路的时候，我都觉得他俩这导师和学生长相上可真是很般配。我无意于评价孙老师上课的水平，但是他上课我的确是听得不太懂。楼老师给我们上过《弹性力学》，弹性这属性还算是线性的了，那些用来表达各种属性的矩阵方程已经够难了，现在加了个塑性，塑性是非线性的，就更难描述了。孙老师讲课声音很小，嘟嘟哝哝的，含含糊糊，很多时间就是在黑板上不停地写公式，仿佛写出最复杂的公式就是他的最大乐趣。不知道是因为他讲课声音小所以喜欢用公式来表达，还是因为他喜欢用公式来表达所以他觉得都已经写清楚了不需要再讲得太多。总之，我的学习几乎一蹶不振，考研挣来的几分自信瞬间又被掐灭在萌芽状态。再加上我大部分时间坐得比较靠后，就更吃力，以至于兴趣越来越小，最后稀里糊涂地就结束了。现在书拿出来看，仍然好多地方不太明白，很是惭愧。我也不敢说是因为听不懂而不喜欢还是不喜欢而听不懂，反正我得承认，这门课我没学好（这话说得好像我其他课就学好了一样）。

YT 在我面前说："孙炳楠很牛的，风工程的老大，一个工程的风振系数他说是 1.2 就是 1.2，他说是 1.3 就是 1.3。”我一直没有确认 YT 是否吹牛，因为他一本正经的假话说得太多了，不好判断，他说 1.3，很可能也就是 1.1。我也不知道孙老师到底牛到一个什么样的程度，但我估计如果 YT 说，至少算是有几把刷子。像我这样的，YT 从来都不说牛，甚至连名字都懒得喊，很不屑的叫我“张某”，可见狂妄到什么程度。就这样的一个人，还能对孙老师表达几分敬意，对他，或是对孙老师，也是十分难得。

我们很多同学都管孙老师叫“阿炳”，这个称呼倒蛮有意思，因为他的瘦削确是让我想起了瞎子阿炳。每当我在土木楼看见他老人家的时候，就会在心里偷偷地问他：阿炳，最近是不是真的又在确定什么风振系数？我就心里这么说，都生怕他能听到，毕竟人家是研究风的。

计算结构力学——张武老师。第一次见面，张武老师说他自我介绍一下。一般老师自己我介绍也就是说一下名字、哪里毕业的、研究方向什么的、最后留个电话号码。张老师不走寻常路啊，他连性别都介绍。他自我介绍的第一句话是：我叫张武，男。大家第一次听到这么特别的自我介绍，马上掀起一片笑声。张老师自己都不好意思了，但是只能硬着头皮继续介绍下去。接着他又说自己的办公室在什么地方，说是进了土木楼后向左走，再向左走，然后向右走，向前走，然后再向右走，就这样说了半天我们都没明白到底怎么走，并再一次用笑声来回应。他也笑着，声音越来越小，很自然，自我介绍就这样结束了。

很多事情是没有原因了，喜欢就是喜欢。比如这门课，尽管课堂上张老师的讲课风格确实难以让人接受，但我似乎并不排斥，而且，这门课居然成了我最喜欢的一门课，这太让人惊讶了，我居然还会喜欢一门力学，关键是，喜欢一门力学是发生在喜欢一个女孩子之前，真是不可思议。我不但把那本看起来很古老的教材认认真真地看懂了，还会学着去推导一些公式，平时也装模作样的很努力地看一些计算结构力学的参考书，还真的对有限元计算有所了解。更让人开心的是，《计算结构力学》是空间结构很重要的一门课，我大概就靠着这个劲头儿毕业了。

高等结构动力学——蒋军老师。这是防灾所的一门课。防灾所的老师很多都有一个特点：平易近人。“龙哥”、朱（国元）老师、蒋老师都是这样。蒋老师经常和学生一起约好上完课去打篮球，所以他和我们一样迫切期待着每一节下课铃的响起。有一次蒋老师上课接手机，说：“喂……！”我接了一句：“小丽啊。”这个和当时一个广告里面的场景一模一样，顿时大家都狂笑。蒋老师也没说什么，和我们一起笑。糟糕的是，蒋老师和孙老师、张老师一样，讲话不太灵清，这让这门本身就很难的课程难度指数提升一个等级，我们则是怀疑他自己都没搞明白这门课的内容。毕竟作为篮球专业的岩土博士，他要把那些结构动力学方程讲清楚也确实不容易。

自然辩证法——王诗宗老师。以我对这门课的厌恶之情，我居然还记得这老师的名字，真是个奇迹。我一直纳闷，本来社会科学按道理应该比自然科学的课程有意思多了，类似于故事性的阐述比那些深奥的理论应该更能吸引人啊，比如以前的冯筱才老师、潘一禾老师，都是人气很旺、非常受欢迎。但，大多数时候这类课程会被搞得味如嚼蜡。学校也知道我们讨厌这门课，所以想出一招，规定必须上网站学习。有些人钻空子，就登录后在网上挂着，然后跑出去打球。后来学校使出一招，规定半个小时之内必须动动鼠标，刷新一下页面，表示的确有人在电脑前面在看网上的内容。很快，有人写出了自动更新的挂站机，一登录，自己设定自动更新时间，这玩意儿大受欢迎，也大快人心。到这个时候，学校如果不根据 IP 地址去实地察看，确实没法判断网络的另一端正在刷新网页的是一个人还是一头猪，计算机水平确实已经到了一个新境界。外面不知情的人可能会骂我们不知好歹，心思都用到耍小聪明上了，不过如果他们知道掏钱买一张光盘就可以不上网挂着，肯定会原谅大家。自辩这种学习方式搞得学校的最终目的好像就是要卖那几张光盘一样，我都觉得自己有点以小人之心度君子之腹了。最后考试的时候我们还是很认真，写的昏天黑地，结果大家分数都一样——83 分。终于，我也有一次和 YT 考一样的分数了，他非常恼火，觉得跟我们都一个分数让他颜面尽失，不符合硕士和博士分数上要拉开差距的原则。

科学社会主义理论与实践——段治文老师。很多老师教这门课，但段老师名气最大，也是前面所说讲课有意思的几位之一，我第一时间就到网上去选。这一次运气比较好，竟然选上了。段老师果然是名不虚传，他把重大事件和政治理论结合得非常好，深入浅出的分析，风趣幽默的讲解，笑声不绝于耳，很少有人睡觉，偶尔有人睡觉，他就会正告我们："你们啊，要抓紧时间听课，这些内容我在外面给别人讲可是要五十块的门票的呢，你们每听一次课，就相当于比别人多挣了五十块。"听了这话，段老师的课我一次都不落下，仿佛我一去就真的挣了五十块钱，分外高兴，我甚至还希望段老师的身价更高一点，盘算着如果段老师的课每次要五百块的话，那每次不是挣得更多了吗？有一次科社上课正逢韩日世界杯中国对巴西，这是中国队在世界杯上的第一次亮相，可大家依然很给段老师面子，座无虚席，也可能是为了挣那五十块吧。上课前，段老师还撩拨了一下我们的心情，跟我们说，今天虽然是世界杯中国队的比赛日，但我们的课程还是正常进行。然后，他真的就跟往常一样开讲了。但是，开赛前十几分钟，大家开始心绪不宁、坐立不安起来。段老师见状，突然说："时间到了。"大家一阵笑声，高兴万分，纷纷准备离场了。可是段老师又说："我说比赛时间到了，又没说下课时间到了。"大家一阵沮丧，唉声叹气。当着老师的面直接逃课，有点说不过去，可是，段老师这么一说，似乎也不反对我们走人。这下我们坐也不是，站也不是，不知道段老师到底是什么意思，是去还是留？段老师觉得他逗我们的目的已经达到，不紧不慢地说："但是我们可以提前下课嘛，好了，今天就讲到这里，大家看球去。"说完，他就站在讲台上乐呵呵地看着大家飞奔出教室。那一瞬间，我真觉得段老师粗壮的身姿非常伟岸。理解万岁！如果学弟学妹们要选课，我推荐段老师，不但课上得好，还能挣钱，五十块一次，一个学期下来，净赚八百呢。

其他公共课程我简单地说一下，供参考。

英语。我记得我确确实实是过了六级的，可证书也确确实实是找不着了，不知道是不是搬宿舍的时候给弄丢了。正当我自认倒霉的时候，发现学校有个政策好像是考研多少分以上就可以免修，我刚好达线。我这才知道浙大居然还有这么人性化的时候。塞翁失马，焉知非福？我感觉自己因为放松了学习，英语水平近两年由比较差变得特别差了。

科学计算可视化。这是我同学 SuB 邀我一起去上的，他很认真地说，以后膜结构的裁剪都是计算机完成的，要准确地用电脑表达出来，就必须懂一点科学计算可视化的东西。那时候我刚好看了一篇原来可视化实验室的林锐的文章，觉得这玩意儿确实很酷，应该要了解一下。上了一次课我意识到 SuB 要求我这样的人通过一学期的选修课就学会计算可视化的原理，完全是揠苗助长，但是一旦选好了，也不是那么轻易脱身的，只能硬着头皮上下去。好在上课的陈天洲老师还不错，尽可能把原理性的内容讲得通俗易懂，至少听起来没那么枯燥，我也能接受。陈老师不指望我们成为专家，主要还是要求我们懂一点基础知识，知道个大概，至少不是白上过他的课。这么一来，我的心理负担也就没那么重。

后来我才知道陈老师就是 88 上鼎鼎大名的 fat，single 版版主。作为坚定的单身主义者，他每天都会发一则小感悟作为"光光"一族的号角。我觉得他的那些蛊惑基本上都没啥用，比如他说时间这么紧张，全都得投入到科研上，没时间花前月下、卿卿我我。这谁信啊，鲁迅还说“时间就像海绵里的水，只要挤，就总是有的”呢，秦观还说“金风玉露一相逢，便胜却人间无数”呢。我看还是fat是没有遇到意中人，如果有那么一天，看他还敢这么说。

有一天，我们上午的课，到了上课的点，陈老师没来。大家等了十多分钟吧，很快就散了。人都走得差不多了，他背着包匆匆忙忙地跑来，头发乱蓬蓬的，睡眼惺忪的样子。我一看，估计是前一天88逛得太晚了吧，——我能推测得出来，因为我们宿舍HB经常也这副神态。他问：“人呢？”我在下面回答：“都走了！”他一声不吭的灰溜溜地走了。这是我第一次发现老师迟到了学生不让他上课的场面。

应用数学方法。我也是脑子一热，选了这门课，题目每次都做得很痛苦，变分方程一写就是一大串。到现在就记得有个胡海昌－鹫津久一郎原理，因为以中国人命名的原理真的不多。这门课的另一个特别之处就是据说给我们上课的又胖又黑又敦实的老师居然是大一美女老师陈丹玲的老公，这太不可思议了。

除此之外，我还上过非线性稳定、C++数据结构和减震技术。我也终于选上了褚良才老师的课，弥补了本科阶段的遗憾，最喜欢听褚老师讲“中X之间十年之内必有一战”之类的话，颇有“犯我强汉者、虽远必诛”的英雄气概，一大帮人热血沸腾、哈哈大笑。一直有点疑惑，本科阶段在一些辩论会上妙语连珠的余萧枫老师怎么后来一直都没开过课呢？到现在为止，我还记得余老师把“大学生辩论赛”简称“大辩”时引发的哄堂大笑。

我不喜欢考试，偶尔一两场极为重要的考试，会全力以赴，总能凑合着过。大多数时候，不上不下的，总考不出好成绩，虽然我也努力改变，但是效果不佳。临近毕业，愧意倍增。

我所在的研究室叫作浙江大学土木系空间结构研究中心，不谦虚地说，这里就是土木系结构专业最优秀的人最集中的地方，因为这里的老师，也因为这里的同学，我既为自己是其中的一员感到自豪，又为自己拿不出手的成绩感到卑微。空间结构主要是四个老师：董石麟老师、关富玲老师、严慧老师、罗尧治老师，小字辈的那边主要是董老师那些逐渐崛起的学生组成的团队：邓华、袁行飞、赵阳、高博青、肖楠等。

董老师——中国工程院院士。在我1997年上学的时候就听说了建工学院评上一位院士，当时对院士这个词我没什么印象，觉得这院士应该是个不小的级别，但见过董老师后，似乎除了脑袋大一点，也没什么特别的。董老师头发花白，满面红光，步伐矫健，喜欢用炯炯有神的双眼看着你，咧开嘴笑得特别欢乐，笑容挤满胖乎乎的慈祥的脸庞了，和蔼可亲，跟李政道先生有几分神似。董老师因为资历老、水平高，接触的工程都非常大，比如国家大剧院、水立方、鸟巢体育馆，等等，所以给我们讲空间结构的最新发展情况时工程实例材料特别丰富，各类数据特别齐全。每次这种报告我都很积极的洗耳恭听，他就端端正正地坐在那里，歪着个硕大的容量非常大的一看就知道充满睿智的脑袋，好像是强忍住笑的样子，声音洪亮、中气十足的对大家说：各位老师，各位同学。董老师说“各位”的时候是连着的，说成“贵老师，贵同学”。我经常拿这个开玩笑，学给同学听，他们都觉得非常像，笑得前俯后仰。接下来他老人家旁征博引，信手拈来，听者是津津有味，如沐春风。这我就学不来了。董老师做报告还有个口头禅，就是把“是吧？”连着读成“sia”，每讲到一个需要互动的问题，他就歪着脑袋问大家“sia”，很像平舌音念“耍”。不注意还好，等我发现了这一点后，常常忍俊不禁，就等着他说这个字了。

当时是奥运建设正如火如荼，董老师更是干劲十足，焕发了人生又一春。我们本科宿舍 YT 和欧勒是董老师的学生。YT 不用说了，保送直博生，当初选导师的时候他问我，我跟他说你跟董老师肯定没错，他问我为什么，我说你们两个都很聪明，物以类聚，人以群分。他还谦虚地笑一下，接着我的话又说，你们俩另外的共同点是头发也掉得比较厉害，应该在一起。YT 读了一年就由董老师推荐到香港去了，据说在那边很忙，不知道是忙什么。欧勒则是属于对董老师比较敬畏的，主要原因是他没 YT 那么聪明，难以符合董老师对学生的要求。欧勒说他问董老师问题，讲了一遍，没懂。董老师再讲一遍，还没懂。董老师急了，说，你怎么还没懂呢？欧勒一看老爷子这阵势，吓得赶紧说懂了懂了，连忙顾左右而言他，继续问别的问题，结束之后再向其他人请教。据说院士基本上没空和学生接触、不太负责怎么的，的确有这种情况，但是根据我同学自己的体会，董老师的确很忙，但为人厚道的。如果我的学弟学妹觉得自己足够聪明的话，那么千万不要轻易放弃一个与智者对话的机会。

严老师。不认识严老师的时候，还觉得他有点可怕，可能是他身材比较高大，加上又老是戴着帽子，嘴巴扁扁的，看上去很严肃。幸亏，严老师和我们关老师在一个办公室，所以我们还是认识了他，这才发现他是特别亲切的一个人，脸上常常挂着天真的笑容。他年龄大了，头发掉得厉害，常年戴着帽子，牙齿也不太好，又喜欢笑，所以老抿着嘴笑，看起来很滑稽。严老师开口闭口的关键词只有一个：工程。他说话一般都是以某个工程开始，最后绕到某个工程结束。有一次我问他一个设计问题，他给我讲了之后，宣称自己做过的混凝土柱子有过很粗的，忘了是三米还是四米，反正就是好几米，看着我被惊得一愣一愣的样子，得意非凡，嘿嘿直笑，就像个孩子一样。严老师懂得最多还是规范，讲工程的时候不由自主地就说“这个东西在规范上是这么要求的”，然后就要跟你说一些数据之类的东西。与董老师不同，严老师接触过的工程多是民间工程，所以跟各个地方的设计院非常熟悉，找工作的时候给了我很大帮助，让我很是感激。严老师毕业于浙江大学，已经在浙大待了整整五十年，但丝毫没有资深的架子，毕业答辩的时候，举杯祝贺我们，说：“年轻的朋友们，我祝你们前程似锦。”这话我永远都会记住。

罗老师，昵称小罗，随着年龄的增大，别人开始叫他老罗，我非常不习惯，觉得他那样子就只能称作小罗。大概人待久了，表情就会趋于一致，从董老师到严老师，再到关老师和罗老师，都喜欢笑，也正是他们给空间结构带了那样的气氛了。罗老师小个子，走路左右摇晃着，跟建筑物在地震荷载作用下的运动状态一样。这些都是表象，罗老师办事稳健，根据他的学生的说法，他时刻知道自己干什么。比如说，罗老师需要钱花，于是开发了一个叫作MST的东西，专门算那些网架，其开发过程就是罗老师才华四射的一个过程，正因为如此，罗老师对这东西像自家的小孩一样，乐于给别人介绍。有一次我在教研室坐着，他跑过来说：来来来，我帮你下载一个MST网络版，以后我们空间的人都可以用MST了。装好以后，给我演示了一下，罗老师猜测我是第一次用MST，问我这软件怎么样，我点头点得跟鸡啄米一样。我都不敢跟他说，我一直都在用盗版的，跟你这正版没啥区别。这东西方便实用，还不错，欢迎师弟师妹报考空间结构，这样你也能免费做亲密接触了。罗老师现在据说专心做学问了，也刚刚从英国回来，喝了几个月的咖啡，吃了几个月的牛排，现在都管“鸡蛋”叫“egg”，管“讨论会”叫“seminar”。

邓华老师。前面提到大一的时候董石麟老师跟我们讲《土木工程概论》时带过去的帮他摆放幻灯片的那位小伙子，那就是邓华老师，不过士别三日、当刮目相看了，小伙子已非吴下阿蒙，博士都已经毕业了，成为空间结构研究中心非常出色的一位年轻教师。本来《网架与网壳结构》课表上说是董老师上的，我兴冲冲地赶紧选了，结果一看是邓华，还有点失望。慢慢地，随着课程的深入，邓老师虽然不如董老师那样内力深厚、举重若轻，但也是颇得董老师真传，治学严谨、扎实可靠。上课的内容，他要么讲得非常透彻，要么就明确说这些问题他也不确定，需要和我们讨论，就差说“sia”了，经常下节课会修正上节课的内容，在不好意思的笑容里面包含一些歉意。这种坦率非但不影响他的形象，反而增添了几分亲近感。邓老师脑子也很大，自我觉得脑容量跟董老师一样充沛，所以用起来比较大方，日子久了，脑子是更加聪明了，可白头发也特别多，在太阳底下，那些白头发就像他的聪明一样熠熠发光。空间结构的人特别喜欢用有限元软件分析问题，课堂上，邓老师明确地对这一点表现出不屑一顾，警告我们要重视基础理论，会玩软件不过是“此亦无他唯手熟耳”。他常常拿董老师作为榜样来教导我们，说哪怕你的有限元软件用的再熟，要是不重视理论分析，不重视模型假设，对问题没有定性判断，那么，很可能好几天算下来，数据都可能是错的，都是白算的，到时候还得要从头开始，这样纯粹是浪费时间，必须对问题加以分析，有个估算，用简单的模型验证一下，然后再详细分析。我觉得那些话肯定是董老师当年说给他听的，他记住了，就拿来继续教导我们。现在邓老师暂时去英国了，这一级的学弟学妹们不能证实我的话是否正确了。听说《网架与网壳结构》这门课由空间结构漂亮的袁行飞老师来教，那就不必遗憾了，袁老师也是那么优秀，何况还是个 PPJJ，就这一点可能要比邓老师有意思多了。我暗暗惋惜，要是邓老师前年就去，那么我们也有机会听 PPJJ 的课了。

袁行飞老师。董老师的学生，很漂亮的一个姐姐，年龄不大，已经是副教授了。董老师那边的学生有人因为她是副教授了所以称她“袁老师”，但也有人因为她很和气所以称她“袁师姐”，不知道有没有人因为她是位和气的副教授，所以叫她“袁——老——师——姐”，估计袁老师一巴掌劈死他不可。袁老师的名字也很有意思——袁行飞，倒过来一念，居然是“飞行员”，所以有人干脆称她“飞行员师姐”。以前空间结构董老师那部分人蜗居在二楼，老师和学生在一起。我的同学 XFL 老是跟我们炫耀袁师姐很好。我问怎么好法，他说袁师姐请他们看电影，请他们吃饭。我从来没有这么好的待遇，心里酸溜溜的表示他太容易收买了，看场电影吃顿饭就说人家好。XFL 反问我那要怎么样，我也想不出来什么比这更好了，跟他说怎么也得边吃饭边看电影。XFL 觉得我的建议不错，说会跟袁师姐反映一下，我赶紧跟他说“别说别说，我就随便说说”。如果你看到空间结构里面有一个齐肩头发，戴着眼镜，夹着个包（这简直是经典动作），颇有几分姿色的女子，估计那就是袁老师。

另外的几位老师因为接触不多，而且又是男的，所以也不大去关注，所以不敢多说了。大概知道的情况是：高博青老师，因为说话有点含糊，我们称他为“搞不清”；赵阳老师，梳着小分头，个子矮小，反应速度快，透着一股狡黠和机灵；肖楠老师真的就只是一点都不了解，就听 LBY 说，肖老师的同学在华森做总工，所以肖老师给 LBY 争取了一个面试机会，居然就这样成了，这年头，能帮人推荐工作了，怎么着也算是个好老师啊。

我就不说我学术水平怎么样了，但是耳濡目染了两年，对空间结构，不敢说精通，但是也算是有所了解吧。也有人抱怨空间结构不怎么样，没关系，这些压力让大佬们去顶着，他们会让空间结构更加强大，这些抱怨就算是给他们的鞭策了，再说，“入兰芷之室，久而不闻其香”也很正常。

三十六　空间结构的关门弟子

所谓关门弟子并不是说最后一个弟子，只是因为我们的导师姓关而已。我们一共十多个人，常常待在一起，既真的探讨学术，也一起戏耍玩乐。既谈了些问题、也谈了些主义。虽然没有什么大贡献，但也是有一分热、发一分光。关老师常常教育我们要能吃能干。我每次都挺难过的，因为我比较瘦，不算能吃的那种。

空间结构研究中心人数众多，犹如一棵大树，不停地分支分叉。董老师门下的邓老师、袁老师等和他们的学生有一大群，在教 5 二楼；关老师和严老师在

2001 年入学

一个办公室，带着我们一帮人吭哧吭哧地干着；罗老师他们在我们对面，不停地让他们的 MST 卖出个好价钱；高老师他们在四楼：到处都有我们的阵地，而且各个老师门下都有老同学，所以常常四处看看、聊聊。但时间久了，大家主要专注于自己的课题方向，而学术问题稍微偏一些，外人就很难说出个门道，所以慢慢地我也不好意思多串了。平时交往最多的还是我们自己教研室的，因为导师姓关，所以我们自称“关门弟子”。我就说说他们，范围只限现役成员。为了个人安全期间，也不能讲得太多，就说些小事情，一来为纪念我们的黄金岁月，二来告诉学弟学妹们研究生的生活是怎样的。

要说关门弟子，最好先讲一讲我们的关老师。

关老师已经 56 岁了，因为年近花甲，所以我们同学都尊称她关奶奶。有一天关老师说她要回老家去，我们问她什么事，她说她奶奶最近身体不太好，要回去看看。这话把大伙儿吓了一跳，好家伙，您都是大伙儿心目中的奶奶级人物了，居然还在家里藏了个真正的奶奶，一问，老佛爷已经快一百岁了，我们觉得这个太酷了，小范围地宣传了一番，闻者无不惊叹。关老师毕业于东京大学，深受日本文化影响，一提高仓健就兴趣盎然，到了这个年纪，对精心梳妆打扮、穿漂亮衣服的兴趣仍然不减，非常注重仪式感，喜欢跟我们分享日本人的严谨和精致。她对于中国男人不拘小节、衣冠不整的现象深恶痛绝。我有时候觉得这话仿佛就是专门针对我的，使我自惭形秽。每次关老师提起“东京大学”都说“我们东大”，后来我一个同学提起他们“东南大学”也自称“我们东大”，我听着特别不习惯，好像“东南大学”的兄弟们偷了这个名称似的。

除了正常的学术工作，三件事情，关老师可喜欢干了：唱歌、爬山、打牌。关老师唱歌基本上就是一首日语版的《北国之春》，就跟郭靖的亢龙有悔一样，这一招单一、娴熟而且管用，每次必唱、唱得也挺好，标准日语版，你要觉得不过瘾，她还可以唱完日语再来一遍中文的。每次听完《北国之春》，我们都试探着老太太能不能来首《东京爱情故事》之类的，她都摆摆手，保持着极其专一的态度，她的世界里根本就没有赤名莉香和永尾完治的位子。浙大虽然有老和山职业技术学院的称呼，但是我在上研究生之前很少去爬老和山，我宁愿绕着操场跑圈，也不大乐意去爬山。后来教研室里面爬山风气很重，每天下午夕阳西下的时候，就有人提议去爬山，关老师尤其积极，从教 5 去老和山也很方便，我也跟着去，久而久之，觉得也挺有意思的。自浙大出发，一直往上，到达山顶，向左拐，走一段，登高望远，一侧可以眺望近处的浙大、远处的西湖和更远的钱塘江，另一侧可以看大片居民区的城西，歇憩片刻，继续前行，经过一座带着无数传说的美女坟茔，来到岔道，往前可以继续往北高峰，往下可以往植物园，大多数时候我们是往植物园，到青芝坞吃饭回教研室。周末或者关老师的生日 3·15，我们的行程会大大的延长，要么从老和山出发，要么从万松岭出发，要么从龙井山园出发，经过师兄老夏精心安排的路线，最后精疲力竭地到达或者青芝坞，或者茅家埠，或者西湖边，好好吃上一顿，再回去。每次关老师都是兴致高亢、精神抖擞，我们都是人困马乏。年富力强不一定真的，但是老当益壮肯定不假。关老师对打牌的兴致如此之高，着实让我意外，每次教研室搞活动，她都很积极地打上几把。其实她打的都是那种特简单的红五升级，也从来都不会赢一分钱，但是这一点都不影响她参与的热情，分析得津津有味，讨论得热火朝天。我是那种牌技不好、热情不高的，即便这样，在没人的情况下，关老师还是愿意跟我打对家，你说这得有大的热情才可以忍受啊。

研一的时候，关老师让我和其他人算一个工程。我大致分析了一下，觉得方向可能有问题，便不想算下去。关老师可能需要某个数据，非常着急地叫我做下去，我不知道脑子里哪根筋搭牢了，居然坚持不往下算，而且还讲了我的理由。这下可把关老师给气坏了，当场把手中的笔给摔断了，抓起自己的包就回去了。倏地，教研室沉寂得让人害怕，所有人都吓坏了，我更是呆若木鸡，不知道该怎么办才好。我愣在那里坐了两个小时，同学提醒我给关老师打电话道歉。我犹豫再三，还是打了电话，关老师已经平静下来了，用温和的口气在那头语重心长地跟我说了一通，算是原谅了我，我心中的那块石头也算是落地了。从那之后，我再也没有这么无知和愚蠢，而关老师也并没有对此事记挂在心、耿耿于怀。我听过一些老师和学生有矛盾导致学生难以毕业的事情，我只能庆幸我遇上的是关老师，否则，这样的事情很可能就要发生在我头上。就人格上讲，我觉得关老师是配得上“为人师表”的。行将毕业，我再一次感谢关老师，感谢她的宽容。

有关老师，自然就有关门弟子。

SuB，来自福建福州。

SuB 典型的福建人长相，滚圆的大脸庞，浓眉大眼，眼眶深邃悠远。我们找工作的时候，有家公司人事部门的女士指着他说，真像归国华侨，一会儿问他家和印度尼西亚某个富豪是否有联系，一会儿又说像新疆人，一再强调这是一张让

毕业时，关门弟子的合影

人印象深刻的面庞。我看着SuB，对他那张轻易就能从东南跨过幅员辽阔的祖国大地到达西北的脸羡慕不已。SuB性格温和，待人接物，永远和风细雨、不紧不慢，极具福建人风范。不过，即便如此，第一次我还是没能认出他是福建人。我印象中的福建人就是我的室友CY，“西湖”“西服”、“吃饭”“吃换”“反应”“缓应”分不清，SuB比CY强多了，普通话非常标准，不带一点口音，比我这湖北人还要标准。就这事我还问他，他告诉我他是在福建师大里面长大的，他爸是福建师大的物理教授。

SuB看上去有点胖，但是如果不是他自己强调这一点，我从来没看出他是个大胖子，因为我看到他的时候他都是穿着衣服的。有时候，我们会一块儿去踢球，他都穿着长裤，我问他热不热，他慢悠悠地说热啊，我问为什么不穿短裤呢，他说不行，腿太粗了。我看着他，不大相信的样子。他依然慢悠悠地说，你别不相信，我的大腿肯定是浙大第一粗的。因为他太淡定了，所以我判断不出那语气是沮丧或是炫耀。我曾屡次去他宿舍找他，有幸成为浙大为数不多的能一睹他大腿芳容的人之一。目测后，我认为那不可能是浙大第一粗腿，至少我们空间结构的邓老师不会比他的腿细。就这样一个胖子，运动天赋还不错，我很纳闷。不知道是怎样谈起来的，反正后来我知道他胖是因为他小时候参加运动训练而后停止不练的后遗症。一听说他居然小时候是练体育的，我还挺新鲜的，因为我从小地方出来，从没遇到过练体育的成绩还能不错到能考上好大学。对这样的文武双修、全面发展的同学我得多问几个问题。我又问，练什么的。SuB 说先是羽毛球，后来练足球，然后很轻松地说他小时候是福州市少年组羽毛球冠军，踢足球的时候也拿过福州市的冠军，那一刻，他的肥硕的形象简直要压得我喘不过气来，我才知道德智体全面发展的小学生的确还存在过，怪不得好多羽毛球好手和足球好手都喜欢叫他一块儿去练习。这两项运动我都跟他试过，确实是练过的架势，动作非常标准，唯一的弱势就是真的有点胖，略显迟缓。

SuB 是毕业后工作了两年又考回来读书的，本科比我要高两级。工作了两年，自然有点积蓄，每次出去吃饭，他都自告奋勇的掏钱，我常常过意不去，他安慰我说："我还有好几万的存款呢，要不要我借你点？"每次我都想借但又不敢，怕借了以后还不起，这种感觉好像是到嘴的肥肉自己推辞掉了，感觉非常糟糕。不知道是不是在外面转了一圈，所以更加体会到校园学习的珍贵，所以 SuB 学习非常认真，科研工作做得非常踏实，卓有成效，做出来的伸展臂不输给 NASA，要是 NASA 肯往 SuB 身上砸些钱，估计 NASA 的伸展臂技术比现在更漂亮。前些天我和他一块儿去交研究生登记表的时候，研究生科的葛盈辉老师看着我们交过去的表格抽出一张说："这张表格字迹工整、清晰好认，拿出来做样板"，我觉得葛老师可能是说我，心里非常得意，凑过去一看，姓名赫然是 SuB。答辩的一些不重要的表格要签名，找老师很麻烦，SuB 自告奋勇地说替我们签董老师，签得跟原版还真的有点像。人家这么一夸，他更加得意，宣称专攻董老师和袁老师签名。我也在学着签，一不小心签了袁老师的芳名，他很是着急，叫我不要抢他的生意，尤其是袁老师的名字更不能抢。

这样的一个人，平时自然是比较能 GGYY 的，和我很有一些共同语言，被教研室其他同学合称"GY 二人组"。忝列于该组合，我有点承受不起，因为凭我的 GY 能力，很难与他相提并论的。那天天朗气清，我在 88 上浏览帖子，突然跳出一条他发来的信息：哇，今天的太阳真像探照灯。我莫名其妙，但还是赶紧表扬一下说他这真是个天才迸发的比喻，我非常欣赏，表示如果我是国务院总理，至少提拔他个副总理当。后来晚上 12 点，我睡了，突然手机来了一条短信，一看居然是他发来的：奇怪，我刚才跑到阳台上一看，发现今天的月亮也像探照灯呢。我哭笑不得，觉得他的灵感实在丰富，我怕他一会儿非得告诉我：今天晚上的星星也很像探照灯，所以我赶紧关机，睡觉。第二天见到我，他果然不依不

我和 SuB

饶，津津乐道于昨天的月亮真的很像探照灯，还看看天空，说：“咦，今天太阳不像探照灯呢。”我简直受不了，GY 能力甘拜下风，觉得自己目前的水平实在有辱“GY 二人组”的美名。

SuB 属蛇，跟我说他爸属牛，所以他们家合起来是“牛鬼蛇神”。现在找工作了，他根据他们家牛鬼蛇神的经历告诉我：什么样的人就什么样的命，别着急。他是这么跟我讲的——“我爸老家是泉州德化那边的，他小时候家里很穷，为了离开德化，努力学习，终于考上大学，兄弟姐妹就他一个上了大学，成了知识分子，所以当时他是最有出息的，也是工资最高的。后来改革开放后，德化那边烧瓷器很火，他的那些当初穷困潦倒的兄弟，现在一个个都非常有钱，反倒是我爸，成了最没钱的那个了，这都是命。”既然这样，祝我们都有个好命吧，既能跟 SuB 他爸一样体面的做个知识分子，又能跟 SuB 的叔叔一样还能挣到钱。

YYH，来自广东广州的“靓仔”，是我们同一级中唯一的一名保送生，作为才貌双全的小帅哥，自然是极有人缘，很多女生说起他就是一副很仰慕的神情，很是兴奋，可是人家已经名草有主了。对于我们这么多单身的人来说，问小 Y 怎样才能实现零的突破，小 Y 说我们太迟了，谈恋爱这种事情应该从高中就开始。我们不解，他说，高中很多人会变坏的，喜欢打游戏，只有谈恋爱了，才会待在学校，好好学习，所以，高中班主任都鼓励班上的男生女生谈恋爱。还有这么好的学校？大家问他什么学校，“当然是执信中学啰”，我们也不知道执信中学什么来头，但敢于采取鼓励学生谈恋爱防止学生变坏这样“以毒攻毒”的招式确实让人觉得这学校胆儿够肥的。小Y喜欢打排球，而且叫打球叫作打波，第一次听到的时候感觉广州“小流氓”太直白了。我们一起踢球玩的时候他因为经常打波打得手感比较好所以当仁不让地成为守门员，纵身飞跃的飒爽英姿引得场边的女生一阵阵的尖叫。我们宿舍的天才替我总结了他的一个特点：那个小Y怎么老是像没睡醒的样子。我也这么觉得，他自己和我们的想法相似，长叹一口气说：“唉，最近比较萎啊。”如果那段日子比较忙，他自己给出的原因就是太忙了，不能去打波了；如果那段日子不忙，他给出的原因就是说打波打得太萎了，总之一句话就是不管怎样都很衰的样子。这些日子，我每天12点从88收工下线上床睡觉前都看他的ID还在“浏览文章”，问他每天这么晚干吗呢，他眨着惺忪的睡眼，慵懒但雄心勃勃地表示要在离校前灌水灌到“缥缈游侠”。看来，这个衰字的确是有来头的，睡得太晚了。送他一个字，最好刻在桌子上——“早”。

MXQ，来自福建福清，吃饭前必须要喝汤，没汤再好的饭菜也是美中不足，有汤没有菜也能吃下两碗饭，汤也不求美味，紫菜泡开水也行。据我们师兄说，福清人在日本非常彪悍，拉帮结派，当地黑社会都有点忌讳。有一次在教研室干完活吃盒饭，喝福清紫菜汤，闲聊时分，我们向小M求证。小M说不知道，不过他的确有小学同学去日本了，但是混不混黑社会就不知道。说到这里，他故作停顿，话锋一转说：“也说不定哦，你们可都不要惹我啊！”那半仰着脸、十分得意的神色让我一口福清汤差点没喷他一脸。小M很聪明，2001年考研，数学非常难，他考了82分，近国家合格线42的两倍；土木系钢筋混凝土和结构力学任选一门，多数人有自知之明的选钢混，他考的是结构力学，问他为什么，他说钢混内容太多太麻烦，结构力学内容少一些。我们问结构力学不是更难吗，他说是的，考试的时候的确算起来很累，当时就觉得应该考钢混，可是已经考了也不能换了，所以只能硬着头皮做了，终于在下课铃声响之前的1秒才算好最后一道题。不过，他最后的成绩还是考了80多分。教结构力学的杨捕头应该感到开心，如果不是有MXQ这样的无畏角色，考研阅卷就没他的份儿了。有了小M们，杨捕头也才能深深地体会到自己是多么的重要。

小M说他喜欢打篮球，我们不能理解，小Y喜欢打排球是因为个子高，你打篮球凭什么啊，因为个子矮想证明自己能干吗？分明是打乒乓球的身材，硬说自己喜欢打篮球，跟选择考试一样从来都不按照常理出牌。我本来不打篮球，但很想见识他这小个子怎么突破上篮的，所以特地几次约他去打篮球。他每次都推托说要睡觉，问他为什么，要么说同学来了去喝酒了没睡好头痛得要命，要么说是和宿舍人打牌打得很晚。到现在我也就和他一起去打过一次篮球，一看到他小个子跳得很欢的样子我都笑得有点防不住他。毕业答辩后不断的跟我说要和我一起打篮球去，我说好啊。可是我前两天刚一打电话约他又说想睡觉，问他为什么，他说昨天喝酒没怎么吃饭，早上四点就饿醒了，之后一直没睡着，所以比较困。我感慨万千，世上居然有如此愚笨的聪明之人，喝酒居然不知道把肚子填饱。

XTH，与 SuB 相同，他也是工作了一段时间之后才回来读研的，不同的是，他是隔了三年，而且没有女朋友，所以他可不想像 SuB 一样，把有限的精力投入到无限的科研中去，而是打算把本科阶段没有谈过的恋爱全给补回来。这么一来，反而和我们在一起的时间就不多了，对这一点，我们既羡慕又遗憾。

和我们同期的，还有几个现役博士师兄，与我们比，他们承担发论文的压力更大，但是，也还是乐观的和我们一起苦中作乐。

XXD，杭州男人，有着江南温柔男人的一切优点。

眉清目秀，但是喜好美食，四处探寻各路美味，杭州店家，如数家珍。不过，对于这些店家来说，做他的生意很不划算，因为他在吃的过程中都会仔细体会并揣测怎么做，然后回去自己尝试和比较。前些日子，他在家里亲自下厨，为我们马上要毕业的几个饯行，轻轻松松的拿出六道很有水准的菜肴，我们还来不及夸他，他说桌子太小了，不然十二道也能做出来。吃人家嘴软啊，擦擦嘴巴，我们一致把他评为居家好男人，他一高兴，说下次还会邀请我们到他家去领略他的厨艺。一个人比较温柔，他的另一半一般会比较强悍。XXD 的女友漂亮有余，温柔不足，与他正好形成互补。有一次，我在教研室门口看见他被女友训斥，他则一个劲儿地压低嗓音承认错误。可以推测，他是真正地做到两项基本原则：第一，老婆永远是对的；第二，如果老婆不对参考第一条。

像 XXD 这么“贤淑”的男人，人们往往会忽视他聪明的一面。实际上，XXD 带着十足江浙人的灵气，从小到大一路保送，都已经读到博士了，但并没有经历过中考、高考、考研这三重门，我们经常说，要在大清，他怎么着也会做个翰林大学士。在他身上，我们看不出多少应试教育的创伤，他常常会提出一些很有创意的问题，对我们的启发很大。最近常干的一件事就是把教研室所有的计算机都开着计算他的东西，每天来挨个看一下，做惊叹状：还没算完？特别执着和坚毅的样子。我们问他占用那么多机器干嘛，他乐呵呵地说，有很多种情况啊。

HJ，来自浙江永康，据说他们金华那边有大仙，他从那边过来，多少沾了些仙气，只是道行尚浅，故自称半仙。得知他是永康人，我问是不是五金之都的那个永康。他说是。我问他们家生产什么。他嘿嘿地笑着，不屑一顾地说："我们家不生产什么，才不干这种坑人的事情。"我也跟着嘿嘿嘿地笑起来。我在环浙东骑行的时候，曾经在他们家住过一宿，才知道他爸是民间赫赫有名的根雕大师。这么算来，也算是艺术世家。我们答辩的海报就是HJ写的，差强人意，都说看不出他还藏了这么一手，他也很得意。我觉得自己算是知道内情的，就告诉大家他们艺术世家的故事，添油加醋地说了一下他爸的作品。我的本意是想解释一下他为什么写得这么好，可是，大家一旦知道了这层渊源，纷纷表示这毛笔字水平可能与艺术世家的美名不符，问他为什么写得这么难看。他看着我，我看着他，面面相觑，有苦难言，只能没事找事儿地笑着。

科研上我也不知道他在做什么，似乎面特别广，几乎没有他不知晓的东西，任何最流行的软件都能提供。我们知道Ansys的时候，他在搞Abaqus；我们知道Abaqus的时候，他转头在搞Etabs；我们知道Etabs的时候他转头研究Sap了；我们知道Sap的时候他转头琢磨Midas了；我们刚知道Midas的时候，他居然开始搞Admas了：总之，我们很难跟上他的步伐，虽然他个子不高，但是思想上显然是个巨人。最近跟他聊天，得知在研究"间隙元"，问他能不能用比较通俗的语言解释一下，他嘿嘿了两下，表示这个基本上很难，不是解释不了，而是没法用通俗的语言解释，我也只能作罢，压制住一颗火热的上进心。

间隙元我虽然不懂，但是对于他的那些风洞试验我知道一点。

前几天，他很忙，做了一个造型非常独特的工程，那凶悍的样子有如雄鹰展翅、猛虎下山，把我们所有人都给镇住了，都表示从没见过这么酷的建筑，问他是什么工程，他说是一个公司的大门。我们奇怪，什么公司啊，搞出这么一出，一看图纸——纵横集团？再看地址，这工程位置在海边，也难怪，雄鹰翅膀这么一展开，台风来了可不能被吹倒，于是，要做风洞试验验证。我们了解后，都很支持做这个工程的确应该使劲儿吹。

HJ的签名档永远就是那么一句话：一听宝宝唱歌我就来劲儿了。我一直不知道宝宝是谁，毕业前打算跟他提出这个严肃的问题，而且我也不想获得一个嘿嘿的回答。

XJS，绍兴人，跟徐文长是老乡，工于书画诗词，从清华水利工程保送过来。从老X的经历看，清华推崇的体育教育确实行之有效，因为他们仅仅花四年时间就能将一个传统上形象精明、身材瘦削的绍兴人打造成一个五大三粗、勇猛粗犷的北方彪形大汉。老X乐于健身，是一名爬山悍将，一听哪里爬山有意思就兴致勃勃的筹划前往。这个特点非常受关老师喜欢，每次教研室集体活动都委托他找一条路线。他接到任务后，往往会找几条路线，提前踩点，然后带着我们一路狂奔，每次都会边走边讲，把我们拖得气喘吁吁，而他则早早地在前面的路边等我们，悠然自得的样子，偶尔还会赋诗一首。由于他勤于踏勘路线，所以，他几乎踏遍杭州周边山上的每一段游步道。

老X现在不仅长得像北方人，行为举止也有点像。跟我们一起吃饭的时候，胃口特别好，吃得又多又快，有时候发出粗鲁的咀嚼声，叫人又生气又羡慕。如果我们实在受不了，就说他筷子动得太快了，戳到旁边人了，让他暂停一下，大伙儿歇口气。这也不是我们赖他，他是左撇子，的确会干扰到他左手边的人。我们中午在教研室休息的时候，一般也就是象征性的眯一会儿眼睛。他可不是，他可是来真的，坐在那儿，拿把椅子把腿搁起来就能打呼噜，呼得我们更加睡不着，心里暗暗叫苦。偶尔大家一起娱乐唱歌，老X每次都争当第一个唱，上来就是《好汉歌》，中气十足、雄壮嘹亮。他唱得什么曲子谁也听不出来，反正就是变着调子把“大河向东流……”喊一遍，惊天地、泣鬼神，把我们所有人都逗得乐不可支、笑得东倒西歪。他可全然不顾我们，径直扯着嗓门唱完，唱完了这一首，就完成了任务，待在一边。两年来，一起出去好多次了，我就听过他唱过这么一首歌。

教研室里有一阵子闹老鼠，我们关起门来到处搜，终于把那只老鼠给赶出来了。老X身手敏捷，一把踩住老鼠尾巴，如此激动，以至于第一句话就是：“哈哈，我一口咬住了老鼠尾巴。”这个壮举都快使我们笑岔气了。

不过，绍兴人毕竟是绍兴人，虽然表面上很是粗犷，但是需要细腻时，老X也是潇洒自如。最近老X交了个女朋友，打起电话来轻声细语，那温柔劲儿不会比XXD差，与平时对我们的那种粗暴，形成鲜明的对比。我们觉得这是两年来，难得的一道风景线。

LG，来自贵州贵阳。年龄比我们大很多，已婚，与我们常常想着有个女朋友会过个什么样的生活相比，他倒是常常怀念婚前的腐败生活，大概围城就是这样。不过我们听了他的讲述，觉得单身的生活似乎也差不到哪儿去。有一次他老婆在场，我很不识相地提起陈年旧事，他狠狠地瞪了我一眼，我当即打住，不敢多说。现在的他已经没有那份惬意了，顶多和我们一起去小乐惠，吃他最喜欢的毛血旺，每次点菜都问“要不要来个毛血旺”，实际上就是说“我就要来个毛血旺”。LG 都有点发福了，挺着个将军肚，那天在外面喝茶的时候，一个算命的非得给他算命，表示他的相貌是官相，定是达官贵人。大伙儿一听，来兴趣了，都围过来纷纷向他示好。LG 抽着烟，很享受这一切，笑着对那算命先生说：“快走吧，快走吧”，翻译过来就是：送客！

LG 喜欢编程，也擅长编程，弄了个软件叫作 3M，被大家命名为“三摸”，LG 对这个名字特别满意，哈哈哈地笑着，两抹小胡子快活得不停地颤抖。不仅 LG 的软件有外号，他自己也有一个外号叫作“阿塞”。有一天，我们一起在算 Sap 验算工程，我在操作，建好了模型，准备施加荷载的时候，他一个劲儿地说现在要“阿塞”了。我一下子有点不明白，其实，不仅是我，旁边好几个围观的人也不明白他要干什么。他自己更是也感到很好奇，为什么我们连“阿塞”都听不懂。没办法，我只能让他来演示，结果他用“assign”菜单对结构进行添加荷载——原来这就是他所谓的“阿塞”，大家恍然大悟，进而哄堂大笑。我们不明白他这博士英语都是怎么考过来的，为他惊人的差的语言能力和他惊人的考试过关能力而慨叹不已，不过他自己硬是不明白我们为什么笑，看着我们不解地问：“你们不念‘阿塞’念什么？你们笑什么啊？”

教研室还有严慧严老师的三个学生：MZ——被称为阳光男孩、XX——这个简称也够搞了、CWZ—坐在角落里我差点没发现。

基本上，大伙儿就每天混着，没怎么意识到，这么快，就要分开了。

碰到一个文科的女孩子说很羡慕我们理工科的学生有一个实验室或者教研室，很向往那种一起干活儿一起吃饭的生活，这就像我们特别羡慕文科男生可以单独和文科女生一起讨论风花雪月一样。可我们这有什么好羡慕的呢？每天趴在电脑前搞一些自己也拿不准的东西，很多时候一些课题都不知道从何处下手，不知道怎么样向老师交差。唯一真正让我们放松开心的只有一起去食堂吃饭或者是窝在教研室吃盒饭时的高谈阔论和海阔天空。

说一件在教研室激起千层浪的事情吧。HJ 在关老师的指导下和浙大设计院的吴老师合作了一个课题，写了一篇论文投到浙大学报，与此同时，MXQ 跟吴老师合作了另外一个课题，写了一篇论文投到北京的《工业建筑》。结果，那天关老师一个紧急电话（关老师的紧急电话很多，比如教研室出现老鼠的时候，她吓坏了，专门打电话叫我们过去救驾。我们以为出了什么事，纷纷从宿舍跑过来，才发现就是只老鼠而已）把MXQ叫过来。MXQ揣着打老鼠的劲头儿急匆匆地赶过来。刚到，关老师就叫他赶紧去刊物那边去一下，说稿子要改一下。MXQ一听不对劲，《工业建筑》在北京，而且投出去才一周，不可能这么快就有消息，是不是吴老师那边有什么事情呢。但是关老师还没等他想个明白，就把他从办公室轰出来，催他快点。他想着逆着老太太的意思不太好，赶紧走出关老师办公室，准备先打个电话给吴老师问个明白。结果他一出门，还没走到电话前，关老师就追出来，发现他走的居然不是出门方向，问他还不快去还要干什么。如此穷追不舍，小M只好逃出教研室门外，跑到走廊上想打手机问问，到底怎么回事儿。关老师料定这小子不听话，还会偷偷摸摸地打听消息，所以，不等他打手机，又跟着跑出来，跟他说叫你别打电话，你怎么还在打，快点过去。那架势看起来非得直接把他赶到北京去。小M没办法，只好先去吴老师那边问一下再说。于是跑去向LG借自行车，LG问他借自行车干嘛，小M说去改稿子，LG大吃一惊，因为他知道MXQ的稿子投到北京去了，现在小M居然说要借自行车去改稿子，也就是说准备骑自行车去北京，简直不敢相信，而且外面已经是晚上，真的

打鼠英雄会

要骑车去北京，怎么着也要一早出发吧。但是LG看了小M认真的神色，还是在半信半疑之间他给了小M钥匙。可怜的小M正要出门，一旁一直沉默不语的HJ这才闷笑个不停，跑到门边拉住小M。顿时什么都清楚了，原来是关老师把小M和半仙干了什么活儿给搞混了，这才出现了“MXQ漏夜骑车进京，H半仙一旁暗自偷笑”的闹剧。这件事激起了非常大的矛盾，当天晚上大家对半仙的恶行表现出强烈的愤慨之情，对他进行了严厉谴责。小M受了这么大的委屈，提出了严正抗议，当然要求赔偿了。最后大家觉得这是人民内部矛盾，应该内部解决，在小Y的提议下，决定在古墩路上的“本地鸡窝”去进行协商解决。我们几个当时还不在场，他们打电话叫我们赶紧过去，说有事情要商量。都已经晚上十二点多了，满腹狐疑的我们几个到场后才听说半仙的恶行，觉得这事情的确要好好讨论一下。作为列席代表，基于对“本地鸡窝”的味道的满意，我们认为本次调解过程圆满成功。

抓住某个关键事件GGYY一番，简直就是土木楼305的一大优点也是一大特点。任何事情，哪怕再无聊，在我们的口里讲起来都是显得那么有意思。一般都是有人提起一个话题，另外一个人发散，然后就是起哄，最后在小乐惠达到高潮和结局，全方位、多角度、深层次，思维跳跃之大，让旁人叹为观止。他们经常说我和SuB是GY二人组，但是实际情况是XXD、YYH、HJ、MXQ没有一个人的GY本领低于我们，尤其是YYH，和SuB一起那就是双剑合璧，GY无敌。大家互相切磋、互相学习、一起进步，探讨在新的条件和形势下如何发展GY技术。

我们一起去吃饭的地方基本上是小乐惠，顺便还可以看看水饺MM。因为HJ、SuB、YYH、MXQ、XXD、LG和我这帮人长期一起去小乐惠就餐，所以我们给自己取了个名字——长乐帮，并且选出HJ作为帮主。每当我们自责说太腐败时，帮主就要安慰说我们长乐帮是纯学术的，在一起是为了促进学术交流。帮主就是帮主，见解独特，我们深表赞同，而且经他这么一说，我们愧疚的心也好受了很多，也就更加拥护他了。小乐惠去的多了，长乐帮的人都有自己的代表菜了，我的是冬瓜排骨汤，SuB的是干煸四季豆，半仙喜欢凉拌猪头肉，YYH的是桂花肉丝，LG自然是毛血旺，MXQ当然就是番茄蛋汤了。按照帮规，结账时应该是AA，但是偶尔有人发点小财了或者是SuB这样自恃有钱的人，也会替大家买单，我们也乐得享受这种福利。就这样的场面，还有什么学术问题是一顿小乐惠解决不了的吗？如果有，那就两顿。长乐帮的日子简约而不简单，未来我会常常想起。

三十七　两件大事：董老师生日、韩日世界杯

> 之所以说这事儿是大事儿，因为没那么容易碰上。董老师的七十岁生日要七十年才能碰到一次，韩日世界杯也差不多要七十年才能碰到一次，跟哈雷彗星绕一圈差不多，人这一辈子能有几个七十年啊。所以，一旦经过，肯定就没法忘记。必须得记下来，说不定在日后，这可都算得上是历史性大事件呢。

不知道是个人感觉还是确确实实是这样，空间结构两年半的时间，我感觉每一年都发生了比较大的事儿，现在特地记录下来，留作日后的谈资或者是回忆。

从 2001 年开始。

这一年最重要的事情当然是我顺利地入学了，入学第二天，拉登就撞倒了纽约的世贸中心，这也算一件。不过这两件事儿引起的欢愉和悲痛都非常有限，上了研究生发现不过如此，就像某种要求得到了满足，就一下子失去了神秘感。纽约实在是和我们距离太遥远，虽然我们能从铺天盖地的新闻中看到建筑废墟是那么的触目惊心以及当时人们四散逃窜是如此的狼狈不堪、不幸的人们在高空中如此绝望以至于慌不择路直接从高空跳下，一切都是那样的惨不忍睹，一切都昭示着恐怖主义的凶残。没有人会想到飞机会撞上双子塔，好莱坞大片的爆炸场面从虚幻来到现实，所有人都从梦境中醒悟过来，并为之不寒而栗。但是，我们不得不承认，悲伤虽然也蔓延过了太平洋，但是太平洋太大了，悲伤的情绪几乎是同距离成反比，以至于传到我们这头时，弱化的几乎让人感受不到。我们的新闻报道后，所有人都在讨论，但是讨论的重点是谁捅了美国佬一刀子，不能歹毒地揣测说是幸灾乐祸，但是的确有一种隔岸观火的感觉，并且编出了无数的小故事来调侃，今天的我，完全不好意思提这些。大家并不觉得世贸被袭比外面路上发生

汽车追尾更严重，确切地说，我们近乎麻木，直到事件的慢慢平息。很多时候，一些事情对我们来说是新闻，对他人来说却是人生。

好吧，关于这件事就到此为止。说说另外的大事儿，身边的大事儿。

研究生的第一个学期就碰上了董老师的七十大寿，我们得知空间结构全体学生都可以去未来世界为他老人家庆祝生日时，发自内心的祝董老师生日快乐。这样的机会七十年一次，相当于看到了一次哈雷彗星呢，下一次得等董老师一百四十岁生日呢。

我们这些刚入学的低年级学生，一来为自己在科研界的登堂入室春风得意，二来没有任何论文压力，所以，心情最为放松，也最乐在其中。研二研三的师兄这时候很严肃的告诉我们，他们帮我们争取了这么一次难得的欢乐机会，而我们，作为刚入学的新生，必须为关老师课题组这边出个节目，给大家助兴。这算任务吗？义不容辞啊，我们一届五个人，肯定有人会啊。但回来一商量，发现大家都对对方太不了解了，严重高估了对方的文艺水平，无奈之下，只能选择一起扛着，同时登台，压力均摊。就这样，自 1997 年大一登台合唱后，我再一次重温旧梦。找来找去，我们还真的发现了一首比较适合大伙平均水平的歌——《中国人》，刘德华演唱的。

生日那天，大家听完了董老师关于空间结构的精彩报告，吃了一顿非常丰盛的晚宴，就差最后的登台了。我非常紧张，上来就给自己起了个高调，关键是这一句还唱错了，我习惯性地把“五千年的风和雨啊藏了多少梦”唱成“五千年的风和雨啊唱了多少年”。现在提起这事儿，我都能感觉到台下观众的笑容，也挺佩服自己的勇气的，在他们和善的笑声中居然能够继续唱下去。本身我的确是挺喜欢唱歌的，大一还斗胆跑去报名之江学院的卡拉 OK 大赛（还好因为没有《天意》的伴奏带，后来没参赛，否则，真的不知要难堪到什么程度，谁能料到大学里大家唱歌水平都那么高），大三的时候，我又参加了一次，在土木科技馆唱周华健的《让我欢喜让我忧》，唱得是让大家极其欢乐，在一片笑声中退场。我真的不善于在公开场合表演，幸运的是，这次是五个人一块儿，台下的人说不定不是笑我呢，可能笑 SuB 和 MXQ、还可能笑 YYH 或是 XTH 呢。

下来后，我如释重负，开心的跟旁边的 LBY 聊天。我发现他拿着一些歌词，问他干嘛呢。他说一会儿要上去表演，准备一下。我让他把歌词给我看看，看看他到底唱什么歌，发现他准备唱一段黄梅戏《对花》。我带着轻松的心情告诉他我从小就听这个，耳濡目染，等会儿我可以很容易就评判出他唱得地道不地道，别看黄梅戏发展在安徽，可起源于我们隔壁黄梅呢。LBY喜忧参半，喜的是有人能欣赏他了，忧的是有人要嘲笑他了，同时跟我商量说等会儿要不要跟他一块儿唱，他也需要个搭档。我一听，赶紧摆手，可不想重蹈覆辙，刚从笑声中下来，可不想在惊讶声中上去。他再三央求，跟我说如果不答应，到时候直接在台上叫了，我说千万别、千万别，我答应。果然，这次又唱错了，但是估计这没人能听出来，因为没多少人懂黄梅戏，还一个劲儿地夸我们。

我终于下台了，坐在台下跟着大家一起笑台上的人的感觉真好。这时YT猫着腰拎着把吉跑过来说他练了一首《青春》，一个人登台表演有压力，我反正已经丢了两次脸，介不介意再丢一次。我一听，当我成缓解压力的打击对象了，想都没想，严词拒绝，门儿都没有。搞什么啊，再上去，我要抢董老师的风头了。他警告我说没关系他到时候在台上点名要我上去，又猫着腰拍拍屁股走了。我吓得愣住了，不知道他会不会真的这么干，我等会儿怎么应付。惴惴不安地等了很久，结果因为前面节目太多了，时间拖得太长，YT的节目被删了。结束了以后，我高兴坏了，兴冲冲地跑过去叫嚣着要和他登台表演，狠狠地奚落了他一顿，他很生气，但是拿我没办法，我就喜欢看着他生气又拿我没办法的样子。

那次晚会上很多人表演了节目，包括一脸严肃的阮连法老师，他唱了一曲《东方之珠》，浑厚的嗓音极有磁性，让我想起了CY。

罗老师拉着他儿子——小伙子文静可爱，98世界杯那年出生，他老爸给他取名罗纳多，和罗纳尔多就差一个字，当时仅三岁——让他给董老师送去生日祝福，当稚嫩的童音响起的时候，我们都为那种天真所感染。

当然，获得最热烈掌声的莫过于董老师自己了，在罗老师向我们介绍说董老师在莫斯科大学读大二的时候就追他现在的夫人周老师的时候，全场一片沸腾，纷纷要求董老师唱一曲俄罗斯的情歌给周老师。董老师起身，憨笑着，没有丝毫的推却，拿起话筒，对着周老师，尽情地唱起来。他的嗓音本来就厚实响亮，这样一来，简直声如洪钟，再加上是用俄语唱得，唱着唱着，越唱越高，后来不由自主地踮起脚身体微微向前倾。董老师似乎把所有热情如火山爆发一般的以排山倒海之势送给台下的周老师和其他观众，台下顿时掌声如潮。

那次真是空间结构广大学子显示才华的一次盛会。“云山苍苍，河水泱泱，先生之风，山高水长”，董老师德高望重，受人尊敬，祝他身体健康、老当益壮、继续发热发光。

2002年的时候，印象最深刻的事儿肯定是中国队进入了世界杯。

本来我们对中国队的最后信心在1997年世界杯预选赛中近乎折磨一般的丧失殆尽了。每次一开赛形势都还行，跟对方可以交替进攻，可打着打着就开始莫名其妙地败下阵来，最后被人家痛扁。伊朗、沙特、卡塔尔、科威特轮番轰炸，直到我们最后被炸得体无完肤。现在时间已经过去好多年了，因为最终的结果是惨败，所以即便其中某些场次的某些时段也打得回肠荡气，但整体印象都是将士们动不动就被打得丢盔弃甲、落荒而逃、最终垂头丧气打道回府的场面。球场很残酷，就是以成败论英雄，谁还记得中间发生的事儿？谁还会说差一点就进了？“差一点就进了”就是“没进”，“差一点就赢了”就是“输了”。总结经验的时候，估计实在找不到理由，就说是人家西亚合起来搞我们，给西亚球队取名“西亚群狼”。中国武侠小说里常常看到有些人来头很大、名声很响，有个非常吓人的绰号，听着很吓人，平时对付一些山野樵夫、蚕妇村氓都没问题，但一旦遇到绝顶高手，瞬间就变得不堪一击。我看《射雕英雄传》的时候“江南七怪”一出场就是什么“飞天蝙蝠”“妙手书生”，觉得太酷了，到最后听说欧阳锋横扫他们、杀得个片甲不留，简直不敢相信。西亚群狼就是这么一群球队，在中国队头上作威作福，不可一世，可一拉到世界杯，就都成了些任人宰割的羔羊，我们都不敢相信这就是当时击败我们的球队？

但败了就败了，败了一定要找个冠冕堂皇的借口，这是我们一贯的做法，否则怎么收场呢？而且这借口一定要能激起大伙儿的义愤，于是，不由自主地上纲上线，扯到国家层面去，不断暗示是西亚合起来做掉了我们。很快我们就对国足的恨铁不成钢转移到对西亚狼的痛恨上，再很快，就开始为欧美球队加油，恨不得他们剥了西亚人的皮才好，就跟岳武穆一样，“壮志饥餐胡虏肉、笑谈渴饮匈奴血”，要的就是这股狠劲。敌人的敌人就是朋友，道理就这么简单。

可骂完之后，四年一过，大伙儿又开始给他们加油了，就跟亲生儿子一样，再差，那也是自己的啊。这一次形势明显特别好，主要是得益于韩国和日本作为东道主直接晋级，昔日的冤家这下成了铁哥们儿了，国耻家仇似乎都要一笔勾销了。更关键的是国足请来了米卢这样的神奇教练，他有三次带不同国家的球队进军世界杯的经历，套路很熟悉。我们相信，这么经验丰富的人肯定能点石成金，就跟我们找工作的时候，人家特喜欢找有经验的一样，于是就成交了。

经过一系列的艰苦工作，我们成功地避开了伊朗、沙特这两头望而生畏的西亚恶狼，老冤家就来了一个卡塔尔。整个预选赛虽然优势明显，但为了显示国足们很努力，还是说他们打得惊心动魄吧，要是说出线是因为分组的原因，整个过程打得平淡无奇，那也显得这张世界杯的入场券太没有含金量了，简直侮辱了我们国足挥汗如雨的努力。最后一场对阵乌兹别克斯坦，前面已经算过只要不是大比分输球就能出线，这场比赛恰如其分的0∶1输了，但整个球场还是成了欢乐的海洋，大伙儿庆祝这场来之不易的失败，当时直播还弹出个巨大的“我们出线了”。校园里各个角落都爆发了，庆祝我们真的成了三十二强，能够和德国、巴西、阿根廷、法国称兄道弟了。米卢再一次神奇了，他的简历上又多了一个荣誉，就跟我一样，连续拿了三等奖学金了，可能对找工作有所帮助。

四年前，我们大家期待着能够白天看世界杯的愿望真的要实现了，而且有中国队的身影。实话说，这次出线的意义并不亚于去年遇到董老师七十岁的生日和哈雷彗星造访地球，我们知道，幸福的生活来之不易，得格外珍惜，因为下一次又要七十年以后了。

出线后，报纸上就不停地猜测世界杯决赛阶段的分组、中国队谁会出征世界杯、我们出场能分多少出场费这些关键问题。很快知道和巴西队分在一组，然后又赶紧猜测比分如何、谁会打进一个球、中国队能打进一球吗？还好，似乎没人在臆想中国队能爆冷吗？那场比赛，前面说过了，有幸遇上了段治文老师，是他让我们在一个烈日炎炎的下午三点多看到了中国队和巴西队真刀真枪的对垒——瞬时觉得以前那些花钱请他们来玩的都显得特没劲。巴西队干净利索地打进了三个球，中国队又是“差点儿”破门，所谓“差点儿”，前面说了，也就是没有破门。中国队后面的比赛就不说了，发挥还算稳定，该输的都输了，小组赛一过就准备打道回府，还好比较近，两个小时的飞机就能回国。沙特队很不幸，对阵德国队的时候遇到了克洛泽。脚都不用抬，克洛泽点点头，就砸进了四五个。得益于德国人的敬业精神，沙特抢了中国队的风头，让我们的退场不至于那么难看。也因为这个，我们自认为我们比沙特厉害，算是报了1998年世界杯的一箭之仇。

但这并不全是我对2002年世界杯最深刻的印象，我至少还要说三件事：看球赛的方式、阿根廷的出局、韩国队的彪悍。

世界杯的时候我们已经可以从校网上用自己的电脑上收到直播信号了，这样就没多少人跑到楼下活动室去看了。一个宿舍三四个人就围着电脑，一起欢呼，虽然氛围没那么热烈，但是方便啊，随时就可以查看，想看别的场次的录像或者是进球集锦，随时都能调出来。很快我们就发现网络直播没有电视的好了——信号传输经常不及时，而且比赛时间很多人同时在线，很不稳定，越精彩的比赛越多人同时看就越容易卡住，往往战斗正酣时，提示“正在缓冲”。外面已经传来射门的惊叫和欢呼，我们还傻啦吧唧地等着卡住的画面赶紧出来。运气不好的时候，外面是连续的“哇——哦——唉——哇——哦——唉——”高潮迭起，我们被卡得垂头丧气。没办法，就只能跑到阳台去看看，到底谁这么坏，把带宽都占了。如果声音是对面楼传来的，就骂学校没把我们楼网络铺设好；后来居然连隔壁宿舍也比我们快，我们就不好意思再骂了，只能索性关掉自己的电脑，直接跑他们那边去。到了 1/4 决赛，不想错过精彩瞬间，所以很多人又回到活动室了。这使我猜测，网络大概不会替代电视，就跟网络没法替代报纸一样。

阿根廷小组出局完全让人没料到，这可曾是马拉多纳的队伍啊，预选赛所向披靡，怎落得个如此下场？小组赛第一场就击败了尼日利亚。非洲雄鹰也不是不厉害，只是遇到了潘帕斯雄鹰而已，就像柯镇恶也很厉害，但是遇到欧阳锋就只能自认倒霉。这么一来，我觉得阿根廷是笃定要加冕。我有一天在路上走遇到同学 HQ，他打篮球回来，聊起世界杯，我说阿根廷要夺冠了，他不以为然，说才打一场比赛，而且是 1∶0 小胜，怎么就这么有把握。我很有把握地告诉他冠军一般都慢热的，咱走着瞧吧。他不服，于是我们就打赌，我信誓旦旦地说如果阿根廷拿不了冠军，我就把他手上的篮球给吃下去，如果拿了，他就得吃下去。他看了看篮球，又看了看我，我也瞪着眼睛挑衅着，他觉得没问题。即便阿根廷第二场输了，我也还是很有信心。终于到最后阿根廷真的被淘汰的时候，完全不敢相信是真的，真的是太不可思议了，即便没法拿冠军，也不能小组出局啊。我在宿舍里看完比赛，愣住了，趴在桌子上，非常郁闷。“咚咚咚”，有人敲门，我跑去开门，HQ 带着篮球过来，说他给我送篮球来了，我哭笑不得。接下来的事情就更搞笑了，1998 年的冠军法国队被塞内加尔打得满地找牙，小组赛结束也要回去了。没错，我们一开始是与巴西、德国、阿根廷、法国称兄道弟的，结束时，我们还是跟阿根廷、法国难兄难弟。第一次参赛的中国队居然打出了阿根廷、法国队的水准，这是本届世界杯最让人满意的。

有的人死了，他还活着，——他是韩国队。韩国人一直在我们头上作威作福，我们巴不得欧美某个强队狠狠地扁他们一顿，哪里知道韩国人不但没被扁死，反而一路高歌猛进，杀入八强。到这个时候，大伙儿都不在看网络直播了，动不动就缓冲，太没劲儿了，都去楼下活动室看电视。韩国人对阵意大利人，我们还想看看到底强龙能不能压倒地头蛇，很快我们就意识到韩国人要发飙了，因为他们敢把马尔蒂尼的脑袋似乎要故意的硬生生地踩爆，别说是那些亚平宁的铁杆了，就是普遍认为远射可以得三分的伪球迷也受不了了，但韩国人就是这样——几乎有些肆无忌惮了。意大利人打得莫名其妙，我们也跟着莫名其妙，这一切发生得太疯狂了，我完全忘掉了自己还有一个阿根廷的篮球要生吃。托蒂也好、布冯也好，最后都在安贞焕的疯狂击打下眼泪汪汪地回老家。这场比赛结束后，大家都想着韩国人大概练了吸星大法了，再这么玩下去会不会走火入魔？看着无敌舰队怎么收拾他们。估计西班牙人一开始肯定在盘算怎么对付意大利人，结果，哪里料到意大利人根本就来不了了。于是西班牙人把这些大招都准备砸到韩国人头上，可他们显然没意识到韩国人既然能打败罗马那些把狮子都能宰掉的角斗士的后代，那么马德里的斗牛士的后代他们能放在眼里吗？这会儿韩国人已经着了魔，疯狂起来根本就不是人了，谁来灭谁，人挡杀人、佛挡杀佛。不仅如此，而且韩国人有如神助，总能在最后的关键时刻起死回生，太刺激了，他们大概去新东方集训过——“从绝望中寻找希望，人生终将辉煌”。最终，西班牙人和意大利人一样，满含热泪卷铺盖走人，韩国人骄傲地进入了半决赛。这么玩命之后，韩国人实在是太累了，终于连输两场，大家终于消停了。

韩日世界杯已经过去很久了，不管过程多么精彩，都难以被人记住，马拉多纳只有一个，——其实马拉多纳练过六人的壮举也是建立在他最后举起了大力神杯的前提之下。不信的话，谁记得维阿和阿兰的过五关斩六将的骁勇？赛场上铭记着的永远是获胜的一方，从这一点说韩国人赢了，但是争议实在太多了，真相也无从知晓，套用那些球星、教练一旦解释不清比赛胜败原因时拿来应付记者的一句话：“这就是足球，它是圆的，什么都有可能。”

大学一共四年，世界杯也是四年，每个人在大学阶段至少都能看到一届世界杯，运气好的话还能像我一样，可以看到两届。2002年之后，我肯定，再也找不到这么多同龄人一起凑热闹了。世界杯的激情和火热的青春一起留在了这个夏天，不同的是，世界杯的激情四年后会被疯狂的年轻人燃起，而我们的青春小鸟一去不复还了。每个球迷心中都有一个无法替代的绿茵王者，这就是很多人把马拉多纳当作圣人的原因，而2002年，毫无疑问就是外星人罗纳尔多。如果还有什么事情可以记述的话，那就是我在2078年也就是76年后的夏天，哈雷彗星再绕一圈后，终于又轮到中国队出场的时候，我还可以给我孙子讲：“上次他们在世界杯亮相时爷爷我在上学呢。”

三十八　非典，吾命休矣

谁都没料到，一开始没被人关注的非典最后来得如此气势汹汹，疯狂的扫荡了半个中国。杭州如同一个动荡的海洋中的孤岛，差一点也被攻击，幸运的是，我们躲过了这一劫。而且，最后我们在老天的帮助下，彻底战胜了非典。但是，如果每次都靠老天的话，肯定很难说最后的结果，毕竟运气不总是站在我们这一边。不知道是有意还是无意，非典一过，所有一切都恢复常态了，我们甚至比以往更开心了，开心的原因是自己成为幸存者。

2003 年的这件事儿来得比往年更早。寒假接近尾声的时候，我准备从家里返校，一个邻居问我知不知道最近广东流行一种肺炎，我说不知道啊，他说据说传染性极强，乘火车要当心。我开始留意起来，果然，新闻报道了，但是情况没说的那么严重，已经被有效地控制住了。无知者无畏吧，我就这样依然随着春运大潮，挤着上了浙赣线的近乎疯狂拥挤的火车。

到了学校，其实也没什么动静。我不知怎么搞的又感冒了，咳嗽得实在忍不住，跑去校医院，又拿回一瓶复方甘草合剂，一周后不见好转，又去拿了一瓶。两周了，情况有所好转，但是没有痊愈。我想想可能是天气冷，慢慢春天暖和了，自然就会好的，也不当一会儿事儿，“圣水”没什么效果，就一直搁在桌子上。咳嗽这毛病，要是老不见好转的话，基本上会越来越严重，我又跑到校医院。

间或地还能听到一些非典型性肺炎的消息，不同的是，传闻越来越厉害，新闻报道也会提起北京、广东有几个新增病例，但一切还是在掌控之中。我们身在杭州，距离他们还比较遥远，体会不到传闻中的恐怖。但是，接下来就越来越可怕了，北京那边消息越来越恐怖，我有几个同学在北京，说得吓死人了，网上一联系，他们巴不得让我通过网络能把他们下载下来，以便能够逃离北京，每一次再见就跟生离死别一样。我总觉得他们有点反应过头，正值春暖花开的季节，外面阳光灿烂，怎么老是说这些恐怖的事情呢，网上有报道，但是也在不停地说治愈的消息啊。

星星之火，可以燎原。关于广东、北京的消息越来越严峻，也越来越恐怖，我们开始有点相信事情的严重性了，每天也在打听现在怎么样了，已经没有人相信官方消息，都在猜测到底有多少人被传染了。而且，慢慢地，没有人称之为“非典型性肺炎”，直呼“非典”，网上不停地提到曹操说的“非典，吾命休矣”。不断地有高层出来说话，不断地有新增病例，而且很快就从几个变成几十个、几百个，我们按照一贯的中国统计学基本原则，觉得这下肯定有几千个、几万个，北京不停地刷新着我们的心理底线，也不停地提高大家的承受能力，我们被“确诊”和“疑似”以及“疑似确诊”这些名词搞的宛若惊弓之鸟。

如果非典就被困在北京、广东，那么对于全国其他人来说，也就是看看新闻，茶前饭后的谈资而已，可是，非典并不满足于一线城市，它们开始随着携带病毒的人们开始向我们二三线城市渗透和蔓延。一个又一个的城市被攻陷，各个地方都再也不敢掉以轻心了，硬着头皮极其不情愿地迎接非典的到来。幸运的是，杭州一直就像个安全岛，保持着零病例，但是覆巢之下、安有完卵，谁都知道实现零的突破是早晚的事。

偏偏这时候，我感觉自己咳嗽得太厉害了，虽然天气已经慢慢变暖，但我实在等不及天暖到可以让我不咳嗽了。我不得不去医院看看，到底是什么毛病。医生问我怎么了，我说咳嗽。他故作平静地拉了拉口罩，问我多久了。我说本来是感冒，然后就一直咳嗽，蛮久了，个把月吧，最近这个星期有点厉害。他什么都没说，给我开了张单子，叫我去做胸透。我心里暗自纳闷，怎么小小的感冒咳嗽居然要做胸透？我还是去放射科，做出来的结果还好。医生又给我开了点药，我问是不是复方甘草合剂。他说是的，怎么了。我明确表示这个水我不想再喝了，完全没用，医生说好的，那我给你换一个，于是接下来的两个星期，我又喝了两瓶胡庆余堂的枇杷止咳露。我还得继续咳下去了。

突然，新闻说杭州有了非典，这消息一下子炸开了，所有人都知道杭州有个叫作“在水一方”的小区。“乱世用重典”，对小区那幢楼都进行隔离，然后，开始在全市采取各种预防措施。悬着的那只靴子终于落地了，所有人既松了一口气——终于轮到自己的城市了，旋即紧张起来——不会轮到自己吧。这下是真的同呼吸、共命运了。

等到我的咳嗽还剩下最后一点尾声的时候，非典开始铺天盖地的蔓延开。我终于明白医生为什么要我去做胸透了，应该是怀疑我染上了非典，当时就有一种死里逃生的感觉。家里人知道杭州开始有了非典，给我打电话说要给我寄板蓝根和白醋。我尽可能地不让自己咳嗽，生怕他们知道了，只是长话短说，好的好的，宿舍里用得着，就把电话给挂了，生怕再熬一会儿，他们就能听到我的咳嗽。板蓝根是一味神药，几乎包治百病，任何时候，只要我们有点不舒服，它就会挺身而出，挽救我们于迷茫和彷徨，而且这一次带上了白醋做助手。其实我当时是想，如果我真的染上了非典，那应该撑不了这么久，既然撑了这么久，肯定不是非典了，就凭着这股信念，我虽然有所顾虑，但还算坦然地继续喝着板蓝根冲剂。

学校开始武装我们了，叫大家没什么事不要出门，每个人发了一个温度计，每天宿管科会过来登记体温。这下我彻底放心了，非典的典型症状应该会发热，而我一直都没有。第一天拿到温度计，我连看都不会看，就记得以前小时候大人甩几下，然后叫我夹住，拿出来在灯光下看一看，就说多少度了，可我怎么都看不出来。后来我到网上去发帖子问，还真的有医学院的女同学 ZJG 回复我，打电话告诉我怎么看温度计。这是我第一次感受到四校合并的好处，看来综合性大学确实比纯理工的大学要好。到现在，我还跟这个女生偶尔会联系一下，这绝对是患难之交啊。到处都是提醒和告示，要我们注意洗手、给衣服消毒、给室内通风，一时间，“非典”无处不在。

绝大多数人都还是服从组织纪律的，不敢给社会增添一丝一毫的麻烦，其实是不敢拿自己的身家性命开玩笑，很少聚众干些什么。当然，也有些不怕死的，照样聚在一起吃饭喝酒偷偷跑去逛西湖，过得很欢的样子，“死则死耳，民不畏死，奈何以死惧之”，据他们说是现在外面环境特别好、公交车很空、景区人也少、春暖花开的时节、正是江南好风景，不能辜负这大好春光。我们大多数人是窝在宿舍里，看看书，看看电影，从网上获取一些“非典”的进展，不仅仅是疫情，更关键的是医疗进展。大家都在想，如果真的不幸感染了，后果会怎样？现有的医疗进展几乎决定着这一切。

现实让人欣慰又沮丧，欣慰的是据说有中药能够治愈，这让很多力挺板蓝根的人非常得意，觉得中医的确是无所不能，沮丧的是这药来自于瑞士罗氏制药，他们从中药中提取出来的。但不管怎样，中药似乎凭借这一消息再一次站在世界之巅，我喝板蓝根喝得更有底气了，每日三次，把肚子灌得胀胀的，好像咳嗽真的好了很多。

但根源是什么呢？非典病毒到底来自于哪里？这是所有人关心的问题。这问题不解决，疫情就始终会蔓延，无法做到釜底抽薪。很快，有医学小组给出了一个答案，说是从果子狸体内发现了非典病毒，大家恍然大悟，怪不得广东那边先起来，原来是好吃的广东人吃果子狸吃出来的毛病。这个说法瞬间被传遍了，不仅是因为科学家确实发现了果子狸体内的非典病毒，更因为它符合中医“病从口入”的推断。这样一来，整个过程都清楚了。下一步怎么办？还能怎么办？就跟疯牛病开始杀牛、口蹄疫杀羊、禽流感杀鸡一样，广东人也开始对果子狸动手了。每当我看到新闻中笼子里那些待宰的果子狸，心里头就一阵痛楚，这前世是做了什么孽啊。不知道是杀着杀着，杀手们动了恻隐之心还是养殖户不干了，总之这场大屠杀又平息了，他们的依据是北大有学者宣称他们没有从果子狸的体内发现非典病毒。不知道是记者没有科学素质还是这些学者根本就伪科学家，我们看了这则报道真的是啼笑皆非，它匪夷所思的结论彻底终结了我们的科学观。只要有一只果子狸体内被发现有病毒那就是有，哪怕有一万只果子狸体内没有发现，也不能证明果子狸体内没有，这个基本原则就这样被颠覆了。后续就再也没有果子狸的消息了，我想，如果因为这个能让那些野生的果子狸讨得一条生路，免遭屠戮，那么即便由它们来承担“非典”的罪名，也挺值的。

非典什么时候是个尽头啊？每个人都在这么想，幸运的是，感染的人数在直线下降。网上有各种各样的传言，但我感觉只有一个是靠谱的，而且这个也被事实所证明。这则消息说基本上在立夏之后，太阳紫外线非常充足，非典病毒就无处可逃了，历史上所有的瘟疫都逃不过这个魔咒，而2003年立夏，基本上就在五一之后，所以大伙儿只要熬到五一了，就算是熬出头了。这则消息不知道有没有振奋到别人，我肯定是有点相信，因为别的太不靠谱了。西医不可能这么快，治疗或者免疫有这么容易，还搞什么隔离？中医就更加没有说服力了，板蓝根、白醋基本上就是个安慰剂了。唯一可以做的就是等待，或者说“听天由命”，这也符合我们传统上“冬病夏治”的原则，也就是说冬天感染了，夏天治起来比较方便。好了，我们就耐心的等待北半球慢慢地靠近太阳吧，看不把非典病毒给烤死！

2003年的夏天，我们比任何时候更期盼着它的到来。

不管你们信不信，事实上，一过了五一，全国的病例真的渐渐就减弱了，立夏之后，非典真的无处可逃了，慢慢地，这场肆虐各地的瘟疫平息了下来。全国都在宣布好消息，我到现在也不清楚到底是不是靠天气才战胜了非典，怎么会那么巧呢？当然，这并不是否定那些抗击在一线的医务工作者，他们有效地阻止了疫情的扩散。

疫情过去了，大家也放松了下来，错过了春天，终于没再错过夏天。我的咳嗽也终于彻底好了。

非典期间，到处都在讲卫生，人们觉得每一个角落都可能滋生出非典病毒，风声鹤唳、草木皆兵；到处都有许许多多可歌可泣的医疗事迹不断地被报道，所有的医务工作者都成了最可爱的白衣天使，没有人再骂他们，他们终于冒着生命的代价赢得了世人的尊重。但是，非典一过，一切都恢复了，人们照样吃吃喝喝、乱丢垃圾、随地吐痰，乱扔在角角落落的垃圾成了遗忘最好的注脚。“白衣天使”也再次成为“白眼狼”，不断地遭到人们的谩骂和侮辱。这不竟再次让我想起“常态是我的变态、变态是我的常态”这么一句话。对于医生我们到底应该持什么态度？是非典时期应该是常态还是平常时期是常态？从人与人的信任和相处来看，非典时期应该是常态，那符合所有人对医生这门救死扶伤的职业的期待，与瘟疫做战斗着的医务人员配得上所有人的尊敬。可那毕竟是短暂的，应该说普通日子才是常态，总不能每天让人家冒着生命危险去工作，没有人的家人能持续承受把“再见”当作“永别”的压力。可为什么平常的日子关于医生这门职业是是非非不绝于耳呢？我们判断一个人的时候常常喜欢走极端，要么把他们捧到天上，要么把他们踩下地狱，并不习惯把人家当作一个普通人看待。如果大家都渴望互相尊重、互相理解，那么，又是谁让我们变得如此的狰狞呢？非典，除了带给我们恐怖的疫情，就没有别的吗？

现在去任何一个医院都会先问一下是不是发热，如果发热的话，就得先去发热门诊。这大概是非典留给我们唯一的遗产了。

非常幸运的是，我没有亲历过非典。所有的消息都是道听途说、网络摘取，从没有实地考察过，所以无法判断事情的真假。期待有一天，我们能看到一部纪录片能够还原当时的情况，能让我们真正的思考这一切发生的原因，不仅仅是病毒的起源，更重要的是如何蔓延，最终如何控制住。灾难到来的时候我们多数人懦弱到只能顺从和躲避，期待英雄们挺身而出，但是灾难过去的时候我们希望自己能够反省和思考，那么当下一次灾难降临的时候，我们会更多一份从容和淡定，甚至，我们也能伸出自己的双手，为战胜灾难贡献出一分力量，让我们的英雄少受一份伤害。

非典过去了，日子又恢复了往日的轻松，大家非常珍惜这来之不易的想去哪儿就去哪儿、哪儿人多去哪儿、啥事儿热闹就干啥的自由自在的生活。客观地说，我是那种比较内敛的人，整个本科阶段都没怎么凑过热闹，到研究生的时候，我才意识到我居然有一颗躁动的心，原来我是一个活跃分子啊。

我有很多同学在读研，空间结构这边比例很高（因为当时一听空间结构大跨度都觉得很高科技，趋之若鹜，现在知道这专业曲高和寡，一般单位都用不上），罗老师和关老师门下学生很多，一共可能二三十个（我们不讨论研究生数目多少的利弊），每天抬头不见低头见，可能认识人，但叫不出名字，大家有必要制造一些机会交流一下，我和ZN分别作为关老师和罗老师那边的代表就这么说定了。

第一次活动就是切磋一下足球。SuB是我们这边技术最好的，自然也就成了我们的领头人，在他和ZN的组织下，一场大赛就此拉开帷幕，我们给自己取了个非常好听的名字：（关）奶奶队和罗罗队。赛前我们跑去集训了几次，练习传球，叫SuB去训练，他说他晚上躺在床上想想怎么带球、过人、射门就行了，不用去球场练习了。居然还有这么神奇的训练方式，但看他一本正经的样子，我相信，他从来不骗我。同时，我们在BBS上大造声势，发帖子攻击对方，叫嚣着如何碾压对方，很多人围观回复。这的确吸引了很多人的注意，造成了极好的效果。比赛是次要的，但是如火如荼的那种让人兴奋得想大干一场的气氛确实让人至今难忘的，就像是否射门得分是次要的，但射门动作和造型都必须到位。这场比赛的结果我已经彻底忘掉了，因为我们几乎没有严格的规则，甚至在对方缺人的情况下，可以借给对方队员。整个过程虽然激烈，但很友好，最后的比分我也忘了，但我们应该赢了。总之，大家在一个本应睡觉的周六的上午起得这么早、还玩得这么兴奋，足见这场比赛是多么成功。

这次之后，ZN觉得她们不应该输，可以再来一把，这次切磋篮球。由于上次比赛很是热闹，钢结构那边人、董老师那边人觉得很有意思，也积极响应，凑热闹的事不怕人多啊，于是四强赛就此拉开。我们甚至装模作样的抽签，结果是关老师队对罗老师队，董老师队对钢结构队，然后淘汰。比赛那个周末，我刚好准备随bicycle版的人去西塘玩，因为我觉得我们打败罗老师队根本不成问题，回来后直接参加决赛。结果，回来发现我们被击败了，太惨了，我觉得我是主力，非常内疚。钢结构那边YJS是个特别活跃的家伙，的确篮球打得也不错，可惜的是，一枝独秀，篮球可是个集体运动，输给了顽强的董老师队那边。于是我发帖子报道比赛结果说本次比赛确实冷门迭出，强队纷纷落马，被他们嘲笑不止。这次比赛影响比较大，董老师都被惊动了，跑到场边来看我们的比赛，算是默默地支持吧，至于邓华老师、肖老师、赵老师干脆就亲自上阵了，袁老师则童心未泯，在一旁尖声叫喊：“（董）爷爷队，加油。”后来决赛是在邵体馆里面打的，我听说邓华会上场，很有兴趣，因为挺想看看胖子跑起来吃力的样子，他和 SuB 到底谁的腿更粗。于是一到场边就问：“邓华来了没有？邓华来了没有？”没想到邓老师还有肖老师和赵老师都正在场上拼着呢，邓华正好气喘吁吁地跑过我，回头看了我一眼，我吓得赶紧不说话。后来强队再次栽了跟斗，罗罗队如愿以偿的拿了冠军。我在边上起哄说：“罗老师，应该请客嘛。”罗老师嘿嘿地笑着说：“好啊。”可是没人回应，我只好自己尴尬地收回这个发自内心的想法。想想，老师和学生在一起的场面一般只是讲课或者讨论，而像这次篮球赛学生和老师打成一片的场面，在教研室里面真是太少了。真希望这样的比赛能够成为一个传统。

后来我们学院组织了一次足球赛，空间结构也参加了，我还跑去问罗老师能不能赞助一下球衣，罗老师二话不说就同意了，当即感激涕零。不过这次比赛竞赛的气氛更加浓厚，友谊被丢在一边，我并没有感受到比赛的多少乐趣，当然，更多的原因是因为我们输掉了。

答辩完后，我们这一级空间结构专业的又组织了一些活动，拍了一些 DV，让我对这个集体的印象又加深了不少。大家都说多年后天各一方，看着 DV，一定会互相想念的。

不管这些年发生了什么大事小事，它们都是生活的一部分。在未来的日子里，那些青春年少时的欢乐和痛苦，必将成为人生中一份美好的回忆。年少的光景啊，像朵永不凋零的花，哪怕风吹雨打，摇曳和挣扎之后还会继续绽放和挺拔。

三十九　88之上、BG树下、单骑走天涯

你会发E-mail吗？会。怎么发？嗯，打开电脑，在电脑里面输入内容，然后考入磁盘。对，然后呢？然后将磁盘装入信封，寄出去就可以了。这据说是在网络初期那些声称自己会发E-mail的人干的好事。孤独的电脑很多时候只是某个具体的工具——打字机、计算器、文字编辑、游戏机，但是一旦连上网络，就以不可思议的方式席卷了整个生活。水滴汇成了海洋，就必然会掀起巨浪。网络最终改变了我们的生活。

2001年读研时，校网真的布置得差不多和潘校长在1998年描述的那样了。潘校长高瞻远瞩，提前三年就能预见到实际效果，这样的远见卓识，符合一个世界一流大学校长的水准。而且，作为一个富有时代感的校长，他能够以发展的眼光提出一些标新立异、雄心勃勃的自由言论，比如说浙大要培养四不像人才。很多次半夜里，我看到这样的新闻标题，都会为我们有这样的一位富有创意的校长感到无比的自豪和骄傲，为他的幽默感着迷和折服，以至于笑得睡不着。我想，要么是潘校长耍了记者，要么是记者耍了潘校长。电脑也开始降价，走向我这样的人。从宿舍直接连上校网？一开始，我们真的不敢相信；上校网不要钱？以前7舍据说是有丁磊赞助，所以率先通网，现在又是谁赞助了呢？还是信息浪潮，一发不可收拾了，否则难以想象校网办居然会有这样的善举，这比骆驼穿过针眼都要难呢。因为网络的各种问题，校网办（xwb）被大家怒称小王八（xwb），现在居然会提供这样的服务。直到我在宿舍里真的连上88时，才意识到，我们真的进入了信息时代，终于不用花一块钱一小时跑到中心机房或者系里机房去上网了，也不用担心因为要花钱而不敢浏览较长的文章了。很自然，和大家一样我也喜欢上BBS了，66笑书亭和88飘渺水云间之间，选择了88，没什么原因，就是

人多、热闹。

首先我要取一个ID。想来想去，记起高中英语课本中有个盲人摸象，说：Of course they can't see the elephant with their eyes。读快了，我发现with eye和我的名字发音一致，从此就以此为自己的英文名字，也成了自己的首选ID了。88上我也只有一个ID，第一次听说马甲这个东西的时候我还以为是自己可以上站以后更改的和昵称差不多的东西，后来知道是另一个ID而已。申请两个ID太麻烦了，上网看文章不是只要一个就行了吗？也没法一只眼睛用一个啊。

昵称。这个也让我很为难，因为我的诚实谦虚，所以不敢像某些人大言不惭的给自己来个什么"不帅不要钱"、"不帅任你扁"、"帅到惊动党中央"。但为了引人注意，终于弄了个"奄敷悉波罗摩尼沙河"，到现在我也不怎么告诉别人这个咒语一样的东西从何而来，后来这个词太孤僻了，画虎不成反类犬，我觉得还是走大众路线，取名：九月鹰飞。这都是来自于武侠小说，我们这个年龄段的人都有一个武侠梦，都希望自己成为金庸院长笔下内力深厚的主人公。

还要搞一个比较有特色的个人说明档。2001年，我22岁生日的时候，去西湖博览会的书市逛了一圈，发现一本书是讲述富兰克林在1728年22岁的时候为自己立下了13项原则，就是：自制、慎言、秩序、坚定、节俭、勤勉、诚实、公正、宽容、整洁、平静、忠贞、谦虚。也不知道是真的假的，但我觉得这个比较酷，适合现在"不咋的"但是决心将来"咋的"的我。那天，我掐指一算，我也已经22岁了，大概还有六七十年的时间来做到这些，于是就买了下来，后来就以这个作为自己的说明档。到现在基本上只知道有"自制"这个，其他的随着时间流逝慢慢地都印象模糊了。

还要一些签名档，不然的话显得多没有个性啊。第一个：生活即美，这似乎太肉麻了一些，不过总比我开始想写的"生活即美女"要好得多，也挺符合"生活不是缺少美，而是缺少发现"的思想。第二个：Get what you love；Love what you get。这是我在《读者》里面看到的一句话，觉得很有意思，很符合自己的做人习惯，就记住了，并煞有介事的作为签名档。第三个：我整天哭啊哭啊，哭我没有鞋子穿，直到有一天发现有人没有脚。这是海伦凯勒说的一句话，cool。

生活就是一面镜子，你对她笑，她也对你笑，你对她哭，她也对你哭，所以我总告诉自己多笑一笑，不要哭丧着脸，像倒了八辈子霉一样，按照韦小宝说的大家有饭吃有衣穿有钱花就够了。生活嘛，不过是笑笑自己，偶尔也笑笑别人罢了。

上网之前，我说，要有ID，就有了ID；我说，要有昵称，就有了昵称；我说，要有个人说明档，就有了个人说明档；我说，要有签名档，就有了个人签名档。我不需要亚当，我就是亚当，我也不打算抽出一根肋骨变作夏娃。就这样，88上开始有witheye不停地灌水了。我不会做一些花里胡哨惹人喜爱的很炫的签名档，但我决定了，以朴素为美，表示自己与反叛少年时代告别了。不到北京不知道官小，不到深圳不知道钱少，不到上海不知道楼小，不上88就不会知道浙大是多么的吵。

很多人都跟我一样，逛88的时间主要就是两段：晚饭时段、下自习睡觉前。88的服务器负担太重了，完全承受不了爆炸式增长的服务量，很多时候都被“同时上线人数过多，请稍后重试”这样的字样给挡住。同一个宿舍常常抢着看谁能登录上去，第一个上去的人常常会得意扬扬地向其他几个人广播一下目前时段的十大。后来，提供服务器的实验室不堪重负，请求大家资助，我也去捐了一份。果然是有钱好办事儿，这么多人砸了个几千块，服务器性能马上就提高了，从原来两三千人同时登录就容易掉线到一万人也能安之若素。第一天测试的时候大家都打算要创造一个纪录，所以大量的人把很多个马甲都登录上去，服务器照样笑而不语，淡定得很。不得不承认，钱真是个好玩意儿。

在我的个人定制区了，主要是以下几个版面：bicycle（自行车版）、civil（土木系）、humour（笑话）、FEA（有限元）。

在不了解其他版面之前，上土木版看看是很自然的事，毕竟我是土木系的，civil这个词看起来就亲切。但是，当我把civil版前面的一些精华内容都看过之后，发现这个版确实很无趣。除了有认识的人发了某个有意思的话题能够激起一些涟漪，比如我们曾经的各类球赛开展的暖场论战就是以这里为平台的，双方都是一副杀气腾腾的样子，为一些鸡毛蒜皮的事情辩得不可开交，最后在午夜中极其满足地散场下线。平时那冷清的样儿真的是不忍心进去看，不过这样就说土木系的人又土又木那就太扯了，我也去过其他系版，发现半斤八两，大部分时候也都是死水一潭。如果能自由选择，当然挑选去好玩的地方，大家都这么想。

FEA版，FEA——Finite Element Analysis，有限元分析。当初成立这个版的本意应该是给大家提供一个学术讨论的平台，我也是这个本意的受益者，后来也开始回答一些简单的问题。但是，后来不知怎么搞的，大家越来越忽视本质性的分析问题，转而更加关注纯粹的软件用法。提问的人不喜欢去看精华区，非常初级的问题反复地问，回答问题的人也越来越含糊，故作玄虚，这么下来，慢慢地气氛就给搞坏了。现在的我，也就看而不语，看来这个版的落寞已经是难以避免的了。

humour 版以前还好，后来意淫之风盛行，每下愈况，已经被我从个人定制区里面给删了；但是很快有两个版填补了空缺。第一个是 love 版，因为那里很多时候比 humour 版还要搞笑，经常问一些要不要表白的问题，或者是描述恋爱中自己深刻的感受，或者是分手后刻骨铭心的痛，或者是无休止的长吁短叹。对一个身处男女比例 9∶1 的系的人来说，这些问题都不是问题，根本就没机会去体会。我去看看，一边算是看笑话，一边算是为将来做准备，或许这些内容将来用得着呢，艺多不压身啊。另一个是 consciousness 版，那里大家的话题就放得更开了，大概就跟干坏事没人知道就会觉得特刺激一样，什么样的话都敢说。这也是我唯一一次被停过 P 的版，原因很简单，是一个女的在骂什么男人是用下半身思考。我火大了，回骂了两句，结果说我粗口，我很不服气，凭什么女的用这些恶心的话来骂男的可以，男的回骂一句就被判粗口要停 P 了。本来想问个明白，后来突然猜测，即便在匿名版，版主大概也能看到大家的 ID 的，否则他怎么这么及时就发来停 P 信件呢，看来，所谓的匿名也不是真的，还好自己没怎么做过出格的事儿。

还有很多版面很精彩，比如 doctor、history、military，好文章层出不穷。也有一些纯粹的水版，比如 graduate 版，经常问一些无聊的问题，发的帖子的题目比如什么“裸体后空翻 360 度转体两周半跪地泣求”，或者是“替 mm 求”，实际则是标题党，哪来什么 mm 啊，有 mm 的人谁会这么无聊？zjuonline 也有一些人发猛帖子，比如标题是“今天老子考试带把刀”，进去一看，内容是“如果考差了，就削个苹果安慰一下自己”。还有一些实用版面，比如 deal 版，毕业的时候那里惊人猛帖不断涌现，什么“西瓜换脸盆”“台灯自己来拿就送”“买一送一：饭盘 300 元，送个电视机”，算是校园里非常精彩的一幕幕了，我就在那里卖过书和音箱，当时深思熟虑后发过的帖子居然不怎么精彩，没引起轰动，枉费心机，感觉好失败。还有 single 版，因为发现那里的版主 fat 是我的《科学计算可视化》的陈老师。一些是我不小心发现的，比如这里的 memory 版，我完全不指望有什么人能关注这里，只想发完帖子就悄悄地走了，正如我悄悄地来，我挥一挥衣袖，不带走一片云彩。

在所有的版面中，没有哪个版面像 bicycle 版一样，给我的生活带来如此多的精彩，因为其他版面多数是停留在虚拟网络中，bicycle 则是线上线下完美结合着的，所以这一篇献给88飘渺水云间，也献给bicycle版。

我喜欢那种挥汗如雨累得特别爽的感觉，从小就希望能踩着单车丈量世界，但是我一直不知道如何去尝试，我也不知道有没有像我一样的人，直到我发现了这个版。天啊，原来，这世界上还真有和我一样爱好的人。要想加入他们，首先得有一辆车，每次新人加入，老鸟们就会带着大家去挑选一辆坐骑，这是必需品。版上要么是美利达、要么是捷安特，其他品牌一般都没听过，一旦有人选了第三个大家没听过的品牌，基本上确定是牛人。我选了一辆美利达618，选美利达是因为我小时候看过它的广告，“我的路，我的脚踩出来的，美利达自行车，Merida”，选618是因为我就只有那么多的预算。

bicycle版的人大概因为常常一块儿出去骑行，遇到的麻烦事儿也多，所以必须互相帮忙，都特别的热心，有经验的人对于新人给予了极大的照顾和帮助。每一次外出骑行，组织者都会再三强调骑行纪律，详细列出骑行路线、中途吃饭、睡觉的注意事项，非常周到，基本上参加了三五次之后，就知道了个大概，能够乐在其中了，同时也就开始将一些经验继续传递给后来的人。

从这里，可以推测这个版肯定有个最初的带头大哥。我一开始就猜测，是谁先玩起来的呢？后来从大家的口中，才知道有个“老大”，已经毕业了，偶尔来参加活动。关于老大，最神奇的传说是三天内脚踏京沪两地，也就是说周一早上在外滩逛街，周三下午可以在天安门广场看降旗，最侠义的传说是一次在华山爬鹞子翻身，前面的女孩子吓得腿软，硬要下来，可是没后路，只能坐在他的肩膀上，他硬生生地把人家给扛上去。我一直想象不出这么一个人该长什么样，直到有一天他有空过来和我们一起去午潮山，才一睹芳容，壮得跟头牛一样，那胸脯跟奥尼尔那么厚实，那脑袋跟我以前的电工学老师一样大，但脾气好多了，说话非常温和。午潮山这样的地方当然显示不出老大的彪悍，只是下山的时候有人轮胎爆了，有他在，其他人当然不好意思出手，他一边和我们谈笑风生，一边上下翻飞着锉刀，补胎于无形中。

每天下午四点钟，版主摆酷先生就招呼有空的人大门口bg树下见，拉练梅灵隧道，去法喜寺吃斋饭。大家从大门口出发，沿着玉古路经过植物园，到灵隐路，过浙江医院和117医院，转到梅灵北路，开始向梅灵隧道进发，一路的上坡下坡，累得上气不接下气，享受着上上下下的感觉，在夕阳下，微风中，恣意挥洒着激情和汗水。每次都觉得真的骑不动了，就会发现有个大下坡一路兜风到心旷神怡，然后又开始猛蹬脚踏，继续向前。一路你追我赶，直到真的踩不动了，却也估摸着快到了，于是继续努力，感觉拐个弯就应该到了，可是一拐弯才发现，的确快到了，但是到隧道口还有一个巨大的上坡，于是大家在咬牙切齿间把这个坡叫作“绝望坡”。等我们一点一点地挣扎着爬上绝望坡，来到隧道口，那些早已爬上来的人已经休息好了，喊一声“去吃斋饭了”，扬长而去，我们又赶紧调头下坡追他们去。整个过程痛并快乐着，特别适合那些有些自虐的精力充沛的家伙。这活动只要天气好，每天都坚持，你觉得累吗？累？这才是下午的，晚上还有一场呢，到十点钟，走另一条线，玉古路、龙井路、上翁家山，那坡爬得更刺激。爬不上去丢人吗？不丢人！最后实在骑不动只能推着上去的很多呢。我开始那几次到了龙井问茶那地方就真的一点力气都没有了，完全吃不消，一定要下来走几步。我也想一路高歌猛进，多有面子啊，但面子不能当力气啊。

有一阵子网络刚刚兴起的时候，很多人都喜欢跑去见网友，我从来都没有见过，信不信由你。我不习惯SSGG、PPMM、青蛙、恐龙的称呼，也不习惯没事找事儿的跟陌生人打成一片，从网上认识个人，然后扯淡，说真话怕透露隐私，说假话自己也不擅长，那么两个人能说些什么呢，沉默起来多尴尬啊。自从我混了bicycle版之后，发现其实事情并不是这样，跟网友见面没那么无趣，因为bicycle版活动都是一群人，不会只有两个人，有的是人说话，你不说话人家就会把你当哑巴，混bicycle版最重要的不是用嘴，而是腿，有力气踩自行车就行了，尤其是你不想说话的时候，就死命地踩好了，把自己弄一身的汗。你想，都累成那样了，谁还想着说话啊，一言不发一点都不尴尬。

我参加过bicycle版很多次的活动，我认为有必要好好记录一下印象深刻的，可以为后面的人做参考。

西湖文化之旅。当时组织方在网上发布活动信息，要求大家自由组队骑着自行车绕着西湖到给定的艺术馆、博物馆、纪念馆签到，所有地方签到了算结束。我们都知道西湖名声甲天下，但是说来说去也就是个苏东坡、白居易，说来说去就是“欲把西湖比西子、淡妆浓抹总相宜”、“凤凰山下雨初晴、水风轻、晚霞明、一朵芙蕖、开过尚盈盈”、“孤山寺北贾亭西、水面初平云脚低”“未能抛得杭州去、一半勾留是此湖”这些尽人皆知的东西；别人要是提起章太炎、于谦，可能还所有了解，可以点点头，装着一副很了解的样子，但是心里已经开始嘀咕了，嘴里也说不出什么诗词了；别人再提张苍水、林风眠、唐云了，心里就想着“这谁啊”，但是身为浙大学生，感觉就在距离西湖不到五公里的地方上学，说不知道这些跟西湖有关联的名人又觉得没面子，就只好听别人提及后，装作有所了解的样子，“哦……”，其实心里根本不了解，但故意做出一副恍然大悟的样子，“哦”完之后默默地故作沉思，等着人家说下一句，准备继续“哦”。在那次活动中我们第一个签到的地方是林风眠纪念馆，我就是第一次听到过，幸运的是按图索骥，跟着大家开开心心地进去兜了个圈就出来了，“林风眠”这名字我都是第一次听说，自然也不知道在灵隐路的边上隐藏着“林风眠故居”，但我出来之后，也立马做出一副很了解林风眠的样子。接下来我们去了岳庙、于谦祠，“三十功名尘与土、八千里路云和月”“经年尘土满征衣、特特寻芳上翠微”的岳武穆我就不说了。于谦我还真的了解一点，小时候逛书店的时候看到一套《少儿百科全书历史卷》，就买了明史，每天没事儿就翻一遍，明朝一些故事是滚瓜烂熟，知道于谦的“粉身碎骨浑不怕、要留清白在人间”。当然，大家都忙着签到，谁有心思听你说书啊，我只好装着跟哑巴一样。到苏堤这头，我第一次发现这里居然还有个“苏东坡纪念馆”，一直都没留意过，你说这算不算孤陋寡闻，更可怕的是这一带还有张苍水、章太炎的墓。也不知道，无知导致生活少了多少乐趣啊。后来还知道这里还有盖叫天、唐云的故事，在吴山广场还坐落着杭州历史文化博物馆。一直到孤山这边的西泠印社我觉得我又有些常识了，至少还知道喊着“拼将十万头颅血、须把乾坤力转回”的秋瑾和吟着“疏影横下水清浅、暗香浮动月黄昏”的林逋。

我们在结束回学校的时候，兜了一大圈，够累的，但感觉自己长了大见识。所以，即便什么奖品都没有，但仍然一个个都春风满面回来报到。这次之后，我就深深感到自己才疏学浅，对西湖的了解远远不够：居然有这么多的人生前或者死后都恋着这块地方，还好政府要求高，不然这么点地方早就被占满了。

我以前以为bicycle版只需要把身体练得强壮就行，哪里知道他们还喜欢搞文化之旅，这太对我的胃口了，我就喜欢这么有文化的版面了。就在我沉浸着这个版面的文化气氛中时，悲剧发生了。

为了参加版上组织的西塘古镇之旅，我连与罗罗队的篮球对抗赛都没参加，这仿佛就是为了亲眼目睹这起事故的发生。从没骑过这么远的距离，我一路非常兴奋。西塘怎么样，我根本就不在乎，我在乎的是沿途的风景以及向人吹嘘的感觉。一路上，我跟着大家鱼贯而行，严格遵守纪律，力争不给组织添乱。自大校门出发，往城北走，具体路线我忘了，反正很快就出了城市，到郊区，沿着国道到海宁，然后是桐乡。我对自己很满意，从来没有跨县骑行过啊，如今实现了这么伟大的壮举。在经过桐乡一个镇的乡间公路上——这个镇名字我忘了，应该是做皮草的，空气中弥漫着一股恶臭——大家都想抓紧时间离开这块地方。这时候从右手侧与我们骑行的主干道垂直的村道上驶过来一辆三轮车，跑到主干道的非机动车道上逆行。大家都互相提醒注意安全，我也非常小心。

但是，骑在我前面的一个女孩子大概有点累，脚下一下子踏空了，低头去寻找脚踏，结果三轮车跑过来，她的自行车也刚好歪了一下，车头只是碰了一下，左右晃了一下，紧接着车龙头一下子撞在了车厢上。她像一只可怜的小猫被人扔了出去，身子软软的，缩成一团，一下子往前飞去，软塌塌的摔在了地上。她就在我前面，我亲眼目睹这惊恐一幕，不竟惊叫起来，赶紧下车去看看。三轮车司机居然想跑，大家全都下车了，一部分人拦住司机，一部分围住这个女孩子（我忘了她名字）。她就这样脸贴着地面，趴在地上，头发把自己的脑袋盖住，乱蓬蓬的样子，很是吓人。我们非常小心地喊着她的名字，但她一动不动。大伙都不知道到底怎么了，有点发愣，怎么办？过了几分钟，她抬起头，满脸是血和泪水，哭起来，一张嘴，当场两颗牙齿掉出来，我们所有人都惊呆了，害怕极了。但几个成熟一点的赶紧安慰她，给她查看脸上的伤口。她又疼又怕，哭着哭着，结果又感觉嘴里的牙齿有松动，又掉出来一颗。我从没见过这么血腥的场面，都不知道该说什么好。

这时候大家才开始报警，一部分人留下来处理，一部分继续前行，更前面那拨人根本就不知道发生了事故，我留下来帮一点小忙。最终大家一起一面和警察处理事故，一面叫车子把那个女孩子送回了学校，有两个人随行。事情处理好了，我们又赶夜路，到很晚的时候才到西塘，睡了一觉，就开始返回了，发生了这样的事故，没人还有心思多逗留一会儿。

回到学校，大伙儿开始反思和总结，自从 bicycle 组版以来，还从未发生过如此重大的事故，必须引以为戒，如果安全都无法保证，所有的骑行都相当于冒险，没有人敢去承担这个责任的。这件事情过去了很久，终于有一天，我在学校里看到了这个女生，除了脸上还有几个伤疤以外，别的都还好，依旧骑着自行车，依旧满面春风，依旧很热情地跟我打招呼，笑起来，看得出牙齿还没补好，——只是付出这个代价，已经算是不幸中的万幸了。后来听说她去科大读研究生了，希望不是被浙大吓跑的。

我知道 bicycle 还是很热闹，大伙儿热情也很高，也会提醒自己很小心。但我还是要提醒所有喜欢骑行的人，安全永远是第一，永远遵守交通规则，永远看着前方，永远注意避让，永远不要骑得太快，随时准备刹车。我们不是职业选手，我们没有骑行在香榭丽舍大街上，我们也没有骑行在法国的乡间小道上，我们没有疾驰在阿尔卑斯山上，我们也没有后备车，我们没有随行队医，我们没有在环法——虽然这是我们的梦想。我们是业余爱好者，只有父母的关切和朋友的叮嘱伴随着我们，所以我们自己不管多么小心都不过分，任何可能引起危险的因素都不可以被忽视，记住，是任何，旅游不是冒险，骑行须有分寸。

海宁看潮、超山探梅、径山拉练我都去过，但是在我参加 bicycle 版的所有活动中，甘南川北之行肯定印象最为深刻。这次活动的整个经历我写成一本书也没问题，而且素材非常多，因为我本身就会每天做记录的，但在这里为了不至于篇幅过长，我就简单地说几句。

这次活动的组织者网名叫做 ay，资历深，受人尊重，后来才知道实际上跟我一级，不知道是我显得嫩还是她显得成熟。我早就知道版上打算策划这次远距离的活动，而且决定参加，所以我提前了两个月开始锻炼体能，几乎每天傍晚，都去大操场跑上二三十圈，十公里左右，每天停下来的时候脱下 T 恤，就跟刚从水里捞起来的一样，一拧，哗啦啦地流出来，我自己都觉得有点夸张，但我喜欢这种酣畅淋漓的感觉。到暑假的时候，ay 发布了公告，我感觉自己已经完全准备好了，就等着她发出报名的消息。结果等了一天都没有，于是我发私信问她，她回复说大家都报好名了，准备会都开过了。我大吃一惊，难道就这么错过了，我跟她说了我的准备情况，也说明了我的诚恳态度。她大概不好意思拒绝我，就说要和大家商量一下，我说我给每个人发一封邮件表达我的诚意，结果没有一个人好意思拒绝我。就这样，我加入了，开始和大家一起分头准备起来。出发前还有一拨人去敦煌，CRW 是其中之一，但是在他们出发后的第三天我在宿舍走廊遇到了他，一副很痛苦的样子。我大吃一惊，问怎么回事儿。他说他们乘火车经过合肥的时候，他趴在桌子上睡着了，边上的人倒开水，半壶水洒了不知道，全倒在他后背，等他被烫醒的时候，已经被烫伤一大片了，只好下车趴着乘飞机回来了。看着他一瘸一拐地走过，我嗅到一丝恐怖，再次意识到安全的重要性，我甚至想该不该去，但箭在弦上，已经不得不发了。

我按照行程来记录这次的行程吧。

2003 年 8 月 2 日，这个日子不会错的，我的日记记录得很清楚。早上，我把我们自己找人缝制的驮包和骑行裤以及其他行李带好，SuB 把我送到校门口，大伙儿合影留念，准备出发。我们从杭州乘车到上海，在上海转车到西宁，自行车都是一路随车托运。十个人扛着个牛仔布缝成的驮包行走在上海火车站的广场上，特别壮观，也特遭人鄙视。下午去西宁的车，还不让进候车厅，天气又热，一群人跑到地铁口去坐在地上靠着驮包乘凉，很像一群来自某个村的进城务工人员，不停地吸引着来往旅客的打量。

横贯了东西大半个中国，顺利来到西宁。大伙儿收拾停当，准备往青海湖骑行，结果一问当地人，西宁海拔2200多米，青海湖海拔3200米，大家吓傻了，在街上四处找车，还真的找到了一辆车，花了五百块把我们送到青海湖边。一路的上坡让我们感叹这事儿干得漂亮，看这架势，一个晚上也骑不到青海湖边。坐在车上，还能看看沿途的风景，其实根本没有风景，西部远比想象的要荒凉和贫瘠，大部分人家都是一副破落衰败的样子，让我们意识到现实的残酷。直到快到青海湖边，才能看到些绿茵，经过金银滩，无边的花海让我们感受到一丁点西部的浪漫。我能感觉到到处都是焦黄一片的时候，眼帘里印出一片翠绿和金黄、淡紫的时候，确实会浮想联翩，也才会唱出“在那遥远的地方、有位好姑娘、人们经过了她的毡房、总要回头留恋的张望”。

青海湖边

我们在一个叫作刚察的地方找到了一间旅馆，这个季节正是杭州最热的时候了，可是在刚察，太阳还没完全掉下去，我们就已经冻得瑟瑟发抖，哆哆嗦嗦地从车上拿下行李，跑进旅馆，好在这里旅馆里都会烧炉子，大伙儿不约而同地围在炉子边，等着ay去办理入住。ay和ppo负责后勤事务，先花了五百个大洋把送我们来的货车师傅打发得开开心心地走了，然后去前台给我们订房间。房间非常简陋，被子冰冷冰冷的，我们终于达到了能在盛夏过一个凉爽的夜晚的目的，但是没料到凉得过头了。这还不算，吃饭也遇到问题了，因为这里的米饭特别贵，ay 说预算有限，每个人只能吃一碗，不够的话可以吃馍馍。我以为馍馍大概就是白馒头，结果是那种很黄很硬的馒头，咬一口就不停地掉粉掉渣，但是一想起晚上还得靠这个耐寒，就只能硬着头皮一股脑儿全塞进嘴巴里，可是味道实在不好，我们就拿着馍馍蘸菜汤吃。我们起身离开的时候，发现盘子都被大家用馍馍擦得干干净净。

休息了一夜，第二天全副武装开始了骑行。我有点头痛，不知道是不是高原反应，但是整个人非常兴奋，精神劲儿很足，按照 adidas 的话来说“witheye 一路打招呼，只要是个活物，人啊、狗啊、牛啊、羊啊”，一点都不感到累。每次看到被铁链锁住的藏獒冲我们嚎叫，就觉得特别刺激，骑起来也更加的精神抖擞。

不幸的是，中午时分，我们同行的伙伴有一个感冒发烧。高原感冒发烧？脑水肿？不寒而栗，大伙儿陪着他去打了一针再说，拖着他往前跑。

我们在青海湖边又住了两个晚上，地点在黑马河、151。听名字就特别酷吧？在黑马河的时候，我坐在床上记日记，记着记着就坐着睡着了，同伴关灯睡觉我一点都不知道。半夜里，房门被狠狠地顶开了一条缝，我从睡梦中惊醒，大喝一声：“谁？”门外说是服务员，给我们送开水，我说睡觉了，明天再说。我们怕有人会晚上过来开门，所以睡前把两辆自行车和所有的行李都顶着房门，果然被我们猜中了，看来自行车不仅是交通工具，还是防身工具呢。还好晚上自己没想去上厕所，否则要是来不及搬自行车开门的话不是要尿裤子了？在 151，我们在天黑的时候在湖边找到了一家藏族旅馆，说是旅馆，就是我们这的民宿，有好几间藏式毡房。大家老远就问门口的藏族男子有没有藏獒，藏族男子说藏獒到山里赶牛去了。我们放心地上前谈入住问题。他表示完全没问题，欢迎来自远方的客人。晚上，我们在一间当作餐厅的毡房里喝点酥油茶，吃点馍馍，一行人骑了一天的车，饥肠辘辘，很想尝尝传说中的烤全羊。一问，说要一千多，吓得大家只能狠狠地咽咽口水。可是走出毡房，发现外面一群羊年转山的藏民围着篝火，转动着烤全羊，大快朵颐。看那样子确实不像甩手就能出一千的人啊，心中顿感不公平，但只能默默地忍住。毡房非常简陋，一个大帐篷，里面的地上铺上一些防潮之类的垫子，就算是床了。摸摸这被子，就会想念刚察和黑马河的被子是多么的温暖舒适干爽。但怎么想也没用，还得躺下去，八个男的、两个女的，“混帐”

并排睡着，冻得我一夜都没睡好。第二天大家早早地起来，准备吃早饭。一个漂亮的姑娘在做早饭，我们猜她名字肯定叫作卓玛，一问果然，藏族女孩子都叫这个。问她“卓玛”是什么意思，她说是“仙女”。青藏高原这边，到处都是圣山，到处都是仙女。边吃仙女准备的早饭，边听藏族男子给我们讲我们住的毡房上的黑色罩子多么珍贵，用了多少头牦牛的毛，是祖上传下来的，已经好几代了。我们好生羡慕他有这种传家宝，可是后来到了若尔盖的时候发现到处都是这类传家宝。

从151到西宁大概170公里，必须一天走完，否则半路可能要被野狗吃掉了。于是我们一路狂奔，还好是一路几十公里都是下坡，只是快到西宁的时候下起大雨，全部都淋得跟落汤鸡一样，狼狈但是安全地到达了。不得不再次感谢为大家找住宿的伙伴们，特别是ay和ppo，居然找到了96351部队的宾馆。入住后，好好洗了个澡，拾掇了一下自己，舒舒服服地睡了一觉，把两三天的阴冷一扫而光。不过，因为这一个晚上的奢侈，让我们后面的预算更加拮据了。根据预算，我们后面只能选择更廉价的住所了，这样还可以省下钱来去塔尔寺，感受一下藏传佛教文化，不然这一趟现得多么的干瘪，不符合我们bicycle版的文艺范儿。

这年，首届环青海湖自行车赛要开始了，西宁城里到处彩旗飘飘、热闹非凡。我们赶上了，自然不能错过。大家骑着车跑到出发点那边凑热闹，跟当地的车友交流互动，甚至跟参赛的车队一起骑上一段。

该看的都看了，该玩的也玩了，我们还得继续赶路，从西宁出发到平安住下。

从平安出发到化隆，一路上坡，都不见下坡，这地形怎么回事儿？一般上了坡很快就有个下坡啊，怎么给人喘口气的机会都没有呢！天又下起小雨，我们穿着雨披，里面猛地冒汗、外面不停地下雨，整个身体湿漉漉的，难受极了。因为上坡，大家速度不同，没法排成队形，全部散开了。就这样孤零零地骑在黄土高坡的沟壑边，我觉得特别的豪迈。当我慢悠悠地经过一户人家门口时，突然窜出一条狗，发了疯地向我追来，我吓得魂飞魄散，玩命地蹬。庆幸的是，狗比我先放弃，我再也骑不动了，想休息一下。快到十二点了，路边有个小店，我准备进去吃点东西。我要了一份羊肉泡馍，吃下去真舒服啊，身子也暖和起来。后面几个人也赶上来了，也都骑不动了，准备吃点东西。我先吃好，在炉子边上坐着等他们，顺便把衣服烘烘干。大概太累了，我在炉子边居然没一会儿就睡着了，同伴把我从睡梦中叫醒准备出发的时候真的是感受到世界上最痛苦的事情莫过于此。出发前，我问刚才怎么全是上坡，有多远啊，有码表的同伴说连续上坡29公里，我们为自己创造出史无前例的壮举赞叹，跑去问店老板，我们是不是快翻过山了。老板告诉我们，再过5公里就到山脚下了。大家立马傻眼了，全都蔫了，我们都以为山都要翻过去了，哪里想象得到连续上坡29公里累得筋疲力尽后居然还要5公里才能到山脚?

但不管怎样，我的路，我的脚踩出来的，美利达自行车，Merida！我们开始继续咬牙前行。山脚不山脚其实没有意义，我们就只是感受到一个又一个的转弯、一个又一个的山隘、一个又一个的关口。累得实在不行了，下来推一段，推一段觉得太慢了，又骑一段。常常从一个转弯抬头能看到前方的转弯，非常高兴，可是刚转过眼前的弯才发现，前方近在咫尺的转弯与自己之间是巨大的山谷，还需骑一段很大的S形上坡才能到达。常常为自己经过一个隘口感到开心，以为已经到了山顶，结果却发现，前面的山隘在等着。

青沙山垭口

青海湖边公路

最终，我们到了青沙山垭口，海拔 3650 米，大风呼啸、雨雪纷飞，我穿着短裤，但仍然坚持拍照留念后，才准备下山。我大老远地跑上来，不拍个照不是白来了啊。下山的时候，太冷了，我手都冻僵了，都有点抓不稳车把了，只好强行用左手掌好车把、抓住刹车，把右手放到嘴里暖和一会儿，然后再换一换，直到两只手都有感觉才敢松一点刹车。到山下了，天也不那么冷了，大家都安然地聚在一起了，好开心，又开始继续向前。

之后，我们又经过了化隆、循化、临夏，穿过崇山峻岭，跨过乙麻日黄河大桥，走过水草丰美、牛羊遍地的大草原，目睹了贫困的小山村。我们不理解为什么五大三粗的西北汉子大好时光在村头大树下晒太阳闲聊，也未曾想到这里竟是如此的凄凉。我们去夏河游览拉卜楞寺，去看风景秀美的甘加草原，去藏族听小音乐家弹琴，去看藏族小伙子赛马，在一个叫作阿木去乎的地方吃冰棍，在碌曲被当地的藏獒追赶以至于一路上有如惊弓之鸟只要看到大一点的动物就打算停下来集体防卫。我们真的以为我们是单车走天下的冒险家了，只有在夏河的天葬台边看到几个复旦大学的人时我们才记起来自己居然还是来自浙江大学的学生。

大概就这样连续奔波了两周，我们来到一个叫作郎木寺的地方，这地方被外国人称为东方的瑞士。我没去过瑞士，不好评论，但是那些欧美壮汉美女喜欢夸大其词，任何东西看到了就是感叹“perfect”“amazing”“good”“excellent”“beaut-

很快，身后的拉卜楞寺因为一部电影被人知晓——《天下无贼》

乙麻目黄河大桥

iful”，这些都是口头禅，当不得真，而我们又享受这种感觉，所以也就半推半就地接受了这些夸奖。这是一个山谷中的小镇，远处有雪山，近处是漫山遍野的绿地，到处点缀着牛羊，在阳光下特别和谐，一座座小房子从山谷一直往半山腰蔓延开，深红色的藏传佛教寺庙安详而恬静，只有那些金顶在阳光下闪耀着光芒，去过瑞士的人大致做个判断吧。郎木寺被一条小溪分开，小溪有个非常霸气的名字——“白龙江”，很容易就能跨过，据说下游声势非常大，但这里是上游，只能被我们骑在胯下了。江的一侧属于甘肃，叫作郎木寺，另一侧属于四川，叫作格尔底寺，门牌号都这么标注的，我们常常脚踏白龙江两岸、分身于甘南川北两处。

下一个目的地是若尔盖，从郎木寺过去大概一百公里，一天大概也够了，但是当地正在修路，泥泞不堪，没法骑行。我们问当地人远不远，他们说一天肯定到不了，还说如果到不了就麻烦了。我们又问怎么了，他们说这山里面一到晚上就有狼出没。刚刚从青藏高原下来的我们不敢冒这个风险，决定乘车到若尔盖。

幸亏乘车了，一路颠簸到若尔盖，身子都要散掉了，好几个人的自行车都掉了零件。已经进入四川境内了，这已经是稻米生产区了，米饭不再是吃不起的一块钱一碗了，一块钱管饱，我一连干掉四晚，撑得晚上怎么都睡不着。

这里已经完全没法骑车了，到处都在修路，没有修路的地方也是坑坑洼洼、凹凸不平，只能继续乘车。去往松潘的中巴车挤得人喘不过气来，我只能猫着身子站着。中途有一次下车上厕所，我尿完尿回来，傻眼了，发现车子已经开始往前跑了。我就要被落在若尔盖的大草原上了？我还要再一次地长征吗？我吓坏了，撒开腿，用尽全身的力气，疯了一般狂奔怒喊。旁边的人都在看我，我也顾不上了。追了几十米，车上的人意识到了，停下来，我上车后，大发雷霆，冲同伴，也冲售票员，唯一不敢冲司机，就怕他把我扔下去。

后来又从松潘乘车到都江堰，沿着岷江两岸的万丈悬崖从松潘高地走盘山公路下来，这边到处都是那种看上去特别容易滑坡发生泥石流的样子，汽车好几次都被塌方堵住，一路胆战心惊。好容易过了茂县，吃了几个茂县苹果压压惊，进入北川，这里到处在建设，全是大卡车，路面全被压得高高低低起起伏伏，五脏六腑都要颠出来了。到了都江堰，大家有如劫后重生，在成都平原上再次跨上了自行车，心旷神怡地奔向天府之国的核心地带。

进城之后，大家就分散了，我去找LL师兄。他在西南院工作，我就想找他好好地吃一顿火锅。他见到我，问我怎么晒那么黑，我说别说了，带我去好好吃一顿吧。世界上再也没有比骑了一千多公里之后再来一顿正宗的冰镇啤酒加成都火锅更爽的事情了。

关于甘南之行就这么简单地说了几句，如果您觉得多说了，我只能告诉您，这已经够简单了。特别感激在甘南之行中，我们一起同甘共苦的兄弟姐妹。回来后，有一些帖子记录此行，摘录一则如下：

发信人：ay（熏衣草），信区：Bicycle

标　题：出行之最（by ay）

发信站：飘渺水云间（Thu Aug 28 15:59:08 2003），转信

最可爱的p仔——在阿木去乎看见的那一只

最完美的公路——环湖东路

最恐怖的公路——从湟源至西宁

最让人绝望的公路——从碌曲至郎木寺（80%的人决定搭车）

最伤心的地方——拉卜楞寺

最pp的草原——若尔盖大草原

最常说的一句话——这个世界充满了变数

最害怕的东东——藏獒

最喜欢的餐厅——lisa餐厅

最喜欢的旅店——卓玛旅店

最遗憾的事情——没有翻达里加山口

我最爱吃的一道菜——烂肉粉条

大家最常吃的一道菜——大盘鸡

大家经常吃的一种面——牛肉拉面

我最喜欢吃的一种面——酸辣粉

我喜欢的冰棍——牛奶小布丁（也是大家最喜欢的）

我最喜欢西宁的原因——因为随时可以吃到好吃的酸奶（加蜂蜜的酸奶）

我最喜欢成都的原因——因为到处都可以找到酸辣粉

最奇特的经历——坐在大卡车后面，一路颠着横穿大草原，被冻得要死

最“天真无邪”的人——witheye（爬坡王，冲刺王，新人王）

最得宠的人——navyjuly（很多人都叫他亲爱的……也是继花花之后版上第二个明码标价的人）

最谨慎的人——adidas（也是唯一一个看见mm流鼻血的人，哈哈哈，大笑三声）

最随和的人——tanzi（无神论者，在塔尔寺居然说出要取走香钱此等大逆不道的话，出西宁，中轴莫名坏掉）

最野蛮的人——ppo（长相凶恶，敢和狗狗对吠，以狗狗被吓跑终结。在成都街头因衣衫褴褛，胡子拉碴，形迹可疑，被管交通的老太拦下要求看证件）

最固执的人——frankxu（牲口程度仅次于ppo，不过每天午饭之后，方便之前，是其最虚弱的时候，我们总结出来的，哈哈）

最爱发火的人——阿周（同时也是本次出行的饭王，有照片为证）

最jw的人——ass（最早被挂的人，同时也是蝉联每日一星最多的人）

我最喜欢的人——cancers（小可爱，同时也是被调侃最多的人，呵呵）

最丢三落四的人——我（如果从丢东西的数量花色品种上比较，我第一，阿周其次，ppo次之，如果从丢东西的价值上比较，ppo第一，我其次，阿周次之，综上所述，最丢三落四的人为我，ay）

欢迎大家补充

另，如果上天给我一个机会，我希望再骑一次

如果非要限定一个距离的话，我希望是全程

佛光一缕　　暗香一炷

浮云过处　　我心如故

（来源：·飘渺水云间 Freecity.dhs.org · [FROM: ay]）

以前我总认为与其新认识一个不可靠的虚拟的朋友，还不如和身边的朋友好好聊聊，因为新认识一个朋友，一时可能新奇，时间久了，可能还不如老朋友。既然这样，那为什么不一开始就和老朋友好好聊聊呢。bicycle版让我对这个看法有了一个新的认识，觉得人还是需要认识一下新朋友，跟不同的人聊聊天，去看看不同的地方，“读万卷书，行万里路”确实是一件非常快意的事情。我们只有一次单行程的人生，应该让这一辈子过得更加有意思，“身体和心灵，必须有一个在路上”。

还记得我说过跟室友LSJ干过的一件刺激的事儿吗？

甘南之后我乘着余兴，带着老L从杭州出发花三天经过富阳、桐庐、永康、丽水到达温州，又花了三天从温州经过温岭、新昌、绍兴回到杭州。老L骑着辆破车，我骑着美利达。我要是太快，老L就喊我慢点；老L要是太慢，我就喊他快点。我们俩就像比萨斜塔上的两只铁球，总是在万家灯火点亮时分，同时到

达某个地方，这地方是方山脚下的温岭大溪、也可以是走上绝望坡后遇到的新昌拔茅。我的自行车占据着绝对优势，但老L一点都不含糊，在哐啷哐啷中和我一道花了六天绕了浙东这么一大圈。回来的那一天，正好是我24岁的生日，在萧绍平原上，看着鲁迅笔下的故乡，思乡情绪油然而生，但是也觉得自己真的长大了。

骑车的过程就是挑战自己的过程，那种汗如雨下、咬紧牙关的感觉在和广大车友们一起出游的时候就会有深刻体会，回忆起来倍加亲切。但是bicycle版让我喜欢的最重要的原因就是其中人和人之间在出行时的那种互助精神。惭愧的是我从来就是一个被施予者，别人帮我补胎、修车，回报就是感激而已。现在bicycle版还有trip以及ham和photo一起建立了一个网站www.btph.com，那里充满了年轻人对外面世界的探寻，希望能够持续发展下去。土木系很多同学都喜欢bicycle版，那里总是告诉大家旅途会让大学生涯更加精彩。

网络为我们提供了一个良好的交流平台，在浙大，88已经成为BBS的代名词，很多人心目中，88就是BBS，BBS就是88，有些人常常问清华或者同济的88是多少，显得既天真可爱又亲切。

有时候很多不合时宜的言论在88上出现，版主删帖子，就有人骂，什么言论不自由之类的。其实这些都能理解，删帖自有删帖的正当理由，骂人也有骂人的充分原因。的确，学校很多方面不怎么完善，比如我们的教学体制、我们的评估体制、我们的后勤，但这些并不是在88上喊几句就可以解决。相反，谩骂只会使得平台上交流方式遭到无辜的扼杀。希望88能够生存下去（毕竟我也给服务器捐过钱啊），为我们的生活提供更多的精彩。那是一面镜子，映射着求是园最璀璨的光辉。

四十　毕业，又见毕业！

经过两年的缓冲期后，我们再一次面临毕业。找工作的过程中，与本科毕业不同的是这一次我们长大了两岁，而且学历也更高了一级，觉得自己厉害了很多；相同的是，我们发现工作还是那么难找，还是四处碰壁。找工作之后，跟本科阶段相同的是，所有人最后都安定了下来；不同的是，我们开始各自走天涯，而且这一次，是真的。

以前觉得研究生和本科生的差别非常之大，想着要是我是研究生该多好啊，觉得会轻松很多。现在想想，区别最大的应该是自由的时间。读研期间，自由支配的时间更多，一个人如何支配时间，几乎决定他过一种什么样的生活，工作以后可能就更是如此了。

为了不误导我的学弟学妹，说研究生就只是在混而已，所以我从学习说开去。

空间结构平时与外面的联系比较多，所以能联系到一些很好的专家来进行讲座。毕业前要交八篇学术报告考核表，我不需要任何提示，按照时间顺序随便想想就能想出个十多篇。等我写好了九篇，发现很多印象深刻的还没包含上去。这些报告包括：董老师所做的《空间结构发展趋势报告》《预应力大跨度空间结构的应用和发展》《国家大剧院和奥运场馆的建设》，严老师做的《关于钢结构规范的修订》，董老师介绍过来的陈荣毅的关于广州会展中心的施工分析、顾磊的关于国家奥运游泳馆水立方的结构分析报告，严老师介绍的廖扬关于膜结构的设计与施工，关老师介绍的粉川目的雪穹顶和可展报告、加藤史郎的膜技术分析报告、夏立民教授关于宇航可展结构的报告、熊之凡先生的航天发展的报告等等。回想一下，自己居然有机会聆听这么多人的教诲，也是三生有幸。说来惭愧，学习了这么优秀的报告，自己也没变得特别优秀，只能期待自己能记住他们的治学态度、脚踏实地的风格吧，或许，毕业后也能用得着。

大四的时候我听说了一个叫作Ansys的程序，这是有限元分析的一种软件，土木系尤其是空间结构用得比较多。初学的时候，我觉得就是为了我将来伟大的科研而学习。随着慢慢地深入，那东西还挺有意思的，不管我以后是否用得着。我抱着极高的热情，暑假里，40摄氏度的高温下，我每天穿着一条短裤在电脑前验证每一个算例，连续两百多个，不亦乐乎的干了一个多月。后来上课的时候邓华老师针对此类行径作了一番深刻的评论，我也反思，觉得会使用这种东西不过是雕虫小技，长此以往自己将会陷入技巧性的东西了，慢慢地不去弄它了，转而去看理论了，希望不仅能懂其然，也懂其所以然。再后来，觉得技多不压身啊，反正就当是会一门手艺好了，偶尔还是会仔细地研究一番。“君子性非异也，善假于物也。”假舆马者，日行千里，假舟楫者，而绝江河。既然已经有人做好了东西，为了提高效率，我们为什么不能利用呢？第谷做了大量测量，开普勒进行数据统计和归纳，牛顿才可能总结，到后来爱因斯坦弄出个相对论，这真是应了牛顿的一句话：“如果我看得更远的话，是因为我站在巨人的肩膀上。”我们这样的人，自己不会创造工具，就更要学会最便捷的利用现成的工具了。

其实我真的是一个蛮爱学习的人，大概接受过应试教育的人的脑子里很自然地就容易绷紧，稍微放松一点，就有一种愧疚感，觉得自己有负大好时光、有负这么好的学习条件。研一的时候，我就把小论文发好了，完成了最基本的毕业要求。后来系里通知大家申请奖学金的时候，我看看成绩单，觉得一般般就没去，后来才知道像我这样成绩还行再加一篇小论文居然能拿个二等奖，我顿时为自己丢了一千多的奖学金懊恼不已。我决定了，以后遇到这样的事情，绝不手软。

我也开始打工。家教已经不适合我干了，因为我觉得这种重复性的工作已经不适合一个研究生干了。前面说过，替人翻译文件；后来，也曾经利用Ansys替人分析过简单东西而挣一点点零花钱；还有一段时间在外面做兼职，起早摸黑的，每天赶得我累得不行，动不动就要跑到这跑到那改图纸，虽然没有挣到什么钱，自己偶尔也有一些怨言，但是毕竟这个过程自己学到了一些东西，也体会到了生活的艰辛。在教研室里面帮助导师干一些事情，虽然是义务劳动了，但是在这个过程中却收获颇丰。这些钱我几乎都花光了，但既然我在学校里面的第一目的不是挣钱，那么我又何必积蓄很多呢，以后工作了再好好攒吧。

我一直没有意识到自己是非常喜欢出游，直到我一个从小一起长大的同学对我说："没想到你这么喜欢出去玩。"是的，这两年我抽空去了一些地方，去过奉化溪口看看蒋介石的老宅、尝尝那里的千层饼和大芋艿、乘坐京杭大运河上的客船去"姑苏城外寒山寺"看看"月落乌啼霜满天"的景象、感受"江枫渔火对愁眠"的思绪、听听"夜半钟声到客船"的古韵，跟随 bicycle 版的车友四处活动，我似乎把研究生过成了本科。有首歌唱道："我想去桂林啊，我想去桂林，有了时间却又没有钱。"我也觉得自己也总是处于这种状态，但是实际走下来，发现省吃俭用一点，也花不了多少。自己做好计划，三五成群的，最好了，还自由呢。家里人对我出游从来都非常支持，他们知道我不会乱花钱，唯一对我的要求就是注意安全，这也是我比别人更幸运的理由之一。

我都不知道该不该写这一段，因为这是关于娱乐的事儿。校网开通了、电脑摆好了，当然不可能一天到晚看文献了，那可能会像 SJW 和 YT 那样猛掉头发，我们硕士就不跟他们博士比拼了；也不可能总是逛 88，SuB 说他宿舍的哥们儿，常常在 88 上逛一个晚上，睡觉前总要痛苦地喊一声"一晚上什么都没干，郁闷啊"，特凄凉和悲催，也得引以为戒；我们就是在校网上搜好看的电影和音乐。资源非常丰富，只要一个人提供一部电影、一张唱片，全校几万人，那就不得了，而且大家纷纷开通 ftp，很乐意共享。但是，好东西不大好找。没多久，开始流行一款"搜索 ftp 的东东"小软件，对局域网 ip 地址段进行逐个扫描，一下子解决了问题。我把周华健所有的专辑全都下载了，每天循环播放，仿佛要把丢弃的卡带全都要找回来。后来，我又问别人现在流行什么，人家说周杰伦。我下载下来，每首曲子听过去，还不错。于是，宿舍里每天都会飘荡着一会儿《爱在西元前》。电影、纪录片、连续剧就更不用说了，长的、短的、老的、新的、少儿不宜的、少儿专供的、不能公开播放的、能公开播放的、教育的、娱乐的、严肃的、搞笑的都能找到，一时间，校网就是一个社会学知识的海洋。我知道了一些事情的另外一个角度纪录，深深地为历史所震撼。我也看到了传说中的发飙模样，一度校园里人人都会说你可真是"too young、too simple、sometimes too naive"，人人都能跟华莱士谈笑风生，人人都想告诉你"闷声发大财"这个大道理。余世维的管理学讲座更是风靡一时，搜索 ftp 的时候不停地出现。校网上有个中国人民大学许玉林的教育学讲座，也是妙趣横生，趣味指数直逼褚良才老师。

非典期间，在宿舍里没什么事情干，就把一些片子反复的复习，比如《上海滩》《战火兄弟连》《偷天换日》《刺激 1995》《辛德勒的名单》《阿甘正传》《唐伯虎点秋香》。我也不去判断它们好坏，无所谓吧，纯属个人喜好。时间是最好的过滤器，若干年后，它们才能证明自己是经典。

日复一日地打发着我们最后的校园时光，既期待未来，又留恋现在，矛盾和犹豫并不能把毕业的日子往后推。不出意外，毕业的浪潮再一次向我们袭来，虽然我们已经不像本科那样胆怯，一切已经不再陌生，那些程序性的各种步骤轻车熟路，但我们发现就业形势比本科毕业时好不了多少，看起来依然严峻，两年半的历练并没有让我们成熟和自信多少，以至于能够很沉着地面对这一切。我们也知道悲叹和咒骂解决不了任何问题，但在论文和工作这两道无形的压力下仍然感到彷徨和无助。

论文的框架已经在平时有了个大概，在研二忙碌了一个紧张的暑假之后，我们开始了最后一个学期，工作与论文代替了和平与发展，成为我们当前的两个重大主题。

SuB的论文课题与土木相关系数为10的−5次方，不知道是该替谁庆幸，也许是他自己，因为正是他精通CAD才能够顺利的设计出精湛的结构，并把那些设计全部很清楚的在图纸上表现出来，让加工厂的人为我们做出产品。关老师曾经兴奋地说："ZB是我们这里的CAD第一高手呢。"关老师老是念错SuB的名字，把S念成Z，然而这不影响我们清楚她对SuB的工作十分满意。我和MXQ的论文与土木相关系数为10的−10次方，我们都很无奈，但是这不影响我们干这件事的热情，原因只有一个：我们需要毕业。我们也兴冲冲地打着精神跑到图书馆资料室复印一些上一个千年遗留下来的布满灰尘的资料，还得掏钱去承受一张A3高达五毛钱的价格。有时候，我很认命，虽然不喜欢干，但是却知道不得不干，否则吃亏的总是自己。与其说是责任感，不如说是性格的羸弱。但整个研究生期间，就只干了这个心里觉得不爽，我和MXQ又各自都干了一些与土木密切相关的实际工作，觉得那感觉太美妙了。学了土木那么多年，专业知识把我们牢牢地限制住了，但如同患上了斯德哥尔摩综合征一样，被绑架的人会对绑匪产生感情，也不知道是什么时候，我们真的跟这行也有了很深的感情，觉得生活就应该遵循着现有的轨道向前滑行。YYH的论文做的是跟土木密切相关的，而且是土木行业中做得比较少的结构类型，我们都很羡慕他能分到这样的一个课题。所有的一切似乎都在平静中度过，每个人都在忙着自己的东西，也都顺利地达到了毕业的要求。

虽然就业的形势没变化，那些单位也没变化，他们的态度也没变化，但我们变了，我们的简历被简化得只剩下一页了，我们的BP机早变成了手机。我有一个NOKIA8250，除了NOKIA的品质，那句广告语“走进蓝色世界”是吸引我最重要的因素，自从我在简历上写上自己的手机号投出去的那一瞬间，我就期待着蓝屏的8250给我带来好消息。

本科的时候我非常害怕向别人推销自己，总是担心遭到别人的拒绝，两年半的研究生生活让我改变了很多，我告诉自己，试试好了，否则连失败的机会都没有。空间结构的东西，小地方都没有工程，为了有点出息，我把工作地点定在杭州、北京、上海、宁波、深圳，工作单位定在大牛设计院。我觉得自己准备好了，狂妄到巅峰状态，先是在杭州宁波各投了一份简历，换来的都是满面春风的婉言拒绝或者泥牛入海般的无声无息，蓝色的8250终究没有给我带来绿色通道。青，取之于蓝，而青于蓝，蓝色终究不是绿色。这些终于使我冷静了下来，也重新认识自己，不再轻易地用自己的热脸贴人家的凉屁股。空间结构使我找工作陷入了一个极其尴尬的局面，大院人满为患，自己实力也不够，小院没有大工程，去了也没啥意思。我也没想过回武汉，出都出来了，回去干嘛呢。基本上那些人喊着要别人回去建设家乡，除了显摆需要时衣锦还乡，都是随口胡说的。有几个从湖南湖北的村子里头跑到北京混得好了之后又回湖南湖北了？那谁还不想混得好一点呢。

后来又报考了国家公务员，也向北京很多单位寄了简历，甚至在2003年12月4日我还踏上了北上的列车。那是第一次去北京，兴奋感驱走了寒意，我觉得北京用她那宽厚的胸怀在拥抱着我。我把网上能够找到的北京甲级勘察企业全部列出，每一个打电话过去问：“要不要结构？”几乎每一个回答都是：“不要”。但我仍然不死心，上门递简历。记得我去中建北京院时，旁边就是建设部，好多上访的人围在那儿，我顿时有一种同病相怜的感觉。虽然我也同情自己，但是知道没什么用，仍然盼着8250能接到面试的电话或者短信，可是一次次地失望。到后来，我都不敢看了，因为每看一次，就失望一次。“近乡情更怯、不敢问来人”，是不是就这感觉？有一天我走在德胜门外的大街上，手机嘟了一声，收到一条短信，我犹豫了很久才打开手机，一看，是HB的老爸，从杭州给我发的消息——“witheye同学，你在北京找工作，情况怎样？北京天冷，保重身体”——那一刻，我都要哭了，说不清是委屈还是感动。我屡败屡战、屡战屡败，最后虽然获得了一丝希望，但是那时候我已经没有留在北京的心思了，尤其是在北京市院面试完毕，我沿着长安街去天安门广场看降旗，发现纪念碑前放着个灭火器，回首看故宫，遥望江南好，风景旧曾谙，日出江花红胜火，春来江水绿如蓝，更加不想了。

回到杭州，人家已经把坑占满了，只能另辟蹊径了。这时又接到北京单位的面试通知，我再次燃起一丝希望，平安夜再一次踏上北上的列车。没想到人家根本没把这次面试当一回事儿，是我自己看得太重了。面试回来的时候，LC跟我说，又一次做分母了吧？我看着他，他看着我，两个人在北京的寒风中苦笑着。

元旦前，上海现代设计集团通知人去笔试。我没有资格，打电话问为什么，那人说是专业不对口，我几乎在喊叫，说我同教研室的人都有资格怎么我没有。那人支支吾吾地回答不上来，说是专家筛选的简历，意思是说你没资格你找专家去找我干吗。我挂了电话，继续寻找我的安身之处。元旦后，几经波折，终于偏安于一处，我已经很累了，不想两手空空的回家，让家里人失望。找工作期间妈妈每次都告诉我不要给自己压力，慢慢来，反正家里人不需要我担心，她和爸爸都相信儿子能找到工作的，如果外面实在不好找，回武汉好了。我总是笑着对她说，没事的，肯定能找到的，只是期望值不要太高了。我真为自己有这样的妈妈而感到无比幸福。

刚刚签完协议，有单位给我打电话了，我拒绝了，过年后回到学校，又有单位给我电话，要我考虑一下，我没考虑，直接拒绝了。国家公务员报考这时候居然有了消息，同学告诉我在网站上面试名单有我，面试情况怎么样。我说我一直没接到电话呢，奇怪！一查询，才发现写在简历上的移动号码已经停机。这事儿就这么过去了，突然有一天，我在宿舍接到工作人员的面试电话，他们说反复打了很多电话，总算找到我了。我问了一下，面试来回的路费和面试前的体检费都要自己出，思量了一瞬间就说："谢谢，不去了。"工作人员得到了我的亲口回复，他们也能顺利地交差了。后来，SuB他们问我公务员考试消息怎么样，我说不去面试了，他们问为什么，我说没钱。他们问什么单位啊，我说我报考的这个单位的确来头很大。他们感兴趣了，问什么单位。我笑着说中共中央办公厅基建处审计岗位。他们大吃一惊，问为什么不去，如果没钱的话跟他们说一声他们会凑钱给我去啊，这次不去，我就错过了一个飞黄腾达的好机会呢，他们就错过了一个寻找靠山的机会呢。这下我笑得更厉害了，差点眼泪都要出来了，他们也跟着笑。后来我问北京的同学我如果去面试，录取的概率多大，他们说，基本上为零吧。

就这样，找工作结束，其中的挫折感自不必说，才意识到理想是多么的丰满和美好，现实是多么的骨感和残酷。整个过程得到了很多人的帮助，还有一些有趣的事情，所有一切不是三言两语说得清的，衷心地感谢他们，有机会我一定会回报。

SuB 拒了金地，回家了；YYH 拒了瑞安，也回家了；MXQ 拒了杭州一家公司的盛情邀请，也回福建去了；XTH 已经开始上班了。福建人、广东人好像都是能回家就回家，这和我们湖北人想法不一样，我们是能不回家就不回家。一起嬉笑打闹两年半以后，我们终于要分开了，五个人将分别在五个地方继续着我们的生活。LSJ 因为其优异的成绩找到了一份还不错的工作，就等着数钱了；HB 最近打篮球把腿给摔骨折了，严重影响找工作，每当我们聊起这事儿，都想起路遥说的那句话，“人生的路虽然漫长，但是最关键的就只有那几步”，这个时候受伤的确不是什么幸运的事儿，还好，最后也找到了去处，就先这样待着呗；WYH 继续攻读博士，只是从岩土叛变了，加入了结构，他整天不在宿舍，大概没看到我和老 L 这两个结构专业的找工作时遇到的难处，所以做出了让我俩都十分惊讶的选择，专业也是围城，城里的人想出去，城外来的人想进来。在 2004 年这样一个风景如画的春天，30-707 这个临时集体也要解散了，没人每天晚上在我的床前下四国大战并发出一阵阵的爆炸声了，没人和我一起看《唐伯虎点秋香》了，也没人跟我们分享他的爱情故事了：我们结伴而行的旅途结束了，终究都是对方人生路上的过客，我们要独自上路了。总之，我们结束了多年的校园生活，背负着情怀和友谊，要离开求是园了，说不清是欣喜还是悲伤，还有一个人行走未来的胆怯和因为胆怯而带来的彷徨。

有一天，我在路上走，看到 HQ 胳膊绑着绷带，想起 HB 腿上的绷带，问他怎么了，他说试着扣篮，掉下来把手摔骨折了。我问找工作呢，他说继续读博士。我突然觉得，或许这也是一条不错的路呢——我不是说骨折。

关于论文，不管别人认为我的论文做得怎么样，但这毕竟凝聚着自己那么多的劳动，还是很珍惜。我知道找工作需要花费我大量的精力和时间，所以很早以前我就开始着手准备了，研三基本上干一些论文修补性的工作。在《学位申请书》上评价论文之前总要写上一句“作者查阅了大量资料”，这不是一句戏言，的确是这样的，我确实翻了很多资料，把以前的东西不断的整理，以每天两页半的速度进行了一个月，然后就是其中的算例，在过年前初稿完成了。过年后我来得非常晚，直到学校开学我才来，我决定在最后一个学生生涯的寒假好好享受一下家里的温暖。到学校的两个星期内我修改了论文，删了大量的垃圾，终于定稿，装订了。然后发现大量的错别字，还有一些不尽如人意的地方，让人遗憾，但是时间已经不允许我做改动了，只好硬着头皮准备答辩了。我也从内心里比较了一下其他几个人的论文，真的蛮不错的，与他们相比，我几乎觉得自己应该重新来过。

答辩那天，SuB是在上午，评价不错，这是意料之中。我们另外几个在下午，我第一个，讲了大约四十分钟，回答问题大约花了十几分钟，董老师提出的问题我一个都没回答上来："1. 考虑自重时候找形怎么进行？2. 不用迭代法如何进行流固耦合的计算？"我尴尬地笑着，他还是那样的温和，笑着说："好了，别紧张，没关系。"我很不好意思地走了下来，下来默默地为YYH、MXQ和XTH祝福。

终于等到董老师授意漂亮的袁师姐宣读答辩结果——虽然结果是早就知道的——但是我还是认真地听着，然后说："我很荣幸从董院士领导的浙江大学土木系空间结构研究中心完成我的硕士学位，感谢关老师、严老师、袁老师的指导，也感谢裘总、吴老师给我的论文提了那么多的意见。"

下来后，我长吁一口气，表示自己硕士毕业了，低头看了时间：2004年3月9日19点52分。

答辩

建工学院04届研究生合影

四十一　告别浙大

洋洋洒洒地写了这么多，连自己也没有料到。动笔之初，根本没有想过要连续写了快一个月，如果知道的话，肯定将成为一项负担。可是，每天还是那么优哉游哉地写着，印证了“无知者无畏”的古语。行将告别之际，不得不对母校说一声“谢谢”，虽然你不完美，但是作为我少年时代的终点、青年时代的起点，求是园的确承载了我最重要的一段日子。

《土木六年半》终于写完了。答辩前，每天一篇坚持了二十二天，答辩后，每天两篇坚持了六天，每天三篇坚持了两天，最后加了个后记一篇。我感觉自己完成了一项艰巨的任务，毕竟每天写几千字最多一天差不多 10000 字，——这不包括为论文答辩准备，对于我还不是那么容易的一件事，不过我终于还是做到了。

刚开始没有人看这个，偶尔有几个看到的同学，为我的一些玩笑话较真，吓得我怕造成误解，差点没敢继续，不过在他们的告诫中我继续了；当我写到第 5 篇的时候，goodbye 版的版主 hdhz 发信给我，问能不能转到 goodbye 版，我说好的；当我写到 12 篇的时候，被一个朋友转到了土木版，一下子我过去的一些同学都发现了，好多兄弟说写得还凑合，没有侮辱他们的智商和浪费他们的时间；后来土木的学弟学妹问能否贴到学院网页上去，我说，好的，希望自己的大学生活能给他们一些参考，如果能得到一些共鸣，那就再好不过了。每一次我都感到有点为难，因为我不是靠写作混饭吃，只是自娱自乐，受到别人的批评和赞扬都会给我带来很大的压力。我早就为自己写得不好找到了一个借口，那就是我每天只有一个小时的时间写东西，其他的全部花在论文上，直到答辩完毕。后来虽然时间充足了，花的时间也多了，但水平也不见长。我为找一个什么样的借口而苦恼，冥思苦想之后，终于放弃，觉得还是老实些比较轻松。如果您觉得真不咋地，我根本就不会去辩解，萝卜青菜，各有所爱，要是您觉得很烂，我就留着自己看好了，敝帚自珍啊，反正我也没指望靠写作过日子。

自己的帖子被人关注是一件很有意思的事情，至少可以满足极大的虚荣心，我也是，自从上大学后我还从来没有接受过这么高的关注度，也习惯不被人关注。我也知道，虽然我也愿意凑热闹，但是本质上自己也还挺喜欢独处的，或者说我从来都不认为一个人看看书、听听歌有什么无聊的。我无数次在之江学院的某间教室或者是教 9 里做题、看书、写作、听音乐，一抬头能看到窗外的绿色，那是人生中第一等的享受，就像现在我一抬头能看到窗外幽黑的夜晚中星星点点的灯光一样，自己周边的这方寸天地就像是海洋中的一片岛屿，给自己无尽的依靠和寄托。自从我准备写这些帖子的那一天开始，我就决定这些帖子仅供自己阅读，作为生活片断的一个记忆，以防止自己若干年后回顾大学生活的时候会为曾经的虚度光阴而悔恨。我们今天的生活，从来都是昨天和前天的继续，今天的我们，都是昨天、前天的我们的延续，我们只有清醒地认识到这一点才会在今天的基础上让自己或者身边的人或事变得更符合自己期待的模样，当然，应该是更好，也只有这样，我们才能在明天看到满意的自己。我们的模样，都包含着我们曾经的努力，包括读过的书、走过的路、干过的事儿，换句话说，无论好或者坏，都是我们自己赋予自己的，至少在浙江大学这个范围之内，这句话不会有太大的问题。如果我们对自己今天的状态不满意，怨不得别人，无非是自己在过去的时光里没有把自己按照想要的样子去塑造，就像我找工作的时候突然意识到自己是否曾经做错了什么一样，这是我必须思考的问题，我必须现在就考虑，我不能等到将来。因为这些，所以我决定找一个不被人知晓的版面，终于有一天我发现了 memory 版。这个版面人不多，同时在线的能有五个人就算不错了，很符合我的想法，我决定把我的青春回忆献给这里。不被人关注，也就意味着不会被人践踏，我不容我的生活被他人践踏。

但的确有人开始关注了，这是我意想不到的。突如其来的关注让我想着，是不是和在 civil 版讨论第二天的球赛一样，来个热火朝天。后来我忍住了，觉得应该冷静一下，一次冷静两次冷静，慢慢地就习惯了冷静，似乎也没什么好讨论的，而且公开的讨论自己的感受有点像向他人展示自己的隐私，这不是一个美妙的感觉。所以，后来我觉得还是算了，要真的讨论起来，这里记述的也是一些琐碎的小事，什么话也说不出来，自己也没干过什么特别光彩抑或是出格的事儿，往人群中一站，哪怕我头上长了两只角，大家可能也只会觉得那是顶帽子。再说了，谁稀罕你那点破事儿。所以，虽然大家有很多的褒扬，但我想着无论说什么都不大合适，夸自己？那不是我的风格；贬自己，那更不是我的风格。只要一发声，都会显得有点高调。不过，我还是从内心里非常感激一些朋友，真的，因为你们的鼓励，我才能坚持，就像那趟甘南川北旅行，如果没有车友的陪伴，一个人真的很难坚持。大学生活丰富多彩，难以挂一漏万，只恨自己无生花妙笔。

如果你居然一直看到今天了，我会很高兴；如果你看到这里还说一句这家伙还行，我会非常高兴；如果这里能引起你的一些回忆或者向往，那我真是不要太高兴；如果能让你为你的大学生活笑一笑或者慨叹一下，我那真的高兴得要晕了；如果你有同感，并且还能记起其中一两句有印象的话，我的天啊，我简直要拥抱你了，我愿意跟你成为朋友，加个 QQ19166291 好了。到此为止，不能继续夸了，再夸的话，压力太大，我会骄傲的，这不太好。

每当大家说这是回忆录的时候我感到十分的难堪，我特别崇敬的钱钟书先生说一个人写回忆录就好像一只狗喜欢闻一闻自己撒的尿一样，所以我坚决反对回忆录这个名称，我还不敢狂妄到如此境地以至于敢捉笔记录人生。这仅仅是我行将离别时，对在浙江大学这段美好生活中的一些浪花的撷取，直白一点吧，那就是一些随笔。所谓随笔，就是想到哪儿写到哪儿，哪儿让我觉得有意思，就多说几句。我只是浙大土木系很普通的一个学生，我来了，我看见了，但是，我没能征服谁。实话说吧，我从小就算是一个好学生，只是到了大学，才发现自己曾有的光芒突然变得那么的暗淡。庆幸的是，我居然也接受了，也明白了日子还得一天天地过，好也是一天，坏也是一天，倒不如接受了，认认真真地过一天，如果可以的话，即便一天中不能做到每一刻都很洒脱和开心，至少有几个时刻吧。所以，毕业之际，我仍然为我的大学生活感到很满意，在这里我和那么多有同样想法的同学一起欢笑过，如一开始所说，称之为“光辉岁月”，即便有人嘲笑这个词，我不会有丝毫的羞赧神色，而且有充分的理由向我其他的朋友介绍，或者说是炫耀，这一段求是园我最宝贵的青春。

我没办法不喜欢浙江大学，尽管她被称作老和山职业教育学院——还真有点名副其实，尽管她的诞辰是不可思议的四月一日，但，谁让她是母校呢。当你在一个地方待了六七年后，而且是在你成年后开始独立的建构自己的人生观、价值观、世界观的那段时间，你所有的言行和举止都可能被打上那里的烙印，不管你承不承认这一点。只是比很多人幸运的是，我们是被打上“浙江大学”的烙印，而这个烙印从前是低调务实的风格，看起来不是什么坏事儿，即便是现在有些浮夸、有些高调的态势，对我们来说，更不是什么坏事儿，谁不希望自己的母校声名显赫。至少，今天更多的人会知道我们是“东方剑桥”，而不是“东方牛津”吧。

生活就像一盒巧克力，我们永远都不知道下一颗是什么，所以只有用心去品尝手上的一颗才是，我很庆幸我已经明白了这些道理。在大学里面和大家一起度过，免不了有些摩擦和过节，尤其是大家曾经都是那样的年少和轻狂，在热血沸腾之时难免会说出一些过分的话，但是，幸运的是，一切都过去了。我想我肯定有一些朋友看到这篇，如果我平时在什么地方有不对，希望你能够告诉我，也希望能够得到你的原谅。人生就像一根绳子，上面挂着很多铃铛，不用心去体会，那些铃铛永远都不会响，我不想过得平平淡淡，所以不时拨弄着那些铃铛，尽情地享受那些悦耳的铃声与歌声相和，给我带来快乐，走过这如歌岁月。诚然，往事并不如烟。

六年半，我从一个腼腆的少年长成一个青年人，觉得自己的变化很大。家里人在我上学的时候总是不断的告诫我要做一个好人，尊敬老师，团结同学，说一些我在小学都听过无数遍的话，我每次都说好的，然后努力地去做。他们给我关心，爸爸不怎么说话，但他的心思我明白，每次回家，睡觉的时候他总能过来帮我盖被子，我就装着睡着的样子；妈妈比较唠叨，有一次我不耐烦，叫她别啰唆，她一下子哭了，吓了我一跳，从那以后我再也不敢了，并学着去体会她的心思，然后努力让自己从内心里觉得听她唠叨仿佛是人生最幸福的一件事了。很多人说一个人的家庭决定了这个人，我表示同意，也同时感激我的父母，虽然他们文化不高，但是在我眼中，他们是伟大的，我从内心深深地爱着他们。就在写这个时候我刚刚接到妈妈爸爸的电话，又是一番叮嘱，可怜天下父母心。

什么叫作长大？长大就是学会接受了很多你以前不愿意接受的事情，可以说是成熟，也可以说是世故，更多的应该是无奈。既然不能去改变，只能学着去接受了。就像我谈起曾经参加的抗议南联盟大使馆被轰炸的游行，如果，我只是说如果，再有这样的事件，我还会去吗？我也不知道。大三那年第一届结构设计大赛，我也拉了两个同学兴冲冲地报名参加。我极其兴奋的思考着怎么样才能做出超级酷的方案，我至今还是觉得自己的箱形梁悬索桥方案非常好，可惜因为我的手工这一块太差，纸裱得实在太糟糕，最后草草收场。更让我惊愕不已的是，最后有一个获奖方案跟我当初的设想非常像。如果我知道我的合作伙伴其实都抱着无所谓的态度参与的话，我还会那样认认真真的参与吗？我还会那么仔细地计算整个的受力情况吗？我是不是也开始学会尚未热情的开始就开始考虑糟糕的结果了？以前为世界杯的一场球赛期待很久，现在我觉得也没什么啊，他们踢球关我什么事儿啊。以前自己喜欢和大家凑一起在球场上到处乱跑，虽然半天也碰不到球，但是一点也不影响结束后觉得自己仿佛是球场上最出色的球星；后来开始喜欢打网球，没人的时候我可以对着墙打两个小时都没问题；现在最喜欢的运动是骑自行车和跑步了，一个人慢慢地骑上一百公里或者慢慢地跑上十公里，让热情和汗水一点一点地将自己包围。我的热情在刹车吗？这可不是个好现象，虽然越来越理性，但我依然希望自己充满热情。

和所有的男生一样，我也将为自己的未来而奋斗，为了那一块安身立命之地而日夜操劳，生活就这样不可避免地走向庸俗。但是我希望若干年后自己仍然能做到像现在这样，自尊自爱，乐观热情，积极向上，或许这就是我在大学里学到的全部。

本科的班级是建工974班，现在这个班里面很多同学都要工作了，祝愿大家前程似锦；还有几个同学读博士，祝你们学业有成；建工97级有很多朋友，祝福你们；遗憾的是研究生2001研的班级中有些同学还不是很熟悉，临别之际，祝你们一帆风顺。

浙大每一个人都在思考着竺校长的两个问题：诸位在校，有两个问题问问自己，第一，到浙大来干什么？第二，将来毕业了做什么样的人。当距离那些远大理想越来越远的时候，我庆幸自己依然喜欢读书，政治书长大气、专业书长才气、休闲书长灵气，自己如蜻蜓点水一样，均是略有涉猎，希望毕业了能做个快乐健康能为祖国工作五十年的人。愿神保佑。

大学就要结束，顺利完成学业，很高兴自己过去、现在和将来都很珍惜大学生活。但是天下没有不散的筵席，正所谓铁打的营盘流水的兵，求是学子一茬又一茬，求是园一切依然平静，门口的那棵老松树仿佛是浙大的守护神，曾经张开双臂迎接着我们的到来，现在又将目送我们离去，那样子安详、和善而且亲切。我很迷信，每一次离开浙大都要看看那棵老树，每次归来，也要看看她，仿佛她也总是慈祥地看着我。我打江南走过，东风不来，三月的柳絮不飞，对浙大，我们都只是过客，不是归人，离别就是在这样的一个人间四月天。

我爱你，空间结构研究中心；我爱你，土木系；我爱你，我浙大的兄弟姐妹。

走了，我的浙大。

witheye

2004年3月20日

后 记

在正式准备写《后记》之前我先得花一点笔墨说一下从答辩完毕到毕业离校的事儿。

答辩完毕后，我们去系里借学位服拍毕业照。为了不辜负这些年的努力，我们巴不得在每个场所都拍上几张，图书馆前竺可桢校长的塑像这里必须要拍上一张，学校的大门口也得来一张，宿舍里要来一张，然后就是与各个同学分别组合来一张。空间结构里不知道谁想的主意，觉得在杭州上大学，应该有一张西湖边的学位照。于是，我们一帮人在一个阳光明媚的日子，带着学位服，来到孤山公

毕业留影于西湖

毕业留影于孤山公园鲁迅像前

园。我实在不好意思跟有些厚脸皮的家伙一样穿着道袍一般的学位服，从学校出发，途经浙大路、体育场路、保俶路、白堤，在众多游客的惊诧、羡慕抑或是新奇甚至是嘲笑的目光的注视下，来到孤山公园的鲁迅像前。我问他们怎么敢一直穿着，回答说换来换去麻烦，还不如穿上，我还没说多不好意思啊，人家不屑地说谁看你啊。一语惊醒梦中人啊，我觉得这想法特洒脱，立刻表示同意，可能自己真的想多了，管他呢，马上就穿上了。这样，我在白堤入口也把学位服套上，光荣地和断桥合影。之后，一群人就像是中了状元游街一般，穿着学位服从三步一桃、五步一柳的白堤上那挤过摩肩接踵、密不透风的人群，跨过锦带桥、断桥，大摇大摆地走进孤山公园。春天的西湖边真的是游人如织啊，想象一下，我们穿着这衣服，那真是相当的扎眼。我也着实佩服这群人的勇气。现在看了那些录像，觉得特别傻、特别逗，但当时的那股劲头儿就是这般热烈、兴致就是这般高昂。在孤山公园鲁迅像前的那片空地上，我们摆出各种造型、制造各种笑话，演绎了江南四大才子出游的现场版，一直到日落西山，我们的笑声还在西湖的湖面上随着和煦的春风飘荡。

到这个时候，日子更加轻松了，但离别的情绪也越来越浓厚。在这种气氛下，我们在忙碌了一天之后，总能找到几个人一起去青芝坞边吃边聊。人不够就赶紧打电话，接电话的人要么也在聚餐，要么就说马上就来，我们也能轻而易举地找到一个恰如其分的理由，没有人会拒绝，我们打算预支、也可以说是弥补未来十年内想要却又肯定无法成行的所有聚餐。实际上，我们也明白，吃什么其实没那么重要，重要的是跟谁一起吃。这个现在依然正确的道理我十年前就已经知晓。

我们建工学院是在邵科馆进行的毕业学位授予仪式。大家拍好集体照，到里面听报告，然后轮流上台让学位委员会的老师把帽子上的穗子拨打另外一边。我到现在也分不清穗子在哪一侧代表已经获得学位，但我牢牢记住的是张浚生书记给我的穗子拨了拨，这就意味着我真正的毕业了。

研究生班最后组织了一次集体活动，在蓝月亮茶馆那边喝茶。这边喝好茶，空间结构的一帮人又约好去保俶路那边防空洞里的KTV唱歌。我大概是回学校有点事儿，差一点就错过了，但好在我及时接到电话。LBY急吼吼地问我在哪里，我说在宿舍里整理东西呢。他在电话里头说快点呢，别整理了，大家都在这里，就差你了。说完那边就挂了电话，我都来不及说“好——好——好——马上就来”，赶紧扔下手里的事情，跑出学校打车过去。在那个很闷的地下室唱得都快天亮了，我累得不行，熬不住，躺在那里睡着了。朦胧中，跟大家一块儿出来，又跑到西湖边一家通宵的店里吃早餐，边吃边玩游戏，再沿着西湖边走边唱，一路从南山路那边走回学校。到学校时已经一个个东倒西歪了，强睁着眼睛，依依惜别，各自回宿舍。我们知道，我们结束了，这次是真的结束了。我站都站不住，但还是熬着，坚持挪到了宿舍，终于在八九点钟的时候一头栽倒在床上了。

这最后疯狂的第二天，有些人就开始去公司报到上班了，其他人也陆陆续续地开始了新的征程。我在随后的两三天内打包好行李，包括我的自行车，托运到上海。在四月初的一个早晨，我和蔡戈鸣准备离校了，在一行同学的陪同下，一道离开了新桥门，前往火车站。我们一一拥抱，为了不知道什么时候的重逢。老蔡的车后走，他把我送到车上，在列车徐徐前行的瞬间，和我挥手作别。我都不知道该不该哭。哭吧，显得太煽情了，这只是毕业，不是诀别，虽然那时候还没有那么多的通讯工具、交通工具，但是网络已经发展很迅猛，如果我们真的想联系，那绝对是一件很容易的事儿。不哭吧，可心里头的确挺依依不舍的，昔日的朝夕相处瞬时分离，一下子就天各一方，我们再也没有机会和这么多的同龄人一同喜怒哀乐、一同在夕阳下看妙龄姑娘……

总之，我们就这样结束了一起的六年半相伴的岁月。应该说算上这些文字才是比较完整的土木六年半。

这之后其实发生了非常多的事情，但都不是我在这里要记述的重点了。我在上海工作了两年，和所有现在二十四五的人一样，家里忙着帮我相亲，同学好心介绍，总在拒绝和被拒绝之间继续寻找着终身伴侣，“我将在茫茫人海中寻找我唯一之灵魂伴侣，得之，我幸，不得，我命”，我似乎没有想过凑合一下。终于，我认识了我的女友，也就是现在的老婆，后来就回到杭州，结婚，生子。生活果然不出王小波所料，不可避免地走向了庸俗。我也跟所有土木系毕业的人一样，忙着考注册。为了省钱，我骑车到上海图书馆去借那里的资料来复习，结果那辆伴随我行走几千公里的美利达 618 被偷了，我当场气得把锁钥匙给扔了。再后来，我只能向王荣借书看了。幸运的是，我真的一次性考过了，我都不知道该怎么安慰第一次没过的王荣。他慷慨的把资料借给我，结果我过了，他没过，我就好像抢去了他的那个名额，我还能说什么？幸运的是，第二年他也过了，我简直比他还要高兴，总算没有心理负担了。回到杭州，我又在南方设计和绿城设计公司工作过。伏案做了十年的设计，我在腰酸背痛的时候，似乎看到了七十岁的自己。一阵恐惧和挣扎，我要改变了，不再打算依靠那张一级注册结构工程师的证书过日子。我也想过这个年纪再转行是不是太晚了，去房产公司能干什么呢，会不会年龄太大了。然而对未来的恐惧战胜了对风险的恐惧，而且作为理科生的我也清楚，只要爱因斯坦的理论不被推翻，那么我们便永远处在决定一段新征程和启动一项改变的最年轻的年纪，每一秒的犹豫和延迟都只会让我们开始得更晚，年纪更大，困难更多，所以，我毅然辞职，投身于房地产行业。这便是现在的我。很多人不太清楚设计和房产的区别，就像很多人不知道建筑和结构的区别一样，其实，这些都存在着巨大的甚至是根本性的差异。改变意味着挑战，也意味着风险，但我乐意接受这未知的一切，从目前来看，一切都还不错，我感觉自己在同事、特别是我的老婆——一名优秀的 HR——的帮助下，完全适应了。我不再纠结于安全等级、抗震等级、结构体系、性能设计、基础、墙、柱、梁、板，我开始关注地域、区块、交通、总图、业态、户型、层高、消防、幕墙、市政，等等。在一次又一次的总结和学习中，我觉得自己完全可以从一名优秀的工程师转变为一名优秀的职业经理人，而且我有更多的时间思考，更多的时间写作，我能完成这本书就是证明。

我们常常说去年怎样，明年怎样，但是很少去想十年后我们怎样，似乎十年是很遥远的事情，但是这么些年下来，发现十年不但不遥远，反而过起来很快。日子就是这样，哪怕每一天过得再艰难，回头看的时候发现实际就是那么一瞬间，怪不得人们常说没有过不去的坎儿。天大的事儿，后来放下来的时候，看起来都可能不是什么事儿，但是放不下的时候，芝麻大的事儿，都跟天一样大。就这么翻来覆去的一想，日子过去了。我常常都觉得，怎么这十多年，一下子就没了，虽然是父母在，不敢言老，但是算算岁数，居然要年届不惑？这着实是一件让人意外的事情。毕竟，在自己的心中，四十岁？那可是很大的岁数啊。前几天，我老婆给我看她同学的一条微信，是这样的，她同学带着六七岁的女儿从学校宿舍楼经过，告诉女儿说这是妈妈上学时候的宿舍楼，女儿很认真地说："妈妈，原来这是你年轻时候住的地方啊。"她同学很惊讶，问女儿："妈妈很老吗？"小姑娘思考了几秒钟，再次很认真地说："也没有啊，在老年人里，你算年轻的了。"她同学不竟感慨万千。我听了这个故事，也有点尴尬，怎么搞的，上学的时候，在大人眼里是个孩子，在孩子眼里是个大人，到了现在，在老人眼里是个年轻人，在年轻人眼里居然变成了老人。我们怎么老是处在一个非常尴尬的年龄呢，我得好好盘算曾经和未来的日子，虽然我也一直非常努力地让自己过得更有意义。但是这个意义是否真实，是否值得我去回味，让我在若干年后不会感到有一丝遗憾，我得好好思量一番。

从绿城设计离职后，我把脑袋从规范堆里拔出来，往周围看看，觉得这世界好像变大了好多。我也有空参加一下以前不怎么联系的同学的聚会，重逢了老朋友，认识了新朋友，这种感觉挺好。有一次，3班的张敏同学拉我参加苏州校友会的读书会。回来后，他跟我说刘大卫学长出了两本书，要不你也把你写的《土木六年半》整理一下，出版了？其实很久以前就有人跟我这么提过，我把这个提议当作玩笑。张敏跟我提的时候，我还是不以为然，觉得这些学生时代写的东西，多稚嫩啊，发出去对别人也没啥启发，而且作为一名工科学生，舞文弄墨的，不务正业，多丢人，所以我都没放在心上。后来他又提了几次，鼓励我，说写得挺好的，肯定没问题的。突然有一天，我真的认真考虑了一下，觉得也行啊，大不了就自费出版呗。我问我老婆的意见，她说反正你写都写好了，不要紧，反正你也挣不了几个钱，大不了再赔点钱好了。转头她又对儿子说，我们家要出一个作家了。儿子很惊讶地问谁啊，老婆指着我说，呶，就是他呀。儿子问我真的吗，我说是啊。然后，他对妈妈说，那你到时候给我买一本好不好。儿子说得特别认真，认真得让我觉得自己如果没真的写的话就干了对不起他的事儿一样。他拿着他的压岁钱说他钱都准备好了，意思是就等我的书了。我一下子压力好大啊。

一旦有了想法，我就开始认真起来。我认真地读了一遍，发现确实还行，没有想象中的好，但也不是一无是处，对当时的生活的记录还是非常真实，而且，有些事情如果不是当时记下来，到现在肯定忘得干干净净的。我突然对自己有点不愿意多瞧一眼甚至有点不屑一顾的带有典型学生气息的文字居然表示了肯定，或者说还不错。

有两件事，可以提一提。

第一件。在我刚工作后的几个月后，我一个人在淮海路申通信息广场 19 楼的办公室里看书到九点钟，挺无聊的，尝试着用各种方式穿梭回 88，随便逛逛。登录后，我发现邮箱里有一封信，进去一查看，原来是中大房产的 HR 不知道从什么途径看过这一系列的帖子，问我愿不愿意去他们公司的内部刊物做编辑。我第一个想法是有人捉弄我，但是看那语气好像也挺认真的，就认真地回了一封邮件，婉言拒绝。作为一名理科生，我还真的从来没想过去从事专门的文字工作，虽然我也编辑过建工学院的小刊物。但是，这封信当时给我的鼓励还是不小，更让我更加专注了专业学习，以免被人误认为是个专业知识不过硬的文学青年。

第二件。本科毕业十周年的时候，974 班搞了一次聚会。我们打算把聚会的照片整理一下，班长邵剑文委托我写一篇序言。我兴趣很高，上班间隙，一挥而就。因为非常得意，后来我还把文章贴到微博上，刚好那天是高考的日子，我就 @ 了浙江大学校友会，结果转发了好几次。有一天收到私信，是校友会刊物的编辑彭真丹学妹发来的，她问我可不可以把那篇文章发到校友会的电子刊物上。我表示没问题，可以随意处置。这事儿就这么过去了。但是，一段时间后，居然收到她的信件说要给我寄稿费，我想我虽然也缺钱，但是也不缺这个钱，就告诉她别寄了。可这样的话，她那边始终压着一笔费用。后来我说合适的时候帮我捐掉好了。有一天我想去看看那篇文章是否真的发表，跑到校友会网站上搜了一下自己的名字，结果跳出来我捐款 120 块的消息，我哭笑不得，在一大批捐赠了几万几十万的名字中，“张伟才 120 块”显得特别逗，回家后，我跟我老婆说我现在也是给浙江大学捐过款的人了。

想起这两件事让我觉得完成这本书并非不可能。

等我通读了一遍之后，我才意识到什么叫作斗转星移、白云苍狗、世事变迁、沧海桑田。

土木六年半

——记一段 1997~2004 年我在浙江大学上学的日子

2011 年，我在绿城设计做设计，对面坐着一个董老师的学生。有一天，他跟我说周末要去参加董老师的八十岁寿辰宴会。我突然意识到，十年过去了，董老师已经跨过古稀、进入耄耋之年了。十年中，我有幸听过几次他的讲座，惊讶地发现董老师还在不停地完善他的学术，对各种空间结构的分类标准从按照结构形式分类变成了按照构件的受力状态分了，以前是单层网壳、双层网壳、平板网架，现在变成了杆单元、梁单元、壳单元、膜单元了，这种活到老、学到老的孜孜不倦的钻研精神真让人“高山仰止、景行行止”。自己偶尔想着要尝试什么新东西遇到点困难，有那么一点放弃的意思时，就想起董老师这种“老骥伏枥、志在千里、烈士暮年、壮心不已”的状态，顿感羞愧难当。董老师头发少了很多，步履也开始蹒跚，但是学术生涯却依然在继续。前段时间看朋友圈消息，他和夫人捐赠了一百万元给浙大教育基金成立空间结构的专项基金，心中一份感动，如前所述，“云山苍苍、江水泱泱、先生之风、山高水长”。

自从我在杭州工作后，几乎每年的 3 月 15 日，我都会去参加关老师的生日聚会，跟她一起喝喝茶、聊聊天。2014 年，关老师七十寿辰，在师弟师妹的张罗下，我们从全国各地过来，给她过了一个隆重的生日。我都不喜欢用“古稀之年”这个词了，因为七十岁的关老师仍然爱说爱笑爱工作爱打牌，依然会略施粉黛，喜欢穿漂亮的衣服，佩戴别致的项链胸针，除了白头发多了一些，我都看不出她跟十年前有什么不同。2015 年，关老师带着师弟师妹们为浙大做的小天线，真正地进入了太空，为科研事业添砖加瓦。再后来，关老师就带着一份“特别贡献奖”光荣退休了，但退休后，仍然乘公交车上下班，发挥着余热。

每次聚会，我都会问及严老师状态如何，每次关老师都说他还行。终于，有一次，她说严老师中风了，卧病在床。我一阵感慨，也做不了什么，衰老是所有人的终点。衷心祝愿严老师身体能慢慢好转，我愿意将他毕业时送给我们的祝福，今天也送给他。

时光荏苒，带走的是岁月和光阴，留下的是收获和果实。然而，不仅只有这些，也有苍老、疾病和死亡。

我在绿城设计工作后不久，有一天我从新桥门——就是纽布里奇大门——进去，准备去 3 食堂——现在改叫怡善堂——吃中饭，看到一则讣告。我瞄了一眼，“陈鸣”两个字映入眼帘，我就惊呆了，心情一下子就沉重起来，脑子里一下子浮现出他瘦削的脸庞、高亢的声音。当初给我们上课、答疑的印象至今不能忘怀。虽然早些时候对他的病情有所耳闻，但真的噩耗传来的时候还是难以接受。

可是，这还不是最糟糕的。

过了一两年，2010 年的一天，去吃中饭的时候，又在纽布里奇球场边的告示牌上看到土木系朱向荣老师去世的讣告，心里又是咯噔一下。土木系这是怎么了？怎么又是英年早逝。朱老师虽然没有教过我，但是他是我们宿舍吴钰骅同学的硕士导师，常常听他提起，而且，他是楼文娟老师的先生。楼老师作为“家庭事业兼顾型”的老师，自然少不了朱老师的支持。可是，朱老师居然如此匆匆的先走了。我能理解，楼老师是如何坚强地走出这一段悲伤。

可是，这仍然不是最糟糕的。

2012 年夏天的一个中午，我躺在床上准备午休，刷了一下微博，看到一则消息，张忠苗老师因病去世。我一下子跳起来，老婆问我怎么了，我说我又有一个老师去世了，一下子我们都陷入了沉默。我怀疑这是一则假消息，马上打电话问任光勇，他是张老师的学生，我当时的同事，向他确认到底是不是真的。他在电话那一头叹了一口气说是真的。挂了电话，我躺在床上许久都不能平静，完全不能相信我们的大表哥就这样永远地告别了这个世界。他乐呵呵地给我们讲土层的分布、讲地形地貌、讲桩基检测、讲钻探试验，仿佛就是昨天发生的事儿。

平时遇到同学，最后的话题免不了一些以前学校的事儿。有一次，有同学问我说俞亚楠老师去世了知不知道。我半晌说不出话了，问这是什么时候的事儿。他也说不上来。唉，人们都是如此的平凡，来的时候没人知道，去的时候也不被多少人知晓，只是，曾经感知过他们和蔼和关爱的人才惦记着他们曾经如此真实的来过。

土木系连续有老师去世，有人怀疑是不是哪里风水不对。如果这是真的，那土木系都能存在八十年了真是个奇迹。虽然有这样的事实，但是如果因此就要开始四处猜忌甚至怀疑那些类似于他们曾经教授给我们的各类客观规律一样的科学原理，那实在是荒谬之极，这是违背一个接受过高等教育的人的思维逻辑和行事准则的。我们虽然悲伤，但绝不惊慌，我们悲痛悼念他们的逝去，但是更应该铭记他们曾经的谆谆教诲和身体力行的种种原则，让追求真理和科学的精神代代相传。2016 年我在参加关老师的生日聚会的时候，她穿着一件非常漂亮的红大衣，我说关老师这衣服真漂亮。她听了很开心，笑着说，买了几年了，还说以后就不怎么买衣服了。我问为什么。她还是笑呵呵地说，现在都不知道什么时候去那边，所以不买了。那边？哪里？我当时还没明白过来，等我明白过来的时候，既为她的乐观、豁达所感动，也为自己曾为她渐渐的衰老感慨而惭愧。我相信，当死亡降临的时候，我们的那几位老师都是平静的面对的，他们为自己所热爱的事业燃尽了生命中最后的能量，已经释放了最绚烂的烟火，离开这个世界时除了对家人的眷恋，其他大概没有多少遗憾。

2015 年，一天晚上我看到我的同学吕朝锋转发的陈伟求老师写的悼念丁皓江老师的文章，我知道了丁老师驾鹤仙去了，也就是这时候才意识到丁老师居然已经八十多岁了——大概我眼拙，很多老师的年纪我都看不出，总觉得他们都还年轻——算是寿终正寝了。陈伟求老师和吕朝锋同学将丁老师的力学事业不停地拓展出新局面，丁老师若是泉下有知，应该会感到欣慰吧。

没多久，又有一条消息爆炸开，教过我《科学计算可视化》的陈天洲老师因病去世，才四十出头。陈老师几乎扮演着一个神的角色，在患病期间，居然对自己的病情开始研究，甚至还会发几篇非常有分量的论文，几次领先于死神，但最终抱憾而去。这是一个将毕生精力献给科研事业的传奇人物，我一直不大相信陈老师在 single 版的那些语录，我认为都是随便说说的，倡导光光只是因为刚好没碰到合适的人了。可事实是陈老师对于光光原则居然在执行到生命终止的瞬间，不知道该是钦佩还是遗憾。如果可能，真心希望天堂中的陈老师不再孤单、也不再忙碌，依然能够驰骋酒场、快意人生。

人一旦将生命看作一个过程，大概就会更加乐观和热情，就学得更在乎生命的厚度、广度、深度、宽度，而不是长度。就跟我和关老师聊天那样，她几乎是把死亡看成生命的另一种形式，只是从生活从这边搬到了那边，口气里既听不出恐惧，也听不出悲伤，虽然有一丝留恋。这是不是高级知识分子参透之后的特有情怀？

毕业后，我去过几次之江学院，一次比一次恼火。尤其是四校合并之后，连名字也从“之江学院”变成了“之江校区”。如果只是这样也就罢了，关键是“之江学院”这个名字被人家拿走了。虽然“之江学院”一共没叫几年，但是对我们这几届的人来说，却是非常难以改口把那边称作“之江校区”，我的大学就是从“之江学院”开始的，不要跟我讲什么“之江校区”了。估计时间久了，我们也拗不过潮流，不过还好，潘校长的那几个飘逸潇洒的字还是牢牢地刻在那儿，这可是抹不去的印记。这还只是名字，更让人无法理解的是这么一个清修之地，有一段时间居然是作为继续教育学院的。所以，我再也不想去了。直到有一天，我老婆叫我跟她一块儿去那边看看。我说没啥意思，那边现在都做继续教育了，吵吵闹闹的，不好玩。她告诉我她有个同学在那做博士后，现在是光华法学院了。

去看了看，果然又变得安静起来。我们 2011 年本科毕业十周年聚会时，还去那边看了看，很多人是十年后第一次回去。那里又竖起了几幢新楼，但大部分建筑依稀还是大家记忆中的模样，钟楼依然挺拔雄伟、主楼依然雍容庄严、小礼堂依然恬静雅致。我们的 8 舍被改造得面目全非，最可怜的当属当年我常常去串门的 310 室，居然被改造成厕所了。蔡戈鸣和曹历都没来，我们跟他们说起这事儿，告诉他们一帮人正在他们的床上尽情撒尿。他们闻之，半晌无语，我们可以想象那副欲哭无泪的样子。

玉泉这边的变化太大了，没办法用一两句话描述，如果要一一对着从前的描写比较，那又是一大篇废话，这也已经不是我的任务了。食堂变得更加干净了，1 食堂、2 食堂、4 食堂还是唤作 1 食堂、2 食堂、4 食堂，靓园、食天一隅也还是唤作靓园、食天一隅，但是 3 食堂已经变作怡膳堂了，就像更了名、改了姓的刘邦唤作汉高祖了，显得更尊贵了，所以门口已经容不下那个什么煮面片的。校园里人杂车多，现在已经开始设道闸停车收费了。大伙儿虽然骂，但是比较了一下，还是乐意停进去，毕竟要在植物园旁边找到这么优美的停车场，也确实不容易。

建工学院基本上已经搬到紫金港安去了，留下教 5、土木科技馆、土木实验室在玉泉这里，继续等待着未来可能回来看看的校友。而紫金港对我们这些从未待过的人来讲，谈不上有多少感情。现在建工学院毕业的学弟学妹总是提安中大楼，我们只能提教 5；他们提报告厅，我们只能提土木科技馆；他们提实验大楼的空空荡荡、振动台、风洞实验室，我们只能提那拥挤且凌乱到处都是蚊子的土木实验室、几台破烂不堪荷载加载仪器。时代变了，但不变的是一拨又一拨人的青春。常常听后来的一些学弟学妹说起紫金港的事儿，也挺带劲儿的，我们这个年龄段的硬是插不上嘴，只能跟着说一说玉泉或者之江，以表示我们跟浙江大学还是有关系的，你们不谈论紫金港的时候最好也带上我们。人们常常说睹物思人，可当那里的“物”没一件是熟悉的，自然也不会有任何关联的思绪。在这个变迁的时代，我觉得我们还算幸运的，最起码来说，之江和玉泉还在，浙江医科大学的同学该怎么去回忆他们的教室、宿舍、球场、食堂呢？他们只能带着孩子指着嘉里中心的香格里拉大酒店说，他们年轻的时候就在这里度过的，然后看着孩子一脸的疑惑而伤感。

我常常看到有些人在倡导大学不要设置围墙，然后举一些他们在美国看到的大学作为例子，意思是人家不设围墙照样做得很好。确实是这样的，但是他们不会告诉我们同样有很多大学都有设置围墙，而那些不设置围墙的大学常常是因为校内校外差不多，设了围墙也没啥意思。比如，像斯坦福这样校内校外都跟花园一样，然后外面的人也不稀罕你那里面的样子，你一定要设置一道围墙，就像个三流明星非得戴口罩和墨镜生怕被人家认出来可人家实际根本不认识你啊。不敢想象，要是浙江大学也不设围墙，以现在这架势，总有一天，里面的某块空地会被拍卖改成房子，路边全是划好的一个个停车位，最终的结果不是校外和校内一样好，而是校内和校外一样糟。所以，还是圈好吧，保留一份净土，烦心的时候，大家也有个好落脚的地方走走，放松一下，也让里面的老师和同学能够远离喧嚣和吵闹，日子也稍微雅致一些，心境安静下来，思想也会活跃一下，问题也就考虑得更清楚一些。其实，我更希望永远圈起来，别再搬来搬去了，这么折腾来折腾去的，后来人研究起校史的时候还麻烦，还容易乱，就跟我们的校庆时间一样，到时候闹笑话。浙医大那边，就剩一块牌子了，仿佛墓志铭一般，纪念着所有人的思念和遗憾。

十多年过去了，“物是人非事事休，欲语泪先流”，但是平静下来，接受了，也就过去了。虽有故人逝去，但也有新人诞生，所有的一切都一如既往地向前走着。人生不过百年，但是人类却延续了几千年几万年，文明一经开始，就再也未曾中断，还不都是因为发展的接力棒有条不紊的往下一棒又一棒的传递着！我们恰好共同生活在这个年代，享受了先人的珍贵遗产，又见过这个年代的许多人和许多事，那就打理一番，又要将它们传递给后辈吧，让他们背负着前辈的期待继续向前。

所以，我觉得自己不但应该记录下来，而且应该抓紧时间，更应该尽可能的写好，至少在那些已经年迈的老师仍然健在的时候表达我们对他们的敬意。人生如同一趟列车，每一站都是不停地有人上来，也会不停有人下去。我们有幸在某些站点之间同为一节车厢的乘客，在先行者到站下车的时候，唯有默默地祝福他们，如同有一天，我们下车的时候也希望别人给我们祝福一样。

整理的时候，我本来只是打算在原有的基础上把很多事情写得更详细一点，因为 2004 年写的时候特别匆忙，很多内容一笔带过。现在看来，好在有了这一笔带过的，否则，很多事情我可能彻底忘掉了。如果没有这些，我简直不敢确定它们是否真的发生过，我再一次感到平素的点滴拾遗远胜于鸿篇巨制来得更加真实。我本来打算和当初一样，每天修改一篇，连续六周搞定。但是，写了几篇之后发现，事情并没有想象地那么简单。第一，每天的工作很忙，我想写的内容很多，所以没法做到每天一篇，只能分两三天写一篇；第二，写着写着，发现有些以前写得不详细的事情有必要重点对待，不然的话那事儿总会憋在心里，再不写出来，也找不到更合适的机会了，这么一来，到后面有些篇幅可能改动就会非常大。最终，我居然花了七个月内全部的晚上时间才搞定这些，就像我整个设计生涯出过的上百套图纸一样，每次出完图，一方面如释重负，一方面留存遗憾，而这一次，感觉更加强烈。我也不管了，好，或者不好，它就在那里，猛地看上去，至少不是那么糟糕吧。如果你读过以前的那些帖子，可能会发现内容差异比较大。据说现在的 88 已是明日黄花，紫金港的新生代已经另起炉灶了，就剩几个三四十岁的人还会去晃悠一下。我偶尔上去一下，看到几百个人，想着昔日的辉煌，感觉 88 就像一个末路英雄，不能不喟然长叹，老兵不死，只是日渐凋零。

当时写完这些帖子、现在改完这些，有些人问我，为什么要写这些，怎么会记得这么清楚。我也不知道该如何回答，但我知道问出这些问题的人肯定不是喜欢写作的人。我也不知道自己是什么时候养成写作的习惯的，但我知道，如果有一段时间不读些什么书、不写些什么文字，我肯定觉得日子过得慌兮兮的，仿佛错失了什么。而且我本能地认为，我们这样一批作为受过良好的高等教育的人，有能力、也有责任把所见所闻所想真实地记录下来，让后面的人知道我们这个年代的人曾经过着什么样的日子、有些什么样的想法。我也知道，我的这些文字登不得大雅之堂，我也根本没想登过，我也不在乎什么大雅之堂。实际上，所谓大雅之堂也不一定真的如表面所展示的那么富丽堂皇。

完成之后，我又邀请我的校友，我当初编辑院刊的美编、绿城设计的同事、建筑系的学弟陈卓如专门为我拍了一些学校的照片，因为他的出手，我终于能补上一些照片，这是一个看颜值的年代啊，光有文字还不够打动人。

我喜欢阅读，也喜欢写作，但整理这些文字让我还有几分担心：1. 我担心有人因为整个篇幅缺乏非常严密的逻辑而对我造成误解。实际上这些文字的初稿是每天一篇贴出来的，基本上是按照课表来写，偶尔稍微调整一下，所以的确让人感觉到整个篇幅的架构不够严谨。为了尊重我当初的想法，能不调整的地方我都不做大的调整。2. 我还担心别人看了这些文字认为我是一个不严肃的人。实际上，我是一个很严肃的人，也喜欢阅读严肃读物的人，我最喜欢的书是《通往奴役之路》和《新教伦理和资本主义精神》。我认为只有深层次的阅读和思考才能换来内心的平静，而我的这些文字的确只能在睡觉前看看，可能无法引起你的深思，请多多包涵。3. 我担心别人会问我这算是什么体裁，我说过是随笔，而我们从小到大的标准教育中，好像是没有这个说法的。但是，我也想着，都这个年代了，我觉得只要能表达情感，用什么样的形式真的无所谓，就更不要说属于什么形式了。但如果真的一定要归类，我读过太多的散文，我更倾向于属于这一类吧。4. 我担心人家说写得过于啰唆。事实上，我也这么觉得。我小时候写作文最讨厌老师把字数限制死，每次都洋洋洒洒地写一大堆，从头论到脚，老师每次都说要控制字数。那时候，我就想着，忍忍吧，总有一天不写作文了，一定得找个机会写个够，想写多少就写多少。我终于逮到了这个机会，所以，再次请包涵了。

我们是一个历史特别悠久的国家，有卷帙浩繁的历史记录，但是我们常常发现要发现一件事情的真相非常困难。其实这也算不了什么大事儿，本来历史就是个任人打扮的小姑娘，我们也不可能探寻到真实的客观存在是什么样的，但关键是我们很多时候并没有很多机会从不同的角度去看待历史事件，绝大多数时候我们所看到的记录都是惊人的一致，这并不是因为大家的看法一致，而是因为很多时候记述事件的版本是如此单一，而这个版本一定是代表着当时的记录者，所以说，“二十四史非史也、二十四姓家谱也”。如果，生活在某个时代的人能提供更多角度对某件事情的记述，并且努力让更多的人知晓，或许，我们会更清楚的了解整个历史的发展过程。有时候，我都在想，是不是因为我们没有接触过客观的历史，所以，我们从来就没有从历史中学到过什么，于是，整个社会就总是在旋涡中打转，每隔几百年就要作一次，自认为一次比一次更好，但其实从来都是换汤不换药，兴，百姓苦，亡，百姓苦。我常常特别为中国人感到自豪，因为我们几十年就完成了帝国主义几百年走过的路，上海的地铁二三十年比伦敦纽约上百年修的还要多，但有时候也很不解，我们不是发展了几千年吗，怎么还不如人家几百年呢，到底帝国主义给我们使了什么坏招呢，我们又怎么这么容易中招呢。

我不是要提供一份怎么样的历史，我从没打算做到这一点。我只是在想，我终于真实地记录了一段从1997年到2004年浙江大学的学生生活，以后要了解这个时期的生活的人总能从这里找到一点蛛丝马迹。我可不会虚构那个年代多么美好，也不责怪那个年代多么糟糕，那就是一个普通的年代。不管现在是不是，那时候求是园中最热烈的话题肯定不是诗和远方、鲜花和爱情、歌声和田野，虽然也有。很多四五十岁的人，基本上已经事业有成、吃喝不愁、酒足饭饱了，常常会带着文艺气息告诫青年人，可不要只顾着眼前的苟且，不要忘记曾经的梦想。

话讲得漂亮，但现实中，青年人被多少苟且束缚啊，哪能这么洒脱地抛开现实的羁绊？社会在责怪年轻人过于现实的时候，从来不会自责给年轻人提供了多少土壤去追求自我。我们几乎习惯性地把世俗甚至是恶俗作为判断一个人的标准，比如说赚了多少钱、住什么样的房子、开什么样的车子、去哪儿旅游、玩什么样的运动、结交什么样的朋友，可是又喜欢自视清高、有点不屑于这些，也就是说，我们一面在努力地追求苟且，可我们居然在不停地鄙视苟且，这种矛盾的做法真的是不能理喻。虽然想着明天要干些什么，但今天的事儿至少要做好吧，一场说走就走的旅行该得付出多大的代价啊。跟我持不同意见的人很多，这是好事儿，这说明我们的社会容得下“异”，但同意我的肯定也不少，这说明我至少不在胡说八道。即便没能影响很多人，但只要能影响我自已，影响我的家人，影响少量几个身边的人，那也不错。给生活一份真实的记录，于己于人，善莫大焉。我再说一遍，作为受过良好高等教育的人，既然我们占用了社会提供的宝贵的教育资源，也有能力，那么提供这样的记录也是应该的。

近些年有些电影，也在追忆过去的生活，但这一类回忆实在是过于美好，美好得都有点虚假，美好得让我们这些也真正上过大学的人都有点嫉妒了。他们有明恋，我们有暗恋；他们有约会，我们有男女 9：1；他们有爱情，我们有实验；他们有约会，我们有复习；他们有亲吻，我们有考试；他们有风花雪月，我们有 Autocad：总之，我们也有自己的大学生活，我们也要说出来，不然人家还以为我们野百合没有春天呢。他们美化了过去，虚构了一个城堡，让自己成了城堡中的国王。这种幻觉，既麻醉了自己，也误导了他人。人们觉得自己的初中吃咸菜和干馒头的日子很开心，几乎忘了当时那咸菜让自己变得面黄肌瘦；人们觉得高中挑灯夜战、废寝忘食的日子也很开心，几乎忘了高考让自己变得憔悴不堪；人们也觉得大学里漂亮的姑娘和宿舍里的兄弟多么难忘，几乎忘了自己常常是孤身一人、迷茫不已；工作后常常加班到深夜、疲惫不堪，忘了那些几乎让自己失去了最宝贵的健康：仿佛是一个被过去的生活绑架过的人，明明经受住各种不快，但还是故作姿态，说一些“不负青春”之类的豪言壮语。我们喜欢说什么“吃得苦中苦、方为人上人”来安慰而已，但随着年龄越来越大、读的书越多、懂得的道理越多，我们就越来越容易发现“吃苦”和“人上人”没什么必然的关系，就跟我们在学校里发现成绩好的不一定是学习最刻苦，工作后发现，有钱人也不一定都是当初那些成绩好的。其实，也是在那时，我们盼望着生活能更快地翻开新的一页，特别期盼着充满不确定性的未来的早日到来，然而当未来变成现在时，大失所望之余，又追忆那更加不堪而且也永远不可达的过去，就在这不停地迷惘和彷徨中，慢慢变得沧桑，也逐渐失去了把自己造就成自己想象中的未来形象的能力。我不认为过去比现在更好，我觉到“现在”才是人生最好的时刻，我是真的觉得我现在的生活比过去好多了，而且，我也觉得，如果我更加努力，运气再好一点，以后的日子可以过得更好。现实中，我也承认我们的雾霾更加严重了，但这不成为我们不追逐美好生活的障碍，反而得成为我们更加努力的动力。2016 年清明节回家祭祀，自研究生毕业后，我再也没敢乘浙赣线，真的怕了，可十年多后的高铁，车站车次车厢环境，都大为改善，更让我欣慰的是年轻一代的秩序大为改观，再也没有一大群人蜂拥而入挤得让人以为鬼子来了的场面了。所以，尽管这不是最好的年代，但绝对不是最坏的年代，虽然也还因为闭塞而迷惘，但也因为开放而清晰，虽然有诸多不好，但是你不得不承认，这个年代因为网络让我们沟通更加便捷所以懂得更多而更加美好，不能不说也是一种进步。

我在描写过去，但是也不打算留恋过去，只是常常不经意地想起，所以，我索性把这些思念记录下来，算是作为告别过去的一个交代。我终于没有像我的一些同学一样，做到“明日浙大以我为荣”，特别遗憾和惭愧。但是，我还是跟他们一样会牢记竺校长提出的问题，时时提醒自己做个对社会有用的人，不说惊天动地，至少不会干出让母校蒙羞的事儿。我还是愿意像曾经一样，继续慢慢地前行，前行的时候用 30 岁到 40 岁的这些文字为 20 岁到 30 岁的日子做个小结。最后，以罗大佑的一首歌作为本文的结束语，也是全部文章的结束语，献给你我：

我来唱一首歌
古老的那首歌
我轻轻的唱
你慢慢的和
是否你还记得
过去的梦想
那充满希望
灿烂的岁月
你我为了理想
历经了艰苦

我们曾经哭泣
也曾共同欢笑
但愿你会记得
永远的记着
我们曾经拥有
闪亮的日子